Bernhard Künzner

Ohne Silikone

Herstellung und Verlag:
BoD - Books on Demand, Norderstedt
ISBN 978-3-7494-4838-8

Ich lernte Gustav im Krankenhaus kennen; ich war wütend auf ihn und wollte ihm so richtig die Meinung geigen! Aber eigentlich war ich nicht seinetwegen dort, sondern um meinen Großvater zu besuchen, denn nur eines ungehobelten Kerls wegen hätte ich es nicht auf mich genommen, ein Krankenhaus zu betreten. Der Geruch von Medikamenten und sterilen Lösungen, der Anblick von kranken, leidenden Menschen mit bleichen Gesichtern und wächserner Haut machen mich beinahe selber krank.

Auch an diesem Tag vor fast einem Jahr spürte ich schon beim Betreten des Foyers, wie ich begann, flacher zu atmen, um ja nicht diese keimgeschwängerte Luft zu inhalieren. Ich weiß natürlich, dass es wenig Einrichtungen gibt, die keimfreier sind als eine Klinik, aber ein Gefühl lässt sich nicht mit Fakten eliminieren. Ich rieche eben etwas und ich weiß, dass hier überall menschliche Ausscheidungen, Säfte, Schleim, Säuren und Schlimmeres sein müssen, vor denen ich mich ekle. Obwohl alles ständig gereinigt wird, spüre ich, dass da immer etwas Abgesondertes, Widerliches sein wird, steril oder nicht, das lasse ich mir nicht nehmen. Ob es Bakterizide sind, die ich rieche, oder schlicht die Atmosphäre des Krankseins, ist mir egal.

Trotz dieser Klinikphobie hatte ich schon einen Tag vorher meinen ganzen Mut zusammen genommen und war ins Krankenhaus gegangen, in das mein Großvater Georg kurz zuvor eingeliefert wurde. Ich hatte keine Wahl, eine Weigerung, ihn zu besuchen, hätte ernsthafte Differenzen mit meiner Mutter ausgelöst. Im schlimmsten Fall wäre ich wohl aus dem Haus geflogen... ja, auch ich war mit meinen 25 Jahren noch ein Bewohner von „Hotel Mama". Und irgendwie, dachte ich, gehörte es sich, einem nahen Verwandten einen Besuch abzustatten, wenn es nur aus dem Grund war, um meiner Sozialkompetenz ein paar Punkte zu schenken – das schlechte Gewissen eben! - auch wenn es sich „nur" um meinen Großvater handelte. Wir hatten noch nie viel miteinander am Hut. Seit er wegen beginnender Demenz von meiner Mutter betreut werden musste, sah ich ihn – um ehrlich zu sein - mehr als Störfaktor denn als Familienmitglied an.

Mein Großvater war im Grunde ein freundlicher Mensch. Er hatte gute Manieren, schlüpfte an jedem Sonntag in seinen grauen Anzug und band sich eine Krawatte um. Meine Mutter und ich neigten dazu, dieses Verhalten zu belächeln, aber wir mussten zugeben, dass es uns auch ein klein wenig imponierte; vor allem, wenn ich gegen Mittag immer noch in meinem Schlafshirt durch die Wohnung lief und Mühe hatte, die Augen ans Tageslicht zu gewöhnen, während Opa sich wie aus dem Ei gepellt präsentierte. Ein solches Maß an Selbstdisziplin flößte mir Respekt ein.

Wäre er ein stiller Mitbewohner gewesen, der brav seine Suppe isst, seine Kreuzworträtsel löst und um acht Uhr schlafen geht, anstatt immer und immer wieder seine alten Geschichten zu erzählen, so hätten wir ihn wohl noch mehr geschätzt. Aber ein und dieselbe Geschichte jeden Tag wieder zu hören, treibt auch den geduldigsten Menschen irgendwann auf die Palme.

„Der Vater war im Krieg, nicht wahr", pflegte er zu sagen, „und die Mutter war als Hausmädchen bei der Herrschaft zu Diensten. Also war ich der Mann im Haus, obwohl ich damals auch erst acht Jahre alt war." Jetzt begannen meistens seine Augen zu wässern. „Da hatte ich keine Zeit, zur Schule zu gehen, weil ich zu Hause ran musste. Obwohl ich das Zeug zu einem guten Schüler gehabt hätte..." usw. usw.

Ich klopfte also an die Zimmertür und wartete auf ein „Herein!" 2.804 – das war doch die Nummer, die mir an der Rezeption gesagt wurde? Schließlich zog ich die Tür auf und riskierte einen Blick ins Zimmer. Schuldbewusst sah ich mich um. Ich war außerhalb der Besuchszeiten hier, woher sollte man die auch wissen, wenn man noch nie hier war? Eine Krankenschwester schob auf dem Flur ein Wägelchen mit Wäsche vorbei, so dass ich die Tür noch einmal schließen musste, um nicht im Weg zu stehen. Schließlich trat ich ein. Zwei Betten standen im Zimmer, auf dem vorderen lag nur eine umgeschlagene Bettdecke, auf dem hinteren, am Fenster, mein Großvater.

„Da bist du ja!", sagte ich; leider fiel mir erst hinterher auf, wie blöd diese Bemerkung war. Wo hätte er denn sonst sein sollen?

Ich erschrak, als ich ihn sah. Er sah viel hinfälliger aus, als ich ihn in Erinnerung hatte, obwohl seit seiner Einlieferung ins Krankenhaus erst fünf Tage vergangen waren. Sein Gesicht war bleich, sein schütteres Haar zerzaust. Zur Sicherheit schaute ich nochmal auf das Namensschild an seinem Bett – Georg Wiesner, ja – das sollte er sein. Seine Augen brauchten eine Weile, ehe sie erkannten, woher die Worte stammten. Umso berührender war es, zu beobachten, wie sie zu leuchten begannen, als er mich erkannte.

„Das ist ja der Martin! Das ist aber schön! Komm' doch, setz dich!"
Er versuchte sich in seinem Bett aufzusetzen, indem er sich mit seinen mageren Armen abwechselnd abstützte und an der grauen Plastiktriangel zog, die über seinem Kopf baumelte. Aber seine Anstrengungen führten nur dazu, dass er in seinem Bett ein Stück nach oben rutschte. Der dünne Schlauch, der an seiner Armvene angezapft war, spannte sich dabei und bereite ihm sichtlich Schmerzen.
„Diese Betten sind aber auch immer falsch eingestellt!" schimpfte er.
„Warte! Ich kann die Lehne höher stellen!"
Ich versuchte, wenigstens den Plastikschlauch frei zu bekommen.
„Nee, lass mal! Da musst du dich nicht drum kümmern! Das soll mal die Schwester machen! Dafür wird sie bezahlt."
„Ist aber keine große Sache…"
„Ach wo! Setzt dich doch, Junge!"
Ich schob mir einen Stuhl an sein Bett heran und hatte plötzlich das dringende Bedürfnis, das Fenster zu öffnen, um frische Luft herein zu lassen. Es roch nach Urin und ich war mir nicht sicher, ob mein Großvater seinen Schließmuskel noch beherrschte. Aber da er nur mit einem dünnen Pyjama bekleidet war, hielt ich das Fenster lieber geschlossen. Er war schließlich der Patient, nicht ich.

„Also, erzähl mal - wie geht's dir?" fragte ich.
„Gut. Gut… Ich sollte halt mehr trinken, meinte der Doktor. Dabei habe ich eh immer meine Kanne Kaffee getrunken, über den Tag verteilt. Aber trotzdem, ein netter Mensch, der Herr Doktor. Und auch die Schwestern – sehr freundlich!"
„Schön! Aber was ist nun mit deinen Nieren? Musst du an die Dialyse?"
„Ich weiß nicht. Die sagen immer nur, sie müssen noch weitere Untersuchungen machen. Dann zapfen sie mir wieder Blut ab – schau nur, mein Arm ist schon ganz zerstochen! Die eine Schwester, so eine Dicke, die macht das hervorragend. Aber die andere kann das gar nicht. Schau mal, was ich da für einen Bluterguss habe!"
Mir war schon längst aufgefallen, dass sein Handgelenk dunkelviolett war. Die pergamentartige Haut darüber sah aus wie tot. Alt zu werden macht wirklich keinen Spaß, dachte ich.

„Aber das ist ja alles nicht so wichtig," meinte Großvater. „Es wäre wirklich alles in Ordnung, wenn..." plötzlich beugte er sich zu mir und begann zu flüstern. „Wenn **er** nicht wäre!"

Sein Blick wies auf das leere Bett neben seinem.

„Wieso? Was ist mit - ihm?"

„Ein übler Mensch!", sagte er und sogleich schossen Tränen in seine Augen.

„Warum? Sag schon!"

„Er hat mich behandelt wie den letzten Dreck!" Seine Lippen bebten. „Sagt er doch eiskalt zu mir: Sie sind doch selber schuld daran, dass Sie kranke Nieren haben!"

„Was? Wie kann man denn so etwas behaupten?"

„Das hab ich mich auch gefragt. Ich sag zu ihm, jeder kann halt nicht so viel Glück haben und bis ins hohe Alter gesund bleiben. Da muss man erst einmal die Kriegsjahre miterlebt haben, dann kann man mitreden!"

Ohje! dachte ich. Jetzt geht's wieder um den Krieg.

„Wie alt ist denn der Herr?"

„Pah! Angeblich ein Jahr älter als ich! Aber ich glaube, der lügt, wenn er den Mund aufmacht."

„Dann wäre er... 83?"

„Ja, sagt er... Ah! Da ist er ja, der Mistkerl!"

Er deutete mit seiner beschlauchten Hand nach draußen in den Garten.

Ich stand auf und ging zum Fenster. Dort sah ich einen weißhaarigen Mann, der mit so etwas wie Turnübungen beschäftigt war. Er kreiste gleichzeitig seine Arme, dann lief er ein paar Mal vom einen Ende des Gartens zum anderen, was ungefähr fünfzig Meter ausmachte. Anschließend legte er sich auf den Boden, um Liegestütze zu machen, so zwanzig Stück, dann sprang er auf wie ein junger Kerl und lief noch ein paar Runden.

„Der da?" fragte ich ungläubig.

„Ja, genau! Das ist der Kerl."

„Der soll 83 sein? Ich hätte ihn auf keine 60 geschätzt."

„Ich sage ja – ein Aufschneider!"

„Und – was fehlt ihm denn? Er sieht nicht so aus, als hätte er das Krankenhaus nötig."

„Irgendwas mit den Nieren, sagt er. Die Ärzte wollen ihn operieren, aber er weigert sich. Ein renitenter Mensch! Er sagte doch glatt, ich solle mit ihm nach draußen gehen und mich bewegen, sonst käme ich hier nicht wieder raus."

Jetzt wässerten seine Augen deutlich.

„Kannst du dir so was vorstellen, Junge?"

Nun wurde ich richtig wütend. Offenbar hatte dieser Mensch da draußen keinerlei Respekt vor dem Alter und bildete sich ein, mehr zu wissen als die Ärzte.

„Ich glaube, ich sollte mal ein Wörtchen mit dem Typen reden!"

„Nein! Bloß nicht! Ich muss es dann wieder büßen, wenn du ihn verärgerst. So schlimm ist es ja auch gar nicht. Komm! Setz dich wieder!"

Widerwillig nahm ich Platz.

„Weißt du, mein Junge, damals im Schützengraben in Litauen hatte ich einen Major, den konnte kein Mensch leiden. Und manche waren so erbost über ihn, dass sie sich mit ihm anlegten. Aber was hat es gebracht? Nichts! Am nächsten Tag waren sie an einen anderen Frontabschnitt versetzt worden, wo jeder wusste, das war ein Himmelfahrtskommando. Da blieb ich besser ganz ruhig und handelte mir nicht zusätzliche Probleme ein, wo wir doch schon bis zum Hals in der Sch... steckten; keine Munition, nichts mehr zu essen als verschimmeltes Brot..."

Das befürchtete „Gespräch" hatte begonnen und zog sich in die Länge...

„... Wir hatten ja damals alle nichts ... Möge Gott verhindern, dass so was wieder passiert! ... Jeden Tag um fünf Uhr mussten wir aus den Federn ... Barfuß gingen wir zur Schule... Da hab ich zum Feldwebel gesagt: Stecken Sie sich Ihren sch... Befehl in den Allerwertesten! ..."

Ich hoffte darauf, der ominösen Bettnachbar möge ins Zimmer kommen, aber nichts geschah. Kein Arzt, keine Schwester, niemand kam, um mich zu erlösen. Die Luft im Zimmer wurde nicht besser, der Schweiß drang mir aus allen Poren. Großvater hingegen war ganz in seinem Element. Mir blieb kaum noch Zeit, zwischendurch „Ach!" oder „Tatsächlich?" einzuwerfen; von einem Gespräch konnte keine Rede mehr sein. Unsere Unterhaltung war zu einem Solostück geworden. Aber plötzlich schwieg Großvater und schien nachzudenken. Schließlich sagt er: „Und da kommt dieser unverschämte Kerl daher und sagt, ich solle mich nicht so anstellen. Kannst du dir das vorstellen?"

Ja, ich konnte! Und als ich mich endlich verabschiedete, nahm ich mir vor, diesen unverschämten Kerl, der das ausgesprochen hatte, wofür ich bisher viel zu höflich war, aufzusuchen, aber nicht in seinem Zimmer, sondern im Flur oder im Garten; irgendwo würde ich ihn schon treffen. Wenn ich gewusst hätte, worauf ich mich dabei einließ!

„Wie war's?", fragte mich meine Mutter ganz unschuldig, während sie in der Küche mit dem Zerhacken von irgendwelchem Gemüse beschäftigt war.

„Wie es war?", fragte ich. „Du weißt genau, wie es war! Er hat geredet und ich habe zugehört. So wie es immer ist."

„Na, dann geht es ihm ja gut."

„Naja – bis auf eine Sache... Sein Zimmergenosse scheint ein seltsamer Vogel zu sein. Opa hat sich über ihn beschwert."

„So? Wieso das denn?"

„Er scheint ihn ziemlich schwach anzureden. Von wegen, dass er nicht nur rumliegen und sich nicht so anstellen soll."

Jetzt sah auch Mutter von ihrem Schneidebrett auf.

„Donnerwetter!"

Man sah es ihr an den hellen Augen und den nach oben ziehenden Mundwinkeln an, dass sie innerlich jubelte.

„Was meinst du mit ‚Donnerwetter'? Findest du das gut oder schlecht?"

„Ich meine, es schadet meinem Vater nicht, wenn er mal nicht mit Samthandschuhen angefasst wird."

„Aber ein bisschen Respekt vor dem Alter sollte man doch zeigen – wobei ich vergessen habe zu erwähnen, dass der Bettnachbar genauso alt sein soll wie er."

„Na, dann kann er sich auch mehr herausnehmen wie unsereins. Uns wird ja immer gleich Undankbarkeit vorgeworfen, wenn wir mal aufmucken. Und – wie geht's ihm sonst?"

„Weiß nicht. Ich glaube, er hat gar keine Ahnung, was die mit ihm machen."

„Als ich ihn rein gebracht habe, konnten sie auch nichts Genaues sagen. Er ist halt nicht mehr der Jüngste, hieß es. Als ob das eine Diagnose wäre! Aber ihm scheint das nichts auszumachen. Er geht ins Krankenhaus und hat blindes Vertrauen, dass die ihn wieder gesund machen."

„Tja – wenn sich jemand mit einem grünen Kittel und einem Doktortitel bei Opa vorstellt, dann könnte er ihm eine Hirntransplantation vorschlagen und er würde bedenkenlos zustimmen."

Mutter lachte.

„Seien wir froh, dass wir gesund sind."

„Hmm... der Typ aus dem Bett nebenan war gerade im Garten, als ich im Zimmer war. Ich habe ihn von dort aus beobachtet. Der scheint alterslos zu sein. Wenn du ihn siehst, wie er sich bewegt und durch die Gegend rennt, meinst du, er wäre höchstens sechzig."
Mutter zuckte mit den Achseln.
„Manche haben eben gute Gene."
„Ja, vielleicht."

Dieser Typ interessierte mich tatsächlich, auch wenn ich das jetzt vor meiner Mutter nicht zugeben konnte. Ich konnte es ja nicht einmal mir selbst erklären. Es gibt viele Menschen, die jünger aussehen, als ihre Geburtsurkunde vermuten lässt, trotzdem sind sie mir einerlei. Woher also das Interesse an diesem Menschen, den ich nur aus der Ferne gesehen hatte?

·

II

So betrat ich also, ganz untypisch für mich, zum zweiten Mal in diesem Jahr das Krankenhaus. Ich hatte mir extra für dieses Tag frei genommen, weil ich den Bettnachbarn meines Großvaters zu den Besuchszeiten sprechen wollte, jedoch nicht in seinem Zimmer – das hätte mein Großvater nicht gewollt und würde zu unvorhersehbaren Schwierigkeiten führen – sondern im Garten oder in einem Aufenthaltsraum. Es war es mir wert, dafür einen Tag Urlaub zu opfern, wenn ich für meinen Großvater schon sonst nichts tun konnte, dann wollte ich ihn wenigstens vor diesem Unhold in Schutz nehmen.

Ich durchschritt den Flur, ging mal hierhin, mal dorthin und sah mich nach allen Seiten um, ob es hier irgendwo einen Aufenthaltsraum gab, entdeckte aber nichts dergleichen. Also ging ich einfach geradeaus, bis ich an eine große Glastür gelangte, die zum Garten hinaus führte. Sie öffnete sich automatisch und ich ließ mich nicht lange bitten. Zunächst atmete ich einmal tief durch; es war mir grad so, als müsse ich meine Lungen von der Krankenhausluft reinigen.
Draußen saßen ein paar graugesichtige Patienten, eine alte Frau mit einem dicken Morgenmantel, ein ausgemergelter Herr unbestimmbaren Alters, der mit Genuss an einer Zigarette zog, eine nach schwerem Parfum riechende Dame mit Gipsbein, die sich zaghaft auf ihren Krücken fortbewegte, ein kräftiger Herr mit ausgeprägtem Hohlkreuz der auf einen anderen im gestreiften Schlafanzug einredete – aber den sportlichen Alten vom letzten Mal entdeckte ich nicht.
Ich beschloss also, mich erst mal zu setzen; es eilte ja nicht, ich war eben erst gekommen. Die Gartenbank war alles andere als bequem. Ich fragte mich, ob die Patienten dadurch animiert werden sollten, sich mehr zu bewegen, da kam mir siedend heiß in den Sinn, dass mich mein Großvater von seinem Zimmer aus sehen könnte. Er würde mich bzw. meine Mutter fragen, warum ich ihn nicht besucht hätte – das hätte eine nicht wieder gut zu machende Peinlichkeit verursacht. Schnell sprang ich auf und hätte beinahe einem Läufer einen Rempler erteilt, wenn der nicht geistesgegenwärtig ausgewichen wäre. Ich wollte mich entschuldigen, aber er lief unbeirrt weiter. Nach den ersten Schrecksekunden erkannte ich,

dass es der Gesuchte war, mit dem ich beinahe zusammengestoßen wäre. Er musste eben erst den Garten betreten haben, denn dieser maß nicht mehr als hundert mal fünfzig Meter. Hätte er schon früher mit seinem Lauf begonnen, wäre er bestimmt schon einmal an mir vorüber gerannt. Ich wartete also darauf, dass er auf seinem Rückweg in einigen Minuten hier vorbei kommen würde. Ich wartete zwei Minuten, drei Minuten, fünf Minuten und überlegte, ob es wohl noch einen weiteren Zugang zum Garten geben könnte, da kam er wieder angerannt.

„Verzeihen Sie!" rief ich ihm zu und winkte mit der Hand; er blieb tatsächlich stehen.

„Ja, bitte?"

„Ich wollte mit Ihnen über meinen Großvater sprechen, ihren Bettnachbarn, Herrn Wiesner."

„Jetzt gleich?"

„Ja, jetzt gleich."

„Na gut", sagte er. „Wenn es so wichtig ist."

„Es ist wichtig. Ich werde Ihnen gleich erklären, worum es geht."

„Macht es Ihnen etwas aus, hinein zu gehen. Es ist heute etwas frisch und ich habe geschwitzt. Nicht, dass ich mich erkälte!"

„Schon gut! Obwohl Sie nicht so aussehen, als würden Sie sich schnell etwas einfangen."

Er begriff, dass ich auf seine gute Konstitution ansprach und lächelte.

„Man muss es ja nicht darauf anlegen, wenn man es besser weiß."

Wir gingen durch die Glastür und setzten uns auf die Plastiksessel im Flur, die entlang der Wand angebracht waren.

„Also, was kann ich für Sie tun?" fragte der Mann lächelnd.

Er schien sehr höflich zu sein, was mir mein Vorhaben, ihm die Leviten zu lesen, erschwerte.

„Entschuldigen Sie, dass ich Sie in Ihrem Sportprogramm störe, aber ich möchte etwas los werden. Und wenn ich noch länger damit warte, vergesse ich, was mich wütend gemacht hat – ich darf mich zunächst vorstellen: Martin Breitenbaum, mein Name. Der Enkel von Herrn Wiesner."

„Gustav Ohnesorg! Freut mich!"

Er reichte mir seine Hand und ich wusste keinen Grund, sie abzulehnen.

„Aber nun müssen Sie mir auch erklären, worüber Sie wütend sind und was das mit mir zu tun hat."

„Wissen Sie..." begann ich, „... mein Großvater hat mir erzählt, dass Sie sehr abschätzig über ihn gesprochen haben."
Er nickte und schien sofort zu begreifen, worum es ging.
„Nicht über ihn, sondern zu ihm! Ich würde nie etwas Schlechtes **über** einen Menschen sagen, wenn er sich nicht dazu äußern kann."
„Wie auch immer – er fühlt sich verletzt. Warum also haben Sie das getan?"
„Es tut mir leid, wenn er sich verletzt fühlt. Ich achte im Normalfall gut darauf, was ich von mir gebe. Ähm - Sie meinen wahrscheinlich die Sache mit seiner Krankheit?"
„Ja. Er sagte, Sie hätten zu ihm gesagt, er sei selbst schuld an seiner Krankheit."
„Das stimmt! Aber was hätte ich ihm denn sagen sollen? Dass er ganz bestimmt gesund wird, wenn er den ganzen Tag im Bett liegt und mir seine tragische Vergangenheit schildert? Das tut ihm nicht gut, und mir auch nicht."
„Aber er ist doch ein alter Mann! Muss man so gefühllos mit so jemandem umgehen?"
„Herr Breitenbaum, ich glaube nicht, dass ich gefühllos bin. Wenn ich das wäre, hätte ich Ihrem Großvater in allem zugestimmt, was er erzählt hat."
„Wie meinen Sie das?"
„Das ist doch ganz einfach. Er kann gar nicht gesund werden, weil er sich als Opfer seiner Vergangenheit sieht; Krieg, Hunger, Vertreibung und die ganze Palette. Es würde gar nicht in sein Weltbild passen, gesund zu sein."
„Ich weiß nicht, ob es angebracht ist, einem Menschen, der vielleicht nur noch ein paar Monate zu leben hat, sein Weltbild zu stehlen."
„Nicht stehlen! Erlösen! Man sollte ihn von seinem krank machenden Weltbild erlösen. Glauben Sie mir! Ich weiß, wovon ich spreche."

Ich sah ihn fragend an. Er sah wirklich bemerkenswert jung aus. Sein kantiges Gesicht war hager, aber straff, größere Falten fand ich nicht, auch nicht am Hals, für mich immer die Körperstelle, die die unverfälschte Wahrheit über das Alter spricht. Lediglich sein Haar war nahezu weiß, aber immer noch sehr füllig.

„Ich hatte viele Jahre ein Bild von der Welt, das dem Ihres Großvaters ähnelte. Irgendwann war mein Glücksniveau so weit gesunken, dass ich mich entscheiden musste, etwas zu verändern. Aber auch mir wäre das ohne fremde Hilfe nicht gelungen."

„Ihr Glücksniveau?“

„So nenne ich den Grad an Freude, mit dem jemand durch die Welt geht. Das A und O für eine gute Gesundheit.“

„Mag schon sein, aber was soll das alles? Wir sprechen von einem 82jährigen, der schwer krank ist. Wozu jetzt noch an ihm herumexperimentieren?“

„Warum nicht? Ich bin 83. Und wenn ich wüsste, dass ich nur noch eine Woche zu leben hätte, würde ich die Chance, diese Woche zu der besten meines Lebens zu machen, nützen.“

Auch wenn es mir schwer fiel, diesem Typen seine 83 Jahre abzunehmen, so ergab das, was er sagte, für mich einen Sinn.

„Sie glauben also, Sie könnten meinem Großvater zu einem besseren Leben verhelfen?“

„Ich kann ihm nur den Anstoß dazu geben, den Rest muss er selber machen.“

„Und wie genau wollen Sie das anstellen? Bisher waren Sie ja nicht besonders erfolgreich. Er fühlt sich beleidigt. Er hat, glaube ich, sogar Angst vor Ihnen! Tut die Wahrheit gut, wenn sie verletzt?“

Er wiegte den Kopf hin und her.

„Ich kann nur tun, was ich für richtig halte. Und mein Wunsch ist es, ihm zu helfen, davon dürfen Sie ausgehen. Aber natürlich haben Sie recht; wenn er Angst vor mir hat, habe ich wohl übers Ziel hinausgeschossen. Ich dachte mir, eine Beleidigung kann ein sehr wirksamer Anstoß sein. Vielleicht bin ich nicht der richtige Mensch, um ihm ein neues Lebensgefühl zu vermitteln. Denken Sie mal drüber nach, wie Sie ihrem Großvater helfen könnten, ein bisschen mehr Freude im Leben zu haben! Er braucht eine Perspektive für sein Leben, und wenn es nur für ein paar Jahre ist. Machen Sie was mit ihm zusammen! Zeigen Sie ihm die Welt aus Ihrer Sicht! Was meinen Sie?“

Er strahlte mich an und legte mir seine Hand auf die Schulter als wären wir die besten Freunde.

„Aber jetzt müssen Sie mich entschuldigen; ich muss mein Trainingsprogramm wieder aufnehmen, sonst komme ich zu spät zur Visite.“

Er stand auf und schüttelte mir die Hand.

„Besuchen Sie mich doch wieder! Es wird sich bestimmt etwas tun in den nächsten Tagen.“

Mit diesen Worten ging er wieder in den Garten und begann zu laufen.

‚Zeigen Sie ihm die Welt aus Ihrer Sicht!‘

Das ließ ich wohl besser bleiben. Denn so grandios fand ich die Welt zu diesem Zeitpunkt nicht.

Dieser Gustav Ohnesorg war ein Mensch, der alles andere als gewöhnlich war. Und sein Vorschlag, meinem Großvater ein neues Lebensgefühl zu vermitteln, war richtig und traf mich an meiner empfindlichsten Stelle – dort, wo ich noch nicht erwachsen war, dort, wo ich Angst hatte und Verantwortung auf andere abwälzte. Aber seinem Rat zu folgen, hätte mir viel abverlangt.

Wer kennt das nicht? Oft fühlt man sich zu einer Sache hingezogen und weiß instinktiv, dass sie eine bedeutende Wende darstellen könnte, und trotzdem behandelt man sie nach kurzer Zeit, als sei sie eine unbedeutende Meldung in der Tageszeitung, die man liest und wieder vergisst. Genauso erging es mir nach dem Gespräch mit Gustav Ohnesorg. Er war jemand, der dem Geheimnis der ewigen Jugend auf der Spur war, mehr noch, er hatte offenbar eine Antwort auf die Frage nach dem Glück gefunden. Einige seiner Sätze gingen mir nicht aus dem Kopf – seine Aussage über das Glücksniveau, das man verändern konnte, wenn man nur wollte… über die Lebensperspektive…

Ich verbrachte die eine oder andere Stunde schlaflos im Bett, während ich die Möglichkeit, mein eigenes Glücksniveau anzuheben, von einer Ecke meines Denkapparates in die andere schubste. Aber nach und nach breitete ich den Mantel der Bequemlichkeit über die unangenehmen Wahrheiten aus und nach zwei Tagen und zwei Nächten hatte mich der Alltag wieder voll im Griff und die Erinnerung an jenes Gespräch verblasste zusehends.

Bis mir eines Morgens meine Mutter eröffnete, dass mein Großvater nach mir gefragt hätte. Sie wüsste nicht, worum es ging, aber es schien wichtig zu sein. Ich hatte den Eindruck, dass es auch meiner Mutter wichtig war. Sie wirkte in der letzten Zeit zerstreut und bedrückt.

„Er hat in den letzten Tagen sehr entspannt gewirkt, aber ich will nicht wissen, welche Tropfen die ihm intravenös verabreichen", sagte sie. „Sprich mal mit ihm und sag mir dann, wer von uns beiden verrückt ist."

„Warum? Was hat er denn gesagt?"

„Nicht viel. Meistens sitzt er in seinem Stuhl und schaut entrückt in den Garten hinaus. Wenn ich ihn frage, wie er sich fühlt, sagt er immer: ‚Alles ist gut! Egal, ob ich nun gesund bin oder nicht.' Wenn das nicht verrückt ist…"

Also ging ich zum dritten Mal ins Krankenhaus. Insgeheim hoffte ich, Gustav Ohnesorg wieder zu treffen. Ich hatte die Vermutung, dass der entrückte Zustand meines Großvaters etwas mit ihm zu tun hatte.
Ich brauchte auch gar nicht erst nach ihm zu suchen, denn er saß mit Großvater im Krankenzimmer am Tisch und las mit ihm die Tageszeitung, das heißt, Gustav las ihm etwas vor und anschließend lachten sie darüber, als wäre es ein Witzjournal.

„Martin, mein Junge, schön, dass du da bist!" rief Großvater. „Komm! Setzt dich. Ich muss dir was sagen."
Er war in einer ausgesprochen heiteren Stimmung. Wenn ich nicht genau gewusst hätte, dass Alkohol hier verboten war, hätte ich auf 1,2 Promille getippt.
Gustav Ohnesorg erhob sich und reichte mir die Hand.
„Ja, ich freue mich auch, Martin! Ich darf doch Martin sagen?"
„Klar! Also, worum geht es?"
Es herrschte eine Stimmung zwischen den beiden, als planten sie, einen Millionengewinn aufzuteilen oder sich ein paar Stripperinnen ins Zimmer zu bestellen.
„Georg, also dein Großvater, möchte dir etwas sagen!"
„Hör zu!" sagte mein Großvater und kam mit gewichtiger Miene ganz nah an mein Gesicht heran. „Ich werde sterben."

Ich sah ihm in die Augen, sah zu Gustav Ohnesorg und wieder zurück und rechnete irgendwie damit, dass sie jeden Moment gleich wieder beide losprusteten, weil sie einen genialen Witz gemacht hatten. Aber nichts. Sie sahen mich an, lächelten und warteten auf eine Reaktion.

„Das müssen wir alle, Großvater! Um mir das zu sagen, sollte ich kommen? Ich finde das gar nicht komisch."
Großvater schien nicht zu verstehen, was ich damit sagen wollte, und suchte nach Worten.
„Er wird schon sehr bald sterben, Martin!" ergänzte Gustav schließlich.
„Was heißt ‚sehr bald'?"
„In ein paar Tagen. So genau kann man das nicht sagen. Aber bestimmt noch vor dem Wochenende."

Ich konnte nicht begreifen, wie man so eine Aussage machen und dabei ganz ruhig bleiben konnte. Ich fühlte plötzlich Schweiß auf meiner Stirn.

„Haben das die Ärzte gesagt? Was wissen die schon?"

„Nein, nicht die Ärzte", sagte Großvater. „Die wissen tatsächlich nichts. Ich habe das gesagt."

„Und warum sagst du sowas? Soll das lustig sein?"

„Ich habe das gesagt, weil ich es so beschlossen habe."

„Jetzt wird's mir aber zu bunt!" schimpfte ich. „Als ich hier herein kam, traf ich euch beide, wie ihr euch über irgendeinen Kalauer krumm und schief lacht, und nun sagst du so mir-nichts-dir-nichts ‚ich habe beschlossen zu sterben'. Steht ihr unter Drogen, oder was?"

„Ach, du willst wissen, warum wir vorhin so gelacht haben?" sagte Gustav. „Das war wegen dem Zeitungsartikel über den Tod von diesem Politiker... wie hieß er doch gleich? Egal! Da steht: ‚Führende Politiker aller Parteien zeigten sich bestürzt über den unerwarteten Tod von...' usw. usw. ‚... Sein Tod ist ein unermesslicher Verlust für alle, die ihn kannten...' Hihihi! Und hier kommt's: ‚Für den kommenden Montag wird Staatstrauer angeordnet.' Hahaha!"

Er begann zu lachen, bis ihm die Tränen kamen und Großvater haute sich auf die Schenkel und verlor beinahe sein Gebiss vor Lachen.

Ich fühlte mich wie im falschen Film. Ihr Lachen war zweifelsohne ansteckend, aber über so eine traurige Sache konnte ich einfach nicht lachen; ich verstand es einfach nicht.

„Gut, gut! Ihr hattet euren Spaß. Jetzt sagt mir vielleicht jemand mal, was los ist."

„Tut mir leid, mein Junge! Ich hatte in der letzten Woche viel Zeit, mich mit Gustav zu unterhalten. Und er hat mir die Augen geöffnet."

„Aha."

„Ja, ich habe jetzt begriffen, dass alles, was in meinem Leben geschieht, nur deshalb geschieht, weil ich es so beschlossen habe."

„Phh! Ich würde mal sagen, das ist Überheblichkeit hoch drei."

„Neinnein! Das siehst du falsch. Ich entscheide über mein Leben, und du entscheidest über dein Leben. Was soll daran überheblich sein?"

„Wenn du dir das Leben nehmen willst, sind verdammt noch mal noch viele andere Menschen davon betroffen. Menschen, die sehr traurig wären, wenn du nicht mehr da bist."

„Aber Junge!" Großvater schüttelte den Kopf, als hätte ich etwas sehr Dummes gesagt.

„Erstens nehme ich mir nicht das Leben, so wie es ein Selbstmörder tut, und zweitens glaube ich nicht, dass du sehr traurig bist, wenn ich tot bin."

„Wie kannst du das sagen?!"

„Wenn ich so wichtig für dich wäre, hättest du mich täglich besucht, oder?"

Blut schoss in meinen Kopf, mir wurde leicht schwindelig. Ich konnte ihm nicht widersprechen.

„Und dass ich für deine Mutter eher eine Belastung als eine Bereicherung bin, ist auch kein Geheimnis. Ich weiß doch, dass ich euch mit meinen Geschichten auf die Nerven gehe. Aber was tut sich denn noch in meinem Alltag? Nichts! Das Leben fließt an mir vorbei und ich komme nicht mehr mit."

„Aber das lässt sich doch ändern."

„Ja, es ließe sich ändern, das stimmt. Aber es wäre sehr mühsam für mich; ich müsste so viel ändern, so viel begreifen... Dafür fühle ich mich zu alt und zu müde. Nein, jetzt ist der beste Zeitpunkt abzutreten."

„Und wie willst du das machen? Dich an diesem Gymnastikhaken an deinem Bett erhängen?"

„Ich sagte doch schon, ich werde nicht gewaltsam aus dem Leben gerissen. Das muss nicht sein. Ich werde einschlafen oder einen schweren Schlaganfall erleiden, oder vielleicht versagen meine Nieren ganz plötzlich. Es gibt so viele Möglichkeiten zu sterben..."

„Aber man kann doch nicht einfach so sterben!"

„Doch, man kann", mischte sich Gustav ein. „Es ist eine Entscheidung, die man ganz tief in sich trifft. Wenn dein Denken und deine Seele im Einklang sind, geschieht, was du willst. Georg will sterben, daher gibt es keine Notwendigkeit mehr für seinen Körper, sich zu heilen."

„Das ist Bockmist! Keiner hat das Recht, sein Leben vorsätzlich zu beenden, egal, auf welche Weise."

„Warum nicht?"

„Weil es ein Geschenk ist, das man nicht einfach wegwirft!"

„Ich meine, Georg hat das Geschenk seines Lebens sehr wohl geachtet; 82 Jahre lang. Er hat immer versucht, sein Bestes daraus zu machen. Aber jetzt ist es ihm nicht mehr dienlich. Er wird ein neues Geschenk bekommen."

„Was soll das nun wieder heißen?"

„Seine Seele wird sich einen neuen Körper bauen."

„Ach? In welcher Sekte haben sie dir das denn beigebracht? Wozu sollte Gott ihm einen neuen Körper schenken, wenn er den alten nicht mehr haben will? Das ist doch - "

Da nahm Großvater meine Hand, was er schon seit Jahren nicht mehr getan hatte. Sie fühlte sich stark und warm an.

„Es ist doch alles gut, Junge! Ich bin in Frieden mit dieser Entscheidung. Sei du es auch! Oder willst du mich lieber langsam dahinsiechen sehen, mit Schläuchen an Apparaturen angeschlossen, die nach und nach meine Körperfunktionen ersetzen? Möchtest du das wirklich? Würdest du dich wohl dabei fühlen, wenn du mich hier liegen siehst, Tag für Tag, Woche für Woche, und nicht weißt, ob ich schlimme Schmerzen erleide, weil ich es nicht mehr sagen kann? Was erwartest du von mir? Gibt es eine Art zu sterben, die du vorziehen würdest? Dann nenne sie mir!"
Ich konnte ihm keine Antwort auf seine Frage geben. Ich war ratlos wie selten zuvor. In meinem Kopf herrschte ein heilloses Durcheinander.
„Ich will jetzt nicht mehr darüber sprechen", sagte ich, „jetzt nicht. Sag mir bitte nur, warum ich herkommen sollte."
„Ich wollte dir erklären, dass ich sterben möchte, wie es einem Menschen geziemt zu sterben. Und ich hatte gehofft, du könntest es verstehen und deiner Mutter begreiflich machen. Sie denkt, ich bin verrückt."
„Was ich ihr nicht verdenken kann."
„Ich bin morgen noch hier", sagte Großvater mit einer Gewissheit, als handle er nach einem genau festgelegten Zeitplan. „Denk drüber nach, was ich gesagt habe und sag mir morgen Bescheid, wie du dazu stehst."
„Und wenn ich dein Vorhaben nicht billige?"
Er zuckte die Achseln. „Es wird nichts ändern; die Sache wird für euch halt etwas weniger friedlich ablaufen."

III.

Als ich nach Hause kam, war meine Mutter nicht da. Das war ungewöhnlich, weil sie um diese Zeit nie ausging. Außerdem hatte ich erwartet, dass sie unbedingt wissen wollte, wie meine Unterhaltung mit Großvater verlaufen war.

Beunruhigt ging ich zum Kühlschrank und öffnete ein Glas mit Essiggurken, nur um irgendetwas im Magen zu haben. Ich hatte Hunger, aber mein Chaos im Kopf setzte mich außerstande, mich auf den Vorgang des Kochens zu konzentrieren. Warum wollte ich Großvater nicht sterben lassen? Darf man sterben **wollen**?

Er hatte recht, es wäre im Grunde für alle eine Erleichterung, wenn er nicht mehr leben würde. Die ewigen Fahrten zum Arzt, seine zunehmende Inkontinenz, seine Art, anderen beim Arbeiten zuzusehen und womöglich zu kommentieren, alles das war eine Belastung, und es wäre verlogen gewesen, zu sagen, er würde uns schrecklich fehlen. Aber das auszusprechen war einfach ungeheuerlich. Der Großvater, den ich kannte, hätte nicht so gesprochen, wie er es heute tat. Das Sterben war für eine Sache gewesen, die viel mit dem Glauben zu tun hatte, dem christlichen Glauben an Fegefeuer und Demut und Gnade. ‚Seine Seele wird sich einen neuen Körper bauen‘ – in welcher Sekte wurden solche Sätze verbreitet?

Dieser Gustav Ohnesorg war mir unheimlich. Seine alterslose Erscheinung und seine magische Anziehungskraft ließen bei mir alle Alarmglocken schrillen. Er wusste sehr gut, wie man Menschen manipuliert, aber was wollte er damit erreichen? Ich dachte an jene Schreckensmeldung, als Hunderte von Sektenanhängern auf Geheiß ihres Führers Selbstmord begingen... Und dann sein jungendliches Gesicht – womöglich hatte er sich eine gutsitzende Maske aus Silikon anfertigen lassen?

Ich hörte, wie der Schlüssel an der Haustür ins Schloss geschoben wurde; meine Mutter kam nach Hause.
„Wo warst du?“
Ich sah jetzt erst, dass sie einen Trainingsanzug trug.
„Ich war Laufen.“
„Du bist schon Jahre nicht mehr gelaufen.“
„Na und? Zeit, wieder damit anzufangen.“

Ihr Gesicht war gerötet, ihre schweißnassen Haare klebten an der Stirn. Es war seltsam, sie so verschwitzt zu sehen. Sie war noch nie besonders sportlich gewesen, jedenfalls nicht, so lange ich sie kannte.

Sie füllte ein Glas mit Leitungswasser und trank es gierig aus.
„Hat gut getan. Wie war es bei Opa?"
„Du hast Recht, er ist verrückt. Und ich vermute stark, das hat mit seinem Bettnachbarn zu tun. Er ist es, der ihm solche Flausen in den Kopf setzt. Von alleine käme er doch nie darauf, sein Leben beenden zu wollen."
„Er will es also immer noch tun?"
„Ja! Er wollte mir immer erklären, dass es ganz normal ist. Aber das ist doch gerade ein Anzeichen von Wahnsinn, wenn man betonen muss, dass man normal ist!"
„Und? Was sollen wir jetzt tun?" Sie atmete immer noch sehr schnell.
„Ich glaube, wir sollten ihn zuerst von Gustav isolieren. Und dann vielleicht entmündigen. Ich denke, das geht, wenn er eine Gefahr für sich selbst darstellt."
„Gustav?"
„Sein Bettnachbar, Gustav Ohnesorg."
„Du bist per du mit ihm?"
„Hmm... ja, hat sich so ergeben. Das ist ein ganz raffinierter Kerl, weißt du!"
„Weiß nicht, ich kenne ihn nicht. Wir müssten dann wohl mit der Krankenhausverwaltung reden."
„Ja... Aber ich will Großvater nicht hintergehen. Ich soll dir ausrichten, dass du dich nicht gegen seinen Entschluss stellen sollst, ihn sterben zu lassen; er würde es so oder so tun. Er sagte, er sei im Frieden damit."
„Also was nun? Sollen wir ihn entmündigen lassen oder zuschauen, wie er stirbt?"
„Ich weiß auch nicht. Es hörte sich alles so einfach an, als wäre das Sterben nichts, worüber man sich groß Gedanken machen sollte."

Mutter schwieg eine Weile. Dann fragte sie mich: „Weißt du, warum ich laufen war?"
„Nein, aber du sagst es mir gleich, oder?"
„Genau. Setz dich erst mal!"
Jetzt wurde es spannend.

„Als dein Großvater davon zu reden begann, dass er den Entschluss gefasst hätte zu sterben, hat mich das irgendwie durcheinander gebracht. Ich konnte gar nicht ruhig darüber nachdenken, weil mein Herz pochte wie verrückt. Mir war zumute, als hätte ich diese Situation schon einmal erlebt. Und plötzlich fühlte ich mich daran erinnert, wie es war, als mich dein Vater verließ. Auch er sagte, er habe den Entschluss – den Entschluss! - gefasst, die Ehe mit mir zu beenden."

Ich fühlte die Hitze in meinen Kopf aufsteigen. Das Chaos dort wurde immer größer. Noch nie hatte Mutter mit mir darüber gesprochen.

„Ich dachte zuerst, das sei nur so ein Hirngespinst, in ein paar Tagen würde er es sich anders überlegt haben. Doch dann erklärte er mir, dass er beim Anwalt war."

Ihre Stimme zitterte ein wenig.

„Ich wurde wütend und forderte ihn auf, diesen Unsinn zu lassen, ob er denn nicht wüsste, was alles auf dem Spiel steht. Doch er antwortete seelenruhig: ‚Ich hab dir doch gesagt, dass mein Entschluss feststeht.' Da wurde mir klar, dass ich nichts würde tun können, um ihn davon abzubringen. Und dennoch wollte ich unsere Ehe nicht aufgeben. Ich überlegte mir, dass ich wahrscheinlich gewisse Eigenheiten hatte, die für ihn nicht auszuhalten waren – was weiß ich? – vielleicht frage ich ihn zu viel aus, vielleicht verdrehe ich die Augen zu oft, vielleicht bin ich zu unnahbar, alles Mögliche ging mir durch den Kopf. Ich dachte, wenn ich genau auf mich achtete, müsste ich die Ursache finden, die deinem Vater das Zusammenleben mit mir unmöglich machte."

„Ich verstehe. Aber warum erzählst du mir das alles?"

„Das wirst du gleich erfahren. Ich verwöhnte ihn also noch mehr als bisher, ich versuchte, mit ihm zu reden, herauszufinden, was ihn dazu bewegte, so etwas zu tun... Es war alles umsonst. Ich spionierte ihm hinterher, aber ich fand nichts, keine andere Frau, keine schlechten Freunde, nichts! Und je mehr ich mich um ihn bemühte, desto mehr schien ich ihn aus dem Haus zu treiben. Dann, eines Tages, eröffnete er mir, dass er eine Wohnung gefunden hätte und jetzt ausziehen wolle."

„Wann war das?"

„Du warst erst zwei Jahre alt."

„Ich kann mich kaum noch an ihn erinnern. Nur die Beerdigung ist mir noch bis ins Detail im Gedächtnis geblieben..."

Plötzlich bemerkte ich Tränen in ihren Augen. Sie machte eine Handbewegung, als wolle sie etwas wegwischen und sagte: „Ja, der Unfall. Alle sagten, wie tragisch! Und wie praktisch! Kurz vor dem Scheidungstermin! Ich bekam das Haus, eine Witwenrente, einen beträchtlichen Betrag von der Lebensversicherung. Irgendwie schien ich Glück zu haben. Aber in Wirklichkeit... in Wirklichkeit – " Plötzlich ergriff sie meine Hand. Das war heute schon das zweite Mal, dass jemand meine Hand nahm! „ – habe ich ihm diesen Tod gewünscht."

Jetzt liefen die Tränen über ihre Wangen. Ich wusste nicht mehr, wie mir geschah. Ihre Traurigkeit schwappte auf mich über.

„Aber – aber, Mama, das tun viele Menschen, wenn sie wütend sind."

„Kann schon sein. Aber wie oft tritt auch das ein, was man sich wünscht? Nie! Außer... außer man wünscht es sich aus tiefster Seele; und das habe ich getan, glaub mir. Ich habe diesen Tod herbeigeführt."

„Ach was! Ein dummer Zufall, nicht mehr."

„Das habe ich mir auch immer vorgesagt. Doch ich glaube nicht mehr an einen Zufall, nicht, seit ich am Morgen Großvater über seinen geplanten Tod reden gehört hatte. Aber wenn es kein Zufall war, was war es dann? Jedenfalls etwas, was mir zu dieser Zeit unheimlich erschien. Darüber zu reden hätte mir Angst eingejagt. Womöglich würde ich das Unheimliche zu mir einladen."

Mutter schnäuzte sich in ein Taschentuch.

„Weißt du, meine Wut, die ich damals hatte, kam daher, dass ich so ohnmächtig war. Ich dachte immer, ich könnte alles kontrollieren und immer einen Weg finden, so dass es für mich passt. Für mich! Verstehst du? Ich dachte keine Sekunde an ihn. Daher war mein ganzes Bemühen nutzlos. Das hat mich so enorm wütend gemacht! Dabei hätte alles ganz friedlich ablaufen können, wenn ich seine Entscheidung akzeptiert hätte. Das wurde mir vorher beim Laufen klar. Vielleicht würde er dann noch leben..."

„Nein! Das ist Unsinn!" widersprach ich vehement. „Der Unfall ist passiert, weil er zu schnell gefahren ist, weil er auf eisglatter Fahrbahn in einer Kurve ins Schleudern geraten ist. Dich trifft keine Schuld."

Mutter hatte jetzt einen seltsamen Gesichtsausdruck, so, als sähe sie einen Geist im Zimmer stehen, auf den sie die ganze Zeit über gewartet hatte.

„Und wenn ich dir sage, dass ich seinen Unfall genau so vorausgesehen habe?"

„Solche Geschichten hört man immer wieder. Ich glaube nicht daran. Ich glaube, dass Menschen, die in Extremsituationen einen Schock erlitten haben, Gegenwart und Vergangenheit durcheinander bringen."

„Ich war nicht unter Schock."

„Nicht?"

„Nein. Ich wusste ja, was passieren würde. Weil ich es genau so wollte."

„Mama! Du redest dir da was ein! Er ist tot. Es gibt nichts, was du dir vorwerfen müsstest. Und jetzt Schluss damit! Und vielleicht wollte Vater seinen Tod ja selbst, so wie Opa."

Der Blick meiner Mutter klärte sich wieder.

„Ja, vielleicht. Nur auf andere Weise... Ich habe dir das nur gesagt, damit du nicht denselben Fehler machst wie ich."

„Was meinst du?"

„Wenn dein Opa beschlossen hat zu sterben, lass ihn! Du könntest ihn nie davon abhalten. Wenn du es trotzdem versuchst, denk daran, wohin mich mein Fanatismus gebracht hat."

Ich hatte immer noch Probleme damit, ihrer Logik zu folgen... Mein Vater möchte sich von ihr scheiden lassen – sie akzeptiert seine Entscheidung nicht – er setzt sich durch – sie bestraft ihn damit, dass sie ihm den Tod wünscht – er stirbt – sie ist an seinem Tod schuld.

„Ich verstehe das immer noch nicht. Was könnte geschehen, wenn ich Opa davon abhalten wollte zu sterben? Was könnte Schlimmeres passieren, außer dass er stirbt?"

„Möglicherweise würdest du ihn in dem Bestreben, ihn im Leben zu halten, verletzen; nicht am Leib, aber in der Seele. Du würdest ihm so zusetzen, dass er seinen inneren Frieden verliert. Er würde auf deinen Wunsch mehr Rücksicht nehmen als auf seinen eigenen."

„Phh! Wer sagt, dass er damit nicht besser fährt?"

„Das wissen wir nicht. Aber er weiß es. Lass ihn in Frieden, o.k.?"

Ich hatte zu dem Zeitpunkt noch nicht begriffen, welche Folgen es hatte, dass ich des allgemeinen Friedens und meiner Mutter zuliebe beschloss, mit Großvater nicht mehr über dieses Thema zu sprechen.

Am übernächsten Morgen rief jemand von der Klinik an, dass Georg Wiesner in der Nacht verstorben war. Akutes Nierenversagen, hieß es, in seinem Zustand und in seinem Alter nichts Ungewöhnliches. Jetzt fiel es mir wieder ein – Gustav Ohnesorg hatte mich dazu aufgefordert, darüber nachzudenken, wie ich meinen Großvater zu mehr Lebensfreude verhelfen könnte.

IV.

Mutter schien die ganze Zeit über sehr gefasst. Sie redete nicht viel, scheinbar gab es nichts Verborgenes in ihrem Herzen, was sie ausschütten musste oder nur vor mir nicht ausschütten wollte. In mir bewegte sich nicht viel. Einige Erinnerungsfetzen an Opa, ein leicht beschmutztes Gewissen, das war es dann. Jedoch fand ich es erschreckend zu erfahren, welche Emotionen sich hinter ganz gewöhnlichen Gegenständen verbergen und dich anspringen, sobald du dir ihrer gewahr wirst.

Als ich die Brille meines Großvaters in der Hand hielt, löste ein plötzlicher Druck in der Körpermitte eine Reaktion der Tränendrüsen aus, die mich völlig unvorbereitet traf.

Es war doch nur eine Brille! Und dann hielt ich andere Dinge in meinen Händen: ein Gesellenbrief, ein Notizbuch, eine Mütze, ein Taschentuch, ein Bleistiftstummel, und sah mich zahllosen Attacken auf meine Seele ausgesetzt. Warum nur? Es waren tote Gegenstände!

Ich wusste nicht, was meine Mutter dabei empfand, den Hausstand ihres Vaters auszuräumen und zum größten Teil in einer Mülltonne verschwinden zu lassen. Ihr Gesicht war verschlossen, nicht auf eine Weise, wie man es oft bei Menschen sieht, die einen Groll in sich tragen gegenüber dem ungerechten Schicksal, das sie ereilt hat, Menschen, die ihre Bitterkeit unverhohlen nach außen zur Schau tragen und mit verkniffenem, lippenlosem Mund umhergehen, als würden sie jedem fröhlichen Menschen die Schuld an ihrem harten Los geben. Nein, es schien mir, als hätte meine Mutter etwas zu erforschen, bei dem ihr im Augenblick niemand helfen konnte, das musste ich akzeptieren. Ich hätte sie fragen können, welche Erinnerungen mit all dem persönlichen Kram verbunden waren, der aus muffigen Schubläden und knarrenden Schränken ans Tageslicht gehoben wurde, aber irgendwie erschien es mir zu profan, in diese geheimnisvolle Stimmung einzubrechen und sie mit wertlosem Gerede zu zerstören. Ich konnte es damals noch nicht so benennen, aber ich ahnte wohl, dass uns in dieser Zeit etwas Heiliges umgab.

Der Tag der Beerdigung glich einem Spießrutenlauf. Eine nicht enden wollende Zahl Verwandte und Freunde Großvaters drückten meiner Mutter und mir die Hand und jeder fühlte sich bemüßigt, etwas Passendes zu diesem Anlass zu sagen. Meistens waren es hilflose Versuche, Trauer mit den Lippen auszudrücken, wo es im Herzen keine gab. Aber es waren auch einige dabei, denen die Ehrlichkeit den Pfad in unsere Herzen ebnete, wenn ein offenes „Er war ein guter Mensch" kam oder ein „Gut, dass er nicht leiden musste", so war mir leichter zumute als bei einem „Ich kann es nicht fassen!" oder einem „Aufrichtiges Beileid!" Aber wem sollte man es verdenken, dass er auf solche Situationen nicht gefasst war, wenn er sich zeitlebens mit weltlichen Dingen befasst hatte?

Ja, in der Tat fühlte ich mich zusammen mit Mutter von einer besonderen Aura umgeben, die uns weiter blicken ließ als jene, die aus Anstand und Sitte zum Begräbnis gekommen waren. Ich fragte mich, ob die Berührung mit den persönlichen Gegenständen des Toten uns einen Hauch von der Ewigkeit vermittelt hatte, in der sich Großvater jetzt befand.

Als alles vorüber war und die letzten Beileidswünsche ausgetauscht und Hilfeangebote zugesichert waren, fragte mich Mutter:
„Ich hätte eigentlich erwartet, seinen Freund, diesen Gustav, auf der Beerdigung zu treffen. Er schien ihn doch irgendwie zu mögen, und dich auch."
Dabei sah sie mich auf eine spezielle Art an, die mir ganz klar sagen sollte: „Kümmere dich drum!"
Damals fand ich noch keine Gemeinsamkeiten zwischen meiner Mutter und Gustav Ohnesorg, der auch für mich noch nicht zu fassen war, und es war für mich völlig unvorstellbar, dass die beiden jemals miteinander kommunizieren könnten, ohne in Streit zu geraten. Das wollte ich nicht riskieren und trat die Flucht nach vorn an: „Warum gehen wir nicht zusammen ins Krankenhaus und besuchen ihn?"
Mutter winkte sogleich ab.
„Neinnein. Das ist deine Sache. Ich habe daheim noch genug zu tun."

Ich war ein Meister darin, Dinge vor mir herzuschieben. Und so schaffte ich es, noch eine Woche verstreichen zu lassen, ehe ich eines Abends ins Krankenhaus ging und mich nach der Zimmernummer von Gustav Ohnesorg erkundigte. Als hätte ich darauf gehofft, erhielt ich die Auskunft, dass Herr Ohnesorg vor zwei Tagen die Klinik verlassen hatte. Ich hätte natürlich nach seiner Adresse fragen können, aber ich sah einen Wink des Schicksals darin, Gustav nicht mehr begegnet zu sein. Was hätte er mir auch groß erzählen können? Und im Grunde war er ein

Fremder für mich, der es nicht einmal für nötig erachtet hatte, zur Beerdigung seines Bettgenossen zu kommen.

Froh darüber, einer lästigen Pflicht entkommen zu sein, beeilte ich mich, nach Hause zu kommen. An einer roten Fußgängerampel mitten in der Stadt, wo ich es wenigsten erwartete, hatte mich das Schicksal schon wieder eingeholt. Auf der anderen Straßenseite stand Gustav Ohnesorg und winkte mir zu.
Er wartete auf seiner Seite, bis ich drüben war.

„So ein Zufall!" sagte er und schüttelte mir die Hand. „Schön, dass wir uns treffen!"
Er sah wirklich sehr gesund aus und noch jünger als bei unserer letzte Begegnung.
„Ich hätte erwartet, dass Sie - du zur Beerdigung kommen würdest...", entgegnete ich mit eben der bitteren Trauermiene, die ich an anderen so verachtete.
„Am Grab zu stehen und das Versenken der Leiche zu beobachten, das ist eine Möglichkeit, sich von einem Menschen zu verabschieden, aber nicht meine. Wie geht es dir?"
„Danke, gut. Und dir?"
„Alles bestens! Jetzt, wo meine Mission erfüllt ist."
„Welche Mission?"
„Ich war nicht zufällig im Krankenhaus. Und schon gar nicht, weil ich krank war. Hihi!"
„Ach! Warum denn dann?"
„Weil ich deinem Großvater das Sterben erleichtern wollte."
Das war die Höhe! Sterbehilfe! Aus vermutlich abstrusen ideologischen Gründen. Ich konnte kaum noch sprechen, so aufgebracht war ich.
„Also doch!" rief ich aus. „Sie haben ihm irgendetwas verpasst, was ihn in diese Apathie versetzte. Warum haben Sie das getan? Ich sollte Sie anzeigen!"
Jetzt kam es für mich nicht mehr in Frage, diesen gemeingefährlich Irren zu duzen.

„Aber nein! Du denkst völlig falsch", erwiderte er in einem herablassenden Ton. „Auch wenn es aus deiner Sicht so aussehen mag. Wenn du ein Stündchen Zeit hast, würde ich dir gerne erklären, wie sich das alles zugetragen hat."

„Ich weiß nicht, warum ich Ihnen zuhören sollte!" schimpfte ich weiter. „Damit Sie mir eine ähnliche Gehirnwäsche verpassen wie Großvater?"

„Was soll an einer Gehirnwäsche schlecht sein? Etwas, was verschmutzt war, wird sauber – das ist doch gut."

„Na gut!" Ich setzte ihm meinen ausgestreckten Zeigefinger auf die Brust. „Aber ich werde Sie ausquetschen, bis ich Ihre Kontonummer und den Namen der ersten Freundin weiß, verstanden? Und wenn mir die Sache nicht geheuer ist, gehe ich noch heute zur Polizei!"

„85559893, Brigitte... den Familiennamen weiß ich nicht mehr. Es ist doch schon fast siebzig Jahre her."

Unwillkürlich musste ich lächeln.

„Idiot!" sagte ich halblaut. „Gehen wir in das Gasthaus vorne an der Kreuzung. Aber nur für ein Stunde! Und wir sitzen uns in die hinterste Ecke, o.k.? Was sollen die Leute denken, wenn sie mich mit einem Mann zusammen sehen, der mein Großvater sein könnte?"

„Eine Reinkarnation?" Er sah mich mit großen Augen an und brachte mich beinahe zum Lachen.

Ich traute ihm immer noch nicht. Da ich fürchtete, von ihm manipuliert zu werden und am Ende womöglich selber den Wunsch verspüren könnte zu sterben, nahm ich mir vor, ihn gar nicht erst zu Wort kommen zu lassen.

„Vorläufig bin ich bereit, es beim du zu belassen, Gustav, weil du ein freundlicher Mensch bist. Aber wenn sich herausstellen sollte, dass das alles nur eine Maske ist, werden andere Saiten aufgezogen, klar?"

„Ganz klar! Dann gehen wir wieder zum Sie über."

Sein Gesicht schien genau das widerzuspiegeln, was ich bei meinen Worten fühlte: sie waren nicht echt. Sie waren eine Kopie von Phrasen gewisser Leute, die mich auf diese Weise selber eingeschüchtert hatten; ich konnte mich selber nicht ernst nehmen, wenn ich so redete. Aber wie zum Trotz blieb ich dabei.

„Und nun erzählst du mir, warum du tatsächlich ins Krankenhaus gekommen bist. Du hattest doch irgendein Leiden, oder?"

„Oh ja! Meine Nieren schmerzten. Aber das war nicht der Grund, warum ich mich ins Krankenhaus einliefern ließ."

„Also was nun? Warst du krank oder nicht?"

„Wenn es irgendwo im Körper zwickt, ist man da gleich krank? Wie gesagt – ich hatte Schmerzen in der Nierengegend; nicht schlimm, aber doch so, dass ich mir Gedanken darüber machen musste, woher die Schmerzen stammten."

„Und dann bist du zum Arzt gegangen und der hat dich ins Krankenhaus geschickt."

„Nein, nicht gleich. Ich brauche keinen Arzt, um herauszufinden, was mit mir los ist. Wenn die Nieren ein Zeichen geben, dann hat das oft mit Kälte zu tun. Du weißt doch, wenn die Füße kalt sind, reagieren die Nieren darauf und du musst öfter auf die Toilette."

„Das stimmt allerdings."

„Aber es war keine Kälte, die von außen kam. Die Kälte, die ich verspürte, hatte damit zu tun, dass ich arm an menschlichen Kontakten war. Ich hatte mich in den letzten Monaten etwas zu sehr zurückgezogen. Ich war mir dessen nicht bewusst, aber im Innersten fehlten mir herzliche Freundschaften."

„Und weiter?" Ich hatte keinen Schimmer, worauf er hinauswollte.

„Und so ging ich doch zum Arzt, weil es mir der am nächsten liegende Weg schien, um Freunde zu finden."

„Du hättest doch auch ins Theater gehen können oder in die Bibliothek oder in die nächste Kneipe, um Freunde zu finden."

„Eine Möglichkeit, aber nicht mein Weg. Das habe ich so ausmeditiert."

„Ausmeditiert?"

„Immer wenn ich eine wichtige Entscheidung zu treffen habe, meditiere ich darüber. Machst du das etwa nicht?"

„Nein. Ich denke darüber nach, was am besten ist, so wie andere Leute auch."

„Und woher weißt du, was am besten für dich ist? Kannst du in die Zukunft denken?"

„Nein. Aber ich kann eins und eins zusammenzählen. Kannst du denn in die Zukunft meditieren?"

„Da Zukunft und Vergangenheit nicht real sind, muss ich das gar nicht. Aber das führt jetzt zu weit, ich sehe schon, dass dich das nur verwirrt. Jedenfalls entschloss ich mich, zum Arzt zu gehen. Und – wen wundert's? – meine Nierenwerte gefielen ihm gar nicht. Im Ultraschall konnte er gar eine Wucherung in der linken Niere erkennen. Er überwies mich sofort ins Krankenhaus. Dort wurde dann eine Zyste an meiner linken Niere diagnostiziert, die übte wohl auch den schmerzhaften Druck in der Nierengegend aus. Sie wollten mich operieren, aber ich weigerte mich und handelte noch etwas Zeit mit den Ärzten aus – Zeit, in der sich die Zyste von alleine zurückbilden konnte und Zeit für Deinen Großvater... Ich wusste ja, warum ich im Krankenhaus war – um Freundschaften zu schließen. Und als ich deinen Großvater sah, wusste ich, dass meine Nieren sich sofort wieder erwärmen würden. Er hatte sich damals ebenso nach Freundschaft gesehnt wie ich. Er war freundlich uns stets auf das Wohl anderer bedacht. Ich wünschte mir, wir hätten uns schon früher getroffen, nicht erst, als er schon beschlossen hatte zu sterben."

Ich wollte etwas erwidern, aber er ließ mich nicht zu Wort kommen.

„Als ich dann noch dich kennenlernte, war ich praktisch wieder geheilt. Die Ärzte haben wieder mal gar nichts verstanden, aber was soll's? Sie ließen mich nach Hause gehen, nachdem alle Werte wieder im Normbereich waren."

Ich war ratlos. Die Geschichte, die mir Gustav da auftischte, war ziemlich krass. Aber er erzählte sie mit einer Selbstverständlichkeit, dass es mir schwer fiel, sie anzuzweifeln.

Da saß er vor mir, der angeblich 83jährige mit dem Aussehen eines 60jährigen, gab eine phantastische Geschichte zum Besten und ich war fasziniert davon. Aber geht es einem nicht genau so, wenn man Märchen- oder Phantasie-Filme anschaut? Man lässt sich davon begeistern, obwohl man eigentlich Besseres zu tun hätte, als erfundene Geschichten anzuhören...

„Aber wenn du für meinen Großvater nur ein Freund sein wolltest, warum hast du ihn dann so weit gebracht, dass er sterben wollte?"

„Oho! Für wen hältst du mich? Für einen Psychomörder im Stile Hitchcocks? Meine Absicht war von jeher, ihm zu helfen, ein glücklicherer Mensch zu sein. Was sich daraus entwickelte, konnte niemand ahnen. Ich wusste ja auch nicht, was für ein Mensch er war, ehe ich mich mit ihm unterhalten hatte. Und dass Georg starb, war allein seine Entscheidung, nicht meine."

„Und dennoch wage ich zu behaupten, dass er noch leben würde, wenn er dich nicht getroffen hätte!"

Das war hart und böse, aber absolut logisch. Ich war stolz auf mich!

„Da gebe ich dir recht, das ist wahrscheinlich."

„Du gibst also zu, dass du für seinen Tod verantwortlich bist?"

Ich verschärfte den Ton, um seinen Widerstand zu brechen, so wie ich es in Krimiserien bei den ermittelnden Beamten immer gehört hatte.

„Ja, so kann man es sehen."

„Dann werde ich dich leider anzeigen müssen, lieber Gustav."

Wieso ‚lieber Gustav'? Das stand nun in keinem Drehbuch. Wieso sagte ich nur so etwas?

Gustav blieb völlig entspannt.

„Das hätte wenig Sinn. Niemand könnte mir nachweisen, ihn getötet zu haben. Womit denn auch? Mit einem tödlichen Wort? Das wäre schwarze Magie, Hexerei, Schamanismus, und diese Sachen sind doch eh nur Humbug."

„Hmm... Du bist ausgefuchst, das muss ich sagen. Aber dann erklär' mir doch bitte endlich, warum mein Großvater sterben wollte. Ich sag's auch nicht weiter!"

„Das will ich gerne tun. Als ich ihn zum ersten Mal sah, war er... kein froher Mensch, um es milde auszudrücken. Es gab einige Umstände in seinem Leben, die ihn quälten. Vor allem im zwischenmenschlichen Bereich gab es Dinge, die ihm an die Nieren gingen. Du weißt noch, was ich vorhin über die Nieren gesagt habe?"

„Kälte – im Besonderen und im Allgemeinen."

„Genau. Und wie so vielen alten Menschen fehlte wohl auch ihm menschliche Wärme."

„Moment! Meine Mutter war für ihn da, den ganzen Tag, rund um die Uhr. Obwohl er kein einfacher Mensch war. Ihm ging es gut bei uns."

Gustav hob beschwichtigend seine Hände.

„Zweifellos! Aber es geht ja nicht darum, jemanden Schuld zuzuweisen, das machen die Politiker und Juristen, aber nicht wir höher entwickelten Menschen. Alles, was er empfunden hat, Gutes und Schlechtes, lag immer allein in seiner Verantwortung, das möchte ich ausdrücklich betonen."

„Wie kann man dafür verantwortlich sein, sich schlecht oder unglücklich zu fühlen? Stimmungen überfallen einen, so wie Regen oder Stürme."

Gustav setzte zu einer Entgegnung an, atmete aber dann wortlos aus und schüttelte den Kopf.

„Wie kann man die Verantwortung für sein Glück von sich weisen? Ich glaube, ich muss in meinen Erklärungen viel weiter in der Vergangenheit beginnen, sonst besteht die Gefahr, dass ich ständig missverstanden werde. Aber – ", er blickte auf die Uhr, „ – das würde den Zeitrahmen, den du vorgegeben hast, sprengen. Was hältst du davon, wenn wir uns ein anderes Mal wieder treffen, wenn du mehr Zeit hast?"

Ich dachte einen Moment nach, war kurz davor, ihm zu sagen, dass ich kein Interesse hätte, doch aus einem nicht lokalisierbaren Impuls heraus, sagte ich:
„Gut! Übermorgen habe ich ab fünf Uhr Zeit, meinetwegen die ganze Nacht hindurch, wenn es sein muss."
„Schön! Dann würde ich sagen, wir treffen uns bei mir. Du wirst auch verköstigt; und ich verlange keine Zeche."

Wir erhoben uns, nachdem wir gezahlt haben. Gustav wollte mich einladen, aber ich lehnte ab. Es war sieben Uhr abends.
„Es ist noch lau draußen" sagte Gustav beiläufig. „Ich denke, ich werde noch ein bisschen laufen."
„Ich verstehe das nicht. Ein normaler Mensch in deinem Alter wäre froh, sich jetzt auf die Couch unter eine Decke zu legen und im Fernsehen den ‚Musikantenstadl' anzuschauen."
„Was hierzulande als normal gilt, ist nicht unbedingt gut. Wenn man die Gewohnheiten der meisten Leute unter die Lupe nimmt, muss man sich fragen, wozu sie einen so gut funktionierenden Körper haben, mit zwei kräftigen Beinen, einem elastischen Rücken und vielseitig einsetzbaren Armen und Händen. Wenn sich der Körper des Menschen den Erfordernissen der Umwelt anpasst, wie Charles Darwin gemeint hat, dann müssten unsere Beine in den nächsten 1000 Jahren zu zwei Stummelchen verkommen, die ausreichen, um uns von der Garage zum Wohnzimmer zu befördern und unsere Rücken könnten steif wie ein Brett sein, weil es zum Liegen und Sitzen viel praktischer wäre. Vom Gebrauch des Gehirns und der Entwicklung von Phantasie und Kreativität will ich gar nicht erst reden."
„Naja – wenn man den ganzen Tag über in einem Büro sitzt und dort unter Zeitdruck Multitasking macht, ist man nach Feierabend geschlaucht und braucht keinen neuen Kick mehr."
„Du redest von dir?"
„Ja. Und von vielen anderen, denen es genauso geht."
„Warum macht ihr es dann?"
„Warum? Weil wir keine Rentner sind wie du!"
„Wie kommst du darauf, dass ich Rentner bin? Ich beziehe keine Rente. Ich habe mehrere Jobs."
„Das wusste ich nicht."

„Wir reden übermorgen weiter. Ich wünsche dir einen schönen Abend!"

„Danke! Wünsch ich dir auch. – Mal schauen, ob heute der ‚Musikantenstadl' kommt", murmelte ich in meinen nicht vorhandenen Bart. Plötzlich fühlte ich mich sehr alt.

„Ich werde zwei Wochen in Urlaub fahren", eröffnete mir meine Mutter, als ich nach Hause kam. „Du kommst doch klar, oder?"
„Ja, natürlich. Aber – du warst noch nie alleine im Urlaub..."
Sie tippte mit dem Finger gegen meine Nasenspitze.
„Das habe ich mir auch gedacht; darum ist es jetzt höchste Zeit."
Ich wartete auf eine genauere Erklärung, aber sie setzte sich auf die Couch, schlürfte an einer Tasse Tee und blätterte irgendein Frauenjournal durch. Sie schien munterer denn je. Ich dachte scharf nach und nahm einen neuen Anlauf.

„War ganz schön stressig, die Beerdigung und alles..."
Sie zuckte mit den Achseln.
„Dein Opa ist jetzt tot. Mein Vater... Nun bin ich niemandem mehr Rechenschaft schuldig. Ich sollte einiges in meinem Leben verändern. Den Urlaub nütze ich dafür, mir darüber klar zu werden, wie."
„Ah! Verstehe. Gute Idee! Ähm... Opa tot, Vater tot - hast du schon eine ungefähre Ahnung, was du an deinem Leben verändern wirst?"
„Du meinst, ob ich dich an die Luft setze?"
Ich spürte, wie ich über und über rot wurde. Meine Frage war offensichtlich zu offensichtlich. Und mir wurde offensichtlich, dass ich ein Problem damit hatte, immer noch an Mutters Rockschürze zu hängen.
„Nein! Das heißt, ja... Ich muss mich dann darauf einstellen – irgendwie..."
„Keine Angst! So schnell wird das nicht passieren. Zunächst einmal muss ich mir überlegen, was ich mit diesem Haus hier machen soll. Es ist einfach zu groß für zwei Personen."
„Ja..."
„Und vielleicht hänge ich meinen Halbtagsjob an den Nagel. Für das, was mir der Verkauf des Hauses einbringt, könnte ich fast von den Zinsen leben. Ein bisschen Heimarbeit dazu und ich hätte ein richtig entspanntes Leben."
„Ja! Warum nicht? Ein paar kleine Jobs ohne große Verpflichtungen..."
Ich dachte an Gustav und überlegte, was er wohl so arbeitete.

33

„Ein Ortswechsel wäre auch nicht schlecht. Ich wollte ja eigentlich noch nie in der Stadt wohnen."

Während sie das sagte, sah sie die Post durch, zumeist Beileidskarten. Sie redete über umwälzende Veränderungen in unserem Leben, während sie Kuverts aufriss, Briefe las und nach Stapeln sortierte. Nebenbei fragte sie mich: „Hast du schon was gegessen? Es ist noch Auflauf in der Küche." Machte sie sich nie über irgendetwas Sorgen?

Es hätte mir ziemlich egal sein können, was meine Mutter so plante. Es war ihr gutes Recht, ihr Leben ohne Rücksicht auf mich zu gestalten. Aber ich verstand nicht, wie sie so ruhig bleiben konnte. Der bloße Gedanke daran, ohne sie zu leben, erschreckte mich. Immerhin war ich die letzten 25 Jahre mit ihr zusammen. Ich beobachtete, wie heißer Zorn in mir aufstieg, zweifellos eine Folge eines inneren Zwiespalts. Hätte ich nicht Angst davor gehabt, ausgelacht zu werden, wäre ein Satz wie: „Wie kannst du mir das antun, Mutter?!" aus meinem Mund geschnellt. Ja, ich hatte in diesem Augenblick große Lust, ein Drama zu inszenieren. Ihre ruhige Art provozierte mich. Glücklicherweise war ein bisschen Ehrgefühl in meinem Leib, das mich daran hinderte, mich wie ein unreifes Kind zu gebärden.

„Danke. Ich habe keinen Hunger. Vielleicht esse ich später noch was. Sag mal – nach allem, was du mir über meinen Großvater erzählt hast – du gibst dir keine Schuld an seinem Tod?"

Das war heftig! Aber endlich sah sie von ihren Briefen auf.

„Nein. Wie kommst du denn darauf? Sollte ich denn?"

„Du machst den Eindruck, als käme dir sein Tod gelegen."

„Du denkst, weil ich auch vom Tod deines Vaters profitiert habe, die Lebensversicherung, das Haus..."

„Und damals machtest du dir Vorwürfe."

„Ja! Weil ich mich in sein Leben eingemischt habe, nicht sichtbar, aber durch meine Gedanken. Mein erster Gedanke am Morgen damals war: ‚Du wirst es büßen!' Ich habe mich gefühlt wie ein Monster... Wie dumm war ich doch!"

„Und jetzt, bei Opa? Was hast du da gedacht?"

„Nichts. Ich nahm es hin, dass er sterben wollte, ebenso, wie ich es hingenommen hätte, wenn ich ihn noch Jahre pflegen hätte müssen. Ich war im Frieden damit."

Sie lächelte kurz.

„Das ist es doch, was ich dir die ganze Zeit über sagen will. Lass nicht zu, dass irgendetwas oder irgendjemand dir deinen Frieden raubt."

Ich nickte.

„Natürlich denke ich viel über meinen Vater nach. Im Grunde war er ein feiner Mensch. Aber es nützte niemandem etwas, wenn ich ein Trauerjahr einlegte. Alle Eltern wünschen ihren Kindern doch, dass sie ein sorgloses Leben führen. Opa hätte bestimmt nichts dagegen einzuwenden, dass ich in Urlaub fahre."

„Das stimmt wohl. Und ich muss ja auch endlich lernen, auf eigenen Füßen zu stehen."

„Da ist nichts, was man lernen muss. Man muss es nur tun."

„Gut!" sagte ich. „Der Urlaub wird es an den Tag bringen. Wann fährst du – und wohin überhaupt?"

„Nach Elba. Hat so eine romantische Aura. Übermorgen geht der Flug. Kannst du mich hinfahren?"

„Am Samstag? Klar."

Übermorgen? Ich hatte einen Termin mit Gustav. Bis dahin würde ich wieder zurück sein. Ich bei Gustav und meine Mutter auf Elba. Ein befremdliches Gefühl.

V.

Gustavs Wohnung zu finden, verlangte gute Ortskenntnisse und eine Portion Beharrlichkeit. Er hatte behauptet, dass seine Wohnung im Wiesenweg, letztes Haus rechts läge. Wie sich herausstellte, gab es in unserer Stadt gar keinen Wiesenweg. Ich konnte mich jedoch erinnern, dass er sagte: „... links von der Waldstraße geht es in den Wiesenweg." Also suchte ich zuerst mal die Waldstraße; selbst die lag am äußersten Stadtrand in einer Gegend, in die ich mich nur selten verirrte. Hier war, wie es salopp hieß, tote Hose. Kein Geschäft, kein Lokal, keine Schule, nicht einmal ein Altersheim. Nur eine größtenteils unbewohnte ehemalige Werksiedlung aus den Sechzigern, die sich die Natur langsam aber sicher zurückholte. Aus Dächern wuchsen schon kleine Fichten, aus kaputten Fenstern ragten die Zweige von Zwergbuchen, Knöterich und Brennnesseln. Es gab hier früher ein Eisenwalzwerk, das wegen fehlender Rentabilität vor vielen Jahren abgerissen wurde. Aber die Wohnhäuser blieben bestehen – einstöckige, einfache Unterkünfte ohne Heizung und Warmwasser. Einige wurden von ihren Bewohnern, alten Leuten und alternativen Wohngruppen, notdürftig instand gehalten, wer weiß, vielleicht wurden sie einfach „besetzt" und niemand kümmerte sich darum. Die Betonfundamente des Walzwerks ließ man stehen. Heute waren sie von Moos und Kletterpflanzen überzogen, als hätte sich der kalte, nackte Beton nun endlich Kleidung übergestreift.
Eine Katze lief vor mir über den Weg, dann noch eine und noch eine. Es war ungewöhnlich ruhig. Vor einem Haus saßen zwei alte Frauen und nickten mir zu.

Die passende Gegend für einen Spinner wie Gustav, dachte ich. Aber das war erst die Waldstraße, nicht der Wiesenweg! Also ging ich bis ans Ende der Straße und dort, wo sie immer mehr zerbröckelte und im Nichts endete, wandte ich mich nach links, immer am Saum einer wilden Wiese entlang. Jedenfalls wurde dieser Weg regelmäßig begangen, das sah ich an der ausgetretenen Spur. Also musste er auch irgendwohin führen. Nach etwa fünf Minuten krümmte sich der Weg nach links, direkt in den Wald hinein, und immer noch gab es kein Anzeichen für eine menschliche Behausung. Schließlich, als ich schon beinahe umgekehrt wäre, tauchte tatsächlich zwischen den Bäumen etwas auf, was ich eindeutig als Gustavs Wohnung identifizierte.

Es war weder Haus noch Hütte, vielmehr ein ausrangierter Bauwagen, der hier anscheinend vergessen worden war. Daneben, nur durch einen schmalen überdachten Holzsteg verbunden, war ein Rundbau, vielleicht vier Meter im Durchmesser, mit einem Dach aus Segeltuch, das auf einer Mauer saß, die aus lose aufeinander gelegten Steinen bestand, nicht höher als ein halber Meter. Das Ganze erinnerte mich an eine mongolische Jurte. Etwas entfernt, hinter diesem Bauwerk, stand ein kleiner Schuppen, daneben erstreckte sich ein großer Gemüsegarten.

Vor der „Wohnung" stand ein Fahrrad. Am Ast einer ausladenden Buche war eine große Gießkanne beweglich aufgehängt, die offenbar über eine Vorrichtung aus drei Stoffsegeln mit Regenwasser gefüllt wurde. An einer Leine waren ein paar Sportshirts aufgehängt, eines erkannte ich wieder, Gustav hatte es bei unserer ersten Begegnung getragen. Den Eingang zum Bauwagen erreichte man über eine selbstgezimmerte Treppe. Über der Tür prangte ein kunstvoll bemaltes Emaille-Schild, auf dem „Ohnesorg" zu lesen war.

Ich zog an dem nostalgisch anmutenden Seilzug, der ein Glöckchen zum Schellen brachte.

Die Tür öffnete sich, Gustav breitete die Arme aus. Mir fiel auf, dass er barfuß war und ziemlich zerstruppelt.

„Du hast hergefunden – gratuliere! Damit hast du den ersten Test bestanden. Entschuldige mein Aussehen; ich habe mich kurz ausgeruht und bin wohl ein bisschen eingenickt. Komm doch rein!"

„Wieso Test?" fragte ich, während ich gebückt durch die niedrige Tür in den Wagen trat.

Als sich meine Augen an die Lichtverhältnisse im Inneren gewöhnt hatten – es gab nur je ein kleines Fenster vorne und hinten und eines auf einer Seite – entdeckte ich eine durchaus gemütliche und anscheinend perfekt eingerichtete Single-Wohnung. Der hintere Bereich, offensichtlich der Schlafraum, war durch eine Schiebetür abgetrennt. Im vorderen Teil gab es eine winzige Küche mit Kühlschrank und Gasherd, einen Schreibtisch mit Notebook und Drucker, einen Esstisch und jede Menge raffiniert eingebauter Schränke und Schubfächer. Die meisten Möbel schienen speziell für die Größenverhältnisse angepasst worden zu sein, wie etwa ein Bücherregal, das sich links und rechts des Schreibtisches bis zur

Decke erstreckte und dem gewölbten Dach anpasste, oder die Sitzbretter, die sich durch einen kleinen Schubs senkrecht stellen ließen; sehr zweckmäßig, denn für Stühle war hier definitiv kein Platz. Und in einer Ecke des Wagens stand ein kleiner Schwedenofen mit einem Rohr, das zur Seite nach draußen führte. Ein schwaches Feuer glomm darin, das ausreichte, um eine behagliche Wärme auszustrahlen. Die Wände waren teilweise bemalt, alles war in warmen Naturtönen gehalten. In der „Wohnung" war es nicht allzu sauber, aber weit davon entfernt, als schmuddelig bezeichnet zu werden.

„Ich möchte dadurch etwas über meine Gäste herausfinden. Gefällt es dir?"

„Ja, es ist gemütlich. Was willst du herausfinden?"

„Ob ihre natürlichen Instinkte noch funktionieren. Ob sie mit Hilfe einfacher Richtungsangaben noch orientierungsfähig sind, ob sie gleich aufgeben, wenn etwas nicht ihren Vorstellungen oder der Norm entspricht, ob sie noch zur Neugier imstande sind... man kann eine Menge über einen Menschen herausfinden, wenn man beobachtet, wie er ein Problem löst."

„Naja – so schwer war's auch wieder nicht."

„Es gab Leute, die sind am Ende der Waldstraße umgekehrt. Ich vermute, sie haben dann den Wiesenweg in ihr Navi eingegeben und keine Bestätigung bekommen; damit war ich ein nicht existierender Betrüger. Haha! Dabei ist es nicht einmal gelogen, wenn ich den Weg entlang der Wiese als Wiesen-Weg bezeichne, oder? Es muss doch nicht erst ein Schild angebracht werden, um ihn als solchen zu identifizieren?"

„Eigentlich nicht..."

„Nun, ich würde dir gerne einen Platz anbieten, aber draußen ist es noch eine Weile hell, das sollten wir ausnützen."

Er schlüpfte in ein Paar Pantoffel und schlurfte nach draußen. Ich folgte ihm um den Wagen herum und fand eine hölzerne Gartenbank vor, die zur Abendsonne hin ausgerichtet stand. Er setzte sich mit einem wohligen „Aah!" und ich tat es ihm nach. Tatsächlich empfand ich die Nachmittagssonne hier im Schutze des Wagens als viel wärmer. Und der Blick in die Ferne, der sich mir von hier aus bot, war ein Genuss. Ich hatte bisher noch keinen Aussichtspunkt in unserer Stadt gefunden, der nicht auch immer an die Stadt erinnerte, weil sich eine Straße in die Landschaft schob oder ein Hochhaus oder die Fabrikschlote des Industriegebiets. Hier jedoch hatte ich freien Blick auf Hügel, Felder und Bauminseln. Sogar der Verkehrslärm, der ewig monotone Begleiter eines Städters, war hier nur ganz schwach hörbar.

„Schön hast du's hier!" sagte ich anerkennend.

„Nicht wahr? Ich habe auch lange gesucht, bis ich dieses Fleckchen gefunden habe. Und dann musste ich mich erst mal durch den Behördendschungel kämpfen."

„Ja, das habe ich mich auch schon gefragt – wem gehört dieses Grundstück? Hast du es gekauft?"

„Gekauft?" Er lachte laut los. „Als ob man die Mutter Erde kaufen könnte. Sie wurde uns doch als Geschenk gegeben. Wir dürfen umsonst auf ihr wohnen."

„Jaja – so lange, bis die Grundbuchämter erfunden worden sind", entgegnete ich zynisch.

„Der Forstaufseher hat bei der Forstverwaltung ein gutes Wort für mich eingelegt. Ich bin sozusagen – laut Papier – bei ihm angestellt. Meine Aufgabe ist es, ihm beim Waldschadensbericht zu helfen. Und da ich den Wald wie meine Westentasche kenne, fällt mir das nicht schwer, auch wenn es eine deprimierende Aufgabe ist. Von Jahr zu Jahr erkranken mehr der alten Bäume. Nun ja - dafür darf ich hier wohnen."

„Und der Wagen? Das Zelt da drüben?"

„Den Wagen hat niemand vermisst. Den musste ich nur ein paar Meter von der alten Fabrik bis hierher ziehen lassen. Das Zelt habe ich selbst gebaut, und so manches andere."

Ich nickte anerkennend.

„Du bist handwerklich geschickt, hm?"

„Ich habe das, was viele heute nicht mehr haben: Zeit! Mit der Zeit lernt man vieles."

„Wo wäschst du dich?"

„Meine Dusche hängt draußen, die große Gießkanne."

„Und im Winter?"

„Ganz klassisch! Ich erwärme einen Topf Schnee über dem Holzofen, zur Not habe ich auch einen Gasherd, alles kein Problem."

„Aber... Waschen, Kochen, mal ein heißes Bad nehmen – jedes Mal musst du den Ofen anheizen. Wenn du morgens aufstehst, im Winter, ist es eiskalt und du musst erst mal aus dem warmen Bett raus und ein Feuer anfachen... brrr!"

„Dafür erlebe ich auch das Knistern im Ofen und das Wabern der Flammen, das Spiel von Licht, Farben und Schatten. Ich spüre, wie die Wärme nach und nach den ganzen Raum erfüllt. Vielleicht starre ich auch einfach so ins Feuer und schließe eine Meditation an. Ich verstehe beim besten Willen nicht, was schön daran sein soll, im Winter aufzuwachen und im Zimmer herrscht dieselbe Temperatur wie im Sommer. Eintönigkeit ist öde!"

„Wenn dir das Feuerholz ausgeht, wärst du froh um ein bisschen eintönigen Fortschritt!"

„Im Winter muss ich mehr Holz verheizen, klar. Aber es liegt genügend Altholz im Wald herum. Und im Sommer benütze dazu noch einen Solarkocher – der steht zur Zeit im Schuppen, damit er nicht verschmutzt - sehr praktisch!"

„Trotzdem – für einen 83jährigen viel Arbeit! Warum tust du das alles? Aus reinem Idealismus? Ein Mann in deinem Alter sehnt sich doch nach ein bisschen Bequemlichkeit - und das zu Recht! - wenn er vierzig, fünfzig Jahre gearbeitet hat?"

„Bequemlichkeit? Komm mal mit in mein Wohnzimmer! Äh – ich meine das Zelt. Wenn du es darin nicht bequem findest..."

Er schüttelte den Kopf und betrat den hölzernen Steg, der vom Eingang des Bauwagens zum Zelt führte.

Er hatte nicht übertrieben. Ehe wir das Zelt betraten, bat er mich, die Schuhe und Strümpfe auszuziehen. Das Zelt war innen viel größer, als es von außen schien. Der Boden war mit wunderschönen orientalischen Teppichen ausgelegt. Vom Dach hingen bunte Seidentücher, herab, die gleichsam luftige Wände darstellten, so dass man den Eindruck hatte, das Zelt besteht aus mehreren Zimmern. Überall standen Kommoden und Schränkchen mit allerlei Nippes herum, so dass man vermuten hätte können, hier wohne eine betagte Dame. Dazwischen lagen Diwane und Matratzen, auf denen riesige, seidenweiche Kissen lagen. In der Mitte stand neben einem kräftigen senkrechten Holzstamm, auf dem die Hauptlast des Daches ruhte, ein großer gusseiserner Ofen, das Kaminrohr ragte aus der Spitze des Zeltes. Dazwischen standen antike Schränke verschiedenster Herkunft, lauter Schmuckstücke, die bestimmt noch nie einen Möbelgroßmarkt gesehen haben, und von vermutlich hohem Wert. Ein Lämpchen hier, ein Spiegelchen dort, ein paar Gemälde, Tischchen und Sitzkissen mit Quasten schufen eine orientalische Atmosphäre, so dass ich nicht umhin konnte anzumerken:

„Jetzt kommen wohl gleich die zwölf Haremsdamen?"

Da spitzte Gustav den Mund zu einem „Hoho!" und antwortete: „Das hast du gut erkannt, lieber Martin! Zusammen mit ein paar Frauen kann man hier die Zeit vergessen. Wenn es erst dunkel ist, wirst du die geniale Beleuchtung sehen und wenn dann noch die passende Musik dazu..."

„Moment mal! Du scherzt! Du hast zwar Solarzellen auf dem Dach, aber damit kannst du nachts kein Radio betreiben."

„Ich habe hier im Boden Akkus versteckt, die sowohl Strom speichern als auch ein wenig Wärme. Und die ganze Nacht über brauche ich keinen Strom."

Er zwinkerte mir vielsagend zu.

Ich war mir zu diesem Zeitpunkt nicht sicher, ob ich es hier mit einem Geisteskranken zu tun hatte oder mit einem Genie. Er gab vor, ein herrliches Leben zu führen, mit allerlei Annehmlichkeiten, frei und zwanglos, aber im Grunde war doch offensichtlich, dass er erbärmlich hauste. Wozu Holzhacken und Feuer machen, wenn er ein Leben wählen könnte, in dem man alle diese Mühseligkeiten überwunden hatte? Wo er nur an einem Knopf zu drehen brauchte, wenn er es warm haben wollte? Warum mit Wasser aus einer Gießkanne leben, wenn er sich woanders in wenigen Minuten ein heißes Bad einlassen konnte? Warum hier in der Einöde leben, wenn es Wohnungen gab, wo das nächste Geschäft gleich gegenüber lag, in dem er sich alles Nötige kaufen konnte? Auch heute gab es noch einfache Wohnungen, die man sich mit einer geringen Rente leisten konnte, und die waren komfortabler als ein alter Bauwagen und ein Zelt.

Er war ein Aufschneider, ein Schönredner, der sich selbst etwas vormachte, so viel war mir klar. Sein Alter war zweifellos genauso falsch wie das meiste, was er erzählte. Zugegeben – Fantasie hatte er. Aber keinerlei Schamgefühl. Ich fragte mich, was er mir noch erzählen könnte, ohne wegen seiner eigenen Flunkerei rot anzulaufen.

„Nimm doch Platz!" sagte er. „Wo du möchtest – du hast heute Zeit, oder?"

Ich nickte, war mir aber nicht mehr sicher, ob ich bereit war, die Suppe, die ich mir eingebrockt hatte, auch auszulöffeln. Es war dumm und äußerst leichtsinnig, meine Zeit mit einem Geisteskranken in einem abgelegenen Zelt im Wald zu verbringen. Viel lieber wäre ich jetzt mit meiner Mutter am Strand von Elba faul in der heißen Sonne gelegen, Muscheln schlürfend, Rotwein trinkend...

„Möchtest du einen Tee?"

„Tee? Ja, danke!"

Gustav streckte den Arm nach einem silbernen Kännchen aus, das er wohl schon vorbereitet hatte, reichte mir eine altmodische Tasse mit Goldrand und Blumenmuster und setzte sich zu mir. Der Tee schmeckte würzig, aber etwas bitter.

„Ich könnte uns dazu ein paar Brote schmieren", sagte er. „Frische Oliven habe ich auch."

„Danke, aber ich habe keinen Hunger."

„Wie du willst. Also - was möchtest du von mir wissen?" fragte Gustav.

„Das weißt du doch" antwortete ich karg. „Warum hat sich mein Großvater das Leben genommen?"

„Er hat sich nicht das Leben genommen – "

„Aber es läuft auf dasselbe hinaus. Wenn jemand, der an keiner todbringenden Krankheit leidet, beschließt zu sterben, dann muss er selbst – oder jemand anders - nachgeholfen haben."

Ich spürte, wie wieder diese Wut in mir aufflammte, die mich erzittern ließ. Vielleicht, weil mir bewusst wurde, wie subtil, beinahe heimtückisch, sich dieser Mensch in die Seele seiner Opfer einschlich. Beinahe hätte er mich auch in seinen Bann gezogen – jedenfalls dachte ich damals so.

„Du musst begreifen, Martin, dass kein Mensch stirbt, wenn er im Innersten seiner selbst nicht bereit ist zu sterben."

Ich wollte sogleich etwas erwidern, aber er hielt mich mit einer Geste davon ab.

„Ich weiß, was du jetzt sagen willst; das, was alle sagen: Was ist mit den Menschen, die ohne Schuld von einem Auto überfahren werden? Was ist mit Babys, die wenige Stunden nach ihrer Geburt sterben? Was ist mit Kindern, die verhungern, mit Menschen, die durch ein Erdbeben ums Leben kommen? Wer von denen hat denn eine Wahl, ob er sterben will oder nicht? Das ist es doch, was du mich fragen möchtest, oder?"

„Ja, genau das", antwortete ich, ein wenig verunsichert.

„Diese Fragen kann nur stellen, wer noch nicht begriffen hat, was der Mensch ist."

Er schlürfte von seinem Tee. Was sollte ich von dieser Antwort halten? Ich wurde ruhiger. In diesem Moment kamen mir keine weiteren Fragen mehr in den Sinn, ich wartete auf die eine, große Antwort.

„Der Mensch ist Nichts und Alles zur gleichen Zeit. Er ist unendlich und ewig wie Gott."

Unter normalen Umständen hätte ich bei solch einer Aussage laut losgelacht, doch Gustav hatte sie mit solch einer Gewissheit und Ernsthaftigkeit ausgesprochen, dass mir das Lachen um Hals stecken blieb.

„Du wirst das jetzt noch nicht verstehen", sprach er weiter. „Aber sobald du dich von dem alten Menschenbegriff gelöst hast, wird dir das, was du jetzt noch glaubst, wie naiver Kinderglaube vorkommen. Dein Großvater hat kurz vor seinem Tod diesen Schritt getan. Er hat begriffen, dass sein Ich weitaus mehr ist als der sichtbare Teil von sich; es ist größer, mächtiger, freier, als es für viele vorstellbar ist. Er hat sein wahres Ich gefunden und seiner Macht mit seinem Tod Ausdruck verliehen."

„Was ist das wahre Ich?"

„Das wahre Ich oder das höchste Selbst oder deine Seele, wenn du so möchtest, ist der göttliche Anteil in jedem von uns. Es ist unverletzbar, unzerstörbar. Der fleischliche Teil von uns ist nur ein Instrument, ein Vehikel, das unser wahres Ich erschafft, um die Welt erfassen zu können. Unser Körper ist nur ein Kommunikationsmittel zwischen uns und Gott."

„Aber dieses – Vehikel erleidet Schmerzen und Kummer und Leid. Ich kann es doch nicht einfach wegleugnen!"

„Das sollst du auch gar nicht. Und das musst du auch gar nicht. Du sollst dich dem Leid stellen. Denn du hast die Gabe, jedes Leid im Lichte deiner Liebe aufzulösen. Wir leiden nicht an Hunger oder Armut oder Schmerzen, wir leiden an einem Mangel an Liebe."

Ich hörte ihn reden, aber ich hörte ihm nicht zu. Meine Gedanken schweiften ab, als würde sich mein Verstand weigern, die Botschaft aufzunehmen. Ich hatte Angst davor, mich auf Ideen dieser Größenordnung einzulassen. Ich dachte an Sekten, religiöse Eiferer, und schwarze Messen und rutschte nervös auf meinem Polstersessel hin und her. Schließlich stand ich auf.

„Könntest du mir vielleicht einfach nur erklären, wie mein Großvater gestorben ist, und zwar so, dass es ein normaler Mensch versteht?"

„Gut. Dein Großvater erblickte das Licht der Welt vor 82 Jahren. Er wuchs im Leib deiner Urgroßmutter heran und begann zu leben; ob gleich nach seiner Zeugung oder erst später, das spielt jetzt keine Rolle. Frage dich nur, woher dieses Leben kam! Er ist gestorben, weil er diesen Vorgang umgekehrt hat. Das Leben ging wieder dorthin zurück, woher es gekommen war."

„Aber wie kann er das bestimmen?"

„Er konnte geboren werden, weil er sich vor seiner Geburt seiner wahren Identität bewusst war. Er konnte sterben, weil er sich an seine wahre Identität erinnerte."

„Heißt das, wenn ich mich meiner wahren Identität erinnere, habe ich die Macht über Leben und Tod?"

„Ja. Über alles, was mit dir geschieht. Du allein hast die Macht und du allein bist verantwortlich."

Diese Worte, leise aber eindringlich gesprochen, vertrieben meine Angst für eine Weile. Ich setzte mich wieder. Der orange Schleier, der unser Gemach begrenzte, bewegte sich ganz leicht.

„Es wird windig draußen", sagte Gustav. „Die Sonne ist am Untergehen. Ist es dir warm genug? Ich könnte etwas Holz nachlegen."

„Ja, das wäre schön", sagte ich mehr zu mir selbst.

Gustav erhob sich und verließ das Zelt. Nun war ich allein. Es war fast vollkommen still. Nur der Wind tastete sich mit sanftem Rauschen an der Zeltwand entlang und die langen bunten Schleier schienen sich gegenseitig zuzuflüstern. Ohne dass ich es bemerkt hätte, waren dort, wo das Zeltdach die niedrige Außenwand berührte, Lichter angesprungen und sorgten für eine wohlige Atmosphäre. Ein angenehmer Schauer lief mir über den Rücken. Ich zog mir eine der vielen Wolldecken heran und legte sie über meine Beine. Obwohl ich im „Hause" eines Fremden war, fühlte ich mich geborgen und sicher. Ich atmete tief ein und aus. Am liebsten hätte ich jetzt die Augen geschlossen und...

Plötzlich schreckte ich auf. Genau das durfte ich nicht tun! Ich wusste doch, was er mit meinem Großvater getan hatte. Ich durfte mich auf dieses Spiel nicht einlassen! Er verwirrte mich mit absurden Theorien, mimte den höflichen Menschenfreund und dann... Der Tee! Vermutlich war er mit einem Schlafpulver versetzt, darum der strenge Geschmack! Nichts wie weg! Gustav war ein gefährlicher Psychopath! Das durfte ich nie vergessen.

Die Gelegenheit war günstig. Ich schlich mich aus dem Zelt, packte meine Schuhe und flüchtete barfuß in die Dunkelheit des Waldes hinein. Ich suchte gar nicht erst nach einem Weg, sondern zwängte mich durch Büsche und Sträucher hindurch, um nur möglichst schnell außerhalb Gustavs Sichtweite zu gelangen. Aber ich sah nicht, wohin ich lief, so dass ich mich an Dornen und spitzen Ästen verletzte. Fast bei jedem Schritt zuckte ich vor Schmerz zusammen, aber das war nichts im Vergleich zu der Panik, die mich ergriffen hatte. Wenn er mich jetzt erwischte, würde er seine freundliche Maske fallen lassen, weil er nun wusste, dass ich sein falsches Spiel nicht mitmachte. So rannte ich und rannte, wenn auch meine Fußsohlen mit Dornen gespickt waren und die giftigen Glashärchen der Brennnesseln sich in die Haut bohrten, nur weg von hier!

Der wuchtige Stamm einer Eiche schien mir als Versteck geeignet. Ich setzte mich zwischen ihre Wurzeln und lauschte. Gelegentlich piepte ein Waldvöglein und die hohen Baumkronen rauschten leise im Wind; sonst war es still. Vorsichtig betastete ich meine Füße und zog einige gröbere Dornen heraus. Behutsam, ganz leise, zog ich meine Socken über und schlüpfte in die Schuhe. Langsam schwand meine Aufregung und machte einem Gefühl der Vorfreude Platz. Wie sehr sehnte ich mich in diesem Augenblick nach meinem Zuhause, danach, den Schlüssel im Schloss umzudrehen und niemanden in mein Reich einzulassen! Ich stellte mir vor, wie ich die Heizkörper aufdrehen und mich in eine Decke hüllen würde... Ein Wermutstropfen jedoch trübte meine Vorstellung: meine Mutter war nicht da. Ich würde sie vermissen.

Außerdem saß ich mitten im Wald und bald war tiefschwarze Nacht. Aber noch hatte ich mich nicht verirrt. Ich wusste ungefähr die Richtung, in die ich gehen musste, um zurück zur Waldstraße zu gelangen. Nach meiner Schätzung müsste ich in höchstens fünfzehn Minuten dort ankommen. So ging ich los, die Hände vorgestreckt, um nicht gegen einen Ast zu stoßen, die Füße immer hoch über den Boden hebend, um über keine Wurzel zu stolpern. Die Zeit verging und immer noch war ich im Wald. Dabei hätte ich, meinem Zeitgefühl zufolge, längst die Lichter der ersten Siedlungshäuser sehen müssen. Ich dachte fieberhaft nach, ob ich eine Richtungsänderung nicht mit eingeplant hatte, während ich mir eine fiktive Karte in meinem Kopf erstellte. Ich glaubte teilweise zwischen den Bäumen hindurch den letzten Schimmer des Tages zu erkennen und war froh, die Himmelsrichtung feststellen zu können, aber es kam keine Straße, egal, wohin ich blickte. Schließlich tat ich etwas, was mir sehr schwer fiel. Ich musste mir eingestehen, in eine völlig falsche Richtung gegangen zu sein, und kehrte um. Das bedeutete unter Umständen, dass ich mich wieder Gustavs Behausung näherte, aber ich würde sie rechtzeitig erkennen. Wieder tappte ich durch den dunklen Wald, dort hinein, wo er am finstersten ist. Mein Herz schlug die ganze Zeit über bis zum Hals. Kurz davor, in Panik zu geraten, erkannte ich einen ungewöhnlich geformten Baum wieder, den mir vor etwa einer halben Stunde aufgefallen war. Dann orientierte ich mich neu und ging abermals los.

Eine halbe Stunde später blitzte ein Licht durch die Äste, weit entfernt zwar, aber es bewegte sich nicht, und ich wusste, dort vorne gab es ein Haus oder wenigstens eine Straße. Oder war es Gustavs Zelt? Ich ging gebückt darauf zu, strikt darauf bedacht, es nicht aus den Augen zu verlieren. Schließlich tauchten noch weitere Lichter auf und dann ein Geräusch, das mir in diesem Moment wunderschön erschien, das Brummen eines Automotors!

Der Lichtkegel eines Scheinwerfers tastete die Straße ab und eröffnete mir einen kurzen Blick auf die Landschaft. Ich prägte mir einen Pfad ein und änderte meine Richtung. Die Dunkelheit verschluckte sofort wieder jede Kontur. Kurz darauf stolperte ich über einen Entwässerungskanal und spürte festen Boden unter meinen Füßen.

Es war nicht die Waldstraße, auf der ich stand, sondern eine Straße viel weiter südlich. Aber ich wusste, wohin sie führte, und somit war klar, dass ich noch mindestens eine weitere halbe Stunde würde marschieren müssen, um zu unserem Haus zu gelangen.

So folgte ich der Straße, die immer öfter von den Autoscheinwerfern in taghelles Licht getaucht wurde, und fragte mich, ob man es mir ansah, welchen Alptraum ich eben erlebt hatte.

Am Haus angelangt, tastete ich nach meinem Schlüssel in der Hosentasche. Gottseidank! Ich hatte ihn nicht verloren. Rasch schloss ich auf, warf die Tür hinter mir zu und steckte den Schlüssel von innen ins Schloss. So! Nun war ich sicher!

Ich knipste das Licht an. Ich war enttäuscht, alles hier fühlte sich kalt an. Ich zog meine Schuhe aus und drehte die Heizung hoch. Dann ging ich ins Bad und begutachtete meine Füße. Es war nicht weiter schlimm, ein paar Dornen konnte ich mit der Pinzette ziehen, die anderen würden sich von selbst auflösen. Ich cremte die Fußsohlen mit einer Zinksalbe ein und zog mir dicke Wollsocken über. Obwohl das heiße Wasser in die Heizkörper gluckerte, blieb es noch lange kalt. Meine Mutter fehlte diesem Haus, sie fehlte mir.

Ich schaltete den Fernseher an und setzte mich auf die Wohnzimmercouch unter eine Decke. Musikantenstadel, Krimi, Talk-Show, Report, Nachrichten... Ich zappte rauf und runter, bis ich müde wurde, dann schaltete ich aus und legte mich schlafen.

Aber lange noch lag ich wach. Ich fragte mich, was mit mir los war. Es war Samstagabend, warum war ich so unzufrieden mit mir? Ach ja – ich war vor zwei Stunden im Hause eines Verrückten, beinahe hätte ich es vergessen. Aber ich war ihm entkommen. Musste ich nun um Leib und Leben fürchten, wenn ich ihm begegnete? Unsinn! Gustav Ohnesorg war jemand, der mir eine Perspektive auf das Leben vermittelte, die mir neu war und nach Revolution schmeckte. Dabei war sie so plausibel, dass ich nicht aufhören konnte, darüber nachzudenken. Ich spürte ein leises Beben in mir; mein bestehendes Weltbild – sofern man meine Lebenseinstellung Weltbild nennen konnte – kam auf den Prüfstand. Gustav sprach von der Macht über Leben und Tod, vom wahren Ich, es hörte sich nach Magie an, und irgendwie erinnerten mich diese Ausdrücke an die überlieferten Aussprüche Jesu Christi. Hatte er nicht auch gesagt, das Himmelreich sei in uns? Vielleicht waren Gustavs Weisheiten doch nicht so neu.

VI

Am nächsten Tag verließ ich das Haus nicht. Ich fühlte mich nicht recht wohl in meiner Haut. Außerdem war ich beunruhigt, weil sich meine Mutter noch nicht gemeldet hatte. Es war abgemacht, dass sie spätestens einen Tag nach ihrer Ankunft anrufen würde. Inzwischen ging es schon gegen Mittag und immer noch kein Anruf. Meine zerschundenen Füße brannten heute schlimmer als am Abend zuvor. Ich cremte sie mit einer Heilsalbe ein. Danach versuchte ich, etwas zu lesen. Aber ich konnte keinen klaren Gedanken fassen.

Endlich, kurz nach Mittag, klingelte das Telefon.
„Ja? ... Na endlich! Wo warst du? ... Ja, ich weiß, dass du im Urlaub bist, aber es hätte ja auch etwas passieren können. ... Natürlich traue ich dir das zu. Gefällt's dir? ... Ja? Oh, toll! ... Bei mir? Nöö... ja, gestern war ich dort, aber ich sag's dir, der Kerl hat echt einen Knall. Der hat mich das letzte Mal gesehen! ... Weil, weil – was der für Sachen erzählt! Wir haben die Macht über Leben und Tod, und Großvater hätte das erkannt und so... Wieso? ... Du glaubst doch nicht an sowas? ... Ja, die Geschichte mit meinem Vater - ... Nein, ich gehe ganz bestimmt nicht mehr dorthin! ... Was? ... Was ist so lustig? ... Ach so. Na, dann viel Spaß mit deinem Masseur!"

Ich knallte das Telefon auf den Tisch.
Das Gespräch mit meiner Mutter hatte ich mir anders vorgestellt. Sie wirkte so losgelöst, so gar nicht ernsthaft. Dieses naive Gekichere im Hintergrund! Naja – ich konnte mir gut vorstellen, was dort in so einem Wellnesstempel abging. Da gab es wahrscheinlich schon vor dem Frühstück Ayurveda-Massagen mit einer Gesichtspackung und anschließend einen Energy-Cocktail, um für die Yoga-Stunde fit zu sein. Und in den Pausen dazwischen wird Prosecco serviert. Nein, das passte ganz und gar nicht zu meiner Mutter! Ich war froh, dass sie nur zwei Wochen dort verbrachte. Um ihretwillen natürlich! Am Ende glaubte sie noch, das *dolce far niente*, das süße Nichtstun, wäre das ganz normale Leben...

‚Vielleicht hat ja dein Freund gar nicht so unrecht', hatte sie gesagt. Erstens war Gustav nicht mein Freund und zweitens... und zweitens kam das gar nicht in Frage, mich mit ihm zu unterhalten, um

‚meinen Horizont zu erweitern'. Ich fühlte mich von meiner Mutter verraten. Statt dass sie mich unterstützt hätte, war sie mir in den Rücken gefallen! Und wenn mir nun gestern etwas zugestoßen wäre? Das war nämlich gar nicht so ungefährlich! Aber sie hatte ja keine Zeit, mir zuzuhören, weil der nächste Massagetermin rief...

Wütend riss ich mir eine Tafel Schokolade auf und schaltete den Fernseher an. Es war mir im Moment egal, was die Leute, wenn sie mich sehen würden, von mir dachten. Und da störte es mich auch nicht, dass gerade die Wiederholung von DSDS lief, mit ätzenden Kommentaren. Genau das Richtige für meine augenblickliche Verfassung! Ich lachte mit, wenn der Verlierer verspottet wurde, denn Schadenfreude tut gut! Als ich das letzte Schoko-Rippchen vertilgt hatte, war mir ein bisschen übel, aber mein Ärger war verflogen und durch eine vollständige Apathie ersetzt worden. Mein ohnehin schon wirres Gehirn war nun komplett durch den Wind und machte mir keine Sorgen mehr.

Am nächsten Morgen schlich ich mich aus dem Haus, als hätte ich etwas zu verbergen. Ich sah mich nach allen Seiten um, ob mir nicht vielleicht Gustav auflauerte. Wie gewohnt ließ ich die Tür ins Schloss fallen. Und im selben Moment war mir bewusst, dass ich mich ausgesperrt hatte. Bisher war meine Mutter fast immer da und ich brauchte nicht darauf zu achten, einen Schlüssel bei mir zu haben. Meine einzige Hoffnung war, dass vielleicht ein Ersatzschlüssel unter dem Stein neben der Treppe lag, aber nein – auch dort war nichts. Ich hätte am liebsten laut losgeheult, wären da nicht die Nachbarn, die mich vermutlich schon durch das Fenster beobachteten. Daher ging ich los, Richtung Arbeitsplatz, als wäre nichts geschehen, während mein Gehirn fieberhaft an einer Lösung für mein Problem arbeitete. Hatte noch jemand einen Schlüssel? Nein. War ein Fenster geöffnet? Nein. Konnte man das Schloss mit einer Haarnadel oder einer Scheckkarte öffnen? Ich jedenfalls nicht. Es nützte nichts, ich würde den Notdienst anrufen müssen.

Bei meinen Kollegen im Büro machte ich gute Miene zum bösen Spiel und lachte über mein dummes Missgeschick. In Wahrheit verfestigte sich in mir die Meinung, dass alles, was ich anfasste, schief ging. Ich sperrte mich nicht nur aus meinem Haus aus, ich fiel auch auf manipulative Menschen herein wie diesen Gustav Ohnesorg, und niemand, nicht einmal mehr meine Mutter, interessierte sich für mich. Mir fehlte ein Mindestmaß an Reife und ich konnte mir nicht vorstellen, wie ich sie jemals erlangen würde.

Als ich beim Schlüsseldienst anrief, sagte man mir, das koste extra, wenn heute noch jemand kommen solle. Ich solle das Geld bar bereit halten, 160 Euro. Und ohne Ausweis ginge gar nichts. Den hatte ich zum Glück bei mir - ja, ganz hatte mich das Glück noch nicht verlassen.
Am Abend war ich wieder im Haus und mein Geld los, aber ich ärgerte ich mich immer noch maßlos über mich selbst. Das Bizarre daran war, dass ich nicht umhin konnte, darüber nachzudenken, dass das alles nicht passieren hätte können, wenn ich in einem Zelt wohnen würde, so wie Gustav, wenn ich so selbstbewusst wäre wie Gustav und mich über alle Konventionen hinweg setzten könnte. Und andere Gedanken begannen nun in meinem Kopf zu kreisen...

Während ich vor meinem Elternhaus stand, dieser farblosen, nüchternen Doppelhaushälfte, die sogar noch älter war als ich und wahrscheinlich genauso gewöhnlich und mäßig attraktiv, kehrte Ruhe in mein Denken ein. Ich sagte mir, ich müsse zuerst die richtigen Fragen stellen, dann würden sich die Antworten von selbst finden...
Ist das das Leben, das ich mir immer gewünscht habe? Würde sich je etwas ändern?
Was nun, wenn Mutter beschließen würde, das Haus zu verkaufen und fort zu ziehen? Vielleicht würde ich ja endlich eine Frau fürs Leben finden, heiraten, eine Familie gründen? Aber ehrlich gesagt, konnte ich mir ein Leben mit einem Typen wie mir nicht vorstellen, wozu also das Ganze?

Ich erinnerte mich an weitere Sätze aus Gustavs Mund:
... Das Ich ist weit mehr als der sichtbare Teil... Du allein hast die Macht und du allein bist verantwortlich...

Klar war ich dafür verantwortlich, dass ich nicht mehr ohne fremde Hilfe ins Haus konnte. Aber war ich wirklich für **alles** verantwortlich? Wenn das stimmte, durfte ich mich bei niemandem beklagen, außer bei mir selbst.

Während sich diese Schlussfolgerung aufdrängte, fühlte ich eine unbekannte Kraft in mir groß werden. Zugleich aber verdrängte diese Kraft etwas in mir, was ich nur ungern gehen ließ. Ich fühlte mich hin- und hergerissen zwischen diesen beiden Empfindungen. An die eine klammerte ich mich, weil ich sie brauchte, um aufstehen und weitergehen zu können, die andere wollte ich nicht loslassen, weil sie das verkörperte, was ich bisher gewesen war: ein Kind seiner Mutter, behütet und umsorgt. Ich ahnte, dass ich an der Schwelle des Erwachsenseins angelangt war, und zögerte, sie zu überschreiten. Wenn nun die neue Kraft nicht ausreichte oder mich fallen ließ, würde ich dann ins Nichts fallen?

Es vergingen zwei Wochen, in denen ich mich in eine bequeme Alltagsroutine flüchtete. Ich hatte ja allerhand zu tun, solange meine Mutter im Urlaub war: Kochen, Wäsche waschen, Staubsaugen, einkaufen, Müll entsorgen, Post erledigen. Ich tat dies mit derselben Ernsthaftigkeit, die all denen zu eigen ist, die sich mit ihrer alltäglichen Pflichtbewusstheit von den Nichtstuern und Spaßmenschen abgrenzen wollen. Es verschaffte mir eine vage Vorstellung davon, wie es sein könnte, ein vollwertiges Mitglied der Gesellschaft zu sein. Du brauchst nur zu erzählen, in welchem Supermarkt du die günstigsten Lebensmittel gekauft, am besten noch ein „Schnäppchen" geangelt hast, und schon bist du als Mensch, oder wenigstens als *Einer von ihnen*, akzeptiert.

Solange ich mir mit Alltagsarbeit die Eintrittskarte in die Gesellschaft der Ehrenwerten erkaufen konnte, wuchs in mir ein zweifelhaftes Selbstbewusstsein heran; das Bewusstsein, kein Nichtsnutz und Schmarotzer zu sein, wie so viele Arbeitslose, Asylanten und Dauerstudenten. Ich war mir sehr wohl darüber im Klaren, dass mir diese Eintrittskarte als Lebensinhalt nicht annähernd reichte, aber der nicht enden wollende Strom von Alltagspflichten lieferte mir eine praktische Ausrede dafür, notwendige Entscheidungen auf die lange Bank zu schieben. Wenn man wichtige Entscheidungen treffen muss, sagte ich so lange zu mir, bis ich es selbst glaubte, sollte man den Kopf dafür frei haben.

Ich hatte den Kopf frei, das weiß ich heute, aber mir war schleierhaft, welche Entscheidungen ich zu treffen hatte. Mein Weg führte mich im Kreise herum und ich war naiv genug zu glauben, dass mich dieser Weg irgendwo hinführen würde.

Am Samstagabend rief mich meine Mutter nochmal an. Sie sagte mir kurz, es wäre nicht nötig, dass ich sie vom Flughafen abhole, sie könne mit jemandem mitfahren.

Im Grunde war es eine Kleinigkeit, aber eine, die mir erneut den Boden unter den Füßen wegzog. Ich war schließlich ihr Sohn, der

Mensch, der ihr näher stand als irgendjemand sonst. Es war mein Privileg, sie abzuholen!

Aber das war erst der Anfang in einer Reihe von Überraschungen, die mir meine Mutter zu bieten hatte.

Ich sorgte für Ordnung im Haus, wischte Staub, putzte die Fenster – was ich noch nie getan hatte – um meiner Mutter zu beweisen, dass ich in der Lage war, für mich zu sorgen. (Wozu? Um ihre Gunst zu gewinnen und weiterhin bei ihr wohnen zu dürfen?)

Dann – am Sonntag – wartete ich voller Ungeduld, am Küchenfenster sitzend, mit den Fingern auf den Tisch trommelnd, die Garageneinfahrt im Blick.

Ich sah ein Auto vorfahren, schwarz, Luxuslimousine, italienisches Kennzeichen. Ein Mann stieg aus, schwarz gelockt, buntes Hemd, groß und breit. Er öffnete den Kofferraum und holte zwei Koffer heraus, einen erkannte ich als den meiner Mutter. Ein Taxifahrer war das nicht, das war mir klar, denn er hielt meiner Mutter nicht nur die Tür auf, sondern auch ihre Hand.

Ich machte mich auf das Schlimmste gefasst und öffnete die Haustür.

„Das ist Giovanni", erklärte mir meine Mutter freudestrahlend. Ich hätte sie beinahe nicht wiedererkannt. Sie hatte sich die Haare gefärbt, rotblond, war braungebrannt und hatte neue, auffallend elegante Klamotten an. An ihren Ohrläppchen hing eine Unmenge glitzernder Steine, die bei jeder Kopfbewegung klimperten.

„Und das ist mein Sohn Martin!", stellte sie mich vor.

Giovanni reichte mir seine Hand. Ich bewunderte den dunklen Pelz auf seinen Unterarmen.

„Du bist also der Bambino, dem es bei seiner Mama so gut gefällt, dass er am liebsten immer bei ihr bleiben möchte." Er lachte und klopfte mir auf die Schulter. „Kann ich verstehen, Martino! Deine Mama istäh *ammaliante!*"

„Das heißt bezaubernd", übersetzte Mama.

Ich war entrüstet! Meine Mutter hatte wohl überall herumerzählt, dass sie zuhause ein Muttersöhnchen habe, das an ihrer Rockschürze klebte. Und dieser Giovanni lachte sich insgeheim schief und krumm über mich.

„Ich habe einen Hunger wie ein Bär!", rief Giovanni. „Ich hoffe, der Kühlschrank ist voll!"

Er ging an mir vorbei in die Küche, als wäre er hier zuhause. Meine Mutter folgte ihm und zwinkerte mir im Vorbeigehen zu.

Während ich noch auf eine günstige Gelegenheit wartete, um sie zur Rede zu stellen, rief die Schmalzlocke schon durchs ganze Haus:

„*Oh Mama mia!* Wir werden verhungern müssen, *Cara!* Dein Sohn macht wohl gerade eine Fastenkur!"

„Der Sohn hatte genug anderes zu tun, als den Kühlschrank für einen unangemeldeten Gast zu füllen", bemerkte ich.

Meine Mutter kam dem drohenden Streit zuvor und sagte:

„Schon gut! Wir können genauso gut zum Essen gehen. Niemand braucht heute zu kochen, an so einem schönen Tag!"

Sie drückte mir einen Kuss auf die Wange, den ich unter anderen Umständen gerne entgegengenommen hätte, aber nicht vor Giovannis Augen.

„Kommt! Ich lade euch ein!"

Eine Viertelstunde später saßen wir beim Italiener – was für eine Ironie! – und ließen uns Wein und Pizza bringen.

Giovanni und meine Mutter machten keinen Hehl daraus, dass sie „zusammen" waren. Sie hielten sich an den Händen, sie tuschelten miteinander und gaben sich kleine Küsschen, wie es halt Verliebte so tun. Ich fühlte mich wie das fünfte Rad am Wagen und wäre am liebsten geflüchtet. Aber wohin?

„Zieht Giovanni jetzt bei uns ein?", fragte ich unverblümt.

Mutters Augen leuchteten.

„Im Moment ist er nur zu Besuch hier, für ein paar Tage. Giovanni leitet in Livorno eine große Firma, er kann nicht länger bleiben."

„Und dann?", bohrte ich weiter.

„Du solltest sein Haus sehen! Ein Traum! 12 Zimmer! Die Terrasse ist so groß wie unser gesamtes Grundstück. Und der Blick! Wenn du am Abend die Sonne im Meer versinken siehst… Hach!"

Sie himmelte Giovanni an, als sähe sie das Meer in seinen Augen. Ich war entsetzt. Meine Mutter befand sich offensichtlich in jenem Zustand, vor dem die Eltern ihre heranwachsenden Kinder eindringlich warnen – blinde Verliebtheit, gepaart mit einer rosaroten Brille, die jede Aussicht auf klare Sicht für lange Zeit im Keim erstickt.

Giovanni legte seine Bärenpranke um ihre Schultern und drückte sie auf eine Art, die keinen Zweifel daran aufkommen ließ, dass er sie als sein Eigentum betrachtete.

„Ella!", sagte er immer wieder – bisher hieß sie Elfriede - „Iss doch noch ein wänig! Ein bisschen Speck aufä deinä Rippen machtä dich noch schöner."

Schweigend aß ich meine Pizza auf und trank meinen Wein. Ich beschloss, meine Mutter bei der nächstbesten Gelegenheit zur Rede zu stellen.

Es dauerte noch bis zum nächsten Abend, bis es dazu kam, denn die beiden waren unzertrennlich wie siamesische Zwillinge. Doch dann musste Giovanni nochmal dringend weg, um sich mit einem Geschäftskunden zu treffen.

Ich begann das Gespräch ohne große Umschweife.

„Ich wusste gar nicht, dass du auf Italiener stehst..."

„Es ist mir ziemlich egal, ob er Italiener, Deutscher oder Schwede ist – er ist nett und himmelt mich an. Das hatte ich selten in den letzten zwanzig Jahren, weißt du?"

Ich nickte. Das war ein Argument.

„Verstehe. Willst du ihn heiraten?"

Sie kicherte wie ein Backfisch in den schlimmsten Jahren.

„Ich glaube, er wäre bereit dazu."

„Und dann ziehst du nach Livorno?"

„Ich wäre eigentlich dumm, eine solche Chance nicht zu ergreifen. Was meinst du?"

Meine Frage war eigentlich ironisch gemeint. Jetzt war ich entsetzt darüber, dass sie das gar nicht so auffasste.

„Du fragst mich tatsächlich nach meiner Meinung?" konterte ich. „Auch etwas, was in den letzten zwanzig Jahren selten vorkam."

„Trotzdem frage ich dich", antwortete sie unbeirrt. „Also, was meinst du?"

„Ich meine, du kennst ihn noch nicht mal zwei Wochen. Ist es nicht ein bisschen verfrüht, über so etwas nachzudenken?"

„Nachdenken ist erlaubt. Ob ich es tue, steht in den Sternen. Wer weiß, was sich in diesem wunderbaren Leben noch alles zufällig ereignet?"

Wieder kicherte sie. Sie war offensichtlich nicht bei Sinnen.

„Ich kann dir sagen, was sich nicht zufällig, aber sehr wahrscheinlich ereignen wird! Er lockt dich mit seiner Kohle und netten, kostspieligen Geschenken nach Livorno. Du wirst das Haus hier verkaufen, in die 12-Zimmer-Villa am Mittelmeer ziehen und dort festsitzen. Er wird ständig unterwegs sein und auf seinen

Dienstreisen zahlreiche Affären haben. Sobald du ihm dahinter kommst, wirst du ihn verlassen, zurückkommen und feststellen, dass du gar nichts mehr hast, nicht einmal mehr Achtung vor dir."
Darauf sagte Mutter etwas, was mir nicht mehr aus dem Kopf ging.
„Möglich. Aber du hast das Wichtigste vergessen: Ich habe gelebt! Und das wird mir niemand mehr nehmen können. Ich hatte in den letzten zwei Wochen mehr Spaß als in den vierzig Jahren zuvor. Ich frage mich, was ich die ganze Zeit hier gemacht habe. Denn ich kann mich eigentlich an nichts mehr erinnern. Hmmm... Lass mich überlegen! Ich habe gearbeitet, gekocht, geputzt, mich an meinem Kind gefreut, wenn es nicht gerade seine Trotzphase durchlebt und mich mit Essen und Kritik beworfen hat, ich habe mit meinem Mann gestritten und meinen Vater versorgt und mir zum Dank dafür täglich vorhalten lassen müssen, dass ich mich grundlos scheiden lassen habe. Ich habe im Büro das Mädchen für alle gespielt und mich erniedrigt, um den Job nicht zu verlieren. Ach ja! Manchmal habe ich auch geschlafen und währenddessen geträumt! Ja, wenn ich's mir recht überlege, waren die Träume die intensivsten Erlebnisse in den letzten vierzig Jahren, immerhin!"

Ich hatte einen Kloß im Hals. Vorsichtig fragte ich:
„Und – das heißt?"
„Das heißt in erster Linie, dass ich keine Lust mehr habe, auf Dinge und Menschen zu verzichten, die mich zum Lachen bringen. In zweiter Linie rate ich dir dringend, dir etwas zu suchen, was dir Spaß macht. Warum hängst du hier rum und machst Tag für Tag dasselbe, anstatt etwas zu tun, was deine Lebensgeister weckt? Gibt es denn gar nichts, wofür du Leidenschaft entwickeln kannst?"
Ich schüttelte den Kopf, weniger um ihre Frage zu verneinen, als darüber, dass ich solche Sätze aus dem Mund meiner Mutter nie erwartet hätte. Sie war immer die Pflichtbewusste, die Vernünftige.
„Mutter!" Ich gab mir Mühe, den moralisch Überlegenen zu mimen. „Du weißt, dass ich den ganzen Tag in der Arbeit bin. Da ist man am Abend einfach erschöpft. Inzwischen weiß ich auch – dank deines Urlaubs – dass es im Haushalt immer was zu tun gibt. Also, was ich sagen will – vielleicht sieht mein Leben ein bisschen öde aus. Vergnügen muss man sich eben erst einmal verdienen. Das hast du selbst immer gesagt!"

Meine Mutter streckte ihre Hand aus und streichelte mir sanft über Kopf und Wange, so, wie sie es früher schon immer getan hatte, um mich zu trösten.

„Ich wusste es ja auch nicht besser, mein Junge! Vergiss, was ich gesagt habe! Oder... achte am besten gar nicht darauf, was ich tue oder sage, lebe einfach dein Leben! Wenn du glücklich bist, bin ich es auch."

Sie lächelte und drückte mir einen Kuss auf die Wange. Die Ringe und Glitzersteine ihrer Ohrhänger fühlten sich kalt und hart an.

„Aber... was wirst du jetzt tun?"

„Ich? Das weiß ich noch nicht. Vielleicht gehe ich morgen wieder zur Arbeit, vielleicht auch nur, um zu kündigen. Vielleicht melde ich mich für einen Italienisch-Kurs an... Hmm... Oder gehe ich gleich mit Giovanni nach Italien? Ich könnte dir das Haus überschreiben. Aber willst du es überhaupt?"

„Wozu brauche ich so ein großes Haus? Ich meine – "

„Genau! Das frage ich mich auch gerade. Du könntest es auch verkaufen, zu Geld machen. Eine kleine Eigentumswohnung wäre doch viel praktischer für dich, meinst du nicht?"

Ich fühlte mich irgendwie überfahren. Und ich konnte einfach nicht glauben, dass Mutter so verantwortungslos mit ihrem Vermögen umging. Nein, ich konnte das alles nicht ernst nehmen! Das war doch nicht die Mutter, die ihr Leben – und meines - all die Jahre so gut im Griff hatte.

Ich unternahm noch einen Versuch.

„Mutter, jetzt aber mal ernsthaft! Was ist, wenn du nach einer Woche mit Giovanni feststellst, dass er ein Gauner ist, womöglich total verschuldet, und von der Polizei gesucht wird? Was, wenn er dich betrügt? Dann willst du wieder zurück nach Deutschland und hast kein Haus mehr, keinen Beruf, und dann?"

„Na, ich denke, du wirst mich schon eine Zeitlang bei dir wohnen lassen, bis ich wieder Arbeit gefunden habe und mir eine Wohnung leisten kann."

Sie lächelte, als wäre das alles nur ein Spiel.

„Ja, klar würde ich das! Aber das Risiko musst du doch gar nicht eingehen. Warte doch erst mal ab! Vielleicht wäre es klüger, du lässt deinen Giovanni erst wieder zurück in seine Heimat gehen, dann schreibt ihr euch Emails oder telefoniert miteinander, und dann kannst du ja sehen, ob die Beziehung was taugt, ohne gleich alles wegzuwerfen, was dir lieb und teuer ist."

„Weißt du was? Da hast du absolut Recht! Das ist eine sehr vernünftige Lösung."

Sie klopfte mir anerkennend auf die Schulter. Ich atmete kurz durch. Gottseidank war sie vernünftigen Argumenten gegenüber aufgeschlossen – dachte ich.

„Aber – wenn ich ehrlich sein soll – was vernünftig ist, ist meistens totlangweilig. Woran, meinst du, werde ich mich, wenn ich auf dem Sterbebett liege, zuerst erinnern? An die Situationen im Leben, in denen ich vernünftig gehandelt habe, oder an die anderen, wo ich etwas Spontanes getan habe, etwas, was sich im Augenblick richtig gut anfühlte?"

Ich hob hilflos die Schultern.

„Weiß ich nicht..."

„Ich glaube schon, dass du das weißt. Wie ist das zum Beispiel, wenn du deine Freunde nach längerer Zeit siehst, und ihr unterhaltet euch darüber, was ihr in der Zwischenzeit alles erlebt habt? Wer von euch ist dann am interessantesten? An wessen Lippen hängen alle? An dessen, der vernünftig gelebt hat, oder an dessen, der etwas riskiert hat, vielleicht sogar etwas Dummes getan hat? Sag's mir!"

Ich schüttelte stumm den Kopf. Ich wusste, worauf sie hinauswollte.

„Mutter, ich glaube, man sollte sein Glück nicht herausfordern."

Sie bohrte mir den Zeigefinger in die Brust.

„Doch! Genau das soll man! Genau das! Und nun mach dir einen schönen Abend! Giovanni ist gerade zurückgekommen. Wir gehen nochmal aus!"

VII.

Sie hatte es tatsächlich wahr gemacht. Nicht, dass sie nach Livorno gezogen wäre, aber sie schrieb sich für einen Volkshochschulkurs in Italienisch ein. Giovanni reiste nach drei Tagen wieder zurück nach Italien. Nicht, weil seine Liebe schwächer geworden war, sondern weil er ein Nest für sie beide bauen wollte, wie er sich ausdrückte. „Wenn du kommst, Amore, wirst du empfangen wie eine Königin!" hatte er behauptet.

Von da an wurde jeden Abend stundenlang über Skype weiter geschwärmt und geschmachtet; zunehmend auf Italienisch, meine Mutter war sehr sprachbegabt. Ich durfte nicht darauf hoffen, dass sich die Beziehung aufgrund der Distanz zwischen den beiden Turteltäubchen erledigen würde.

Es war alles anders als früher. Und nicht unbedingt besser.

Meine Mutter machte Sachen, die ich nicht verstand. Sie ging fast täglich alleine spazieren, anstatt sich mit mir zu unterhalten so wie früher. Sie kam gelegentlich nach der Arbeit gar nicht gleich nach Hause, weil sie mit Kolleginnen (und Kollegen?) ausging. Sie hatte fast täglich - jedenfalls kam es mir so vor - neue Sachen an, bunt bis schreiend, die alten verschenkte sie an die Altkleidersammlung.

Und eines Tages kam sie an und sagte, sie hätte eine Annonce aufgegeben für den Verkauf des Hauses.

„Du willst also tatsächlich das Haus verkaufen!?"

„Ja, das wird das Beste sein. Dir nützt es eh nichts. Mir macht es viel Arbeit. Warum sollen wir also nicht das Geld nehmen und was damit anstellen?"

„Wie – anstellen?"

„Urlaub machen, zum Beispiel. Oder ein Gartenhäuschen im Grünen kaufen und Kürbisse züchten. Was weiß ich? Lass dir was einfallen!"

Ich fragte mich, warum mir zu „Gartenhäuschen im Grünen" ausgerechnet Gustav Ohnesorg einfiel. Und plötzlich hatte ich statt einer Sorge weniger eine mehr.

Meine Mutter legte es darauf an, mich aus ihrem Haushalt hinauszuwerfen, mich heimatlos zu machen, anstatt mir Schutz vor Halunken wie Gustav zu bieten.

Andererseits…

„Mutter! Wenn wir das Haus verkaufen und du deinen Job kündigst, könnten wir ja auch von hier wegziehen, oder?"
„Klar."
„Ähm... Ich nehme nicht an, dass du mit mir zusammen wegziehen willst..."
„Warum willst du denn hier weg?"
„Dafür gibt es keinen speziellen Grund... Ich meine ja nur..."
„Du hast doch hier Freunde. Du hast einen sicheren Beruf. Du bist hier aufgewachsen. Warum solltest du hier weg wollen?"
„Na, **du** sagst doch, ich soll tun, wonach mir ist!"
„Hängt das mit deinem Job zusammen? Um einen neuen Job zu suchen, musst du nicht wegziehen. Ich habe dir schon oft angeboten, eine Lehrstelle bei den Winter-Werken zu suchen. Dort könntest du Karriere machen, anstatt in einer Personalverwaltung zu versauern."
„Mutter! Darüber haben wir schon gesprochen. Ich habe auch keine Lust, als Verkäufer den ganzen Tag am Telefon zu hocken."
„Warum dann?" Sie hob den Kopf leicht an und zwinkerte mir zu. „Hat es mit Marion zu tun?"

Ich habe vergessen, Marion zu erwähnen. Sie war meine Beinahe-Freundin. Das heißt, wir trafen uns oft, beinahe jeden zweiten Tag, wenn auch nur auf einen Kaffee. Und eigentlich wäre es mir recht gewesen, wenn wir uns noch öfter treffen würden... Meine Mutter wusste davon und wartete darauf, dass ich endlich zu ihr sagte: „Marion und ich sind jetzt zusammen!" Aber irgendwas passte nicht zwischen uns. Ich ahnte, dass wir noch viele Jahre zusammen Kaffee trinken würden, ohne dass sich an unserem Status etwas änderte. Weder ich noch Marion machten Anstalten, unsere platonische Beziehung körperlich zu vertiefen. Dennoch trieb das kleine Pflänzchen Hoffnung immer wieder aus. Im Grunde hatte ich nichts zu verlieren, aber – was soll ich sagen? – ich war zu feige dazu, den letzten Schritt zu wagen. Mein Selbstbewusstsein hätte es nicht ertragen, mir einen Korb zu holen.

„Nein, Marion hat damit gar nichts zu tun!"
Ich hatte keine Lust, von Gustav zu erzählen. Ich hatte in diesem Moment beschlossen, ihn aus meinem Leben zu streichen.
„Was dann?"
„Gar nichts! Ich wollte das nur von dir wissen... ob das eine Option wäre. Nur, um – äh – um die Zukunft ein bisschen zu planen."

„Soso! Die Zukunft willst du planen... Dann merk dir mal den Spruch: Wenn du Gott zum Lachen bringen willst, erzähl ihm von deinen Plänen!"

„Ha! Ha! Ha! Du hast gut lachen! Du hast ja deinen Giovanni, der dich auf Händen trägt, wohin du willst. Pass nur auf, dass er dich wieder runterlässt, ehe du die Bodenhaftung verlierst."

Ich war wütend. Uralte Gedankenmuster tauchten in meinem Kopf auf.

Warum konnte mir meine Mutter nicht klipp und klar sagen, was sie von mir wollte? Es war wie früher, nichts konnte ich ihr recht machen! Aber wen kümmerte es? Ich war erwachsen! Ich konnte durchaus mein eigenes Leben führen, ohne mich bevormunden zu lassen. Sie spielte mit verdeckten Karten; wie jede Mutter wollte sie die Kontrolle über ihren Sohn nicht aufgeben. Was sie wohl tatsächlich sagen würde, wenn ich ihr verkündete, dass ich mit Marion zusammenziehe?

Zu diesem Zeitpunkt glaubte ich noch, ich sei an einem Tiefpunkt angelangt. Tatsächlich steuerte ich erst darauf zu.

Marion feierte gerade zu der Zeit ihren Geburtstag und ich durfte mich zu den illustren Gästen zählen. Diese Auszeichnung verlor allerdings schon dadurch an Wert, dass sie ungefähr 200 Leute eingeladen hatte. Als Veranstaltungsort hatte sie eine stadtbekannte Kneipe ganz allein für ihre Feier gebucht.

Ich war der festen Überzeugung, dass ich dem „inner circle" von Marions Freunden angehörte. Klar, dass ich mich auch, was das Geburtstagsgeschenk anbelangte, weit aus dem Fenster lehnte. Es sollte der absolute Knaller werden!

Marion hatte mir immer von einem bestimmten Buch vorgeschwärmt, das heißt, sie zitierte es bei jeder Unterhaltung, es kam mir vor, es wäre eine Art Ersatzbibel. Aber sie drückte auch immer ihr Bedauern darüber aus, dass dieses Buch nicht mehr verlegt würde und in keiner Bibliothek zu finden sei.

Also machte ich mich schlau und fand im Internet tatsächlich eine antiquarische Bezugsquelle, die noch Restbestände verkaufte. Ich jubelte, aber der Preis war horrend! Nur ein Narr kauft ein Buch für so viel Geld, dachte ich bei mir, aber es war ja nicht für mich, sondern für Marion. Es würde Eindruck machen, so viel war sicher.

Dann kam der große Tag. Ich trug zum ersten Mal in meinem Leben Herrenduft auf und ein sehr lässiges Shirt. Im Gefühl des sicheren Triumphs betrat ich das Lokal. Ich hatte eben noch eine Menge Bares abgehoben, denn ich wollte mich großzügig geben, wenn es darauf ankam. Mal eine Runde schmeißen, mich allgemein beliebt machen, Marion beeindrucken...

Es waren wirklich enorm viele Gäste gekommen. Es war heiß und stickig. Ich quetschte mich durch die eng beieinander stehenden Leute, was nicht einfach war, denn die meisten hatten ein Sektglas in der Hand, einige eine Zigarette, und schließlich fand ich Marion umgeben von einer Traube junger Männer, von denen ich keinen kannte. Sie trug ihr glattes blondes Haar gewellt und mit einer Art Krone geschmückt, was richtig albern aussah. Endlich nahm sie mich zur Kenntnis und begrüßte mich mit einem lauten „Hallo!", schlang kurz die Arme um mich und drückte mir ein Küsschen auf die Wange.

„Schön, dass du da bist! Oh Mann, ich sag dir, ich habe schon richtig einen sitzen. Wir haben zuhause bei mir eine Bowle gemixt und immer wieder probiert, ob sie schmeckt, und jetzt dreht sich schon alles. Hui!"

Meine Stimmung war schon nach ihrer ersten Bemerkung auf dem Tiefpunkt. Wer war „wir"? Mit wem hatte sie eine Bowle gemixt und sich volllaufen lassen? Das mit dem „inner circle" war wohl ein böser Trugschluss...

Sie drehte sich nun tatsächlich um die eigene Achse und wäre wohl aus dem Gleichgewicht geraten, wenn sie nicht einer der anwesenden Herren geistesgegenwärtig aufgefangen hätte. Dabei umarmte er sie und nutzte die Gelegenheit, um sie an sich zu drücken. Marion kicherte nur, anstatt dem Idioten eines auf die Fresse zu geben.

„Marion!" rief ich. „Mein Geschenk..." Ich hielt das sündhaft teure, in edlem Papier verpackte Buch in die Höhe.

„Oh! Das ist aber süß! Was ist es denn?"

„Mach's auf!"

Sie nahm es, riss es achtlos auf und sah es verwundert an.

„Ein Buch..." sagte sie offensichtlich ratlos.

„Es ist **das** Buch! Das, von dem du mir immer erzählt hast. Du dachtest, es wird nicht mehr verkauft..."

„Ach, **das** Buch?" Sie blätterte es einmal mit dem Daumen durch, als ob sie Bilder darin entdecken würde.

„800 Seiten! Super! Da habe ich dann ja was zu lesen in nächster Zeit. Bin schon gespannt. Daaaaanke!"

„Du kennst es doch sowieso schon. Aber ich dachte mir, du freust dich darüber, es endlich in den Händen zu halten."
„Natürlich! Ich hab ja bisher nur immer so Zitate daraus gelesen. So 'nen dicken Wälzer zu lesen ist mir viel zu mühsam. Aber warum nicht? Klar!"
Sie hielt mir ihr leeres Sektglas unter die Nase und sagte mit übertriebenem Schmollmund: „Holst du mir noch was zu trinken?"

Das war's dann mit meiner genialen Geschenkidee, die einschlagen sollte wie eine Granate! Marion ließ das teure Geschenkpapier auf den Boden fallen und legte das Buch auf den Tresen. Dann drehte sie mir den Rücken zu und kicherte mit ihren Freunden weiter. Ich ging zum Cocktail-Ausschank und ließ mir zwei Drinks von dem mit dem höchsten Alkoholgehalt geben. Damit ging ich zu Marion und prostete ihr zu. Ich trank meinen Cocktail in einer halben Minute aus. Jetzt war mir alles egal.
Sofern ich noch denken konnte, dachte ich jetzt, es wäre eine gute Gelegenheit, alle meine Sorgen zu eliminieren, indem ich einfach meine offensichtlich fehlerhaft bespielte Festplatte, sprich: die Programme, die mir vorschrieben, wer ich zu sein hätte, zu löschen. Der Mensch, der ich war, war langweilig, für Frauen uninteressant und er hatte die fatale Fähigkeit, Ereignisse und Menschen falsch zu deuten. Das musste sich ändern!

Ich trank noch einen Cocktail und noch einen. Dazwischen einen Klaren, um den Kopf zu klären, wie mir der Barkeeper erläuterte. Ich quatschte mit Leuten, die ich nicht kannte, und flirtete mit Frauen, die mir nicht gefielen; nach zwei Stunden gefielen mir jedoch alle.
Und als sich das Lokal leerte, bekam ich eben noch mit, dass alle in die nahegelegene Discothek abwanderten. Ich hängte mich bei irgendwelchen Leuten ein, die wie ich schon erhebliche Balanceprobleme hatten und schaffte es tatsächlich, am Türsteher vorbeizukommen. Die extrem laute Musik ernüchterte mich wieder ein wenig, gerade so weit, dass ich für den Tisch, an dem ich mich niederfallen ließ, eine Runde bestellte. Ich sah eine Weile zu, was an der Tanzfläche alles so gemacht wurde, und beschloss nach einem erfrischenden Bier, ebenfalls ein Tänzchen zu wagen. Es war eine Katastrophe! Ich verlor zwei Mal das Gleichgewicht, danach schwankte ich zur Toilette. Dort übergab ich mich und wäre beinahe eingeschlafen, wenn nicht jemand gegen die Tür gehämmert hätte.

„Alles klar, Mann?" hörte ich noch. Ich lallte etwas zurück wie „Alles bestens!" und suchte den Ausgang auf.
Ich kann mich dann nur noch erinnern, wie ich mich zu Hause erneut übergab – ich habe heute noch keine Ahnung, wie ich es schaffte, exakt in die Kloschüssel zu treffen - und ins Bett fiel.

Am nächsten Morgen – vielmehr war es bereits nach Mittag – erwachte ich. Der Restalkohol in meinen Venen trug dazu bei, dass ich mich nicht so elend fühlte, wie ich befürchtete. Allerdings war mir nach einem Blick in den Spiegel klar, dass ich niemandem verheimlichen konnte, was ich letzte Nacht getrieben hatte. Meine Augen glichen denen eines Kaninchens, meine Gesichtsfarbe der Schale meines Frühstückseis und mein Geruch war durch noch so viel Seife und Zahnpasta nicht zu verbessern.

„Wie war die Feier? Ist spät geworden, hm?" fragte meine Mutter.
„War klasse!" sagte ich. „Eine Riesengaudi!" Meine Stimme klang fremd, rau und männlich, fand ich.
„Ich dachte schon, du würdest bei Marion übernachten..."
„Was? Marion? Pah! Die alte Schlampe kann mir gestohlen bleiben."
„Also nun aber... Was sind denn das für Ausdrücke?"
„Wenn's nun mal so ist! Überhaupt können mir alle gestohlen bleiben!"
Ich bemerkte zu spät, dass mir plötzlich Tränen über die Wangen liefen. Schnell lief ich nach oben in mein Zimmer und schloss mich ein.

Nach mehreren Stunden Schlaf erwachte ich mit stechenden Kopfschmerzen. Auf meiner Stirn stand kalter Schweiß. Als ich meine Kleidung sortierte, wurde mir das Ausmaß der nächtlichen Katastrophe deutlich. Ich hatte über 200 Euro ausgegeben und wusste nicht einmal, wofür. Meine schicke Hose hatte ein Loch, das Hemd voller Flecken – Rotwein? - und meinen Schal konnte ich nicht finden. Ich schämte mich zutiefst.

Ich duschte mich nochmal, trank einen Liter Wasser und ging so leise, wie ich konnte, die Treppe hinunter. Ich hatte Glück, meine Mutter telefonierte mit Giovanni. Inzwischen verstand ich fast gar nichts mehr, weil sie sich überwiegend auf Italienisch unterhielten. Allerdings schnappte ich diesmal meinen Namen auf und ich meine, in diesem Zusammenhang auch das Wort „Amore" vernommen zu haben.

Obwohl ich keinen Grund hatte, irgendetwas von dem, was letzte Nacht passiert war, zu verteidigen, ärgerte es mich, dass sie diesem Giovanni gegenüber Dinge ausbreitete, die erstens ihn überhaupt nichts angingen und zweitens bestimmt völlig falsch waren.

Ich war nicht verliebt in Marion oder sonst jemanden. Ich wollte lediglich die Erfahrung machen, in einer Beziehung zu sein. Ich dachte, dass es leichter wäre, öffentlich mit einer Freundin aufzutreten, anstatt immer nur als fünftes Rad am Wagen mitzulaufen.

„Bis später! Ich wünsch' dir noch gute Unterhaltung!" rief ich und knallte die Haustüre zu.

Die frische Luft trocknete meine nasse Stirn, aber in meinem Hinterkopf hämmerte jemand bei der geringsten Gewichtsverlagerung mit einem spitzen Hammer von innen gegen die Schädeldecke. In der Hoffnung auf Besserung ging ich stadtauswärts, auf die Felder zu. Nach einer halben Stunde fühlte ich mich schon besser, allerdings tauchten auch üble Erinnerungen auf, zwar bruchstückhaft, aber das, was am kompletten Film fehlte, konnte ich leicht ergänzen.

Ich sah mich zwischen einem Gewühl an tanzenden Beinen am Boden liegen. Und das war ich auch, der allen möglichen Frauen einen Drink spendierte, obwohl die das gar nicht wollten. Und irgendwie schien ich auch jedem x-beliebigen Menschen erzählt zu haben, wie teuer das Geburtstagsgeschenk für Marion war.

Und dann war da noch der peinlich Zwischenfall, als ich beim Tanzen meine Arme ausstreckte und der Bedienung das Tablett mit allen Getränken aus den Händen schlug...

Ja, langsam dämmerte mir, wo mein ganzes Geld geblieben war.

War das tatsächlich ich, dieser depressive Mensch, der sich vorsätzlich in einen gemeingefährlichen, unkontrollierten Zustand trank? Sagte das, was ich nüchtern nie tun würde und betrunken doch tat, etwas über meinen Charakter aus?

War ich betrunken womöglich zu allem fähig und nüchtern zu nichts?

Ich erinnerte mich daran, dass ich meine Festplatte löschen wollte, um jemand anderes zu sein. Es war mir gelungen, aber der, der ich dann war, wollte ich noch weniger sein als der, der ich üblicherweise bin.

Als ich eine Stunde gegangen war, erreichte ich einen Kiesweg, der über die geernteten Felder hinweg in Richtung Wald führte. Dort, wo er in den Wald eintrat, stand eine Holzbank. Ich war hundemüde und nutzte die Gelegenheit, um mich auszuruhen. Ich legte mich auf die Bank und dachte mir nichts dabei, weil weit und breit kein Mensch zu sehen war. Der Zustand meines Kopfes war immer noch katastrophal, mein Mund war staubtrocken und mein Herz klopfte wie wild. Aber als ich mich in der Horizontalen befand und just in diesem Moment die Sonne durch die Wolken brach, war ich beinahe glücklich. Ich spürte die aufkommende Wärme auf meinem Bauch, mein Atem beruhigte sich, ein paar Vögel zwitscherten – mehr brauchte ich nicht für meinen Frieden.

Ich musste wohl auch für ein paar Minuten eingenickt sein, jedenfalls nahm ich plötzlich zwei große Schatten ganz nah vor mir wahr, dann drangen Stimmen zu mir durch.
„...sollte sich was schämen ... die jungen Leute nehmen sich was heraus..."
Ich richtete mich schnell auf, sehr zum Leidwesen meines schmerzempfindlichen Kopfes, und blickte in die Augen zweier alter Leute.
„Hören Sie mal, junger Mann", sagte der Mann mit krächzender Stimme, „die Bank gehört ja nicht Ihnen allein, was?"
„Am helllichten Tag zu schlafen", fügte die Frau hinzu, „das wäre mir in diesem Alter auch nicht in den Sinn gekommen. Naja – ist ja auch kein Wunder, wenn man sich die Nacht über in diesen Lokalen herumtreibt."
Woher wissen die, was ich letzte Nacht getan habe?! dachte ich und meine kurz zuvor gewonnene Ruhe wurde von neuer Panik verdrängt.
„Aber ich wollte mich nur kurz ausruhen..." versuchte ich mich zu verteidigen.
„Reden Sie keinen Unsinn!" schimpfte der Mann los. „Das riecht man doch zehn Meter gegen den Wind, dass Sie einen über den Durst getrunken haben. Nun machen Sie, dass Sie hier wegkommen, sonst hole ich die Polizei!" Dabei hob er seinen Spazierstock drohend über meinen Kopf.
„Die Polizei? Jaja, schon gut! Ich gehe ja schon..."

Benommen von meinem kurzen Tiefschlaf wankte ich von dannen, auf den Wald zu. Ich konnte es kaum fassen, irgendwie schien ich nicht in diese Welt zu passen. Ich notierte als eben erkannte Wahrheit, dass ich allen im Weg stand und zu nichts nütze war.

Mechanisch tappte ich immer tiefer in den Wald hinein.

Es hatte in der letzten Nacht geregnet. Die Moose waren mit Wasser vollgesogen, die Tannen verströmten ihren herben Duft und ab und zu fielen Tropfen von den Blättern. Der heisere Ruf einer Krähe hallte durch den Wald. Die kühle, feuchte Luft besänftigte mein erhitztes Gemüt, aber sie konnte nichts daran ändern, dass ich mich nutzlos und überflüssig fühlte und nicht verhindern, dass ich mich in eine Depression hineinsteigerte. Ich fühlte mich, als wäre ich in einem gläsernen Käfig eingeschlossen, in dem es außer mir nur meine Gedanken und Erinnerungen gab. Alles, was sich draußen abspielte, war mir fremd und unerreichbar – nicht für mich geschaffen. Alle Kraft schien aus mir gewichen, daher wollte ich jede Tätigkeit einstellen, die mit Anstrengung verbunden war. Aber da ich gerade am Gehen war, hätte es mich mehr Überwindung gekostet, stehen zu bleiben, als immer weiter zu gehen. Im Augenblick war es die einfachste Sache zu gehen; es spielte keine Rolle, ob ich einen, zehn oder hundert Kilometer ging. Mich selbst zu finden und zu analysieren, über Vergangenes nachzudenken, das tat ich wie von selbst. Aber da ich keine Mühe darauf verwenden wollte, erhielt ich auch kein greifbares Ergebnis. Ich wollte kein Ergebnis! In diesem Moment wollte ich das Leben eines Regenwurms führen, existieren, ohne zu überlegen, wie und warum.

Eigenartigerweise achtete ich darauf, den zahlreichen Pfützen auszuweichen, als ob es von Bedeutung wäre, die Schuhe sauber zu halten. Worauf ich nicht achtete, war die Richtung, in die ich ging. Ich wunderte mich zwar darüber, wie weit sich der Wald erstreckte, aber im Grunde war mir das nur Recht. Nur weg von hier, ich verabscheute es, mich irgendwelchen Leuten erklären zu müssen. Schließlich machten ja auch alle anderen das, was sie wollten – Mutter, Marion...

Nein! Dieses Leben wollte ich so nicht fortsetzen! Vielleicht war es ja doch keine schlechte Idee auszuwandern, irgendwohin, wo man in Ruhe gelassen würde.

Während ich meine Situation, die vermeintlichen Fakten und die Möglichkeiten, in meinem Kopf herumwälzte, entdeckte ich hundert Meter voraus etwas Ungewöhnliches, etwas, das aussah wie ein Hügel zwischen den Bäumen. Ich strengte meine Augen an, um deutlicher zu sehen, aber erst als ich kurz davor stand, wusste ich, wohin mich mein planloser Weg geführt hatte - zu Gustav Ohnesorgs Zelt!

Ich stand eine Weile wie angewurzelt. Eine Stimme in mir rief mir zu: „Schnell! Verschwinde von hier!" Eine andere sagte: „Das war kein Zufall, dass du hierher gegangen bist."
Ich entschied mich zu bleiben. Da ich ohnehin drauf und dran war, mein Leben umzukrempeln, hatte ich nichts zu verlieren.
Ich betätigte die Glocke an dem alten Bauwagen.

VIII.

Ein altbekannter Auftritt – Gustav in legerem Schlabber-Look, unfrisiert und dieses Mal auch unrasiert. Er wirkte beinahe ein wenig alt heute.

„Martin!" Er räusperte sich. „Gut, dass du hier bist. Komm' rein!"
Ich folgte ihm in seinen Wagen hinein. Er bot mir einen Klappstuhl an, er selber setzte sich aufs Bett, das ziemlich zerwühlt war.
„Möchtest du eine Tasse Pfefferminztee?"
Es roch nach ätherischen Ölen. Mir fiel auf, dass Gustav einen Schal um seinen Hals trug.
„Bist du krank?"
„Eine Erkältung. Ist in zwei Tagen wieder weg, schätze ich. Und – wie geht's dir?"
Ich nippte an meiner Teetasse, um Zeit zu gewinnen. Wie sollte ich ihm erklären, was mit mir los war, wo ich es selbst nicht genau wusste?
„Ich war gestern auf einer Geburtstagsfeier. Ich habe viel zu viel getrunken, hat sich so ergeben."
„Ja, das kann passieren. Aber nichts passiert ohne Grund. Du hast nicht grundlos getrunken, ebenso wenig bist du grundlos hierhergekommen."
„Naja – ich bin einfach losgegangen, um einen klaren Kopf zu bekommen. Und plötzlich stehe ich vor deinem Zelt."
„Wie auch immer – es gibt keine Zufälle, schlag dir das aus dem Kopf – äh – verzeih mir, dein Kopf verträgt heute keinerlei Schläge, stimmt's?"
„Nein, nicht das kleinste Fingerschnipsen."
„Gut. Dann werden wir heute ganz sanft miteinander umgehen", sagte er lächelnd.
„Wie – wie meinst du das?"

Er sah heute alles andere als bedrohlich oder durchtrieben aus, aber wenn er solche Sachen sagte, wurde ich misstrauisch.

„Ich meine, dass wir die Ursache für unser beider Unwohlsein ausschalten sollten."

„O.k. Aber wo liegt deiner Meinung nach die Ursache?"

„Das ist logisch und ganz einfach zu erklären. Ich habe meine Erkältung nicht deswegen, weil ich beim Laufen zu kühl angezogen war oder weil ich mich mit irgendwelchen Viren angesteckt habe, sondern weil ich mich dir gegenüber kalt verhalten habe – und weil ich die Kälte in dir gespürt habe."

„Du sprichst in Rätseln."

„Du wirst mich besser verstehen, wenn ich dir sage, dass Krankheiten immer nur Ausdruck einer seelischen Befindlichkeit sind. Eine Krankheit zwingt uns dazu, eine Korrektur an unserem Verhalten vorzunehmen."

„Da gebe ich dir ausnahmsweise einmal Recht. Ich werde in nächster Zeit auf Feiern jeder Art und Alkohol verzichten."

„Gut! Wirklich ein gutes Beispiel! Hast du dir schon einmal überlegt, womit du dich stattdessen beschäftigen wirst?"

„Nein. Nicht heute. Aber vermutlich werde ich mich bald in eine eigene Wohnung zurückziehen und die Welt aus meinem Leben ausschließen."

Eigentlich wollte ich das gar nicht sagen. Es sprudelte einfach aus mir heraus.

„Ich dachte mir schon so was in der Art. Die Welt gibt dir nicht das Gefühl, angenommen zu sein. Sie verweigert dir die Herzenswärme, die du so sehr ersehnst. Und damit sind wir wieder beim Thema Erkältung angelangt. Alkohol wärmt, aber nur für sehr begrenzte Zeit. Die Wärme, die du suchst, kann dir nur ein Mensch geben."

„Pah! Meine Mutter hat schon Recht. Ich sollte aufhören, mich von anderen abhängig zu machen."

„Deine Mutter meint etwas anderes. Hör' jetzt gut zu: Du kannst dir nicht aussuchen, ob du von anderen abhängig bist oder nicht. Wir sind alle eins, durch unsichtbare Fäden verbunden. Warum, glaubst du, habe ich mir eine Erkältung ‚eingefangen'? Weil ich mit dir verbunden bin. Du hast mich besucht und dadurch sind wir einander vertraut geworden; das intensiviert eine Bindung."

„Aber ich bin doch nicht kalt – die anderen sind mir gegenüber kalt. Meine Freundin zum Beispiel... Ach! Was geht dich das an..."

„Deine Freundin hat dir keine Beachtung geschenkt, nicht wahr?"

„Ja... nein..."

Einerseits ärgerte ich mich darüber, dieses leidige Thema angesprochen zu haben - es handelte sich um eine meiner dunkelsten Stunden - andererseits war ich brennend daran interessiert zu hören, was Gustav dazu zu sagen hatte.

„Im Grunde ist sie mir egal. Es wäre nur schön gewesen, jemanden an seiner Seite zu haben."

Gustav nickte. „Ich verstehe."

„Wirklich? Hattest du denn jemals eine Freundin?"

„Warum nicht? Denkst du, ein Sonderling wie ich war immer schon alt? Ich habe dieselben Bedürfnisse wie jeder Mensch. Auch ich habe mich immer nach einem Partner fürs Leben gesehnt."

„Und? Hattest du nun eine?"

„Ich war verheiratet, getrennt, wieder zusammen und vor einundzwanzig Jahren ist meine Frau bei einem Autounfall ums Leben gekommen, zusammen mit meinem Sohn."

Ich hatte einen dicken Kloß im Hals und brachte kein Wort heraus. Ich hätte niemals geglaubt, dass dieser Mann ein derart schlimmes Schicksal erleiden musste.

„Das tut mir leid", stieß ich hervor. „Also... wenn mir so etwas zustoßen würde... ich weiß nicht, ob ich dann noch weiterleben wollte."

„Solche Gedanken sind auch mir gekommen. Und wer weiß, was ich getan hätte, wenn ich nicht schon damals gelernt hätte, mich selber zu lieben."

„Sich selber lieben? Wozu soll das gut sein? Das hilft einem doch auch nicht über den Verlust hinweg..."

„Der Verlust bleibt, das stimmt. Aber was du niemals verlierst, ist die Erkenntnis, dass du nichts von dieser Welt wirklich brauchst, weil du alles in dir trägst. Du bist nur einsam, wenn du den Reichtum, der in dir schlummert, nicht kennst."

„Ha! Das habe ich ja gestern Nacht erlebt, was in mir schlummert. Ich brauche nur ein bestimmtes Quantum Alkohol und schon werden die Dämonen in mir losgelassen."

„Dann lerne, die Dämonen in Götter zu verwandeln!"

„Wie soll das denn gehen?"

„Meditiere! Regelmäßig! Du wirst erstaunliche Erkenntnisse gewinnen. Eine davon ist, dass es nicht auf die Form ankommt, sondern auf die Energie."

„Wenn du so etwas sagst, fühle ich mich an den Physik-Unterricht erinnert. Auch dort bin ich manchmal nach zehn Minuten eingeschlafen. Außerdem habe ich immer noch üble Kopfschmerzen. Ich kann heute nicht denken."

„Ich verstehe. Ich sollte dir mehr Zeit lassen. Also – was du im Zustand deines Rausches getan hast, war nur ein Ausdruck, eine Form der Energie, die in dir entfacht wurde. Du hast dich wütend gefühlt, weil dir das Mädchen einen Korb gegeben hat; Wut ist Energie! Du hattest den Wunsch, dich anderen mitzuteilen, dazu zu gehören, deine Freude und deine Trauer zu leben; ein drängender Wunsch bedeutet sehr viel Energie! Nun muss sich diese Energie, mit der du zum Platzen gefüllt bist, auf irgendeine Weise Bahn brechen, oder man könnte auch sagen, du musstest ihr eine Form geben. Wenn du die Möglichkeit gehabt hättest, gestern Abend an einem Marathonlauf teilzunehmen, wärst du bestimmt sehr schnell gewesen."

Er grinste bis über beide Ohren. Nun kam er mir gar nicht mehr besonders krank vor.

„Aber da du dich entschieden hattest, in eine Kneipe mit vielen anderen Menschen zu gehen, hattest du nicht viel Möglichkeiten, deine Energie sinnvoll zu verarbeiten."

Er sah mich eindringlich an, als wolle er sich vergewissern, dass ich seine Worte verstanden hatte.

„Aber was heißt schon ‚sinnvoll'?", sprach er weiter. „Es ist doch nichts Schlimmes passiert. Du hast heute Kopfschmerzen und ein flaues Gefühl im Magen; das geht vorüber. Und du hast dir und allen anderen gezeigt, was in dir steckt. Ich meine das jetzt nicht ironisch! Alle wissen jetzt, dass du kein notorischer Langweiler bist, sondern mit viel Temperament ausgestattet. Das ist dein Geschenk aus diesem Abend! Deine neue Erkenntnis! Jetzt geht es nur noch darum, die in dir vorhandene Energie zu kanalisieren, so dass sie für alle nutzbringend ist."

„Hört sich interessant an. Mach einen Vorschlag!"

„Nicht so schnell! Zunächst musst du dein wahres Sehnen ergründen. Frag in dich hinein: Was ist es, wonach du dich tief und fest sehnst? Es wird etwas sein, was du schon sehr lange in dir trägst, was dein bisheriges Leben bestimmt hat, ohne dass du dir dessen bewusst warst. Nein! Antworte nicht jetzt! Geh nach Hause und gib dir Zeit. Die Antwort findest du nur in der Stille. Was du jetzt sagen würdest, wäre beeinflusst von mir und der gegenwärtigen Stimmung."

„Ich soll also gehen?"

„Ich denke, das wäre ein guter Zeitpunkt."

„Aber..."

„Du hast selbst gesagt, dass dir heute nicht zum Denken zumute ist. Also geh nach Hause und ruh dich aus! Deine Mutter wird dich verstehen und sie trägt dir nichts nach. Und ich würde dich bitten, in drei Tagen wieder zu mir zu kommen und mir die Antwort zu verraten."

„Gut. Also dann…"

Als ich aus der Tür des alten Wagens trat, stand die Sonne nur noch knapp über dem Horizont. Es würde dunkel sein, wenn ich zu Hause ankam. Aber noch etwas hatte sich verändert: Meine Stimmung. Ich kann nicht erklären, woran es lag, jedenfalls hingen meine Gedanken nicht mehr an dem Schlechten, das mir letzte Nacht wiederfahren war, sondern an der Aufgabe, die mir Gustav mitgegeben hatte. Das Vergangene lastete nur noch leicht auf mir, das Neue erschien aufregend und verheißungsvoll.

Und noch etwas hatte sich verändert: Gustav war für mich nicht mehr der Mensch, der ein dunkles Geheimnis verbarg, jemand, dem man besser aus dem Weg ging.

Er könnte ein echter Freund sein, dachte ich. Wie hatte er sich ausgedrückt? „Dämonen in Götter verwandeln…"

IX

Als ich zu Hause ankam, wartete eine Überraschung auf mich.

„Wo warst du?" fragte mich meine Mutter.

„Ich war spazieren, lange; das war nötig, um einen klaren Kopf zu bekommen."

„Das denke ich auch. Trotzdem schade, dass du nicht früher zurück warst. Marion war hier."

Mein Herz stolperte einmal kräftig.

„Was wollte die denn?"

Ich machte kein Hehl aus meiner Verachtung für sie.

„Sie hat das hier gebracht."

Sie zeigte mir das Buch, das ich ihr geschenkt hatte, halb eingewickelt in das exklusive Geschenkpapier. Da war es, das corpus delicti, der Beweis dafür, dass ich mich zum Narren gemacht hatte und für teures Geld die Zuneigung einer Frau erkaufen wollte!

„Sie hat gesagt, sie könne es nicht annehmen. Das sei sie nicht wert."

Ich rang noch um die richtigen Worte, da drückte mich meine Mutter an sich und sagte: „Das tut mir so leid! Ich verstehe, wie du dich fühlen musst. Es ist schwer, mit einer groben Abweisung umzugehen. Aber sie hat recht – sie ist es wirklich nicht wert. Sie ist ein oberflächlicher Mensch, deiner in keiner Weise ebenbürtig. Aber ich verspreche dir, es kommt die Frau, die den Wert dieses Buches zu schätzen weiß – und deinen."

Die Worte, die sie in meine Schulter säuselte, hörten sich beinahe so an, als würde sie die eine oder andere Träne verdrücken. Das gab mir die Gelegenheit, angemessen zu antworten – so, wie es sich für einen echten Mann geziemt.

„Was soll's? Ich habe daraus gelernt – und das war's."

„Ach Junge!" Sie seufzte tief. „Wenn ich mir vorstelle, ich hätte ein so kostbares Geschenk von einem Mann bekommen..."

„Ich dachte, Giovanni..."

„Ja, er beschenkt mich auch, mit Schmuck und gutem Essen und so. Er ist ganz Kavalier, das bestimmt. Aber so ein besonderes, ganz persönliches Geschenk habe ich noch nicht bekommen. Was du geschenkt hast, drückt Großzügigkeit und Feinsinnigkeit aus. Du hast das Herz am rechten Fleck, Martin! Das lass dir von deiner Mutter gesagt sein!"

Sie boxte mich gegen die Schulter, bemühte sich um ein wenig Heiterkeit. Und innerlich musste ich tatsächlich lächeln. Seltsam!

Als ich es am wenigstens erwartete, war mir etwas zugeflogen, was ich jahrelang vermisst hatte: Meine Mutter in ihrer ganzen Menschlichkeit und Herzlichkeit zu erleben. Ein durch und durch missratener Tag hatte sich bis zum Abend zu einem der schönsten meines Lebens gemausert.
Dämonen in Götter verwandeln...

Später lag ich im Bett und dachte nach.
Wonach sehnte ich mich aus der Tiefe meines Herzens? Was war es, was schon lange in mir schlummerte?
Es fiel mir schwer, dieses Sehen zu ergründen, weil mich die ehrlich gemeinten Worte meiner Mutter bereits so glücklich machten, dass ich kein Sehnen verspürte. Dennoch hörte ich nicht auf, darüber zu grübeln, weil ich mir natürlich darüber im Klaren war, dass es für einen Fünfundzwanzigjährigen nicht die Komplimente einer Mutter sein sollten, die sein Leben mit Sinn erfüllten. Der Schlaf übermannte mich, ehe ich der Antwort auf die Spur kommen konnte.

Der nächste Tag wartete mit keinen Überraschungen auf. Noch immer bohrte ein stumpfer Schmerz in meinem Kopf. Im Büro gab es viel zu tun und ich war mehr darum bemüht, alles ordnungsgemäß zu erledigen, als darum, mein Seelenleben zu erforschen.
Wenn dieser Arbeitstag erst vorüber ist, dachte ich, werde ich mir ein heißes Bad einlassen – oder gleich ins Bett gehen. Oh Mann! Ich sehne mich danach, dass es fünf Uhr schlägt!
Tja – da war es wieder, dieses Sehnen!

Es war mir sonnenklar, dass das Sehnen nach Erlösung von Schmerzen nicht der Weisheit letzter Schluss sein konnte. Sollte man sich etwa betrinken, um dann die schmerzlösende Wirkung von Aspirin zu ersehnen? Sollte man eine Woche fasten, um sich anschließend am Geschmack eines Apfels berauschen zu können? Sollte man das Haus im Winter leicht bekleidet verlassen, um die Segnungen einer Zentralheizung wieder richtig wertzuschätzen? Sollte man stundenlang durch die Gegend laufen, um sich auf einen Stuhl freuen zu können?
Ich erinnerte mich daran, wie mir zumute war, als mir meine Mutter sagte, dass sie vermutlich mit diesem Giovanni nach Italien ziehen wolle. Ich vergaß in diesem Augenblick alle anderen Probleme und bat meinen Schöpfer einzig darum, diesen Kelch an

mir vorüber gehen zu lassen. Und – er hatte meine Bitte erfüllt. Meine Mutter war immer noch hier und zeigte mir, dass sie mich liebte.

Ich glaube, niemand wird bestreiten, dass solche Momente der Abwesenheit von Schmerz im weitesten Sinne kurzfristig für den größten Genuss sorgen konnten. Und ebenso wenig war es ein Geheimnis, dass diese Glücksmomente ebenso rasch verschwanden wie sie kamen.

Ach, es ist alles so kompliziert!, dachte ich. Ist es uns überhaupt gegeben, dauerhaft glücklich zu sein?

Wonach sollte ich mich also sehnen, wenn alles nur vorübergehender Natur war?

Es wurde fünf Uhr, ich entschied mich, mein lang gehegtes Vorhaben, ein Bad zu nehmen, in die Tat umzusetzen. Das heiße Wasser rauschte dampfend in die Wanne und in diesem Augenblick war die Vorstellung, mich vollständig von der Wärme des Wassers umschließen zu lassen, der Gipfel der Genüsse. Aber es brachte nicht annähernd die erhoffte Entspannung. Hinterher war mein Kreislauf angeregt statt beruhigt, Schlaf fand ich in dieser Nacht wenig. Ich war weniger denn je in der Lage, Klarheit in meine Gedanken zu bringen. Ich war gefangen in dem Wahn, etwas Unbestimmtes ergründen zu müssen. Ich zermarterte meinen Kopf mit der unlösbaren Aufgabe, die Erinnerung an dieses Unbestimmte zurückzuholen. Träume und Wachzustände wechselten einander in einem Tempo ab, das früher oder später in Erschöpfung enden musste. Und – wie nach solchen Nächten üblich – schlief ich tief und fest, als der Wecker den Morgen ankündigte.

Ich fühlte mich müder als am Abend zuvor und erheblich frustrierter.

Es war offensichtlich, dass meine eigenen Gedanken für Verwirrung und Unzufriedenheit sorgten, die Gedanken Gustavs jedoch meine Laune verbesserten. Woran lag das nur?

Ich fackelte nicht lange und fuhr am nächsten Nachmittag, gleich nach der Arbeit, mit dem Fahrrad zu Gustavs Behausung. Ich hatte sogar darauf verzichtet zu essen, weil ich währenddessen wahrscheinlich am Tisch eingeschlafen wäre. Nur so eine Nacht wie die letzte wollte ich nicht wieder erleben!

Als ich am Ende des „Wiesenweges" ankam, fiel mir als erstes auf, dass Gustavs Fahrrad nicht an seinem Platz stand. Ich zog am Glockenstrang, aber niemand öffnete die Tür. Ich drückte die Klinke nach unten und die Tür ging auf. Vorsichtig trat ich ein.

„Gustav?" rief ich, aber er war nicht da.
Unschlüssig trat ich in seine „Wohnung". Da war das Bett, wie immer ziemlich unordentlich, der Esstisch mit etwas benütztem Geschirr, eine Schale mit Nüssen, das aufgeklappte Notebook. An der Wand hinter der Tür hing eine Fotografie, auf der er mit einer Gruppe alter Leute abgebildet war, die alle herzhaft lachten. Daneben ein weiteres Bild, mit einer Schulklasse oder etwas Ähnlichem; jedenfalls sah man darauf mindestens dreißig junge Leute, nur Gustav selbst war nicht dabei. Ich fragte mich, warum ich kein Foto von seiner Frau und seinem Sohn fand; wahrscheinlich, so dachte ich, steckte das Leid um den tragischen Verlust zu tief.
Auf dem Nachttisch lag ein Buch. Ich las den Titel „Jane Roberts – Individuum und Massenschicksal". Ich blätterte ein wenig darin, viele Passagen waren mit einem Rotstift dick markiert, der Inhalt erschien mir ziemlich unverständlich. Nun lockte mich die Neugier und ich zog die Schublade auf. Ein dünner Ordner kam zum Vorschein. Ich schlug ihn auf und sah mehrere Blätter mit großen Zahlen... Rendite, Verzinsung, Auszahlungsbetrag... Donnerwetter! Jetzt wurde mir einiges klar – Gustav handelte mit Aktien! Und nach dem, was sich mir hier offenbarte, sehr erfolgreich.

„Martin! Welche Überraschung! Ich hätte dich erst morgen erwartet."
Gustav war zu Tür hereingekommen, ohne dass ich es bemerkt hatte, und ich kramte in der Schublade mit seinen Dokumenten herum - der Gipfel der Peinlichkeit! Ich war so überrascht, dass ich gar nicht erst versuchte, den Ordner wieder in der Schublade verschwinden zu lassen.
„Gustav! Du bist ja doch da..." Heißes Blut schoss mir ins Gesicht.
„Ich hab geläutet, aber du warst ja nicht da, und – "
„Du bist immer willkommen, Martin!" Er deutete auf den Ordner in meinen Händen. „Interessierst du dich für Aktien?"
„Nein, eigentlich nicht..."
„Ist auch besser so, kann ordentlich in die Hose gehen."
„Entschuldige, bitte! Ich war einfach nur neugierig..."
„Ich denke, neugierig zu sein, ist legitim. Wie sonst soll man etwas über die Welt erfahren?"

Er blieb unbegreiflich ruhig. Dabei hätte er allen Grund gehabt, zornig zu sein. Sein Verhalten verlieh mir den Mut, unverschämt zu werden.

„Und ich dachte, du lebst von der Hand in den Mund, im Einklang mit der Natur und so. Dabei bist du ein Spekulant."

Ich warf den Ordner auf sein Bett.

„Ein Spekulant ist jemand, der auf ungewöhnliche Kursschwankungen setzt. Das tu ich nicht. Meine Anteile unterstützen die Firmen, die neue, umweltverträgliche Technologien entwickeln. Ich helfe neuen Firmen bei der Beschaffung von nötigem Startkapital. Das ist nicht einmal mit einem Risiko verbunden. Der Unterschied zum Spekulanten besteht darin, dass meine Gewinnmarge erheblich niedriger ist."

„Schon möglich. Aber du verdienst Geld, ohne dafür zu arbeiten, das ist nicht o.k., denn irgendjemand schuftet dafür, dem es schlechter geht als dir. Basta!"

Ich setzte mich auf einen der beiden Stühle, als wäre ich hier zu Hause.

Gustav sah mich mit seinen hellblauen Augen an und sagte zuerst nichts. Dann nickte er bedächtig mit dem Kopf und meinte:

„Du hast natürlich recht! Aber ehe du über mich urteilst, solltest du die ganze Aktensammlung lesen. Und ich geh mich jetzt erst einmal duschen; meinen augenblicklichen Geruch kann ich dir nicht länger zumuten.

Jetzt fiel mir erst auf, dass er komplett durchgeschwitzt war. Ich konnte mich nicht erinnern, jemals einen alten Menschen so schwitzen gesehen zu haben. Er musste mächtig in die Pedale getreten sein.

Gustav ging ins Freie, hing seine Kleidung über die Wäscheleine und stellte sich pudelnackt unter die große Gießkanne. Mit einem Zug an dem Seil kippte er die Gießkanne nach vorne und goss ihren kalten Inhalt portionsweise über sich. Mich fror schon beim Zusehen. Er war außerordentlich gut gebaut, nicht nur für sein Alter. Seine Haut spannte sich immer noch straff über die sehnige Muskulatur. Er war dünn, aber nicht mager. Von der Erkältung, die ihn gestern noch ins Bett gezwungen hatte, war ihm nichts mehr anzumerken.

Da er mich schon mal dazu aufgefordert hatte, nahm ich den Aktenordner erneut zur Hand und blätterte nach hinten. In den letzten Jahren schien nicht viel passiert zu sein. Jedoch schienen die

Firmenbeteiligungen regelmäßige Dividenden abzuwerfen. Weiter zurück, bis in die 70er Jahre hinein, ging es wesentlich turbulenter zu, es gab mehrere Bestätigungen über den Kauf und Verkauf von Aktien.

Als ich 1975 aufschlug, rieb ich mir die Augen: Dieser Gustav Ohnesorg musste ja steinreich sein! Ich sah hier die astronomische Summe von 8,3 Millionen DM, die der Verkauf seiner Aktien erzielte. Was war mit dem Geld geschehen?

Ich blätterte nach vorne und fand zwar Belege über neue Wertpapierkäufe, doch bei weitem nicht in diesem Ausmaß. Ich konnte keinen Hinweis darauf finden, was mit den Millionen geschehen war.

Ich sah zum Fenster hinaus, Gustav rieb sich gerade mit einem Handtuch trocken. Was wollte er, dass ich finde? Wahrscheinlich etwas, was einen Hinweis darauf liefert, dass er nicht der eiskalte Broker war, für den ich ihn aufgrund der ersten Akteneinsicht halten musste. Dabei wäre das gar nicht nötig gewesen. Ich musste zugeben, dass ich mich weigerte, ihn weiterhin als schlechten Menschen entlarven zu müssen. Er war kein Verbrecher. Wieso sollte er mir sonst seine Akten offenlegen?

Ich warf einen Blick in die Schublade. Da waren noch einige Papiere, jedoch nicht in einem Ordner zusammengeheftet. Ein Bauplan, eine Stiftungsurkunde... Ja, das musste es sein!

„Hast du es gefunden?" fragte Gustav, der eben mit dem Handtuch um die Hüften wieder in den Wagen getreten war.

„Du hast mit dem Geld eine Stiftung gegründet, nicht wahr?"

„Genau! Und was mir die verbliebenen Aktien noch einbringen, fließt in den Unterhalt der Einrichtung."

Seine Haare standen in alle Richtungen. Jetzt schaute beileibe nicht aus wie ein abgezockter Börsenhai, eher wie eine Parodie auf Merlin.

„Was ist das für eine Einrichtung?"

Gustav zog sich eine ausgebeulte Hose und einen Pullover an, der so anschmiegsam aussah wie eine Fußmatte, und tat so, als hätte er meine Frage nicht gehört. Stattdessen fragte er mich:

„Du siehst sehr müde aus. Hast du überhaupt schon zu Abend gegessen?"

„Nein, hab ich nicht. Ich bin eigentlich hier, weil... weil ich einen guten Gedanken von dir brauchen könnte. Ich liege nachts im Bett und denke und denke und alles dreht sich, nur Schlaf finde ich keinen."

„Dann sollten wir langsam mal anfangen zu meditieren."

„Meinst du?"

Gustav stellte sich vor den Spiegel an der Wand und brachte sein weißes Haar in Ordnung.

„Wer meditieren kann, lässt sich nicht mehr zum Sklaven seiner Gedanken degradieren. Er ist der Chef im Ring und sagt, wo's lang geht. Wenn die Gedanken anfangen, verrückt zu spielen, müssen sie auf ein Kommando hin schweigen."

„Das hört sich gut an!"

„Das heißt aber nicht unbedingt, dass du lernst, schnell einzuschlafen."

„Das hört sich weniger gut an."

„Was aber auch gar nicht sinnvoll ist, wenn du nicht müde bist und dabei bist, etwas Wichtiges über dich zu erfahren. Ich würde sagen, wir fangen mit der Kurseinheit 1 an."

„Jetzt? Sofort?"

„Jetzt ist immer der beste Zeitpunkt. Seth – das ist der aus dem Buch auf meinem Nachttischchen – sagt: ‚Der Kraftpunkt ist in der Gegenwart'. Das darfst du nie vergessen!"

„O.k. ..."

„Jetzt setzt du dich erst mal gerade hin. Rutsche ein bisschen weiter nach vorne, so dass Oberschenkel und Becken einen rechten Winkel bilden. Wichtig ist, dass der Schwerpunkt wirklich genau über deinen Sitzbeinhöckern liegt. Die Hände faltest du vor deiner Brust. Schließ deine Augen! Gut so! Und jetzt konzentriere dich auf einen Punkt in deiner Körpermitte. Dieser sogenannte Tan-Tien-Punkt liegt etwa fünf Zentimeter unterhalb des Nabels. Hast du ihn? Stell' dir jetzt vor, dass dieser Punkt zu glühen beginnt, mit jedem Atemzug ein bisschen mehr, und immer größer wird. Du kannst nun beobachten, wie der Punkt zur Kugel wird, die sich nach allen Seiten gleichmäßig ausdehnt. Atme so lange weiter, bis die leuchtende Kugel über deine Körpergrenzen hinaus angewachsen ist, so dass du sie von innen beobachten kannst. Bleib nun in dieser Haltung, lass deine Hände sinken! Nun betrachte deine Kugel von innen! Ist sie überall gleich rund oder musst du noch nachkorrigieren? Welche Farbe deine Kugel hat, ist ganz egal. Sie kann durchsichtig sein oder golden oder bläulich, das spielt keine Rolle."

Während er diese Anweisungen gab, ließ er mir immer wieder Zeit, in meiner Vorstellung die entsprechenden Bilder aufzubauen, teilweise wiederholte er dieselben Sätze mehrfach. Das Ganze dauerte mindestens zehn Minuten.

„Bleibe in dieser Position und beobachte deine Kugel, die dich vollkommen umgibt."

Ich hörte, wie er hinausging, wagte aber nicht, meine Augen zu öffnen. Ich war müde, jedoch weit davon entfernt einzuschlafen. Nach weiteren zehn Minuten begannen meine Rückenmuskeln zu schmerzen, aber eine Minute später war das vorüber. Irgendwann kam Gustav zurück und schnitt irgendetwas auf einen Schneidebrett in Stücke. Dann sagte er: „Nun darfst du die Energie aus deiner Lichtkugel wieder behutsam zurückziehen. Du beobachtest, wie sie langsam kleiner wird, bis sie nach und nach wieder zu ihrer ursprünglichen Größe geschrumpft ist. Aber du weißt, dass es nur eines Momentes deiner Aufmerksamkeit bedarf und die Kugel dehnt sich wieder so weit aus, dass sie dich vollkommen umgibt. Du darfst jetzt die Augen langsam wieder öffnen."

Es war schon düster geworden; Gustav hatte ein paar Kerzen angezündet. Doch unabhängig von der Beleuchtung, fühlte sich alles an, als hätte sich meine Wahrnehmung verändert. Ich sah alles deutlicher und klarer. Ich nahm einige Dinge war, die ich zuvor noch nicht bemerkt hatte, wie etwa das Gewürzregal an der Wand oder das Fliegennetz über dem Bett.
Gustav hatte Gurken, Tomaten und Paprika zerkleinert und mit Schnittlauch und Petersilie garniert. Er servierte mir das alles auf einem Brettchen, dazu gab er mir eine Tasse heißen Tee und ein Glas Wasser.

„Wie lange habe ich denn jetzt meditiert?" fragte ich.
„Etwa fünfzig Minuten. Das war gut für das erste Mal."
„So lange? Das hätte ich nicht gedacht. Allerdings tut mir der Rücken weh."
„Das ist Übungssache. Wenn du jeden Tag nur fünfzehn Minuten meditierst, hast du nach zwei Wochen keinerlei Probleme damit, aufrecht zu sitzen. Was machen deine Gedanken?"
„Sie – " Ich horchte kurz in meinen Kopf hinein. „ – sie haben sich wohl schon schlafen gelegt. Ich bin jetzt ruhiger, ehrlich!"
„Das ist gut! Gedanken wollen beschäftigt werden. Du darfst sie nicht zu ernst nehmen. Sie sind wie kleine Kinder, haben einen unbändigen Drang zu spielen. Beschäftige sie mit etwas, womit sie

nichts anstellen können, zum Beispiel mit einer wachsenden Lichtkugel, und sie sind zufrieden."

„Hast du mich etwa hypnotisiert?"

„Ja. Zum Teil ich, zum Teil du selbst. Das ganze Leben ist eine Hypnose."

„Wie meinst du das?"

„Wenn jemand zu dir sagt: ,Der Alte in seinem Bauwagen am Wald ist nicht ganz richtig im Kopf', dann wurdest du hypnotisiert, da du nicht mehr an mich denken kannst, ohne dir Gedanken darüber zu machen, ob ich verrückt bin oder nicht. Wenn ich zu dir sage: ,Du hast das Talent dazu, es mit Meditation weit zu bringen!', dann wird dein Interesse daran, Meditation zu erlernen, enorm wachsen. Aber auch ohne unsere Gespräche wirst du täglich hunderte Male hypnotisiert. Denk daran, welche Botschaften du über das Fernsehen empfängst, darüber, was du alles brauchst, um glücklich zu sein, um schön zu sein, erfolgreich zu sein, um Freunde zu haben! Da wundert es mich nicht, dass manch einer abends im Bett liegt und vergeblich versucht einzuschlafen, während seine Gedanken ein Tollhaus veranstalten. Es sind Begehrlichkeiten, die künstlich geweckt werden, und wenn sie noch so abartig sind, sind sie einmal gesät, schlagen sie Wurzeln und wachsen unaufhörlich.

Ich kann es nicht nachweisen, aber dennoch bin ich mir sicher, dass ein Mensch, der vor 200 Jahren lebte, nur ein Hundertstel der Informationen eines Menschen vor 30 Jahren verarbeiten musste. Und der heutige Mensch ist einer Flut an Informationen ausgeliefert, den man schon als Tsunami bezeichnen muss. Wir können rein physiologisch schon keinen klaren Gedanken mehr fassen, obwohl es immer noch beachtlich ist, was unser Gehirn leistet. Es ist immer noch in der Lage, aus dieser Flut, diejenigen herauszufiltern, die wir nicht brauchen, und das dürften 99,9 % sein."

Ich hatte Probleme, seinen Ausführungen zu folgen, weil mir vor Müdigkeit die Augen zufielen. Trotzdem wollte ich wissen, was das mit dieser Stiftung auf sich hatte.

„Du bist mir noch eine Antwort schuldig…"

„Die Stiftung – ich weiß. Ich bin gerade dabei, dir zu erklären, was das Ziel meiner Stiftung ist. Es geht darum, den Menschen zu seiner wahren Größe zurückzuführen. Dabei spielt das Thema Meditation eine große Rolle…"

X.

Erst als ich erwachte, bemerkte ich, dass ich auf dem Stuhl in Gustavs Wagen eingeschlafen sein musste. Er hatte mich dann wohl in sein Bett gelegt und zugedeckt, jedenfalls hatte ich großartig geschlafen.

Gustav war damit bestätigt, Kaffee aufzugießen. Die Sonne blinzelte durch das kleine Fenster und machte jedes Detail im Wagen sichtbar – den Dampf, der vom heißen Wasser aufstieg, den Staub, als ich das Bett aufschüttelte, auch die Brotkrümel, die auf dem Boden lagen und Gustavs silbernes Haar. Jedes noch so kleine Teilchen leuchtete im Licht der roten Morgensonne auf, als wäre es vergoldet. Ich fühlte mich in meine Kindheit zurückversetzt, weil ich damals die Dinge genau so betrachtet hatte, wie ich es in diesem Moment tat. Ich wollte diese Atmosphäre festhalten, doch –

„Mein Gott! Wie spät ist es?"
„Hmm… die Sonne steht über dem Horizont, ich schätze mal, kurz nach sieben."
„Dann sollte ich schleunigst los. Ich muss in die Arbeit. Und meine Mutter wird sich Sorgen machen."
Ich suchte den Spiegel, ordnete meine Frisur und strich die Falten aus meiner Kleidung.
„So eilig hast du es schon wieder?" fragte Gustav. „Nicht einmal Zeit für ein Tässchen Kaffee?"
„Nein, nicht einmal dafür. Wenn ich mich jetzt aufs Rad schwinge, schaffe ich es gerade noch, um acht im Büro zu sein. Trotzdem danke!"
„Keine Ursache. Schade. Es wäre ein schöner Morgen zum Reden gewesen. Vielleicht ein anderes Mal."
„Ja, vielleicht."
Ich war schon in der Tür und in Gedanken an meiner Arbeitsstelle.

Ich schaffte es, pünktlich an meinem Schreibtisch zu sitzen. Als erstes rief ich meine Mutter an, aber sie ging nicht ran. Ich versuchte es immer wieder, aber ohne Erfolg. Nun war ich es, der sich Sorgen machte. Meine Mittagspause nützte ich dazu, nach Hause zu fahren und nach dem Rechten zu sehen. Anstelle meiner Mutter fand ich auf dem Küchentisch einen Brief vor – ‚an Martin'.

Lieber Martin!

Schade, dass wir uns vor meiner Abreise nicht mehr gesehen haben! Gestern war bei mir in der Firma die Hölle los. Mein Chef drehte durch, schrie alle Mitarbeiter an, drohte mit Kündigungen, weil ein Vertrag mit einem wichtigen Kunden geplatzt ist. Dabei war es gar nicht unsere Schuld. Der Kunde hatte sich eben für ein anderes Angebot entschieden. Da hab ich mich gefragt, wie es jetzt in der anderen Firma zugehen würde, in der, die den Zuschlag bekommen hat. Ich denke, dass der Chef sich freute und seine Mitarbeiter lobte, vielleicht sogar einen Bonus auszahlte. Aber wenn unsere Firma gewonnen hätte, wäre es wahrscheinlich genau anders herum gewesen und der Chef der anderen Firma hätte seine Leute zusammengebrüllt. Und wer weiß, wie viele Firmen es noch gibt, die das Rennen um den Zuschlag verloren haben.
Da habe ich mir gedacht, ich mache bei dem Unsinn nicht mehr mit. Ich bin zu meinem Chef gegangen und habe ihm gesagt, dass ich keine Lust mehr habe, bei einem Spiel mitzumachen, bei dem es mehr Verlierer als Sieger gibt.

Das habe ich Giovanni erzählt. Und er hat mir gesagt, ich solle zu ihm kommen, gleich. Zuerst habe ich gezögert, denn so einen großen Umzug muss man doch planen und alles genau überlegen, damit man nichts vergisst. Ich sagte, ich muss erst dem Arbeitsamt noch melden, dass ich nun arbeitslos bin und das Einwohnermeldeamt sollte Bescheid wissen und die Krankenkasse und so viele andere Ämter. Da hat mich Giovanni ausgelacht und gesagt: ,Ihr Deutsche seid eine Katastrophe! Ihr würdet euch nicht einmal trauen zu sterben, ohne vorher jedem Amt Bescheid zu sagen.' Er hat gemeint, ich solle lernen, Dinge spontan zu machen. Das Leben sei viel schöner, wenn man den Augenblick nutzt.
Jetzt bin ich spontan abgereist. Habe einen Koffer gepackt, werde mit dem Taxi nach München fahren und ein Flugticket nach Rom kaufen. Inzwischen kann ich so gut Italienisch, dass ich zurechtkomme.
Wenn irgendwelche Briefe für mich kommen, würdest Du sie bitte an folgende Adresse schicken:

Giovanni Capoletti
Via San Fernando 28
I-57100 Livorno

Ich werde von hier aus alles Nötige erledigen, sofern es mir möglich ist. Wenn nicht, darf ich auf Deine Unterstützung hoffen, oder? Wenn irgendwas ist – Du hast ja meine Handynummer!

Es ist so aufregend!

Ich drücke Dich ganz fest!
Deine Mama

P.S.: Sieh zu, dass Du das Haus los wirst! Das Geld kannst Du behalten.

Ich dachte erst, das sei ein böser Traum. Dann rief ich ganz „spontan" im Büro an, um mir für den Nachmittag frei zu nehmen. Ich legte mich auf die Couch und ließ die Tränen fließen.
Wie kann sie nur so was tun? jammerte ich vor mich hin. Keine Mutter tut ihrem Kind so etwas an. Da haben wir's wieder: Ich bin überflüssig, zu nichts nütze. Kein Mensch kann mich brauchen!

Als ich mich wieder einigermaßen beruhigt hatte, aß ich eine Kleinigkeit und versuchte, Ordnung in meine Gedanken zu bringen. Ich musste jetzt irgendetwas tun, aber was?
Ich musste das Chaos in meinem Gehirn stoppen – meditieren!
Wie ich es gestern geübt hatte, setzte ich mich gerade auf einen Stuhl und konzentrierte mich auf die Lichtkugel in meinem Bauch. Es funktionierte nicht besonders gut, die Kugel löste sich teilweise wieder auf, meine Gedanken verirrten sich immer wieder, aber ich hielt ungefähr eine halbe Stunde durch. Der Effekt war verblüffend. Plötzlich wurde mir bewusst, dass ich nichts zu fürchten hatte. In den letzten Wochen hatte meine Mutter sowieso kaum Zeit für mich. Es würde sich also nicht viel ändern, wenn sie nicht mehr hier ist. Außer dass niemand mehr im Hause war, der mir Vorschriften machte. Im Grunde war ich freier als zuvor. Das war freilich keine besonders neue Erkenntnis. Ein Außenstehender hätte mich dafür ausgelacht. Aber ich war eine halbe Stunde zuvor unfähig, etwas anderes als nur die Nachteile von Mutters Entschluss zu sehen. Die Meditation hatte mich offener für andere Interpretationen gemacht...
Ist nicht alles, was wir sehen, nur eine Interpretation der Wirklichkeit? fragte ich mich.

Ich erinnerte mich an den Spruch „Der Kraftpunkt ist in der Gegenwart". Ich atmete ein paar Mal tief durch, während ich versuchte, nur an den Strom der Atemluft zu denken. Ich spürte, dass ich mit jedem Atemzug ein wenig lockerer wurde. Dann stellte ich mir vor, dass in der eingeatmeten Luft Energie steckt, die nach und nach in mich einfloss. Mein Kopf und Nacken fühlten sich nun an, als hätte sie jemand von einer schweren Last befreit.

Das herrliche Wetter passte zu meiner aufkeimenden Hochstimmung. Ich setzte mich auf mein Fahrrad und trat mit Volldampf in die Pedale. Wohin meine Tour gehen sollte, das ließ ich offen. Ich fuhr einfach dorthin, wo mich die Natur am intensivsten lockte. Weg von der Stadt, weg von Lärm und Gestank, hinaus in die grünen Hügel, die aus der Ferne so weich wie Samtpolster aussahen. Dorthin wollte ich, um mich hineinfallen lassen, nichts wahrzunehmen außer den Himmel über mir und alles vergessen.
Ich freute mich auf die Steigung, die vor mir lag, denn ich fühlte Kraft in meinen Oberschenkeln. Ich packte den Lenker ganz fest, ging aus dem Sattel und stieg in die Pedale. Sofort kam ich in einen idealen Rhythmus zwischen Drücken und Pendeln, mein Atem ging regelmäßig und ich sagte zu mir: „Heute bist du unschlagbar!"

Ein Stück vor mir ging ein Mädchen mit einem Hund. Ihr dunkles glattes Haar war zu einem Pferdeschwanz zusammengebunden. Ich bemerkte, dass sie mit ihrem Hund redete und immer wieder an der Leine zog. Allem Anschein nach ging es darum, dass der Hund nicht neben ihr gehen wollte, sondern immer ein Stück vor ihr. Je stärker sie an der Leine zog, umso mehr legte sich der Hund ins Zeug, um seinen Platz vor ihr zu behaupten. Es war ein großes Tier, mit hellbraunem Fell, während das Mädchen eher zierlich wirkte. Sie musste sich mit ihrem ganzen Gewicht gegen ihren Hund stemmen, um ihn bei sich zu halten.

Ich wollte den Hund nicht erschrecken und fuhr einen großen Bogen um die beiden herum. Gerade als ich mich freundlich grüßend zu ihr umdrehen wollte, hupte es dröhnend hinter mir. Ich hatte einen Lastwagen übersehen, der in diesem Augenblick an uns vorbeifuhr. Ich riss den Lenker nach rechts. Gleichzeitig machte der Hund einen Satz zur Seite und stand plötzlich vor mir. Instinktiv bremste ich so stark, dass sich das Hinterrad anhob und ich aus dem Sattel gehoben wurde. Ich bekam mit Mühe und Not das rechte

Bein auf den Boden, so dass ich einen Sturz noch eben vermeiden konnte. Nur sah das Ganze wahrscheinlich äußerst ungeschickt aus. Ich hüpfte ein paar Mal auf einem Bein, ehe ich das andere frei bekam. Während das Rad scheppernd zu Boden fiel und in den Graben neben der Straße rutschte, musste ich mich mit den Händen am Boden abstützen, um nicht zu stürzen. Der Hund bellte mich wütend an – vielleicht lachte er mich auch aus…

Die Hundebesitzerin war bei dem lauten Hupen ebenfalls erschrocken stehen geblieben. Nun stand sie vor mir, genauer gesagt sogar über mir und sah mir zu, wie ich mein Fahrrad aus dem Graben hievte.
Mir fiel nichts Besseres ein, als über den Lkw-Fahrer zu schimpfen.
„So ein Idiot!" rief ich. „Bildet sich wohl ein, der mit der lautesten Hupe hat immer Vorfahrt."
„Ist bei dir alles in Ordnung?" fragte das Mädchen.
Jetzt erst sah ich ihr Gesicht und das nächste Wort blieb mir im Halse stecken. Sie war wirklich eine Augenweide, ein Mädchen mit südländischem Teint, dunklen Augen und brauner Haut.
„Jaja – alles o.k. Und bei dir?"
„Ich bin nicht gestürzt", sagte sie lächelnd und ihre Zähne blitzten, während sich auf ihren Wangen zwei freundliche Grübchen zeigten.
„Tut mir leid, der Hund hat sich erschreckt. Normalerweise gehe ich nicht auf der Straße, ich wollte mit Maja üben, sich an den Verkehrslärm zu gewöhnen. Hat wohl nicht geklappt."
Sie hob ihre Arme in einer entschuldigenden Geste.
„Ja, aller Anfang ist schwer. Ein junger Hund?"
„Zwei Jahre. Sie sollte schon weiter sein, aber sie ist ziemlich stur."
Sie bemerkte, dass ich mein Fahrrad inspizierte.
„Ist was kaputt gegangen?"
„Nein, glaube nicht. Nein, scheint alles in Ordnung zu sein. Ist ja noch mal gut gegangen. Außer Maja fällt noch über mich her."
Der Einwand war nicht aus der Luft gegriffen, denn der Hund bellte mich immer noch zornig an.
„Keine Sorge! Hunde, die bellen, beißen nicht. Sie hat Angst vor dir, weil sie deinen Geruch noch nicht kennt. Lass sie an deiner Hand riechen, dann ist sie zufrieden."
„Wirklich? Ein Biss und meine Hand ist ab!"
Sie grinste übers ganze Gesicht.
„Hast du Angst?"
„Na hör mal! Sie ist beinahe so groß wie du."
„Aber nicht halb so gefährlich! Nun komm schon!"

Vorsichtig streckte ich die Hand in Richtung des Hundes. Und tatsächlich hörte sie augenblicklich auf zu bellen und beschnüffelte mich. Dann kam eine riesige, nasse Zunge aus ihrem Maul und schleckte mich ab.

„Sie mag dich!"

„Schön!" Ich betrachtete meine mit leicht schaumigem Speichel bedeckte Hand.

Das Mädchen lachte.

„Hundespeichel wirkt desinfizierend."

„Gut zu wissen. Also wenn ich mich jetzt verletzt hätte... Kein Pflaster, sondern Hundesabber."

Auch wenn ich vorgab, herumzualbern und den feinen Pinkel mimte, der den Kontakt zu Tieren scheute, lief in meinem Kopf ein ganz anderes Programm ab. Unbewusst hatte ich sofort wahrgenommen, dass das Mädchen eine hübsche, sportliche Figur hatte. Der Hund war ein willkommenes Gesprächsthema, um mehr über sie zu erfahren. Sie streichelte Maja liebevoll und ich wünschte mir, ich wäre ihr Hund.

„Hast du noch einen weiten Weg vor dir?" fragte ich, um das Gespräch nicht versiegen zu lassen.

„Nein, nicht weit. Ist meine Hausstrecke, wenn ich den Hund ausführe."

Eigentlich wäre diese Information ideal dafür gewesen, um herauszufinden, wo das Mädchen zu Hause war. Aber während ich noch darüber nachdachte, wie ich das anstellen sollte, ohne aufdringlich zu wirken, breitete sich eine große Leere in meinem Kopf aus. Plötzlich fiel mir kein einziges sinnvolles Wort mehr ein.

Also stieg ich wieder aufs Rad und tat so, als würde ich nochmal alles überprüfen.

„Tja, dann werde ich mal wieder losfahren. Ist ja noch mal glimpflich abgelaufen."

„Ja, viel Spaß noch!"

„Danke! Dir auch!"

So strampelte ich den Berg hoch und wagte nicht mehr, mich umzusehen. Stattdessen hoffte ich, durch eine zackige Fahrt den tollpatschigen Eindruck, den ich vorhin beim Haltemanöver vermittelt hatte, wieder wettzumachen. Doch in Wahrheit tat es mir in der Seele weh, dieses wunderschöne Mädchen einfach so stehen zu lassen und mich mit jeder Pedalumdrehung weiter von ihm fortzubewegen.

Erst als ich die Bergkuppe erreicht hatte, sah ich mich nach ihr um. Sie redete wieder mit ihrem Hund, freundlicher als zuvor, und wenn ich jetzt stehengeblieben wäre, hätte sie mich wohl in fünf Minuten erreicht. Ich prägte mir dieses Bild genau ein - dieses sonnige Tal mit seinen grünen Wiesen und kleinen Bauminseln und die schmale Straße bergan, auf der ein Mädchen mit seinem Hund spazieren ging.

Ich fuhr weiter, doch ich sah keinen Sinn mehr im Radfahren, außer dem, umzukehren und mit dem Mädchen zu plaudern. Doch dazu fehlte mir der Mut. So fuhr ich auf dem kürzesten Weg nach Hause. Inzwischen waren dunkle Wolken aufgezogen und kaum, dass ich mein Fahrrad in der Garage abgestellt hatte, fielen die ersten Regentropfen.

Dieses Mal störte es mich wenig, dass ich in ein leeres Haus trat. Ich legte mich auf der Couch nieder und starrte die Decke an, während heftige Regenschauer gegen die Fenster prasselten. Mein Herz aber war voller Sehnsucht und mein Kopf wurde nicht müde, jedes Detail jener herrlichen Begegnung immer und immer wieder durchzuspielen.

Ich schlief nicht besonders gut in der folgenden Nacht und in der nächsten auch nicht. Im Grunde wartete ich nur auf das Wochenende und darauf, dass wieder die Sonne scheinen möge, damit ich endlich wieder eine Radtour unternehmen und dieses wunderbare Mädchen wiedersehen könnte.

Aber alles schien sich gegen mich zu verschwören. Es regnete den ganzen Tag, es wurde kälter und windig. Als endlich Samstag war, musste ich mir eingestehen, dass dies kein Wetter zum Radfahren war und bei diesem Wetter schickte man wohl auch keinen Hund vor die Tür...

Doch zu Hause bleiben und Däumchen zu drehen, das war die schlechteste aller Möglichkeiten. Wenigstens die theoretische Chance wollte ich wahren, das Mädchen wieder zu sehen. Ich schlüpfte in diese unbequemen, nach Gummi riechenden Regenklamotten und schwang mich aufs Rad. Ich redete mir ein, dass der nächste Regenschauer der letzte sein würde, ehe die Sonne wieder durch die Wolken brach. Aber dem Schauer folgte ein weiterer Schauer, gefolgt von einem Wolkenbruch mit Graupeln. Das hinderte mich nicht daran, durch seenartige Pfützen hindurch in jenes Tal zu fahren, wo wir uns begegnet waren, und darauf zu hoffen, dass das Mädchen genauso verrückt sei wie ich und bei diesem Wetter mit ihrem Hund durch die Gegend lief.

Ich fuhr den Berg, an dem sie mit ihrem Hund geübt hatte, drei Mal auf und ab. In Gedanken durchlebte ich unsere Begegnung bis ins Detail von Neuem. Dann war ich erschöpft und durchnässt und radelte nach Hause.

Der Herbst neigte sich dem Ende zu, die Nächte wurden länger und kälter. Von meiner Mutter hatte ich zwei Wochen lang nichts gehört. Einmal schickte ich ihr ein Paket mit Briefen, ein anderes Mal versuchte ich sie anzurufen, aber es kam keine Verbindung zustande. Wenn jemand für sie anrief, verwies ich auf ihre Handynummer; sollten sich die anderen selbst darum kümmern, wie sie sie erreichen sollten, wichtige Angelegenheiten gab es ohnehin keine.

Ich selbst erhielt auch einige Anrufe in Bezug auf das Inserat zum Hausverkauf. Einer der Anrufer schien tatsächlich an einem Kauf interessiert und nicht nur neugierig. Er wollte am nächsten Morgen kommen, um das Haus zu besichtigen.

Verschiedene Dinge wurden mir plötzlich als Problem bewusst, die ich bisher geleugnet hatte: Wie funktioniert das überhaupt, ein Haus zu verkaufen? Wo soll ich dann wohnen? Was geschieht mit all den Möbeln und Kleingegenständen?

Ich beschloss, den Verkauf so schnell wie möglich über die Bühne zu bringen. Ich hing nicht an dem Haus. Seit meine Mutter ausgezogen war, fehlte die Seele darin. Es war für mich nicht mehr als eine große Wohnhalle, gefüllt mit nutzlosen Dingen. Ich wollte das alles möglichst schnell vom Hals haben, wenn nötig, würde ich es auch unter Wert verkaufen.

Tatsächlich wurde ich mit dem Interessenten schnell einig. Er schien finanzkräftig, bot einen fairen Preis und wusste über die Gepflogenheiten beim Hausverkauf bestens Bescheid. Unter anderem empfahl er, eine Vollmacht von meiner Mutter zu besorgen, damit ich alle Unterschriften rechtsverbindlich tätigen konnte. Die Übergabe sollte binnen drei Monaten erfolgen.

In der nächsten Zeit war ich schwer damit beschäftigt, das Haus in einen halbwegs ordentlichen Zustand zu versetzen. Ich begann damit, Sachen wegzuwerfen. Kleidung, die ich seit Jahren nicht mehr anzog, kam in den Altkleidercontainer, Bücher zum Flohmarkt, alte Zeitschriften zum Papiermüll; alles wurde sortiert, sogar das, was nicht mehr gebraucht wurde. Als ich die

Kleiderschränke meiner Mutter öffnete, überfiel mich zuerst ein Gefühl der Wehmut, dann ein Gefühl der Ratlosigkeit. Würde sie die Wintermäntel nicht brauchen? Auch in Italien hat es gelegentlich Frost...

Ich wagte einen erneuten Versuch, sie am Handy zu erreichen.

Ein Knacken, dann tatsächlich ein Freizeichen. Ich hörte ziemlich lange das Tuut-tuut des anderen Apparats.

„Pronto?" (eine weibliche Stimme)

„Hier ist Martin. Ist meine Mutter zu sprechen?"

„Prego?"

„Martin! Aus Germania."

„Uno Momento..."

„Martin?" (meine Mutter)

„Hallo Mama!"

„Martin! Schön, dass du anrufst! Ich hab' dich so vermisst! Wie geht's dir?"

„Geht so. Was war das für eine Frau vorhin?"

„Das war Anna, die Haushälterin."

„Haushälterin... O.k. Und wie geht's dir?"

„Es ist ein Traum! Und ich sag dir, es war die beste Entscheidung meines Lebens, hierher zu kommen. Es ist so warm hier, wir haben immer noch zwanzig Grad. Aber das ist alles gar nicht so wichtig. Ich fühle mich so frei, obwohl ich immer mit vielen Leuten zu tun habe. Giovanni weiht mich in seine Geschäfte ein und es macht großen Spaß, ihn dabei zu unterstützen – "

„Bei diesen Geschäften geht es nicht etwa darum, zu gewinnen und zehn andere verlieren zu lassen?"

Ich suhlte mich in meinem bitteren Sarkasmus.

„Aber nein! Bei diesen Geschäften gewinnen alle! Giovanni hilft den örtlichen Bauern ihre Produkte zu verkaufen. Allein würden sie das nicht schaffen, aber mit unserer Firma zusammen wurde eine *Cooperativa Agricultura Giusta* ins Leben gerufen, also eine Genossenschaft für gerechte Landwirtschaft, die den Bauern ein vernünftiges Einkommen sichert und die Bevölkerung mit guten Lebensmitteln versorgt. Es ist wunderbar!"

„Aber wenn sich Giovanni als einziger eine goldene Nase dabei verdient, ist das dann gerecht?"

„Giovanni hat seinen Reichtum ererbt und nützt ihn dazu, anderen zu helfen, ein besseres Leben zu führen, das ist gerecht. Aber um mit mir darüber zu streiten, hast du bestimmt nicht angerufen. Erzähl schon, was gibt es bei dir Neues?"

90

„Ich habe das Haus verkauft – so gut wie, jedenfalls. Und dazu brauche ich eine Vollmacht von dir."

„Das ist ja großartig! Ich schicke sie gleich heute los. Und – hast du schon eine Wohnung?"

„Nein. Im Augenblick bin ich damit beschäftigt, das Haus zu entrümpeln. Ich habe mich gefragt, ob du deine Winterkleidung brauchst..."

„Das ist lieb von dir! Aber nein, du kannst alles weggeben. Das ist schon in Ordnung. Bestimmt gibt es Menschen, die die Kleidung nötiger brauchen als ich."

Sie redete wieder so leichtfertig, so als wären ihr Schmetterlingsflügel gewachsen und ihre einzige Aufgabe wäre, von Blüte zu Blüte fliegen und Nektar zu schlürfen. Das machte mich wütend!

„Mama! Ist dir denn aus deinem früheren Leben gar nichts mehr wichtig? Möchtest du nicht wissen, wie es deinen Freunden geht, was hier in der Stadt alles passiert?"

„Nein. Es interessiert mich nicht. Warum auch? Es ist Vergangenheit."

„Interessiert dich denn überhaupt nicht, was mit mir passiert?"

„Mein lieber Junge! Es wird mich immer interessieren, was mit dir passiert. Du gehörst zu mir, auch wenn wir nicht am selben Ort leben. Aber ich wäre eine schlechte Mutter, wenn ich dich nicht **dein** Leben leben ließe.

Hör zu! Wenn ich dich täglich anrufen würde, mich in den Hausverkauf einmischen würde, dir meine Meinung zu allen Fragen mitteilen würde, wie könntest du es jemals schaffen, auf eigenen Beinen zu stehen? Das Beste, was dir passieren kann, ist es, ein paar Mal auf die Nase zu fallen, damit du lernst aufzustehen, allein, ohne fremde Hilfe, verstehst du? Du sollst erfahren dürfen, dass du dein Leben selbst meistern kannst, und zwar besser, als du es mit meiner Hilfe jemals könntest. Das wäre nicht möglich, wenn ich ständig in deiner Nähe bin. Es mag schön und ehrenwert sein, jemandem zu helfen, aber nur wenn man denen hilft, die sich nicht selbst helfen können. Darum habe ich mich von dir zurückgezogen, nur darum. Im Grunde mache ich mir Sorgen um dich, doch auch ich muss etwas lernen, nämlich, dass meine Sorgen unnötig sind und niemandem weiterhelfen. Verstehst du das?"

Ich hatte Tränen in den Augen und war froh, dass sie meine Mutter nicht sehen konnte. Jetzt erst verstand ich, was für eine gute Mutter sie war.

„Ja, Mama, das verstehe ich."

„Schön! Und vergiss nicht, das Leben zu genießen! Denke nicht schlecht über mich und Giovanni. Denn nicht nur das, was wir tun, hat Auswirkungen, sondern auch das, was wir denken. Ich möchte, dass du froh und glücklich bist."

„Das möchte ich auch, Mama. Danke! Und – bis bald sage ich besser nicht... Aber ich melde mich, wenn ich eine neue Adresse habe, o.k.?"

„O.k."

Ich drückte auf die rote Taste, das Gespräch war beendet. Jetzt brauchte ich erst einmal Zeit zum Nachdenken.

XI.

Der Winter kam früh. Schon Ende November lag überall Schnee, nur die Hauptverkehrsstraßen überzogen die Landschaft wie schwarzgraue Adern. Meine Stimmung verschlechterte sich zusehends. Ich hatte noch dreimal bei unwirtlichen Bedingungen eine Radtour unternommen, um das schöne Mädchen mit dem Hund zu treffen, und an der steilen Straße bis zu einer Stunde gewartet, obwohl ich wusste, dass sie normalerweise nicht an der Straße entlang ging. Und jedes Mal kehrte ich enttäuscht wieder zurück.

Da kein Tag verging, an dem ich nicht an das Mädchen dachte, widmete ich dem Hausverkauf wenig Aufmerksamkeit. Vermutlich lief die Abwicklung des Hausverkaufs gerade deswegen wie von selbst. Ich legte dem Notar meine Vollmacht vor, leistete mehrere Unterschriften, verschenkte Möbel an eine caritative Einrichtung und ließ einen Großteil der Einrichtung von der Sperrmüllabfuhr holen. Inzwischen sah das Haus nicht mehr wohnlich aus. Es hallte wie in einem Rohbau, die fehlenden vertrauten Möbel hinterließen unschöne Lücken. Das motivierte mich umso mehr dazu, mir eine Wohnung zu suchen.
Ich las den Immobilienteil der Zeitung, telefonierte mit den Hausverwaltern der großen Wohnanlagen, aber entweder war zeitnah keine Wohnung frei, oder sie gefielen mir nicht. Immer wenn ich zur Besichtigung in einem Wohnblock mit dem Aufzug nach oben fuhr, wusste ich, noch ehe ich die Wohnung betreten hatte, dass ich ablehnen würde. Ich fühlte oft schon eine Beklemmung in der Brust, sobald ich im Flur stand und die beängstigende Kluft betrachtete, die das Treppenhaus in das Gebäude schnitt.
Ich suchte nach kleinen Häusern, aber die waren entweder unverhältnismäßig teuer oder so heruntergekommen, dass sie nur mit großem Aufwand hätten renoviert werden können.

Der Zeitpunkt der Hausübergabe rückte näher und ich hatte immer noch keine Wohnung gefunden. Als mir nur noch zwei Wochen blieben, fasste ich einen Entschluss.

Ich traf Gustav an, als er mit einer langen Axt Holzscheite spaltete. Man sah ihm nicht an, dass es eine anstrengende Arbeit war, elegant schwang er die Axt über seinen Kopf und ließ sie zielgenau auf die Mitte des Scheites niedersausen. Als ich kam, grüßte er mich kurz und drückte mir eine zweite Axt in die Hand.

„Nimm! Dort drüben ist noch ein Holzblock. Schau mir zu, wie ich es mache!"

Ich machte, was er sagte. Nach ein paar Fehlversuchen gelang es mir ganz gut. Doch nicht lange, dann spürte ich, wie sich an meinen Händen Blasen bildeten. Aber wie hätte ich aufhören können, ohne die Selbstachtung zu verlieren? Gustav war 83! Ich veränderte meine Technik, probierte immer neue Griffhaltungen aus, aber es nützte nichts; meine Hände waren nicht an harte Arbeit gewohnt. Ich konnte den Axtstiel nicht mehr richtig festhalten und bekam immer mehr und größere Blasen. Gustav beendete die Arbeit zur rechten Zeit. Ich war völlig ausgepumpt. Mein Rücken zitterte. Immerhin hatte ich fast eine Stunde durchgehalten. Wenigstens war mir nun warm und ich fühlte mich angenehm müde am ganzen Körper.

„Es ist wichtig, einen ausreichenden Holzvorrat zu haben, ehe der Frost kommt", erklärte Gustav. „Wenn die Rohlinge erst mal gefroren sind, ist es unmöglich, sie zu spalten. Gut, dass du gekommen bist."

Er setzte sich vor den Wagen. Auf dem Tisch stand eine Thermoskanne. Er schraubte den Verschluss ab und goss Tee hinein. Ich staunte über die sehnigen, von dicken Adern überzogenen Hände. Dagegen sahen meine Hände wie die eines Babys aus.

„Möchtest du?" Er hielt mir den Becher hin.

„Danke! Au!"

Der Becher war so heiß wie sein Inhalt und meine wundgescheuerten Hände waren schmerzempfindlich.

„In zwei Tagen ist das vorbei. Und wenn du öfter bei mir aushilfst, sind deine Hände zäh wie Leder."

„Mal sehen", antwortete ich. Im Augenblick war ich zu müde, um mich auf ein Gespräch einzulassen. Und für den Zweck meines Besuchs wollte ich einen geeigneten Zeitpunkt abwarten.

Schweigend tranken wird den heißen Tee. Ich beobachtete zufrieden, wie sich mein Körper von der schweren Arbeit beruhigte.

„Damit hatte ich, ehrlich gesagt, nicht gerechnet, dass du mich zu Holzspalten einspannst", sagte ich, nachdem ich ausgetrunken hatte.

„Ich dachte, wenn du hier wohnen willst, solltest du dich gleich daran gewöhnen, deinen Teil zum Lebensunterhalt beizutragen."

„Wie? Woher weißt du das? Ich habe doch noch kein Wort mit dir gesprochen."

„Ich habe zufällig erfahren, dass du dein Haus verkaufst. Und da dachte ich mir, dass du nun nach einer Wohnung suchen würdest. Aber da ich dich kenne, war mir klar, dass du dich in der Stadt nicht wohl fühlen wirst. So habe ich dich ein bisschen manipuliert und zu mir geführt."

„Wie – manipuliert?"

„Wenn du an einen Menschen intensiv denkst, kann dieser nicht anders, als ebenfalls an dich zu denken, mit allen Emotionen, die damit verbunden sind. Du erinnerst dich doch daran, dass ich krank war, als du dich schlecht gefühlt hast, am Tag nach dieser Geburtstagsparty?"

„Klar."

„Wir standen in Verbindung miteinander, daher habe ich deine negativen Gefühle aufgenommen; ich hoffe, ich habe sie auch ein wenig abgemildert."

Ich schüttelt den Kopf, weil ich nicht so recht glauben konnte, was er mir da auftischte.

„Du wirst das alles noch beizeiten verstehen", ergänzte Gustav.

„Hast du inzwischen regelmäßig meditiert?"

„Ähm... nicht regelmäßig... Also, ich hatte viel zu tun..."

„Aha! Also gar nicht!"

„Doch! Einmal..."

„Na, immerhin. Ich sehe in der Tat, dass du abgelenkt warst, sehr sogar. Allerdings kann ich nicht erkennen, worin diese Ablenkung bestand. Kannst du mir weiterhelfen?"

„Vor dir kann man nichts verheimlichen, was?"

„Wozu auch?"

„Ja – wozu eigentlich? Also gut - ich habe mich verliebt; in ein Mädchen, das ich nur ein einziges Mal gesehen habe. Ich weiß weder, wie sie heißt, noch, wo sie wohnt. Und ich fürchte, ich werde sie nie mehr wiedersehen."

„Und jetzt bist du traurig."

„Ja! Traurig und frustriert. Ich meine – was treibt das Schicksal für ein Spiel mit mir? Zu welchem Zweck macht es mich mit so einer Traumfrau bekannt, wenn ich sie dann nicht haben kann?"

„Aha. Das Schicksal…"

„Oder was oder wer auch immer, das ist doch völlig egal!"

„Nicht so egal, wie du meinst. Aber schon gut. Was genau meinst du mit ‚haben'? Dieses Mädchen…"

„Ich meine im Augenblick nur, mit ihr eine Stunde reden zu können, sie kennenzulernen, sie vielleicht sogar zu berühren."

„Es könnte sein, dass sie bereits vergeben ist…"

„Ja, muss aber nicht."

„Du könntest also damit klar kommen, dass sie einen Freund hat?"

„Ja. Es würde mich ärgern, aber das wäre immer noch besser, als sie einfach nicht mehr zu sehen."

„Und was gedenkst du zu unternehmen, um sie zu finden?"

„Ich hab doch schon alles versucht. Ich bin immer wieder zu der Stelle gefahren, wo ich sie traf, weil sie gesagt hat, dass das ihre Hausstrecke sei."

„Ihre Hausstrecke?"

„Sie war mit ihrem Hund unterwegs."

„Das ist doch großartig!"

„Was soll daran großartig sein?"

„Wie groß, denkst du, ist der Radius, den sie auf ihren Gassi-Gängen zurücklegen kann?"

„So etwa sechs Kilometer würde ich sagen."

„Dann weißt du schon mal, dass sie nur in einem Umkreis von sechs Kilometern zuhause sein kann!"

„Ja. Und?"

„Wie viele hübsche Mädchen wird es wohl in diesem Umkreis geben, die regelmäßig mit ihrem Hund spazieren gehen?"

„Nicht viele, denke ich."

„Also brauchst du nur in den nächstgrößeren Ort zu gehen und beim Friseur oder beim Bäcker nach diesem Mädchen zu fragen. Ich wette, sie ist im ganzen Ort bekannt wie ein bunter Hund."

Es fiel mir wie Schuppen von den Augen – dieser seltsame alte Mann hatte Recht!

„Du hast Recht, verdammt noch mal! Warum bin ich nur nicht selbst darauf gekommen?"

Gustav zwickte die Augen zusammen.

„Du weißt sehr gut, warum du nicht darauf gekommen bist. Du hattest nicht wirklich vor, sie wieder zu sehen. Du hattest Angst, durch ein Wiedersehen die schöne Erinnerung, die du von eurem ersten Zusammentreffen hattest, zu zerstören. Deshalb hast du nur ungeeignete Versuche gestartet, um sie zu finden. Aber jetzt, wo du dich vor mir zu ihr bekannt hast, kannst du dich nicht mehr betrügen. Es gibt keine Ausreden mehr!"

Er schlug mit der flachen Hand zur Bekräftigung auf den Tisch.

„Vermutlich hast du recht."

„Du weißt, du hast die Möglichkeit, sie zu treffen. Doch du musst auch die Konsequenzen, die sich daraus ergeben könnten, tragen."

„Dass sie vergeben ist?"

„Oder nicht so traumhaft, wie du nach dem ersten Eindruck dachtest. Aber egal, du bist nicht machtlos und ein Schicksal gibt es nicht."

„Ein Schicksal gibt es nicht? Wer hat mich dann mit dem Mädchen zusammengeführt?"

„Dein Wunsch, ihr Wunsch? Was weiß ich? Jedenfalls nicht so etwas Albernes wie das Schicksal. Weißt du denn nicht, dass das Schicksal eine Erfindung ängstlicher Menschen ist."

„In dieser Klarheit jedenfalls war mir das neu."

„Dann versuch es zu glauben!"

„Glauben... Was nützt das schon?"

„Glaube versetzt Berge! Das ist dir doch wenigstens bekannt?"

„Ja, schon. Aber das ist doch nicht der Glaube..."

„Doch! Jeder Glaube! Unser ganzes Leben ist auf Glauben aufgebaut. Alles, was wir sehen und erfahren, sehen und erfahren wir entsprechend unseres Glaubens über die Welt. Objektivität gibt es nicht."

„Entschuldige, aber das ist mir zu hoch."

„Das ist doch ganz einfach! Du hast in den letzten Tagen fast immer an dieses Mädchen gedacht, nicht wahr?"

„Ja."

„Und wahrscheinlich hast du auch öfter eine Radtour unternommen, um sie wiederzusehen."

„Ja, hab ich dir ja erzählt."

„Und wie war das in den Wochen zuvor, ehe du das Mädchen kennen gelernt hast? Warst du nicht der Meinung, du hättest so viel zu tun, dass dir gar keine Zeit für ein Mädchen bleibt?"

„Stimmt."

„Also hat sich deine Wahrnehmung der Welt ganz wesentlich geändert. Dinge, die du zuvor als große Belastung empfunden hast, wurden zur Nebensache, so wie der Verkauf deines Hauses beispielsweise, oder der plötzliche Umzug deiner Mutter. Deine ganze Aufmerksamkeit gehörte der Suche nach diesem Mädchen an. Weil du glaubst, dass sie dir das ganz große Glück bescheren kann."

„Ich verstehe."

„Glaubst du mir auch?"

„Ja..."

„Glaubst du auch, dass du sie finden wirst, wenn du es wirklich willst?"

„Wir machen die Probe aufs Exempel! Wenn ich sie finde, glaube ich dir!"

„Nur zu!" lachte er. „Streng deinen Verstand an!"

„Ja! Ich werde sie finden und dann werde ich sie zu einem Abendessen bei mir einladen. Wir werden reden und uns näher kommen..."

„Schön! Aber – solltest du nicht erst wissen, wo du wohnst, ehe du dich mit ihr verabredest?"

„Mist! Ich kann sie ja schlecht hierher bringen."

„Warum nicht? Gefällt es dir hier oder nicht?"

„Doch, schon..."

„Dann solltest du ihr auch zeigen, was dir gefällt. Wie soll sie dich sonst kennenlernen?"

„Ja, schon... Aber Frauen wollen doch Männer, die ihnen etwas bieten können, ein bisschen Sicherheit wenigstens..."

„Blablabla! Wer sagt das? Woher weißt du das? Und wenn es unter allen Frauen eine einzige gäbe, die sich einen feuchten Kehricht um Sicherheit und Luxus kümmert, und diese eine wäre deine Auserwählte, was würde geschehen, wenn du dich deiner Armseligkeit schämst und den soliden Spießbürger spielst?"

„Hmm... ich weiß, was du mir sagen willst. Ich hätte ein Riesenchance vertan."

„Nicht nur das! Auch deine Auserwählte wäre frustriert darüber, dass sie so ist, wie sie ist. Sie würde den Glauben daran verlieren, dass es irgendwo einen Mann gibt, der genauso denkt und fühlt wie sie. Das Ende vom Lied sieht dann so aus, dass unsere Welt von angepassten Menschen bevölkert ist, die unglücklich sind, weil sie zu feige waren, sich selbst zu leben. Sören Kierkegard hat gesagt: ,Das Große ist nicht, dies oder das zu sein, sondern man selbst zu sein!'"

„Wer zum Teufel ist Sören Kierkegard?"

„Ein weiser Däne, der versuchte, der kirchlichen Lehre einen Sinn einzuhauchen. Die Widersprüche zwischen den biblischen Schriften und der Amtskirche haben ihn dazu angetrieben, aus selbständigem Denken heraus viele Wahrheiten zu erkennen. Aber er war auch von erheblichen Selbstzweifeln geplagt. Du wirst es mir nicht glauben, aber er war jahrelang in ein Mädchen verliebt. Und als sie schließlich einwilligte, ihn zu heiraten, löste er die Verlobung wieder auf, weil er sich nicht zutraute, sie glücklich zu machen. Das wäre ihm nicht passiert, wenn er die Wahrheit in seinem Herzen gesucht hätte, nicht in seinem Verstand."

„Oh je! Ich sollte mir andere Vorbilder suchen."

„Keine Vorbilder! Du bist dein einziges und bestes Vorbild!"

Plötzlich war ich von einem Eifer erfüllt, der mich alles Schwere und Traurige der letzten Tage vergessen ließ. Jede Müdigkeit war verflogen und das Wohnungsproblem war zum Randthema geworden.

„Du hast Recht! Ich werde gleich morgen im Dorf nach ihr fragen! Hoffentlich schneit es nicht wieder. Mit dem Fahrrad bei Schneefall - ist nicht so lustig. Die Leute dort spotten wahrscheinlich schon über den Schlechtwetterradler."

„Du weißt, wozu du das machst. Der Rest ist egal!"

Wieder war es geschehen, dass ich ein paar Worte mit Gustav gesprochen hatte und ich fühlte mich hinterher wie neu geboren. Was war sein Geheimnis?
Ich saß schon auf meinem Fahrrad, da fiel mir noch etwas ein.

„Ach… Gustav?"

„Ja?"

„Du bist also damit einverstanden, dass ich bei dir wohne, bis ich eine eigene Wohnung gefunden habe?"

„Fühl dich wie zu Hause! Ich muss dich aber darauf aufmerksam machen, dass es im Winter sehr ungemütlich werden kann."

„Das macht dir ja offensichtlich nichts aus."

„Ganz im Gegenteil! Die feuchte Kälte vertrage ich nicht mehr so gut wie früher. Wenn es sehr kalt wird, ziehe ich in den Süden."

„Das ist nicht dein Ernst!"

„Heh! Ich bin ein alter Mann! Wenn ich friere, tun meine Knochen weh."

„Das glaube ich dir nicht."

Er saß auf der Bank und kicherte in sich hinein.

„Ich auch nicht. Aber trotzdem möchte ich es glauben, weil es im Süden einfach angenehmer ist."

Er sah mich erwartungsvoll an. Wollte er mir damit zu verstehen geben, dass er mich nicht unbedingt in seiner Behausung haben wollte? Oder wollte er mich mit meiner Mutter zusammenbringen?

„Verstehst du?" fragte er. „Ich habe die Erfahrung gemacht, dass ich am Mittelmeer nicht Holzhacken muss, nicht mit kalten Händen Feuer machen und Wasser erhitzen muss, dass ich keine Mütze brauche und keine Wollunterhose. Und manchmal scheint die Sonne dort so warm wie hierzulande im Sommer. Es ist viel gemütlicher, den Winter im Süden zu verbringen! Nur die lange Fahrt dorthin scheue ich ein wenig. Darum suche ich mir ein körperliches Gebrechen, um einen Grund dafür zu haben, umzusiedeln."
„Nein, das verstehe ich nicht. Wenn du in den Süden willst, warum tust du es nicht einfach?"
„Ja! Warum tue ich es nicht einfach?"

Er stand auf, streckte sich, gähnte herzhaft und sagte:
„Du hast Recht! Morgen ziehe ich in den Süden! Ich packe ein paar Sachen und fahre mit dem Zug nach Süden."
„Aber – Moment? Was wird aus mir? Ich wollte hier wohnen."
„Na, das trifft sich doch prima! Wenn du inzwischen hier wohnst, brauche ich mich nicht darum zu sorgen, dass hier jemand etwas zerstört oder stiehlt oder gar niederbrennt. Es gibt eigenartige Zeitgenossen, weißt du?"
„In der Tat, spätestens seit ich dich kenne. Ich weiß ja gar nicht, ob ich so leben kann wie du!"
„Musst du auch nicht. Such dir eine Wohnung oder wohne hier; ganz wie du willst. Holzhacken hast du ja schon gelernt. Es wäre nur freundlich von dir, wenn du hier ab und zu nach dem rechten schaust. Ich muss jetzt packen."
Er klopfte mir auf die Schulter und ging in den Wagen.

Jetzt begriff ich; Gustav hatte mich geschickt manipuliert. Er hatte mir zu verstehen gegeben, dass ich von niemandem etwas zu erwarten hatte, außer von mir selbst.

Ich setzte mich aufs Fahrrad und fuhr zurück in mein Haus, das nicht mehr lange mir gehören würde. Als ich die Tür aufschloss, fiel mir auf, dass ich die ganze Zeit über meine Lippen aufeinander presste. Mein Nacken war steinhart. Ich fühlte mich, als hätte ich einen Stoß in die Magengrube erhalten. Warum suchten alle Leute, die mir etwas bedeuten, vor mir das Weite? Es hätte mir gefallen, mit Gustav zusammen zu wohnen. Dass ich den Winter über mutterseelenallein in einem Zelt hausen sollte, war nicht geplant. Ich war kurz davor, mich meinem Selbstmitleid hinzugeben, da erinnerte ich mich an einen Satz, den mir Gustav heute anvertraut hatte.

„Du bist nicht machtlos und ein Schicksal gibt es nicht."

Plötzlich entwickelte sich ein innerer Dialog in mir.

‚Ist dir schon einmal etwas zugestoßen, was du nicht ertragen konntest?' fragte ich mich.
‚Nie!' war die Antwort.
‚Du hast morgen eine gute Gelegenheit, ein wunderschönes Mädchen kennenzulernen, nicht wahr?'
‚Hab ich!'
‚Du hast genug Geld, um dir eine schöne Wohnung zu leisten, oder?'
‚Hab ich!'
‚Du kannst auch alternativ wohnen, wenn du möchtest?'
‚So ist es!'
‚Musst du hungern oder frieren, leidest du Schmerzen, liegst du mit jemandem im Streit?'
‚Nein!'
‚Was zum Kuckuck hindert dich daran, glücklich zu sein?'
‚Nichts!'

Da sah ich ihn, diesen Lichtfunken in meinem Bauch, den ich spielend leicht zu einem Feuer entfachen hätte können, zu einem Feuer, das mich aus meinem Selbstmitleid herausgerissen hätte, wenn ich es zugelassen hätte. Ich war mir durchaus im Klaren darüber, dass ich mit Hilfe dieses Feuers ein neuer Mensch hätte werden können, positiv, froh, empathisch, humorvoll... Aber gerade in diesem Moment konnte ich von meiner süßen Trauer nicht lassen. Vielleicht war sie mir so wichtig, weil ich noch nicht an den Lichtfunken in mir glaubte. Ich dachte wohl, dass ich gar nichts mehr hätte, wenn man mir auch noch meine Trauer nahm.
Ich hüllte mich in meinen Kokon aus Verletztheit und Eitelkeit und genoss es, von aller Welt abgeschirmt zu sein. Und dennoch leuchtete in mir dieser Funke still und beständig vor sich hin und wärmte mich.

XI.

Das Friseurgeschäft in Niedernhofen mochte vor vierzig Jahren modern gewesen sein, jetzt wirkten die verblassten Fotos von sterilen, schlecht geschminkten Models mit turbanartigen Frisuren hinter großen Fensterscheiben vor vergilbten Vorhängen eher abschreckend und erinnerten bestenfalls an ein zeitgeschichtliches Museum. Aber wahrscheinlich hielten die Inhaber eine Modernisierung nicht für nötig, weil sie in Niedernhofen das Monopol besaßen und eine Stammkundschaft, die mit der ewig gleichen Frisur ganz zufrieden war.

„Kerstins Haarmode" las ich auf einem geklebten Schriftzug auf der Glastür. Hier sollte ich also die entscheidende Information bekommen – wer war das schöne Mädchen mit dem Hund Namens Maja?

Ich atmete einmal tief ein und betrat den Laden. Eine schwere, nach Haarspray und Shampoo duftende Wolke wehte mir entgegen. Durch das Öffnen der Tür wurde eine Reihe von Glöckchen bewegt und ein atonales Gebimmel ausgelöst. Einige der anwesenden Personen sahen kurz auf – es waren tatsächlich drei von vier Sesseln besetzt - dann ging jeder wieder seiner Beschäftigung nach oder versenkte den Blick in eine Illustrierte. Zehn Sekunden später stolzierte eine der Friseurinnen auf extrem hohen Absätzen auf mich zu.

„Haben Sie einen Termin?" fragte sie.

Meine Antwort kam stockend, weil ich von der Dame fasziniert war. Es gab so vieles an ihr zu entdecken, was nicht alltäglich, aber doch gewöhnlich war: Piercings in Ohren und Nasenflügeln, Farbe auf Augenlidern, Haaren, Fingernägeln, Schmuck an Handgelenken, am Hals, in den Haaren, an einem Zahn... sie war im wahrsten Sinne des Wortes ein Kunstwerk.

„Nein, hab ich nicht. Ich wollte eigentlich nur eine Auskunft."

„Und zwar?"

„Ich habe vor ein paar Wochen ein Mädchen kennengelernt. Sie war mit einem großen, hellbraunen Hund unterwegs, der Hund heißt

Maja, sie, also das Mädchen, ist vielleicht 22 Jahre alt, einsfünfundsechzig groß..."

„Kerstin!" rief die Dame quer durch den Raum. „Da möchte einer was über ein Mädchen wissen!"

Als ob es mir nicht peinlich genug war, diese Frage zu stellen! Ich wäre am liebsten vor Scham im Boden versunken.

Kerstin kam auf mich zu. Klein, kompakt, bedrohlich, Kurzhaarschnitt, Kaugummi.

„Ja?"

„Ich wollte fragen... weil bei Ihnen ja viele Leute ein- und ausgehen, ob Sie vielleicht ein Mädchen kennen, das in der Gegend wohnt und fast täglich mit ihrem Hund unterwegs ist – "

„Sie meinen die Mia?"

„Nein, Maja! Also der Hund."

„Suchen Sie nun nach dem Hund oder nach dem Mädchen?"

„Nach dem Mädchen natürlich. Sie müssten Sie doch kennen. Sie sieht etwas südländisch aus, möchte man sagen..."

„Ja, das ist die Mia. Sag ich doch. Was wollen Sie von ihr wissen?"

„Ich hätte gerne gewusst, wo sie wohnt."

Da sah sie mich an, als wäre ich ein Kinderschänder oder Schlimmeres. Als ich daraufhin knallrot anlief (mit Sicherheit war es so), nickte sie auf eine Art hab-dich-schon-durchschaut und sagte: „Draußen in der Siedlung. Da ist 'ne Tankstelle, davor ist ein Mehrfamilienhaus, da wohnt sie – mit ihrer Oma, glaub ich. Wär's das dann?"

„Danke! Ja, das wär's. Danke nochmal!"

„Keine Ursache. Die Auskunft haben Sie aber nicht von mir. Wollte ich nur gesagt haben."

Sie wandte sich ab, ohne mich noch eines Blickes zu würdigen, was mir nichts ausmachte, weil ich den nächsten Blick wahrscheinlich nicht überlebt hätte. Ich war froh, Kerstins Haarmode wohlbehalten entkommen zu sein.

Zunächst musste ich mich besinnen. Tat ich etwas Verbotenes? Hatte die Anmerkung „mit ihrer Oma" eventuell zu bedeuten, dass Mia ein braves, behütetes Mädchen war, dem man nicht den Kopf verdrehen durfte, ein Mädchen, das noch keinen Freund hatte, weil es sich für jemanden ganz Besonderen aufheben wollte? Ich war doch im Grunde ein anständiger Kerl, oder etwa nicht? Oder gab es da vielleicht Sachen, die während Marions Geburtstagsfeier passiert sind, an die ich mich nicht mehr erinnerte und die mich moralisch abqualifizierten? Aber wie auch immer – ich hatte die edelsten Absichten! Nein – ich konnte nichts Schlimmes daran finden, einem hübschen Mädchen den Hof zu machen. Eigenartigerweise fühlten sich meine Achselhöhlen klitschnass an...

„In der Siedlung..." hatte sie gesagt. „...eine Tankstelle", ich musste überlegen, was mit Siedlung gemeint war. Nach meiner Logik war das eine Anhäufung von kleinen Wohnhäuschen, deren Höhe über ein Obergeschoß nicht hinausging. Aber so etwas gab es hier nicht.
Ich fuhr mit meinem Fahrrad ein paar Mal durch Niedernhofen, ohne etwas wie eine Siedlung zu finden. Ich fragte einen Passanten nach einer Tankstelle und bekam zur Antwort, die nächste Tankstelle sei in Attenkirchen, zwei Kilometer von hier. Also wieder losgestrampelt, durch ein bewaldetes Tal hindurch und anschließend einen steilen Berg hoch, und schon sah ich wieder ein paar Wohnhäuser und Gewerbebauten und schließlich auch eine Tankstelle. „Freie Tankstelle" hieß es hier, sie war wohl frei, aber mindestens so alt wie der Friseurladen in Niedernhofen. Davor soll ein Mehrfamilienhaus sein, hatte die Friseurin gesagt. Ich sah wohl einen alten Bauernhof mit mehreren Gebäuden, die mehr nach Lagerhaus denn nach Wohnhaus aussahen, nicht jedoch den Wohnblock, den ich erwartet hatte. Ich musste wohl oder übel weiterfragen. An einem der Gebäude fielen mir Gardinen an den Fenstern auf.
Ich versuchte, um den Hof herumzufahren, um einen Eingang zu finden. Schließlich entdeckte ich an der der Straße abgewandten Seite des Hauses einen gepflasterten Zugang zu einer Tür, an der auch Namensschilder angebracht waren. Mir kam in den Sinn, dass ich nicht einmal den Nachnamen von Mia wusste. Die nächste Peinlichkeit würde mir nicht erspart bleiben; ich würde wohl wieder jemanden fragen müssen.
Der Hof war von einem rostigen Maschendrahtzaun umgeben, der an schiefen und brüchigen Betonsäulen festgemacht war. Im Hof standen ein alter Traktor und ein stillgelegtes Auto. Auf einem Holzlager lag eine Katze und sah mich durchdringend an. Ich stieg vom Rad und ging unsicher auf das mit grauen Eternit-Platten bedeckte Haus zu.

Doch dann sah ich ein Bild, das ich nie mehr vergessen werde.
Die Türe zu dem Haus öffnete sich und Mia kam heraus. Sie zog rückwärtsgehend einen Rollstuhl hinter sich her, in dem eine uralte Frau saß. Mia sprach mit ihr und lachte ab und zu, allerdings

verstand ich kein Wort davon. Es war aber nicht zu übersehen, dass eine überaus innige Beziehung zwischen den beiden bestand. Mia zog die Decke der Alten hoch, bis nur noch ihr Gesicht zu sehen war. Was mich überraschte, war, eine völlig andere Mia anzutreffen, nicht die kecke, sportliche, sondern die häusliche, liebevolle, herzliche. Sie trug einen dunkelblauen Anorak und eine weiße Mütze, wodurch sie beinahe plump wirkte. Verliebt hätte ich mich, wenn ich sie so kennen gelernt hätte, bestimmt nicht in ihre Gestalt, aber doch in ihr Gesicht, aus dem so viel Liebe sprach.

Voller Rührung blickte ich auf die Szene und erkannte fast zu spät, dass die beiden direkt auf mich zugerollt kamen. Und was hätte ich Mia in diesem Augenblick sagen sollen?
„Lass deine Großmutter stehen, ich bin gekommen, um dir den Hof zu machen!"?
Nein, ich machte mich aus dem Staub, so schnell ich konnte. Alles, was ich hier hätte tun können, wäre peinlich gewesen. Ich war zufrieden und glücklich, Mia gesehen und mich ganz neu in sie verliebt zu haben.

Die folgenden Tage war ich vollauf damit beschäftigt, den Hausverkauf abzuschließen und meine Habseligkeiten in Gustavs Behausung zu schaffen. Ja, ich hatte mich entschlossen, vorerst keine Wohnung anzumieten. Nur – wie lautete meine neue Adresse nun? Wiesenweg? Den gab es laut Stadtverwaltung nicht. Wo denn dann Gustav Ohnesorg gemeldet war, fragte ich. Gustav Ohnesorg? In der Friedrich-Ebert-Straße 1, bei Elvira Ratzok.
Ich klappte den Mund auf und zu, weil ich nicht glauben konnte, dass Gustav eine Beziehung zu einer Frau unterhielt. War er am Ende gar nicht der harte Naturbursche, der er vorgab zu sein? Womöglich quartierte er sich bei ihr ein, wenn es ihm in seinem Bauwagen zu kalt wurde. Ich hatte das vage Gefühl, dass mir Gustav eine ganze Menge verheimlichte.

Ich wollte Klarheit und musste aufs Ganze gehen. Zwanzig Minuten später drückte ich die Klingel bei Ratzok. Eine Stimme in der Sprechanlage schnarrte „Ja?"
„Ähm - hier ist Martin, ein Freund von Gustav. Darf ich reinkommen?"
Das Summen zeigte an, dass die Eingangstür zu dem zwölfstöckigen Wohnblock nun offen stand. Ich blickte auf die Briefkästen und mutmaßte, dass Elvira Ratzoks Wohnung irgendwo im achten Stock

sein musste. Ich hastete die Treppe hoch und las im Vorbeigehen die Namensschilder an der Tür. Schließlich brauchte ich nur bis zum siebten Stock zu gehen, Frau Ratzok stand schon im Flur.

Sie war etwa fünfundfünfzig Jahre alt, klein, mit einem freundlichen Gesicht. Sie trug eine dunkelblaue Schürze; ich vermutete, dass sie die meiste Zeit des Tages in der Küche zubrachte. Der Essensgeruch, der mir aus der Wohnung entgegenzog, schien diese Vermutung zu bestätigen.

Sie streckte mir die Hand entgegen, lächelte breit und sagte:

„Sie sind also der Martin! Genau, wie ich ihn mir vorgestellt habe. Das freut mich, dass wir uns endlich kennen lernen."

„Sie kennen mich?" fragte ich überrascht.

„Aber ja! Gustav hat mir schon viel von Ihnen erzählt. Aber kommen Sie doch bitte herein!"

Bei einer Tasse Kaffee und Keksen erfuhr ich eine Menge.

„Gustav wollte immer so frei und unabhängig wohnen wie irgend möglich", plauderte Frau Ratzok. „Aber hier in Deutschland ohne festen Wohnsitz, das geht nun leider gar nicht. Daher hat er mich gebeten, ihn bei mir anzumelden. Wenn er Post bekommt – was wirklich sehr selten vorkommt – holt er sie bei mir ab. Er schaut immer mal bei mir vorbei."

„Das ist aber sehr großzügig von Ihnen."

„Ach! Das ist gar nichts, verglichen mit dem, was er für mich getan hat."

„So? Was hat er denn getan?"

„Er möchte nicht, dass ich davon spreche... Aber so viel darf ich Ihnen sagen: Er hat meinen Sohn gerettet. Nicht so, wie man jemanden aus einem brennenden Haus rettet, aber irgendwie doch so... Wie soll ich sagen? Mein Sohn war in schlechte Kreise geraten. Nicht, dass er ein Taugenichts gewesen wäre, überhaupt nicht! Ich meine, er hatte einfach Pech und ich habe mich wohl auch zu wenig um ihn gekümmert, oder vielleicht hat ihm sein Vater gefehlt..."

Sie schlürfte hastig aus ihrer Kaffeetasse.

„Ich weiß auch nicht..."

Sie hustete, hielt sich eine Serviette vor den Mund.

„Jetzt habe ich – habe ich – das passiert mir ständig – zu schnell getrunken. Verzeihen Sie! Jedenfalls hat Marco – mein Sohn – dann die Schule abgebrochen und sich arbeitslos gemeldet. In dieser Zeit war er nur vor dem Computer gesessen und hatte irgendwelche Spiele gespielt, nachts hatte er sich mit seinen sogenannten Freunden getroffen und zu viel getrunken... Es war schrecklich! Ich konnte nichts dagegen tun! Er hatte auch gar keinen Antrieb, irgendwas zu tun. Er saß nur immer herum, rauchte, sah fern und ließ sich von mir versorgen. Und als ich kurz davor war, ihn aus lauter Verzweiflung aus der Wohnung zu werfen, kam er eine Nacht lang nicht nach Hause. Ich war mit meinen Nerven am Ende, dachte schon an das Schlimmste, doch wie er dann am nächsten Tag endlich aufkreuzte, erzählte er mir begeistert, dass er einen Mann getroffen hätte. Ich fragte: ‚Was für einen Mann?' Sie können sich vorstellen, was mein erster Gedanke war!

Aber Marco erklärte mir, dass er am Abend zuvor zu viel getrunken hatte und sich übergeben musste. Da kam dieser Mann – inzwischen wissen wir ja, dass es Gustav war – und fing an, mit ihm zu reden. Und schließlich sei er zu ihm nach Hause gegangen. Dort habe er einen köstlichen Tee getrunken und in einem Zelt geschlafen. Und dann – rede ich zu viel?"

„Nein, ich bin ganz Ohr!"

„Greifen Sie doch zu! Die Kekse sind selbst gebacken! Also - dann sagte mir mein Sohn, dass dieser Mann eine Schule hätte, wie es sie nirgendwo sonst gibt. Und er wäre dazu eingeladen, diese Schule zu besuchen. Als ich dann fragte, wo denn diese Schule sei, schüttelte er den Kopf. Er wusste es nicht."

Jetzt lehnte sie sich etwas entspannter zurück und schlürfte ein zweites Mal von ihrem Kaffee.

„Am nächsten Tag kam Gustav persönlich zu mir. Ich traute ihm nicht – man liest ja immer von diesen alten Männern, die sich an Jungens, wie Marco einer ist, vergreifen - und eine ganze Weile redeten wir draußen auf dem Flur miteinander. Ich sagte mir: Lass nicht zu, dass er seinen Fuß in die Tür stellt! Weil ich ihn für einen Rattenfänger hielt, einen von diesen Vertretern, die erst gehen, wenn sie einem eine Unterschrift abgeluchst haben. Doch je länger wir uns unterhielten, umso interessanter und freundlicher fand ich ihn. Ich weiß auch nicht, er hat eine Art, mit einem zu reden, als wäre man der wichtigste Mensch in seinem Leben. Als er sich dann wieder verabschiedete, war ich überzeugt davon, dass er meinen Marco retten kann. Er kam mir vor wie ein Heiliger.

Ja, lachen Sie mich ruhig aus! Ich finde, er ist es! Die Schule war natürlich nicht gleich um die Ecke, sondern fünfhundert Kilometer weit entfernt, in der Nähe von Mannheim. Aber Gustav garantierte mir, dass uns die Schule keinen Cent kosten würde. Sie dauerte drei Jahre und danach bräuchte ich mir um Marco keine Sorgen mehr zu machen."

„Ja, hatten Sie denn keine Angst, dass es irgend so eine Wehrsportgruppe oder terroristische Vereinigung sein könnte, Scientology oder eine andere Sekte?"

„Nein, hatte ich nicht. Ich vertraute Gustav. Und selbst wenn – was hatte ich zu verlieren? Tiefer konnte mein Sohn nicht sinken."

„Und was geschah dann mit ihrem Sohn?"

„Ich habe seine Sachen gepackt und ihn zum Bahnhof gebracht. Es fiel mir nicht leicht, aber ich hatte ein gutes Gefühl dabei, obwohl ich so wenig über diese Schule wusste. Mir genügte es zu sehen, dass er sich auf die Reise freute. Dann habe ich ihn lange nicht mehr gesehen, drei Jahre lang. Ich glaube, die in der Schule, die wollen das so, damit man nicht wieder in sein altes Leben zurückfällt."

Sie sah mich an, als hätte ich eine Erklärung dazu. Tatsächlich wurde mir bewusst, dass ich sehr wenig über Gustav wusste.

„Ich habe manchmal Post von ihm bekommen", erzählte Frau Ratzok weiter. „Meistens hat er geschrieben, dass es ihm sehr gut geht. Er schrieb auch davon, dass er mich vermisste, aber nicht sein früheres Leben. Inzwischen betreibt er eine eigene Gärtnerei, leider drei Autostunden von hier entfernt. Er hat eine Freundin, die jetzt schwanger ist..."

Ihre Augen wurden feucht, sie schnäuzte kräftig in ihr Taschentuch.

„Sie hätten ihn sehen sollen, als er nach drei Jahren in der Schule zu Besuch kam! Er hat ausgesehen wie damals mein Mann, als wir uns kennenlernten, schlank, muskulös, braungebrannt. Ich hätte ihn beinahe nicht wieder erkannt!"

„Das ist schön, Frau Ratzok. Eine wunderbare Geschichte. Aber jetzt bin ich erst recht neugierig. Ich hätte nur zu gerne gewusst, was das für eine Schule ist."

„Das, mein lieber Martin, kann ich Ihnen nicht sagen. Gustav sagte einmal zu mir: ‚Die Leute hören ein Wort, verstehen es nicht und geben es völlig falsch weiter. Da ist es besser, sie wissen nichts.'

„Na gut. Frau Ratzok, Sie wissen wahrscheinlich, dass Gustav in den Süden gereist ist..."

„Ja, das weiß ich. Das macht er fast jeden Winter."

„Und sein Haus und sein Zelt stehen jetzt leer."

„Ja. Außer er hat einen Mieter für den Winter gefunden."

„Ach! So macht er das also... Ja, Frau Ratzok, darum bin ich eigentlich hier. Gustav hat mir angeboten, seine – ähm, Wohnung solange zu benutzen."

„Oh! Sie Armer!" Sie schlug die Hände vor dem Mund zusammen. „Das hätte ich jetzt nicht gedacht. Sind Sie obdachlos?"

„Mehr oder weniger. Ich habe das Haus meiner Mutter verkauft – sie ist zu ihrem Freund gezogen und ich bin zur Zeit noch allein in dem großen Haus... Eine Wohnung, die mir gefallen würde, findet sich nicht, und jetzt – Sie wissen, man muss einen Wohnsitz anmelden und in der Stadtverwaltung hat man mir gesagt, Gustav wäre hier bei Ihnen angemeldet."

„Ah, das meinen Sie! Die anderen, die hier die paar Wintermonate gewohnt haben, haben sich nicht drum geschert, was die Behörde sagt. Aber das waren auch weniger seriöse Herren als Sie. Ich glaube, Sie sind jemand, der täglich Post bekommt, oder?"

„Ja, fast täglich."

„Da würde es freilich auffallen, wenn es keine offizielle Adresse gibt. Ja, natürlich, melden Sie sich hier an, kein Problem. Ich bringe ein Namensschild an."

„Bestimmt nicht? Ich dachte mir, eine alleinstehende Frau, die zwei Männer in ihrer Wohnung beherbergt... Sie verstehen?"

„Ach was! Die Leute reden immer irgendwas. Wenn mich jemand fragt, dann sage ich, Sie wären ein Cousin meines Neffen."

So kam es, dass ich das Leben eines Aussteigers führte; oder wenigstens beinahe. Ich verbrachte die Nächte in Gustavs hervorragend ausgestattetem Bauwagen. Tagsüber zog ich mich gerne in das orientalische Duft-Schleier-Zelt zurück, kochte mir Tee und versuchte zu meditieren – mit wachsendem Erfolg. Manchmal – bevorzugt an den frostfreien Tagen - duschte ich mich sogar unter der großen Gießkanne. Ich aß auch ab und zu von dem eingelegten Gemüse, das Gustav in seinem „Vorratskeller" in einer Kiste unter dem Wagen aufbewahrte, aber – offen gestanden – genoss ich es auch, das örtliche Hallenbad zu besuchen, um mich gründlich zu waschen, und da das Geld bei mir nicht knapp war, besorgte ich mir dies und jenes aus dem Biomarkt oder ich ging dann und wann in ein Restaurant, wenn ich das Bedürfnis hatte, mich richtig satt zu essen.

Ich schämte mich dessen nicht. Ich hatte nie vor, von heute auf morgen mit dem alten Leben zu brechen. Was mich an Gustavs Leben so faszinierte, war die Freiheit, die er lebte. Keine Abhängigkeit, weder von Arbeitgebern, noch von Mitbewohnern oder Familienmitgliedern, nur das zu tun, was einen erfüllte, ohne einen fixen Stundenplan, Zeit zu haben für Gedankenreisen, für Gespräche mit sich und anderen, heute hier und morgen dort zu leben - das war für mich der Inbegriff der Freiheit.

Ich war weit davon entfernt, so konsequent zu leben wie Gustav, darüber war ich mir im klaren. Doch ich konnte das Gefühl dahinter riechen und schmecken, und das nährte wiederum meine Sehnsucht nach einem anderen Leben. Das Meditieren verschaffte mir einen nie gekannten inneren Frieden, der mich zeitweise sogar Mia vergessen ließ. Es war nicht etwa so, dass ich sie vergessen wollte! Ganz sicher nicht. Aber irgendwie hatte ich begriffen, dass sie eine bestimmte Art Heiligkeit ausstrahlte, die ich mir erst noch aneignen musste. Ich musste erst reif werden für sie. Somit war ich mit mir in Frieden, denn ich hatte ein Ziel vor Augen, das ich von ganzem Herzen erreichen wollte, und ich sah kleine, aber stetige Schritte, die mich Tag für Tag näher dorthin führten. Meine Verliebtheit veränderte sich dadurch; die Qualen der ersten Zeit verwandelten sich ein inneres Strahlen, ich bin versucht zu sagen: in eine Heiligkeit.

Aber ein großer Puzzlestein fehlte noch, um mein idyllisches Leben in Freiheit zu malen: Diese seltsame Schule, von der die Ratzok sprach, Gustavs Schule, worum ging es dabei?
Und warum wollte sie mir nichts darüber erzählen? Ich bezweifelte, dass sie mir alles gesagt hatte, was sie darüber wusste. Immerhin war ihr Sohn dort drei Jahre „interniert". Was war so geheimnisvoll an der Schule, wo sie doch erfolgreich war und aus frustrierten Leuten glückliche Menschen machte?

Plötzlich kam mir ein Geistesblitz!
War Gustav nicht ebenso einsilbig, als ich nach seiner millionenschweren Stiftung fragte?
Eine Stiftung – eine Schule! Klar, das musste dieselbe Einrichtung sein!
Es musste doch irgendwo in seinem Wohnwagen etwas zu finden sein! Ich riss die Schublade im Nachtkästchen auf und nahm den ganzen Stapel an Papieren heraus. Während ich Blatt für Blatt überflog, machte sich ein eigenartiges Gefühl in meiner Magengegend bemerkbar. Es schien mir zu sagen: „Was tust du da? Gustav hat sich nicht die Mühe gemacht, die Schublade abzuschließen, weil er dir vertraute. Er hat dir sein Zuhause zur Verfügung gestellt. Warum glaubst du, er müsse etwas Illegales verheimlichen?"
Ich hielt mit dem Durchblättern inne. Das Gefühl hatte recht – was ich hier tat, war überflüssig und unwürdig. Wie wäre es stattdessen, wenn ich davon ausginge, dass Gustav alles so meinte, wie er es

sagte? Die Ratzok hatte ihm ihren Sohn anvertraut und war nicht enttäuscht worden. Wovor hatte ich Angst? Was hoffte ich in seinen Akten zu entdecken? Eine Geld- und Gehirnwäsche? Einen Ort, an dem Minderjährige missbraucht und seelisch zerstört werden? In der Zeitung liest man ja beinahe wöchentlich von solchen Skandalen... In der Zeitung...

„Was lese ich in meinem Bauch?"
Diese Frage kam so unvermutet, dass ich nicht unterscheiden konnte, ob ich sie nun über meine Ohren, aus meinem Kopf oder aus meinem Bauch empfangen hatte. Aber - wie auch immer - sie stand nun im Raum und verlangte nach einer Antwort.
Und die war nicht schwer zu geben. Im Grunde war die Antwort bereits in der Frage enthalten. Sie lautete: „Vertraue! Hab' Geduld! Alles wird sich klären."

Beschämt packte ich den Aktenstapel wieder zusammen, nahm ihn in beide Hände und ließ ihn mit der Breitseite auf die Tischplatte fallen, so dass die Blätter wieder sauber Kante an Kante lagen. Ein Blatt jedoch sträubte sich dagegen, in den Verbund mit den anderen Blättern einzuscheren. Beharrlich ragte eine Ecke aus dem Stapel hervor, da mochte ich klopfen, so viel ich wollte. Ich öffnete den Stapel oberhalb dieses Blattes, um es in die richtige Position zu schieben, da erfasste ich ungewollt folgenden Satz: *Im Register soll als Stiftungsort Maulbronn eingetragen werden.*

Maulbronn! Sofort hatte ich ein Bild des jungen Hermann Hesse im Kopf, der mit vierzehn Jahren Seminarist im Kloster Maulbronn wurde und es nach nur einem halben Jahr vereinsamt und depressiv wieder verließ. Könnte es sein, dass sich diese wundersame Schule dort befand?
Meine Neugier war wieder entfacht. Ich wollte die Dokumente ja wieder an ihren Platz zurücklegen, aber da war dieses störrische Blatt Papier. Es war kein Zufall, dass ich genau das Schriftstück mit dem Ort der Stiftung zu lesen bekam. Nun wollte ich Klarheit haben. Ich war nun mal kein geduldiger Mensch. Jetzt war es schon egal, ich schaltete Gustavs Notebook an. Langsam, sehr langsam wurden die Programme geladen. Heute war ein sonniger Tag, die Solarzellen auf dem Dach sollten eigentlich genügend Strom liefern. Endlich blinkte der Bildschirm auf und die bekannte Maske erschien. Wie ich vermutet hatte, gab es keine Passwort-Sicherung; das hätte zu Gustav auch gar nicht gepasst.

Ich klickte auf *eigene Dateien.*

Ich fand einen Ordner *Briefe*, aber den zu öffnen fand ich dann doch zu unverschämt. Ebenso wenig angebracht hielt ich es, den Inhalt von *Bilder* anzuschauen. Doch der Ordner *SFW* schien mir ziemlich unverfänglich; einen Doppelklick später erschien der Unterordner *Schüler/1977...2014.* Ich suchte – rein zufällig – das Jahr 2008 heraus und erhielt eine Liste von ca. zwanzig Kindern und Jugendlichen, sowie Jungen als auch Mädchen mit Foto, Lebenslauf und Zeugnissen, allerdings ohne Noten. Ich scrollte die Namen im Schnelltempo durch, bis ich auf den Namen Ratzok stieß.
Marco Ratzok, geboren am 08.03.1990, wohnhaft in... Eltern... bisher besuchte Schulen... das Übliche. Doch dann kamen einige Sätze, die ungewöhnlich waren.
Verfügt über einen starken Willen ... ausgeprägte Empathie ... logisches Denkvermögen. Marcos Zutrauen in seine Kreativität muss wieder geweckt werden. Für die SV-Klasse gut geeignet.

SV-Klasse? SFW? Was bedeuteten diese Kürzel?

Ich blätterte in Marco Ratzoks Akte weiter. Es kamen weitere bemerkenswerte Kommentare:
Natürliche Aggressionen lassen sich am besten durch Beschäftigung mit der Natur abbauen. Aufgrund seiner ausgeprägten Fähigkeit zur Empathie ist Marco nur in geringem Maße auf Erfolgslerbnisse angewiesen, um glücklich zu sein. In dem Umfeld, das ihn in seiner Jugendzeit umgab, waren seine außergewöhnlichen Fähigkeiten eher als unnütz angesehen worden. Daher ist es dringend erforderlich, das Umfeld zu wechseln.

Am Ende stand so etwas wie ein Abschlussbericht:
Marco Ratzoks bescheidenes Wesen mag über sein wahres Potenzial hinwegtäuschen. Er hat die höhere Entwicklungsstufe mit Bravour erklommen. Wir freuen uns mit ihm darauf, seine Wirkung in der Welt beobachten zu dürfen.

Es drängte mich, mehr über diese Schule zu erfahren. Kloster Maulbronn – es musste doch im Internet etwas darüber in Erfahrung zu bringen sein. Es hatte etwas Erregendes, alle verfügbaren Quellen anzuzapfen, um ein Geheimnis zu enträtseln. Aber Geduld war gefragt. Es schien ewig zu dauern, bis der

Computer die Verbindung hergestellt hatte und das entsprechende Programm hochfuhr.

Maulbronn, Einrichtungen, Schulen... Was würde der Computer ausspucken?

Ach – das hatte ich noch gar nicht gewusst:
Udo-Lindenberg-Stiftung...

"Hermann Hesse war mit seiner Literatur des Eigensinns schon immer ein starker Inspirator und Impulsgeber für mich, für meine Texte und meine Musik. Bei meinem ersten Besuch in seiner Geburtsstadt Maulbronn lag Magie in der Luft – und der geistige Grundstein für die Udo-Lindenberg-Stiftung wurde gelegt. Die Stiftung soll Leben und Werk des großen Meisters Hermann Hesse mit moderner Musik verbinden und so mit noch mehr Kraft in alle Zukunft tragen - und Brücken bauen zur lindianischen Panik-Lyrik und weiter zu den Texten der Steppenwölflinge von jetzt."
Udo Lindenberg

Udo Lindenberg gründet seine kulturpolitische Stiftung - am 10. Dezember 2006 in Hesses Geburtsstadt Maulbronn - um den Steppenwölfen unter den MusikerInnen und SongtexterInnen eine neue Plattform zu schaffen und Hermann Hesses Dichtung mit Musik zu verbinden.

Vielleicht wurde Gustav durch Lindenbergs Vorbild dazu angeregt, seine Schule zu gründen?
Nein. Kann nicht sein. Die Einträge in Gustavs Notebook beginnen im Jahre 1977. Dann war vielleicht doch Hermann Hesse auch der Impulsgeber für Gustavs Stiftung...
Was könnte SFW bedeuten? Suchen... *SFW* – kein Eintrag.
Stiftung Ohnesorg – kein Eintrag.

Nochmal zurück:
„Ich bin kein Vertreter einer fertig formulierten Lehre, ich bin ein Mensch des Werdens und der Wandlungen..." *(Hermann Hesse)*

Ja, solch ein Satz hätte auch aus Gustavs Munde kommen können.
Ich suchte noch einmal nach Hinweisen zum Kloster Maulbronn.
Es gab ein Herrenhaus und ein Jagdschloss, beide sind heute Seminarräume. Sogar ein Kindergarten ist vorhanden. Gut möglich,

dachte ich, dass sich hier auch eine Sonder- oder Eliteschule befindet...

Im Internet konnte ich nichts weiter finden. Also weitersuchen – nichts, nichts, nichts...
„Was soll's?" sagte ich zu mir selbst und wollte den Computer herunterfahren. „Warum interessiert mich das überhaupt?"
In diesem Moment erschien auf der Seite der Suchmaschine eine Überschrift.
Immer mehr Jugendliche leiden an Depressionen.
Ich klickte sie an und erhielt einen kurzen, aber prägnanten Artikel zu diesem Thema.
... Nach Angaben der DAK-Gesundheit hat die Zahl der Klinikaufenthalte von 10- bis 19jährigen in den vergangenen zwölf Jahren um das Sechsfache zugenommen. Dabei verweist die DAK-Gesundheit auf aktuelle Daten des Statistischen Bundesamtes. ...

Ich musste diese Nachricht erst einmal verdauen. Um das Sechsfache! Das würde bedeuten, wenn 2002 eintausend Kinder wegen einer Depression behandelt wurden, wären es heute sechstausend! Würde eine ansteckende Krankheit in diesem Maße zunehmen, würde eine allgemeine Hysterie ausbrechen und in den Nachrichten von nichts anderem mehr gesprochen werden.
Ich überlegte weiter. Wenn es in Gustavs Schule gelingt, diesen Trend umzukehren und lebensfrohe und tüchtige Jugendliche zu entlassen, dann wäre es nicht nur logisch, sondern eine moralische Pflicht, dass sich die Kultusminister dafür interessieren. Wie ist es nur möglich, dass diese Schule schon seit 1977 existiert und nirgendwo gibt es eine Notiz dazu?
Und warum lebt der Gründer dieser Schule verborgen und zurückgezogen wie ein Einsiedler?
Ich konnte mich gegen ein erneut aufkeimendes Misstrauen gegenüber Gustav nicht so entschieden wehren, wie es mir lieb gewesen wäre. Ich spürte ganz deutlich, dass ich mit Gustav in Verbindung stand. Seine Denkweise, seine Themen, sein ganzes Wesen hatte bereits auf mich abgefärbt. Während ich vor wenigen Wochen über solche Artikel uninteressiert hinweggelesen hätte, suchte ich heute nach Lösungen.

Ich schlief schlecht in derselben Nacht. Ich konnte nicht aufhören, über diese ominöse Schule und diesen seltsamen Menschen Gustav Ohnesorg nachzudenken. Wenn ich einnickte, redete ich im Traum mit ihm, wenn ich wach lag, dachte ich nach. Irgendwann wachte ich auf und rang nach Atem. Obwohl es draußen leichten Frost hatte und der Wagen schlecht isoliert war, erschien mir die Luft dumpf und schwül. Halbnackt verließ ich den Wagen und ging ins Zelt hinüber. Sogleich fühlte ich mich besser. Die Kissen und Matratzen waren eiskalt, aber die frische Luft beruhigte mich. Anders als im Wagen war ich hier von dünnen Stoffen umgeben, nicht von diesen starren Wänden, zwischen denen ich mich eingeschlossen fühlte.

Es war still, so still, dass ich zögerte zu atmen, um ja diese vollkommene Stille nicht zu zerstören. Ich konnte fast zusehen, wie meine quälenden Gedanken von dieser Stille nach und nach aufgesogen wurden, bis ich irgendwann selbst nur noch Stille war.

Plötzlich war alles ganz einfach. „Folge deinem Herzen!" schien eine Stimme zu sagen. Und ich stellte ohne jeden Zweifel fest, dass ich dorthin reisen wollte, wo ich die Schule vermutete. Mit diesem festen Entschluss im Herzen schlief ich wieder ein.

XII

Ich wachte auf, weil ich entsetzlich fror. Es hatte über Nacht geschneit und obwohl die Sonne schon hoch am klaren Himmel stand, war es in Gustavs Zelt ungewöhnlich düster. Ich öffnete die Zeltplane einen Schlitz und wagte einen Blick ins Freie. Der Schnee lag schwer auf dem Dach und schirmte das Tageslicht ab. Eisige Luft drang in das Zelt und trieb mich unter meine warme Decke zurück. Nur durch die Kaminöffnung in der Mitte zwängten sich ein paar Sonnenstrahlen und warfen ihr Licht auf den kalten gusseisernen Ofen. Ungläubig betrachtete ich ein Häufchen Schnee, das sich auf der Ofenplatte türmte. Die Temperatur hier drinnen lag unter dem Gefrierpunkt, aber schon die Vorstellung, mich jetzt aus meinem warmen Bett zu wälzen, Feuerholz zu holen und den Ofen anzuheizen, war unerträglich. Ein kalter Schauer lief mir über den Rücken. Es war Samstag, ich konnte liegen bleiben, so lange ich wollte. Ich zog meine Decke bis zu den Ohren hoch und drückte den Kopf in das Kissen.

Der Klingelton meines Handys ging mir durch Mark und Bein. Ohne die Augen zu öffnen, drückte ich so lange darauf herum, bis es stumm war. Kurz darauf klingelte es wieder. Ich tippte auf das grüne Symbol und brummte: „Hallo…"
„Na endlich!" kam es vom anderen Ende der Leitung. „Wo treibst du dich denn herum? Seit Tagen versuche ich dich zu erreichen."
„Ach Mama! Du weißt doch, dass ich das Haus verkauft habe. Und – ich habe wahrscheinlich vergessen, das Telefon abzumelden; wie dumm!"
„Zum Glück habe ich noch den Zettel gefunden, auf dem ich deine Handynummer notiert habe. Wie geht es dir? Hast du eine schöne Wohnung gefunden?"
„Ähm… ja, geräumig und preiswert." Das war nicht einmal gelogen.
„Und – wie geht's dir und – Giovanni?"
„Uns geht es sehr gut! Und – stell dir vor! – er hat mir einen Heiratsantrag gemacht!"
Jetzt war ich hellwach. Ich richtete mich trotz der Kälte im Bett auf.
„Du hast ihn doch hoffentlich nicht angenommen?"
„Natürlich habe ich ihn angenommen! Eine so gute Partie werde ich nie wieder finden. Klar habe ich mich anfangs ein bisschen

gesträubt; ich wollte sehen, wie er darauf reagiert. Und es hat sich gelohnt!"

„Wie meinst du das?"

„Ich habe ihm gesagt, dass es ein großes Opfer für mich ist, so weit entfernt von meinem Sohn zu leben. Da hat er mir versprochen, ich könne dich besuchen, so oft ich will. Und damit ich nicht zu lange weg bin, hat er mir gleich einen Sportwagen geschenkt. Hihi! Ist das nicht großartig?"

Ich dachte in diesem Moment an neureiche Menschen und an Gustavs Schule, die wahrscheinlich auf Spenden angewiesen war, um existieren zu können. Aber ich wollte mich mit meiner Mutter nicht darüber streiten.

„Ja, das ist phantastisch! Fahr nur nicht zu schnell!"

„Noch ist es nicht so weit! Du musst zu mir kommen! An Silvester ist unsere Hoooch-zeit!"

Sie kicherte ins Telefon, als wäre sie eine von diesen schrillen Teenies aus der Mittelstufe, die immer dann kichern, wenn sie nicht wissen, was sie sagen sollen; und das kam auffallend oft vor. Außerdem hatte sie ihr Redetempo enorm gesteigert. Ich vermutete, sie nahm nach und nach landestypische Gewohnheiten an. Meine Mutter in einem Sportwagen, wo sie Autos bisher immer nur als Mittel zur Fortbewegung abtat...

„Ich sollte jetzt wohl gratulieren..."

„Martin, ich weiß, was du denkst. Du glaubst, ich bin von dem vielen Geld und Luxus geblendet, ich habe vergessen, wo meine Wurzeln liegen, ich sehe die Welt durch eine rosarote Brille. Aber ich bin nicht so dumm, wie du glaubst. Und wenn ich verändert auf dich wirke, dann kommt das daher, dass ich mich glücklich fühle, dass ich meine deutsche Zurückhaltung und Selbstkontrolle aufgegeben habe, dass ich anfange zu begreifen, wer ich wirklich bin. Und das alles habe ich meinem lieben Giovanni zu verdanken. Er ist eine Seele von Mensch. Er zwingt mich zu nichts, er lässt mich so sein, wie ich bin. Also – was hindert dich daran, dich mit mir zu freuen?"

Wenn ich ihr nur hätte einen Grund hätte sagen können! Vielleicht war es nur Neid, der meine Freude dämpfte. Ich lebte hier wie ein Einsiedler, ein Aussteiger aus der vom Geld dominierten Welt, und sie schwelgte im Luxus. Wie passte das zusammen? Andererseits konnte ich ihr keinen Vorwurf machen. Ich würde in ihrer Situation ganz genauso handeln. Und ehrlich gesagt, hätte ich keine Sekunde gezögert, mit ihr zu tauschen.

„Tut mir leid, Mama! Natürlich freue ich mich für dich – ehrlich! Vielleicht liegt's daran, dass ich in Sachen Liebe weniger Glück habe als du."
„Das ist schade! Was hältst du davon, wenn du dir für ein paar Tage frei nimmst und hierher kommst. In Deutschland soll ja tiefster Winter sein. Aber hier haben wir immer noch angenehme 15 Grad. Ein Tapetenwechsel würde dir sicher gut tun."
„Ja, kann sein. Hmm... ich muss mir das überlegen. Ob ich überhaupt von der Arbeit weg kann und so... Ich ruf dich nächste Woche an, o.k.?"
„Ja, klar! Ich freu mich darauf! Mach's gut!"

Es war nicht die Arbeit, die mich daran gehindert hätte, nach Italien zu fahren. Ich wusste, dass in der nächsten Woche nichts Besonderes zu erledigen war. Was mich in einen Zwiespalt trieb, war mein ursprüngliches Vorhaben, nach Maulbronn zu reisen.
Ich erinnerte mich daran, dass ich gestern Abend noch zutiefst davon überzeugt war, Gustavs Schule suchen zu müssen. Ich wollte nicht von meiner Mutter abhängig sein. Ich wollte mein eigenes Leben führen, als erwachsener, vernunftbegabter Bürger und Mensch. Jemand, der seine Vorhaben plant und in die Tat umsetzt. Ich wollte jemand sein, der einer Frau wie Mia das Wasser reichen konnte. Und nun fiel ich bei der ersten Bitte von „Mama" zurück in das alte Muster, bei „Mama" einkuscheln und sich trösten lassen. Die Dinge, die ich als bedeutsam erachtet hatte, verloren in wenigen Minuten ihren Wert.
Ich war so was von wütend auf mich! Für einen Moment wollte ich das Handy zur Hand nehmen und Mutter ein paar gesalzene Wahrheiten ins Gesicht schleudern, irgendwas wie „Ich brauche dich nicht, aber umgekehrt wird ein Schuh draus. Doch diese Zeiten sind vorbei!" oder „Du hast doch nicht die geringste Ahnung, wer ich bin!"
Doch schon bei dem Gedanken daran fühlte ich eine unerträgliche Übelkeit aufsteigen. „Nein – so etwas erledigt man nicht übers Telefon", sagte ich zu mir. „Solche Dinge werden in einem vier-Augen-Gespräch geklärt. Ich fahre zu dir, Mutter. Aber du wirst nicht den Martin wiedersehen, den du gekannt hast."

Nun ja – mit dieser Lüge konnte ich wenigstens mein Gesicht wahren.

Am kommenden Montag stieg ich in den Reisezug nach Livorno. Umsteigen in Innsbruck und in Bologna. 12 Stunden. Was erwartete ich eigentlich von dieser Reise? Ich hatte nie zuvor eine so lange Zugreise unternommen und war ein bisschen aufgeregt. Der Bahnhof von Innsbruck war riesig und modern wie ein Flughafen. Ich vergewisserte mich dreimal, ehe ich in den Zug der *Trenitalia* mit der Aufschrift *Firenze – Roma* stieg. Die Richtung stimmt jedenfalls, dachte ich. Ich darf nur nicht übersehen, in Bologna umzusteigen. Aber bis es so weit war, genoss ich die Reise durch verschneite Alpentäler, vorbei an winzigen, stillgelegten Bahnhofshäuschen, an wuchtigen Festungsruinen aus der Zeit der Alpenkriege, vorbei an den idyllischen kleinen Südtiroler Dörfern mit ihren spitzen Kirchtürmen. Die Berge mit ihren weißen Gipfeln und schroffen Steilwänden sahen weitaus imposanter aus als auf Kalenderbildern und flößten mir Ehrfurcht ein. Ich fühlte mich zusehends kleiner, je länger die Reise dauerte. Mir wurde klar, dass die Welt mehr zu bieten hatte als das Fleckchen Kleinstadt, auf dem ich mich tagein, tagaus hin und her bewegte und mir ziemlich wichtig vorkam. Sowohl in der räumlichen als auch in der zeitlichen Dimension war ich ein Sandkorn in der Wüste. Gustav würde dieser Vergleich sicher gefallen, dachte ich.

Ein wenig freute ich mich, als der Zug aus den dunklen Tälern hinaus in die Poebene rollte, andererseits stieg mein Unbehagen nun an, da ich mich in einem fremden Land befand und obendrein die Unsicherheit zurückkehrte, wie ich meiner Mutter begegnen sollte. Ich wollte ihr einen neuen, rebellischen Sohn vorspielen, der gelernt hat, gegen die Widrigkeiten des Lebens anzukämpfen, aber offen gestanden, fühlte ich mich immer noch verletzt, weil sie mich eines anderen Mannes wegen hatte sitzen lassen. Mir wurde deutlich, wie sehr ich sie brauchte. Wen hatte ich sonst? Gustav?

Als ich in der Bahnhofshalle in Bologna ausstieg, war unüberhörbar, dass ich in Italien angekommen war; die Italiener scheinen eindeutig kräftigere, oder wenigstens durchdringendere Stimmen zu haben als die Deutschen. Glücklicherweise fand ich eine deutsche Reisegruppe, die wie ich nach Livorno wollte, und schloss mich ihr an. Andernfalls hätte ich schwerlich den richtigen Zug gefunden.

Zuerst überquerten wir eine Hügelkette, die mit den typischen Pinien geschmückt war, dann ging es abwärts Richtung Meer. Plötzlich roch die Luft nach Salz und Freiheit. Alles war um eine Nuance heller, die Menschen in meinem Abteil schienen lebendiger und leichter bereit zu lachen. Ich ertappte mich bei dem Gedanken, mir ein Leben in Italien vorzustellen.

Und schließlich klopfte mein Herz ganz laut, als der Zug nach Livorno in die *Statione marittima* einfuhr, einen großen Platz zwischen Bahnhof und Hafen. Irgendwo da unten in dem Menschengewirr musste meine Mutter sein; immerhin hatte ich sie zwei Monate nicht gesehen!
Ich fand sie innerhalb weniger Sekunden. Ihr Anblick war das Schönste, was ich seit langem gesehen hatte. Zum einen war meine Mutter wirklich eine attraktive Frau - zudem war sie heute elegant gekleidet und perfekt geschminkt - aber vor allem war es diese durch nichts zu überbietende Vertrautheit, die mich wie eine Woge überflutete und mir Freudentränen in die Augen trieb.
Wir umarmten uns lange und sprachen wenig.

Ihr kleines rotes Sportwagen-Cabrio stand gleich in der Nähe, an einem Platz, der eigentlich für Pkws gesperrt war; ich hatte schon davon gehört, dass in Italien Verkehrsregeln mehr Richtlinien als Gebote waren.
Ich zog erst mal meinen Mantel aus, ehe ich mich in den sportlichen Schalensitz fallen ließ; das Klima hier war so mild, dass wir mit offenem Verdeck fahren konnten. Während wir mit einem Affenzahn durch die engen Gassen flitzten, konnte ich kaum glauben, dass die temperamentvolle Frau mit Kopftuch und Sonnenbrille, die vor jeder Kreuzung die Hupe benützte, meine Mutter war. Wir sausten an Kanälen vorbei, die mich an Venedig erinnerten, ließen die Stadtmauer links liegen, die von der mächtigen *Fortezza Nuova* überragt wurde, und kamen schnell in die südlichen Außenbezirke.
Das Auto schnurrte laut und kraftvoll, die Sitze waren mit beigem Leder überzogen, das Armaturenbrett mit Holz verkleidet. Ich fühlte mich wie James Bond mit einer Doppelagentin auf der Flucht vor einem Mafiaboss. Es hätte mich nicht gewundert, wenn meine Mutter plötzlich das Auto angehalten hätte und in eines der unzähligen Motorboote gesprungen wäre, die an der Ufermauer ankerten.

„Du siehst blass aus", bemerkte meine Mutter und meine Illusion eines tollkühnen Geheimagenten war verflogen.

„Wir haben auch Winter in Deutschland. Du siehst gut aus."

„Danke! Wart's nur ab! Nach einer Woche fühlst du dich wie ein neuer Mensch."

Zackig schaltete sie einen Gang zurück und setzte zum Überholen an. Als sie sah, wie meine Hand ängstlich den Haltegriff umschloss, lachte sie.

„Wir sind jetzt auf der Überholspur, Martin! Daran musst du dich erst gewöhnen."

Dann bog sie von der Hauptstraße links ab und folgte einer Nebenstraße, der Via San Fernando, die in engen Serpentinen durch ein Waldstück steil bergan führte. Mit quietschenden Reifen fuhr meine Mutter durch die engen Kurven und haute die Gänge rein wie ein Rallyfahrer; meine Hand packte den Griff noch fester.

„Keine Sorge!" sagte sie. „Ich bin die Strecke bestimmt schon hundert Mal gefahren. Wir sind ohnehin gleich da."

Nach der letzten Kurve lichtete sich der Wald und gab einen herrlichen Blick über das Land frei. Im Osten ein ausgedehntes hügeliges Waldgebiet, im Westen das azurblaue Meer.

Wir fuhren in eine Allee aus Pinien ein und hielten vor einem entzückenden toskanischen Landhaus an.

„So etwas habe ich bisher nur in Urlaubskatalogen gesehen", gestand ich.

„Mir ging es genauso, als ich zum ersten Mal hier war. Ich zeig dir das Haus. Komm!"

Über eine Marmortreppe gingen wir in eine Empfangshalle, die trotz ihrer Größe sehr einladend wirkte. Überall waren Pflanzen, zumeist ausladende Palmen und Orchideen. Ein hübsches Zimmermädchen mit schwarzen Haaren und weißer Schürze begrüßte mich artig.

„Ah ja!" entfuhr es mir. „Sie sind Anna, nicht wahr? Wir haben einmal miteinander telefoniert."

Sie wurde rot im Gesicht.

„Sie spricht kein Wort Deutsch", sagte Mutter und übersetzte fließend, was ich gesagt hatte. Daraufhin lachte Anna und gab mir artig die Hand.

Ein Stockwerk höher befand sich ein sonnendurchfluteter Wintergarten – sofern es hier überhaupt einen Winter gab – und drei Türen weiter betraten wir ein Gästezimmer, das speziell für mich vorbereitet worden war. Als ich den Kleiderschrank öffnete, fand ich eine Reihe von Anzügen und Hemden.

„Wer wohnt denn hier sonst?" fragte ich.

„Es ist ein Gästezimmer. Aber normale Gäste finden einen leeren Kleiderschrank vor."

Ich sah sie fragend an.

„Ja, du kannst davon nehmen, was dir gefällt. Die Sachen hängen nur für dich dort."

„Aber Mama! Sportsachen, Hausjacke, Unterwäsche... Ich will doch nicht hier einziehen!"

„Du weißt, das Haus hat zwölf Zimmer. Wo liegt das Problem?" Ihr verschmitzter Blick sprach Bände. Ich konnte nur den Kopf schütteln.

„Ich habe die Hoffnung noch nicht aufgegeben, Martin, dass wir wieder unter einem Dach leben könnten."

„Naja – du hast die Entscheidung getroffen, dass wir es nicht mehr tun sollten."

„Ja, das stimmt. Aber wer sagt, dass ich mich jetzt nicht anders entscheiden darf - wenn die Umstände sich komplett verändert haben?"

„Hast du denn jetzt keine Angst mehr, ich könnte ein Mamasöhnchen werden?"

„Nein. In diesem Haus und in diesem Land hättest du genügend Freiraum, um dein eigenes, unabhängiges Leben zu führen. - Willst du mein Atelier sehen?"

„Ach komm! Das ist nicht dein Ernst. Ein Klischee übertrifft das andere! Du hast doch noch nie gemalt!"

„Wer redet denn von Malen?"

Noch einmal ging es über eine geschwungene Jugendstil-Treppe nach oben und wir standen in einem hellen Raum, dessen Dach größtenteils aus Glas bestand. Es war etwas staubig da drinnen und als ich mich umsah, wusste ich, wieso.

„Mein Reich!" rief Mutter und breitete die Arme aus. „Ich arbeite mit Ton. Ich habe mit einfachen Vasen begonnen, hier!" – Sie zeigte eine Reihe klassisch geformter Gefäße – „Dann habe ich mich an anderen Gegenständen versucht, wie diese Obstschale oder diese Kerzenständer, und seit längerem bin ich ganz versessen darauf, menschliche Körper zu modellieren. Nicht diese griechisch-römischen Skulpturen, sondern Menschen aus dem Alltag, mal schön, mal hässlich, Hauptsache, sie haben ihren besonderen, einzigartigen Ausdruck. Gefällt es dir?"

Ich war ehrlich beeindruckt. Das waren keine klumpigen Männchen oder kubistische Monster wie so oft, wenn Laien beginnen zu modellieren, das war große Kunst. Sie hatte vier Figuren geformt, einen kleinen Jungen beim Laufen, einen alten Mann auf einer Bank sitzend, eine Frau mit Einkaufstasche und Plastiktüte und eine dünnen Kerl mit Brille und ernstem Gesicht.

„Das sind alles Leute, denen ich fast täglich begegne. Ich habe sie gesehen und sie sind mir irgendwie gefolgt, in meinen Kopf hinein."

„Großartig! Ganz ehrlich. Wie kann man in so kurzer Zeit so viel lernen? Du hast doch früher nicht mit Ton gearbeitet."

„Das ist kein Geheimnis, Martin. Wenn dein Geist frei ist, vor allem frei von Zweifeln, kannst du mehr, als du je von dir gedacht hast. Ich wusste eigentlich schon immer, dass ich Talent zum Modellieren habe. Du musst wissen, in der Schule habe ich einmal auf eine Tonskulptur eine Eins bekommen, das war die einzige Eins, die ich überhaupt bekommen habe! Dabei ging es mir ganz leicht von der Hand. Leider wurde das Thema in der Schule nicht weiter vertieft. Und ich habe mir auch nie die Zeit genommen, mein Talent auszubauen." Sie blickte mich von der Seite an. „Das hat gar nichts mit Mann, Kind und Kegel zu tun, ich habe es einfach vergessen. Ich habe so viele Dinge vergessen, die mir Spaß machten. Doch dann führte mich Giovanni in eine Skulpturenausstellung in Rom. Vor einer Gruppe klassischer Figuren sagte ich beiläufig, dass ich so etwas auch gerne machen würde. Da sagte er: ‚Warum auch nicht? Ich habe es auch immer versucht, aber scheinbar habe ich weniger Talent als ich mir einbildete. Aber das Atelier gibt es.'"

„Diesen Raum hier hat **er** schon so eingerichtet?"

„Ja, er wollte auch solche Skulpturen erschaffen. Aber es gelang ihm nicht so gut, wie er wollte, und gab wieder auf. Seitdem suchte dieses Atelier einen neuen Künstler. Und dann kam ich und – wie durch ein Wunder – war plötzlich alles vorhanden, was mein Talent brauchte, um leben zu können."

„Wirklich wunderbar! Eins fügt sich zum andern. Und unter diesem Tuch – wer versteckt sich da?"

„Das darfst du erst sehen, wenn es fertig ist. Es wird mein Meisterstück. Nicht anfassen! O.k.?"

Ich schüttelte ungläubig den Kopf.

„Trotzdem – man kann so etwas nicht ohne die entsprechende Technik. Wo hast du das gelernt?"

„Ein Freund von Giovanni ist ein bekannter Künstler in Florenz. Ich war aber nur zwei Mal bei ihm. Er hat mir gezeigt, worauf es ankommt – und irgendwie scheint das Atelier auf mich gewartet zu haben. Nur eines weiß ich sicher: Zuhause in Deutschland hätte ich das nie zustande gebracht. Mir fehlte etwas, was man als Künstler unbedingt braucht – Ruhe und Lebensfreude. Ich glaube, mein Talent konnte sich erst hier in dieser Umgebung entfalten."

„Wie so manches andere, hm?"

„Du hast recht!" Mit einer Handbewegung zerstörte sie meine Frisur. „Mein schlauer Sohn... Ich traue mich, ich selbst zu sein. Das mag für einige befremdlich sein, aber es fühlt sich verdammt gut an, das kann ich dir sagen!"

Zum Abendessen kam auch Giovanni nach Hause. Zur Begrüßung drückte er mich an seine behaarte Brust. Ich konnte seine Herzlichkeit nicht so unmittelbar erwidern, aber es löste sich etwas in meiner Brust, seit ich von seinem Scheitern bei dem Vorhaben, Künstler zu werden, gehört hatte. Irgendwie sah ich daran ein verbindendes Element. Ich beobachtete ihn während des Essens und langsam lösten sich meine Vorbehalte ihm gegenüber in Luft auf. Er war gar nicht der typische Italiener, als den ich ihn gesehen hatte, leichtlebig, oberflächlich, naiv, er war ein ernsthafter, aber dennoch lebensfroher Mensch, der in meine Mutter sehr verliebt war.

Das Essen schmeckte ausgezeichnet, was mir Gewissheit darüber brachte, dass meine Mutter nicht die Köchin war. Das mehrgängige Menü wurde nicht von Anna, sondern von einem anderen Mädchen serviert, den Koch oder die Köchin bekam ich nicht zu Gesicht.

Es war mir ganz recht, dass Giovanni und Mutter sich eine Weile auf Italienisch unterhielten, so konnte ich in Ruhe beobachten, was sich zwischen den beiden auf der unausgesprochenen Ebene abspielte. Irgendwie war ich ein bisschen enttäuscht, dass ich nichts Feindliches entdeckte, dafür sehr viel Zuneigung. Naja – ich war halt immer noch eifersüchtig.

Meine Mutter erklärte mir, dass Giovanni heute in Rom war und sich mit hochrangigen Politikern getroffen hatte. Aber das Gespräch war unerfreulich verlaufen. Giovanni regte sich darüber auf, dass die Bürokratie jede praktische Vernunft vermissen ließ. Er konnte nicht verhindern, dass die Zuschüsse für die Kleinbauern gekappt wurden. Angeblich war die bisherige Höhe der Zuschüsse mit EU-Recht nicht vereinbar.

Aber Giovannis Laune besserte sich rasch, als meine Mutter ihm den Nacken massierte und einen dicken Schmatz auf den Mund gab.

Nach dem ersten Glas Wein wurde ich sehr müde. Es strengte mich an, dem Gespräch zu folgen, auch wenn Mutter mir vieles davon übersetzte. Es war ein ereignisreicher Tag gewesen und mein Kopf voll von neuen Bildern; beinahe hatte ich vergessen, was mich zuhause so belastet hatte. Bald nach dem Essen und einem abschließenden *Grappa* zog ich mich in mein Zimmer zurück und schlief sofort ein.

Am nächsten Tag zeigte mir meine Mutter die Stadt. Wir gingen in einige Kirchen, natürlich auch in den Dom, sahen uns den alten Hafen mit der von einem Wassergraben umschlossenen Festung an, die *Terrazza Mascagni*, eine Terrasse, die aussah wie ein überdimensionales Schachbrett, und natürlich setzten wir uns auch in eine der vielen *Caffetterias* und aßen Eis und Kuchen. Die südländische Idylle wurde leider durch die vielen *Vespas*, die tatsächlich wie Wespenschwärme durch die Gassen brummten, arg gestört, das heißt, allem Anschein nach ließ nur **ich** mich davon stören, die Einheimischen blieben völlig unberührt, wenn gerade mal wieder ein Roller vorüber düste; sie redeten einfach noch lauter oder begannen sich anzuschreien.
Trotz all des Trubels entstand hier keine Anonymität. Jedenfalls erschien es mir so, als hätte jeder einzelne Bewohner aktive Bindungen zu vielen anderen. Sie verstanden es, Kommunikation über alles Laute, über alle Hindernisse hinweg, zu pflegen. Nicht selten blieb ein Autofahrer mitten im Verkehr stehen, um sein Fenster herunterzukurbeln und einen Freund zu grüßen. Ich glaube, es ist unmöglich, in Livorno zu vereinsamen. Ich dachte an meine Heimatstadt; hatte sie nicht zu bestimmten Zeiten den Charakter einer Geisterstadt? Es sah so aus, als scheuten sich die Menschen dort vor der Kommunikation und zögen sich lieber in ihre Wohnungen zurück, aus Angst, einem Unbekanntem etwas preis zu geben, was gegen ihn verwendet werden könnte.

Auch meine Mutter wurde von vielen Leuten gegrüßt. Ich sah nicht, dass sie als Deutsche anders behandelt wurde. Vielmehr sah ich, dass sie zu einer waschechten Italienerin geworden war, was mich ein bisschen mit Stolz erfüllte. Als wir an einem Modegeschäft vorbei gingen, winkte uns ein gut aussehender Herr durch die Fenster zu. Keine zehn Sekunden später stand er auch schon bei uns auf der Straße, begrüßte uns mit einer begeisterten Ansprache, von der ich kein Wort verstand, und küsste meine Mutter dreimal auf die Wange. Nach einem weiteren Redeschwall kam auch ich an die

Reihe. Aber damit nicht genug! Er lud uns auf der Stelle in das nächste Café ein, ohne sich weiter um sein Geschäft zu kümmern. Hinterher sagte mir meine Mutter, dies sei der Geschäftsführer einer großen Modehauskette gewesen. Sie sei eine gute Kundin.

Solche Begegnungen passierten während unserer Sightseeing-Tour immer wieder. Wenn auch nicht alle Leute auf uns zu gingen, so grüßten sie doch von weitem mit überschwänglichen Gesten und Worten.

Offenbar hatte meine Mutter auch gar keine Probleme damit, auf jeden Gruß mit der passenden Redewendung zu antworten.

„Ich könnte das nie, so mühelos wie du mit den Leuten in einer fremden Sprache reden, und das nach so kurzer Zeit", bekannte ich.

„Ich hatte und habe einen guten Lehrer. Giovanni zwingt mich, auch zuhause Italienisch zu sprechen."

„Er zwingt dich?!"

„Quatsch! Doch nicht so! Er antwortet einfach nicht, wenn ich etwas in Deutsch frage. Ist auch gut so – ich lebe nun mal hier und muss mich anpassen, je schneller, desto besser."

„Dann willst du tatsächlich hier bleiben – dein ganzes restliches Leben?"

Ich spürte einen dicken Kloß im Hals, als ich das sagte.

„Das ist gut möglich", antwortete sie. „Es ist nicht so, dass ich Deutschland gar nicht vermisse – klar tu ich das. Aber ich glaube, ich würde das alles hier noch mehr vermissen, wenn ich mir vorstellte, wieder zurück zu gehen. Schau dich um! Siehst du hier Menschen, die verbittert sind? Naja, ein paar vielleicht. Der Alte dort auf der Treppe – seine Frau ist vor vielen Jahren gestorben und er hat seither nie mehr gelacht, sagen die Leute. Oder die dort auf dem Fahrrad – ist mit einem Alkoholiker verheiratet, hat kein leichtes Leben. Aber das sind Ausnahmen. In Deutschland sind die Lachenden die Ausnahmen."

„Nanana! So schlimm ist es nun auch wieder nicht."

„Nenn mir einen glücklichen Menschen! Los. schnell! Ganz spontan – wer fällt dir von deinen Bekannten ein?"

„Daaa… wäre… Gustav zum Beispiel!"

„Der verrückte Alte? Aber der ist doch auch nicht ganz normal, oder?"

„Phh! Wenn normal zu sein bedeutet, nicht lachen zu dürfen, bin ich auch lieber verrückt."

„Haha! Da hast du recht. Also – ich denke, was du denkst – dass es in Italien leichter ist, glücklich zu sein, darum sollst du wissen, du hast die Wahl. Du könntest jederzeit hierher ziehen."

Diese Frage kam nicht überraschend. Und trotzdem war ich nicht darauf vorbereitet. Ich öffnete den Mund, blieb aber stumm. Ich konnte weder ja noch nein sagen.

„Du müsstest dir keine Sorgen um deine Zukunft machen. Giovanni braucht immer Leute im Büro und auch solche, die den Kontakt mit den Bauern pflegen. Du wirst sehen, wie schnell du Italienisch lernst..."
„Mama! Ich kann jetzt nichts dazu sagen. Das kommt doch sehr unerwartet. Lass mir noch Zeit, ja?"

Das war wohl die übliche Floskel, die man verwendet, wenn man keine spontane Ausrede findet, um ein Angebot begründet abzulehnen. Ich wusste damals selbst noch nicht, warum ich nicht hier bleiben wollte. Der wahre Grund war mir damals noch verborgen. Zu diesem Zeitpunkt glaubte ich, dass irgendwo ein Haken sein musste. Es war alles zu perfekt, um von mir akzeptiert zu werden.

„Zeit? Wenn du meinst, die Zeit hilft dir, das Richtige zu tun. Gut, ich geb dir Zeit, so viel du willst. Aber wenn du mal den Kopf beiseite lässt und aus dem Bauch heraus reden würdest, was würdest du mir antworten?"
„Das – das – kann ich nicht!"
„Na los! Du kannst es! Jeder kann es. Es ist die einfachste Sache der Welt."
„Nein! Ich kann das nicht!"
„Komm! Trau dich! Stell dir vor, ich wäre gar nicht hier, in diesem Moment, du würdest nur dir antworten..."
„Ich würde bleiben wollen."
„Na siehst du!"
Sie drückte mir einen dicken Kuss auf die Stirn.
„Aber..."
„Was aber?"
„Das war jetzt nur spontan, ohne nachzudenken!"
„Mein Kuss auch. Was ist falsch daran?"
„Nichts! Ich meine... irgendetwas hält mich noch fest zu Hause. Und ich weiß nicht so recht, was es ist."

„Kein Problem! Klär' das! Bring alles in Ordnung! Sei klar, in dem, was du willst. Solange du im Geist noch zu Hause fest hängst, möchte ich dich auch gar nicht hier haben."

„Aha!"

„Und bilde dir nicht ein, du wirst von mir nach Strich und Faden verwöhnt! Ich bin auch der Ansicht, du solltest nicht bei uns im Haus wohnen; du bekommst ein eigenes, irgendwo. Ja, ich glaube, das lässt sich einrichten!"

„Dachte mir schon, dass es bei der Sache einen Haken gibt", erwiderte ich scherzhaft.

„Sag nicht Haken dazu, nenne es Herausforderung! Du sollst dein eigenes Leben führen, in dem dich niemand zu irgendwas drängt. Aber ich bin mir absolut sicher, du wirst dich hier wohl fühlen."

Ich sah mich um. Ich konnte diese quirlige Umgebung nicht als echt hinnehmen. Sie kam mir vor wie eine große Filmkulisse. Als würde in Kürze das letzte Bild von einer einfarbigen Fläche ersetzt, auf der in großen Buchstaben ENDE zu lesen ist. Alles, was ich hier sah und hörte und roch, war so fremdartig, bunt und bizarr wie ein Märchen, verlockend und geheimnisvoll. Ich wünschte mir, ich würde den Mut aufbringen, spontan Ja zu sagen und hier zu bleiben. Aber ich brachte es nicht über die Lippen. So sehr ich es auch wollte, quälte mich die Vorstellung, mich ganz hier niederzulassen.

„Ich bin ja grade erst angekommen, Mama. Ich kenne doch so vieles noch gar nicht."

Meine Mutter nickte und lächelte verständig, aber ich sah es ihr an, dass sie auf eine andere Antwort gehofft hatte.

„Natürlich", sagte sie und setzte ihre modische Sonnenbrille auf. „Komm! Wir fahren ins Haus zurück, dann zeige ich dir mein Büro. Am Ende glaubst du noch, ich gebe nur Geld aus, ohne selbst etwas zu verdienen."

XIII.

Am nächsten Tag hielt mich regnerisches Wetter in Giovannis Villa fest. Trotzdem wusste ich mich zu beschäftigen. Ich ging früh am Morgen über die rückwärtige Treppe ins Untergeschoss, von dort aus erreichte ich trockenen Fußes einen 25-Meter-Pool, der bei Bedarf, so wie heute, überdacht werden konnte. Das Wasser war angenehm warm. Nach anfänglicher Scheu – ich wusste nicht, wer mich durch welches der vielen Fenster beobachtete - schwamm ich ein paar Bahnen, danach entspannte ich mich in der Sauna. Auf dem Weg zurück in mein Zimmer traf ich Anna.

„*Scusi, Signorina!*" versuchte ich mich auf Italienisch. „*Mangiare?*"

Sie schien gleich verstanden zu haben, weil sie mich nach *Caffè* fragte. Nach wenigen Minuten klopfte sie an die Zimmertür. Ich öffnete und nahm ein herrlich angerichtetes Tablett in Empfang. Während ich mir das Frühstück schmecken ließ, spielte ich mit Gedanken, doch ganz hier zu bleiben. Aber alles erschien mir so fremd und unwirklich, dass ich es nicht annehmen konnte. Mein Herz fühlte sich bei der Vorstellung, Italiener zu werden, eng an. Ich dachte, in meinem Herzen müsse wohl erst eine Kammer wachsen, in die ich Liebe für dieses Land einfließen lassen könnte. Vielleicht war das der Unterschied zwischen meiner Mutter und mir; sie kam hierher und verliebte sich, ich kam hierher, und meine Liebe ruhte zu Hause.

Aber das waren nutzlose Träumereien, redete ich mir ein. Ich wusste, was meine Mutter schaffte, könnte ich ebenso schaffen. Es bedurfte nur eines klaren Entschlusses und die Traumwelt würde auch für mich Wirklichkeit werden. Aber so sehr ich mich mühte, ich konnte keine Verbindung zu diesem Traum herstellen; hier war ich und dort die Welt. Warum fiel es mir so schwer, in die Welt einzutauchen? War ich zu sehr Realist? Warum suchte ich immer nach dem Haar in der Suppe?

Es war der Witz des Jahrhunderts: Hier genoss ich mildes Klima, Komfort, alle Annehmlichkeiten, die man sich mit Geld kaufen kann und zu Hause erlebte ich in einem stillgelegten Bauwagen einen nasskalten Winter. Und dennoch zog ich den letzteren vor. Wie sollte ich das meiner Mutter erklären? Wie konnte ich es vor mir selbst rechtfertigen?

Ich saß auf einer bequemen Chaiselongue in meinem Zimmer und schaute den Regentropfen zu, die gegen das Fenster prasselten. Über dem Meer trieben in schneller Abfolge helle und dunkle Wolken vorbei. Zwischendurch blitzte auch ein Sonnenstrahl durch die Wolkendecke und warf einen Spot auf die schwarze Wasseroberfläche, als würde dort in Kürze etwas besonders Großartiges aus den Fluten tauchen.

Ein guter Ort, um zu meditieren! dachte ich.

So setzte ich mich aufrecht hin, baute meine Lichtkugel auf, wie Gustav es mir gezeigt hatte, und brachte meine Gedanken zur Ruhe.

Nach etwa fünf Minuten breitete sich in meinem Bauch ein warmes Gefühl aus und Wohlbefinden stellte sich ein. Mit einem Mal war es für mich gar nicht so wichtig, wo ich lebte, ich konnte überall Geborgenheit finden. Aber war es das, wozu ich hier auf Erden wandelte?

Es klopfte an der Tür. Ich rief etwas verärgert: *„Prego?"* So hatte ich es öfter gehört.

Anna trat ganz vorsichtig ein und sagte etwas wie: *„Un signore vuole vederla."*

„Un signore? Che signore?"

„Lui dice si chiama Gustavo..."

„Gustav?! Herein mit ihm!"

Ich konnte es kaum fassen! Das konnte doch nicht mein Gustav sein! Anna machte ihren graziösen Knicks und da schob tatsächlich Gustav Ohnesorg sein graues Haupt durch die Tür.

„Gustav! Was zum Teufel tust du hier?"

„Lass dich erst mal drücken, Junge!"

„Du siehst gut aus. Willst du unbedingt 120 werden?"

„Ich hätte nichts dagegen."

Er war zwar einfach gekleidet, aber wie immer passend. Nach Art der Einheimischen trug er ein etwas abgewetztes graues Sakko über seinem Rollkragenpulli. Die Schultern waren nass vom Regen. Die grauen Bartstoppeln verliehen ihm etwas Würdevolles. Ich glaube, er würde in jeder Kleidung gut aussehen.

„Was bin ich froh, dich zu sehen! Nun setz dich doch! Du musst mir vieles erzählen und einiges erklären. Du konntest doch nicht wissen, dass ich hierher gereist bin."

„Wusste ich aber."

„Ach was! Ich wusste ja bis vorgestern selber noch nicht, was ich tun sollte."

„Trotzdem bin ich schon eine Woche hier, um auf dich zu warten." Ich schüttelte ungläubig den Kopf.

„Meditation!" rief Gustav. „Hast du denn schon wieder alles vergessen? Durch tiefe Meditation kannst du dich mit dem universellen Wissen verbinden. Ich kann zwar deine Zukunft nicht vorhersehen, weil du einen eigenen Willen besitzt, aber ich kann immerhin wahrscheinliche Ereignisse voraussagen. Aber das weißt du ja bestimmt. Du übst dich doch fleißig im Meditieren?"

„Was glaubst du, was ich soeben getan habe, als du gekommen bist und mich unterbrochen hast?" sagte ich, amüsiert über den Zufall.

„Ah! Dann brauche ich meine Hoffnungen nicht zu begraben?"

„Welche Hoffnungen?"

„Dich in meiner Schule willkommen zu heißen."

Ich war für einen Moment sprachlos. Diese ominöse Schule kennenzulernen, das war doch genau das, was ich wollte! Dabei hatte ich die ganze Zeit über gedacht, Gustav würde mich nie in seine Geheimnisse einweihen.

„Kurz bevor mich meine Mutter nach Livorno einlud, hatte ich geplant, nach Maulbronn zu reisen. Dort befindet sich deine Schule, nicht wahr?"

„Ja, ganz in der Nähe. Es ist gut, dass du stattdessen noch einen Urlaub eingelegt hast."

„Wie meinst du das?"

„Ach – das wirst du wissen, wenn es soweit ist. Aber eines würde mich schon interessieren:

Muss ich mir Sorgen machen, was inzwischen aus meinem Haus wird?"

Er kniff die Augen zusammen, so dass ich nicht so recht einschätzen konnte, ob es ihm damit ernst war.

„Nein... soviel ich weiß, gibt es dort nichts zu stehlen."

„Das wohl nicht. Ich fürchte mehr Vandalen – auch die tierischen. Als ich vor drei Jahren aus meinem Winterurlaub zurückkam, hatten sich Wildschweine über meine Lebensmittelvorräte hergemacht. Ich sag dir – eine Gruppe betrunkener Hooligans hätte nicht schlimmer wüten können. Damals habe ich das Zelt auf eine Steinmauer gesetzt, um das Schlimmste zu verhüten."

„Oh! Dann ist es dir nicht recht, dass ich hier bin? Daran habe ich gar nicht gedacht..."

„Immerhin bist du jetzt wieder mit deiner Mutter zusammen, und so, wie ich das sehe…" -
er sah sich, anerkennend mit dem Kopf nickend, in dem edel ausgestatteten Raum um – „…ist sie inzwischen einigermaßen vermögend."
„Beziehungsweise ihr Verlobter. Sie wollen an Silvester heiraten. Aber wahrscheinlich weißt du das alles schon. Woher hattest du die Adresse? Oder wurde dir das auch in der Meditation verraten?" fragte ich spöttisch.
„Nein, ich habe euch in dem kleinen roten Rennauto gesehen und bin euch in einem Taxi gefolgt", konterte er und lachte über seinen Witz. „Unsinn! Signor Capoletti ist kein Unbekannter in Livorno. Es ist nicht schwer, seine Adresse übers Internet herauszufinden."
„Und jetzt?"
„Jetzt wäre mir ein heißer Tee sehr angenehm. Es ist nass und kalt – und so fühle ich mich jetzt selbst."
„Klar! Ich rufe Anna!"

Zehn Minuten später saßen wir gemütlich bei Tee und Gebäck beieinander. Ich gab Gustav meine Hausjacke, während sein Sakko zum Trocknen aufgehängt wurde.
Ich erzählte ihm von Mutters Vorschlag, ganz hier zu bleiben - und von meinen Zweifeln.

„Und? Was hindert dich daran, dich ins gemachte Nest zu setzen?" fragte Gustav.
„Wenn ich das wüsste! Ich stelle mir vor, hier zu leben, und schon werde ich traurig. Warum nur? Kannst du es mir nicht sagen, mit deinen hellseherischen Fähigkeiten?"
Gustav lächelte.
„Du brauchst mich doch gar nicht dazu. Merkst du es denn nicht selbst? Wenn du dir vorstellst, hier zu leben, und du fühlst dich dabei traurig – was hast du denn anderes gemacht, als in die Zukunft zu blicken?"
Er sah mich mit seinen großen blauen Augen an, als sollte ich nun einen Triumphschrei vom Stapel lassen. Aber mir war gar nicht danach.
„Es ist eine mögliche Zukunft, die du spürst", erklärte er, „noch ehe du dir ein genaues Bild davon gemacht hast. Unser Bauch ist ein äußerst sensibles Instrument."

„Das will ich ja gar nicht in Abrede stellen. Ich würde trotzdem gerne verstehen, was mich an einem so lebensfrohen Ort traurig stimmen könnte."

„Vielleicht ist es eine wohlbegründete Angst davor, hier neben dem tollen Giovanni zu verblassen? Oh, entschuldige! Das war dumm von mir. Ich kenne ihn ja gar nicht. Ich habe ihn nur einmal gesehen; aber – ich muss sagen – er hat etwas, was Frauen attraktiv finden."

„Jaja, schon gut! Vielleicht geht mir Giovanni genau deswegen so auf die Nerven, weil er der Prototyp des heißblütigen Südländers ist. Und wahrscheinlich fürchte ich, mit meiner deutschen Ernsthaftigkeit neben den lebensfrohen Italienern blöd auszusehen – was weiß ich? Das kann doch kein Grund dafür sein, eine Einladung für ein luxuriöses Leben abzulehnen. Man muss doch nicht gleich aus jedem Gefühl eine Prophezeiung stricken."

Gustav trank seinen Tee und sah mich eine Weile nur an, ohne etwas zu sagen. Ich wusste schon aus früheren Gesprächen – das hatte etwas zu bedeuten!
Ich beobachtete ihn gespannt, während er einen dieser trockenen italienischen Kekse in seinem Mund zermahlte. Wie immer, wenn Gustav aß, bekam man einen unheimlichen Appetit. Vielleicht kam das daher, dass er sein Essen ganz und gar genoss.

„Worüber ärgerst du dich wirklich?" fragte er endlich.
„Ich ärgere mich doch nicht!" antwortete ich und klang richtig verärgert.
„Nicht?"
„Doch."
„Und warum ausgerechnet über Giovanni?"
„Ich ärgere mich doch nicht über Gio- doch. Nein. Er ist ein netter Kerl, er wird mir immer sympathischer. Worüber ärgere ich mich? Ich weiß es nicht."
„Doch. Du weißt es."
„Weil... weil... weil er alles hat, was ich nicht habe. Er sieht gut aus, er ist reich, charmant und kann die Begeisterung meiner Mutter hervorrufen. Du solltest sie sehen! Sie hat sich in den wenigen Wochen, seit sie hier ist, sehr verändert. Wie sie durch die Straßen schreitet! Früher ist sie von A nach B gehetzt, ohne nach links und nach rechts zu sehen. Heute scheint sie es zu genießen, gesehen und bewundert zu werden. Sie ist gewachsen, und das liegt nicht nur an ihren hohen Absätzen."
„Und das ärgert dich?"

„Was? Ja - eigentlich schon."

„Aber warum?"

„Warum!? Weil das alles mit diesem Giovanni zu tun hat. Ich meine, ich habe sehr lange mit meiner Mutter zusammengelebt, doch an meiner Seite schien sie beinahe zu verkümmern. Und kaum kommt diese Schmalzlocke daher geschneit... Ich wäre halt auch gerne so - reich und erfolgreich bei Frauen!"

„Soso..."

„Ja, ist das denn zu viel verlangt?!"

Gustav fing ganz eigenartig an zu kichern, fast lautlos, aber sein Körper hüpfte auf und ab. Das brachte mich noch mehr in Rage.

„Was!?" rief ich wütend.

„Das hängt davon ab, von wem du das verlangst."

„Na, von dem Typ mit dem weißen Bart da oben. Der sollte doch wohl ein bisschen Gespür für Gerechtigkeit haben."

„Hmm... Ich zweifle daran, dass es Ihm um Gerechtigkeit geht. Vielleicht ist Er sogar bestechlich! Es würde mich brennend interessieren, ob sich Giovanni die Gunst des Weißbärtigen womöglich erkauft hat. Eine großzügige Spende für die Kirche, oder Geschenke für die Armen – so etwas gefällt Ihm. Aber andererseits... Giovanni ist auch irgendwann nackt geboren worden. Und in diesem frühen Entwicklungsstadium hat man in der Regel noch nicht die Mittel, um jemanden zu bestechen."

„Ich weiß überhaupt nicht, wovon du redest!" entgegnete ich genervt. „Jedenfalls ist klar, dass es in dieser Welt äußerst ungerecht zugeht. Die einen werden mit Vorzügen überhäuft, die anderen gehen leer aus."

„So wie du zum Beispiel..."

„Ich will jetzt gar nicht von mir reden. Es gibt zweifellos noch ärmere und hässlichere Menschen als mich."

„Worüber beschwerst du dich dann? Dass du nicht alle Vorzüge besitzt, die auch Giovanni besitzt? Ich könnte mir gut vorstellen, dass es nicht wenige Leute gibt, die dich um das beneiden, was du hast."

„Ja, klar! Entschuldige, dass ich gewagt habe, etwas mehr vom Leben zu erwarten. Ein dummes Argument, das muss ich schon mal feststellen. Der Querschnittsgelähmte muss sich glücklich schätzen, nicht schon vom Hals abwärts gelähmt zu sein. Die Ehefrau, deren Mann säuft, darf froh darüber sein, dass er sie nicht auch noch verprügelt. Sehr motivierend!"

„So ist es nun mal. Aber niemand will diese offensichtliche Wahrheit hören. Wenn du nur nach den Menschen suchst, die mehr haben als du, wirst du unglücklich sein und bleiben. Wenn du aus dem, was du hast, das Beste machst, bist du glücklich. So einfach ist das."
„Und warum bin ich dann nicht glücklich?!"
„Weil du aus deinen Möglichkeiten noch lange nicht das Beste gemacht hast."

Der angebissene Keks fühlte sich mit einem Mal staubtrocken an. Die Wörter für eine vehemente Entrüstung lagen mir schon auf der Zunge. Dann begriff ich, dass ich nur deshalb auf die Barrikaden steigen wollte, um eine lange geleugnete Wahrheit, die mir bedrohlich nahe kam, weiterhin abzuwehren. Ich sah ein, dass es jetzt besser war zu schweigen und nachzudenken.

„Wir sehen unsere Fähigkeiten nicht, solange wir sie verstecken" sprach Gustav weiter. „Wir glauben, wir beneiden einen anderen um seine Erfolge, tatsächlich ärgern wir uns darüber, dass wir aus unseren Talenten nichts gemacht haben.
Du stehst jetzt an einem Wendepunkt, Martin. Du kannst dich für ein bequemes, zufriedenstellendes Leben entscheiden oder für ein erfolgreiches Leben, das dich ganz und gar glücklich macht. Wenn du der Meinung bist, du kannst in Giovannis Firma alle deine Fähigkeiten verwirklichen, dann bleib hier. Wenn du nur vom Lockruf des Geldes verführt wirst, und vom Lockruf des Weibes, hihi – vergiss es! Aber das tust du ja eh; du weißt, dass du hier nicht glücklich bist. Deine Talente liegen woanders."
„Ich habe einen Beruf..."
„...den du nur halbherzig machst. Du weißt es. Du zählst jetzt schon die Tage bis zu deinem Renteneintritt. Du übst deinen Beruf brav aus, niemand kann dir etwas vorwerfen. Aber du machst dich die ganze Zeit über selber klein. Du fühlst dich den anderen gegenüber wie ein Wurm. An einem anderen Ort könntest du so viel mehr."
„Aber wo? Nenne ihn mir! Ich suche diesen Ort schon seit vielen Jahren. Meine Mitschüler wussten schon vor ihrem Abitur, was sie werden wollten. Ich weiß es jetzt noch nicht."
„Nicht alle wussten das. Ganz bestimmt nicht. Es gibt viele Menschen, die ihren Beruf quasi erst erschaffen müssen."
„Wie meinst du das?"
„Sie springen ins Wasser, obwohl sie nicht wissen, ob sie überhaupt schwimmen können. Aber da sie keine Angst haben, versinken sie

nicht, sondern halten sich irgendwie über Wasser. Und in diesem Irgendwie werden sie Spezialisten."

„Aber wie soll das funktionieren? Ich meine – "

„Ich werde dir nichts sagen. Meine Antwort lautet wie so oft: Meditiere! Übe dich darin, dir selbst zuzuhören! Wie jeder Mensch trägst du Visionen in dir, die du verwirklichen möchtest. Hol sie hervor! Mach sie sichtbar, indem du meditierst. Und wenn du sie ganz klar vor deinem Auge siehst, lass sie entstehen. Mach dich an die Arbeit! Zweifle nicht an dir! Zweifel sind das einzige Hindernis zwischen deiner Vision und ihrer Verwirklichung. Das einzige!"

Gustav sprach mit einer Leidenschaft, die ich bei ihm noch nicht erlebt hatte. Was er sagte, konnte man wohl auch in Büchern nachlesen, aber es würde nicht annähernd dieselbe Wirkung hervorrufen. Gustav lebte, was er sagte, das spürte ich ganz deutlich. Er hatte in seinem langen Leben bestimmt schon in derselben Situation gesteckt wie ich und – ganz gleich, wofür **er** sich entschieden hatte - er kannte die Konsequenzen. Er wusste etwas, was ich nicht einmal erraten konnte.

„Gustav, hör nicht auf zu reden! Ich höre dir gerne zu. Wenn du sprichst, fühle ich mich frei und stark. Sag mir, was ich tun soll, ich vertraue dir! Wenn du sagst: ‚Komm in meine Schule!', dann werde ich das tun!"

Daraufhin legte sich ein Schatten auf Gustavs Gesicht und er wurde sehr ernst.

„Du enttäuschst mich, Martin. Willst du mich zu deinem Führer machen? Willst du alle Verantwortung für dein Leben abgeben? So gering schätzt du dich also ein... Glaubst du allen Ernstes, du wärst weniger gut als ich? Für solche Leute ist meine Schule nicht der richtige Ort. Vielleicht kann ich deine Träume erahnen, aber fühlen und verwirklichen kannst nur du sie. Du hast eine Aufgabe, dafür bist du in diese Welt geboren worden! Fang endlich an!"

„Aber du siehst doch, wie verunsichert ich bin. Gib mir wenigstens einen Tipp, einen Rat!"

Gustav erhob sich, nahm seinen angetrockneten Mantel von der Heizung und sagte: „Danke für den Tee und die Kekse! Ich hoffe, wir sehen uns mal wieder."

Dann ging er.

Ich fragte mich, ob es das letzte Mal war, dass ich Gustav sah. Alles Blut wich aus meinem Kopf. Womit hatte ich ihn so erzürnt, dass er mich ohne ein freundliches Wort verließ?

XIV.

Ich zögerte einen Moment, weil ich nicht wusste, was ich tun sollte, dann stürzte ich zum Fenster. Ich sah noch, wie er den gepflasterten Fußweg zwischen den niedrigen Buchsbaumhecken hinunter ging. Der Regen war schwächer geworden, dafür kam jetzt starker Wind auf. Er hatte seinen Mantelkragen hochgeschlagen und seine ganze Körperhaltung verriet, dass er fror. Dann öffnete er die geschmiedete Tür an der Pforte des Capolettischen Besitzes und trat hinaus auf die Straße. Ein schwerer Lkw donnerte an ihm vorbei.

Ich erinnerte mich daran, dass er krank war, als ich ihn zum zweiten Mal besuchte. Und zu diesem Zeitpunkt war ich in einer denkbar miserablen psychischen Verfassung, ähnlich wie heute... Zufall oder Naturgesetz – er war alt und ich fühlte mich für ihn verantwortlich. Ich wollte kein Risiko eingehen und empfand es als moralische Pflicht, etwas für ihn zu tun. Hätte ich ihm ein Taxi rufen sollen? Was würde er jetzt tun? Zu Fuß nach Hause gehen?
Ich wurde zusehends unruhiger. Die Vorstellung, dass mein guter alter Freund jetzt ohne einen Cent in der Tasche draußen unterwegs war, gefiel mir gar nicht.
Ich warf mir meine wasserdichte, atmungsaktive Goretex-Jacke über und lief ihm hinterher. Als ich auf die Straße hinaustreten wollte, fuhren gerade zwei Autos aneinander vorbei. Ich musste mich an die Mauer drücken, um nicht unter die Räder zu kommen. Dass ich dabei nassgespritzt wurde, war unangenehm, aber auszuhalten. Wie mochte es Gustav ergehen, wenn sich eine solche Fontäne über ihn ergießt? Ich lief einige Meter in die Richtung, wo ich Gustav zuletzt gesehen hatte, aber er war wie vom Erdboden verschluckt. Ich hatte das Bild deutlich vor Augen, wie er mit der einen Hand den Mantelkragen verschlossen hielt und mit der anderen seinen Hut in die Stirn zog. Ich wollte nicht akzeptieren, mit diesem Bild als letztem von ihm zu leben, und lief weiter. Meine Hose und meine Schuhe waren schon durchnässt, aber das war egal, wenn ich ihn nur noch einmal sehen könnte und wissen, dass es ihm gut ging!
Die nächste Serpentine eröffnete mir einen Blick über den weiteren Straßenverlauf. Wenn ich ihn hier nicht fand... Ich lief bis zur Kurve und hatte nun Sicht auf die nächsten Hundert Meter in der

Hoffnung, am Rand der Straße eine menschliche Gestalt zu finden - aber nichts. Immer wieder fuhren Autos vorbei mit diesem lauten Zischen der Gummireifen auf dem nassen Asphalt, sie blendeten mich mit ihren Scheinwerfern und vernebelten die Sicht. Manchmal ließ ich mich von Schatten täuschen und rannte auf ein Phantom zu, nur um festzustellen, dass sich außerhalb der Autos keine Menschenseele auf dieser Straße befand, so sehr ich mich bemühte, durch den Sprühregen hindurch etwas zu erkennen.

Ein Auto fuhr ganz nah an mich heran und hielt an. Es war der rote Sportwagen meiner Mutter, diesmal mit geschlossenem Verdeck.
Die linke Fensterscheibe fuhr summend herunter.
„Was machst du denn hier draußen? Komm! Steig ein!"
‚Ein Wink des Schicksals!' dachte ich und quetschte mich auf den Beifahrersitz.
„Mama! Kannst du hier wenden? Ich habe einen Mann gesucht, einen guten Freund. Er ist diese Straße entlang gegangen, aber ich finde ihn nicht mehr. Ich mache mir Sorgen, wirklich!"
Meine Mutter nickte nur, wendete und fuhr die Straße wieder hinunter.
„Fahr langsamer!" sagte ich. „Vielleicht ist er angefahren worden und liegt im Straßengraben."
Zwei Kilometer später fragte meine Mutter: „Wie weit willst du denn noch, dass ich fahre? Ich dachte, er ist zu Fuß unterwegs."
„Wir müssen ihn übersehen haben. Gibt es auch einen Fußweg hier herunter?"
„Nein. Jedenfalls keinen, den man bei diesem Wetter gehen könnte."
„Dann kehr wieder um! Ich schau mir nochmal die andere Seite an."
Nach einer Minute waren wir an der Villa Capoletti angekommen, ohne eine Spur von Gustav gefunden zu haben. Ich war am Boden zerstört.
„Du bist nass und schmutzig und mein Auto sieht jetzt aus wie du", bemerkte meine Mutter. „Geh ins Bad, damit wieder ein Mensch aus dir wird."

Eine heiße Dusche beruhigte mich etwas. Ich kleidete mich neu ein – Auswahl hatte ich mehr als genug – und setzte mich auf das Bett. Unablässig prasselte der Regen gegen das Fenster. Das Geräusch ähnelte dem von kleinen Steinen auf Kunststoff, wenn wir als Kinder Sand auf die Rutsche warfen, um zu sehen, wie die Steinchen herunter purzelten. Eine erboste Mutter schimpfte uns deswegen, darauf versteckten wir uns still hinter einem Busch und warteten darauf, bis sie uns den Rücken zudrehte. Dann sammelten wir einige der aufgeplatzten, stacheligen Bucheckernschalen vom Boden auf und warfen sie nach ihr. Die Schalen taten nicht weh, aber sie blieben an der Kleidung hängen, das war uns Triumph genug. Das war übrigens die Idee von Edi, meinem besten Freund in der Zeit. Wenn ich mit Edi zusammen war, traute ich mich fast alles zu machen. Aus irgendeinem Grund spielten wir später nicht mehr miteinander und dann hatte Edi andere Freunde. Darüber war ich lange traurig.

„Du kannst dir nicht aussuchen, ob du von anderen abhängig bist oder nicht. Wir sind alle eins, durch unsichtbare Fäden verbunden."
Wie war das? Woher kamen diese Sätze?

Gustav hatte sie vor etwa drei Monaten gesagt! Er hatte mir erklärt, warum er krank wurde, wenn er sich mir gegenüber kalt verhielt und ich seelische Kälte erlitt. Wir haben uns gegenseitig besucht und darum waren wir einander vertraut - so ähnlich waren seine Worte. Und umgekehrt sei er kerngesund, wenn wir uns und unseren Mitmenschen mit Wärme begegneten! Das war es! Es hatte keinen Sinn, ihn zu suchen, denn das Beste, was ich für ihn tun konnte, war, Wärme in mein Herz zurückzubringen.

Plötzlich war ich hellwach. Während ich meinen Gedanken nachgehangen war, hatte der Regen aufgehört und die Wolkendecke hatte sich gelichtet. Ich war überrascht, als ich auf die Uhr sah – es war schon nach fünf. Dabei war ich erst gegen drei ins Bad gegangen... Ob es das war, was Gustav mit Meditation meinte?

Als ich die Tür zu meinem Zimmer öffnete, stand meine Mutter vor mir.
„Na, hast du dich einigermaßen erwärmt? Ich wollte dich gerade fragen, ob du mit uns essen willst."
„Sehr gerne! Und übrigens wollte ich mich noch bei dir bedanken, dass du mich durch die Gegend gefahren hast, obwohl du gar nicht genau wusstest, wozu."
„Keine Ursache! Ich wusste ja, dass du es mir später sagen würdest."
Sie zwinkerte übertrieben mit einem Auge, wohl um auszudrücken, dass die Erklärung keinen Aufschub duldete.
„Gut. Also – Gustav war hier."
Mutter klappte den Mund auf und zu.
„Gustav? Doch nicht jener Verrückte aus der Klinik?"
„Genau der! Er hat mich besucht."

„Wie? Einfach so? Er fährt extra tausend Kilometer, um dich zu besuchen?"

„Nicht ganz. Er war vorher schon in Italien. Wo, weiß ich nicht."

Meine Mutter war nun richtig verlegen. So hatte ich sie noch nie gesehen. Sie schaute mich nicht an, als sie fragte: „Gustav und du, das ist doch nicht so eine Beziehung unter Männern..."

„Quatsch! Er ist ein Freigeist im besten Sinne des Wortes. Er ist heute hier, morgen dort, und wenn ihm danach ist, besucht er seine Freunde. Keine Angst, Mama!"

Sie atmete tief und lange aus.

„Ich nehme an, es war Gustav, den du vorhin so dringend gesucht hast..."

„Ja, er ist bei diesem Hundewetter einfach gegangen; wir hatten eine kleine Auseinandersetzung... Und ich hatte ein schlechtes Gewissen."

„Na gut. Das erzählst du mir später. Das Essen wird kalt."

Das Essen war wie immer phantastisch, aber für meinen Geschmack zu üppig. Es war für einen Menschen mit normaler Verdauung unmöglich, alles aufzuessen, was auf den Tisch kam. Aber wahrscheinlich war das auch gar nicht beabsichtigt. Ich glaube, das Essen wird hierzulande mehr als gemeinschaftlicher Erfahrungsaustausch gesehen, der sich umso offener und herzlicher entfaltete, je mehr die Körpersäfte infolge leiblicher Genüsse ins Fließen kamen. Und genießen konnte man die Speisen durchaus! Giovanni beteuerte immer wieder, dass dabei ausschließlich Lebensmittel der Bauern verwendet wurden, die von seiner Gesellschaft, der *Cooperativa Agricultura Giusta*, unterstützt, aber auch kontrolliert wurden. Darum kamen in seinem Haus nur heimische Lebensmittel auf den Tisch, nicht irgendwelcher Mode-Schnickschnack aus dem Ausland.

Heute aber war Giovanni beinahe schweigsam. Er redete nur, wenn er von Mutter gefragt wurde, dann aber mindestens fünf Minuten. Auch Mutter sah etwas angespannt aus. Ich ahnte schon, dass irgendwas im Busch war.

Schließlich wischte sich Giovanni mit seiner Serviette die Reste der köstlichen Gorgonzolasauce aus dem Gesicht und sagte in gebrochenem Deutsch: „Martino, warum machst du so großen Kummer für deine Mama?"

Ich schaute schnell zu meiner Mutter hin, der das offensichtlich peinlich war.

„Tu ich das denn?" fragte ich.

„Warum du bistä mit alten Männern zusammen und suchstä nicht nach einer *bella ragazza*, mit der du machst Familie und bistä glücklich?"

Ich hielt diese Frage für ziemlich dumm, aber ich erinnerte mich an Gustavs Lehre, derzufolge wir gut daran tun, zwischenmenschliche Kälte zu vermeiden.

„Giovanni, es tut mir leid, aber ich habe noch kein Mädchen gefunden, das mit mir Kinder haben will."

„Wieso?! Ist doch nicht schwer! Du musst mit Mädschen sprechen! Es muss doch ein Mädschen geben, das dir gefällt!"

„Doch – schon. Aber..."

Ich dachte an Mia. Mit einer Intensität, die mich überraschte. Mein Herz klopfte bis zum Hals. Mia! Wenn es eine Frau gab, mit der ich eine Familie gründen wollte, dann war es Mia! Ich freute mich, dass ich diese Erkenntnis so klar in meinem Geiste formulieren konnte. Aber ich hatte wohl einen Tick zu lange nachgedacht, denn Giovanni bemerkte mit einem breiten Grinsen: „Ich wusste! Hab ich dir nicht gesagt, es gibt ein Mädschen?"

Bei diesen Worten umarmte er meine Mutter heftig und drückte ihr einen Kuss auf die Wange.

„Du brauchst nicht mehr haben Kummer. Dein Sohn hat bald Familie!"

„Aber... aber..." beeilte ich mich einzuwerfen, „davon kann keine Rede sein! Das Mädchen weiß noch gar nichts von seinem Glück. Vielleicht bin ich gar nicht ihr Typ..."

„Unsinn! Wenn du das Mädschen willst, dann gehört sie dir. Basta! Lasst uns trinken auf das Mädschen von Martino! Wie ist ihre Name?"

Meine Mutter versuchte vergeblich, Giovanni in seiner Begeisterung für seine Hirngespinste einzubremsen. Sie zog an seinem Arm, hielt ihre Hand vor seinen Mund, aber Giovanni ließ sich in seinem Redefluss nicht bremsen. Ich hatte Erbarmen mit Mutter und beschloss, das Spiel mitzumachen.

„Sie heißt Mia."

„Mia! Che bello!"

Er hob sein Glas.

„Wir trinken auf Mia, der schönsten Signorina in ganz Ita... Wo wohnt sie überhaupt, die Mia?"

„In Deutschland, Giovanni. Weit weg."

„Auf die schönste Dame in ganz Deutschland!"

Wir lachten nun alle und das war sehr wohltuend. Die Schwere war von uns gewichen. Ich wette, meine Mutter war nun beruhigt, dass ihr Sohn nicht ganz aus der Art geschlagen war. Und vielleicht war mir nun klar geworden, warum ich nicht in Livorno bleiben wollte. Diesen Grund würde auch meine Mutter akzeptieren.

XV

Nachdem mir alle schöne Grüße an Mia ausgerichtet hatten, wurde ich mit ein paar Flaschen Wein, etlichen *Dolce,* bunte Bonbons und süße Törtchen von ungewöhnlich elastischer Konsistenz, und einer ordentlichen Reisebörse ausgestattet zum Bahnhof gebracht. Alle, auch die beiden Hausmädchen und einige Personen aus Giovannis Familienclan winkten mit Taschentüchern; kitschig, aber schön! Nicht nur meine Mutter ließ ihren Tränen freien Lauf. Ich wartete damit, bis der Zug außer Sichtweite war.

Natürlich hatte ich, was Mia anbelangte, eine hanebüchene Geschichte erfunden – dass wir schon ein paar Mal miteinander ausgegangen waren, dass wir uns ständig schreiben (ganz altmodisch, wie romantisch!), dass sie bei ihrer Großmutter wohnt, die sie aufopferungsvoll pflegt, und einen Hund hat (das stimmte wenigstens). Dank dieser kleinen Lügen war mir niemand beleidigt und jeder konnte verstehen, wie sehr es mich zurück in die Heimat zog. Um eine endgültige Entscheidung über Mutters Angebot, bei ihr zu bleiben und in Giovannis Firma einzutreten, hatte ich mich gedrückt. Wir vereinbarten, dass ich spätestens an Weihnachten wieder nach Livorno kommen würde. Das wäre die richtige Einstimmung für die Hochzeit an Silvester.

Die Schummeleien blieben nicht ohne Wirkung auf mich selbst. Ich durchlebte ein Wechselbad der Gefühle. Mia hatte ich beinahe vergessen, aber nun, da ich so viel von ihr sprach, kehrte meine Erinnerung an unsere Begegnung zurück. Wenn ich an sie dachte, war mir ganz und gar wohl zumute. Ich lächelte, sobald ich an sie dachte, so, als wären die erfundenen Geschichten über sie und mich wahr. Und je mehr ich an sie dachte, umso stärker wurde mein Sehnen nach ihr.

Während der Zug die Poebene verließ und sich den Ausläufern der Alpen näherte, hatte ich Zeit, mir in allen Facetten vorzustellen, wie es wäre, mit Mia zusammen zu leben. Vielleicht würde ich in einem Jahr wieder in diesem Zug sitzen und gemeinsam mit ihr meine Mutter besuchen. Wir hätten Lust daran, durch die Hügellandschaft der Toskana zu wandern, die berühmten Städte wie Siena, Assisi, Pisa, Florenz zu besichtigen, gut zu speisen und uns unsere gemeinsame Zukunft auszumalen. Ich hätte eine angesehene

Position in Giovannis Firma inne, wäre in der Bevölkerung beliebt und natürlich wohlhabend. Wo immer ich mit Mia an meiner Seite auftauchte, wäre jeder entzückt ob ihres reizenden, sympathischen Wesens und angetan von ihrer Klugheit.

Bei dieser Vorstellung geriet ich in einen Rausch der Verzückung, ich schloss die Augen und wollte nie mehr aufhören zu träumen.

Die Heimreise verging wie im Flug und spätestens als der Reisezug wieder in den Bahnhof von Innsbruck einfuhr, musste ich meine fünf Sinne wieder ordnen, um das Gleis für den Anschlusszug zu finden.

Parallel zum Wetter verschlechterte sich auch meine Stimmung. In Deutschland herrschte Schmuddelwetter übelster Sorte. Dicke Wolken, Schneeregen, Matsch auf den Straßen. Ich war wieder zu Hause. Meine Phantasieträume über mich und Mia verloren rasant an Wert. War ich es nicht selbst, der festgestellt hatte, nicht reif genug für sie zu sein? Musste ich nicht zuerst mein eigenes Leben in Ordnung bringen, ehe ich über ein Leben zu zweit nachdachte?

Meine erste Aufgabe musste jetzt sein, Gustav zu finden, und mich mit ihm zu versöhnen. Ich konnte keine Beziehung aufbauen, solange ich mich schuldig fühlte und mein Herz in Unfrieden war. Gleich am nächsten Tag wollte ich nach Maulbronn weiterreisen. Wenn Gustav nicht in seinem Haus war, woanders sollte er sonst sein, außer in seiner Schule? Und – wer weiß? – vielleicht fand sich in der Schule genau die Aufgabe für mich, die mir die ersehnte Erfüllung brachte. Dann wäre ich mit mir im Reinen und ich hätte den Reifegrad erlangt, der einem Mädchen wie Mia angemessen war. Ich war fest entschlossen.

Mit meinem Koffer und zwei Reistaschen stapfte ich durch den tiefen, aufgeweichten Waldboden zu Gustavs „Haus". Aber anstatt eines gemütlichen Heims erwartete mich eine böse Überraschung. Offenbar hatte es in den letzten Tag so viel geschneit, dass das Zeltdach an einer Stelle unter dem Gewicht zusammengestürzt war. Zwei der hölzernen Verstrebungen waren gebrochen, die Leinwand hatte einen langen Riss. Drinnen lagen die Seidentücher nass und schmutzig am Boden, die Matratzen war völlig durchnässt. Ich hätte heulen können.

Wenigstens im Bauwagen sah alles noch so aus wie zum Zeitpunkt meiner Abreise. Ich packte meinen Koffer aus und überlegte, was zu tun war. Obwohl ich hundemüde war, brachte ich es nicht fertig, das Zelt noch länger seinem Schicksal zu überlassen. Ich hoffte, dass der

Einsturz erst vor wenigen Stunden passiert war, so dass die feinen Stoffe noch nicht vom Schimmel befallen waren.

Ich musste zuerst die Dachstreben reparieren. Gustav hatte sie mit Sicherheit nicht im Baumarkt gekauft; es waren keine genormten Holzstangen, sondern lange, annähernd gerade Äste. Ich musste sie austauschen. Mit einer Säge ausgestattet, ging ich in den Wald und fand auch gleich ein paar geeignete junge Buchen. Es dauerte etwas, bis ich mit der Säge zurechtkam, doch nachdem ich alle kleinen Äste abgeschnitten hatte, verfügte ich über zwei lange, brauchbare Stangen. Schwieriger war es, die Stangen anstelle der gebrochenen einzusetzen. Gustav hatte sie mit Schnüren, die aus Flachs gedreht waren, zusammengeknotet. Diese waren gleichsam mit dem Holz verwachsen, so dass es unmöglich war, sie zu lösen. Mir blieb nichts anderes übrig, als sie herunterzuschneiden und neue Schnüre zu flechten. Aber woraus?

Ich hatte in meinem ganzen Leben noch keinen Zopf geflochten, nicht einmal einen Hefezopf. Wie sollte ich nun aus Gräsern eine belastbare Schnur flechten? Ich beschloss, der Natur zu vertrauen und suchte nach Lianen, die – wenn man den Geschichten von Tarzan glauben durfte – sehr robust sein sollten. Es war mühsam, passende Kletterpflanzen zu isolieren. An den dicken Stämmen der alten Bäume fand ich viele davon. Ich riss daran, bis sie zu Boden fielen, aber nur die alten, brüchigen ließen sich wirklich vom Stamm lösen. Außerdem waren diese Stränge zu unflexibel, um auch nur einen Knoten daraus zu schnüren. Die dünneren hingegen waren schwer von der Baumrinde zu lösen. Ich musste an den Bäumen hochklettern und die Kletterpflanze Zentimeter für Zentimeter mit einem Messer lösen. Irgendwie schaffte ich es, zwei Meter Schnur zusammenzutragen und konnte mich an die eigentliche Arbeit machen. Leider musste ich feststellen, dass ich ein mieser Knotenflechter war. Jeder Seemann hätte die Hände über den Kopf zusammengeschlagen angesichts meines Werkes. Aber am Ende saßen die Holzstangen so stabil aufeinander, dass ich mich daran machen konnte, die gerissene Leinwand auszutauschen. Zum Glück lag neben dem Stapel mit Feuerholz noch eine übrige Bahn aus Wachstuch, die so lang war, dass sie den Riss überdecken konnte. Aber irgendwie musste ich das Wachstuch befestigen, und dazu waren die Lianentaue nicht geeignet. Ich kramte in Gustavs Geräteschuppen und fand tatsächlich Nähzeug.

Zu diesem Zeitpunkt fingen meine Hände vor Müdigkeit und Kälte an zu zittern und die Aussicht, mindestens eine weitere Stunde mit Näharbeiten zu verbringen, entlockte mir einen großen Seufzer.

Aber von Westen her zogen dunkle Regenwolken auf – ich hatte keine Wahl.

Ich zog einen langen Faden durch die Öse der Nähnadel und kletterte aufs Dach. Es war stabil genug, mein Gewicht zu tragen, solange ich flach liegen blieb und mich bedächtig bewegte. Wenn ich dabei nass wurde, so nahm ich das gerne in Kauf, denn liegend konnte ich entspannter nähen als sitzend.

Am Ende war ich mit meiner Arbeit ganz zufrieden. Natürlich waren die Tücher nicht so dicht vernäht, dass kein Wasser mehr hindurchdringen konnte, aber das Wachstuch überlappte die bestehende Plane so weit, dass die Wassertropfen in der Regel von der Nahtstelle weg fließen sollten. Die Finger taten mir bald höllisch weh, denn das Tuch war sehr fest und dick, aber schließlich war die gerissene Stelle nicht mehr zu sehen. Zum Schluss vernähte ich die überstehenden Flächen, so dass sie nicht von der nächsten Böe vom Dach gerissen würden. Nass, Schmutzig, erschöpft, aber voller Stolz betrachtete ich mein Werk. Ich war mir nicht sicher, ob es die kommenden Schauer und Schneestürme überstehen würde, aber für den Augenblick war es gut. Es wäre ein Einfaches gewesen, eine Tube Silikon zu kaufen, und die Nähte abzudichten, aber das wäre einem Verrat an Gustavs Idealen gleichgekommen.

Die ersten Böen brachten unangenehme Graupelschauer. Ich schlüpfte ins Zelt und beeilte mich, den Schwedenofen anzuheizen. Es war wichtig, dass es im Zelt warm und trocken wurde, wenn ich die feuchten Matratzen noch retten wollte. Ich hatte zwar ein Feuerzeug, aber alles Brennbare war feucht. Ich zerriss den Stadtplan von Livorno und verwendete ihn als Zunder. Endlich entwickelte sich eine Flamme, die heiß genug war, um die Feuchtigkeit im Holz knisternd und knallend zu vertreiben. Alles Nasse hängte ich über die Holzstreben und am Schluss fand ich selber noch eine trockene Ecke, wo ich mich zur Ruhe legte und sofort einschlief.

Als ich die Augen aufschlug, war es immer noch wohlig warm im Zelt. Vor Sorge, das Feuer könnte wieder erlöschen, hatte ich am Abend mehrere große Scheite in den Ofen gelegt, die jetzt immer noch glommen.

Ich hatte noch vier Tage Urlaub und keine Zeit zu verlieren. Ich tauschte die sommerlichen Shirts in meinem Koffer gegen warme Pullover aus und machte mich auf den Weg zum Bahnhof. Mit einem Bummelzug könnte ich in zwei Stunden in München sein. Von dort sollte stündlich ein ICE nach Stuttgart auslaufen. Bis Maulbronn war es dann nur noch ein Katzensprung. Notfalls würde ich in ein Taxi steigen oder mir einen Mietwagen nehmen.

Mein Gepäck hatte ich so weit reduziert, dass es in einen großen Rucksack passte. Als Reiseproviant waren die Süßigkeiten aus Livorno gerade recht. Ich hatte einen Plan, alles war bereit und das fühlte sich sehr gut an.

Erst am Tag zuvor war ich aus Italien nach Hause gekommen und nun saß ich schon wieder im Reisezug. Inzwischen genoss ich die Zeit des Nichtstuns während einer Bahnreise, Zeit, die ich mir sonst nicht gönnte, weil ich meinte, immer irgendetwas tun zu müssen. Wie oft argumentierte ich mit dem Satz „Autofahren geht schneller", ja, aber was tut man hinter dem Steuer seines Autos? Straßenschilder lesen, Überholmanöver planen, lenken, schalten, Gas geben, bremsen, schimpfen, sitzen... gibt es eine sinnloser verbrachte Zeit?

Gemächlich fuhr der Zug an und blieb in diesem Tempo, bis er das Ende der Stadt erreicht hatte. Kurz danach verlangsamte er seine Fahrt erneut, denn er machte Halt in Niedernhofen. Ich staunte nicht schlecht, als jene pummelige Friseurin zustieg, die mir einst den Wohnort Mias verraten hatte. Sie erkannte mich wohl, musterte mich aber genauso geringschätzig wie damals. Es war kein Platz frei außer dem neben mir und ich verdrehte unwillkürlich die Augen. Musste ich mich jetzt die ganze Zugreise über von ihr schief ansehen lassen? Als hätte sie meine Gedanken gelesen, machte sie kehrt und ging ins gegenüberliegende Abteil. Der Zug fuhr wieder an und hatte zunächst eine Steigung zu erklimmen, die er gemächlich bewältigte. Zu meiner Linken sah ich ein paar Hausdächer, die ich zunächst keiner Ortschaft zuordnen konnte. Dann erkannte ich die Tankstelle; wir fuhren in nur zwanzig Metern Abstand an dem Haus vorbei, wo ich Mia zuletzt gesehen hatte. Mein Herz vollführte einen eigenartigen Sprung. Ich nahm mir vor, sogleich nach meiner Rückkehr von Maulbronn hierher zu kommen, ganz gleich, was in der Zwischenzeit passieren sollte.

XVI

Als ich das Ortsschild von Mühlacker vor mir sah, musste ich unwillkürlich lachen. Gestern Morgen war ich noch in Livorno und jetzt – einer spontanen Laune folgend – in Baden-Württemberg, um jemanden zu suchen, der vielleicht gar nicht dort war, und um etwas zu finden, was es möglicherweise gar nicht gab. Und selbst wenn ich diese ungewöhnliche Schule finden sollte, hatte ich keine Ahnung, wozu mir das Ganze nützen sollte. Naja – mein Leben schien jedenfalls spannend zu werden.

Zu meiner Überraschung gab es von Mühlacker aus zu bestimmten Tageszeiten sogar einen „Kloster-Express" direkt zum Kloster Maulbronn. Das wäre zwar sehr bequem gewesen, aber ich zog es vor, in Mühlacker auszusteigen. Es war mir egal, ob ich noch zehn oder fünfzehn Kilometer zu gehen hatte, ich wollte mich bewegen und Zeit gewinnen, um meine Pläne für das weitere Vorgehen auf der Suche nach Gustav und seiner Schule zu entwerfen. Mühlacker war wie die meisten größeren Städte dem Straßenverkehr zum Opfer gefallen. Wie ein riesiger Spalt wurde die Stadt von einer vielbefahrenen Hauptstraße in zwei Teile gerissen. Aber wenn man erst einmal in die Wohnviertel am nördlichen Stadtrand gelangt war, lud die Landschaft rundherum zu einem Spaziergang ein. Das war auch von vorneher-ein meine Absicht gewesen; zu einer Schule wie dieser, welche in meiner Phantasie zu einer einzigartigen und bahnbrechenden Einrichtung heranwuchs, hätte es nicht gepasst, wenn sie jedermann mittels breiter Zufahrtsstraße und Parkplatz vor dem Haus quasi auf dem Präsentierteller serviert würde. Man musste sie sich erobern, erarbeiten, vertraut machen. Dazu gehörte meiner Auffassung nach eine Annäherung in Achtsamkeit und Langsamkeit - ein Fußmarsch.

Natürlich führte auch eine Straße nach Maulbronn, aber ich zog den Wanderweg durch den Wald vor. Zwischen hohen Tannen hindurch zog sich ein anmutiger Pfad in sanften Kurven bergan, anfangs noch gestört vom Lärm der nahen Straße, doch je weiter ich fortschritt, umso mehr setzte sich die Stille durch. Nach der langen Bahnreise spürte ich meine Lebensgeister erwachen, dehnte und streckte mich, sog die frische Luft ein und folgte neugierig der weichen, hellbraunen Spur, die sich über den Waldboden zog, immer darauf bedacht, nicht über die Wurzeln zu stolpern, die den Weg durchkreuzten. Je tiefer ich in den Wald eindrang, umso mehr trat der eigentliche Zweck meiner Wanderung in den Hintergrund. Ich war überrascht von der berauschenden Stille, die nur noch von einzelnen Vogelstimmen durchbrochen wurde. Schließlich erreichte ich einen Ort, oder soll ich besser sagen, er fing mich ein?, an dem mein Atem schon zu profan erschien angesichts der allumfassenden Kraft absoluter Stille. Ich blieb stehen und versuchte nicht mehr zu atmen.

Ein Ort, der zur Meditation einlädt! dachte ich, sofern es überhaupt möglich ist, an solch einem Fleckchen Erde nicht in eine meditative Stimmung zu geraten, und setzte mich auf einen Baumstumpf.

Eine Blumenwiese lag vor mir, zu allen Seiten beschützt von hohen Fichten, Tannen und Buchen. Der Wind bewegte die Zweige, so wie die Wellen im Meer das Seegras in Schwingung bringt. Einem großen Orchester gleich, schwankten die Blätter eng aneinander geschmiegt im Rhythmus des Windes hin und her. Ich brauchte nicht viel Phantasie, um mir die passende Musik dazu vorzustellen, einen Walzer, eine Mahler-Sinfonie, eine Gavotte von Bach, alles war möglich. Darunter, von der Sonne beschienen, zitterten die feinsten Grashalme und Blumenkelche wie aufgeregte, applaudierende Zuschauer.

Wenn ich im Zugabteil stundenlang vergeblich mühte, um meine konfusen Gedanken in Kohärenz zu bringen, so geschah das nun in wenigen Sekunden. Ein Minute später fühlte ich mich schwerelos und alles um mich herum war mir so vertraut, als hätte ich nie woanders gelebt. Ich vergaß die Zeit, kann nicht sagen, ob ich eine halbe oder zwei Stunden dort zubrachte, doch als ich in mein Alltagsbewusstsein zurückkehrte, war mir klar, dass ich auf dem richtigen Weg war. Ich sah keine Schule vor mir oder Wegweiser, nein, ich wusste nur in unzweifelhafter Klarheit, dass dies mein Weg war, und dass es keine Rolle spielte, was ich finden würde. Es war mein Weg, dafür geschaffen, von mir gegangen zu werden.

Es dauerte eine gute halbe Stunde, ehe sich der Wald lichtete. Es lagen nun Wiesen, Felder und Äcker vor mir, rechts von mir eine Nebenstraße, auf der ein Traktor entlang tuckerte, doch schon sah ich in der Ferne eine kleine Stadt und östlich davon eine Silhouette, die zu einem Kloster gehören musste. Mit Bedauern betrachtete ich meine Schuhe, die von einer dicken Lehmschicht umrahmt waren; so konnte ich das Klosterareal nicht betreten. Auch meine Hosenbeine waren infolge meiner Querfeldeintour braun gesprenkelt. Ich würde mir einen Gasthof suchen müssen, um mich zu reinigen.

„Wohin wollen Sie denn?" fragte mich die Gastwirtin des *Klosterhofs* nicht besonders freundlich; man sah es mir wohl an, dass ich nicht vorhatte, hier einen ausgedehnten Urlaub zu verbringen. Außer ein paar zusätzlichen Kleidungsstücken und Waschsachen in meinem Rucksack hatte ich nichts bei mir. Ich war dreckig und verschwitzt und ich fürchtete, auch nicht besonders wohlriechend.

„Ich möchte mich gerne frisch machen, ehe ich das Kloster besichtige", antwortete ich. „Es soll dort ja alles Mögliche zu sehen geben."

„Ich kann Ihnen aber das Zimmer nur für eine Nacht geben. Morgen kommt eine große Reisegruppe, dann sind wir voll."

„Und die kommen alle wegen des Klosters?"

„Ja."

„Es soll hier auch besondere Schulen geben", bohrte ich weiter.

„Es gibt dort ein Gymnasium. Sind Sie Lehrer oder so was?"

„Nein, das nicht. Aber ich habe gehört, es soll hier in der Gegend eine kleinere Schule geben, so eine Art Sonderschule..."

Sie klatschte einen Zettel auf den Tresen, ohne eine Antwort zu geben.

„Füllen Sie das hier aus. Das ist der Zimmerschlüssel – 2. Stock am Ende des Flurs - der andere schließt die rückwärtige Tür, wenn es später als zehn werden sollte."

„Danke."

„Sonderschulen haben wir hier nicht. Sowas gibt es nur in Bretten oder in Vaihingen."

„Alles klar!"

Ich war schon im Treppenhaus, als sie mir eine andere Stimme nachrief: „Im Buchwald gibt's eine besondere Schule!"

„Das ist doch keine Schule", widersprach die Wirtin heftig. „Das ist mehr so ne Erziehungsanstalt für schwer Erziehbare."

„Ja, sag ich doch!" sagte wieder die andere Stimme. „Eine Schule jedenfalls!"

Ich war ins Gastzimmer zurückgelaufen und sah nun auch den Besitzer der Stimme. Es war ein Mann mittleren Alters, ich schätzte ihn auf knapp über vierzig, der an einem Tisch saß und sich Knödel und Sauerkraut schmecken ließ.

„Verzeihen Sie!" sagte ich. „Im Buchwald, haben Sie gesagt? Wo finde ich den?"

„Zu Fuß eine Stunde von hier; naja – Sie sind noch jung, da dauert's vielleicht nur fünfzig Minuten. Sie gehen rechts am Kloster vorbei, dann halten Sie sich links und dann – dann gibt's da jede Menge Wanderwege und plötzlich stehen Sie vor der Schule. So genau weiß ich das nicht mehr, ist schon lange her, dass ich dort war."

„Sie waren in dieser Schule?" fragte ich und setzte mich zu ihm, ohne um Erlaubnis zu fragen.

„Ja. Drei Jahre lang."

„Und? Ich meine, was wurde denn dort gelehrt?"

„Alles und nichts."

Ich beobachtete, wie er meinem Blick auswich und sich scheinbar ganz auf das Zerkleinern des Knödels konzentrierte.

„Ehrlich gesagt, kann ich mich nicht mehr daran erinnern."

„Wenn Sie mich fragen – eine Schule für Bekloppte!" mischte sich die Wirtin ein.

„Du kannst es nicht lassen, was?" fragte der Mann kopfschüttelnd.

„Nur weil ich damals nicht getan habe, was du wolltest. Das Thema solltest du langsam aber sicher zu den Akten legen."

„Er hatte damals, als junger Mann, eine Traumkarriere vor sich", erklärte sie mir. „Hätte den Gasthof seiner Eltern übernehmen können, beste Lage, schuldenfrei. Nein, er wollte mehr vom Leben. Nun hat er ein winziges Häuschen und lebt von den paar Nachhilfeschülern, die ab und an zu ihm kommen. Sie müssen wissen, wir waren mal verlobt, der Ludwig und ich."

„Das interessiert doch den Herrn nicht!" schimpfte Ludwig. „Aber sagen Sie doch – warum interessieren Sie sich für diese Schule? Ich meine, wer kommt schon hierher, um eine Sonderschule zu suchen?"

Jetzt half kein Taktieren mehr. Ich musste einen Vorstoß wagen.

„Ich glaube, ich kenne den Stifter der Schule. Gustav Ohnesorg, sagt Ihnen das was?"

Er schüttelte den Kopf. „Nein, den kenn ich nicht. Aber dass die Schule auf eine Stiftung zurückgeht, daran kann ich mich erinnern. Sie hieß damals *Schule für neues Denken*, wenn ich mich recht erinnere. Seitdem hat sich der Name öfter geändert. Wie sie heute heißt, weiß ich gar nicht. Ist doch schon dreißig Jahre her."

Wieder fiel mir sein unsteter Blick auf.

„30 Jahre? Darf ich fragen, wie alt Sie sind?"

„Ich bin zweiundfünfzig. Ja, da staunen Sie, gell? Wir leben halt etwas gesünder, wir von unserer ‚Sonderschule'!"

Er betonte die letzten Worte, die für die Wirtin gedacht waren. Es war tatsächlich schwierig, sich vorzustellen, dass die beiden einmal ein Paar waren. Die Wirtin wirkte im Vergleich zu Ludwig irgendwie konturlos und sah nicht besonders gesund aus. Bluthochdruck infolge von zu fettem Essen, zu wenig Schlaf und Bewegung, hätte ich vermutet. Ludwig hingegen sah kerngesund aus. Diese Schule begann mich mehr und mehr zu interessieren.

„Schule für neues Denken – das passt zu dem Gustav, den ich kenne. SFW – sagt Ihnen das irgendwas?"

Ludwig überlegte. „Nein, tut mir leid! Sagt mir nichts. Aber – wie gesagt – der Name hat sich oft geändert. Die mussten das tun, weil die Schule auf Anordnung der Behörden mehrmals geschlossen werden musste. Durch eine Änderung des Namens und der Statuten hat man dem Verfassungsschutz immer wieder ein Schnippchen geschlagen."

Meine Ohren wurden immer heißer. Ich war ohne Zweifel auf der richtigen Spur.

„Sagten Sie Verfassungsschutz?"

Ich hörte ein seltsames Zischen aus der Richtung, wo die Wirtin stand.

„Ja. Schon zum Ende meiner Schulzeit dort wurde nach Gründen gesucht, der Schule die Lehrerlaubnis zu entziehen. Weil alle Schüler, die dort ihren Abschluss gemacht hatten, ihr Leben so radikal änderten, dass viele glaubten, wir seien dort mit Drogen und so behandelt worden; was natürlich kompletter Unsinn war."

„Na, ich bin mir da nicht so sicher!" maulte die Wirtin dazwischen.

„Allein schon, der Umstand, dass ich seit damals kein Fleisch mehr esse, ist vielen Leuten sauer aufgestoßen. Im wahrsten Sinne des Wortes!"

Er lachte herzhaft und hielt seine Gabel voll Sauerkraut hoch.

„Vor allem, wenn man aus einer Wirtsfamilie stammt!" rief die Wirtin.

„Eines aber würde mich brennend interessieren", fragte ich.

„Nur zu!"

„Wie kommt es, dass Sie über diese Schule, die ganz offensichtlich eine sehr gute Schule ist, so wenig wissen?"

„Aber die Schule gibt es doch schon lange nicht mehr! Sag das doch dem Herrn!" maulte die Wirtin.

Ludwig seufzte und schob sich eine weitere Gabel Sauerkraut in den Mund. Er kaute ein paarmal, dann blickte er von seinem Teller auf und sah mir direkt in die Augen.

„Ähm... Herr – wie war doch gleich Ihr Name?"

„Breitenbaum. Martin Breitenbaum."

„Ich darf Martin sagen, nicht wahr? Ich bin der Ludwig. Also, Martin, es gibt Leute, die wollen die Schule am Leben erhalten, und solche, die das nicht wollen. Die einen sagen, die Zeit wäre noch nicht reif dafür, die anderen meinen, man darf sich nicht von ein bisschen Gegenwind aus der Bahn werfen lassen."

„Und was sagst du?"

„Ich sage den meisten Leuten, dass es keine solche Schule gibt. Aber bestimmten Menschen wie dir sage ich, dass es immer eine Schule für Neues Denken geben wird, auch wenn das manchen Politikern nicht in den Kram passt."

„Und warum mir?"

„Als du vorhin zur Tür herein gekommen bist, dachte ich, der hat diese besondere Aura, das ist keiner von den Abgestumpften. Und weil du von der Schule wusstest. Niemand erfährt etwas darüber, außer aus dem Munde eines Berufenen. Vom wem weißt du davon?"

„Der Mann, der mir davon erzählt hat, ist jener Gustav Ohnesorg, nach dem ich dich gefragt habe; jedenfalls nennt er sich so. Er – "

Ich zögerte, weil ich mir noch nicht sicher war, ob ich Ludwig vertrauen konnte. Andererseits war es ja mein Anliegen, Gustav zu finden.

„Er verweilt möglicherweise derzeit an der Schule."

Ludwig kniff die Augenlider zusammen.

„Dann wüsste ich es vermutlich. Aber nur zu! Schau dich in der Schule um! Mach dir selber ein Bild davon."

„Naja – das wäre meine nächste Frage; wie können potenzielle Schüler von der Schule erfahren, wenn man nicht darüber spricht?"

„Hmm... diese Frage ist leicht zu beantworten. Wenn ich jedem von den Vorzügen der Schule erzählen würde, hätte sie Zulauf aus der ganzen Welt. Und das wäre das Ende dieser Schule."

„Das verstehe ich nicht."

„Ich vergleiche das immer mit dem Wald. Ich zum Beispiel gehe leidenschaftlich gerne im Wald spazieren. Ich bin der Meinung, der Wald erweckt meine besten Eigenschaften. Er tröstet mich, wenn ich traurig bin, er bringt mich zur Ruhe, wenn ich rastlos bin, er heilt mich, wenn ich krank bin, er inspiriert mich, wenn ich ideenlos

154

bin, und er tut noch viel mehr für mich, als ich hier aufzählen könnte. Aber wenn ich jedem erzählen würde, was der Wald gratis für mich tut, wäre er von Besuchern überlaufen. Menschenscharen würden den Wald durchkämmen in der Erwartung von Segnungen jeglicher Art. Und sie würden nichts erhalten, weil die Stille zum Wald gehört wie die Blumen zum Frühling. Er würde aufhören, der Wald zu sein, den ich liebe und brauche."

„Schön gesagt! Aber dann wäre es wohl besser, Sie würden mir gar nichts zur Existenz dieser Schule erzählen."

„Dann würde ich ein Geheimnis daraus machen – und Sie wissen, es gibt nichts Anziehenderes als ein Geheimnis."

Ich nickte. Darum also diese Halbinformationen.

„Dann ist es wohl eine Schule für Auserwählte?"

„Das ist sie zweifellos. Wer an diese Schule kommt, ist bereit dazu. Für die meisten jungen Leute wäre es wie Perlen vor die Säue werfen, wollte man sie dort unterrichten."

„Aber ist es Ihnen, die Sie den Unterricht dort genossen haben, nicht ein Herzensanliegen, mit der Schule in Verbindung zu bleiben?"

„Oh ja! Ich bin, wie Sie erfahren haben, Nachhilfelehrer. Aber ich unterrichte nach meinen eigenen Grundsätzen. Ein Lehrplan, der sich nicht verändert und nicht ständig weiter verbessert, ist nach drei Jahren Müll. Einer der wesentlichen Grundsätze unserer Schule war ein überlieferter Ausspruch Buddhas; ich werde ihn nie vergessen...

Glaube nichts, weil ein Weiser es gesagt hat. Glaube nichts, weil alle es glauben. Glaube nichts, weil es geschrieben steht. Glaube nichts, weil es als heilig gilt. Glaube nichts, weil ein anderer es glaubt. Glaube nur das, was Du selbst als wahr erkannt hast.

Gut, nicht?"

Ich brauchte eine Weile, um zu begreifen, was ich da gehört habe. Ich sollte nur glauben, was ich selbst als wahr erkannt hatte? Das hörte sich einfach an, aber gibt es überhaupt etwas, von dem ich sagen konnte, es sei wahr?

„Ehrlich gesagt - ich bin mir nicht sicher. Es muss doch eine höhere Wahrheit geben. Wenn sich jeder seine eigene Wahrheit strickt, wo kämen wir da hin?"

„Nirgendwo anders als wir ohnehin früher oder später kommen, direkt ins Nirwana." Ludwig lächelte unergründlich wie Buddha selbst.

„Das hieße, es ist völlig egal, was wir glauben", entgegnete ich.

„Richtig!" Wie zur Bestätigung hielt mir Ludwig seine mit Sauerkraut umhüllte Gabel unter die Nase. „Jedoch kommst du umso schneller und mit weniger Leid behaftet ans Ziel, je näher deine Glaubensüberzeugungen der absoluten Wahrheit kommen."

„Absolute Wahrheit? Was soll das sein?"

„Die absolute Wahrheit ist die Wahrheit, die sich mit allen Naturgesetzen im Einklang befindet; das wäre eine mögliche Definition. Aber tatsächlich wird sich die absolute Wahrheit uns nie wie ein Blitz vollständig erschließen. Wir müssen sie uns erarbeiten, immer wieder von Neuem überprüfen, ob es wahr ist, was wir glauben. Wenn wir blind glauben, was wir hören oder lesen, hören wir auf, in uns selbst hinein zu hören. Wir sind der Auffassung, es gäbe eine Wahrheit, tatsächlich gibt es so viele Wahrheiten wie es Menschen gibt. Erst alle zusammen ergeben die eine universelle, ewige Wahrheit."

Die Wirtin war in der Zwischenzeit damit beschäftigt, Gläser zu spülen und an ihren Platz zu stellen. Nun, da sie mit ihrer Arbeit fertig war, setzte sie sich zu uns.

„Hören Sie nicht auf ihn! Sonst werden Sie genauso wirr im Kopf wie er."

„Es erscheint mir ganz und gar nicht wirr, was er sagt", entgegnete ich.

„Er hat Ihnen ja auch nicht gebeichtet, dass er schon mal eingesessen hat."

„Eingesessen? Sie meinen – "

„Zuchthaus! Genau! Drei Wochen, oder waren's vier?"

„Dreieinhalb um genau zu sein. Die U-Haft mitgerechnet. Tja – was soll ich zu meiner Verteidigung sagen? Ist es ein Verbrechen, Buddha zu zitieren? Oder darf man ihn zwar zitieren, aber nicht tun, was man zitiert? *Glaube nichts, weil es alle glauben!* Wenn ich als logische Folge aus diesem Satz sage, Kinder, zerstört den Fernseher eurer Eltern, sonst werdet ihr genauso dumm wie sie, dann ist das meine Meinung."

„Ludwig! Wo auf dieser Welt kann man tun, was man will, hä?"

„Das ist ja das Traurige!" Ludwig wurde jetzt lauter und entschlossener. „Aber ich habe die Hoffnung noch nicht aufgegeben. Solange es diese Schule gibt und solange es Menschen gibt wie Oskar von Strahlheim – "

Er hielt inne und wurde rot. Auch der Wirtin schien es die Sprache verschlagen zu haben.

„Warum sprechen Sie nicht weiter?" fragte ich.

„Äh – ich wollte nur sagen, dass man sich nicht entmutigen lassen sollte, auch wenn sich alles gegen einen verschworen hat. Oskar Kokoschka etwa, der berühmte expressionistische Künstler, wurde von Adolf Hitler als ‚Entartetster unter den Entarteten' bezeichnet und dennoch hörte er nicht auf, seine Kunst zu verbreiten. Ja – das wollte ich sagen. Aber jetzt muss ich wieder los, ein Schüler wartet."

Ludwig stand auf, ohne seinen Teller geleert zu haben. Er reichte mir die Hand.

„Hat mich gefreut! Ehrlich!"

Ohne ein weiteres Wort verließ er das Lokal.

„Sie wollten doch eigentlich auf Ihr Zimmer gehen, sich frisch machen...", sagte die Wirtin.

„Ja, natürlich!"

Sie sah mich nicht weiter an, das Gespräch war somit beendet.

Während ich mich und meine Kleidung gründlich reinigte, dachte ich nach. Ich war mir sicher, den Namen Oskar von Strahlheim gehört zu haben. Ludwigs Reaktion darauf ähnelte der eines Hogwarts-Schülers, der versehentlich den Namen Voldemorts ausgesprochen hat, anstatt „der, dessen Name nicht genannt werden darf". Sein Ablenkungsmanöver hin zu Oskar Kokoschka misslang gründlich. Wer war also dieser Oskar von Strahlheim? Und was wurde in der Schule im Buchwald, in der *Schule für neues Denken* gelehrt, dass man nicht öffentlich darüber reden darf? Ludwigs Erklärung, durch Geheimhaltung die Schule als Elite für Berufene erhalten zu wollen, war mir zu wenig. Wenn tatsächlich ein Massenansturm auf die Schule erfolgen sollte, könnte man weitere Schulen dieser Art gründen. Gute Ideen setzen sich durch, das war doch immer so.

Ich wollte endlich mehr über diese *Schule für neues Denken* herausfinden, sofort. Fünfzig Minuten, hatte Ludwig gesagt, dann wäre ich dort.

Mit nunmehr sauberen Wanderstiefeln rumpelte ich in die Gaststube hinunter.

„Ich geh dann mal wieder!" sagte ich zur Wirtin. „Ich komme zurück, wenn es dunkel ist."

„Sie wollen doch jetzt wohl nicht losziehen und diese Schule suchen?"

„Doch – das habe ich vor, ja."

Sie lachte einmal heftig auf.

„Hab ich's mir doch gedacht!"

„Was?"

„Na, dass Sie doch tatsächlich glauben, was Ihnen der olle Ludwig aufgetischt hat."

„Warum sollte ich ihm nicht glauben?"

Da nahm mich die Wirtin am Arm und zog mich zur Seite.

„Ist doch logisch! Was Sie da suchen, ist tatsächlich eine Schule für psychisch Angeknackste. Und er war dort. Na? Dämmert's Ihnen? Er kam wieder raus und seither führt er ein halbwegs normales Leben. Aber manchmal kommt's halt wieder durch, dann erzählt er seine Geschichten. Die hier in der Stadt kennen ihn schon und hören gar nicht mehr hin. Aber immer wenn ein Fremder zu uns kommt, krallt er ihn sich und dann werden Märchen erfunden. Kürzlich hat er jemandem erzählt, er sei Fernhypnotiseur und er könne Menschen anlocken, die bis zu 500 Kilometer entfernt leben."

„Aber – er ist doch Lehrer?"

„Er gibt ein bisschen Klavierunterricht, für zehn Euro die Stunde, aber nur für Grundschüler und andere blutige Anfänger."

„Und Sie waren mit ihm verlobt, das stimmt doch, oder?"

„Ja, das stimmt. Aber da waren wir noch halbe Kinder. Er war damals schon ein seltsamer Bursche. Als ich ihm den Laufpass gegeben habe, hat er völlig durchgedreht. Also – sparen Sie sich die Mühe. Sie werden nichts Besonderes finden. Schulen für psychisch Kranke gibt es bei Ihnen bestimmt auch."

Sie klopfte mir wohlwollend auf die Schulter.

„Na – dann sehe ich mir wohl doch lieber das Kloster an", sagte ich. „Hermann Hesse soll dort ja auch beinahe durchgedreht sein. Es wäre ein Jammer gewesen, wenn er sich das Leben genommen hätte. Seine Werke sind einzigartig. Genie und Wahnsinn liegen halt eng beieinander."

Die Wirtin lächelte säuerlich.

Ich ließ sie darüber im Unklaren, ob ich ihr die Geschichte von Ludwigs Geisteskrankheit abgekauft hatte oder nicht. Jedenfalls war in mir der Ehrgeiz vollends entbrannt, die Wahrheit über die Schule herauszufinden.

XVII

Der Buchwald empfing mich mit einem heftigen Regenguss. Die Erde unter meinen Füßen weichte zusehends auf. Nach kurzer Zeit konnte ich meine Stiefel nicht mehr vom Boden unterscheiden. Laub, Tannennadeln, Kletten, Spinnweben und Kleingetier klebten an meiner Regenjacke; meine Reinigung im Gastzimmer vom Klosterhof erwies sich als überflüssig. So erbaulich ein Waldspaziergang bei schönem Wetter sein mag, so unangenehm ist er bei Regen. Meine Jacke war ein Billigprodukt und bald schon fühlte ich, wie die Feuchtigkeit durch den Kragen kroch. Als der Wald nach geraumer Zeit entlang des von mir gewählten Pfades immer noch dichter wurde, begann ich zu zweifeln, ob die Schule überhaupt existierte. Es gab jede Menge bunter Schilder mit Hinweisen auf Wanderwege und Fernrouten, aber nichts deutete auf eine Schule hin.

So stapfte ich gesenkten Hauptes durch den Regen, grübelte über das Gespräch mit Ludwig und hoffte auf einen Zufall. Schließlich beschrieb der Weg eine deutliche Wendung nach links; ich musste feststellen, dass er mich in dieselbe Richtung zurück führen würde, aus der ich gekommen war. „Plötzlich stehen Sie vor der Schule!" zitierte ich Ludwig. „So ein Quatsch! Wahrscheinlich alles nur eine Erfindung!"

Vor lauter Wut kickte ich mit dem Stiefel einen Stein ins Gebüsch. Dort, wo er landete, gab es ein unerwartetes, metallisches Geräusch. Ich beugte mich über den Busch und entdeckte ein Blechschild, das an einem Holzpfosten befestigt und umgefallen war. Genauer gesagt war der Pfosten mit Gewalt umgestoßen worden, denn die Spitze hatte eine tiefe Grube im Boden hinterlassen. Ich wischte das Laub vom Schild herunter und las *Zur Waldschule*. Das Schild war mit einem Pfeil versehen, aber wohin diese ursprünglich zeigte, war nun nicht mehr erkennbar. Wenn es nur zur Seite gefallen war, hätte das Schild geradeaus gezeigt, aber dorthin führte kein Weg. Oder doch?

Ich ging ein paar Meter in die vermutete Richtung und da war tatsächlich mit etwas Phantasie ein Pfad zu sehen. Die regenschweren Blätter der Sträucher waren tief nach unten gedrückt, so dass sie den Pfad zu großen Teilen zudeckten. Nach dreißig Metern kam ich an eine Treppe mit einem hölzernen Geländer, die einen Abhang hinunterführte. Ich jubelte innerlich auf! Die Treppe war nicht zugewachsen, außerdem sah ich Stiefelabdrücke im Boden – dieser Weg würde mich nicht in die Wildnis führen, sondern zu der Schule! Voller Neugier stapfte ich Stufe für Stufe hinunter und spähte nach allen Seiten. Und was ich danach sah, glich einem Bild aus längst vergangenen Zeiten, die das Herz eines jeden Romantikers höher schlagen ließ.

Ein baumhohes Mühlrad drehte sich behäbig aber stetig, angetrieben von einem Wildbach, der von einer kleinen Schleuse reguliert wurde, und versorgte wohl das hohe, schlanke Holzhaus, mit dem es verbunden war, mit Strom, da überall in den Fenstern Lichter zu sehen waren. Große, uralte Tannen schienen das alte Gebäude mit dem steilen Dach zu stützen und zu beschirmen. Neben der Mühle stand ein noch größeres Haus, ebenfalls ganz aus Holz gebaut, dahinter wurde das Tal etwas lichter, dort war ein Gemüsegarten mit Gewächshaus. Etwas entfernt standen drei Hütten mit je einem Obergeschoß nahe zusammen, sie waren über gepflasterte Wege miteinander verbunden. Die Fenster an allen Häusern waren ebenso wie die Türen bunt bemalt und mit Läden versehen. Oft schon hatte ich mir in Gedanken Gustavs Schule vorgestellt, aber was ich hier sah, überstieg meine Phantasie. Dennoch hatte ich nun keinen Zweifel daran, dass seine Schule genau so aussehen musste.
Nass und schmutzig stand ich nun hier versuchte mich daran zu erinnern, was mich an diesen Ort geführt hatte. War es nicht verrückt, eine stundenlange Reise zu unternehmen, um eine Schule zu suchen, von der man nicht einmal wusste, was dort unterrichtet wurde?
War ich nur auf der Suche nach einem alten Sonderling Namens Gustav Ohnesorg oder suchte ich etwas anderes? Welche Bedeutung hatte dieser Ort für mich?

Ich folgte dem Weg und gelangte an eine Tür am Haupthaus. Wie zu erwarten, gab es dort keine elektrische Klingel, sondern einen altertümlichen Klopfer. Ich pochte dreimal an die Tür.

Ein junger Mann, etwa 17 Jahre alt, öffnete mir.
„Ja, bitte?"
„Guten Tag. Mein Name ist Martin Breitenbaum. Ich bin ein Freund von Gustav Ohnesorg. Er ist wahrscheinlich nicht hier, aber ..."
„Gustav Ohnesorg?" Er drehte die Augen nach oben und tippte mit dem Zeigefinger gegen seine Nase. „Den gibt's hier nicht, tut mir

leid. Aber Sie sind ja völlig durchnässt! Kommen Sie doch herein und wärmen sich ein bisschen auf! Es ist kalt geworden über Nacht."

„Danke, das ist sehr freundlich."

„Wenn Sie nur Ihre Schuhe hier ausziehen würden, bitte."

„Natürlich!"

Ich war überrascht, wie sauber es im Inneren des Hauses aussah, und warm war es auch. An den Wänden hingen Bilder und Gemälde mit Naturmotiven. Es war heller und moderner, als ich vermutet hatte. Der Junge führte mich in eine Art Empfangsraum, in dem ein Holzofen stand und für wohlige Wärme sorgte.

„Haben Sie Hunger? Möchten Sie etwas trinken?"

„Danke – wenn Sie Tee haben?"

„Wir haben sehr guten Tee! Aus eigenem Anbau. Ich hole Ihnen welchen."

Ich fühlte mich auf Anhieb wohl in diesem Zimmer. Die einzigen Geräusche, die ich vernahm, waren das Gurgeln und Plätschern des Baches und das Knistern des Feuers im Ofen.

Der Junge kam mit einer Tasse, einem Teesieb und einem Säckchen mit einer getrockneten, krautigen Substanz zurück. Heißes Wasser stand auf dem Ofen. Als er das Wasser über den Tee goss, breitete sich ein würziger, frischer Duft im Zimmer aus.

„Das ist Gundelrebentee, gut in dieser Jahreszeit. Wenn Sie möchten, können Sie ihn mit Honig süßen. Sie sollten ihn fünf Minuten ziehen lassen."

Der Tee schmeckte leicht bitter, so dass ich gerne einen Löffel Honig hinzugab.

„Und der Name Gustav Ohnesorg sagt Ihnen wirklich nichts?"

„Nein, den Namen habe ich wirklich noch nie gehört."

„Aber vielleicht – haben Sie den Namen Oskar von Strahlheim schon einmal gehört?"

„Natürlich! Den kenn ich schon! Das ist ja unser verstorbener Schulgründer!"

Der Junge grinste breit.

„Sagtest du ‚verstorben'?"

„Ja! Oskar von Strahlheim lebte von 1931 bis 2011, das lernt jeder hier in der Schule."

„Gibt es von ihm vielleicht auch ein Foto?"

„Ja, im Flur hängt eines von ihm. Sie sind direkt daran vorbeigegangen."

„Entschuldigen Sie mich einen Augenblick!"

Ich ging hinaus und sah ein Foto mit schwarzem Trauerband. Sein Haar war darauf noch etwas dunkler und sein Gesicht voller, aber es war Gustav, ganz ohne Zweifel! Gustav Ohnesorg hieß in Wahrheit Oskar von Strahlheim. Er hatte diese Schule gegründet!

Was sollte ich nun tun? Unmöglich konnte ich dem freundlichen jungen Mann sagen, dass er angelogen wurde, dass der Gründer der Schule unter einem anderen Namen in einer anderen Stadt lebte. Nein, das hätte niemandem genützt.

„Ich meine, ich hätte diesen Herrn von Strahlheim schon einmal gesehen, aber wahrscheinlich irre ich mich", sagte ich zurück im Wartezimmer.

„Das würde mich wundern", antwortete der Junge. „Ich meine, wenn Sie ihn kennen würden. Herr von Strahlheim hatte Probleme mit den Behörden, daher trat er nur selten an die Öffentlichkeit."

„Welche Probleme?"

„Sein Lehrplan war so revolutionär, dass manche Leute glaubten, er sei eine Gefahr für den Staat."

„Warum das denn?" Ich spielte den Ahnungslosen. „Was steht denn auf eurem Stundenplan so Gefährliches?"

Der Junge zuckte mit den Achseln.

„Keine Ahnung..." Er lachte kurz. „Außer man sieht in Pflanzen- und Kräuterkunde, Leibes- und Geisteserziehung, Meditation und Kontemplation eine Gefahr."

„Hört sich interessant an! Lernt ihr denn keine Mathematik, Physik oder Sprachen?"

„Klar, das gehört zur Geisteserziehung aber nur insoweit, als wir es brauchen, um zu einem Verständnis über die Welt zu gelangen. Wenn man einmal verstanden hat, dass die meisten Fächer in den staatlichen Schulen nur Verständnismodelle sind, die uns eine einseitig materiell denkende Wissenschaft als Weisheit verkauft hat, braucht man sie nicht mehr. Sprachen zu lernen ist einfach. Bei uns wird der Unterricht in allen Fächern mehrsprachig abgehalten. Wollen Sie denn auch in unsere Schule kommen?"

„Hmm... Ich glaube, ich könnte hier eine Menge lernen. Aber es ist nicht einfach, in dieser Schule aufgenommen zu werden, oder?"

„Es geht nur auf Empfehlung eines früheren Schülers oder eines Lehrers. Ich bin leider noch nicht fertig mit der Schule; ein Jahr habe ich noch. Sonst würde ich Sie empfehlen!"

„Aber du kennst mich doch gar nicht..."

„Doch. Das sieht man auf den ersten Blick, ob jemand geeignet ist oder nicht. Und wer findet schon den Weg in die Schule, wenn er sie nicht unbedingt finden will?"

„Das stimmt allerdings. Es war reiner Zufall, dass ich den Weg in dieses Tal gefunden habe."

„Zufälle gibt es nicht. Sie wollten hierher."

„Ja – das ist gut möglich. Wie auch immer. Ich werde mich dann wieder auf den Heimweg machen. Danke für den Tee."

„Es regnet immer noch. Sie können gerne hier bleiben, bis es aufgehört hat. Ich muss jetzt wieder in den Unterricht. Vielleicht wollen Sie mich begleiten?"

„Aber – ich darf doch nicht."

„Eine Probestunde ist in Ordnung. Ich frage unseren Lehrer, Herrn Dietrich. Kommen Sie! Er ist nett."

So folgte ich dem Jungen durch einen großen Raum, in dem etwa zehn Mädchen und Jungen unterschiedlichen Alters damit beschäftigt waren, einen langen Tisch zu decken, offenbar der Speiseraum. Sie schienen das Abendessen vorzubereiten, es war jetzt etwa halb fünf Uhr. Es war ganz ungewohnt für mich, dass mich jeder einzelne Schüler grüßte, als ich an ihnen vorüberging. „Mein" Junge führte mich in ein Klassenzimmer, das ganz anders aussah als die Räume, die ich von meiner Jugend her kannte. Es sah ungefähr so aus wie eine flache Schüssel von etwa sechs Metern Durchmesser. Die Schüler und Schülerinnen saßen in einem Kreis mit dem Rücken zum Rand der Schüssel. In der Mitte war eine freie Fläche, den Boden zierte ein Blumenmuster. Auf einer Seite des Raumes war eine Tafel angebracht, die andere bestand aus gläsernen Schiebetüren, die den Blick in den Wald freigaben. Die Wände waren erdbraun gestrichen.

Schließlich betrat Herr Dietrich den Raum. Der Junge, der mich hierhergeführt hatte, trat an ihn heran, stellte mich vor und fragte ihn, ob ich am Unterricht teilnehmen durfte. Herr Dietrich, ein bärtiger, etwas rundlicher Herr, sah mich eine Weile an und drückte mir dann die Hand.

„Gerne dürfen Sie hierbleiben. Einen Moment – ich stelle Sie der Klasse vor."

Er stellte sich in die Mitte des Kreises, worauf die Schüler aufstanden und wie aus einem Mund „Seien Sie willkommen, Herr Dietrich!" riefen.

„Danke! Danke! Wir haben heute einen Gast, Herrn Martin Breitenbaum. Er hat in unsere Schule gefunden und interessiert sich sehr dafür. Seien Sie willkommen, Herr Breitenbaum!"

Nun verneigten sich die Schüler vor mir, als wäre ich ein bedeutender Mensch. Einer führte mich zu einem freien Platz in der „Schüssel". Ich saß sehr bequem, der Platz war gepolstert, die Beine konnte man nach Belieben austrecken oder anziehen, oder – wie einige andere – im Schneidersitz Platz nehmen.

Der Unterricht begann.

„Wer ist heute dran?" fragte der Lehrer.

Eine junge Dame hob die Hand.

„Ah! Flora! Schön! Zu welchem Thema sprichst du?"

„Geschichtsschreibung, Herr Dietrich."

„Gut! Dann bitte!"

Das junge Mädchen, höchstens sechzehn Jahre alt, stellte sich in die Mitte der „Schüssel" und begann. Sie sprach frei, ohne Skript und ohne Stichwortzettel. Mein Nachbar drückte mir ein Schreibbrett und einen Bleistift in die Hand. Ich bemerkte, dass sich alle Schüler Stichworte zum Floras Vortrag machten.

„... Wer seine Geschichte, seine Vergangenheit dokumentiert, glaubt dadurch Sicherheit zu erlangen. Aber er unterliegt dem Trugschluss, die Vergangenheit sei etwas Einmaliges und Endgültiges."

Ein Mitschüler hob die Hand. Flora nickte ihm zu.

„Ist sie das denn nicht?"

„Das, was wir als Vergangenheit bezeichnen", erklärte Flora, „ist das, worauf wir unseren Blick richten. Das nennen wir üblicherweise Erinnerung. Jedoch können wir die Perspektive jederzeit ändern, wenn wir dazu bereit sind."

„Gut, Flora!" sagte Herr Dietrich. „Ich möchte ergänzen, dass Zeit ohnehin nur eine Illusion ist, demzufolge auch die Vergangenheit. Weiter, Flora!"

„Die Geschichtsschreibung ist im Grunde nur ein Kompendium einiger weniger Erinnerungen, also sehr subjektiv."

„Alles ist subjektiv, Flora!" wandte Herr Dietrich ein. „Sagen wir besser: die Erinnerungen sind sehr spezifisch."

„Damit will ich sagen", sprach das Mädchen weiter, „dass es keine Geschichts-Schreibung eines Analphabeten gibt. Insbesondere die historische Beschreibung einer Zeit, in der 90 % der Bevölkerung nicht lesen und schreiben konnten, ist darum sehr bruchstückhaft. Aber könnte jemand seine Zeit zutreffend und umfassend beschreiben, wenn er zu den 10 % der Privilegierten gehört, die lesen und schreiben konnten? Ähm – wo war ich stehen geblieben?"

„Du hattest begonnen, über die Sicherheit zu sprechen", rief eine Schülerin.

„Ach ja – danke. Da also Geschichtsschreibung keine Sicherheit bietet, sondern im besten Falle eine verzerrte Erinnerung wiedergibt, ist sie sinnlos, das heißt, es ist besser, sich nicht damit zu befassen."

Wieder hob ein Schüler die Hand.

„Warum sollte jemand Sicherheit wollen, wenn er nichts zu fürchten hat? Ich meine, wovor haben die Leute Angst, die ihre Geschichte aufschreiben?"

Flora hob den Zeigefinger an den Mund, um nachzudenken.

„Ich glaube... dass viele Leute immer noch glauben, wenn sie ihre Geschichte aufschreiben, wären sie unsterblich."

„Richtig, Flora!" sagte der Lehrer. „Wie so viele alte Völker ihre Geschichte mitsamt derjenigen ihrer kompletten Ahnenreihe aufgeschrieben haben, um damit ihre Größe und Macht zu demonstrieren. Der Gedanke, ihre Sippe könne ausgelöscht werden und niemand erinnerte sich mehr an sie, war ihnen unerträglich. Und auch heute noch sind wir für solche Gedanken empfänglich.

Lege einem Menschen ein dickes Buch vor und sage ihm, dort sei die Geschichte seiner Ahnen aufgezeichnet, so wird er davor Ehrfurcht empfinden. Und nun zitiere aus diesem Buch noch einige brauchbare Aussprüche von bedeutenden Vorfahren und wiederhole sie immer wieder! Im Anschluss wird niemand mehr wagen, daran zu rütteln. Ein Zitat wird zum Gesetz, wenn nicht sogar zum Heiligtum. Nicht viel anders verhält es sich mit den ungeschriebenen Gesetzen, den Traditionen. Ohne sich darüber klar zu werden, sehen sie viele Leute als edel und ehrgebietend an, ohne ihren Gehalt zu überprüfen."

Irgendwie fand ich die Diskussion anregend und glaubte, auch etwas dazu beitragen zu müssen. Ich hob meine Hand.

„Ja, Herr Breitenbaum?"

„Heutzutage können 90 % der Bürger lesen und schreiben. Und viele von ihnen schreiben ihre Erlebnisse, Meinungen und Eindrücke in sozialen Netzwerken wie Twitter und Facebook nieder. Also wäre eine Geschichtsschreibung jetzt sehr viel objektiver als früher, oder?"

Herr Dietrich lächelte milde.

„Flora – es ist dein Vortrag. Möchtest du antworten?"

„Ja, gerne. Zunächst einmal müssen wir festhalten, dass es so etwas wie Objektivität gar nicht gibt, weil alles, was ist, vom Auge des Betrachters abhängt. Und wenn sich jemand die Mühe machen würde, aus den vielen, hauptsächlich unbedeutenden Texten in den Netzwerken etwas Wesentliches herauszuziehen, wäre auch dieser Vorgang schon wieder von der Absicht des Erstellers beeinflusst."

„Und ganz abgesehen davon – " fügte Herr Dietrich hinzu, „ – muss man sich immer fragen, welchen Nutzen könnten wir daraus ziehen? Was nützte es ihnen, Herr Breitenbaum, wenn Sie wüssten, was die Menschen vor hundert oder zweihundert Jahren gedacht haben? Oder was würde es ihren Nachfahren nützen, wenn sie wüssten, was sie jetzt tun und denken?"

„Es – ähm – könnte mir helfen, Fehler, die damals gemacht wurden, nicht zu wiederholen."

Flora meldete sich zu Wort, Herr Dietrich nickte.

„Sie dürfen nicht vergessen, dass etwas, was vor zweihundert Jahren falsch war, heute richtig sein könnte und umgekehrt. Jede Epoche hat ihre Notwendigkeiten, die sich aus der geistigen und moralischen Entwicklung der Bevölkerung ergeben. Früher mag es zum Beispiel richtig gewesen sein, dass Männer das Oberhaupt der Familie waren, weil sie ihre Familie tatsächlich noch gegen Feinde verteidigen mussten, heute ist das nicht mehr notwendig."

„Oder nehmen Sie die Sklavenhaltung früherer Epochen. Sogar Platon spricht sich in seinem radikalen Werk „Der Staat" für ein Sklaventum aus. Er begründete seine Ansicht damit, dass Menschen mit unterschiedlichen Fähigkeiten ausgestattet seien, und der beste denkbare Staat der sei, der allen Menschen die beste Entwicklungsmöglichkeit biete. Der hochbegabte Mensch etwa könne mehr für die Gemeinschaft leisten, wenn er frei von niedrigen Tätigkeiten sei, die von minder begabten Menschen ebenso gut erledigt werden könnten. Viele Völker konnten durch Sklavenhaltung ein blühendes Gemeinwesen aufbauen. Wir glauben, wir hätten aus der Geschichte gelernt, dass Menschen nicht von anderen Menschen unterdrückt werden dürfen. Wir haben die Menschenrechte formuliert. Aber was machen wir tatsächlich? Wir halten uns ebenso Sklaven wie damals, nur geben wir ihnen Geld dafür und nennen sie nicht mehr Sklaven, sondern Arbeitnehmer. Ihr Lohn ist so niedrig, dass sie nicht besser leben als die Sklaven früherer Epochen und bestimmt auch nicht freier sind."

„Das ist sehr radikal gedacht", bemerkte ich.

„Und das ist das Denken, das an unserer Schule gelehrt wird. Radikal, von der Wurzel her."

„Aber Sklaven wurden doch, zuerst in Afrika, dann in Amerika, geschlagen, gequält und schlimmer behandelt als das Vieh!"

„Das ist auch in einigen Gefängnissen in Amerika der Fall, obwohl offiziell niemand mehr versklavt wird. Was Sie anprangern, Herr Breitenbaum, ist kein Problem, das durch Sklaverei entsteht, es ist ein Problem der Entwicklung unseres Gewissens und unserer Empathie."

„Herr Dietrich?"

„Ja, Flora?"

„Ich glaube, wir sind vom Thema abgewichen."

„Du hast recht, Flora. Meine Schuld... Wir wollte erklären, warum Geschichtsschreibung sinnlos ist, nicht wahr? Ja, Herr Breitenbaum, möchten Sie noch etwas dazu sagen?"

„Geschichtsschreibung hin oder her. Meine Vorfahren, die ich noch persönlich kannte, mussten in einem Zeitalter von Weltkriegen leben..." Jetzt redete ich schon wie mein Großvater! „Da wir heute wissen, wie es dazu kam, wird uns das nicht mehr passieren."

„Aber es passiert uns laufend!" antwortete Herr Dietrich. „Wissen Sie denn nicht, dass die Zahl der militärisch ausgetragenen Konflikte weltweit ständig zunimmt? Wir haben den Krieg größten Teils von unserem Kontinent verbannt, dafür verlagern sich die Kriege auf andere Länder. Wir gewinnen dabei nichts, denn von den Kriegsfolgen sind wir alle betroffen."

„Es gibt eine Charta der Menschenrechte..."

„... die nur von denen beachtet wird, die sich nicht freikaufen können. Ebenso steht es mit allen Bemühungen, Umweltschutzrechte durchzusetzen."

„Dann müssen wir also das Rad immer wieder neu erfinden?"

„Nicht unbedingt, denn bedeutsames Wissen wird tatsächlich weitergegeben, nicht von Kopf zu Kopf, sondern von Herz zu Herz. Aber natürlich wir müssen uns auch immer wieder fragen, ob und wozu wir das Rad überhaupt brauchen."

Ich stand hier auf verlorenem Posten. Demütig nickend setzte ich mich wieder.

„Flora? Wir haben dich jetzt ständig unterbrochen. Aber das macht nichts, wenn dabei wichtige Fragen erörtert werden. Möchtest du fortfahren?"

167

„Ich wollte zum Abschluss noch sagen, dass es sehr wichtig ist, sich immer die Freiheit des Denkens – ähm – des Denkens aus dem Herzen heraus zu bewahren, und dass es klüger wäre, sich mit der Entwicklung der Menschen zu befassen, die jetzt leben, als mit denen, die schon lange tot sind. Wenn wir nicht müde werden, jeder Handlung eines jeden Menschen auf den Grund zu gehen und jede Verletzung sofort zu heilen, tun wir mehr für ein friedliches Zusammenleben, als es eine Jahrtausende alte Geschichtsschreibung je könnte."

Der Lehrer applaudierte. „Sehr gut, Flora! Du bist der Wahrheit ganz nah auf den Fersen. Aber ist denn Geschichtsschreibung deiner Auffassung nach ganz und gar überflüssig?

Flora überlegte kurz. Dann fügte sie hinzu:
„Nein, das würde ich nicht sagen. So wie Traditionen oder Kunst nie nur gut oder schlecht sind, ist auch Geschichtsschreibung dann von Nutzen, wenn die Absicht dahinter stimmt und wenn man der Qualität der Absicht gerecht wird."
„Aber wann ist die Absicht die richtige?"
„Wenn man Frieden und Glück für alle wünscht. In der Geschichtsschreibung sollten daher nicht Leid, Konflikte, Kriege im Fokus stehen, sondern Momente des Friedens, des Verständnisses, des Heils und des Brückenbauens..."
„Gut! Man kann also sagen, wenn durch die Geschichtsschreibung Brücken zum Frieden gebaut werden, könnte man ihr Bedeutung beimessen.
Ich gebe euch jetzt noch Zeit, einander zu erklären, was Flora gesagt hat. Wenn es Unklarheiten gibt, holt mich bitte!"

Er ging zur Tür und winkte mir zu, was ich als Aufforderung verstand, ihm zu folgen.
„Wir legen großen Wert darauf, dass die Schüler selbst lehren dürfen. Denn nur, was man selbst erklären kann, hat man auch verstanden. Das ist wahrscheinlich neu für Sie."
„Wie so vieles andere! Ihre Auffassung von Geschichte ist schwer zu schlucken."
„Das geht anfangs allen so. Aber man gewöhnt sich dran. Möchten Sie noch länger bleiben? Im Wellenraum beginnt in Kürze eine Mathematikstunde."

„Mathematik? Oh nein! Danke! Wenn Sie mir auch noch das Einmaleins madig machen, bekomme ich erhebliche Selbstzweifel. Aber eine Frage hätte ich doch noch an Sie."

„Ja, bitte?"

„Was machen Ihre Schüler, wenn sie die Schule verlassen? Mit dem Wissen, das hier vermittelt wird, werden sie eine Abiturprüfung wohl kaum schaffen."

„Das ist richtig. Wozu auch? Um eine Akademikerkarriere einzuschlagen und sich noch mehr nutzloses Zeug reinzupauken? Entschuldigen Sie den Ausdruck! Aber ich muss eines ganz klar sagen: Unsere Lehrkräfte haben nicht die Absicht, erfolgreiche oder gebildete Menschen hervorzubringen, sondern glückliche Menschen. Sie haben am Ende ihrer Schulzeit einen Abschluss, der als Mittelschulabschluss anerkannt ist. Aber jeder unserer Schüler hat bisher einen Beruf gefunden, der ihm Spaß macht. Und mit den Werten, die hier vermittelt werden, sind sie eine Bereicherung für jeden. Ist das nicht das, was sich jeder Vater und jede Mutter für ihr Kind wünscht?"

„Das denke ich auch, ja. Ich verstehe. Aber noch eine letzte Frage, wenn Sie erlauben."

„Bitte! Fragen Sie!"

„Wer ist der Direktor der Schule, oder der Ideengeber, derjenige, der die Lehrpläne verfasst?"

Herr Dietrich lachte kurz auf.

„Man sieht, dass Sie Ihre Schulzeit in einer herkömmlichen Schule absolviert haben. Lehrpläne? Ein Lehrplan nach dem staatlichen Muster würde bedeuten, dass wir uns unserer eigenen Entwicklung verschließen. Alles, was festgeschrieben ist, ist in ganz kurzer Zeit überholt. Es gibt eine Art Verfassung für unsere Schule. Sie wurde von dem Gründer geschrieben und lässt uns Freiraum für fast jegliche Neuerung.

„Oskar von Strahlheim?"

„Ja, Sie kennen ihn?"

„Wie könnte ich ihn kennen, wenn er verstorben ist?"

„Verstorben? Ach, das haben Ihnen die Schüler erzählt, nicht wahr?"

„Stimmt es denn nicht?"

„Nein. Wir haben ihn vorsorglich ‚beerdigt', um ihn aus der Schusslinie der Behörden zu nehmen."

„Das heißt, er erfreut sich guter Gesundheit und lebt incognito an einem geheimen Ort?"

„Ja, so könnte man sagen. Wir haben Möglichkeiten, übers Netz an ihn heranzukommen, wenn's brennt. Und ab und zu schickt er uns neue Anregungen zu, aber im Grunde brauchen wir ihn nicht."

„Auch nicht als Geldgeber?"

„Es gibt einen Fonds, aus dem wir das meiste, was wir für den Erhalt der Schule brauchen, beziehen. Sie werden verstehen, dass ich keine Details ausplaudere – die Steuer!"

„Aber wer ist nun der Leiter der Schule?"

„Auch darüber möchte ich keine Auskunft geben. Der Leiter muss genauso geschützt werden wie der Gründer. Weniger vor den Aufsichtsbehörden als vielmehr vor der Regenbogenpresse. Er hätte keine ruhige Minute mehr, glauben Sie mir. Übrigens darf man nicht vergessen, dass unsere Schule nur selten einer übergeordneten Leitung bedarf. Unsere Verfassung regelt alles."

„Jetzt haben Sie mich aber neugierig gemacht. Wie lautet denn nun diese wunderbare Verfassung?"

Herr Dietrich ging zu einem Tischchen und holte ein Papier aus der Schublade.

„Hier! Können Sie mitnehmen. Sie liegt überall aus. Aber jetzt muss ich Sie bitten, mich zu entschuldigen, die nächste Stunde beginnt."

„Natürlich! Ich danke Ihnen, dass Sie sich die Zeit für mich genommen haben."

Er drückte mir kräftig die Hand.

Ich wandte mich zur Tür, da rief er mir zu: „Oder haben Sie Lust, an einer Philosophiestunde teilzunehmen?"

„Oh! Nein, ich - Ja, warum eigentlich nicht? Wenn ich darf?"

„Natürlich! Begleiten Sie mich!"

Wir gingen weiter den Flur entlang und betraten ein anderes Klassenzimmer. Auch hier waren die Sitzplätze im Kreis angeordnet, nur war das Zimmer weniger bunt gestaltet, Blautöne überwogen hier. Die Schüler grüßten Herrn Dietrich wie zuvor und ich wurde ebenso vorgestellt.

„Sie sind auch Philosophielehrer?" fragte ich.

„Jede Lehrkraft unterrichtet hier Philosophie. Die Philosophie ist die Basis für alles."

Er stellte mich wieder der Klasse vor, in der andere Kinder saßen als in der Geschichtsklasse; ich zählte dreizehn Schüler.

„Heute beschäftigen wir uns mit dem Thema ‚Wovon ernähren wir uns'", begann Herr Dietrich. „Ihr habt euch bestimmt eine Menge dazu überlegt. Es ist ein unerschöpfliches Thema, gewiss. Aber

vielleicht kann man es auf den Punkt bringen. Wer möchte uns seine Gedanken dazu vorstellen?"
Die Hälfte der Klasse hob die Hand. Herr Dietrich wählte einen jungen Mann aus.
„Marius! Gerne! Komm bitte in die Mitte!"
Marius nahm sein Schreibbrett nebst Notizen mit sich und begann.

„Wir werden mit einem dringenden Gefühl geboren, das wir als Hunger bezeichnen. Solange wir noch Säugling sind, ist es wichtig, diesem Gefühl Ausdruck zu geben; ein Baby schreit, wenn es Hunger verspürt, die Mutter weiß, dass ihre Milch das Beste ist, was sie ihm geben kann."
„Gut!" sagte Herr Dietrich. „Ist es nur die Milch, die das Baby von seiner Mutter bekommt?"
„Ähm… nein. Ich denke, es ist auch Nähe, Berührung, Wärme…"
„Ganz recht! Man kann sagen, die Mutter teilt mit ihrem Kind einen Teil von sich selbst. Kann man das so sagen?"
„Ja. So sehe ich das auch."
„Gut! Weiter, bitte!"
Marius machte sich eine kurze Notiz, ehe er weitersprach.
„Dieses Geben von Nahrung bleibt auch in den nächsten Lebensjahren wichtig. Die Eltern versorgen ihr Kind mit Lebens-Mitteln. Ich meine, es ist eine doppelte Versorgung – der Leib des Kindes wird genährt, ebenso wie sein Geist, seine Seele."
Herr Dietrich nickte.
„Aber irgendwann will das Kind sein Leben unabhängig von den Eltern führen. Das ist meines Erachtens ein bedeutsamer Übergang. Man muss lernen, dass man von der Natur genährt wird, mit demselben Vertrauen zur Natur wie zu den Eltern."
Ein Schüler aus der Runde hob die Hand.
„Ja, Thomas?" fragte Herr Dietrich.
„Ist es nicht so, dass während der Pubertät die Beziehung zu den Eltern in Frage gestellt wird?"
„Doch", sagte Marius.
„Das Vertrauensverhältnis zwischen Kind und Eltern erhält also schon in dieser Zeit einen Knacks. Wenn ich meinen Eltern schon nicht vertraue, wie soll ich dann der anonymen Natur vertrauen?"
„Hmm… Vielleicht nehmen andere Personen die Stelle der Eltern ein, Freunde, Lehrer…"
„Das ist möglich", sagte Herr Dietrich. „Trotzdem glaube ich, dass die Verbindung zwischen Eltern und Kindern nie wirklich zerbricht. Es mag sein, dass man, wenn schlimme Dinge passiert sind, seine

Eltern verachtet, aber auch Verachtung ist eine Art von Beziehung. Marius, ich denke, du weißt, was ich meine?"

Marius zog einen Mundwinkel hoch.

„Ja, aber was nützt einem das? Ich meine, eine schlechte Beziehung zu haben. Sollte man solche Beziehungen nicht lösen?"

„Das ist die Frage! Wer hat eine Idee dazu?"

Ein Mädchen, das mir noch sehr jung erschien, meldete sich.

„Ja, Sarah?"

„Ich kann mich erinnern, in einer früheren Unterrichtsstunde gehört zu haben, dass es nichts Schlechtes und nichts Gutes gibt. Schlecht und gut sind Bezeichnungen für Gefühlszustände, die wir ablehnen."

„Sehr gut, Sarah!" rief Herr Dietrich. „Genau darum geht es! Wir wollen Menschen, Dinge, Umstände, Beziehungen ablehnen, weil wir glauben, wir könnten dadurch unangenehme Empfindung von uns fern halten. Marius, warum denkst du, funktioniert das nicht?"

„Ähm – weil... weil... weil wir sie gerade durch unsere Abwehrhaltung in unser Leben ziehen?"

„Einmal das, richtig! Wir richten unsere Aufmerksamkeit unbewusst auf alles, was wir ablehnen. Und warum noch? – Sarah?"

„Weil alles mit allem verbunden ist. Wir können uns nicht von etwas lösen, weil alles auch ein Teil von uns selbst ist. Wir würden etwas ablehnen, was unseren Ursprung in uns selbst hat."

„Sehr gut! Inzwischen wissen wir ja alle, dass die Welt, die wir sehen, unsere eigene Schöpfung ist."

Herr Dietrich wandte sich beim nächsten Satz an mich.

„Die Vorstellung: hier bin ich und dort ist die Welt ist schlichtweg falsch. Das vermeintliche ‚Außen' und das vermeintliche ‚Innen' stehen in einer ständigen Interaktion miteinander. Wir kreieren mit unserem Denkapparat Dinge, die uns Angst machen, aber wir wollen sie nicht in unserem Leben haben. Das ist paradox. Marius, wie denkst du jetzt über ‚schlechte' Beziehungen?"

Marius überlegte lange, ehe er antwortete: „Ich weiß, dass diese ‚schlechte' Beziehung mit mir zu tun hat. Und ich brauche diese Beziehung ebenso als – als Nahrung im weiteren Sinn, wie das, was mir gefällt, weil... weil... sie mir Aufschluss darüber geben, wie ich über die Welt und damit über mich denke."

„Danke, Marius!" Er klatschte ein paar Mal in die Hände. „Du darfst dich jetzt wieder setzen. Das ist genau das, was ihr in dieser Stunde begreifen solltet! Wir sind dazu geschaffen, alles zu verdauen, was uns widerfährt. Merkt euch diesen Satz!"

Die Schüler kritzelten eifrig auf ihre Schreibbretter.

„Und nicht nur das! Wir können alles so verdauen, dass etwas Gutes daraus entsteht."

Ich nützte die Pause, um mich zu Wort zu melden.
„Herr Dietrich, darf ich etwas fragen?"
„Ich bitte Sie darum!"
„Es gibt doch aber Dinge, die uns begründet Angst machen. Wenn einem Kind von einem Menschen Schmerzen zugefügt werden, dann ist es nur logisch, wenn es vor diesem Menschen Angst hat."
„Sie meinen also, Angst zu haben, ist etwas Natürliches?"
„Ja."
„Haben wir etwas anderes gesagt?"
„Ich meinte gehört zu haben, dass wir Angst haben, weil wir Angst erzeugende Gedanken hegen."
„Das stimmt."
„Aber das Kind, das Schmerz erleidet, hat keine Angst wegen seiner Gedanken."
„Doch. Wo sonst würde denn Angst entstehen, außer in den Gedanken?"
„Hmm... Das nützt aber dem Kind reichlich wenig."
„Da haben Sie absolut recht. Aber hier haben wir ein erneutes Paradoxon. Wir erzeugen in diesem Moment - wir beide, während unserer Unterhaltung – ein Klima der Angst, das wiederum dazu führen kann, dass jemand meint, einem Kind Schmerz zufügen zu müssen - allein durch unsere Gefühle und Gedanken, die in uns groß werden, wenn wir uns die Situation ‚ein Erwachsener schlägt ein Kind' vorstellen."
„Das verstehe ich jetzt nicht."
„Ihre Gefühle, Herr Breitenbaum, und ihre Gedanken sind alles andere als harmlos. Sie sind Energie, die auf alles und jeden einwirkt. Beobachten Sie sich selbst, wenn ich Ihnen sage, dass dieses Mädchen" – er deute auf Sarah – „von ihrem Vater jahrelang missbraucht wurde. Sie ist zu uns gekommen, weil sie ein Psychologe zu uns gebracht hat, der ihr nicht mehr helfen konnte. Was passiert mit Ihnen, wenn Sie daran denken, dass dieses liebe Kind vor ihrem Vater panische Angst hatte und schließlich mit 13 Jahren von zu Hause ausgerissen ist? Sie wurde halb verhungert in einer stillgelegten Lagerhalle gefunden, die fünf Monate ihr Zuhause war."
„Ich empfinde Wut."

„Sie ballen die Fäuste, wie ich sehe. Ja, so geht es jedem, glaube ich. Man möchte dieses Scheusal von Vater dafür büßen lassen, nicht wahr?"

„Was haben Sie mit dem Mädchen gemacht? Es wirkt so aufgeweckt und klug..."

„Wir haben es an seinen Ursprung erinnert."

„Bitte?"

„An seine innere göttliche Quelle. Wir haben Sarah spüren lassen, dass sie nur deshalb lebt, weil sie aus Liebe besteht, aus diesem göttlichen Funken, der alles entstehen und wachsen lässt und alles in Gutes verwandelt. Sie hat verstanden, dass wir uns auf Wunder verlassen können. Wunder geschehen, aber nur unter der Bedingung, dass wir vergeben. Unsere Vergebung schafft Erlösung. Wer vergibt, lässt die göttliche Quelle fließen. Wer hasst, blockiert den Fluss."

Ich wusste nicht, was ich sagen sollte. Mir kam das alles so schwammig, so verklärt vor, beinahe sektenartig. Aber da war dieses Mädchen, das so glücklich schien...

„Was ist mit ihrem Vater geschehen?" fragte ich.

„Er sitzt seit drei Jahren im Gefängnis. Er hat es abgelehnt, von einem Psychologen untersucht zu werden. Er stellt keine Anträge auf Haftverschonung. Er bekennt sich zu seiner Tat und bereut sie. Vor einem Jahr etwa erreichte uns ein Brief, der an Sarah gerichtet war. Sarah erzählte uns, dass er sie darin um Verzeihung gebeten hatte. Ob er jemals Frieden finden wird, kann ich nicht sagen, Sarah jedenfalls hat ihn gefunden."

„Unglaublich, das Ganze."

„Ich kann mir gut vorstellen, dass Sie daran zu knabbern haben, was Sie heute erlebt haben. Es stellt wahrscheinlich alles auf den Kopf, was sie bisher für richtig gehalten haben. Ich kann Sie nur dazu einladen, nicht nachzulassen, Ihre Welt umzukrempeln. Den ersten Schritt dazu haben Sie heute getan. Ich muss jetzt den Unterricht fortführen. Es hat mich sehr gefreut, Sie kennenzulernen!"

„Danke, dass Sie sich für mich Zeit genommen haben. Ich werde über alles nachdenken."

„Das ist einer unserer Grundwerte, sich Zeit füreinander zu nehmen. Auf Wiedersehen, Herr Breitenbaum! Kommen Sie gut nach Hause!"

XVIII.

Der Regen hatte fast aufgehört. Ich ging nicht denselben Weg zurück, auf dem ich gekommen war, sondern nützte die Gelegenheit, einen Blick auf das gesamte Schulgelände zu werfen. Als ich das unterste Haus passiert hatte, betrat ich einen Bereich, der einem Park glich. Buchsbaumhecken bildeten eine Art Labyrinth, das mit anheimelnden Nischen und Plätzen überraschte. Zum Teil gab es überdachte Sitzgelegenheiten, zum Teil inspirierende Pflanzenarrangements oder kleine Teiche. Alles war hervorragend gepflegt. Ich hatte erwartet, noch einen Sportplatz zu finden, wie es in unseren Schulen üblich war, aber an den Park schloss sich nur noch eine hübsche Wildblumenwiese an, danach begann wieder der Wald und schon war ich wieder außerhalb des Schulgeländes. Dem Bach folgend ging ich talabwärts, durchquerte ein Moor, das mit langen Stegen begehbar gemacht wurde und gelangte endlich auf einen der beschilderten Wanderwege. Ein Schild, das den Weg zur Schule wies, gab es an dieser Abzweigung nicht.

Was hatte ich nun erreicht?

Ich hatte erfahren, dass Gustav sehr wahrscheinlich der Gründer der Schule war. Ich durfte auch einen aussagekräftigen Einblick in die Schulpraxis tun, die mich nachhaltig beeindruckte.

Ich verstand jetzt annähernd, was Ludwig in der Gaststube des *Klosterhofs* meinte, wenn er von der Notwendigkeit einer häufigen Änderung des Namens der Schule sprach; kein Staat würde tatenlos zusehen, wenn jemand seine Bürger dazu auffordert, seine historischen Wurzeln zu vergessen und ihnen erklärt, dass sie moderne Sklaven seien. Andererseits – eine Aufforderung, dies zu tun, hatte Herr Dietrich nicht explizit ausgesprochen. Er hatte nur logisch argumentiert, warum Geschichtsschreibung sinnlos sei. Aber vermutlich wäre das im Ernstfall schwer zu beweisen.

Und nun?

Es gab eine Schule, die gesunde Freigeister hervorbrachte und sich zum Ziel gesetzt hat, Menschen dazu zu verhelfen, ein glückliches Leben zu führen. War das nicht eine durch und durch gute und bewundernswerte Sache?

Und hatte nicht Gustav den Wunsch geäußert, mich eines Tages in dieser Schule zu sehen?

Warum zögerte ich noch, den entscheidenden Schritt zu tun? Die Aufnahmeprüfung hatte ich quasi schon bestanden.

Und war nicht genau dieses Zögern, dieses Unvermögen, eine Entscheidung zu treffen, der Grund, warum sich Gustav von mir abgewandt hatte?

Aus der Tiefe meiner Seele wusste ich in diesem Moment, dass ich umkehren und mich als Schüler einschreiben lassen sollte, ich wusste, dass mir diese Entscheidung Selbstbewusstsein und Kraft verleihen würde. Und ich war mir durchaus darüber im klaren, dass ich an einem Wendepunkt in meinem Leben stand: ein Neubeginn mit Risiko und hervorragenden Aussichten oder zurück ins alte, bekannte Leben, das mir Sicherheit schenkte, aber mich langweilte. Was würde Gustav zu mir sagen?

Ich sah ihn vor mir, kopfschüttelnd, fassungslos – ich sah mich, voller Scham und Selbstverachtung, eingeschlossen hinter den Wänden einer schmucklosen, sterilen Zwei-Zimmer-Wohnung. Und dennoch hatte ich nicht den Mut umzukehren. Ich war froh, Gustav nicht in seiner Schule angetroffen zu haben. Er hätte auch noch das letzte Bisschen Respekt vor mir verloren.

Folgerichtig begann es jetzt wieder zu regnen! Der Himmel weint über meine Feigheit, dachte ich, steckte meinen Kopf unter die Kapuze und stiefelte in die Stadt hinein. Eine tiefe Melancholie ergriff mich. Meinem kurzen Ausflug in eine revolutionär neue Welt war ich psychisch nicht gewachsen. Ich fühlte mich, als wäre meine Seele durch ein Beben erschüttert worden und nun musste ich mich nach außen abschirmen, um zu verhindern, dass sie zerbrach. Ich schloss alle Taschen und Reißverschlüsse meiner Regenjacke.

Ehe ich mich dem Stadtzentrum mit Autokolonnen und belebten Geschäftsstraßen näherte, bog ich in die nächste Gasse ab, um ja nur keinen Menschen zu treffen. Ich war nur noch zwei Straßen von meiner Pension entfernt, aber wenn ich jetzt in mein Zimmer gegangen wäre, hätte mich die Wirtin ausgefragt, und das wollte ich auf keinen Fall, nicht in meinem gegenwärtigen Zustand. Lieber noch hätte ich mich in einem der grauen Hinterhöfe zu meiner Rechten in eine Ecke gekauert und dort den Tag und die kommende Nacht verbracht.

Ich ging an einem verwilderten Garten vorüber, der von einem alten, verbogenen und löchrigen Zaun begrenzt wurde. Ich ließ meine Hände den feuchten, rostigen Maschendraht betasten, weil ich fand, dass dieses Gefühl sehr gut zu mir passte, dann den Betonpfeiler, der den Eingang zum Hof begrenzte, dann den Briefkastenschlitz mit der Blechklappe, auf der auch eine Namensschild angebracht war. *Mia Müller...*

Mia! Eine Erschütterung lief vom Herz ausgehend durch meinen Körper. Zugleich packte mich eine heftige Sehnsucht nach dem Mädchen, das ich seit vielen Wochen nicht mehr gesehen hatte. Sie allein zu sehen, ihre Stimme zu hören, ihr zu sagen, was mich bewegte – das wollte ich in diesem Augenblick mehr als alles andere. Wie hatte ich sie nur so lange vergessen können? War ich nicht von Livorno aufgebrochen, um mit ihr Kontakt aufzunehmen?

Ich wusste jetzt, was ich zu tun hatte. Keine Umwege mehr! Ich marschierte geradewegs zu meinem Quartier, duschte mich, packte meine Sachen und bezahlte für meinen kurzen Aufenthalt.

Die verwunderte Wirtin fragte mich: „Haben Sie denn nicht gefunden, was Sie gesucht haben?"

„Doch, hab ich. Und jetzt weiß ich endlich, was wichtig ist im Leben!"

Ich erreichte noch einen Nachtzug, der mich in die Heimat zurückbrachte, und ehe der Morgen graute, kam ich in meiner Heimatstadt an. Voller Ungeduld machte ich mich auf den Weg zu Gustavs Behausung und freute mich darauf, Pläne zu schmieden für ein Treffen mit Mia.

Inzwischen war der Schnee komplett geschmolzen, und das beruhigte mich, weil ich wenig Lust hatte, noch einmal eine anstrengende Dachreparatur vorzunehmen. Aber es kam sowieso anders.

Schon von weitem sah ich die Rauchfahne aus der Mitte des Zeltes aufsteigen. Das konnte nur eines bedeuten: Gustav war wieder hier! Anklopfen war bei einem Zelt nicht möglich, ich zog die äußere Leinwand zur Seite und trat ein. Da sah ich ihn, nahe am Ofen sitzend und Tee trinkend.

„Hallo Gustav!" sagte ich.

„Guten Morgen, Martin! Möchtest du auch einen Tee?"

„Liebend gerne!"

Ich stellte mein Gepäck ab und setzte mich zu ihm.

Gustav zeigte mit dem Finger nach oben.

„Wie ich sehe, hast du das Zelt repariert?"

„Ja, die Schneelast war zu groß..."

„Hast du gut gemacht. Wenn ich mir vorstelle, ich wäre nach Hause gekommen und das Zelt unbrauchbar... Da war es richtig schön, den Ofen anzuheizen und sich eine stille Stunde zu gönnen."

„Bist du eben erst angekommen?"

„Gestern Abend. Mit dem Zug aus dem Süden. Wenn ich mir den Himmel hier ansehe, frage ich mich jedoch, was mich dazu getrieben hat, in den kalten Norden zurückzukehren."

So, wie er das sagte, war das keine Frage an sich selbst, sondern mehr eine Aufforderung an mich, die Frage zu beantworten.

„Gustav, ich muss dir dringend sagen, wie leid es mir tut, dass wir in Unfrieden auseinander gegangen sind. Ich bin dir nachgelaufen, aber du warst weg."

„Schon gut. Wenn ich weg sein will, findet mich kaum jemand. Darin bin ich geübt. Was hast du in den letzten beiden Tagen gemacht?"

„Ich war in Maulbronn, in deiner Schule..."

Schlagartig war mir bewusst, dass Gustav nun denken musste, dass ich mich endlich dazu entschieden hatte, seine Schule zu besuchen. Wenn ich ihm nun erklärte, dass mir Mia wichtiger war als die Schule, würde ihn das sicherlich kränken.

„Und?" fragte er. „Wie findest du sie?"

„Zuerst musst du mir sagen, wie du wirklich heißt! Ich habe eine alte Aufnahme gesehen von einem Mann, der haargenau so aussieht wie du, nur etwa zehn Jahre jünger. Dieser Mann hieß angeblich Oskar von Strahlheim und in der Schule wird das Gerücht verbreitet, er sei vor drei Jahren gestorben."

„Jaja – mein *alter ego*. Ich musste mich sozusagen töten, um einem jahrelangen Gerichtsprozess aus dem Weg zu gehen, der meine ganzen Ersparnisse und wahrscheinlich auch mich aufgezehrt hätte."

„Welchem Gerichtsprozess?"

„Ich war ziemlich naiv, als ich meine Schule gründete, die *Schule für Neues Denken*. Ich hatte keine Ahnung davon, dass Jugendliche nur unterrichtet werden dürfen, wenn eine staatliche Genehmigung dafür erteilt wird. Als die Behörden von meiner Schule Wind bekamen, hatte ich schon einige Lehrkräfte engagiert und den dritten Jahrgang beieinander, lauter besondere Menschenkinder, die nicht nur aus eigenem Antrieb, sondern auch mit voller Unterstützung ihrer Eltern gekommen waren. Dennoch wurde die Schule per Gerichtsbeschluss von einem Tag auf den anderen geschlossen. Ich musste jede Menge Steuern nachzahlen und wurde einer ganzen Palette von Gesetzesverstößen bezichtigt, angefangen von der Errichtung eines Schwarzbaus bis hin zu verfassungsfeindlichen Aktivitäten, natürlich auch der Verführung Schutzbefohlener usw. Es war übel! Vor allem aber tat es mir um die Schüler leid, die mit so großer Begeisterung in die Schule gegangen waren. Daher gab ich alles zu, auch das, was ich gar nicht getan hatte, zahlte ein Vermögen an Kaution und Bußgeldern und strich alle ‚gefährlichen' Inhalte aus meinem Lehrplan. Danach durfte ich den Schulbetrieb wieder aufnehmen, unter der Voraussetzung, dass die Schule einen anderen Namen und eine geänderte Satzung erhielt und dass ich weder als Leiter noch als Lehrkraft fungierte. Das ging eine Weile gut, denn meine Angestellten waren mir gegenüber loyal. Aber wieder täuschte ich mich, als ich dachte, nun wären alle Probleme aus dem Weg geräumt.

Irgendwie gelangte die ganze Angelegenheit an die Presse. In ihrer Sensationslüsternheit erfanden die Redakteure wilde Geschichten vom Volksverführer Strahlheim, der die Hitlerjugend wieder auferstehen ließ, vom Sektenführer, der die Kinder mit Drogen vollpumpt und dabei Millionen auf seine Seite schafft. Stell dir vor – mein Name wurde entstellt, man machte kurzerhand *Stahlhelm* daraus, weil es gerade so schön passte! Wir mussten die Schule erneut schließen und Maulbronn verlassen, bis Gras über die Sache gewachsen war. Ich versuchte es mit einer Neugründung; fortan hieß die Schule *Schule zur Förderung der Werte*."

„Ah! Abgekürzt SFW!"

„Richtig! Aber wenn die Presse einmal Blut geleckt hat, ist sie nicht abzuschütteln. Die neue Bezeichnung brachte den Begriff *Werte* erst richtig an die Öffentlichkeit. Natürlich wurde uns alles in die Schuhe geschoben, was je in der Vergangenheit an Schindluder damit getrieben wurde. Daraufhin sanken die Schülerzahlen beträchtlich. Ich war kurz davor aufzugeben und das hätte ich wahrscheinlich auch getan, wenn mich nicht immer Dankesbriefe von ehemaligen Schülern und Eltern erreicht hätten.

Schließlich kam ich auf die Idee mit der *Waldschule* – eine Schule, in der lediglich ein bisschen Kräuterkunde gelehrt wird. Naja - auch etwas über die Früchte des Waldes, darüber, wie man Heilkräuter selbst anbaut und zu Tees und Salben verarbeitet und so weiter, natürlich alles unter Einbeziehung und Kontrolle des Gesundheitsamtes. Ich meldete die Schule bei allen relevanten Behörden an, bezahlte brav Steuern und Gebühren und ließ nichts unterrichten, was dem Staat in irgendeiner Weise ein Dorn im Auge sein könnte."

Er schmunzelte und fügte an: „Wenigstens am Anfang. Aber wie sollte ich es anstellen, dass trotzdem etwas Sinnvolles für meine Schüler heraussprang?"

„Ich weiß nicht, aber ich bin mir sicher, du hast eine Lösung gefunden."

Gustav grinste und schenkte mir Tee nach.

„Ich will es dir an einem Beispiel erklären. Ich vermute, du hast mit der Ratzok gesprochen?"

„Ja, das ließ sich nicht vermeiden. Ich musste mich ja irgendwo anmelden."

„Dann hast du auch die Geschichte von ihrem Sohn gehört, nicht wahr?"

Ich nickte.

„Sie erzählt liebend gern von ihrem Sohn. Kannst du dir vorstellen, einen frustrierten Jungen wie Marco mit Kräuterkunde zu inspirieren?"

„Nein, beim besten Willen nicht!"

„Dachte ich mir! Aber gerade für solche wie ihn ist Kräuterkunde der ideale Einstieg. Man muss nur wissen wie! Wir erklären den Jugendlichen zunächst, dass wir mit Pflanzen und Pilzen die unterschiedlichsten bewusstseinsverändernden Mittel herstellen können, und schon sind sie heiß! Doch ehe wir ihnen etwas verabreichen – das tun wir in den seltensten Fällen – gehen wir auf das Bewusstsein näher ein; was ist das überhaupt? Wozu gewährt es uns Zugang? Warum ist Bewusstseinsveränderung ein alltäglicher Vorgang? Sind wir in einem Zustand des reinen Bewusstseins? usw. Schließlich landen wir bei der Meditation und dort angekommen interessiert sich kaum jemand noch für Drogen, weil er all das bekommt, was er bisher in seinem Leben vermisst hat."

„Es dreht sich wieder alles um Meditation", stellte ich fest.

„Natürlich. Alles, was wir tun, ist sinnlos, solange wir es nicht bewusst tun. Ich instruierte also meine Lehrer, keine vorgefertigten Inhalte zu vermitteln, sondern die richtigen Fragen zu stellen, so dass die Schüler von selbst auf die Wahrheiten stoßen sollten, die zu lehren uns offiziell verwehrt wurde. Und wenn sie erst mal gelernt haben, in ihre eigene Seele zu blicken, interessieren sie sich für das Leben allgemein und für die Menschen. Sobald sie begriffen haben, dass jeder Mensch ein Teil Gottes ist, wird es ihnen unmöglich, jemandem Leid zuzufügen. Wir müssen alle nur zum Wesentlichen gelangen! Tja – das wäre die Essenz meiner Schule."

Gustav lächelte bei diesem Satz. Es war das selige Lächeln eines Menschen, der in Frieden mit seiner Vergangenheit ist. All die Angriffe auf ihn und seine Einrichtung schien er unbeeindruckt weggesteckt zu haben.

„Aber immer noch war mein Name das Feindbild Nummer eins in der regionalen Öffentlichkeit. Ich hatte irgendwann- die Nase so voll, dass ich zum Äußersten ging. Ich ließ mir von einem Arzt, der bei mir als Lehrkraft angestellt war, eine Todesbescheinigung ausstellen. Bestattet wurde ich natürlich nicht, sondern nur mein Sarg. Da ich keine Angehörigen habe, fiel der Bluff niemandem auf."

„Aber wer leitet die Schule jetzt?"

„Offiziell niemand. Der Ort ist nicht mehr als eine Ansammlung früherer Schulgebäude und die Gärten werden von Mitgliedern eines Obst- und Gartenbauvereins gepflegt."

„Und inoffiziell?"

„Du meinst, es gibt einen Menschen, der die Fäden in der Hand und die Schule am Leben erhält?"

„Ich war ja dort. Ich weiß, dass es die Schule nach wie vor gibt und dass dort unterrichtet wird; auf eine Art, die wohl kaum das Wohlwollen der Behörden hat."

„Soso…"

Er antwortete nicht, trank seinen Tee aus und schwieg. Dann legte er ein Holzscheit in den Ofen. Zuerst wurde es von den Flammen umzüngelt und geschwärzt, dann zerrissen seine Fasern knisternd in der Hitze.

„Ja, es gibt einen Schulleiter, obwohl es eigentlich nicht nötig wäre. Ein ehemaliger Schüler, sehr begabt und ehrgeizig, hat sich erboten, die Schule nach meinem ‚Tod' zu leiten. Es liegt nahe, weil er dort wohnt und als Nachhilfelehrer arbeitet. Aber leider sind wir nicht einer Meinung. Er hält es für falsch, die Schule zu tarnen. Er findet, man solle sich zu dem bekennen, was man denkt und tut. Ich glaube, das wäre der Untergang der Schule. Aber im Grunde ist es ganz egal."

Bei dem Wort ‚Nachhilfelehrer' horchte ich auf.

„Heißt dieser Lehrer vielleicht Ludwig?"

„Ja! Ludwig Stangl. Du kennst ihn?"

„Ich habe ihn in der Gastwirtschaft getroffen, in der ich Quartier beziehen wollte. Er hat mir den Weg zur Schule beschrieben. Gefunden habe ich sie trotzdem nur durch Zufall."

„Gut. Was hast du dir alles angesehen?"

„Ich... ich wurde eingeladen, eine Unterrichtsstunde zu besuchen – zwei sogar - und muss sagen: es war gut - revolutionär!"

„Schön! Und was hast du noch gesehen?"

„Hmm... Wunderbare Gärten, jedoch keinen Sportplatz..."

„Sport ist nicht im Sinne unserer Philosophie. Wir finden, dass Sport unnatürlich ist und Gemeinschaften zerreißt. Wenn nur einer Sieger werden kann, muss es viele Verlierer geben."

„Aber Bewegung ist gesund."

„Zweifellos! Wir gehen täglich in den Wald, wir fällen auch manchmal Bäume, um den Wald zu verjüngen, wir bauen Möbel selber, wir reparieren alles selber, wir graben jährlich die Gärten um – ach, es gibt so viel zu tun, wir sind immer in Bewegung."

„Oh ja, deine Schule ist etwas Besonderes, das konnte ich den Schülern ansehen. Mit einer Lehr-Anstalt hat sie nichts mehr zu tun."

„Aber?"

„Warum ,aber'?"

„Du bist nicht dort geblieben, wie ich sehe. Nicht einmal für ein paar Tage. Du bist am selben Tag wieder abgereist. Warum so eilig?"

Ich wusste nicht, was ich antworten sollte, und gab vor, versonnen ins Feuer zu starren. Da ergriff Gustav wieder das Wort.

„Weil wir gerade von Eile sprechen... damals, als ich in Livorno so Hals über Kopf bei strömendem Regen aufbrach, dachte ich anders als heute. Ich meinte, verstehen zu müssen, warum junge begabte Leute wie du ihre Chancen in den Wind schlagen. Da ich es nicht verstehen konnte, wurde ich wütend. Aber schon draußen auf der Straße musste ich über mich selbst lachen. Was war ich doch für ein Trottel! Ich glaubte tatsächlich, alle Menschen würden die Welt so sehen wie ich. Und wenn sie sie nicht so sehen konnten, dann wäre nur ihr Starrsinn daran schuld. Dabei war ich der Starrsinnige!"

Er schlug sich die flache Hand auf die Stirn und lachte.

„Als ich das begriff, fiel eine Zentnerlast von mir ab. Ich war der Meinung, ich sei verantwortlich dafür, dass sich die Welt zum Besseren wandelte. Welch unfassbarer Hochmut! Ich maß mir an, den Stein der Weisheit gefunden zu haben! Gut - immerhin durfte ich den Samen pflanzen, aus dem die Pflanze der Weisheit und Wahrheit herauswachsen durfte. Aber die Pflanze wächst überall, auch ohne mein Zutun. Man kann es gar nicht verhindern. Aber es nützt nichts, wenn ich mir Leute herauspicke und sie mit der Nase auf diese Pflanze stoße, verstehst du?"

„Nicht ganz."

„Na, wenn jemand bereit für die Wahrheit ist, wird er sie auch erfahren, so oder so. Aber wenn ich schon nicht begreife, was die Wahrheit ist, wie kann ich sie anderen vermitteln?"

„Es ist dir dennoch ganz gut gelungen, würde ich sagen."

„Findest du?"

„Ja, wirklich! Ich wünschte mir, es gäbe mehr solcher Schulen."

„Es freut mich, dass du das sagst. Trotzdem glaube ich, für mich ist der Zeitpunkt gekommen, mich zurückzuziehen."

„Das hört sich jetzt aber nicht nach dir an."

„Ich darf mich nicht zu sehr einmischen. Ich glaube, Ideen altern sehr schnell. Jemand muss kommen und frische Ideen bringen, sonst erstarrt die Schule in Perfektionismus. Aber dieser Jemand werde nicht ich sein."

„Das heißt, es ist dir egal, was mit der Schule passiert?"

„Ich werde sie beobachten und beraten, so gut ich kann; das bin ich meinen vielen Freunden dort schuldig. Ich wünsche mir, dass sie lebendig bleibt, das ist das Allerwichtigste. Aber wenn nicht, wenn sie schließen muss, aus welchen Gründen auch immer, werde ich das ohne große Rührung hinnehmen."

„Dann überlässt du das Feld den Volksverführern und Kapitalisten?"

Gustav schüttelte den Kopf.

„Oh nein! Den Schuh lass ich mir nicht anziehen. Die meisten Leute haben genug Verstand, um zu begreifen, was sie zum Leben brauchen und was nicht. Und vor allem sind sie mit einem Herz ausgestattet, um zu fühlen, was sie glücklich macht. Möglicherweise lassen sich die meisten von billigen Werbephrasen verführen, so dass sie glauben, weit mehr zu brauchen als tatsächlich nötig ist. Ich könnte dagegensteuern, das will ich nicht leugnen. Ich würde viele erreichen und sie auf die Absicht der Manipulatoren hinweisen. Aber wenn mir das so einfach gelingen würde, schaffte es auch jeder andere, vor allem der, der die Macht über die Medien besitzt. Also was könnte ich erreichen? Heute wären die Leute begeistert von meinen Lehren und morgen schon wieder das Opfer der

Werbekampagnen der Mode- und Autoindustrie. Alles ist wertlos, wenn man das große Ganze nicht fühlt, verstehst du?"

„Nicht ganz. Sind wir denn nicht immer einer – wie soll ich sagen? - globalen Stimmung unterworfen? Einem Gefühlstrend sozusagen, ob wir wollen oder nicht? Ist unser Gefühl wirklich so aufrichtig zu uns? Sogar wenn wir einen solchen Trend durchschauen und ihn ablehnen, kommt das doch auch wieder einer Beeinflussung von außen gleich. Ich denke an weltweite Sportereignisse oder tragische Todesfälle, natürlich auch Kriege. Wir können das alles gar nicht verarbeiten. Die Nachrichten folgen einem auf Schritt und Tritt. Dabei wissen wir nicht einmal, ob sie wahr sind. Aber wir müssen uns dazu eine Meinung bilden, ob wir wollen oder nicht."

„Gut erkannt! Aber du kennst die Antwort darauf selber."

Er sah mich erwartungsvoll an.

„Na?"

„Meditieren?"

„Richtig!" Er klopfte mir anerkennend auf die Schulter, dass meine Teetasse überschwappte. „Ich weiß schon, warum ich dich gerne in meiner Schule sähe."

„Pah! Die dir schnurzpiepegal ist."

„Ich habe mir jahrelang den Kopf darüber zerbrochen, was das Wertvollste sei, das eine Schule lehren könnte. Ich gab der Politik die Schuld an fast allem. Ich sagte mir, das Erste, was wir brauchen, ist die Freiheit, zu tun, was wir für richtig halten. Dazu stehe ich auch jetzt noch. Ich bin im Grunde ein Verfechter einer liberalen Gesellschaft. Ich sage daher: Wir brauchen nicht immer noch mehr Gesetze, die uns entmenschlichen, wir müssen alles daran setzen, die Herzensbildung der Menschen zu fördern. Ich weiß, die Verteidiger des Rechtsstaates behaupten *Homo homini lupus!* - Der Mensch ist für den Menschen ein Wolf! Sie sagen, nur ein geordnetes Regel- und Sanktionssystem kann verhindern, dass die Menschen übereinander herfallen. Nur unter dem Schutz eines Gesetzbuches kann sich der Mensch in Freiheit entfalten. Was meinst du? Haben sie recht?"

„Hmm... Lehrt uns die Geschichte nicht, dass im rechtsfreien Raum Mord und Totschlag an der Tagesordnung sind?"

„Das hast du im Geschichtsunterricht gelernt, was? Im ‚alten' Geschichtsunterricht... Ich behaupte, jedes Gesetz, das nicht den Weg in die Herzen der Menschheit gefunden hat, fordert dazu heraus, übertreten zu werden. Als Beweis für diese These brauchst du nur die Gesetzesblätter zu lesen, die wöchentlich veröffentlicht werden. Kaum ist ein Gesetz in Kraft getreten, gibt es ein

Änderungsgesetz dazu, dann ein weiteres und noch eins und ein Änderungsgesetz zum Änderungsgesetz und schließlich wird das ganze Gesetz in den Müll geworfen und durch ein umfangreicheres ersetzt. Was sagt uns das? Die Menschen empfinden Gesetze als Gängelei, aber zugleich verwenden sie sie als Inspiration. Sie suchen nach Lücken im Gesetz! Sie suchen nach ihrer Freiheit und stürzen sich darauf, wo immer sich ein Schimmer davon zeigt. Genau aus diesem Grund verdienen sich manche findige Anwälte eine goldene Nase."

„Aber was haben wir für eine Alternative? Wenn es kein Gesetz gibt, das zum Beispiel Diebstahl unter Strafe stellt, kann sich jeder nehmen, was er will."

Gustavs Augen leuchteten. Auf diesen Einwand schien er gewartet zu haben.

„Und genau das soll er auch!"

„Wie jetzt? Er soll dein Fahrrad stehlen?"

„Ja. Dann weiß ich wenigstens, dass er etwas für seine Gesundheit tun wird, anstatt fett und träge zu werden und mit einem Verbrennungsmotor die Umwelt zu schädigen. Wenn er nicht Auto fährt, weil er jetzt ein Fahrrad hat, trägt er dazu bei, unser aller Atemluft rein zu erhalten. Also profitierte ich davon."

„Er könnte dir auch Geld stehlen..."

„Soll er doch! Wenn er die paar Kröten stiehlt, die ich bei mir trage, hat er sie wirklich nötig; nötiger als ich. Und was auch immer hier zu stehlen ist – ich kann es verschmerzen."

„Du schon..."

„Und alles, was einen wirklich großen finanziellen Wert hat, dient dem Menschen nicht, es macht ihn unfrei. *Niemand kann zwei Herren dienen: entweder er wird den einen hassen und den andern lieben, oder er wird dem einen anhängen und den andern verachten. Ihr könnt nicht Gott dienen und dem Mammon.* Matthäus 6 Vers 24."

„Ach was! Jetzt komm' mir nicht mit dem moralischen Zeigefinger! Jeder von uns hätte gerne einen Haufen Geld. Und wenn er das Gegenteil behauptet, lügt er sich selbst was vor."

„Ich kann dir versichern, dass ich dich nicht belüge, wenn ich behaupte, ich brauche kein Geld."

„Das kann man leicht behaupten, wenn man eine millionenschwere Stiftung im Gepäck hat! Ist doch so, oder?"

„Eine Stiftung ist eine Stiftung, keine Immobilie, die Erträge bringt. Obwohl – meine Stiftung bringt wahrhaft Erträge, aber keine, die mit Geld aufzuwiegen wären."

Gustav seufzte.

„Wir leben leider in einem Staat, der nicht das Glück seiner Mitglieder im Fokus hat, sondern die Macht einiger Weniger. Aber dazu kommen wir noch. Ich glaube, du hast das Recht zu erfahren, was mich dazu bewogen hat, diese Schule zu gründen. Hahaha! Was rede ich da für einen Unsinn! Das **Recht** zu erfahren... Ich korrigiere mich: Du bist reif genug, um die Wahrheit zu erfahren!"

Er rückte sein Kissen zurecht, so dass er mir genau in die Augen sehen konnte.

„Du wirfst mir vor, dass mir die Schule egal sei; ja, sie ist mir wohl egal, aber nicht die Menschen, die dort tätig sind. Sie sind mir lieb und teuer. Sie haben durch mich und mit mir gelernt, Frieden in sich zu schaffen. Ohne Frieden in dir selbst bleibst du Gefangener deiner selbst! Merk dir das!
Was meinst du wohl, warum wir von der *Schule für Neues Denken* so jung aussehen? Wir verzichten darauf, innere Kämpfe auszutragen und uns selbst zu zerstören wie so viele. Wir wissen, dass alles gut ist. Die Dinge werden nur schlecht durch unser Urteil darüber. Mit dieser gelebten Erkenntnis tragen wir ein Licht in die Welt, das sie verändern wird; das ist unbestritten. Der Prozess wird unaufhaltsam fortschreiten. Was sind das für Leute, die in der Schule arbeiten? Es sind Menschen, die inspiriert sind, Menschen, die nicht urteilen und bewerten, sondern Frieden schaffen."
„Frieden schaffen – das hört sich so leicht an. Aber es gibt Ungerechtigkeiten, die man nicht einfach hinnehmen kann."
„Was ist ungerecht? Wer kann das sagen? Es gibt nur Menschen mit unterschiedlichen Meinungen. Warum aber gibt es so viele Meinungen? Jeder einzelne von uns erleidet im Laufe seines Lebens Schmerzen. Die wenigsten wissen, wie sie diese Schmerzen los werden sollen, daher suchen sie eine Methode, die ihnen ermöglicht, mit den Schmerzen zu leben. Wenn sie fündig geworden sind, glauben sie zu wissen, wie das Leben zu leben ist, denn was bei ihnen funktioniert, muss bei allen anderen auch funktionieren – so denken die Leute! Viel glauben, sie müssen sich hart und gefühllos gegenüber dem Schmerz machen, weil sie bei anderen gesehen haben, wie beeindruckend ein harter Mensch sein kann. Aber auch das ist nur eine falsche Interpretation, so wie alles andere. Tatsächlich sind sie immer noch ihrem Schmerz unterworfen. Im Grunde möchten sie nur Mitleid. Das darfst du nie vergessen!"

Ich wusste immer noch nicht recht, worauf Gustav hinaus wollte und fragte: „Wie auch immer – es gibt Zustände in unserer Welt, die untragbar sind. Kriege, Vertreibung, Hunger – wie kann ich damit in Frieden sein?"

„Vergiss nie, dass auch das deine Welt ist, die du schaffst."

„Ich schaffe Kriege, Vertreibung und Hunger? Jetzt aber mal runter vom Gas!"

„Du solltest versuchen zu verstehen, was ich sage. Deine Empörung ist nicht echt, erkennst du das denn nicht? Du glaubst doch nicht wirklich, dass die Welt, wie du sie siehst, ein vollständiges Abbild der Welt ist, wie Gott sie geschaffen hat?"

„Wie jetzt? Habe ich die Welt geschaffen oder Gott?"

„O.k. Ich werde es dir an einem Beispiel erklären.

Stell dir vor, du hast noch nie das Meer gesehen, weißt nicht, was Ozeane sind. Da fragst du einen Freund, der das Meer kennt: ‚Sag mir doch, wie das Meer ist! Beschreibe es mir!' Der Freund antwortet: ‚Ich kann es dir nicht beschreiben, man muss es gesehen haben.' Du forderst ihn auf: ‚Zeig es mir!' Der Freund füllt ein Glas mit Leitungswasser und gibt einen Teelöffel Salz hinzu. Er sagt: ‚Trink das, dann weißt du schon mal, wie Meerwasser schmeckt.' Du trinkst und spuckst es wieder aus. ‚Das ist ja grauenhaft!' sagst du. Dein Freund sagt: ‚Ja, daraus besteht das Meer, aber das ist noch lange nicht alles. Ich könnte dir noch viele Dinge über das Meer erzählen.' Du aber antwortest: ‚Nein danke! Ich weiß genug vom Meer. Mehr brauche ich gar nicht darüber zu wissen. Es reicht mir zu wissen, dass es voll mit ekligem Salzwasser ist.'

In deiner Vorstellung ist das Meer nun eine riesige salzige Brühe. Das ist deine Schöpfung! In Wirklichkeit ist das Meer jedoch wie ein lebendiger Organismus, es verändert ständig seine Form und sein Farbe, seine Temperatur, seinen Salzgehalt. Es birgt weit mehr Lebewesen als das Festland, es ist Lebensraum für die allergrößten und allerkleinsten Tiere auf diesem Erdball. Es speichert Wärme, die sie in gewaltigen Strömen zu uns trägt. Es ist verantwortlich für das Wetter. Es ist der Inbegriff für Freiheit und Unendlichkeit. Die größten Berge befinden sich im Meer. Es zersetzt alle künstlichen Stoffe, selbst den härtesten Stahl. Es verbindet alle Kontinente, es ist überall zu gleicher Zeit. Alles Leben kommt aus dem Meer. So hat Gott das Meer geschaffen! Verstehst du, was ich meine? Du hast zweifellos recht, wenn du sagst, das Meer ist eine riesige Salzwasserbrühe, aber mit diesem Urteil wirst du der Wahrheit nicht annähernd gerecht."

„Gut, gut! Ich gebe mich geschlagen. Du willst sagen, wenn ich Kriege, Hunger und Vertreibung sehe, ist das nur ein kleiner Teil der Wahrheit, der mir verborgen ist."

„Ein winziger Teil eines winzigen Teils."

„Was ist dann real?"

„Nichts. Es gibt keine Realität. Oder so viele Realitäten wie es zur Wahrnehmung fähige Lebewesen gibt."

„Aber was ändert das daran, dass jetzt in diesem Augenblick ein Kind verhungert? Würde dies jetzt direkt neben mir geschehen, dann wäre ich zutiefst unglücklich. Und mein Gefühl ist doch real, oder?"

„Dein Gefühl ist für dich real, eine Ausdrucksform deiner Seele. Es hilft dir, gewisse Dinge zu verstehen und zu verändern. Bleiben wir bei deinem Beispiel! Ein Kind verhungert neben dir, es leidet und stirbt. Folge dem Ursprung deines Gefühls! Woher kommt es? Aus deinem Kopf, aus deinem Bauch, woher?"

„Hmm... Ich würde sagen, aus dem Herzen."

„Richtig! Das Herz ist der Sitz der Liebe. Dein Herz liebt bedingungs- und grenzenlos. Es stellt im Moment des Todes des Kindes fest, dass es dieses Wesen unendlich liebt. Es ist weniger ein Schmerz, den du fühlst, als ein kurzes entfesseltes Aufflammen deiner Liebe. Kurz deshalb, weil das Kind nicht wirklich stirbt."

„Nicht?"

„Nichts stirbt jemals. Nur das, was du mit deinen Gedanken erschaffst, ist dem Tod geweiht."

Ich schüttelte den Kopf und seufzte. Ich zweifelte daran, ob ich diesen Menschen und seine Welt je ganz verstehen würde.

„Hör in dein Herz hinein und du wirst feststellen, dass ich recht habe!"

„Aber – aber – Während wir hier philosophieren, sterben Menschen. Es geschehen Ungerechtigkeiten und... und wir müssen doch etwas verändern, damit es nicht ewig so weiter geht!", rief ich in meiner Verzweiflung.

„Natürlich! Aber wo beginnt die Veränderung? Niemand kann sagen: Verändert die politischen Rahmenbedingungen und alles wird besser! Niemand hat recht, der behauptet, man müsse die alten Werte wieder aufrichten und die Gesellschaft wird wieder funktionieren. Das sind alles nur Theorien, die aufgestellt werden auf der Basis des persönlichen Schmerzes. Wenn du etwas verändern willst, verändere dich! Noch ein Satz, den du dir merken solltest.

Ich sage dir eines: Geh in die Schule, wenn sie dich inspiriert, etwas Besonderes zu tun! Bleib hier, wenn du bei dem Gedanken an die Schule nichts fühlst! Beides ist richtig!"

„Du sagst also, ich soll allein meinem Gefühl folgen?"

„Nicht ich sage das, sondern die Weisheitslehrer aller Länder, aller Zeiten. Und was ist bekanntermaßen das stärkste Gefühl von allen? Na klar! Die Liebe! Tu alles, was du tust, im Duft der Liebe und du versagst nie!"

Ich konnte kaum glauben, was Gustav, der alte weise Mann, da sagte. Es war, als hätte er die ganze Zeit über meine Gedanken gelesen. Mein Herz in der Tat war voller Liebe, während ich mit ihm sprach. Ich dachte die ganze Zeit über nur an Mia und daran, wie ich es ihm erklären konnte, ohne ihn zu verletzen.

„Dann ist alles gut, was ich tue, solange ich von der Liebe geleitet werde?"

„Selbstverständlich!"

„Auch wenn ich mir dabei untreu würde?"

„Untreu kannst du nur dem Bild von dir werden, das du dir gebastelt hast, und das kannst du täglich ändern, wenn du willst."

„Und wenn ich dadurch meine Pflichten verletzen würde?"

„Die Pflicht kann nicht verletzt werden, allenfalls der Mensch, der auf dich baut. Aber wenn du in wahrhafter Liebe, auch dir gegenüber, handelst, in jeder Phase, dann kannst du niemanden verletzen. Das ist einfach unmöglich, das ist ein Gesetz des Universums, das ewig gültig ist."

„Danke, Gustav!"

Ich war den Tränen nahe. Neben mir stand immer noch mein großer Rucksack. Der Teppich zu meinen Füßen hatte den Schmutz meiner Stiefel aufgenommen. Schlagartig wurde mir bewusst, dass dieses Zelt hier zu meiner Heimat geworden war.

„Darf ich noch hierbleiben, bis ich eine Wohnung gefunden habe?"

„Du darfst hierbleiben, solange du willst. Aber ich glaube, du hast vor, dein Leben in die eigenen Hände zu nehmen, oder irre ich mich?"

„Du irrst nicht. Morgen früh beginnt es. Jetzt brummt mir der Kopf. Ich habe einigen Schlaf nachzuholen."

XIX.

Als die Sonne ihre ersten Strahlen über den Horizont schickte, war ich hellwach – oder eigentlich schon früher. Denn meine Phantasie, die mein Sehnen, meine Hoffnungen und Befürchtungen ausdrückte, war nicht zu bremsen. Wie oft hatte ich mir jeden einzelnen Moment vorgestellt, wie ich an Mias Haustüre den Klingelknopf drücke, wie sie mir öffnet, nachdem sie Maja, ihren Hund, zur Ordnung gerufen hat, wie sie sich an mich erinnert, mich hereinbittet und wir ein schönes Gespräch führen. Aber auch andere Szenarien legte ich mir in meinem Kopf zurecht; es könnte ja sein, dass sie gar nicht zuhause ist. Ich läute also an der Tür und jemand anders öffnet. Ich erkläre, wer ich bin, und bitte darum, Mia auszurichten, dass ich hier war. Ich würde dann später wieder kommen. Auch die Möglichkeit, dass niemand öffnet, hatte ich in meinem Repertoire. Ich nahm fest vor, für diesen Fall eine Stunde lang den Weg abzufahren, auf dem ich Mia zum ersten Mal traf, und es dann noch einmal zu versuchen. Sollte ich dann immer noch niemanden antreffen, würde ich nach Hause fahren und mir den Tag nicht vermiesen lassen.

Ein bisschen betrog ich mich mit meinen Erwartungen, denn den Fall, dass Mia keinerlei Interesse zeigte, sich mit mir zu unterhalten, schloss ich aus. Dieser Vorstellung wollte ich keine Nahrung geben, sie machte mir Angst. Dennoch ließ sich der Gedanke nicht auslöschen, so sehr ich ihn zu ignorieren suchte. Ob ich ihn gerade dadurch am Leben hielt?

Gustav musste kein Hellseher sein, um zu wissen, was in mir vor sich ging. Ich konnte mich nicht still halten, als wir in seinem Wagen beim Frühstück saßen, hatte keinen rechten Appetit und zitterte leicht.

„Was du vorhast, ist wohl sehr wichtig?" fragte er.
„Allerdings."
„Es geht um ein Rendezvous oder so eine ähnliche Sache, schätze ich."
„Hmm… Das ist an sich etwas sehr Schönes. Trotzdem machst du den Eindruck, als fürchtest du dich."
„Wie kommst du denn darauf?"

„Ich habe Augen im Kopf. Du zitterst, bist nicht bei der Sache. Ich habe das Gefühl, du bist geistig gar nicht anwesend. Willst du darüber reden?"

„Es geht darum, dass… Ich muss Mia wieder sehen! Sie ist es, für die ich eine echte Leidenschaft entwickeln kann."

„Soso. Das habe ich mir gedacht. Leidenschaft schafft nun einmal Leiden."

„Da gibt es gar nichts zu kichern! In deinem Alter ist man ja über solche Gefühle längst hinausgewachsen. Ich frage mich, ob du überhaupt jemals solche Empfindungen hattest."

Gustav runzelte die Stirn, was dazu führte, dass ich mich für meinen letzten Satz schämte.

„Im Sommer 1955 habe ich mich in das schönste Mädchen verliebt, das ich je gesehen habe", begann er. „Ich hatte nach einer langen arbeitslosen Zeit wieder eine Gelegenheitsarbeit gefunden und etwas Geld in der Tasche. Wir kamen ins Gespräch, Marita und ich, und ich dachte, es würde Eindruck machen, wenn ich sie auf einen Kaffee in ein teures Lokal einladen würde. Das tat es wohl auch, am Anfang jedenfalls. Sie schien mich zu mögen und erlaubte mir sogar, sie zu küssen; nicht gleich am Anfang! Wir wussten, was sich gehört! Erst, nachdem wir drei Wochen lang ausgegangen waren. Aber mein Lohn war dürftig und schließlich musste ich ihr sagen, dass mein Geld nicht ausreichte, um jede Woche in ein Lokal zu gehen. Da lachte sie mich aus und ging. Am nächsten Tag traf ich sie Händchen haltend mit einem anderen Burschen."

„Oh! Das tut weh!"

„Ja. Ich hatte lange daran zu knabbern, vor allem, weil ich sie immer noch bewunderte. Es ist schwer zu glauben, dass hinter einer schönen Fassade nicht auch ein schöner Charakter steckt."

„Ich glaube, Mia ist ein feiner Mensch, innen wie außen", sagte ich im Brustton der Überzeugung.

„Bestimmt ist sie das! Aber so ein wunderbarer Mensch bleibt selten lange allein."

„Ich weiß schon, was du mir sagen willst! Ich bin ja nicht blöd!"

„Nein, aber verliebt! Das läuft meistens auf dasselbe raus."

Teils aus Wut darüber, dass das Tabuthema nun ausgesprochen wurde, teils aus Nervosität, setzte ich die Teetasse so ungeschickt ab, dass sie überschwappte.

„Verdammt! Wieso diskutieren wir überhaupt darüber? In ein paar Minuten werde ich wissen, woran ich bin."

Gustav sah mir achselzuckend zu, wie ich meine Jacke überwarf, die Mütze aufsetzte und den Bauwagen verließ. Ich nehme an, dass er zu diesem Zeitpunkt schon mehr wusste als ich. Nicht etwa, weil er über Mia recherchiert hatte, sondern weil er sein Wissen aus vielen Quellen schöpfte, Quellen, denen ich noch nicht vertraute.

Es dauerte fast eine Stunde, bis ich vor dem Haus, in dem Mia wohnte, abstieg, so aufgeregt und zittrig, dass ich dabei fast zu Sturz kam. Weil ich sehr schnell gefahren war und natürlich auch wegen meiner Nervosität, stand mir der Schweiß auf der Stirn. Ich blickte auf die Uhr: Viertel nach acht – und das am Sonntag. Was sollte ich tun? Wenn ich jetzt läutete, störte ich die Morgenruhe. Es würde mir gut tun, ein wenig zu warten, bis ich mich einigermaßen abgekühlt hatte. Daher beschloss ich, mich auf eine Bank an der Straße zu setzen und zu warten.
Jetzt habe ich noch alle Chancen offen, dachte ich. Es ist noch nichts verdorben. Vielleicht wäre es klüger, gar nichts zu tun und mir die Hoffnung zu bewahren...
Ich sah auf die Uhr: zwanzig Minuten nach acht. Ich schloss die Augen und versuchte mich zu beruhigen; Meditation, Lichtkugel... Aber es ging nicht, alle meine Gedanken drehten sich um Mia. Zweiundzwanzig Minuten nach acht...
„Ist doch egal!" sagte ich mir. „Wenn es sein soll, klappt es. Da spielt es keine Rolle, ob es nun Viertel nach acht oder Viertel nach neun ist."

Ich nahm mein pochendes Herz in beide Hände, ging zur Haustür und läutete... ja, wo eigentlich? Ich kannte noch nicht mal ihren Familiennamen. Ich drückte einfach auf den untersten Klingelknopf. Irgendwer würde schon öffnen.
Es dauerte. Ein schlechtes Zeichen, wer auch immer die Klingel in seiner Wohnung hörte, hatte eben noch geschlafen...
Ich zögerte noch, ob ich nun den nächsten Knopf darüber drücken sollte, da ging die Tür auf und Mia stand vor mir. Sie hatte nur einen Morgenmantel an, Mit anmutiger Geste strich sie ihre glänzenden schwarzen Haare aus dem Gesicht. Der Blick aus ihren großen braunen Augen traf mich völlig unvorbereitet. Ich war so perplex, dass ich ein paar Sekunden brauchte, ehe ich ein paar unzusammenhängende Wörter über die Lippen brachte.
„Entschuldige, dass ich... Ich wollte... es ist mir wichtig, dass ich mit dir... Kennst du mich noch?"

„Ja – ich erinnere mich an dich. Habe aber keine Ahnung, wie du heißt. Woher weißt du, dass ich hier wohne?"

„Ich habe... äh, ich heiße Martin. Und ich habe mich beim Friseur nach dir erkundigt."

Ich lachte, um die Peinlichkeit zu überspielen. Auf Mias Wangen war eine leichte Rötung erkennbar, aber ich war mit Sicherheit dunkelrot.

„Und jetzt?" fragte sie.

Sie war übrigens nicht mehr im Bett gelegen. Sie war eben beim Frühstücken. Das schloss ich daraus, dass sie am Mundwinkel einen kleinen Krümel sitzen hatte, den sie sich in diesem Moment ableckte. Wie hübsch sie war! Mein Herz klopfte nun so laut, dass ich kaum noch hörte, was sie sagte.

„Wie? Ja, ich wollte dich einfach nur fragen, ob du Zeit und Lust hast, dich mit mir zu unterhalten... weil, weil..."

„Jetzt? Na gut. Wenn du schon hier bist, komm doch rein. Wir frühstücken gerade."

Als sich die Tür hinter mir schloss, glaubte ich, das Schwierigste sei überstanden. Das „wir" deutete ich als sie und ihre Großmutter. Doch als ich vom Flur in die Wohnung trat, fand ich einen jungen Mann vor, den mir Mia als Erich vorstellte. Er grüßte mich und gab mir die Hand. Bevor ich herausfinden konnte, in welcher Beziehung Erich zu Mia stand, kam Maja schwanzwedelnd herbeigelaufen und beschnüffelte mich. Ich streichelte sie ausgiebig, das half mir wenigstens ein bisschen über die peinliche Situation hinweg.

„Magst du Kaffee?" fragte Mia und bewegte sich mit einer Leichtigkeit und Selbstverständlichkeit, als wäre diese Situation etwas ganz Alltägliches.

„Ja, gerne!"

„Hier bitte! Nimm dir, was du brauchst. Steht alles auf dem Tisch."

Ich biss von einer Semmel und der Bissen blieb mir im Mund stecken.

„Ich kenne Martin von einem Unfall her", erzählte sie Erich. „Naja – einem beinahe-Unfall. Ein Lastwagen fuhr total knapp an uns vorbei, wir bekamen einen Riesenschreck, als er hupte, Maja machte einen Satz zur Seite und Martin... fiel zur Seite. So war es doch, oder?"

„Jaja – so war es."

„Kann blöd ausgehen, so was", kommentierte Erich. „Am besten, man meidet die Landstraße."

„Ja, das wäre besser. Geht halt nicht immer."

Ich lachte auffallend uncool. Erich verhielt sich so lässig, als wäre er hier zu Hause. Auf dem Tisch lag eine Zeitung, darauf stand eine Kaffeetasse mit der Aufschrift „Liebe ist..." und ganz vielen Herzchen. Das, was ich am meisten fürchtete, stieg wie ein Nebel auf und erstickte nach und nach meine wenigen Hoffnungsschimmer.

„Und?" fragte Mia. „Wie viele Kilometer hast du denn heute schon? Bist wohl immer mit dem Fahrrad unterwegs?"

„Ja, ich habe kein Auto; brauch ich nicht. Wenn ich wegfahre, nehme ich den Zug."

„Sehr vernünftig!" sagte Mia und setzte sich ganz nahe neben Erich. „Wir kommen ja auch nicht so viel herum. Meine Großtante wohnt nebenan und braucht viel Pflege. Aber das ist schon gut so. Erich hat als Bauleiter eh kaum Zeit, um mal wenigstens eine ganze Woche frei zu nehmen."

Sie sah Erich für einen Moment vorwurfsvoll an, um ihm gleich darauf einen Kuss auf die Wange zu drücken. Ich war mir sicher, dass mir in diesem Moment jemand ein Messer in die Brust rammte. Maja leckte mitleidig meine Hand.

„Ist halt so. Ist eh gut, dass es viel zu tun gibt", erwiderte Erich. „In zwei, drei Jahren, wenn ich mich bewährt habe, kann ich mich auf die großen Projekte stürzen. Dann heißt es: Ein halbes Jahr schuften, dann alles delegieren. Ich muss dann nicht mehr alles selbst machen. Dann habe ich Zeit für dich, mein Schatz!"

Das „mein Schatz" war wie ein erneuter Messerstich in mein Herz. Mir war klar, dass ich nur noch aus einem einzigen Grund sitzen blieb: Ich achtete mich in diesem Augenblick so gering, dass ich mich an den Schmerzen, die mir die beiden zufügten, ausgiebig weiden wollte. Meine Gedanken waren etwa folgendermaßen:

‚Liebes Schicksal, befreie mich von allen falschen Hoffnungen! Zeige mir so klar wie möglich, dass es mir nicht bestimmt ist, von einem Mädchen geliebt zu werden, so dass ich mich nie nie wieder in Versuchung führen lasse!'

Daher blieb ich, solang es ging. Ich hoffte auf immer neue Demütigungen, um endgültig von meinem schwärmerischen Herz geheilt zu werden. Nur Maja machte mir einen Strich durch die Rechnung, indem sie ständig meine Hand ableckte; ich glaube, sie spürte als einzige, was in mir vorging.

„Maja mag dich!" bemerkte Mia freudestrahlend, als ob mich das in irgendeiner Weise trösten würde.

„Ja!" lachte ich verzweifelt und tätschelte Majas Kopf.

„Und? Was machst du so?" fragte Erich und ich hasste ihn dafür.

„Ich? Ich bin Angestellter, sitze tagaus, tagein im Büro und bearbeite die Fälle, die auf meinem Schreibtisch landen; nicht besonders spannend."

„Aber wenigstens hast du geregelte Arbeitszeiten. Das ist heute viel wert. Ich komme manchmal erst um zehn Uhr abends aus dem Büro."

„Ja, da hab ich's doch gut..."

„Ach!" sagte plötzlich Mia. „Ich hab dich noch gar nicht gefragt – ist an deinem Fahrrad alles in Ordnung, ich meine, wegen dem Sturz...?"

„Ja ja. Alles in Ordnung."

„Und an dir?"

Was sollte dieses heuchlerische Gefrage? Klar – es war natürlich nicht mehr als eine Höflichkeitsfloskel. Wenn man mit einem Menschen nichts zu reden weiß, erkundigt man sich nach seinem Wohlbefinden. Eine beinahe mechanische Angelegenheit. Ich antwortete auf dieselbe Art und Weise.

„Es geht mir gut. Danke der Nachfrage."

Dann herrschte Schweigen und ich wusste, es war höchste Zeit, das Feld zu räumen.

„Ich fahr dann mal wieder weiter; hab noch eine längere Tour vor mir", log ich.

„So?" sagte Erich. „Wohin geht's denn noch?"

„Nach Bergheim. Ich habe da einen Onkel."

„So weit noch? Na, dann noch viel Spaß!"

Mia stand auf und brachte mich zur Tür. Sie wusste, was sich gehörte. Maja zwängte sich zwischen uns und begann zu winseln.

„Was der Hund nur hat... Sie muss einen Narren an dir gefressen haben."

Ja, so wie ich an dir, dachte ich. Ich war verzweifelt. Gingen die Messerstiche noch nicht tief genug? Glomm denn immer noch dieser quälende Hoffnungsfunke in mir? Ich konnte ihn nicht auslöschen, so sehr ich mich bemühte! Sie musste doch wissen, dass ich nur ihretwegen gekommen war! Und nicht etwa, um Smalltalk zu machen, sondern um mit ihr zu sprechen, über wichtige Dinge!

„Dann pass gut auf dich auf!" sagte Mia. „Du weißt ja – die Lkws rasen viel zu schnell."

„Klar doch!" entgegnete ich lächelnd, obwohl ich heulen können hätte. „Bis irgendwann!"

Und das wird in diesem Leben nicht mehr sein, dachte ich grimmig. Ich stieg aufs Fahrrad, ohne mich noch umzusehen. Natürlich fuhr ich zunächst in Richtung Bergheim weiter, um nicht als Lügner entlarvt zu werden, musste aber sofort darüber lachen; wen hätte es gekümmert? Sollte sie doch von mir denken, was sie wollte.

Ich fuhr einfach weiter, ohne auf den Weg zu achten. Ich schluchzte vor mich hin und bedauerte zutiefst, keine eigene Wohnung mehr zu besitzen, in die ich mich hätte verkriechen können. Ich war unfähig, umzukehren, weil ich mich nicht in der Verfassung fühlte, Gustav unter die Augen zu treten und ihm zu erzählen, wie mein Rendezvous verlaufen war. Darum radelte ich weiter und weiter und hoffte auf ein Wunder. Nach einer Stunde fühlte ich Hunger und großen Durst. Aber ich verbot es mir, ein Gasthaus aufzusuchen, weil ich es genoss, mich in den Qualen zu suhlen.
„Wenn du mich schon verspottest, ‚lieber' Gott", sagte ich, „dann tilge mich doch gleich von diesem Erdball! Dein Spiel wird langweilig, weißt du das? Du denkst, du könntest immer weiter deine Späße mit mir treiben, aber da mache ich nicht mit, verstehst du? Ich höre jetzt auf zu essen und zu trinken, weil mir an dem unlustigen Dasein, das du mir geschenkt hast, nichts mehr liegt. Es ist einfach nur dämlich. Lach du nur weiter, mir ist das Lachen vergangen! Deine Späße sind mir einfach zu albern."
Irgendwann begannen meine Beine zu schmerzen und eine unbewusste Regung führte mich wieder auf den Heimweg. Dann fiel feiner Regen vom Himmel, zwischendurch Schnee. Ich fror, obwohl ich aus Leibeskräften in die Pedale trat. Aber immer noch genoss ich dieses Leid. In Gedanken sah ich mich irgendwo im Straßengraben liegen, ein Häuflein Mensch, auf die Erde geworfen, mit Staub bedeckt, an dem die Autos achtlos vorüberfuhren.
Aber ich fiel nicht um. Meine Hände und Füße waren irgendwann gefühllos, meine Zunge klebte am Gaumen, meine Augen brannten, aber meine Beine verrichteten ihren Dienst, das Fahrrad rollte und rollte. Gegen Mittag kam ich an Gustavs „Wohnung" an. Ich schlotterte unübersehbar, als ich in den Bauwagen trat.

Gustav saß am Tisch und aß. Es roch nach frischen Eiern und Knoblauch.
„Möchtest du auch etwas?" fragte er naiv, als ob er nicht genau wusste, was mit mir los war.
„Ich könnte noch zwei Eier in die Pfanne hauen. Schmeckt hervorragend, wenn man das Brot noch etwas mitröstet."
„Es wäre nett, wenn du mich heute noch im Zelt schlafen lässt", sagte ich möglichst tonlos.

„Na klar! Warum nicht? Darüber haben wir doch schon gesprochen. Aber es ist erst Mittag. Du willst doch nicht jetzt schon schlafen?"

Ich war unfähig, etwas zu antworten. Ich stand nur da und schlotterte vor Kälte. Da machte Gustav etwas, was noch nie jemand mit mir gemacht hatte – jedenfalls nicht in den letzten zehn Jahren. Er stand auf und umarmte mich, lange, sehr lange. Ich war so verblüfft, dass ich mich nicht dagegen wehrte, was ich vermutlich getan hätte, wenn ich darauf gefasst gewesen wäre. Ich blieb zunächst steif stehen und ließ es geschehen. Dann erwärmte sich mein Körper und etwas Unerklärliches geschah: Meine Arme bewegten sich wie von selbst und legten sich um seinen Körper. Ich erwiderte seine Umarmung und plötzlich war mir so, als ging ein Beben durch ihn. Es fühlte sich tatsächlich so an, als würde Gustav an meiner Schulter weinen.
Ich löste mich aus der Umarmung, um in sein Gesicht sehen zu können, und tatsächlich – seine Augen waren feucht.
„Gustav?" fragte ich.
„Schon gut. Ich fühle mit dir. Und ich wünschte, ich könnte dir ein wenig von deinem Leid nehmen. Aber selbst wenn ich es nicht kann, so darfst du sicher sein, dass du niemals allein bist, egal, was passiert."

Ich war vollkommen verblüfft. In hatte mich so tief in meine Welt zurückgezogen, dass ich auf die Möglichkeit, jemand könnte dort eindringen, nicht vorbereitet war. Wenn ich mich vor der Welt verschloss, blieb ich alleine, das war immer so. Ich und mein Leid, wir hielten zusammen wie Pech und Schwefel. Ich hatte Zeit meines Lebens die Erfahrung gemacht, dass die Welt mit Leidenden nichts zu tun haben wollte. Und nun wurde unser „Bund" durch eine einfache Umarmung zerrissen. Gustav hatte in diesem Augenblick meine Erfahrungen ad absurdum geführt.

„Komm! Setz dich erst mal! Etwas Warmes im Bauch wird dir gut tun."
Er gab mir eines seiner Spiegeleier und schlug noch zwei Eier auf, die in der siedend heißen Pfanne brutzelnd eine feste Form annahmen.
„Und trink von dem Tee! Er ist noch einigermaßen warm."
Ich war so erschöpft von meiner Gewalttour, dass ich meinen Widerstand gegen Segnungen jeder Art nicht mehr aufrecht-

erhalten konnte. Ich aß und trank nach Herzenslust und Gustav bediente mich so aufmerksam wie ein Ober im Sternerestaurant.

Als ich satt war, fühlte ich mich, als läge das Ereignis von heute Morgen Jahre hinter mir.

„Möchtest du hören, wie mein Besuch bei Mia verlaufen ist?" fragte ich.

„Ich schätze mal, sie ist in festen Händen, stimmt's?"

„Stimmt."

„Und du hattest von Anfang an keine Chance."

„Richtig. Nur die Chance, mich gründlich zu blamieren, die hatte ich. Und ich hab sie genützt, das darfst du mir glauben."

Gustav sah mich einen Moment mit großen Augen an, dann lachte er los, wie ich ihn noch lachen hörte.

„Hahaha! Das ist gut! Sehr gut! Hahaha! Weißt du... weißt du, warum ich so lache?"

„Nein, weiß ich nicht."

„Weil mir vor vielen Jahren genau dasselbe passiert ist. Wenn ich daran denke... hahaha! Damals hatte ich mich in eine Musikerin verliebt, also nicht in eine, die zufällig eine gute Stimme hatte, nein, in eine richtige professionelle Musikerin mit einer Wahnsinns-Stimme! Ich hatte sie bei einem Konzert gehört und ging am Ende zu ihr hinter die Bühne, um mir ein Autogramm zu holen. Ich schmeichelte ihr, so gut ich konnte, und lobte ihr außergewöhnliches Talent mit den blumigsten Worten, bis sie schließlich denken musste, ich hätte wirklich Ahnung von der Musik. Daraufhin lud sie mich zu einem Dinner mit Freunden ein, in ein mondänes Künstlerlokal, das sozusagen ihre Stammkneipe war. Alleine hätte ich mich nie hinein getraut, aber nun war ich stolz, an ihrer Seite dort aufzutreten. Doch kaum hatten wir das Lokal betreten, war ich Luft für sie und ich war gezwungen, mich mit all den anderen Berufsmusikern zu unterhalten, die natürlich bald spitz kriegten, dass ich von Musik keine Ahnung hatte. Es war grauenhaft, immer wieder von anderen hochnäsigen Leuten angesprochen zu werden. Ich kam ihnen gar nicht aus, ich war schließlich ein Günstling des großen Stars und alle wollten herausfinden, wer nun dieser junge Mann war, den die Diva als Begleiter erwählt hatte. Ich tat mein Bestes, um meine bröckelnde Fassade noch eine Weile am Leben erhalten. Währenddessen suchte ich verzweifelt nach meiner Angebeteten, weil ich hoffte, sie würde mich retten. Aber was musste ich sehen? Wie sie sich reihum allen Männern an den Hals warf und betatschen ließ. Und – hahaha –

dann kam sie an meinen Tisch und fragte mich, ob ich mich gut amüsierte. Ich sagte, oh ja – es sei eine tolle Party und ich hätte schon viele wahnsinnig interessante Leute kennen gelernt. In Wahrheit – hihihi – in Wahrheit fand ich sie alle zum Kotzen!"

Wir lachten nun beide, bis wir nach Luft rangen.

„Und dann", fragte ich, „was hast du dann gemacht?"

„Ich verabschiedete mich formvollendet von ihr, was hast du gedacht? Ich verneigte mich mit großer Geste vor ihr, um ihr die Hand zu küssen. Dabei schlug ich mit der Linken dem Ober das Tablett mit den Canapés aus der Hand. Das Tablett fiel zu Boden und machte dabei einen Höllenlärm, alle schauten zu mir her. Da lief ich rot an wie eine Bremsleuchte beim Auto, steckte meinen Kopf in den Kragen und verließ die Gesellschaft."

„Oh mein Gott! Das ist ja noch peinlicher als mein Auftritt. Wie ging es dir danach?"

Gustav seufzte.

„Nicht gut. Gar nicht gut. Ich war überzeugt, der größte Idiot in Gottes Tierreich zu sein. Ich traute mich kaum noch auf die Straße, weil ich fest damit rechnete, unweigerlich einem der Partybesucher über den Weg zu laufen. Du musst wissen, es war eine Riesenfeier mit über hundert Gästen!"

„Und trotzdem kannst du jetzt darüber lachen."

„Ja. Wenn man erst mal verstanden hat, dass das Leben nicht ernst genommen, sondern fröhlich gelebt werden will, ist vieles leichter zu ertragen als in jungen Jahren, wo man alles noch persönlich nimmt. Ich verstehe sehr gut, wie du dich fühlst."

„Hmm... Wie ein Versager auf allen Gebieten. Egal, wohin ich mich wende – es ist schon immer jemand da, der es besser verstand."

„Das kommt daher, dass du dich nicht auf das besinnst, worin du der Meister bist."

„Ich? Meister? Ha! Worin sollte ich Meister sein?"

„In sehr vielen Dingen. Wenn du dich dafür entscheidest, kannst du jetzt Meister darin sein, allen Ereignissen etwas Positives abzugewinnen."

„Ach weißt du... ich habe es satt, immer nur der Starke, Duldsame zu sein. Ich will auch mal zu denen gehören, die den Rahm abschöpfen."

„Du sagst das so, als wüsstest du, wie sich diejenigen fühlen, die in deinen Augen den Rahm abschöpfen. Tatsächlich weißt du nichts über sie. Hast du schon einmal daran gedacht, dass dich diese Leute beneiden könnten?"

„Mich? Pff! Darum vielleicht, ein erfolgreicher Single zu sein?"

„Unsinn! Um die Fähigkeit, das Leben in allen seinen Facetten fühlen zu können. Du weißt, wie das Leben duftet, viele andere können es nur von außen betrachten."

„Oh wie toll! Der Duft des Lebens!" äffte ich ihn nach. „Hast du schon einmal darüber nachgedacht, wie es ist, immer nur an der Kläranlage des Lebens zu stehen?"

„Du bist zynisch. Das hilft dir nicht weiter. Ich verstehe dich, aber auch das nützt dir nichts. Du musst verstehen, dass es allein deine Entscheidung ist, welchen Teil von unendlichen vielen Teilen des Lebens du wahrnehmen willst. Als wir im Spätsommer vorne auf der Bank saßen und uns bis in den Abend hinein unterhielten, roch das nach Abwasser? Und als du von deiner Mutter nach Livorno eingeladen wurdest, war das übel? Ist es zum Kotzen, dass du jetzt mit mir in einem warmen Wagen sitzt und zu essen und zu trinken bekommst? Ich will dich nicht kritisieren, versteh mich bitte recht! Ich will dir nur erklären, dass du dem Leben nicht gerecht wirst, wenn du nur in die eine Richtung blickst. Denk an die Geschichte mit dem Meer und dem Salzwasser!"

„Jaja – ich weiß: ‚Sieh der Sonne entgegen, dann fallen die Schatten hinter dich!' Trotzdem bin ich im Augenblick vom Leben enttäuscht, weil ich nicht mehr weiß, worauf ich mich freuen könnte."

Gustav lächelte mich an. Dann öffnete er eine Tür unter seinem Schreibtisch und holte eine Flasche hervor.

„Ein feiner Tropfen, habe ich kürzlich in der Toskana erworben. Ein *Amiata Brunello di Montalcino 2005*. Ich trinke nur selten Wein, aber ich glaube, heute ist ein Tag und eine Stimmung, für die diese Traube gewachsen ist. Sie heißt *Sangiovese*, das heißt so viel wie ‚Jupiters Blut'. Vielleicht hilft uns dieser Wein, unsere Unterhaltung auf ein göttliches Niveau zu heben."

„Schon wieder ein Italiener…"

Es war noch früher Nachmittag und unter normalen Umständen hätte ich um diese Zeit keinen Alkohol getrunken. Doch heute, nach meinem Erlebnis mit Mia, war mir alles egal. Wer sollte mich deshalb rügen? Hatte ich überhaupt einen Ruf, den ich verlieren konnte? Für Mia war ich ein namenloser Dingsda. Wenn sie mich betrunken durch die Stadt torkeln sähe, würde sie mich bestenfalls bemitleiden. Verdammt!, dachte ich. Warum denke ich überhaupt noch an sie?

„Ich erzähle dir heute etwas über meine Vergangenheit, mein Lieber."

Gustav entkorkte die Flasche, goss den Wein mit großer Geste ein und erhob sein Glas.

„Auf Jupiter Optimus Maximus, den besten und größten der Götter! Ha! Bist du jetzt entsetzt? Glaube nicht, ich würde unseren christlichen Gott verhöhnen, ich spreche genau ihn an. Denn wer könnte größer sein als unser aller Gott? Ihm viele Namen zu geben, heißt so viel wie ihm keinen Namen zu geben. Aber warum sollten wir unseren Geist damit quälen, uns etwas Unvorstellbares vorzustellen? Suchen wir eine Eigenschaft heraus, die wir bewundern, und schenken sie einer Figur aus der Mythologie! Wir statten sie vollständig damit aus und formen ein Ideal. Dann haben wir einen Gott geschaffen, mit dem wir etwas anfangen können."

„Ich verstehe kein Wort."

„Macht nichts! Also Jupiter, welche Eigenschaften hat er von uns erhalten? Ich würde mal sagen, Macht, Kraft, Zielstrebigkeit, vielleicht auch Strenge. Wärst du gerne so wie Jupiter?"

„Ich? Ja – manchmal schon. Vor allem, wenn es darum geht, sich zu holen, was man will."

„So wie Jupiter auch den schönen Ganymed entführte, ich verstehe. Ersetze Ganymed durch Mia und du würdest sie jetzt besitzen, wenn du wärst wie Jupiter. Würde dir das gefallen?"

„Natürlich."

„Du würdest sie neben dich auf deinen Thron setzen und gemeinsam mit ihr herrschen, nicht wahr?"

„Ja..."

„Aber du würdest von dort oben auch sehen, dass es auf der Erde viele schöne Jungfrauen gibt und nicht wenige unter ihnen würden sich in dich verlieben und sich dir hingeben, wenn es möglich wäre."

„Wäre das so?"

„Aber ja! Du bist groß und mächtig und kein sterblicher Mann kann es mit dir aufnehmen."

„Klar."

„Es gibt mehrere Frauen, die nichts lieber tun würden, als zu deinen Füßen zu sitzen und sie zu salben. Natürlich sehnen sie sich auch danach, dein Schlafgemach zu teilen, aber daran wagen sie gar nicht zu denken, weil sie Mias Zorn fürchten. Daher stellst du dir unweigerlich die Frage, ob eine dieser Frauen, die sehnsüchtig nach dir hochblicken, nicht viel liebevoller wäre als die eine, die nur bei dir ist, weil du sie entführt hast."

„Ich weiß, was du mir sagen willst. Aber so dumm bin ich nicht. Wenn ich Jupiter wäre, würde ich Mia in mich verliebt machen."

„Das geht nicht. Tut mir leid! Nicht einmal Jupiter kann dem Herzen befehlen, wen es zu lieben hat."

„Dann will ich auch kein Jupiter sein."

„Gut! Dann hätten wir das schon mal geklärt."

Gustav rieb sich vergnügt die Hände und nippte zufrieden an seinem Glas.

Erst jetzt begriff ich, was er hier für ein Spiel veranstaltete. Er trieb mich mit seinen Fragen genau dorthin, wo er mich haben wollte.

„Sokratische Methode, was?" fragte ich. „Was willst du als Nächstes von mir hören?"

Gustav hob den Zeigefinger.

„Wir erarbeiten uns Erkenntnisse; das didaktische Prinzip folgt dem erkenntnistheoretischen. Es heißt, Sokrates habe seine Rolle in Gesprächen mit der einer Hebamme verglichen. Er sah sich als Unterstützer für etwas, was sowieso passieren wird; nur mit seiner Hilfe geht es schneller und leichter. Aber genug von Sokrates! Sag mir doch, was dich daran zweifeln lässt, dass sich ein weibliches Herz in dich verlieben könnte!"

„Meine Erfahrung. Noch nie hat sich ein Mädchen in mich verliebt."

„Woher weißt du das?"

„Ich hätte es wahrscheinlich gemerkt."

„Ja, wahrscheinlich! Wenn du dein Herz für alle Mädchen geöffnet hättest. Aber ich glaube nicht, dass du das getan hast. Du hast wie die meisten Männer in deinem Alter deinen Fokus auf die Schönen, Begehrten gerichtet. Für die anderen warst du blind."

„Woher willst du jetzt das wissen?" fragte ich genervt. „Was unterstellst du mir da?"

„Warte! Ich werde dir eine Geschichte erzählen. Noch Wein?"

XX.

„Als ich in deinem Alter war, hatte ich mit Frauen auch wenig am Hut. Ich dachte wie du und glaubte, die richtige Frau für mich müsse ich mir wohl selber schnitzen. Doch dann lernte ich Magdalena kennen, sie war klug, hübsch, selbstbewusst und nach kurzer Zeit war ich verheiratet. Wir bekamen auch einen Sohn, wie du weißt."

Ich beobachtete, dass er den Wein trank wie eine Medizin, die ihm verschüttete Erinnerungen zurückbringen konnte.

„Alles lief perfekt. In den sechziger Jahren ging alles wie von selbst. Arbeit gab es in Hülle und Fülle, für fleißige Leute gab es ordentlich zu tun und nicht wenige machten eine steile Karriere. Ich hatte eine Lehre zum Bankkaufmann gemacht und bald kam ich mit dem Zauberwort ,Aktie' in Berührung. Das Börsenwesen interessierte mich und ohne es zu wollen, wurde ich zum Aktienfachmann. Da ich etwas Geld zusammengespart hatte, traute ich mich schließlich, selbst eine größere Summe auf den Markt zu werfen. Zunächst hielten sich Gewinne und Verluste die Waage, doch dann landete ich einen Riesencoup.

Kannst du dir vorstellen, wie es ist, von einen Tag auf den anderen Millionär zu sein? Ich meine den richtigen DM-Millionär aus den sechziger Jahren, nicht den zweitklassigen Euro-Millionär dieser Tage."

„Nein, ich glaube nicht."

„Kannst du auch nicht. Ich konnte es auch nicht. Du glaubst, du hättest nun ständig Urlaub, keine Sorgen und bist nur von schönen Dingen umgeben. Aber weit gefehlt! Eine der erschreckendsten Dinge, die dann passieren, ist es, wenn du deine Stelle kündigst und spürst, dass zwischen dir und deinen früheren Kollegen eine Wand hochfährt. Plötzlich bist du keiner mehr von ihnen, du gehörst einer anderen Kategorie Mensch an, du bist jemand, dem man grundsätzlich misstraut. Und wen wundert's? Denn natürlich willst du ein eigenes Haus, eine Luxusvilla, von der du immer geträumt hast, mit Pool, Tennisplatz und so. Aber wo kannst du so ein Haus bauen? Nicht da, wo du bisher gewohnt hast, in der Mittelstandssiedlung, in der alle mehr oder weniger gleich waren, sondern dort, wo die Leute wohnen, die du bisher verachtet hast, die ihre Kinder auf Privatschulen schicken und in Lokalen speisen, die du bisher nur von außen kanntest, Leute, von denen du nicht viel weißt, aber doch ahnst, dass sie ihren Reichtum nicht ganz ehrlich erworben haben. Und plötzlich hast du sie als Nachbarn und wirst zu ihren Partys eingeladen, wo du dann andere Leute kennen lernst, die dich wiederum einladen usw. Und warum? Aus Langeweile. Um sich gegenseitig zu bestätigen, wie edel man doch ist, wenn man einem Wohltätigkeitsverein angehört, und wie engagiert, wenn man in der Schule seiner Kinder zum Elternsprecher avanciert. Um Phrasen über politische Themen zu dreschen, um den anderen klar zu machen, dass man das System durchschaut hat. Oder man protzt mit seinem neuen Wagen, einer Sonderanfertigung, die innen mit echtem Tropenholz verziert ist und pro hundert Kilometer dreißig Liter Benzin verbraucht.

Ich hab's nicht lange ausgehalten! Ich habe mich nach nur einem Jahr nach meinem alten Leben zurückgesehnt, wo ich sein konnte, wer ich wirklich war."

Ein weiterer Schluck Wein schien neue Erinnerungen wachzurufen.

„Doch ich hatte die Rechnung ohne meine Frau gemacht. Sie fand Geschmack an dem neuen Leben. Als ich ihr meinen Beschluss mitteilte, das Haus zu verkaufen und einen Großteil des restlichen Geldes zu spenden, erklärte sie mich für verrückt. Ich konnte sie verstehen, ein bisschen wenigstens. Sie stammte aus armen Verhältnissen und von einem Leben, wie sie es sich jetzt leisten konnte, hatte sie immer geträumt. Sie wollte es mehr als alles andere. Aber ich konnte ihr da nicht folgen, es hätte mich zerrissen. Daher mussten wir getrennte Wege gehen.

Magdalena wollte die Scheidung, wohl auch mit dem Hintergedanken, sich die Hälfte des Vermögens zu sichern. Und so kam es auch. Ich wehrte mich nicht dagegen, denn ich sah ein, dass mein Verhalten egoistisch war. Aber weiter in der Welt der Reichen zu leben, hätte ich nicht ertragen."

„Das kann ich nachvollziehen. Aber warum erzählst du mir das alles?"

„Der Wein löst die Zunge. Wahrscheinlich lastet es immer noch auf meiner Seele und ich will es los werden."

„Was? Die Scheidung?"

„Ja. Die Tatsache, dass wir uns nicht genug lieben konnten, um die äußeren Umstände in Kauf zu nehmen. Als ich mich mit der Trennung abgefunden hatte, nahm ich mir eine kleine Wohnung und hoffte, darin meinen Frieden wiederzufinden, aber es funktionierte nicht. Meine Frau und mein Sohn fehlten mir ganz schrecklich. Immer wieder fragte ich mich: War meine Entscheidung richtig? War es das wert? Und ich kam zu keinem anderen Ergebnis – ich konnte nicht anders handeln.

Das Interessante dabei ist: Ich hatte bis zu diesem Zeitpunkt unglaubliches Glück. Ich hatte einen Beruf gefunden, der mich ernährte und begeisterte, ich heiratete eine wunderbare Frau, bekam einen Sohn und jede Menge Geld. Ich hatte alles, was man sich nur erträumen konnte. Das Schicksal meinte es wirklich gut mit mir. Aber alles das hat nicht bewirkt, dass ich glücklich war – und damit kommen wir wieder an den Beginn unseres Gesprächs zurück: Wer unter uns ist glücklich? Verstehst du, was ich dir sagen will?"

„Ja, du meinst, wir können nicht wissen, was uns glücklich macht, oder?"

„Das und noch etwas anderes. Glück hat nie etwas mit den äußeren Umständen zu tun. Es kann nur in uns selbst entdeckt werden."

„Na prima! Dann sag mir, wo ich suchen soll!"

„Sei doch nicht so ungeduldig! Hier! Trink Wein und hör mir zu! Ich bin noch lange nicht am Ende."

Gustav schenkte auch sein Glas wieder voll, lehnte sich zurück und erzählte.

„Ich war auf der Suche nach dem Sinn, dem Sinn von allem und dem meines Lebens im Besonderen. Das tut man gerne, wenn das bisherige Leben nicht nach Plan verlaufen ist. Tatsächlich hatte ich wieder mal Glück und bekam einen Job bei der Bank. Ja, da staunst du, was? Ich tastete von meinem verbliebenen Geld – also von dem, was mir nach der Scheidung noch blieb - nichts an. Ich hätte vermutlich auch von der Rendite leben können, aber das wollte ich nicht. Und ich brauchte es auch nicht, denn der neue Job machte mir Spaß; ich durfte Banklehrlinge in die hohe Kunst des Börsengeschäfts einweihen. Du hättest sehen sollen, was die für Augen machten, als ich ihnen schilderte, wie man dabei über Nacht reich werden konnte. Aber noch größer wurden ihre Augen, als ich sie davor warnte, nach Reichtum zu streben. Hahaha!

Ich muss zugeben, ich hatte großen Spaß daran, den jungen Burschen ihre Flausen auszutreiben. Gerademal der Pubertät entwachsen, glaubten sie, ihren steinreichen Vorbildern nacheifern zu müssen. In dem Alter – das weißt du bestimmt am besten – kann man einen jungen Mann noch mit einem roten Sportwagen oder einer schwarzen Luxuslimousine begeistern. Denkst du nicht auch von anderen, die sich mit Symbolen des Reichtums umgeben, sie hätten ‚es' geschafft? Aber was ist das ‚es'?"

Ich zuckte die Achseln.

„Nichts! Eine Luftblase! Ein äußeres Zeichen dafür, in der Welt der Erwachsenen angekommen und akzeptiert zu sein. Ha! Die Welt der Erwachsenen – von allen Nichtigkeiten ist sie die Allerunbedeutendste. Aber leider ist es für viele junge Leute immer noch erstrebenswert, dorthin zu gelangen. Auch wenn sie in der Regel vorgeben, sie würden sich davon distanzieren. Und warum? Weil sie die Zeit der Reifung und des Lernens nicht genutzt haben, um herauszufinden, wer sie tatsächlich sind. Konnten sie auch gar nicht! Sie mussten schließlich Jahre damit verbringen, ihre Köpfe mit Formeln, Vokabeln und Jahreszahlen zu füttern. Was glaubst du wohl, wie es in meinen Unterrichtsstunden zuging?

Wir hätten Aktiengesetze und Volkswirtschaftslehre für die Bankkaufmannsprüfung pauken sollen, stattdessen entwickelten wir Ideen für eine Welt, in der jeder mit einem Minimum an Einkommen und Besitz maximale Zufriedenheit erreichen kann. Es war richtig gut, aber nicht gut fürs Bankengeschäft...

Als ich es zu bunt getrieben hatte und viele Lehrlinge ihre Entscheidung, Broker zu werden, überdachten, wollten mich die Bankchefs nicht mehr haben. Wer kann es ihnen verübeln?

Dann – du weißt, was jetzt kommt! – hatte ich die Idee, eine Schule zu gründen. Ich hatte Feuer gefangen! Und einige meiner ehemaligen Lehrlinge boten mir ihre Unterstützung an. Da sie aber nichts hatten außer einem regen Geist, begann ich damit, aus meinem Privatvermögen Stipendien zu vergeben. Den ersten Unterricht in meiner ‚Schule‘ gab ich bei mir zu Hause. Denn noch war ich nicht so weit, eine richtige Schule mit Lehrkräften und Lehrplänen zu errichten. Ehe ich die Idee in die Tat umsetzte, wollte ich mir noch pädagogisches Wissen aneignen. Durch Zufall fand ich in der Zeitung eine Annonce über ein Seminar zum Thema ‚Menschwerdung‘. Ich meldete mich an, zu verlieren hatte ich nichts.“

Er nahm einen großen Schluck Wein und seufzte. Ich war gespannt auf die Fortsetzung seiner Geschichte.

„Als ich zum ersten Mal den Vortragsraum betrat, war ich überrascht, dass vorne am Rednerpult eine Frau stand. Nein, ich bin nicht frauenfeindlich, ganz im Gegenteil! Aber sie war eine ungewöhnliche Frau, klein, sehr hübsch, sehr weiblich und überaus freundlich. So gar nicht der Typ Mensch, den man hinter einem Rednerpult vermuten würde, du weißt schon – diese gebräunten Nadelstreifen-Typen oder diese maskulinen Emanzen in ihren sauteuren Hosenanzügen. Sie jedoch wirkte wohltuend natürlich und sie redete mit einer Begeisterung, wie ich sie mir bei meinen Schülern immer gewünscht hätte."

„Worum ging es bei diesem Seminar eigentlich?"

„Darum, dass alles, was du im Außen siehst, zuerst im Innen entsteht. Alles, was du denkst und fühlst, manifestiert sich in deinem Körper und in deiner Umwelt. Ich habe mir ein Zitat von William James notiert, dem Begründer der akademischen Psychologie in Amerika: *,Die größte Revolution unserer Zeit dürfte die Entdeckung gewesen sein, dass die Menschen durch die Änderung ihrer Geisteshaltung die äußeren Umstände ihres Lebens ändern können.'*

James hat damit vor über einhundert Jahren etwas wieder erkannt, was Buddha schon vor 2500 und Jesus Christus vor 2000 Jahren wusste und was man jetzt über den Umweg der Quantenphysik nach und nach neu entdeckt, nämlich, dass wir durch unsere Beobachtung die Welt formen.

Aber - worauf ich eigentlich hinaus wollte – diese Frau faszinierte mich und am Ende des Seminars hatte ich mich in sie verliebt."

„Na sieh mal einer an!"

„Ja, auch ich bin ein Wesen aus Fleisch und Blut. Ich machte auch gar kein Hehl aus meiner Zuneigung für sie. Ich sagte ihr geradeheraus, dass ich sie liebe und dass ich mir sicher sei, dass wir füreinander bestimmt sind."

„Donnerwetter! Du gehst aber ran. Hattest du keine Angst, dich lächerlich zu machen?"

„Nein, hatte ich nicht. Weil ich an ein Scheitern gar nicht dachte. Ich war vollends überzeugt davon, die Frau meines Lebens gefunden zu haben."

„Und? Wie hat sie reagiert?"

„Sie blieb höflich, zog meine Avancen nicht ins Lächerliche und wurde auch ein bisschen rot, aber sie sagte mir ebenso freimütig, dass ich mich irrte. Sie habe ihren Traummann schon gefunden, ich sei es nicht."

„Wow! Das erinnert mich irgendwie an Mia..."

„Ja, in der Tat! Aber ich wollte nicht kampflos das Feld räumen und forderte eine Erklärung. Dann sagte sie mir Folgendes – ich werde es nie vergessen:

,Wir leben in einer Zeit, in der es Mode geworden ist, die Äußerlichkeiten zu verändern, in der Hoffnung, damit würde sich auch die Innerlichkeit verändern. Viele legen sich unters Skalpell und lassen sich Fett absaugen und Silikonpolster einpflanzen und glauben, damit würden sie andere Menschen werden. Aber sie sehen in die falsche Richtung, sie müssen nach innen sehen! Was sie suchen, finden sie im Außen nicht. Sie werden durch ihre Manipulationen nichts erreichen, damit schaffen sie nur den sichtbaren Beweis dafür, dass sie sich selbst nicht lieben. Und wie kann man jemanden lieben, der sich selbst nicht liebt? Man kann versuchen, ihm Liebe einzuhauchen, ihm begreiflich machen, wer er tatsächlich ist. Aber wenn er nicht begreifen **will**, ist das eine vergebliche Liebesmühe.

Wer sich ganz und gar liebt, erkennt noch mehr, nämlich dass er die Fähigkeit zur Veränderung in sich trägt. Er kann alles verändern! Sich selbst, seine ganze Umgebung, die ganze Welt. Wir brauchen keine Silikone, wir brauchen ein neues Bewusstsein.'

Während sie redete, fühlte ich mich nur noch mehr zu ihr hingezogen, und das schien sie zu spüren. Jedenfalls sagte sie dann noch:

,Du glaubst, du würdest zu mir passen, tatsächlich fühlst du dich von mir angezogen, weil ich mich liebe, meine Seele liebe. Noch einmal zum Mitschreiben: Lerne erst, dich selbst zu lieben, dann brauchst du nichts mehr. Alles, was du brauchst, findest du in dir selbst.'"

„Etwas Ähnliches habe ich auch von diesem Lehrer gehört, Herrn... Dietrich!"

„Soso? Na sieh mal einer an! Die Wahrheit greift um sich."

Plötzlich begann Gustav übers ganze Gesicht zu grinsen.

„Weißt du, was komisch ist?" fragte er. „Ich habe die ganze Zeit über gedacht, diese Frau hätte sich ihre Brüste mit Silikon vergrößern lassen, sie hatte nämlich einen enormen Vorbau, hihi! Aber sie waren echt, so wie die Frau echt war, in ihrem Denken, in ihrem Tun, in ihrem ganzen Wesen. Das machte sie so attraktiv."

„Hast du sie gefragt?"

„Was?"

„Wegen ihrer Brüste."

„Ach was! Das geht dich gar nichts an. Schäm dich! So, die Flasche ist leer. Du verträgst keinen Wein! Es hat keinen Sinn mehr, mit dir über tiefschürfende Dinge zu reden. Tss! Ich schütte mein Herz aus und er denkt nur an Brüste!"

„He! Du hast damit angefangen!"

„Hab ich das?" Er besah sich die Weinflasche und hielt sie gegen das Licht. „Im Wein steckt wohl doch allerhand Wahrheit... leer – bis auf den letzten Tropfen. Was machen wir jetzt?"

„Ich sollte mich endlich mal waschen. Ich habe immer noch meine verschwitzten Fahrradklamotten an. Ich rieche nicht besonders, fürchte ich."

„Eine gute Idee! Und ich dachte schon, der Wein ist gekippt. Mach mal, du weißt, wo die Dusche ist."

„Die ist aber kalt!"

„Das musst du aushalten. Du wirst es nicht bereuen."

„Wie ist das jetzt gemeint?"

„Nichts im Leben geschieht zufällig, wirst schon sehen."

Ich schnappte mir ein Handtuch und tappte hinaus in die Kälte, splitternackt. Die Gießkanne war voll und nicht zugefroren. Vorsichtig zog ich an der Schnur, die Gießkanne kippte nach vorn und ein paar dünne Wasserstrahlen benetzten meine Haut. Es war so kalt, dass ich im ersten Moment nicht unterscheiden konnte, ob mich eisiges Wasser oder glühende Nadeln trafen. Doch mit jedem neuen Schwall erschien es mir weniger kalt. Solange ich kräftig durchatmete und meine Haut mit der Bürste abrieb, war es beinahe angenehm. Als alles Wasser aus der Kanne verbraucht war, trocknete ich mich ab; das Handtuch aus Gustavs Beständen hat mit Sicherheit noch nie einen Weichspüler gesehen und kratzte über meine Haut wie ein Reibeisen. Es kostete mich erneut Überwindung, alle Stellen damit trocken zu reiben. Doch hinterher ging ein Kribbeln durch meinen Körper, ein Aufwallen, als lief eine Feuerwalze durch mich hindurch, eine Erregung, wie ich sie noch nie erlebt hatte. Ich musste zugeben, dass ich mich in diesem Moment großartig fühlte, jung und voller Energie, und das trotz des erniedrigenden Erlebnisses vom Vormittag.

Tief atmete ich die frische Luft ein und genoss das Gefühl, bei winterlichen Temperaturen nackt in der Natur zu stehen. Da schreckte mich ein Geräusch auf.

Es kam aus dem Wald. Ein Wanderer, der sich verirrt hatte? Nein, es war ein Tier, deutlich sah ich die Augen blitzen. Ein Wildschwein war es nicht, es bewegte sich leicht und geräuschlos. Konnte es sein, dass es hier Wölfe gibt? Wahrscheinlich ein Fuchs, dachte ich, hoffentlich nicht tollwütig. Schnell schlang ich mir das Handtuch um die Hüften und ging in den Wagen zurück.

„Gustav, ich muss dir sagen, es war toll unter deiner Dusche! Du hattest recht. Wenn man den ersten Schock mal überwunden hat – ist irgendwas passiert?"

Gustav hatte sein Notebook eingeschaltet und starrte wie hypnotisiert auf den Bildschirm.

„Nun sag schon! Was ist los?"

Gustav hob nur seine Hand, um anzudeuten, dass er gerade nicht sprechen konnte. Er hatte ein Mobiltelefon am Ohr. Es schien ihn nicht zu stören, dass ich mithörte.

„Guten Tag, Ludwig! Ich hab deine Nachricht eben erhalten. Wo bist du jetzt? – Soll ich dir einen Anwalt besorgen? – Hör zu! Du musst dich nicht opfern... - Klar – natürlich – aber – aber alles das nützt unseren Schülern nichts. Was soll jetzt aus ihnen werden? – Ich werde kommen und alles aufklären – doch! Aber... - Wie geht es den anderen? – Schön... Wo habe ich euch da nur hineingezogen... Du weißt, dass wir vermutlich abgehört werden, daher kann ich nur sagen: Es ist für euch alle gesorgt! Das weißt du! – Ja, natürlich! Und danke! Die Macht ist mit uns!"

„Was ist passiert?"

„Sie haben die Schule wieder einmal geschlossen."

Er warf das Handy in einer Geste der Hilflosigkeit hinter sich.

„Ludwig war wieder einmal zu vorlaut. Die Eltern eines Kindes, dem er Nachhilfe gab, haben das Amt informiert. Er hat nichts Schlimmes gesagt, aber für das Amt war das Wasser auf die Mühlen."

„Aber Ludwig hat doch bestimmt nichts über die Waldschule erzählt."

„Das glaube ich auch nicht. Aber wenn das Kind befragt wurde - Kinder sind ehrlich, wenn sie sich im Recht glauben, und Behörden sind nicht zimperlich! - dann hat es wohl auch über andere, gleichaltrige Kinder gesprochen, die in die Waldschule gehen. Die Schüler der Waldschule bekommen ja keinen Maulkorb verpasst; das wäre gegen alle unsere Grundsätze! Es wurde als vorsorglich – um möglichen Schaden von den Minderjährigen abzuwenden – angeordnet, die Schule bis auf weiteres zu schließen. Ludwig war ja immer schon dafür, sich zu seinen Zielen mutig zu bekennen... Ha! Jetzt sitzt er erst einmal in Untersuchungshaft."

„Er hat doch nichts verbrochen."

„Natürlich nicht. Es wäre auch gar nicht schwer, ihn wieder frei zu bekommen, aber er will nicht. Er ist dafür, die Sache an die Öffentlichkeit zu tragen, koste es was es wolle. Eine öffentliche Verhandlung wäre das geeignete Podium dafür, meint er."

„Hat er nicht recht?"

„Im Prinzip ja. Wenn er beweisen könnte, dass an unserer Schule nichts außer der Wahrheit gelehrt wird. Aber den Schülern glaubt man nicht; ich kenne das alles von früheren Prozessen her. Es heißt zwar immer, es gelte die Unschuldsvermutung zu Gunsten des Angeklagten, aber die Praxis sieht anders aus. Ehe man sich's versieht, wird man mit dem Vorwurf des Kindesmissbrauchs konfrontiert."

„Man könnte die Presse einschalten. Das ist doch ein Skandal!"

„Die Presse! Ich glaube nicht mehr an die Freiheit der Presse. Sieh dir an, wie ‚objektiv' in den Medien berichtet wird..."

Während er sprach, holte er einen Koffer aus dem Schrank und warf ein paar Sachen hinein.

„Was willst du jetzt tun?"

„Ich lasse Ludwig nicht im Stich. Wenn, dann gehen wir gemeinsam ins Gefängnis. Ich werde alles aufdecken. Ich halte mich schon viel zu lange versteckt. Ludwig hat recht: die Wahrheit muss auf den Tisch."

„Ich komme mit dir!"

„Nein. Du hast mit der Sache nichts zu tun."

„Ich lebe in deinem Haus. Ich denke doch, dass mich das was angeht."

„Danke, aber du könntest mir nicht helfen. Ich habe derlei Streitigkeiten mit Behörden schon oft ausgefochten, ich weiß schon, was zu tun ist. Du könntest dabei nichts tun, außer deinem Leumund zu schaden."

Ich sah ein, dass er nicht umzustimmen war.

„Ich kann doch nicht untätig hier herumsitzen."

„Musst du auch nicht. Meditiere! Stell dir ein positives Ende dieser Mission vor. Sei zuversichtlich! Die Wahrheit siegt."

„Kann ich dich erreichen?"

„Ich werde einen Blog im Internet einrichten. Es sollte mir gelingen, dort Nachrichten aus erster Hand zu veröffentlichen. Das Codewort lautet: *ohne Silikone*."

„Das hat was."

„In der Tat. Pass inzwischen auf mein Haus auf."

XXI

Ich war wieder alleine in dem Bauwagen am Waldrand. Das Zelt benützte ich wenig, weil all die Tücher und Decken klamm und feucht wurden, wenn man nicht ständig heizte. Der Winter verdiente in diesem Jahr seinen Namen nicht. Es gab kaum Frost und mehr Regen als Schnee. Trotzdem war ich überrascht, wie schnell der Holzstapel vor dem Wagen schrumpfte. Die Solarstromanlage auf dem Dach lieferte genug Strom, um das Notebook am Laufen zu halten.

Ach ja – immer wieder tauchte am Abend dieser scheue Fuchs auf, spähte kurz durch die Büsche und machte sich aus dem Staub, sobald ich auf ihn zuging. Ich dachte, vielleicht würde er mit der Zeit zutraulicher werden, wenn ich ihn mit etwas Fressen köderte. Was immer ich auslegte, war am nächsten Morgen nicht mehr da. Ich vermutete aber, es wurde nicht von dem Fuchs, sondern von anderen Tieren vertilgt.

An den regnerischen Tagen, wenn ich draußen nichts tun konnte und die Enge des alten Bauwagens unter einer warmen Decke genießen konnte, schaute ich auf Gustavs Blog-Seite. Nach einer Woche kam endlich die erste Nachricht von Gustav:

„Ludwig hat nun offen Kritik geäußert. Die Staatsanwaltschaft hat nicht lange gefackelt und eine Untersuchung eingeleitet, wegen Verdachts auf Verstöße gegen die Verordnung über Schulen in freier Trägerschaft. Wir hätten natürlich eine Genehmigung einholen müssen, die wir aber nicht erhalten hätten. Mein Hinweis darauf, dass das Grundgesetz ergänzende Schulen von der Genehmigungspflicht frei stellt, wird nicht als Argument anerkannt. Auch als Ergänzungsschule sei man gewissen Spielregeln unterworfen. Aber das war natürlich nur ein Vorwand dafür, nach gravierenderen Verstößen zu suchen, in der Lehrerschaft, unter den Schülern und Eltern. Aussagen im Unterricht, die etwa das Mehrparteiensystem in Frage stellen, seien eindeutig verfassungswidrig. Ich ahnte so etwas. Tatsächlich wurde im Unterricht lediglich über solche Themen **diskutiert**, ohne Wertungen abzugeben. Wir stellen doch keine Dogmen auf. Wofür halten die uns?"

Ich suchte im Internet nach den Artikeln des Grundgesetzes und fand den Art. 7:

(1) Das gesamte Schulwesen steht unter der Aufsicht des Staates.
(2) ...
(3) ...
(4) Das Recht zur Errichtung von privaten Schulen wird gewährleistet. Private Schulen als Ersatz für öffentliche Schulen bedürfen der Genehmigung des Staates und unterstehen den Landesgesetzen. Die Genehmigung ist zu erteilen, wenn die privaten Schulen in ihren Lehrzielen und Einrichtungen sowie in der wissenschaftlichen Ausbildung ihrer Lehrkräfte nicht hinter den öffentlichen Schulen zurückstehen und eine Sonderung der Schüler nach den Besitzverhältnissen der Eltern nicht gefördert wird. Die Genehmigung ist zu versagen, wenn die wirtschaftliche und rechtliche Stellung der Lehrkräfte nicht genügend gesichert ist.

Wie auch immer, dachte ich, solange das gesamte Schulwesen unter der Aufsicht des Staates steht, kann sich Gustav nicht auf den Passus der fehlenden Genehmigungspflicht berufen. Aber das wusste er mit Sicherheit selbst.

Es war doch verrückt! Zwei ergraute Herren legen sich mit dem Gesetz an, obwohl sie einen ruhigen Lebensabend verbringen könnten. Wozu?

Am Rande meines Blickfelds erhaschte ich eine Bewegung. Ein Blick durchs Fenster klärte mich darüber auf, dass mein tierischer Besucher nun tatsächlich den schützenden Wald verlassen hatte und direkt neben dem Zelt stand. Für einen Fuchs war das Tier zu groß. Für einen Wolf zu braun. Seine Nase war ständig in Bewegung und schnupperte den Eingang sorgfältig ab. Was mochte dort so interessant riechen? Ich war seit über einer Woche nicht mehr im Zelt.
Mir fiel auf, dass der Hund Maja zum Verwechseln ähnlich sah. Vielleicht... Ich fasste mir ein Herz und rief: „Maja!"
Der Hund zuckte zusammen. Noch einmal rief ich seinen Namen. Der Hund erschrak nicht, sondern versuchte, den Laut zu orten. Ich öffnete die Tür und trat ins Freie.
Nun rief ich leiser: „Maja..."

Der Hund stieß ein pfeifendes Winseln aus und ging auf mich zu. Als er ganz nah bei mir war, streckte ich meine Hand nach ihm aus; sogleich leckte er sie ab.

Ganz eindeutig – das war Maja, Mias Hündin!

Ich streichelte sie und brachte ihr ein Stück Käse, das sie sogleich verschlang.

„Maja, was machst du hier?" fragte ich sie.

Sie winselte kaum hörbar und wandte sich dem Wald zu. Dann blieb sie stehen und sah mich mit ihren bernsteinfarbenen Augen durchdringend an. Ich folgte ihr ein paar Schritte. Erneut lief sie ein Stück näher zum Wald und schaute mich erwartungsvoll an.

„Ich habe keine Zeit, Maja! Ich muss..."

Was muss ich eigentlich?

„Also gut, ich sehe mir mal an, was du mir zeigen willst. Aber nur kurz!"

Kaum hatte ich ein paar Schritte gemacht, lief Maja los. Wie ein Kaninchen sprang sie im Zickzack durch den Wald, so dass ich gezwungen war, ebenfalls zu laufen. Sie wartete immer genau so lang, bis ich sie gerade eben entdeckte, dann sprintete sie wieder los. Das heißt – sprinten musste nur ich, bei ihr sah das alles ganz locker und elegant aus.

Plötzlich hörte ich eine vertraute Melodie – der Klingelton meines Handys. Zunächst wollte ich es ignorieren, doch dann fiel mir ein, es könnte Gustav mit einer wichtigen Nachricht sein, und sucht meine Jackentaschen ab. Ich tastete danach, zog es noch halb im Laufen heraus, stolperte über einen quer über dem Weg liegenden Ast und verlor es. Dann war es schon zu spät, der Anrufer hatte aufgelegt. Während ich halb am Boden liegend nach dem Handy griff, las ich unter *verpasste Anrufe: Mama*. Ohne zu zögern drückte ich auf *Rückruf*.

„Hallo! Mama! Was gibt's?"

„Nichts Besonderes. Ich bin nur neugierig."

„Aha?"

„Na, wegen deiner Mia, du weißt schon... Du hast sie doch besucht, oder?"

„Ja, hab ich."

„Und? Lass dir doch nicht jedes Wort aus der Nase ziehen!"

„Schlechte Papiere. Sie hat schon einen Freund."

Schweigen.

„Das tut mir leid, Martin. Ich dachte wirklich, das wäre jetzt die Richtige."
„Ja, ich auch…"

In diesem Moment hörte ich eine Stimme.
„Maja! Maja!!"
Aha! dachte ich. Das Frauchen sucht nach der Ausreißerin. Aber – das Frauchen, das wäre dann Mia!

„Martin? Bist du noch dran?"
„Ja. Bin noch dran. Es ist nur…"

„Maja! Da bist du ja! Wo hast du dich denn rumgetrieben?"
Mia! Das war Mias Stimme! Und dort stand sie und streichelte ihren Hund…

„Was? Wo bist du überhaupt? Ich höre andere Stimmen? Bist du in einer Kneipe?"
„Nein. Ich steh im Wald. Im wahrsten Sinne des Wortes. Du – Mama! Es ist gerade schlecht. Ich ruf dich später nochmal an, o.k.?"

Ich steckte das Handy ein und überlegte, was ich zu Mia sagen sollte. Mir kamen idiotische Sätze in den Kopf wie: „Ist es mit Erich aus?" oder „Schön, dich zu sehen." Oder „Siehst du? Maja, weiß, dass wir füreinander bestimmt sind."
Und schließlich winkten wir uns nur zu. Sie hatte den Hund an die Leine genommen und der zog sein Frauchen nun hinter sich her, direkt auf mich zu. Sie trug eine Wollmütze, unter der ihr leicht gerötetes Gesicht sehr zierlich aussah.

„Ich dachte gleich, dass mir der Hund bekannt vorkommt", sagte ich.
„Hallo, Martin. Das ist jetzt aber ein Zufall… Oder nicht?"
Ich versuchte den Klang ihrer Stimme zu deuten; lag Freude darin, etwa darüber, mich zu sehen? Nein – Freude hörte sich anders an. Was ich zu erkennen glaubte, war eine große Unsicherheit.

Sie schüttelte den Kopf. „Ich weiß jetzt gar nicht, was ich sagen soll. Ich bin Maja gefolgt. Seit du bei mir warst, kratzt sie ständig an der Tür. Wenn ich sie raus lasse, verschwindet sie und kommt stundenlang nicht wieder. War sie in letzter Zeit bei dir?"
„Ich glaube, sie war jeden Tag hier. Aber ich hab sie zunächst nicht erkannt; sie ist immer am Waldrand stehen geblieben. Heute kam

sie ganz nahe an das Zelt – äh, ich meine, an das Haus heran. Ich wollte ihr eben hinterherlaufen. Es kam mir so vor, als wollte sie mich hinter sich herlocken."

Ich beugte mich zu Maja hinunter und ließ es mir gefallen, dass sie mein Gesicht ableckte. Mia spitzte ihre Lippen und fragte: „Du hast nicht irgendwo so ein Lockmittel in der Tasche? Es ist doch komisch, dass sie dich hier mitten im Wald sucht."

„Oh! Nein!"

Mia musste ja denken, dass ich ihren Hund benutzte, um mit ihr in Kontakt zu treten, womöglich absichtlich im Wald. Das wäre nun wirklich eine ganz üble Masche. Ich verstand, dass sie mir heute mit Skepsis begegnete.

Mir wurde blitzschnell bewusst, dass ich Mia nun gestehen musste, unter welchen Umständen ich lebte.

„Ich – äh – wohne hier ganz in der Nähe."

„Maja, lass das!" sagte sie scharf. Maja hörte auf, mich abzulecken und sah ihr Frauchen mit einer entwaffnenden Unschuldsmiene an. „Sie macht das bei allen Leuten und nicht jeder freut sich darüber."

„Glaub mir, ich bin kein Hundefänger oder so. Ich hab ihr nicht mal etwas zu Fressen angeboten, am Anfang jedenfalls. A propos – darf ich dir etwas zu trinken anbieten? Von Niedernhofen aus ist es weit."

„Ja – das wäre nett", antwortete Mia. „Ich habe wirklich Durst, und Maja auch."

Während wir durch den Wald in Richtung meiner Behausung gingen, überlegte ich, ob ich bei der Wahrheit bleiben oder doch zu einer Notlüge greifen sollte. Ich könnte sagen, dass ich hier nur am Wochenende bin, um zu entspannen.

Doch als das Zelt am Waldrand auftauchte, sagte Mia sofort: „Hier wohnst du?"

„Also, das ist eigentlich nur – "

„Das ist ja ein Paradies!"

„Wie? Findest du?"

„Aber ja! So nah am Wald, weit und breit keine Straße und kein Lärm. Der Wagen gehört auch dazu?"

„Ja. Es ist halt recht spartanisch, kalte Dusche, Plumpsklo und nur Regenwasser..."

Sie lachte und es war herzlich, nicht gespielt.

„Ist doch wunderbar! Das hätte ich dir nicht zugetraut, ehrlich."

„Du hast gedacht, ich bin Besitzer einer Eigentumswohnung im fünften Stock eines Wohnblocks, passend für einen langweiligen Büromenschen?"

Ich bemerkte, wie zynisch das klang.

„Warum sagst du das? Ich habe mir nichts dergleichen gedacht."

„Entschuldige. Ich kann mich wohl selbst nicht besonders leiden."

„Ich sage immer: Vertraue dem Spürsinn eines Hundes, dann weißt du, was du von den Leuten halten sollst."

Das war jetzt richtig nett!

„Ich würde dich gerne in das Zelt einladen, aber dazu müsste ich erst den Holzofen anheizen."

„Wenn es dir nichts ausmacht? Ich liebe diese alten Öfen!"

„Tatsächlich? Ja, dann..."

Ich tat so geschäftig wie möglich und hoffte inständig, noch Altpapier im Wagen vorzufinden, um das Feuer in Gang bringen zu können. Ich suchte und suchte, aber ich fand nichts. Also musste heute der Zugfahrplan daran glauben. Die Streichhölzer waren zum Glück noch trocken und in zehn Minuten war das Feuer kräftig genug, um sich seine Nahrung von den Holzscheiten zu holen, die ich nicht zu knapp im Ofen gestapelt hatte.

Mia rückte ihr Kissen ganz nah an den Ofen heran und rieb sich die Hände warm. Gerne hätte ich ihr dabei geholfen, denn sie hatte sehr schöne Hände, nicht zu zart und nicht zu kräftig.

Ich reichte ihr eine Decke und servierte heißen Tee aus Gustavs edlem Silberkännchen. Wenn ich schon armselig wohnte, sollte wenigstens ein gewisses Maß an Stil gewahrt bleiben. Bald war der Ofen so heiß, dass wir die Jacken ausziehen konnten und ein wenig vom Feuer abrücken mussten.

„Es ist unglaublich entspannend hier!" schwärmte Mia. „Die bunten Tücher, die bequemen Kissen – und gleich daneben der Wald. Ich verstehe, warum es Maja hierher zog."

„Ein kluger Hund! Aber... ich muss gestehen, das alles gehört gar nicht mir, sondern einem alten Herrn, der mich von Zeit zu Zeit hier wohnen lässt."

„Das wird ja immer besser!"

Diesmal lachte sie ganz offen. Ich freute mich zu sehen, wie sie ihre Unsicherheit ablegte. „Und wenn er sein Domizil bewohnen will, wirft er dich raus und du bist obdachlos?"

„Neinnein! So streng ist er nicht. Wir halten es auch zu zweit ganz gut miteinander aus."

„Es ist schön, wenn sich alte und junge Menschen gut verstehen. Das Haus, in dem ich wohne, gehört meiner Großtante. Ich helfe ihr ab und zu, dafür darf ich umsonst dort wohnen. Ist aber nicht mein Traumhaus, auch wenn es nicht so alt wäre; liegt viel zu nah an der Straße. Man müsste es renovieren, aber dazu fehlt ihr das Geld, und mir auch. Naja – Erich möchte, dass ich zu ihm ziehe, aber wer soll sich dann um Tantchen kümmern?"

Braves Tantchen! dachte ich. Möge dir noch ein langes Leben vergönnt sein! Wenngleich sich bei der Erwähnung des Namens Erich mein Magen zusammenzog.

„Natürlich!" pflichtete ich ihr bei. „Einen alten Baum verpflanzt man nicht, heißt es."

„Genau. Und außerdem hänge ich sehr an ihr. Ich darf sagen, sie ist mein Mutterersatz. Meine Mutter ist Portugiesin, sie ist bald nach meiner Geburt wieder in ihre Heimat zurückgegangen, weil sie es hier in Deutschland nicht ausgehalten hat. Aber ich bin hier geboren und aufgewachsen. Bis heute kann ich kein Wort Portugiesisch sprechen, haha! Mein Vater hat sich nicht wirklich um mich gekümmert, war immer auf Geschäftsreise. So gab es nur noch meine Großtante."

„Meine Mutter ist vor einem Vierteljahr nach Italien ausgewandert. Sie ist mit einem reichen Geschäftsmann aus Livorno verlobt."

Noch während ich das sagte, begriff ich, wie naiv es war, meine Situation mit der eines kleinen Mädchens zu vergleichen. Aber Mia reagierte in keiner Weise beleidigt.

„Verlobt? Dann gibt es bald eine Hochzeit?" fragte sie und freute sich wie ein kleines Kind. Ich entdeckte entzückende Grübchen auf ihren Wangen.

„Ich weiß noch nicht, ob ich mich darüber freuen soll..." entgegnete ich ausweichend.

„Oh! Das ist immer ein kleiner Schock, wenn die Eltern etwas völlig Unvorhergesehenes tun."

„Ja, obwohl - ich sollte mich eigentlich schon darüber freuen. Es gefällt ihr dort und ihr neuer Mann Giovanni trägt sie auf Händen."

„Das ist doch wunderbar."

Mein ohnehin schon aufgeweichtes Herz schmolz dahin. Ihr Lächeln und ihre Art, sich zu freuen waren unbeschreiblich schön und ansteckend. Eine Weile sahen wir uns nur an und lächelten.

„Und dein Vater?" fragte Mia vorsichtig.

„Ist gestorben. Ein Unfall, kurz bevor sich meine Eltern scheiden lassen wollten."

„Oh!"

„Meine Mutter gibt sich dafür die Schuld. Sie meint, ihre bösen Gedanken hätten den Unfall verursacht. Ich weiß auch nicht..."

„Das kann ich mir gut vorstellen. Unsere Gedanken sind mächtiger als wir glauben."

„Du glaubst, mit Gedanken kann man einen Menschen... sozusagen um die Ecke bringen?"

„Ja, das glaube ich. Ich habe das noch niemandem erzählt, aber als meine Mutter sagte, sie ginge von uns weg, war ich sehr wütend auf sie. Ich fühlte mich wohl in Deutschland, ich hatte viele Freunde, mit der deutschen Sprache bin ich aufgewachsen. Aber sie hat immer nur davon geredet, wie schrecklich es hier sei, wie engstirnig die Menschen, wie unmenschlich die Behörden seien und so weiter, aber das hatte sie sich alles selbst zuzuschreiben. Sie hat sich geweigert, deutsch zu lernen und Freundschaften hat sie gar nicht zugelassen. In meiner Wut habe ich ihr gewünscht, sie solle einmal wirklich unter Leute geraten, die ihr etwas Böses wollen. Und was geschah? Sie hat einen Mann kennen gelernt und geheiratet, der sie behandelt hat wie eine Hure. Sie durfte nicht einmal ohne seine Einwilligung das Haus verlassen. Sie wurde verprügelt und vergewaltigt. Da sie schon immer eine hochmütige Frau war und sich bei allen unbeliebt gemacht hatte, half ihr kein Mensch, als sie darum bat. Sie hatte Glück, dass ihr Mann wegen eines Drogendelikts eingesperrt wurde. Sie hat sich dann getraut, ihn anzuzeigen und die Ehe wurde geschieden. Jetzt lebt sie ganz bescheiden und alleine in einem Dorf bei Guarda. Ich glaube sogar, sie ist ein bisschen glücklich."

„Hmm... Im Grunde ist jeder seines Glückes oder Unglückes Schmied, oder?"

„Ja, schon. Aber ich bin mir dennoch sicher: Wenn ich ihr verziehen hätte, wäre es gar nicht so schlimm gekommen."

„Vielleicht war das alles notwendig, um ihren Stolz zu brechen. Dann hättest du ihr nichts Böses getan, sondern geholfen, eine wichtige Lektion zu lernen."

„Und welche Lektion hat deine Mutter ihrem Mann erteilt? – Entschuldige! Das war jetzt taktlos."

Sie vergrub ihr Gesicht in den Händen. Ich nahm ihre Hände in meine. Bei der Berührung begann mein Herz zu rasen. Sie hatte die Augen niedergeschlagen. Sie schämte sich wirklich, dachte ich. Was für ein unschuldiges Wesen! Ihr Gesicht war nur eine Handbreit von meinem entfernt. Ich hätte sie am liebsten geküsst.

„Neinnein, schon gut!", sagte ich mehr zu mir selbst, um die Versuchung zu verdrängen. „Ich verstehe, warum du das fragst. Mein Vater war ein Mensch, der sich immer als Opfer sah. Er fürchtete sich sein ganzes Leben lang vor Pech und Unglück, und genau das bekam er auch. Wenn jemand bei Glatteis ausrutschte und sich den Arm brach, dann er. Wenn jemandem im Ausland das Auto gestohlen wurde, dann ihm. So ging es Tag für Tag, Jahr für Jahr. Er konnte sich über nichts freuen, weil er glaubte, für jedes Stückchen Freude Buße tun zu müssen. Was soll ich über ihn sagen? Sein Tod war eigentlich nur konsequent, aus seiner Lebenssicht."

Mias Augen waren jetzt wieder auf mich gerichtet, aufmerksam, mitfühlend.

„Es wäre falsch, wenn ich seinen Tod meiner Mutter anlasten würde. Vielleicht hat sie gespürt, was in seiner Seele vor sich geht. Mir kommt es so vor, als hätte sie sein Flehen gehört. Vielleicht hat er ja immerzu gerufen: ‚Lasst mich endlich sterben! Dieses Leben ist zu hart für mich.'"

„Ich verstehe, was du meinst. Am Ende hat ihm deine Mutter doch geholfen, seinen Willen zu erfüllen."

„Ja, genau!" Ich hätte nie im Leben erwartet, dass jemand meinen abstrusen Gedanken folgen könnte. „So könnte es gewesen sein. Und meine Mutter hat inzwischen ihren Frieden mit dem Unglück gefunden. Seit dem Tod meines Großvaters ist sie eine andere, ruhiger, lebensfroher."

„Wann war das?"

„Erst vor ein paar Wochen. Irgendetwas ist ihr damals klar geworden. Ich weiß nur nicht, was das mit meinem Großvater zu tun hat."

„Ich habe einmal gelesen, dass Verstorbene noch einige Tage bei uns bleiben, um uns wichtige Dinge mitzuteilen."

„Ja, das ist gut möglich. Meine Mutter war früher oft hart und selbstgerecht, jetzt, habe ich den Eindruck, geht sie behutsamer mit ihren Gedanken um. Sie lässt die Dinge oft laufen, auch wenn das Ergebnis nicht ihrer Vorstellung entspricht. Sie ist insgesamt viel friedlicher geworden."

„Das kann ich mir gut vorstellen, jetzt, mit einer neuen Liebe."

Wieder lächelte sie auf eine magische Art. Ihre Wangen waren gerötet.

„Ja, sie ist wirklich sehr glücklich jetzt", fügte ich an.

Lächelt Mia jetzt, weil sie diese Art Glück kennt, fragte ich mich, oder weil sie es gerne hätte?

„Ich muss dann wieder los!" sagte Mia schließlich. „Ich habe noch eine Stunde zu gehen. Ich hoffe, Maja kann sich von dir losreißen."
Die Hündin hatte ihren Kopf auf mein Bein gelegt und sich von mir die ganze Zeit über kraulen lassen. Als Mia aufstand, hob sie den Kopf, machte aber keinerlei Anstalten, sich zu erheben.

„Siehst du!" sagte ich. „Maja will auch, dass du noch bleibst. Es ist noch Tee da..."
„Ich kann ja ein anderes Mal wieder kommen."
„Ich würde mich freuen."
Ihre Wangen wurden noch etwas röter.
„Also dann – auf Wiedersehen. Komm jetzt, Maja!"
Die Hündin erhob sich langsam, streckte sich und gähnte.
„Und wenn du Maja vermisst, weißt du, es geht ihr gut."
„Ja! Natürlich!"

Und dann ging sie und ich stand auf wackeligen Beinen und sah ihr nach, bis der Wald sie verschluckte.

Was sich soeben ereignet hatte, kam mir vor wie ein Wunder. Es war ein Wunder, zweifellos! Nie hätte ich damit gerechnet, Mia hier bei mir zu Gast zu haben. Keinesfalls hätte ich sie so eingeschätzt, als könnte sie einer so chaotischen und unzivilisierten Behausung etwas abgewinnen. Und in meinen kühnsten Träumen hätte ich nicht erwartet, dass sie mir ganz persönlich dieses bezaubernde, hinreißende, unwiderstehliche Lächeln schenken würde.

Ich wankte zurück in den Bauwagen, um nach einer Flasche Wein zu suchen. Ich wollte meinen Rauschzustand auskosten, genug trinken, um nichts mehr erleben zu müssen, was dieses wunderbare Erlebnis aus meinem Gedächtnis drängen könnte.
Wein fand ich keinen, dafür zeigte das Notebook eine neue Nachricht an.

„Mein lieber Martin!
Es kommt immer besser. Natürlich habe ich ganz und gar auf Ludwigs Seite geschlagen. Auch ich habe mir den Maulkorb heruntergerissen und Tacheles geredet. Nun wird uns vorgeworfen, die freiheitlich-demokratische Grundordnung des Staates zu unterwandern. Wir werden in einem Atemzug mit den Kommunisten der Chruschtschow-Ära genannt. Ein Witz! Dabei sind es doch gerade wir, die diese Freiheit zurückerobern wollen.

Man muss sich nur anschauen, wie das Leben eines freien Menschen hierzulande ausschaut: Er arbeitet immer mehr, damit er sich immer mehr Sachen leisten kann, die er nicht braucht. Er lässt sich suggerieren, dass alle diese Sachen seine Lebensqualität erhöhen, aber das Gegenteil ist der Fall. Sie machen ihn abhängig, unfrei. Denn was er für teures Geld kauft, muss er auch benützen, damit sich die Investition lohnt.

Seinen Kindern trichtert er ein, dass sie allen möglichen Unsinn lernen müssen, um später so viel Geld verdienen zu können, dass sie sich wie er alles leisten können, am besten noch mehr. Dabei ist er selber schon nahe daran, verrückt zu werden, weil er keine Zeit mehr hat, seinen Wohlstand zu genießen. Ist es ein Wunder, dass die Kinder frustriert sind, weil sie sich mehr leisten sollen als ihre Eltern, die bereits jetzt kaum noch Zeit für ihre Kinder haben?

Es wird zur Anklage kommen und ich bestehe darauf, mich selbst vor Gericht zu vertreten. Das fehlte bloß noch, dass so ein dummstudierter Sesselfurzer für mich spricht, der nichts anderes im Sinn hat, als dem System in den Hintern zu kriechen."

Oh! Was sind das für Töne? dachte ich. Gustav schien wirklich schwer verärgert zu sein. In dieser Stimmung sollte er vielleicht lieber nicht an seinem eigenen Plädoyer basteln. Vielleicht sollte ich ihm ein paar Zeilen schreiben...

„Lieber Gustav!

Ich verstehe, dass du wütend bist. Aber ich glaube, du solltest die Ankläger nicht zu ernst nehmen. Es gibt doch keinerlei Anhaltspunkte für kommunistische Aktivitäten. Ich kenne dich als aufrichtigen Menschen, der nichts, was er je getan hat, bereuen müsste. Du warst ehrlich zu dir selbst und ehrlich zu anderen. Bleib cool! Nichts wird so heiß gegessen, wie's gekocht wird. Ich erwarte dich bald wieder zurück. Bis dahin besorge ich Wein."

Das wird ihn aufheitern! dachte ich. Ich sollte wirklich Wein besorgen...

Also rauf auf's Fahrrad und ab in den nächsten Getränkeladen – oder zur nächsten Tankstelle, es war Sonntag.

Ich wunderte mich über meine Spontaneität und Lebensfreude. Vor einer Woche hätte ich mich im Wagen eingeschlossen, um ja keinem Menschen zu begegnen. Ach, Mia! Du bist so gut für mich!

Ich hatte dann doch drei Flaschen besorgt, eine für Gustav, eine als eiserne Reserve und eine, um sie gleich zu trinken. Ich brauchte jetzt einen leicht umnebelten Zustand, um besser in meinen Tagträumen mit Mia schwelgen zu können. Ich träumte schon von ihrem nächsten Besuch, wie wir uns ganz lange und intensiv unterhielten, von ersten Berührungen und davon, dass sie mir eines Tages gestand, dass es mit Erich aus sei... ERICH!!!

Der erste Schluck Wein blieb mir im Halse stecken. Was redete ich mir nur ein? Mia war mit Erich so gut wie verheiratet. Sie hatte ihn „Schatz" genannt. Er war der Mann ihrer Träume, nicht ich. Er konnte ihr ein eigenes Heim bieten, er würde der Vater ihrer Kinder sein...

Urplötzlich fühlte ich mich saft- und kraftlos. Ich zwang mich, das Geschehene realistisch zu betrachten... Mia war ihrem Hund gefolgt und dabei zufällig mir begegnet. Da sie ein höflicher Mensch war, hatte sie meine Einladung angenommen, eine Tasse Tee mit mir zu trinken. Aber dann musste sie wieder gehen, weil ihr Verlobter auf sie wartete. Mehr war es nicht! Alles andere entsprang meiner Fantasie.

Ich kippte das erste Glas in einem Zug hinunter, um den Schmerz in meiner Brust zu betäuben – oder um ihn gerade erst recht zu verstärken? Ich begann mich selbst zu belächeln, dann zu verspotten, dann zu verachten.

In diesem Moment läutete mein Handy. Ohje! Meine Mutter – ich wollte sie zurückrufen.

„Ja, Mama? Entschuldige! Ich – "

„Schon gut! Nun sag endlich, wie es dir geht! Eine Mutter will so etwas wissen, immer wieder."

„Es geht so..."

„Was soll das heißen – es geht so? Was ist mit Mia?"

„Sie – sie hat mich besucht, heute Nachmittag, mit ihrem Hund..."

„Und? Das ist doch schön..."

„Wir haben Tee getrunken und uns unterhalten."

„*Bene!* Und – hat sie mit ihrem Freund Schluss gemacht?"

„Ach Mutter! Warum sollte sie?"

„Na, wegen dir! Du bist mein Sohn! Jede Frau darf sich glücklich schätzen, mit meinem Sohn befreundet zu sein."

Ich schluckte laut. „Das ist lieb von dir, Mama. Aber Erich hat auch eine Mutter."

„Wer ist Erich?"

„Ihr Freund."

223

„Meinetwegen ist er ihr Freund. Aber nicht ihr Mann. Und solange sie ihn nicht heiratet, ist sie sich nicht sicher. Das sagt doch schon einiges."

„Sie hat ‚Schatz' zu ihm gesagt…"

„Na und? Ich habe deinen Vater auch mit den verrücktesten Kosenamen bedacht, von ‚Schmusekater' bis ‚Mäusemann' und ‚Poo-Bär'".

„Ehrlich? Kann ich mir gar nicht vorstellen."

„Wenn ich's dir sage! Aber das hatte alles nichts zu bedeuten. Vielleicht ist es nur ein Zeichen dafür, dass man keinen Respekt voreinander hat. Giovanni nennt mich meistens ‚Bella', und ich weiß genau, ich werde immer seine Schöne sein."

„Hmm…"

„Jetzt hör auf, Trübsal zu blasen! Ich weiß genau, diese Mia ist dir nicht begegnet, um dir Kummer zu bereiten. Sie ist gut für dich!"

„Woher willst du das wissen? Du kennst sie nicht."

„Eine Mutter fühlt das. Und du solltest es auch fühlen."

„Was?"

„Wenn sie in deiner Nähe ist, wie ist das für dich?"

„Wie auf Wolke sieben."

„Fühlst du dich dabei beengt?"

„Nein!"

„Hast du das Gefühl, die Zeit läuft doppelt so schnell wie sonst?"

„Dreimal so schnell!"

„Dann weißt du es! Sie ist es! Vertrau deinem Gefühl! Und fang schon mal an, diesen Erich zu bedauern!"

„Du spinnst!"

„Ja, und das solltest du auch! Mach's gut und melde dich, wenn's was Neues gibt! Bussi!"

„Bussi!"

Ich liebte meine Mutter in diesem Moment ganz besonders. Was für ein verrückter Tag! Zuerst himmelhochjauchzend, als Mia kam, dann zu Tode betrübt wegen Erich, und nun erlebte ich die pure Freude, weil mir meine Mutter all die Dinge gesagt hatte, die zu sagen ich zu feige war.

Ich korkte den Wein erst einmal zu und legte mich schlafen. Ich musste ausgeruht sein, sollte Mia wieder kommen…

XXII.

Der nächste Tag passte zu meiner Stimmung. Als ich das Büro betrat, fiel mir auf, dass meine Kollegen beinahe auf ihren Schreibtischen lagen wie so richtig trübe Tassen. Ich riss erst mal die Fenster auf und schwärmte von der frischen Luft. Dann legte ich richtig los:
„Wenn sich einer von euch fragt, was mit dem Breitenbaum heute los ist, dann kann ich ihm antworten: ‚Er ist verliebt!‘ Und wenn einer meint, das sei kindisch oder pubertär, so sage ich, das ist mir egal, denn in diesem Moment fühle ich mich sauwohl."

So konnte ich seit langem – oder zum ersten Mal überhaupt? - im Büro zur Stimmungsaufhellung beitragen, anstatt sie zu trüben. Es war ein großartiger Arbeitstag! Ich konnte über alles lachen, es gab nichts, was ich richtig ernst nehmen konnte. Die Probleme, die mir vor wenigen Tagen noch Sorgenfalten auf die Stirn zeichneten, erschienen mir geradezu lächerlich. Ich konnte mit einigen Kalauern Heiterkeit ernten, auch wenn sie schon ziemlich abgenutzt waren, was wahrscheinlich daran lag, dass ich selber herzhaft darüber lachen konnte. Ich war der Meinung, das Leben sei grundsätzlich schön und immer für Überraschungen gut. Es passte zu diesem Tag, dass mich mein Chef zu sich rief, um mir eine bessere Stellung anzubieten, „besser" - das hieß, mehr Geld, aber auch mehr Verantwortung. Allerdings gab es dabei einen Kritikpunkt...

„Herr Breitenbaum, sie arbeiten schnell und zuverlässig, sie sind jung und intelligent. Sie erfüllen alle Voraussetzungen, um Karriere zu machen. Aber mir ist da kürzlich etwas zu Ohren gekommen, was mir Kopfzerbrechen bereitet."
„Ja, bitte?"
„Die Leute sagen, Sie hätten keine ordentliche Wohnung, sondern würden sich die meiste Zeit in einer Art Baracke aufhalten..."
„Ach das? Mein Wochenend- und Feierabendhäuschen!" log ich.
„Wo Sie öfter auch nächtigen, jedenfalls sagt das Frau Ratzok, Ihre Vermieterin."
Aha! Man hat recherchiert!
„Ja, warum?" fragte ich unbeeindruckt.

225

„Herr Breitenbaum, ich bitte Sie! Ein Angestellter der höheren Führungsebene haust wie ein – ein Obdachloser, ein Penner – das geht doch nicht."

„Es gibt Leute, die beneiden mich darum."

Er schüttelte ratlos den Kopf.

„Ich nicht, Herr Breitenbaum. Ich sicher nicht. Haben Sie denn noch nie daran gedacht, sich ein ordentliches, gemütliches Heim zuzulegen, eine Familie zu gründen? An Geld dürfte es doch nicht mangeln."

„Doch, daran habe ich auch schon gedacht. Aber ich bin wählerisch, sowohl was meinen Wohnort anbelangt, als auch die Mutter meiner Kinder. Und derzeit ist mein Heim sehr nahe an der Natur und das genieße ich."

„Na, wie Sie meinen. Aber ich rate Ihnen: Seien Sie nicht zu wählerisch!"

„Klar!"

Ich war über mich selbst überrascht, dass ich so klar ausdrücken konnte, was ich dachte, ohne mich vor dem Chef zu verbiegen. Vielleicht war ich ja doch kein so übler Kerl?

Als ich an diesem Abend nach Hause kam, hegte ich insgeheim die Hoffnung, Maja würde auf mich warten, aber leider war mein Heim genauso verlassen wie alle Abende.

Ich schaltete das Notebook an und fand auch prompt neue Nachrichten von Gustav.

„... Ich habe den Eindruck, man sucht einen Sündenbock. Und dieser ist nicht so sehr die Schule, denn die ist über jede Kritik erhaben, als die Person Ludwigs. Ich hatte ihn davor gewarnt, nicht alles auszusprechen, was er sich denkt. Und jetzt haben wir den Schlamassel! Ich versuche ihn da rauszuhauen, aber ich zweifle, ob es gelingt. Hab gestern intensiv meditiert..."

Ich schrieb zurück: „Warum meditierst du, wenn du Ludwig helfen willst? Solltest du nicht lieber einen Anwalt einschalten?"

Seine Antwort darauf lautete wie folgt:

„Warum?! Du weißt doch, dass ich Anwälte nicht mag. Was habe ich dir nicht alles erzählt über die Wirkung der gerichteten Meditation! Ich habe gesagt, dass alle Dinge in unserer geistigen Welt entschieden werden. Viele glauben noch, man könnte etwas mit der

Kraft der Logik und Vernunft auf den Weg bringen. Das ist ein weit verbreiteter Irrtum! Unser Verstand reicht bei weitem nicht aus, um die Essenz des Seins zu begreifen.

Und wie man sieht, war meine Meditation nicht umsonst!

Ludwig hat's ihnen richtig gegeben! Ich bin fast ein wenig stolz auf ihn. Ich habe ihn wohl unterschätzt. Gestern sagte er vor Gericht:

‚Das Spiel mit der Angst hat eine jahrtausendealte Tradition. Es begann schon mit der Furcht vor Göttern des Donners, der Unterwelt, nicht zu vergessen dem listigen Satan, der uns in den verführerischsten Verkleidungen auflauert, dann wurden Feindbilder geschaffen, die Untertanen davon überzeugten, sich unter den Schutz des jeweiligen Herrschers zu stellen, zum Preis der Aufgabe ihrer Freiheit, versteht sich. Auch in Demokratien wird regelmäßig damit gedroht, dass eine Regierung unter dem politischen Gegner zum Chaos, zu finanziellen Einbußen, Ungerechtigkeit und außenpolitischen Risiken führen würde. Die Pharmakonzerne zaubern jede Woche eine neue Krankheit aus dem Hut, gegen die man sich nur durch rechtzeitige Impfung oder Vorsorge schützen kann. Und nicht zuletzt wird jedem, der aufmuckt, damit gedroht, seinen Arbeitsplatz weg zu rationalisieren. Ja, das Spiel mit der Angst geht auf. Bis jetzt!'

Darauf sagte der Staatsanwalt:

‚Der Angeklagte scheint sich dessen nicht bewusst zu sein, dass in unserer freiheitlichen Rechtsordnung nur der etwas zu fürchten hat, der mit dem Gesetz in Konflikt gerät. Den ominösen Strippenzieher, der die Menschen manipuliert, gibt es nicht. Anhand der Ausführungen des Angeklagten wird deutlich, dass er in einer absurden Realität lebt. Ein fehlgeleiteter Mensch wie er wird zum Fremdkörper in einer Gesellschaft, die sich dem Solidaritätsprinzip verschrieben hat. Es wäre unverantwortlich, ihn weiterhin den Lehrberuf ausüben zu lassen.'

„Verstehst du, was hier abläuft? Der Staat, wahrscheinlich kein einziger Staat auf unserem Erdball, ist bereit, seine Prinzipien auf den Prüfstand zu stellen. Er verteidigt seine Existenz mit dem Argument des Rechtsstaats. Gewaltenteilung? Existiert nur auf dem Papier. Denn jedes Mitglied der staatlichen Organisation unterliegt zwangsläufig einer Gehirnwäsche. Und jeder Querdenker wird aussortiert."

Mein Kopf begann zu rauchen. Ich schrieb zurück: „Hast du eine Lösung für das Problem? Ein Staat ohne Prinzipien – gibt es so etwas?"

Es gab doch genügend Menschen, die es schafften, mit diesem „manipulativen" Staat klar zu kommen, vielleicht sogar glücklich zu sein. Wäre es da nicht klüger, sich an diesen Leuten zu orientieren anstatt an den Ludwigs und Gustavs? Die beiden mögen klug sein und in der Lage, manche Fehlentwicklung der Gesellschaft aufzudecken, aber sind sie auch glücklich?

Hmm... Was Gustav anbelangte, hatte ich schon diesen Eindruck. Allerdings fehlte mir noch ein großer Zeitraum in seiner Biografie...

Was war mit ihm geschehen, nachdem er mit seiner Schule immer wieder gescheitert war? Ich stellte mir vor, dass ein Mensch, der sich einer Idee verschreibt und auf dem Weg dorthin immer wieder Tiefschläge einstecken muss, verbittert und verbissen wird. Wie ging **er** damit um?

Und dann noch dieser Autounfall, bei dem seine Frau und sein Sohn ums Leben kamen, der vor 21 Jahren geschehen sein soll; dabei hatte er sich doch schon viel früher von seiner Frau getrennt. Hatte er noch einmal geheiratet?

Doch sogar jetzt glaubte ich seinen Ausführungen in dem „ohne Silikone"-Blog entnehmen zu können, dass er in der Lage war, gelassen und humorvoll damit umzugehen.

Ein kurzer Klingelton zeigte an, dass eine weitere Nachricht angekommen war.

„Noch einmal zurück zu deiner Frage: Wie komme ich darauf zu meditieren, wenn ich Ludwig helfen will? Na, ist doch klar! Weil ich Ludwig bin, und Ludwig ist ich. Und der Staatsanwalt bin ich auch und der Richter und wer-weiß-was-ich noch. Versuche zu verstehen, dass ich mit allem, was ich in mir heile, die ganze Welt heile. Und damit hast du Recht – es gibt keinen Staat ohne Prinzipien. Aber der Staat braucht umso weniger Macht und umso weniger Gesetze, je mehr sich das Staatsvolk seiner bewusst wird; jeder einzelne für sich. Verstehst du? Der Staat ist unsere Schöpfung. Wieso sollten wir unsere Schöpfung über uns stellen? Das hieße, die Wirkung vor die Ursache zu stellen."

Ich schrieb zurück: „Ich beginne zu verstehen. Jeder ist für sich selbst verantwortlich und Verantwortung abzugeben, heißt Macht abzugeben, an eine Institution, an die Politik, an das Rechtssystem. Puuh! Ich bin jetzt ordentlich verwirrt. Bin ich am Ende Schöpfer meiner Selbst und die Schöpfung erschafft sich/mich immer wieder neu? Ich werde jetzt noch eine Runde meditieren. Alles Gute!"

Ich klappte das Notebook zu und zog mir etwas Warmes an. Dann setzte ich mich auf einen Baumstumpf am Waldrand und ließ mich von den Geräuschen des Waldes in eine Stimmung versetzen, die alle Gedanken kommen und gehen ließen, ohne an etwas festzuhängen. Es schien so einfach und war doch so schwer. Immer wieder war ich versucht, in das alte Problemlösungsdenken mit Abwägungen, Logik und Vernunft zurückzufallen, aber es erwies sich als Vorteil, dass ich an diesem Abend einfach zu müde war, um noch konstruktiv denken zu können. Nach etwa zehn Minuten passierte etwas Erstaunliches.

Ich begann, die Bilder, die mir meine Erinnerung zeigte, mit dem Bauch wahrzunehmen. Der Kopf war zu müde, aber der Bauch gab mir klare Gefühle zu jedem Bild, ohne sich dabei anstrengen zu müssen. Das war eine völlig neue Art, mit meiner Umgebung umzugehen. Beispielsweise „sagte" mir mein Bauch, wenn ich an meine Mutter dachte: Liebe – Sehnsucht – Dankbarkeit. Wenn ich an Gustav dachte, kam: Freundschaft, Geborgenheit, aber auch Selbstzweifel. Dachte ich an meinen Beruf, breitete sich in meinem Bauch Trauer und Erschöpfung aus. Lenkte ich meine Gedanken zum nächsten Tag, sprach mein Bauch: Angst. Wenn ich jedoch nur das Bäumchen zwei Meter vor mir beobachtete – oder vielmehr von meinem Bauch beobachten ließ – überwältigte mich ein Gefühl von Kraft und Zuneigung, gemischt mit Melancholie, wie ich sie auch fühlte, sobald ich an meine Kindheit dachte. Natürlich wollte ich es nun genau wissen und wandte meine neue Wahrnehmungs-technik auf Mia an. Welches Gefühl ermächtigte sich wohl meiner, wenn ich meinen Verstand außen vor ließ?

Es war viel schwerer zu deuten als alle anderen Gefühle. Sobald ich an Mia dachte, glaubte ich, innerlich zu verbrennen. Beängstigend einerseits, angenehm warm und kraftvoll andererseits. Im Gegensatz zu den vorherigen Gefühlen war dieses nicht zu kontrollieren. Ich konnte es nicht beobachten, ein- und ausschalten, wie es mir gefiel, nein, es war so mächtig, dass ich Angst hatte, es noch einmal hervorzurufen; an diesem Abend jedenfalls ließ ich es nicht mehr zu. Ich ging zu Bett, morgen war der erste Tag einer Arbeitswoche.

Über Nacht hatte es wieder einmal geschneit. Ich fror, aber das machte mir nichts aus. Die Welt schien eingefroren, so still war es an diesem Morgen. Nicht einmal die Waldvögel hatten Lust, ihre Gesänge anzustimmen. Kein Blatt regte sich, nur ab und zu warf ein

Zweig die weiße Last ab, die dumpf zu Boden fiel. Die Luft war herrlich frisch. Die Sonne warf müde ihre ersten Strahlen über den Horizont. Es lohnte sich nicht, den Ofen anzuheizen, da ich ohnehin gleich zur Arbeit fahren würde. Jedoch war es dringend erforderlich, die Solarpaneele vom Schnee zu befreien, wenn ich auf den Luxus einer elektrischen Beleuchtung und eines solarbetriebenen Notebooks nicht verzichten wollte. Ich trat vor die Tür und genoss das Knirschen meiner Schuhsohlen im Neuschnee. Doch ich war nicht der erste, der seine Spuren im Schnee hinterließ. Ein Hund war hier gewesen. Den Spuren nach zu urteilen, hatte er vor meinem Wagen seine Kreise gezogen, sich vor dem Zelt zusammengekauert und war wieder im Wald verschwunden. Oder war es diesmal doch ein Fuchs? Nein, die Pfotenabdrücke waren groß und tief. Das war Maja, ganz sicher. Ob ihm Mia gefolgt war? Nein, nicht mitten in der Nacht.

Ich freute mich. Denn Maja hatte mich nicht aufgegeben und Mia würde ihrem Hund folgen. Ich überlegte, ob das nicht eine günstige Gelegenheit wäre, Mia zu besuchen, ihr zu sagen, dass ihr Hund nun schon nachts zu mir kam. Aber in den nächsten Tagen konnte ich nicht frei nehmen, abends war es schon dunkel. Ich beschloss, am kommenden Samstag zu Mia zu fahren, und die Aussicht auf diesen Besuch versüßte mir den Morgen.

Am Abend loggte ich mich wieder in Gustavs Blog ein. Es hatte sich einiges getan.

„Guten Morgen allerseits!
Ich frage mich, was für eine billige Show wir hier abziehen. Niemand ist zu Schaden gekommen, jeder äußert in angemessenem Ton seine Meinung, ohne jemanden vorsätzlich zu beleidigen und dennoch setzen Richter und Anwälte eine Miene auf, als würden wir die Nürnberger Prozesse verhandeln. Ich nehme mich davon nicht aus; ich glaube, ich könnte mich daran gewöhnen, vor großem Publikum meine Meinung kund zu tun. Immerhin kommen von Tag zu Tag mehr Besucher in den Gerichtssaal. Ich liebe diese Atmosphäre, wenn es im Volk brodelt und Zwischenrufe durch den Saal schallen, so dass der Richter seinen berühmten Hammer einsetzen muss, um für Ruhe zu sorgen. Ja, das Ganze macht richtig Spaß. Ich muss nur Ludwig noch davon überzeugen.
Warum haben wir uns angewöhnt, Dramen und Tragödien einen höheren Wert beizumessen als Komödien? Und mit welchem Resultat?

Wir blicken zurück in die Vergangenheit anstatt ganz in der Gegenwart zu bleiben. Wir haben uns angewöhnt, schlimme Nachrichten in den Fokus unserer Nachbetrachtung zu stellen. Woher das nur kommt? Dann – mit diesen Eindrücken im Kopf - formen wir mit unseren Gedanken ein entsprechendes Abbild der Welt. Wen wundert's, dass dabei Dramen und Tragödien herauskommen? Wir tragen zu der Verwirklichung des kollektiven Glaubens bei, das Leben sei schwierig, tragisch und unergründlich. Wir suchen nach der Bestätigung dessen, was wir für wahr halten, und bekommen sie.

Es wird Zeit, das Leben und die Natur unvoreingenommen zu betrachten, mit einem Blick auf die allem zugrunde liegende Freude am Werden und Wachsen. Dazu braucht es mutige Menschen, die sich nicht den Medien und einer kollektiven Meinung unterwerfen, sondern ausschließlich ihrem Herzen."

Etwa vor einer Stunde war die letzte Meldung gekommen. Sie lautete:

„Die Verhandlung scheint dem Ende zuzugehen. Es wurde von allen Parteien festgestellt, dass kein Schaden entstanden ist, jedenfalls nicht durch die Waldschule. Es sieht ganz danach aus, als käme Ludwig mit einer Geldstrafe und einem Verbot der Lehrtätigkeit aus dem Prozess raus. Die Strafe zahle ich für ihn, das ist das Mindeste, was ich als Freund tun kann. Und dass er keine Nachhilfestunden mehr geben darf, wird er verschmerzen. Er wollte schon lange ein großes Werk über die Bildungsmisere schreiben, mit dem Titel *Bildung – Verbildung – Verblendung* schreiben; jetzt hat er Zeit dazu."

XXIII.

Ein neuer Arbeitstag, diesmal nasskalt, unwirtlich, ein Tag, an dem man sich freut, in einem warmen Büro sitzen zu dürfen. Der Heimweg war kein Vergnügen in dieser Jahreszeit. Teilweise musste ich mein Fahrrad schieben, die Straßen waren hier und da von einer heimtückischen Eisschicht überzogen und der Waldweg glich einem Flickenteppich aus Eis, Schnee und Schlamm. Es wurde zusehends unheimlicher, das letzte Stück Weg zu meiner Behausung bei einbrechender Dunkelheit zurückzulegen, denn im Wald war es beinahe stockdunkel. Doch heute leuchtete mir schon von weitem der flache Kegel des Zeltes entgegen, dessen Leinwände immer ein wenig Restlicht durchdringen ließen. Als ich näher kam, hörte ich Stimmen, eine männliche und eine weibliche. Ich brauchte nicht lange zu rätseln und wusste unzweifelhaft, wem sie gehörten – Maja kam auf mich zugelaufen und begrüßte mich fröhlich schwanzwedelnd und fiepend.

Rasch stellte ich mein Fahrrad ab und klappte den Vorhang zur Seite. Für einen Moment blieb mein Herz stehen! Gustav war wieder zurück und unterhielt sich mit Mia! Der kleine Schwedenofen schien beinahe zu glühen und Gustav auch; er hatte die Flasche Wein gefunden, die ich für seine Rückkehr gekauft hatte. Mia schien strahlte übers ganze Gesicht. Es trübte meine Freude ein wenig, dass der alte Gustav es so mühelos schaffte, sie zu erheitern.

„Na, das ist aber eine Überraschung!" rief ich ein bisschen künstlich.
„Zeit, dass du kommst!" antwortete Gustav. „Leider ist kein Wein mehr übrig. Du wirst in den Wagen gehen müssen und eine neue Flasche holen. Was musst du auch so lange arbeiten!"
„Tja – wenn ich mal in deinem Alter bin, mache ich es wie du, trinke wann und wo ich will ich flirte mit Frauen, die meine Enkelinnen sein könnten. Wenn ich euch störe, müsst ihr es sagen."
Ich fühlte, wie ich rot wurde; meine scherzhaft gemeinte Bemerkung geriet etwas zu schroff, um ernst genommen zu werden, aber Mia stieg darauf ein.
„Gustav kann nichts dafür. Maja hat Schuld! Sie ist wieder mal entlaufen, nicht das erste Mal und wohl auch nicht das letzte Mal. Ich kann sie ja nicht an die Kette nehmen wie einen Hofhund. Also ging ich los, um sie zu holen. War ja nicht schwer zu erraten, wohin sie laufen würde. Ich dachte, ich komme schnell her und geh wieder.

Aber Gustav hat mir verboten, in der Dunkelheit nach Hause zu gehen. Er meinte, ich solle wenigstens auf dich warten, damit du mich begleitest."

Gustav zwinkerte mir auf jene Art zu, die unzweifelhaft besagen sollte: Ich habe dir soeben zu einem Rendezvous verholfen! Ich hätte zurückzwinkern sollen, aber dazu war ich nicht verwegen genug. Ehrlich gesagt - die Vorstellung, im Dunkeln allein mit Mia durch den Wald zu gehen, machte mir Angst. Ich könnte so vieles falsch machen! Was war ich doch für ein Idiot!

„Das ist gut gemeint von Gustav", sagte ich. „Aber Mia könnte natürlich auch hier übernachten, finde ich. Wir beide, Gustav und ich, schlafen im Wagen. Was meinst du?"

„Vielleicht wird Mia zuhause vermisst?" wandte Gustav ein.

„Neinnein..." Mia schüttelte den Kopf. „Es wäre mir wirklich lieb, hierbleiben zu dürfen. Maja hat bestimmt auch nichts dagegen... Wenn ich nur wüsste, warum sie immer hierher kommt."

„Das ist der sichere Instinkt eines Tieres", merkte Gustav mit erhobenem Zeigefinger an. „Hunde sind Rudeltiere. Sie finden blitzschnell heraus, ob jemand schädlich oder nützlich für das Rudel ist. Und sie verfügen über die erstaunliche Fähigkeit, Harmonien zu erzeugen, Streitigkeiten zu schlichten und Menschen zusammenzubringen. Wie sie das machen, werden wir wohl nie herausfinden."

Mia und ich sahen uns an und wurden zeitgleich knallrot.

„Nun steh nicht herum wie ein Ölgötze! Hol dir ein Glas und nimm noch ein Flasche mit!" schnauzte mich Gustav an. „Und beeil dich! Es gibt jede Menge Gesprächsstoff."

„Ist dir das auch recht?" fragte ich Mia.

Sie nickte. Maja wich nicht von meiner Seite.

Zu Beginn der Unterhaltung, die noch sehr lange dauern sollte, war ich vollkommen glücklich darin, Mia immer wieder ansehen zu dürfen. Im flackernden Licht von Feuer und Kerzen sah ihr Gesicht immer wieder anders aus und jedes Mal wunderschön. Ihre Haut schien mit Gold überzogen zu sein, ihre Augen glichen dunklem Bernstein und ihr Haar schwarzer Seide. Ich beobachtete verstohlen jede ihrer Bewegungen, achtete auf die Melodie in ihrer Stimme und war so fasziniert von ihr, dass ich ab und zu übersah, meinen Blick abzuwenden, wenn sie mich ansah.

Immer wenn das geschah, fühlte ich mich hilflos und versuchte mich mit Floskeln über die Peinlichkeit zu retten, wie: „Was ich noch fragen wollte – wie geht es Ludwig?"

„Ludwig? Ach der! Er hat Spaß daran, die Behörden zu ärgern. Anfangs glaubte ich noch, es würde ihm doch zusetzen, als Angeklagter vor Gericht zitiert zu werden, aber ich muss sagen – ich habe ihn unterschätzt. Er ist und bleibt ein freier Mann, das wäre nicht anders, auch wenn er seine Tage im Zuchthaus beschließen müsste."

Mia sah mich fragend an.

„Ludwig ist ein guter Freund von Gustav. Ein Revolutionär kann man ruhig sagen, ein bisschen wie Gustav, aber mit mehr Power."

„Was heißt hier ‚mehr Power'?" protestierte Gustav. „Das denkst du doch nur, weil ich nicht so vorlaut bin wie er."

„Möglich. Aber ich habe doch den Eindruck, er kämpft für die Dinge, die ihm wichtig sind, mit mehr Leidenschaft als du."

„Woher willst du wissen, was mir wichtig ist?"

„Na – die Schule, denke ich mal."

„Schon lange nicht mehr! Die Schule ist ein Spiel. Ihr wisst ja, wie das mit Spielen so ist: Am Anfang hat man einen Riesenspaß damit, doch irgendwann wird's langweilig."

„Von welcher Schule redet ihr?" fragte Mia.

„Eine Schule, für die es eigentlich keinen richtigen Namen gibt", antwortete ich. „Ich weiß nur, dass ihre Schüler als Freigeister entlassen werden, die immer fröhlich sind und uralt werden. Ist doch so, oder, Gustav?"

„So ungefähr. Die Schule bringt alles zum Vorschein, was immer schon da war, aber eingeschlossen wurde. Wer auf diese Schule geht, wird in seinem Denken nicht eingeschnürt. Es ist stets erlaubt, zu denken, wie man will, vorausgesetzt, es dient dem eigenen Wohl und dem Wohl der ganzen Welt. Unser jugendliches Aussehen ist eine Folge der Selbsterkenntnis und des Mutes, sich selbst zu leben. Aber so wie es aussieht, wird es die Schule schon bald nicht mehr geben."

„Warum das denn?"

„Ich werde keine Lehrer mehr finden. Nach dem strengen Urteil gegen Ludwig kann ich von niemandem mehr erwarten, das Risiko auf sich zu nehmen, zur Zielscheibe der Gerichte zu werden."

„Dann war's das also auch für mich", warf ich ein. „Die Entscheidung, die Schule zu besuchen oder nicht, wird mir damit abgenommen."

„Das hättest du wohl gerne! Wenn du Lust hast, in die Schule zu gehen, tu es! Wenn die Schule geschlossen werden muss, eröffne sie neu, wenn du es willst. Wo liegt das Problem?"

„Vielleicht bin ich ja doch nicht vollständig überzeugt davon..." bekannte ich kleinlaut.

„Vielleicht, vielleicht!" Seine Handbewegung in meine Richtung wirkte abschätzig. „Wenn du es wärst, wüsstest du es. Weißt du Mia, Leute wie Martin leben in der Illusion, sie könnten alle Fehler vermeiden, wenn sie nur lange genug darüber nachdenken. Aber das ist Unsinn! Die Natur macht keine Fehler. Und sind wir nicht ein Teil der Natur? Warum aus allem ein Problem machen? Im Grunde spielt es keine Rolle, was man tut."

Plötzlich spürte ich Schweißperlen auf der Stirn. Wie peinlich! dachte ich, Mia sollte das nicht sehen. Sie braucht nicht zu wissen, was für ein Zauderer ich bin.

Ich zog meine Jacke aus und überlegte, was ich antworten könnte, um mir keine Blöße zu geben: „Warm ist es hier drin. Aber – was ich sagen wollte - es ist doch nicht so unwichtig, ein klares Ziel im Leben zu haben. Möchte nicht jeder am Ende seines Lebens sagen: ‚Das ist es, was ich geschaffen habe und ich bin stolz darauf!'?"

„Pah! Warum glaubt jeder immer, er müsse eine großartige Aufgabe erfüllen? Wenn du dich mühst, etwas Besonderes zu leisten, aber dir fehlt die Leidenschaft dafür, wird es dir wenig Befriedigung verschaffen. Du mühst dich ein Leben lang, nur um am Ende deines Lebens zu allen anderen sagen zu können: ‚Seht her, was ich alles geschafft habe! Seid ihr stolz auf mich? Liebt ihr mich jetzt?'

Denk an deinen Großvater! Er wollte täglich Anerkennung für seine ‚Leistungen' im Krieg. Er erzählte bei jeder Gelegenheit davon, nur um ein klein wenig Lob einzuheimsen.

Ja, gewiss - es kann dir das Sterben erleichtern, wenn dich die Angehörigen eine Stunde vor deinem Tod lieben. Aber was ist das im Vergleich zu den vielen Jahren deines Lebens, in denen sie dich hätten lieben können, wenn du dich nur selbst geliebt hättest?

Ich sage euch, solange ihr euch nicht selbst liebt und euer Leben nicht liebt, wird es jedem schwer fallen, euch zu lieben. Sie werden euch vielleicht bedauern oder mit euch fühlen, aber wofür sollten sie euch lieben – dafür dass ihr euch für sie aufgeopfert habt?

Wenn euer eigenes Leben gering achtet, nur um euch als Opfer für die anderen darzubieten, was müssen dann in euren Augen diejenigen sein, die euer Opfer angenommen haben? Ihr habt sie in eine schmerzhafte Zwickmühle gebracht. Einerseits wird von ihnen erwartet, glücklich zu sein, sonst wäre euer Opfer wertlos. Andererseits nehmt ihr ihnen aber die Chance, ebenfalls Opfer zu bringen. Sind sie dann in euren Augen weniger wert als ihr?"

235

Während ich noch etwas Zeit brauchte, um den Inhalt des Gesagten zu verdauen, sprang Mia unvermutet in die Bresche.

„Willst du damit sagen, es ist schlecht von mir, meine Großtante zu pflegen? Will ich mich damit etwa vor andere stellen, die niemanden pflegen?"

„Meine liebe Mia!" Gustav setzte sich doch tatsächlich zu ihr und hielt ihre Hand! „Nichts ist schlecht, was wir nicht als schlecht beurteilen. Es geht nicht um das, was wir tun, sondern um das, was wir sind. Wenn du deine Großtante liebst und deswegen für sie da bist, ist dein Pflegedienst zugleich auch Dienst an deinem Herzen. Wenn du es nur tun würdest, weil du findest, das ,man' das tut, um nicht vor den anderen als herzlose Großnichte dazustehen, würde es dich allenfalls befriedigen, sofern du ein schwaches Menschlein wärst, das die Anerkennung der anderen so dringend braucht wie das tägliche Brot. Aber auch dann würde es dich nicht glücklich machen. Deine Großtante würde fühlen, dass sie nur eine Belastung für dich ist. Es wäre für sie genau so schrecklich wie für dich, glaub mir! Weil du aber kein schwacher Mensch bist..."

„Ist also in deinen Augen jemand, der einen alten Menschen ins Heim abschiebt, weil er keine Lust darauf hat, ihn zu pflegen, besser als der, der ihn pflegt, weil er sich verpflichtet fühlt?"

„Du lässt nicht locker, was? Na gut! Ich stelle dir eine Frage: Würdest du in einer Welt leben wollen, in der jeder so leben darf, wie er es von Herzen wünscht?"

„Natürlich."

„Aber wie könnte man so eine Welt bauen? Was meinst du?"

„Vielleicht... hmm..."

„Na los! Raus damit! Du weißt es! Sag es!"

„Indem jeder so lebt, wie er es von Herzen wünscht?"

„Bingo! Du hast es! Ist doch ganz einfach! Oder zweifelst du etwa daran?"

„Ich... ich denke nur, dass es meiner Großtante gegenüber unfair wäre, weil sie so gebrechlich ist, dass sie nicht mehr tun kann, was sie von Herzen tun würde."

„Erstens hat sie dich, ihre wunderbare Mia, die sie liebevoll pflegt – was kann es Schöneres geben? – und zweitens bin ich der festen Überzeugung, dass Leute, die ihrem Herzen gemäß leben, nicht krank werden."

„Nun ja – das ist so leicht daher gesagt ,seinem Herzen gemäß leben'. Die Umstände, unter denen meine Großtante leben musste, ließen nichts anderes zu. Sie hatte ihren Mann aus der Not heraus geheiratet, obwohl sie ihn nicht liebte. Aber da sie ein Kind aus einer außerehelichen Beziehung hatte, brauchte sie einen Mann, sonst wäre sie im Armenhaus gelandet. Es ist nicht immer so einfach, wie es in der Theorie aussieht", sagte sie nun etwas herablassend.

Gustav war nun hellwach. Ich wusste, dass das genau die Art der Diskussion war, die er liebte.

„Gut." Er rieb sich die Hände. „Ich könnte nun ein Theaterstück schreiben mit dem Titel *Was wäre geschehen, wenn der Mann deiner Großtante sein Leben von Herzen geführt hätte?* Dieses Stück bräuchte aber, um glaubwürdig zu sein, eine Fortsetzung mit dem Titel *Was wäre geschehen, wenn die Eltern des Mannes der Tante ihr Leben von Herzen geführt hätten?* Und so weiter und so fort. Verstehst du, worauf ich hinaus will? Wir können unsere Probleme bis in alle Ewigkeit mit dem Argument rechtfertigen ‚Ich kann ja nicht anders, weil unsere Welt von jeher so gestrickt ist!' Und ich kann dir prophezeien, dass das auch in hundert Jahren noch so sein wird, solange nicht ein Mensch beschließt: ‚Ich mach es anders, ich durchbreche den Teufelskreis!'"

„So wie du?" fragte ich.

„So wie ich."

Plötzlich war es still. Nur das Feuer im Ofen waberte leise, das Brennholz knisterte und Maja hechelte. Wir tranken abwechselnd einen Schluck aus dem Weinglas, dann fragte Mia:

„Ist es jederzeit möglich, zu sagen: ‚Ich bin glücklich!', wo doch das Sterben unvermeidlich ist?"

„Schau dir deinen Hund an! Er macht es uns vor. Oder hast du schon erlebt, dass Maja depressiv ist?"

„Vielleicht weiß Maja gar nicht, dass sie sterben muss, oder – dass ich womöglich vor ihr sterben könnte."

„Ich glaube, Tiere wissen mehr vom Leben als wir Menschen. Aber ich frage dich: Ist das Sterben vermeidbar, indem du nicht glücklich bist?"

„Natürlich nicht. Hmm… Wenn man alt wird, muss man erleben, dass ein geliebter Mensch nach dem anderen geht. Und jedes Mal stirbt ein Teil von einem selbst, habe ich mal gelesen. Ist das nicht schrecklich, stückweise zu sterben?"

Gustavs Miene verfinsterte sich für einen kurzen Moment.

„Ich höre, was du sagst, es kommt über deine Lippen, aber nicht aus deinem Herzen. Es gab eine Zeit, da glaubte ich das auch. Doch das Alter beschert einem nicht nur jede Menge schmerzhafter Todesfälle, sondern auch ein bisschen Weisheit. Daher kann ich dir versichern, dass niemand wirklich stirbt."

Das Gespräch hatte nun einen Tiefgang erreicht, mit dem ich zu dieser Stunde überfordert war. Ich wollte nicht mehr darüber reden. Ich war mit Mia zusammen, das bedeutete mir mehr als das Umrühren von Problemen und düsteren Gedanken.

„Jetzt ist's aber gut!" sagte ich. „Mia und ich sind jung, Gustav. Der Tod sitzt uns noch nicht im Nacken. Es gibt so viel anderes, was ich gerne über Mia wissen würde."

„So?" fragte sie, wandte sich mir zu und entzog Gustav ihre Hand. „Zum Beispiel?"

„Zum Beispiel... was du beruflich machst."

„Ach, wie langweilig!" jammerte Gustav. „Als ob der Wert eines Menschen davon abhinge, womit er sein Geld verdient. Martin, du weißt, was wir vereinbart haben: ohne Silikone! Lass das ganze Gedöns weg und komm zur Sache!"

„Ist schon gut, Martin!" lächelte Mia. „Ich sag's dir. Ich bin Sonderschullehrerin."

„Lehrerin?" rief Gustav aus. „Na, wenn das kein Zufall ist! Da erzähle ich über die Lehrkräftemisere an meiner Schule und du sagst kein Wort."

„Na und? Mir gefällt es an **meiner** Schule. Ich habe mit geistig behinderten Kindern zu tun. Es gibt nur Kleingruppen, da kann man sich den Kindern viel intensiver widmen..."

Sie erzählte noch lang und viel und ich erzählte ein bisschen was von mir, von meiner Mutter und Giovanni, während Gustav still an seinem Platz saß und sich mit seinem Weinglas beschäftigte. Etwa eine halbe Stunde lang schien Gustav im Zelt gar nicht anwesend zu sein, während ich mich mit Mia glänzend unterhielt. Dann klinkte er sich urplötzlich wieder ein.

„Woher wollt ihr wissen, ob euch der Tod nicht im Nacken sitzt?" fragte er mit belegter Stimme. „Warum glaubt ihr, eure Jugend gibt euch eine Garantie dafür, dass ihr morgen noch lebt?"

Mia und ich sahen uns hilfesuchend an.

„Das gehört jetzt zwar nicht zu unserem Thema, Gustav", sagte ich, „aber es gibt eine statistische Wahrscheinlichkeit, dass wir mit großer Sicherheit morgen noch am Leben sind."

„Aha! Die Statistik! Aber ihr leugnet nicht, dass es für euch durchaus im Bereich des Möglichen wäre, morgen tot im Bett zu liegen."

„Gustav, das ist makaber! Was willst du uns eigentlich sagen?"

„Dass ihr euch von dem verabschieden müsst, was ihr zu wissen glaubt. Was wäre zum Beispiel, wenn dir Mia heute Abend sagen würde, dass du der langweiligste, dämlichste und unerotischste Typ bist, den sie je getroffen hat?"

„Warum sollte ich so etwas sagen?!" protestierte Mia, und ich stellte mit Freude fest, dass ihre Entrüstung nicht gespielt war.

„Was weiß ich? Es könnte ja sein. Und nachdem du Martin so richtig alle Hoffnung geraubt hättest, dass er jemals unter die Haube käme, wie groß wäre dann die Wahrscheinlichkeit für ihn, morgen lebend aufzuwachen? Zumindest wird er darüber nachdenken, ob er ein so trostloses Leben nicht doch freiwillig beendet."

„Gustav, was soll das jetzt? Du bist manchmal extrem taktlos!"

„Würdest du das?" fragte mich Mia besorgt.

„Was?"

„Dein Leben freiwillig beenden."

Ich zuckte die Achseln und nickte, ohne mir darüber klar zu sein, was ich damit ausdrückte. „Aber, aber... Was ist das für eine Frage? Das kann ich aus der jetzigen Situation heraus doch nicht sagen. Und ich will mich auch gar nicht mit solchen Dingen befassen..."

Mia sah mich mit feuchten Augen an. Ich war kurz davor, sie zu küssen.

„Ich kenn ihn doch schon ganz gut!" sagte Gustav und kicherte leise vor sich hin. „Aber auch wenn er nicht selbst Hand an sich legen würde, würde sich seine Lebensenergie deutlich verringern. Das könnte dazu führen, dass ihm ein kleiner Virus in Kürze den Garaus machen würde. Und das würde er in diesem Moment nicht einmal bedauern. Leute! Schaut mich nicht so an, als wäre ich der Leibhaftige! Ihr selbst bestimmt, ob ihr leben oder sterben wollt! Niemand anders sonst."

Mia und ich blickten uns wieder ratlos an. Ob Gustav doch zu viel Wein erwischt hatte?

„Wie kannst du das behaupten?"

„Ich weiß es!"

„Ach was! Das glaube ich nicht. Was ist mit Verkehrsunfällen, Epidemien, genetische Veranlagungen – es gibt zig Möglichkeiten, die unweigerlich zum Tod führen, ob ich es will oder nicht."

„Aha! Du glaubst also, es liegt an den Umständen - Zufall, Schicksal, Sterne etc. – ob du stirbst?"

„Na klar! Woran denn sonst? Vielleicht gibt es ja ein Buch, in dem unser Lebensweg aufgezeichnet ist, und der Tag und die Stunde sind vorausbestimmt - was weiß ich? Aber das hilft mir auch nicht weiter. Würdest du wissen wollen, wann du stirbst?"

„Ich weiß es."

Ich wusste nicht, was ich darauf sagen sollte, und sah wieder in Mias wunderschöne, aber ebenso ratlose Augen.

„Schaut mich nicht so an, als hätte ich nicht alle Tassen im Schrank!" erwiderte Gustav. „Ich weiß es und ihr beide auch. Jeder weiß, wann er sterben wird, weil er es selber in der Hand hat."

„Dann könnten wir auch ewig leben, wenn wir es wollten?" fragte nun Mia.

„Aber ja! Nur so interessant ist dieses Leben auch wieder nicht, dass jemand wünschte, es würde nie enden."

Gustav richtete sich zwei Kissen so zu recht, dass er mit erhöhtem Oberkörper bequem darauf liegen konnte.

„Wisst ihr was? Wenn mir das Leben hier zu langweilig wird, mache ich die Augen zu und wache in einer anderen Welt wieder auf."

Ich fragte mich, was Gustav damit sagen wollte. Nebenbei fiel mir auf, dass er die letzte Flasche Wein beinahe alleine ausgetrunken hatte und ich hielt es für eine gute Idee, ihn schlafen zu lassen. Viel interessanter fand ich es, mich ungestört mit Mia zu beschäftigen. Gustav wurde mir zu anstrengend.

„Hast du schon überlegt, wie du Maja davon abhältst, immer wieder zu entlaufen?"

„Ich werde sie eine Weile im Haus einschließen müssen. Und wenn sie raus will, muss ich mit ihr gehen. Sie stellt zwar nichts an, aber sie sollte gehorchen und wissen, wer ihr Rudelführer ist."

„Hattest du sie schon als Welpe?"

„Nein. Sie ist mir vor fünf Jahren zugelaufen. Es war seltsam. Sie stand am Hauseingang, als hätte sie nur auf mich gewartet. Sie damals richtig mager, da konnte ich nicht anders und hab ihr ein paar Speisereste gegeben. Und so wurde sie mein Hund. Ich habe überall nachgefragt, ob jemand seinen Hund vermisst, aber niemand meldete sich."

„Ist auch wohl keine Alternative, so einen Hund ins Tierheim zu geben?"

„Bestimmt nicht! Schau dir mal ihre Augen an! So ein Wesen kann man nicht enttäuschen. Ich habe es nicht bereut, sie aufgenommen zu haben. Du solltest sie sehen, wie sie mit Kindern umgeht! Sie ist so einfühlsam und geduldig, besser, als es ein Mensch je könnte. Wenn ich mit einem Kind Probleme habe, lasse ich es zuerst eine Stunde mit Maja spielen, danach ist es viel entspannter und umgänglicher."

„Du nimmst Maja mit in den Unterricht?"

„Ja! Der Schulleiter ist einverstanden. Tiere sind phänomenal, wenn es darum geht, Verhaltensstörungen aufzulösen."

„Ich hab davon gehört. Reit- und Delphin-Therapie und so..."

„Hunde können das ebenso gut, wenn sie nicht überzüchtet sind. Es wäre traumhaft, mit Kindern und Tieren zu arbeiten."

Maja hatte ihren Kopf flach auf dem Boden liegen und hob immer wieder ein Augenlid, um den Sprecher anzusehen. Es lag ein unschuldiges, dankbares Flehen in ihrem Blick, so wie es eben nur ein Hund zustande bringt.

„Das kann nur ein Hund!" sagte ich lachend.

„Na – du bist auch nicht schlecht darin."

„Ach ja? Das wusste ich gar nicht."

„Wenn man dir in die Augen sieht, fühlt man, wie einsam du bist."

Ich wurde rot und wollte zu einer Antwort ansetzen, aber ich brachte kein Wort heraus.

„Auf Dauer ist es nicht gut, einsam zu sein", sagte Mia.

„Ja, du hast völlig recht. Tja – was soll man dagegen tun?"

Mia legte ihren Zeigefinger an den Mund, als hätte sie einen Geistesblitz gehabt.

„Ich glaube, ich sollte Maja doch nicht daran hindern, zu dir zu laufen. Mit einem Hund ist man nie einsam."

„Vor allem, wenn ihn sein Frauchen regelmäßig abholt..."

Ich bin mir sicher, mein bisher karminrotes Gesicht nahm nun eine bordeauxrote Färbung an. Was hatte ich da nur gesagt! Das war zweifellos das Mutigste, das ich je vollbracht hatte.

Aber Mia lachte und protestierte nicht.

Noch eine Weile alberten wir herum. Ich konnte mich nicht daran erinnern, mich mit einem Mädchen jemals so zwanglos unterhalten zu haben. Als wir dann beschlossen, uns schlafen zu legen, stellten wir fest, dass Gustav eingenickt war. Wir deckten ihn zu, nachdem mir Mia versichert hatte, kein Problem damit zu haben, im Zelt zu schlafen, auch wenn Gustav hier blieb. Wir verabschiedeten uns mit zwei Küssen auf die Wange. Wenn ich nicht so schrecklich müde gewesen wäre, hätte ich einen Luftsprung gemacht.

XXIV

Ich musste sehr tief geschlafen haben, weil ich erst erwachte, als mich Mia heftig schüttelte.

„Wach auf, bitte! Es etwas Schreckliches passiert! Gustav ist tot!"

Ich war auf einen Schlag hellwach und lief ins Zelt hinüber. Tatsächlich – Gustav lag auf seiner Matratze, die Decke lag noch genau so, wie wir sie in der Nacht über ihn gebreitet hatten. Maja hatte ihren Kopf auf seinen Körper gelegt. Ich berührte seine Hand, seine Stirn, er war kalt, ich spürte keinen Atem - kein Zweifel, Gustav war in der Nacht gestorben.

„Ich verstehe das nicht!" sagte Mia schluchzend. „Er war gesund und munter. Ich hätte nie gedacht..."

„Ich auch nicht. Aber um Gustav zu verstehen, darfst du keine normalen Maßstäbe anlegen."

„Was meinst du damit?"

„Naja – er war dreiundachtzig und körperlich fit wie ein Turnschuh. Er schien über telepathische Fähigkeiten zu verfügen und kam ohne Auto in kürzester Zeit hunderte Kilometer weit. Vielleicht gibt es für all das eine logische Erklärung. Ich meine nur... er wollte uns am Ende nur beweisen, dass er stirbt, wann er das will, und nicht, weil es in einem Buch steht oder in den Sternen."

„Müssen wir nicht jemanden benachrichtigen?"

„Ich glaube, Ludwig sollte es wissen. Wir können ihm eine Email schicken."

„Und eigentlich sollten wir einen Arzt holen."

„Ja, sollten wir."

Ich tippte die Nummer meines Hausarztes ins Telefon. Er versprach mir, in spätestens einer Stunde hier zu sein.

Dann schaltete ich das Notebook an und holte mir die Seite mit der letzten Benachrichtigung an Ludwig.

„Halt aus, Ludwig! Das Spiel geht erst richtig los. Du erinnerst dich an unser Meisterstück in der Schule?"

Daneben stand das Strichpunkt-Klammer-Symbol, das üblicherweise ein Augenzwinkern darstellen soll.

Die Antwort Ludwigs lautete wie folgt:

„Du bist verrückt. Ich habe keine Lust, in der Psychiatrie zu landen."

Gustav hatte geantwortet:

„Oder als Heiliger verehrt zu werden?"
Ludwig:
„Das läuft auf dasselbe hinaus."
Gustav:
„Was hast du schon zu verlieren?"
Ludwig:
„Nichts. Gut, ich mach's. Mischen wir die Bürokraten auf! Wird ein Riesenspaß!"

Mia stand kopfschüttelnd dabei.
„Das sind schon zwei sonderbare Herren. Hast du eine Ahnung, wovon sie sprechen?"
„Nein. Aber das krieg ich heraus."
„Wie denn?"
„Gustav hat mir mal erzählt, dass man über eine tiefe meditative Konzentration Zugang zu allem Wissen erhält. Also werde ich mich mal in Gustav einfühlen."
„Entschuldige – er ist tot!"
„Niemand stirbt jemals ganz. Ein Teil von ihm, der wesentliche Teil ist ewig."
Mia schnappte nach Luft.
„Also weißt du – erst stirbt neben mir ein Mensch, dann sagst du mir, er ist nicht tot und du willst dich in ihn einfühlen – das Ganze ist nicht gerade leicht zu begreifen. Wie kannst du nur so ruhig sein?"
Da sah ich erst, dass Mia am ganzen Leib zitterte.
„Ich weiß auch nicht. Aber ich habe so eine Ahnung."
„Was für eine Ahnung? Ich verstehe nicht, was du meinst. Außerdem muss ich sowieso nach Hause. Ich glaube, du kommst ohne mich zurecht. Maja – komm!"
„Aber – warte doch! Der Arzt wird gleich hier sein."
„Na und? Was hat das mit mir zu tun? Ich kenne Gustav ja kaum. Bitte, lass mich da raus, o.k.?"
„Mia, entschuldige! Ich wollte dich da nicht mir hineinziehen..."

Ich sah fassungslos zu, wie sie mit ihrem Hund im Wald verschwand. Es war doch nicht meine Schuld, was passiert war. Warum war sie nur so aufgebracht?
Ich hatte mich so darauf gefreut, mit ihr gemeinsam zu frühstücken und dort weiterzumachen, wo wir nachts aufgehört hatten. Seit langem durfte ich wieder fühlen, was es bedeutet, etwas gemeinsam zu erleben, auch wenn es nur ein einziger Abend war. Auch wenn

die Umstände des Erwachens alles andere als angenehm waren, so fühlte ich mich doch immer noch glücklich, dass jemand bei mir gewesen war. Die öde Leere, die mich sonst am Morgen umfing, hatte ich gründlich satt. Ich hatte keine Lust mehr darauf, mir das Leben schön zu reden, keine Lust mehr darauf, mir in endlosen Selbstgesprächen Mut zu machen, mich zu vertrösten auf irgendwann. Wie ich diese Versuche, mir einzuhämmern, dass ich bereits im Paradies sei und nur nicht in der Lage, es zu erkennen, hasste! Nein – so wollte ich nicht mehr leben! Ich sehnte mich jetzt schon nach Mia und ich würde nicht aufgeben, sie zu meiner Gefährtin zu machen.

Aber... seltsam. Warum empfand ich den Verlust Mias schlimmer als Gustavs Tod? Er war mein bester Freund, mein Mentor, wir teilten eine Wohnung zusammen, wir tauschten uns über alles Bedeutsame aus, wir hatten viele Gemeinsamkeiten – sollte ich nicht am Boden zerstört sein, dass er so aus dem Leben gerissen wurde?

In diesem Moment kam der Arzt an. Er schwitzte und keuchte, als wäre er hierher gelaufen. Mit säuerlicher Miene blickte er sich um.
„Ist ja ziemlich abgelegen. Dafür muss ich den Höchstsatz verlangen. In meiner Praxis warten die Patienten."
„Tut mir leid. Ich bin mir sicher, er ist nicht absichtlich gestorben", entgegnete ich zynisch.
„Wo liegt er?"
Ich führte ihn in das Zelt. Er setzte sich zu ihm und befühlte seine Hand.
„Wie lange ist er schon tot?"
„Das weiß ich nicht. Ich war nicht dabei."
„Aber sie haben mich doch vor einer Stunde angerufen. Es wird wohl in den Morgenstunden gewesen sein."
„Nein, das glaube ich nicht. Als ich am Morgen nach ihm sah, war er schon kalt."
„Das ist er definitiv nicht. Nach meiner Einschätzung dürfte er erst vor einer Stunde gestorben – Moment!"
Er packte sein Stethoskop aus und hielt es an Gustavs linke Seite. Schließlich nahm er das Gerät wieder ab und packte es ein.
„Dieser Mann ist nicht tot. Sollte das ein Scherz sein?"
Nur mit Mühe konnte ich einen Jubelschrei unterdrücken.
„Das kann ich gar nicht glauben. Ich versichere Ihnen, am Morgen war er eiskalt."
„Dann war er unterkühlt, soll vorkommen in dieser Jahreszeit."

Sichtlich verärgert nahm er seinen Koffer und verließ das Zelt.

„Ihre Adresse?"

Ich schrieb ihm die Ratzok-Anschrift auf einen Zettel.

„Die Rechnung erhalten Sie umgehend. Nächstes Mal überlegen Sie sich, ob Sie jemanden voreilig für tot erklären."

Wortlos marschierte er von dannen.

Ich war weniger überrascht, als ich sein sollte. Irgendwie hatte ich geahnt, dass Gustav nicht gestorben war. Ich fühlte es, es lag quasi in der Luft. Wenn er gestorben wäre, hätte ich es auf allen Ebenen gespürt.

Ich beobachtete ihn. Sein Gesicht hatte wieder Farbe angenommen. Zaghaft berührte ich seine Stirn, sie war warm. Ein kaum wahrnehmbares Zucken lief über sein Gesicht und dann war mir so, als bewegten sich seine Augenlider. Seine Brust hob sich, zuerst langsam, dann hastig, drei, vier Mal hintereinander. Gustavs Lippen zitterten, der Mund klappte ein paar Mal auf und zu, er hustete dreimal, dann öffneten sich die Augen. Sie drehten sich zu mir, zur Seite, nach oben und unten und schließlich sagte Gustav:

„Wie lang war ich weg?"

„Es ist kurz nach zehn."

Er streckte sich und gähnte.

„So kurz nur? Ich fühle mich um mindestens zehn Jahre jünger."

„Mann, Gustav! Der Arzt war eben hier, weil wir dachten, du seist tot! Was hast du dir dabei gedacht?"

„Du wusstest doch, dass ich nicht tot bin, oder etwa nicht?"

„Hmm… irgendwie schon. Hätte nicht zu dir gepasst, dich sang- und klanglos aus dem Leben zu verabschieden."

„Was ich gemacht habe, ist im Grunde nichts Besonderes. Das machen tibetische Mönche schon seit Hunderten von Jahren. Wenn du in der Meditation fortgeschrittener bist, kannst du Atmung und Puls kontrollieren. Und wenn die Körpertemperatur abfällt, denken die Leute immer gleich, man sei tot."

„Und warum hast du das gemacht? Mit solchen Dingen treibt man keine Scherze. Du hättest uns wenigstens warnen können. Mia war schockiert!"

„Ich hatte Lust, mal wieder ein paar andere Welten anzuschauen. Manchmal wird's mir hier richtig langweilig. In meinen Traumwelten jedoch kann ich fliegen, habe ich Superkräfte und kann mich in jeden einzelnen Menschen verlieben. Es ist großartig! Ich kann's dir nur empfehlen."

„Und wenn es so großartig ist, warum kommst du dann wieder zurück?"

„Das frage ich mich auch ab und an. Es gibt noch einiges zu tun. Die Sache mit Ludwig zum Beispiel..."

„Der ja scheinbar irgendetwas Tolles vor hat – entschuldige! Ich habe deinen Blog gelesen."

„Ja! Richtig! Ich wette, ganz Maulbronn redet jetzt nur noch von ihm. Hihi!"

„Ich lach' mich tot!", sagte ich zornig. „Sag schon! Was habt ihr da ausgeheckt?"

„Ludwig kann ebenso tief meditieren wie ich!"

„Das heißt..."

„Ja! Du vermutest richtig. Er spielt dem Gericht einen Herzanfall vor. Aber nicht, ohne vorher ein Plädoyer für Menschlichkeit gehalten zu haben. So wie ich den Burschen kenne, redet er eine halbe Stunde lang nur darüber, was man ihm antut, wenn er nicht mehr Lehrer sein darf. Und wenn das Gericht an der Ernsthaftigkeit seiner Worte zweifelt, kommt der große Coup. Ludwig hat sich – seinen Geist – darauf programmiert, auf ein bestimmtes Wort hin die Körperfunktionen herunter zu fahren – fünf Herzschläge pro Minute, jeder Arzt wird ihn für tot halten. Er wird zum Beispiel sagen: ‚Ich muss mich jetzt ausruhen.' Und schon passiert es, ganz von selbst."

„Aber wozu das Ganze, wenn er sowieso wieder erwacht?"

„Er wird nach ganz kurzer Zeit wieder wach sein; ich vermute, noch im Gerichtssaal. Dann wird er sein Plädoyer fortführen und dem Gericht erklären, dass nicht alles so ist, wie es scheint, vor allem, wenn ein Spezialist wie ein Arzt die Dinge beurteilt."

„Aha. Und damit kann ihn im Grunde genommen niemand mehr be- und verurteilen."

„Ich denke, so ähnlich wird es ausgehen. Vielleicht sitzt er auch ein paar Tage im Gefängnis, aber in Zukunft werden die Leute die Finger von ihm lassen. Er ist ihnen nun unheimlich! Ein Todesfall im Gerichtssaal wäre ein Skandal! Aber – wie gesagt – das alles ist nur ein Spiel, bei dem die ernsthaften Menschen nicht ganz ungeschoren davon kommen."

Er kicherte.

So wie Gustav jetzt dreinschaute, sah er auch nicht recht normal aus – die Augen weit, der Mund offen, die Finger gespreizt – nein, er war alles andere als normal, aber irgendwie fühlte ich mich in seiner Gegenwart wohl. Woran lag das nur?

„Wo ist eigentlich die hübsche Mia abgeblieben?"

„Nach Hause gegangen. Ich fürchte, ihr war dein Auftritt zu viel."

„Wie war das? Hat sie um mich geweint?"

„Idiot! Keine Spur! Es war ihr sichtlich unangenehm, neben einem Toten aufzuwachen. Wenn du sie mir mit deinem ‚Spaß' vergrault hast, verzeihe ich dir das nie!"

„Die kommt schon wieder. Mit oder ohne Hund."

„Warum bist du da so sicher? Ich sagte doch: Sie hat einen Freund!"

Gustav schüttelte den Kopf und sagte: „Du solltest wirklich mehr üben."

Dann stand er auf, streckte sich und ging ins Freie hinaus.

„Ich hätte wirklich große Lust, jetzt eine Runde zu joggen", rief er, so dass ich es im Zelt hören musste.

Ich folgte ihm und beobachtete fassungslos, wie er seinen Rücken und seine Beine auf eine Art dehnte, die bei mir etliche Muskeln und Bänder beschädigt hätte.

„Gustav! Du warst eben noch so gut wie tot! Willst du nicht erst eine Tasse Kaffee?"

„Erst nachher!" Er schlüpfte in seine Laufschuhe und nahm ein paar kräftige Schlucke aus der Gießkanne. „Morgens viel trinken!" sagte er mit erhobenem Zeigefinger. „Die Zellen brauchen Wasser, um den Stoffwechsel in Gang zu bringen. Dazu darfst du natürlich auch Kaffee trinken. Ähm – magst du vielleicht schon das Wasser abkochen? Ich bin in einer halben Stunde zurück, danach wäre eine Tasse Kaffee prima!"

Und schon war er dahin, der dreiundachtzigjährige Sportler.

XXV.

Ich fürchtete, Mia endgültig verloren zu haben. Seit der Nacht im Zelt war auch ihr Hund Maja nicht mehr aufgetaucht.

Meine Beziehung zu Gustav hatte sich abgekühlt. Das hatte wahrscheinlich weniger mit ihm zu tun als mit mir. Immer wenn ich ihm unter die Augen trat, hatte ich das Gefühl, von ihm beurteilt zu werden. Ich glaubte in jedem seiner Blicke Missbilligung zu sehen. Und offen gesagt verurteilte ich mich selbst, weil ich mich nicht aufraffen konnte, Mia zu besuchen. Hatte ich mir nicht an jenem Morgen, als Gustav „tot" im Bett lag, geschworen, um sie zu kämpfen? Ich erfand hundert Gründe dafür, Mia an diesem Tag nicht zu besuchen, ebenso wenig wie am nächsten Tag und am übernächsten. Und je länger ich den Besuch vor mir herschob, desto mehr wurde es für mich zur Gewissheit, dass sie mich nicht sehen wollte.

Als ich in der Zeitung ein attraktives Wohnungsinserat las, war mein Entschluss gefasst. Ich erklärte Gustav, dass ich bei ihm ausziehen wollte.

Er reagierte so, wie ich es von ihm erwartet hatte.

„Gut. Sehr gut. Es wird auch Zeit, dass du lernst, auf eigenen Füßen zu stehen. Auch wenn ich noch bezweifle, dass du es dort so schön haben wirst wie hier."

„Es liegt nicht so sehr daran, dass es mir hier nicht gefallen würde. Ich glaube, wir treten uns nur gegenseitig auf die Füße, wenn du weißt, was ich meine."

„Natürlich verstehe ich das. Wenn du weiterhin in meine Fußstapfen trittst, wirst du nie dorthin kommen, wo du hin willst."

Meine neue Wohnung war im fünften Stock eines Mehrfamilienhauses, nicht das, wovon ich träumte, aber immerhin in einem Neubaugebiet oben auf einem Hügel mit Blick auf den Wald. Mit meiner Gehaltserhöhung konnte ich mir die Wohnung leisten und einige neue Möbel dazu. Ich redete mir etwas von einem Neuanfang ein, aber was da eigentlich neu beginnen sollte, das wusste ich selbst nicht. Ich wusste nur, dass ich von nun an alles besser machen **musste**. Ich sagte mir, dass ich zum ersten Mal in meinem Leben ganz und gar unabhängig sei und mich auf das konzentrieren konnte, was mir wirklich am Herzen lag, ohne falsche

Rücksichten. Und wenn ich auf dem Balkon stand und über die Baumwipfel blickte, fühlte ich mich tatsächlich freier denn je.

Allerdings ertappte ich mich mehr als einmal dabei, wie ich nach Norden, in Richtung Niedernhofen blickte, um vielleicht zufällig ein Mädchen mit einem Hund laufen zu sehen.

Meine „Beziehung" zu Mia war eine der Baustellen in meinem Leben, die ich komplett verändern wollte. Ich hatte mich in sie verliebt, das war eine Tatsache, die dadurch leidvoll geworden war, weil sie nicht frei für mich war. Ob ich sie dennoch für mich gewinnen könnte, war eine müßige Frage. Zum gegenwärtigen Zeitpunkt würden meine Bemühungen um sie mir und ihr gleichermaßen Schmerzen zufügen. Mir, weil ich mir ihrer Gefühle nie sicher sein könnte, und ihr, weil ich in ihre funktionierende – oder auch erst im Entstehen begriffene - Beziehung Zweifel säen würde. Wie könnte ich auch von ihr etwas verlangen, was ich selbst zu tun nicht imstande wäre? Was ich zu tun beabsichtigt hatte, war, einen Keil zwischen sie und Erich zu treiben. Als ob ich nicht wüsste, dass der Keil genau in ihr Herz dringen musste!

Ich beschloss daher gemäß dem Spruch *Wenn du etwas haben willst, lass es los! Kehrt es zu dir zurück, gehört es dir für immer* zu handeln. Wenn ich zu Mia gehören sollte, würden wir uns immer und überall wieder treffen, ganz gleich, wie sehr oder wie wenig ich mich darum bemühte. Und außerdem – hatte ich nicht vor, erst die nötige Reife für eine Frau wie Mia zu erlangen? Ich spürte die Reife in mir wachsen, langsam, aber beständig.

Die Tage und Wochen vergingen und meine sehnsüchtigen Blicke vom Balkon wurden seltener. Die Adventszeit kam mit ihrem Trubel, mit ihrem Glitzerschmuck und vielen Erinnerungen. Ich nützte meine Zeit und meine Ungebundenheit nun öfter, um mit Freunden ins örtliche Hallenbad oder in die gemütlichen Kneipen in der Innenstadt zu gehen. Erst jetzt erkannte ich die Vorteile einer eigenen Wohnung. Ich konnte einladen, wen ich wollte und so lange ich wollte, ohne meiner Mutter Rechenschaft abliefern zu müssen. Und immer, wenn ich jemandem **meine** Wohnung zeigen durfte, schwoll meine Brust vor Stolz an. Ich hatte einen großen Schritt in Richtung „angekommen" getan - angekommen in der Welt der ernsthaften, erwachsenen, verantwortungsbewussten, selbständigen, mündigen Bürger.

Aber eines fehlte mir, eine Gefährtin. Eine Frau an meiner Seite, das sollte der nächste Schritt in meiner Entwicklung sein. Wenn ich nicht als Sonderling, im schlimmsten Falle sogar als homosexuell gelten wollte, wurde es höchste Zeit für mich, eine Gefährtin an mich zu binden. Auch hier wollte ich gemäß meiner neuen Philosophie alles besser machen als bisher.

Ich betrachte die Frauen bisher sehr oberflächlich, das konnte ich nicht verhehlen. Eine schöne Larve und schon ging mein Herz über. Die Erwählte konnte noch so hochnäsig sein, noch so intellektfrei und noch so promiskuitiv, ich malte sie mir allein ihres Aussehens wegen so sittsam, klug und herzlich, wie es meiner Phantasie entsprach. Ein Freund hatte es weniger blumig ausgedrückt und mir anvertraut, dass ich mich vor allen Leuten für die billigste Nutte zum Deppen machte. Ich nahm mir diese ehrliche Einschätzung zu Herzen und sah mich nach einem anderen Typ Frau um, nach mittelmäßig aussehenden Mauerblümchen, um die verborgenen Schätze in ihnen zu suchen.
Aber zu meiner größten Überraschung entpuppten sich diese Frauen oft als noch zickiger als die gut aussehenden und wenn ich auf ein leichtes Spiel gehofft hatte, wurde ich regelmäßig enttäuscht; kaum eine, die mir nicht unehrenhafte Absichten unterstellte (wo sie genau genommen auch recht hatte) oder bereits in langjährigen Beziehungen steckten.

Weihnachten rückte näher. Außer einigen halbherzigen Flirts hatte ich nichts erreicht. Auch als es den ersten richtigen Dauerfrost gab, die Straßen vereisten und ich eine funktionierende Fußbodenheizung zu schätzen lernte, besserte sich meine Stimmung kaum. Ich erinnerte mich daran, wie es war, wenn der gusseiserne Ofen in Gustavs Zelt angeheizt wurde und in wenigen Minuten aus einer kleinen Flamme ein loderndes Feuer wuchs, wie wir davor saßen und schwiegen und uns pudelwohl fühlten. Ich hatte nicht vergessen, dass ich mir geschworen hatte, nicht die Fehler von früher zu wiederholen, aber ab und an beschlichen mich Zweifel, ob ich überhaupt Fehler gemacht hatte.
War nicht meine Zeit mit Gustav eine ganz außergewöhnliche, unvergleichliche und bereichernde? Vielleicht sollte ich nicht so hart mit mir ins Gericht gehen. Wenn ich Gesellschaft vermisste, warum unternahm ich nichts dagegen? Noch glaubte ich daran, dass es kein Schicksal gab, sondern nur Menschen, die sich so verhielten, als gäbe es eins. Ich rief meine Mutter an.

„Hallo Mama! Wie geht's?"

„Mein Liebling! Das ist aber lieb, dass du anrufst! Wie's mir geht? Na, wie soll es einem gehen, ein paar Tage vor der Hochzeit?"

Verdammt! Vor lauter Trübsal-blasen hatte ich beinahe vergessen, dass an Silvester die große Hochzeit stattfinden sollte.

„Bist du aufgeregt?", wagte ich zu fragen.

„Eine Panikattacke jagt die andere! Wenn ich gewusst hätte, wie in Italien Hochzeit gefeiert wird, hätte ich meinen Entschluss nicht so unbedacht gefasst. Ich heirate ja nicht nur Giovanni, weißt du, ich heirate einen ganzen Familienclan. Und der ist riesig! Unser Haus ist groß, aber ich zweifle, dass halb Livorno darin Platz hat."

„Was soll ich dazu sagen…"

„Nichts! Gar nichts sollst du sagen, mein Liebling. Ich übertreibe natürlich. Das ist eine der vielen Eigenschaften, die ich von den Italienern übernommen habe. Eine andere ist es, zu reden, ohne zuzuhören. Verzeih mir, mein Junge! Wie geht es dir?"

„Ich versuche es, in einem Wort auszudrücken: Herbstdepression."

„Schlechtes Wetter zuhause, was?"

„Saumäßig."

„Und wie gefällt es dir in deiner Wohnung?"

„Gut. Die Wohnung ist o.k., wirklich. Schön warm!"

„Und…"

„Mia und ich sehen uns nicht mehr. Hat sich erledigt."

„Schade. Und Gustav?"

„Gustav? Mich wundert es, dass du nach ihm fragst."

„Ich denke inzwischen anders über ihn. Ich glaube sogar, er hat dir gut getan. Irgendwie – ich weiß auch nicht – hat er dich lebendiger gemacht."

Ich war überrascht, so etwas aus dem Munde meiner Mutter zu hören. Ich war bisher der Meinung, sie hielt Gustav für einen Taugenichts.

„Vielleicht. Aber was soll ich junger Kerl auf Dauer mit einem alten Mann als einzigem Freund. Ist doch irgendwie traurig."

„Hmm… Wenn du erst aus dem Nest rauskommst und hier in Livorno bist, kommst du auf andere Gedanken. Hier ist so viel los, man hat gar keine Zeit, sich über irgendwas zu grämen."

„Das glaube ich, Mama. Ich hoffe, ich verderbe euch nicht die Laune."

„Ach Unsinn! Das würde ich gar nicht zulassen."

„O.k. Wir sehen uns an Weihnachten. Es sind ja nur noch fünf Tage."

„Wenn ich nur etwas für dich tun könnte…"

„Es tut allein gut, deine Stimme zu hören. Ich komm schon klar. Kümmere du dich um die Hochzeitsplanung, ich mache hier alles so gut ich kann."

„Das weiß ich, mein Liebling. Bis bald!"

„Bis bald!"

Als ich den Hörer aufgelegt hatte, fühlte ich mich deutlich besser als zuvor. Und ich wusste auch warum. Aus den wenigen Sätzen, die ich mit meiner Mutter gewechselte hatte, hörte ich heraus, wie sehr sie mich liebte. Oh, hätte ich doch nur ein Mädchen kennen gelernt, das mich ein klein wenig so berühren konnte wie sie! Jemand, der mir das Gefühl gäbe, wichtig für sie zu sein. Oder... ist die Liebe einer Mutter zu ihrem Kind eine so außergewöhnliche Art zu lieben, dass sie von niemand anderem erreicht werden kann? Ist es unfair, diese Liebe zum Maßstab für andere zu erheben?

Ich ging hinaus auf die Straße. Ich wollte einen Versuch durchführen. Ich wollte jetzt Menschen sehen und mich aus unmittelbarer Erfahrung davon überzeugen, dass die Liebe unter ihnen herrschte. Wo gab es noch Menschen, die sich aus Liebe um ihre Nächsten kümmerten?

Ich beobachtete die Leute, die aus dem Einkaufscenter herausströmten, Familien, Mütter mit Kindern, Väter mit Kindern, Freunde, Singles, alle damit beschäftigt, sich mit Sachen zu versorgen, die man an Weihnachten zu brauchen glaubt. Mein Blick fiel auf eine Frau, deren Töchterchen im Einkaufswagen saß und mit Händen gestikulierend erzählte. Die Mutter lachte und drückte ihrem Mädchen einen Kuss auf die Wange.

Dann bemerkte ich ein verliebtes Pärchen, das seinen Einkaufswagen gemeinsam schob und nicht zuließ, dass sich die Hände lösten, auch wenn der Wagen dabei nicht geradeaus fuhr. Zwei Freundinnen oder Nachbarinnen kamen durch die Schiebetür des Centers, mit Waren schier überhäuft, und wurden nicht müde, sich die scheinbar spannendsten Geschichten zu erzählen. Das änderte sich auch nicht, als sie bei ihrem Auto angekommen waren und den Kofferraum beluden.

Ein sehr altes Paar kam ebenfalls durch die Tür, vorsichtig abwartend, ob dem Schließmechanismus der Schiebetüren auch zu trauen war. Langsam, Schritt für Schritt, er an einem Stock gehend, tappten sie über den Parkplatz, während ihre Blicke konzentriert die Umgebung nach Gefahren absuchten. Einer achtete auf den anderen, zusammen fühlten sie sich sicher. Sie brauchten sich und waren füreinander da.

Wo waren die Singles? Wo waren Leute wie ich?
Es gab sie. In ihren Gesichtern gab es wenig zu sehen. Sie schienen in größerer Eile zu sein als die Paare. Jede ihrer Bewegungen drückte Hast aus. Ich dachte mir, dass sie eigentlich gar nicht hier sein wollten. Ich interpretierte ihre abweisenden Blicke und gesenkten Köpfe als Wunsch nach Unsichtbarkeit. Für sie war es ein notwendiges Übel, hierher zu kommen, weil sie überleben mussten. Ich spürte, wie sie tief durchatmeten in dem Moment, da sie die Tür ihres Autos zuknallten, das Gaspedal tief durchdrückten und davonjagen durften, um nicht etwa von jemandem aufgehalten und verfolgt zu werden. Ihr Ziel war die Wohnung, ihre Burg, in der sie sich einschlossen zusammen mit den Lebensmitteln für die kommende Woche.
Woher kam diese imaginäre Angst vor anderen?

Ich fühlte mich wie sie. Ich bedauerte mich, wollte zu den anderen gehören, zu den glücklichen, verspielten Paaren, die weder Einsamkeit noch Bedrohung kannten.
Ein bekanntes Gesicht riss mich aus meinem Gedankenstrom.

Gustav! Ja, er kam aus dem Center. Auch er hatte etwas gekauft; ich vermutete, einen Sack Kartoffeln, Gemüse, Brot und ein paar Flaschen Wein. Er hatte auf einen Einkaufswagen verzichtet und Mühe, seine Einkäufe mit zwei Händen festzuhalten. Er war eben kein Einkaufsprofi, das sah man ihm an. Plötzlich hielt er inne und legte seine Sachen auf den Boden. Neben ihm war einer Frau ein Vorratspack Waschmittel und so einiges andere vom Fahrradkorb gefallen. Gustav bückte sich und half ihr, den Korb neu zu beladen. Nebenbei redete er auf die Frau ein, die immer wieder vergnügt auflachte. So ein alter Schwerenöter!, dachte ich und musste ebenfalls schmunzeln. Er will doch die Dame nicht etwa anbaggern? Aber nein! Gustav doch nicht! Er winkte der Frau zu, als sie etwas wackelig in die Pedale trat und nahm seine Einkäufe wieder vom Boden auf. Alles das sah zwar etwas ungeschickt aus, aber nicht nach Mühe und Bitterkeit. Sieh an!, dachte ich. Ein Single, der aus der Reihe tanzt!

Ich ging auf ihn zu und bot mich an, ihm beim Tragen zu helfen.

„Hallo Gustav! Ich hätte nicht erwartet, dich in einem Kapitalistentempel wie diesem Einkaufscenter zu treffen."

„Jetzt bist du überrascht, nicht wahr? Tja – wenn du Menschen treffen willst, hast du hier die besten Chancen dazu. Oder warum bist du hier?"

„Ich? Einfach so, ohne tiefere Absicht."

„Und ich dachte, du hättest Sehnsucht nach Menschen..."

Woher wusste er...? Nur mit Mühe konnte ich Tränen zurückhalten. Dabei war mir bewusst, dass ich Gustav nichts vormachen konnte.

„Ich... Ich habe vorhin mit meiner Mutter telefoniert. Und... ich... Ich wollte wissen, ob... ich wollte die Menschen beobachten, um zu sehen, ob es vielleicht einen gibt, der mich liebt. Ja! Lach nur! Das ist gar nicht komisch!"

„Ich lache doch gar nicht."

„Ist auch egal! Jedenfalls habe ich gesehen, dass es zwei Kategorien gibt – Paare und Singles. Ich gehöre zu den Letzteren. Und wenn du einmal in dieser Kategorie gelandet bist, gibt es keinen Ausweg für dich. Denn die Singles tun alles, um zu verhindern, dass sie einen Partner finden. Das habe ich soeben erfahren."

„Aha", entgegnete Gustav und nickte mit ernster Miene. „Und das ist es, was du glaubst?"

„Ja, verdammt noch mal!"

„Dann muss ich dir verraten, dass ich soeben von einer netten Dame zum Kaffee eingeladen wurde, obwohl ich Single bin, obwohl sie Single ist. Damit wäre dein Glaubenssatz widerlegt, oder?"

„Ach du! Du bist doch auch nicht mit normalen Maßstäben zu beurteilen!"

„Das hoffe ich! Ich will eigentlich gar nicht beurteilt werden. Ich tu, was ein Mensch tun sollte – meine Möglichkeiten wahrzunehmen, um Menschen zu helfen. Muss man das erst beurteilen?"

„Ich kann das aber nicht!" schrie ich nun so laut, dass sich einige Leute nach uns umdrehten. „Ich habe nun mal nicht deine Fähigkeiten, so hopplahopp mit einem x-beliebigen Menschen zu plaudern und so zu tun, als würde man sich schon ewig kennen."

„Erstens musst du mich nicht imitieren, zweitens kennen wir Menschen uns tatsächlich schon ewig."

„Wie?"

„Bedenke, woher wir stammen! Aus Geist. Aus dem Geist der immer da war und immer da sein wird. Aus dem Geist, der ewig erschafft. Wir sind tatsächlich alle Brüder und Schwestern. Ist das nicht großartig?"

„Klasse. Und was soll ich nun tun? Soll ich sie alle zum Kaffee einladen?"

„Du kommst hierher, um zu sehen, ob dich jemand liebt? Dann sei du derjenige, der jemanden liebt."

„Aber..." Ich schwieg, weil ich begriff, wie recht Gustav hatte.

„Wenn dir das zu schwer erscheint, könntest du damit anfangen, dich selbst zu lieben."

„Das ist wahrscheinlich das Allerschwierigste."

„Du hast Angst, ich weiß", fuhr er fort. „Und niemand verlangt von dir Unmögliches. Vorerst würde es dir helfen, daran zu glauben, dass deine Chance kommen wird."

„Wenn du meinst..."

Während ich noch daran zu kauen hatte, dass ich mich wie ein Idiot benommen hatte und trotz meiner ach so tollen Gedanken keine Liebe zu mir aufbrachte, war Gustav verschwunden.

Und so versteckte ich mich wieder in meiner schönen neuen Wohnung und wartete auf meine Chance.

Zwei Tage später rief ich wieder bei meiner Mutter an.

„Mama! Ich fühle mich nutzlos. Bei dir erscheint alles so einfach. Du lernst Giovanni kennen, als hättest du ihn dir bestellt, du ziehst bei ihm ein, du heiratest ihn, du arbeitest in seiner Firma mit, als hättest du nie etwas anderes getan, du lernst italienisch, als wäre es nichts – nein, mit dir kann ich nicht mithalten."

„Martin, ich habe mich vorhin mit Gustav unterhalten."

„Du hast was?!"

„Gustav ist hier."

„In Livorno?"

„Ja. Seit gestern."

„Das glaub ich nicht. Was tut er bei Dir in Livorno? Mischt er sich jetzt auch noch in dein Leben ein?"

„Könnte man so sehen. Aber die Art und Weise, wie er sich einmischt, ist mir nicht unangenehm."

„Und was sagt Giovanni dazu?"

„Er ist Italiener und im Gegensatz zum typischen Deutschen zuerst einmal gastfreundlich; misstrauisch oder eifersüchtig wird er erst dann, wenn es einen konkreten Anlass dazu gibt."

„Trotzdem... Es kommt mir so vor, als suche Gustav nach der Familie, die er selbst nicht hat." Von wem redete ich hier eigentlich?

„Und wenn schon? Er wohnt jetzt in deinem Zimmer. Aber das ist gar nicht wichtig. Er ist ein großartiger Mensch, das muss ich zugeben."

„Jetzt werde ich eifersüchtig."

„Esel! Er hat mir etwas erzählt, was für dich von großer Bedeutung sein könnte."

„Seit ich Gustav kenne, erzählt er mir Dinge, die von großer Bedeutung sind. Aber geholfen hat es mir nicht."

„Vielleicht hilft es ja, wenn du es aus meinem Mund hörst."

„Vielleicht."

„Er hat mir etwas klar gemacht, was mir nicht bewusst war, aber instinktiv habe ich es gemacht."

„Also was?"

„Es sind die Silikone, auf die wir schauen, weil wir glauben, sie zu brauchen."

„Fängst du jetzt auch schon mit diesen verdammten Silikonen an?"

„Die Silikone sind all die Äußerlichkeiten, mit denen wir uns umgeben. Dazu gehört im meinen Fall Giovannis Haus, seine Firma, die italienische Sprache, meine Arbeit und noch vieles andere. Die Leute irren sich, wenn sie behaupten, ich hätte großes Glück gehabt, in Italien ein neues Leben beginnen zu dürfen, das so aussieht, als wäre es für mich maßgeschneidert."

„Wenn es kein Glück war, was war es dann?"

„Ich habe mich entschieden, mich und das Leben zu lieben. Ich gebe zu, Giovanni hat mich dabei unterstützt. Alleine wäre ich nicht herausgekommen aus meiner alten Lebenseinstellung."

„Was war denn mit deiner alten Lebenseinstellung? War sie nicht gut genug? Immerhin war das die Zeit, in der ich groß geworden bin."

„Eben. Und nun sieh dich an!"

„Was - was meinst du damit?"

„Du hast dich entschieden, ein Loser zu sein."

„Was?!"

„Ja, das hast du! Du gehst durch die Welt und betrachtest alles so, als wärst du davon ausgeschlossen. Du glaubst, alles Gute bekommen nur die anderen, nur du allein musst dich durchs Leben quälen und Dinge tun, die du ablehnst."

„Ist doch so …"

„In deinem Weltbild – ja! Aber es geht auch anders. Du möchtest auch einen tollen Beruf, haben, ein eigenes Haus, eine Frau, Kinder? Dann geh mit einem Lächeln durch die Welt! Mach es wie die Italiener! Freu dich, wenn du jemanden wiedererkennst, und wenn er dir nur zufällig auf dem Weg zur Arbeit begegnet. Nimm dir Zeit für ihn! Mach ihn zu deinem besten Freund! Mach nach Möglichkeit alle Menschen zu deinen besten Freunden und alles andere kommt von selbst."

„Alles? Alles, was ich mir je erträumt habe?"

„Ja! Alles. Jedenfalls bekommst du alle guten Gefühle, nach denen du dich je gesehnt hast."

„Das verstehe ich nicht."

„Du möchtest Dinge und Menschen um dich haben, die dich glücklich machen. Aber vielleicht irrst du dich und du bist genauso unglücklich wie zuvor, sobald du hast, was du zu brauchen meinst."

„Ja, vielleicht. Also ist es wohl besser, alle seine Träume in den Müllcontainer zu werfen", erwiderte ich zynisch.

„Um nicht enttäuscht zu werden? Aber das ist doch Unsinn! Gustav hat mir erklärt – und das habe ich auch verstanden – dass es einen Weg gibt, um glücklich zu werden, ohne irgendetwas zu brauchen."

„Na, da bin ich aber gespannt."

„Was du dir erträumst, sind Silikone und davon gibt es mehr als genug auf dieser Welt. Du willst eine Frau, weil du dich einsam fühlst, einen interessanteren Beruf, weil du darin Anerkennung suchst. Du tust nichts unentgeltlich, sondern nur, um etwas zu bekommen, was deiner Seele fehlt. Erst wenn du etwas aus Liebe tust, also... das hört sich jetzt wieder sehr schwülstig an... ich sage es anders - wenn du ganz einfach tust, was dir Freude macht, dann hilfst du den Menschen mehr, als jemand, der etwas Großartiges tut, weil er beschlossen hat, Menschen zu helfen. Denn solch ein Mensch handelt nicht aus Liebe zu dem, was er tut, sondern, weil er hofft, sich dadurch bei Gott oder den Menschen einzuschmeicheln."

„So wurden wir erzogen..."

„Ich weiß. Getreu dem Motto ‚Je mehr du leidest, desto größer wird dein Lohn im Himmelreich sein.' Vergiss das alles! Du kannst den Himmel jetzt haben, jetzt sofort! Ich habe lange nicht verstanden, warum Giovanni Tag und Nacht für seine Organisation arbeiten kann und keine Freizeit braucht. Jetzt weiß ich es! Er liebt, was er tut. Er erwartet nichts dafür. Er freut sich wie ein Kind darüber, wenn seine Kunden zufrieden sind oder wenn ein Geschäft beide Seiten glücklich macht. Daher arbeitet er nicht so wie wir in Deutschland arbeiten. Er tut, was ihm Spaß macht und verdient auch noch Geld damit."

„Ich gebe zu, das hört sich interessant an. Nicht so abgehoben wie ich erwartet habe. Aber was meinst du nun, sollte ich tun? Nach

Italien auswandern? Willst du mich am Ende nur bei dir haben? Ist das eine geschickte Taktik von dir?"

„Quatsch! Dazu musst du nicht auswandern. Zeige einfach den Menschen, dass du glücklich bist. Beschließe, glücklich zu sein!"

„Als ob das so einfach ginge!"

„Behandle die Menschen so, wie du behandelt werden willst. Stell dir vor, wie es wäre, dir selbst zu begegnen! Wie möchtest du behandelt werden?"

„Hmm... Eine gute Frage. Ich fürchte, ich muss zugeben, dass ich sehr viel Liebe und Verständnis möchte."

Sie lachte.

„Wer nicht? Wenn du den Menschen deine Liebe zeigst, auch wenn du zuerst nicht glaubst, dass da so etwas wie Liebe ist, handelst du richtig. Wenn du das tust, bist du glücklich, auch ohne Silikone."

„Tust du das?"

„Viel zu selten! Doch sehr viel öfter als früher. Ich habe so wie du immer meine Pflicht getan, weil ich mir sicher war, eines Tages den Lohn dafür einzustreichen. Darüber habe ich meine Beziehungen zu den Leuten in meiner Umgebung grob vernachlässigt – auch die Beziehung zu dir. Früher hätte ich aus Angst, dich zu verletzen, nicht so mit dir gesprochen. Aber jetzt weiß ich, dass ich es besser jetzt tue als nie."

„Du redest dich leicht, jetzt, wo du heiratest und euphorisch bist..."

„Es wird dich wundern, aber diese Hochzeit bedeutet mir nichts. Sie ist ein Spiel, bei dem man viele Menschen aus Freude lachen und weinen sieht, und dieses Spiel gefällt mir."

„Aber Giovanni sieht das anders, oder?"

„Ja, er liebt das Drama! In seinem Spiel nehmen die Eltern eine große Rolle ein, weil sie sich immer schon sehnlichst wünschten, ihr Sohn würde heiraten. Für sie wäre es eine Tragödie gewesen, ihren Giovanni ledig zurückzulassen, wenn sie einmal das Zeitliche segnen. Natürlich funktioniert ein Drama anders als eine Komödie. Doch beides sind interessante und spannende Inszenierungen auf der Bühne des Lebens. Und es gibt dabei eine Menge Herzen einzufangen..."

„Mama. Es klingt so schön und so wahr, wenn du das sagst. Hätte ich eine Frau wie dich – "

„Papperlapp! Der Entschluss, das Leben zu lieben, muss aus dir ganz allein kommen. Keine Frau der Welt kann für dich entscheiden, auch ich nicht."

„Ja, Mama. Ich werde darüber nachdenken. Wir sehen uns an Weihnachten. Ciao."

XXVI.

Ich dachte eine Nacht lang darüber nach, was mir meine Mutter gesagt hatte. Am Morgen hatte ich brennende Augen und Kopfschmerzen. In der Arbeit war jede Menge zu tun, mein neuer Posten hielt mich gewaltig auf Trab. Ich hatte kaum Gelegenheit, mich meiner Müdigkeit wegen zu Bedauern. Zu allem Überfluss passierte etwas völlig Unvorhergesehenes. Torsten suchte mich in meinem Büro auf. Torsten war derjenige, mit dem ich seit dem ersten Tag in der Firma zusammenarbeitete, die längste Zeit davon am selben Schreibtisch. Er war zwei Jahre älter als ich und verheiratet.

Beinahe schüchtern streckte er seinen Kopf durch den Türspalt.

„Stör ich?"

„Torsten! Ja, natürlich!" erwiderte ich scherzhaft. „Mein Schreibtisch biegt sich unter der Last der ungetanen Arbeit, aber komm ruhig rein!"

Etwas an Torstens Gesichtsausdruck gefiel mir nicht. Er sah so aus, als schwankte er zwischen einen Lach- oder Heulanfall.

„Was gibt's?"

Er blickte zu Boden und ließ die eingeatmete Luft durch seine aufgeblasenen Backen entweichen.

„Ich weiß nicht, mit wem ich sonst reden kann", begann er. „Vielleicht verstehst **du** mich ja."

„Schieß los, ich bin ganz Ohr."

„Ich weiß nicht, ob ich das alles noch machen will."

„Was?"

„Naja – meine ganze Energie dafür einzusetzen, dass der Laden läuft."

„Immerhin lebst du von diesem Laden."

„Ja – das weiß ich. Aber wie lange noch und zu welchem Preis?"

„Unsere Firma schreibt schwarze Zahlen und wird expandieren. Ich weiß nicht, was du meinst."

„Ich rede davon, dass ich von Jahr zu Jahr länger arbeite, dass ich kaum noch Zeit für Pausen finde, dass die Kollegen nicht mehr miteinander reden, weil keiner dem anderen traut, dass wir unsere Vormachtstellung auf dem Markt dazu verwenden, kleinere Konkurrenten hinauszudrängen, dass wir Verträge mit Zeitarbeitsfirmen abschließen, die inhuman sind, dass wir staatliche Zuschüsse beantragen, die wir eigentlich gar nicht nötig haben usw. usw. Kannst du mir sagen, wie lange das alles noch funktionieren kann? Weißt du, wie ich mich fühle, wenn ich nach Hause zu meiner Frau komme? Wie ein Verbrecher. Genauso gut könnte ich eine Bank ausrauben und zu Elli sagen: ‚Das Geschäft läuft gut, und an den Stress gewöhnt man sich. Hauptsache, die Kohle stimmt.'"

Er hatte sich richtig in Rage geredet. Sein Kopf war gerötet, seine Augen blitzten mich an.
Plötzlich war ich hellwach.
Alles, was er gesagt hatte, war richtig. Alles, was ich hier machte, Tag für Tag, war zum Scheitern verurteilt. Ich wusste es. Und dennoch fügte ich mich. Arbeiten war tugendhaft, hart arbeiten ehrenhaft und über seine Grenzen gehen heldenmütig; so lautete das Credo unserer Gesellschaft. Ich fragte mich, ob ich liebte, was ich hier tat. Es brachte mir Anerkennung und Geld. Es stärkte mein Selbstbewusstsein… Aber was war das für ein Selbstbewusstsein, das zulässt, sein Herz zu verschließen?

Jetzt war ich es, der einmal tief ein- und ausatmete.
„Torsten, ich gebe dir hundertprozentig Recht. Aber du wärst nicht der Spitzenkollege, als den ich dich kennengelernt habe, wenn du dir nicht schon eine Alternative überlegt hättest."
Torsten zog eine Grimasse, die einem Lächeln nahe kam.
„Seit du nicht mehr in unserem Sachgebiet bist, ist es öde geworden. Wir sehen uns mit finsteren Mienen an, als ob einer an der Misere des anderen Schuld hätte. Hubert ist seit zwei Wochen krank und keiner weiß, was ihm fehlt."
„Habe ich gehört…"
„Ernst hat Zoff mit seiner Frau. Er sucht eine Wohnung."
„Das ist übel."
„Ich will nicht der Nächste sein, den seine Frau nicht mehr aushält, weil er den Mist in seiner Seele mit nach Hause bringt, solange, bis es dort genauso stinkt wie im Büro. Nein, ich habe keine echte Alternative. Aber ich würde alles tun, um meine Elli glücklich zu machen."
„Hast du sonst schon mit jemandem darüber gesprochen?"
„Nein, nicht direkt. Warum? Habe ich etwas Ungehöriges gesagt?"
„Ganz im Gegenteil! Ich dachte mir nur, wenn die anderen genauso denken wie du, könnten wir etwas bewegen."
„Woran denkst du?"

Ich stand von meinem Sessel auf und ging von einem Ende des Büros zum anderen, ohne mir dessen bewusst zu sein.

„Wir müssen uns zusammen tun. Wir werfen unser Geld in einen Topf. Es müsste reichen, um ein Gebäude zu erwerben, in dem wir alle Platz haben, ein alter Bauernhof oder etwas in der Art. Wir könnten dort wohnen und brauchen schon mal keine Miete zu bezahlen. Jeder, der dort wohnt, muss seine Talente einbringen, um zum Broterwerb beizusteuern. Ganz wichtig: Wir brauchen jemanden, der sich mit Landwirtschaft auskennt. Wenn wir mit Obst und Gemüse unsere Ernährung sichern, sind wir beinahe autark. Dabei fällt mir ein – ich kenne vielleicht jemanden... Natürlich brauchen wir einen Trinkwasserbrunnen, und ein paar Solarmodule, ganz ohne Strom geht es nicht. Ich habe noch eine große Summe auf der Bank, vom Verkauf meines Elternhauses. Den größten Teil davon würde ich reinstecken, einen Teil stelle ich der Gemeinschaft als Notgroschen zur Verfügung. Mensch, Torsten! Wir sind doch intelligente Leute! Wir lassen uns doch nicht unsere Lebensfreude rauben! Klar werden wir hart arbeiten müssen, aber was wir tun, tun wir von Herzen. Was sagst du?"

„Du spinnst!"

„Findest du?"

„Ja, aber was du sagst, macht mich glücklich. Sehr sogar. Ich finde deine Idee großartig. Mir fällt ein, ich war technischer Zeichner, ehe ich diesen Job hier bekam. Ich könnte mir immer ein paar Aufträge an Land ziehen. Und Elli liebt es, Kleider zu entwerfen und zu nähen. Ernst ist ein erstklassiger Hobby-Koch. - Nur..."

„Was?"

„Elli ist schwanger. Wie soll ich ihr erklären, dass ihr Mann ausgerechnet jetzt aussteigt? Nur eine Verrückte würde sich darauf einlassen..."

„Wir können auch nur Verrückte brauchen für unser Haus. Und da du von Kindern sprichst – ich kenne jemanden, der Kinder liebt und sich gerne um sie kümmert..."

„Ja?"

„Ja. Ich sollte mich mit ihr mal wieder treffen."

„Gut. Das hört sich sehr gut an."

Er hob seine Hand, um mit mir einzuklatschen.

„Wir bleiben dran! Hörst du? Ich muss jetzt wieder an die Arbeit. Haha! Was wir alles glauben zu **müssen**! Ich danke dir, Martin. Ich spitze mal die Kollegen an. Das wird prima!"

Er reckte beide Daumen hoch und zwinkerte mir zu, als er aus dem Büro ging.

Ich ließ mich auf meinen Sessel fallen und schüttelte den Kopf. Die Aktenschränke an den Wänden schienen plötzlich zu schwanken, die Schreibtischplatte wölbte sich vor meinen Augen. Was hatte ich da alles gesagt? War ich jetzt komplett durchgedreht? Ich war der Jüngste in unserer Abteilung, hatte vom Leben keine Ahnung und wollte meine Kollegen dazu überreden, ein Aussteigerleben zu führen? War ich mit der Idee einer Kommune nicht schon längst durch? Hat doch noch nie richtig geklappt. Spätestens, wenn die biologische Uhr zur Familiengründung ruft, hat man genug vom alles-mit-allen-Teilen. Aber andererseits hatte mich Torsten um einen Rat gebeten, und irgendwie war es mir gelungen, ihn von seiner Weltuntergangsstimmung zu erlösen – vorübergehend jedenfalls. Und ich selbst?

Ich hatte Torsten ein Bild einer Gemeinschaft gemalt, in der ich mir wichtig vorkommen durfte und in der Platz für Mia war. Vielleicht sollte man das Ganze nicht auf eine Kommune unter einem Dach beschränken? Es wäre zuallererst nötig, ein gemeinsames Ziel zu verfolgen, Arbeiten für einen gemeinverträglichen Zweck, für eine Sache, bei der es nur Gewinner gibt. Und die Ernährung! Selbstversorgung ist ein hehres Ziel, aber kann sie funktionieren, über Jahre hinweg? Hmm... Gab es nicht auch hier in der Gegend Kleinbauern, die ihre Felder ohne Pestizide und Kunstdünger bewirtschafteten? Wenn man sich darauf einigte, diese Bauern zu unterstützen, nur noch dort einzukaufen, wenn man wiederum bei diesen Betrieben mitarbeitete und dafür Lebensmittel günstiger beziehen durfte, jeder mit seinen Möglichkeiten, angefangen von der Buchhaltung, über Haus- und Stalltechnik bis hin zum Grasschnitt – dann würde doch jeder vom anderen profitieren... Was für ein schreckliches Unwort – „profitieren"! Es geht eben nicht um Profit, sondern um ein menschenwürdiges Leben!

„Herr Breitenbaum!"
In der Tür stand mein Chef, abgehetzt, mit hochroten Gesicht.
„Ich versuche Sie seit einer halben Stunde anzurufen! Hätten Sie vielleicht die Güte, den Hörer von der Gabel zu nehmen?"
Tatsächlich klingelte mein Apparat, aber das wurde mir erst jetzt bewusst.

„Wie? Ach, entschuldigen Sie bitte, ich war wohl in Gedanken versunken."

„Ja, das sehe ich!" schimpfte er erbost. „Dann haben Sie sich wohl auch Gedanken darüber gemacht, wie wir unseren besten Kunden erklären wollen, dass die zugesagte Lieferung nicht termingerecht angekommen ist."

„Ach, das! Ja, das ist dumm gelaufen. Ein Zulieferer hatte einen Maschinenschaden, der erst am nächsten Tag behoben werden konnte; kann man nichts machen."

„Da kann man sehr wohl etwas machen!" schrie der Chef, dass die Adern an seinem Hals dick anschwollen. „Dem Zulieferer wird gekündigt, auf der Stelle! Und Sie prüfen, auf welche Schadensersatzsumme man ihn verklagen kann. Das ist doch das Letzte! Was glauben die denn, mit wem sie es zu tun haben?"

„Wenn, dann kann man höchstens den Hersteller der defekten Maschine verklagen. Aber die war schon alt, nach einer Laufzeit von fünfzehn Jahren kann schon mal was kaputt gehen."

„Darf es aber nicht, Herr Breitenbaum! ‚Kann schon mal was kaputt gehen' äffte er mich nach. Wegen dieser laschen Ansicht kann es sein, dass wir unseren wichtigsten Kunden verlieren. Maschinen müssen eben regelmäßig gewartet werden, damit so etwas nicht passiert."

„Das wurde gemacht, täglich. Ich habe mit dem Geschäftsführer gesprochen. Aber Materialermüdung lässt sich bei einer Routinewartung nicht unbedingt erkennen."

„Dann sollen die, verdammt nochmal, ihren Schrott zum Mond schießen und eine funktionierende Maschine anschaffen!"

„Sie schreiben jetzt schon rote Zahlen. Naja – das ist der Preis dafür, dass sie als günstigster Anbieter auf dem Markt auftreten konnten. Die Abschreibung für eine neue Maschine hätte die Stückkosten in die Höhe getrieben, so dass wir uns nicht für sie entschieden hätten. Genau genommen sind wir selber daran schuld, dass die Ware nicht rechtzeitig geliefert wurde."

„Sie reden wirres Zeug, Breitenbaum! Kündigen und Verklagen! Haben Sie verstanden?"

„Das werde ich nicht tun. Es würde nichts bringen. Es gibt keinen günstigeren Anbieter."

„Das werden wir schon sehen! Wenn nötig, lassen wir in China produzieren! Tun Sie jetzt, was ich Ihnen sage!"

„Nein, es würde dieser Firma das Genick brechen."

Er beugte sich grinsend über mich. Ich konnte seinen üblen Atem riechen.

„So ist das im Geschäftsleben. Ist es Ihnen lieber, wenn man uns das Genick bricht? Wollen Sie morgen auf der Straße stehen?"

Ich stand auf und wunderte mich über meine ruhige Stimme.

„Wenn ich die Wahl habe, mit schlechtem Gewissen weiter hier zu schuften oder mit gutem Gewissen auf die Straße zu gehen, dann entscheide ich mich für das Letztere. Ja, leider wird mir das jetzt erst klar. Ich darf mich von Ihnen verabschieden."

Ich reichte ihm meine Hand, die er sprachlos entgegennahm.

„Erzählen Sie unseren besten Kunden, dass die Welt nicht davon untergeht, dass jemand einen Tag länger auf seine Ware warten muss. Aber wenn man den Menschen, unter dessen Händen die Ware entsteht, nicht mehr sieht, gibt das Anlass zu größter Sorge. Auf Wiedersehen."

Ich nahm mein Aktenköfferchen und verließ das Büro. Mein Chef war so verdutzt, dass er kein Wort mehr herausbrachte. Was für ein Abgang!

Mein Triumph währte nicht lange; schon als ich hinaus auf die Straße trat, dachte ich: Jetzt bist du arbeitslos. Die schöne Wohnung wirst du kündigen müssen. Nichts mehr ist, wie es war.

Zu Hause setzte ich mich an den Schreibtisch und überlegte, was zu tun war. Ich könnte mir eine billige Ein-Zimmer-Wohnung mieten oder kaufen, aber ich würde mich darin mit Sicherheit nicht wohl fühlen. Welche Leute hätte ich da wohl als Nachbarn? Lärm von früh bis spät, verschimmelte Wände, üble Gerüche – nein, das war nichts für mich.

Ich sollte es machen wie Gustav! Eine Hütte im Wald, neben einer Wiese, wo man Kartoffeln anbauen könnte, das wäre was! Aber dazu bräuchte man die Erlaubnis vom Forstamt. Dann also wenigstens ein Grundstück in der Nähe des Waldes kaufen und darauf ein Häuschen errichten... Dann wären meine Geldreserven fast aufgebraucht. Was würde sich dadurch ändern? Da könnte ich genauso gut in meiner Wohnung bleiben. Ich sollte nochmal mit Torsten sprechen. Allein erscheint einem alles so schwer.

Nach einer sehr unruhigen Nacht und einem Tag mit Kopfschmerzen und nervösem Herzklopfen rief ich im Büro an.

„Torsten? Hier Martin. – Ja, nicht schlecht, was? Der hat vielleicht Augen gemacht! – Hast du denn schon mit den anderen gesprochen, ich meine, wegen Aussteigen, einen Bauernhof kaufen und so? –

Ach… - mhm - klar – versteh ich – Ich? Weiß noch nicht. Ich muss das alles erst noch durchplanen. Gut – natürlich! Bis dann! Tschüß!"

Zum ersten Mal in meinem Leben hatte ich Lust, mich vorsätzlich zu betrinken. In meinem Haushalt gab es nur Leitungswasser, daher musste ich wohl oder übel ausgehen. Torsten hatte mir erklärt, dass er mit Elli über alles gesprochen hatte und sie seien darin übereingekommen, dass man nichts voreilig aufgeben sollte. Die anderen Kollegen fänden die Idee mit dem Bauernhof ganz toll, aber so schlimm sei die Arbeitssituation jetzt auch wieder nicht, und so weiter und so weiter.

Ich warf mir eine Jacke über und steuerte die nächstgelegene Kneipe an, für den Fall, dass ich auf dem Nachhauseweg Gleichgewichts- und Orientierungsprobleme bekommen sollte.
Die Luft im „Chilly&Pepper" war um fünf Uhr Nachmittag so abgestanden, dass es einer großen Portion Masochismus bedurfte, um dennoch einzutreten und am Tresen Platz zu nehmen.
Als ich einen Wodka-Lemmon bestellte, fragte mich der Wirt:
„Schon wieder einer, der seinen Kummer ersaufen will?"
„Wieso? Bin ich nicht der Erste? Um diese Zeit…"
„Der da drüben säuft schon seit vier."
Als ich mich umsah, traf mich fast der Schlag. Den kannte ich! Es war Erich.

Ich nahm mein Glas und setzte mich zu ihm.
„Erich? Kennst du mich noch? Ich bin der Martin. Was machst du denn da?"
Er reagierte in Zeitlupe. Seine Augenlider waren so schwer, dass sich nur die Augäpfel bewegten und ein paar Millimeter nach oben rollten. Auch die Unterlippe hing unnatürlich weit nach unten.
„Maddin? Welcher Maddin?"
„Ich war vor ein paar Wochen bei euch, um Mia zu besuchen. Ich war damals mit dem Fahrrad gestürzt."
„Ach ja! Der Maddin! Du – das is gut, dass ich dich hier treffe!"
Er rückte so nah neben mich, dass ich zurückweichen musste, damit mir von seinem Schweiß- und Alkoholgeruch nicht übel wurde.
„Weißu – die Mia – du kennsoch die Mia – die ist so eine Liebe! Ich wollte sie heiraten, doch jetzt…"
Sein Gesicht wurde rot und verzog sich zu einer hässlichen Grimasse. Tränen liefen über die Wangen, Spucke aus seinem Mund.
„Was ist denn passiert?" fragte ich.

„Sie hat gesagt, sie will keinen Mann, der nie zu Hause ist. Sie hält mir vor, dass ich ssu viel aweite. Dabei wäre ich eh viel lieber bei ihr, aber es geht halt nicht! Was soll ich machen?"

„Gibt es denn in deiner Branche, als Bauingenieur, keinen Job, wo du mehr Freizeit hast? Ich dachte, die wären überall gefragt."

„Das war mal! Sss lange her. Freilich kannssu dir mal hier, mal dort ein Projekt angeln. Aber dann geht's dir noch beschissener! Dann mussu vier Mal im Jahr umziehen. Das ist doch erst recht Kacke für ne Beziehung."

„Weiß die Mia das?"

„Ich glaube schon. Aber in letzter Zeit spricht sie immer davon, dass es besser ist, ganz frei zu leben, in einem Zelt oder so. Das würde sie richtig glücklich machen."

Ich nahm nun einen Schluck von meinem Wodka-Lemmon.

„Wie kommt sie denn auf so was?"

„Weiß auch nich! Das ist doch Quatsch! Zelten ist cool, natürlich. Solang die Sonne scheint. Aber was macht man im Winter? Die Bäume abholzen? Sieht man doch in Indonesien, dort hauen sie alle Bäume um, weil sie sonst kein Feuer zum Kochen haben."

„Das stimmt. Heizen ist ein Problem."

„Warum mag die Mia das nicht verstehen?" Er heulte wieder jämmerlich auf. „Ich tu doch, was ich kann! Und wenn ich ersmal ein paar imagetäch- imagetr – ein paar subba Projekte durchgezogen hab und einen guten Ruf hab, kann ich mir selbs aussuchen, wann und wo ich aweite. Alles wäre wunnerbar, in swei, drei Jahren, wenn wir vielleicht Kinder hätten, könnte ich viel öfter zu Hause bleiben. Wir hätten ein wunnerbares Leben…"

Ich sah dieses Häuflein betrunkenes Elend an und wusste, was zu tun war.

„Erich! Soll ich mal mit Mia reden?"

Seine roten Augen erhoben sich. Er sah mich an wie ein Hund, wenn er um ein Leckerli bettelt."

„Meinssu, sie hört auf dich?"

„Ich weiß nicht. Aber einen Versuch ist es wert, hm?"

„Das wäre toll von dir, echt toll! Bist ein guter Kumpel. Denn, weissu, das mit Mia und mir ist so was Schönes, was Einmaliges. So was find ich nie nie nie wieder!"

„Ich weiß. Soll ich dir ein Taxi rufen?"

„Neinein, ss geht schon!"

Er stand vom Tisch auf und klammerte sich an mich, um nicht zu stürzen. Er hatte schwer geladen.

„Du, ich glaub, ich fahr besser nicht selber. Ein Taxi – das wäre subba!"
„Klar doch."

XXVII.

Eine halbe Stunde später standen wir vor Mias Haustür. Das Taxi ließ ich wieder abfahren, weil ich Erich versprochen hatte, jetzt gleich mit Mia zu reden.

Dann stand Mia in der Tür, bleich und mit dunklen Augenringen. Sie öffnete den Mund und brachte kein Wort heraus. Ganz offensichtlich war sie hin- und hergerissen zwischen Wut und Erleichterung.

„Ich sage jetzt gar nichts, mein Schatz", lallte Erich. „Maddin wird jetzt mit dir reden. Nich wahr, Maddin, mein Freund? Ich werde mich jetzt erss mal n' bisschen frisch machen, wenn du erlaubst?"

Er drückte sich an Mia vorbei ins Haus und ließ mich stehen, ohne mich noch eines Blickes zu würdigen. Mia sah mich fragend an. Sie sah aus, als hätte sie länger nicht mehr gut geschlafen.

„Ich habe ihn zufällig getroffen", erklärte ich. Da sind wir ins Reden gekommen. Darf ich reinkommen?"

Mia zeigte mir mit stummer Geste an, dass ich durfte. Was sollte sie auch von der Sache halten? Dass sich Erich Mut angetrunken hatte, um mit ihr einige Dinge zu klären, war eine Möglichkeit. Aber dass ich an seiner Statt sprechen wollte, passte nicht dazu.

Mia bat mich ins Wohnzimmer. Inzwischen war auch Maja aufgefallen, dass ich da war, und kam wie üblich fiepend an meine Seite. Mein Kneipengeruch hielt sie nicht davon ab, heftig zu schnüffeln und zu lecken. Ihr Fell zu streicheln beruhigte mich.

„Erich hat mir erzählt, dass zwischen euch ein Problem aufgetaucht ist, also, dass du der Meinung bist, er arbeite zu viel und eure Beziehung würde darunter leiden."

„Und nun?" fragte sie beinahe gelangweilt.

„Er deutete auch an, dass du lieber frei leben möchtest, nicht in ein Haus eingesperrt."

„Und was hat er noch gesagt?" Ihre Stimme klang heute beinahe rau.

„Dass ihm in seinem Beruf nichts anderes übrigbleibt, als jetzt viel zu arbeiten, damit er später mehr Zeit für seine Familie hat."

„Seine Familie..." sagte Mia gedankenverloren.

„Ist es denn nicht das, was du willst?"

„Doch, natürlich."

„Aber? Entschuldige, ich würde mich sonst nicht in euer Privatleben einmischen, aber ich habe ihm versprochen, mit dir zu reden."

Mia stand auf und ließ eine Gießkanne mit Wasser vollaufen. Dann ging sie von einem Blumentopf zum nächsten.

„Ganz offensichtlich wurde unser Privatleben schon in der Öffentlichkeit breitgetreten. Also, nur um nicht auf falsche Gedanken zu kommen, will ich dir die Lage aus meiner Sicht schildern. Ja, ich möchte schon Kinder, oder wenigstens eins, aber alleine würde ich das nicht schaffen, ein Kind groß zu ziehen. Die Kinder, die zu mir in die Schule kommen, sind anstrengend, weißt du. Du beschäftigst dich einen halben Tag mit ihnen, um ihnen die einfachsten Additionen beizubringen, und am nächsten Tag haben sie alles wieder vergessen. Aber das ist im Grunde gar nicht so schlimm. Das Wichtigste, was ich ihnen geben kann, ist die Beschäftigung mit ihnen, meine Zuwendung. Manchmal frage ich mir nur, warum diese Kinder, die so liebenswert sind, Dinge lernen sollen, die sie nie so gut können werden wie ein nicht behindertes Kind, Dinge, die für das Leben ohne Belang sind. Und als ich in dieser Nacht bei euch im Zelt war, wurde mir wieder klar, wie einfach ein Leben sein könnte, einfach und doch so erfüllend. Im Augenblick sehe ich in der Beziehung mit Erich nichts, was dem nahe käme."

„Ich verstehe dich gut. Aber inzwischen wohne ich nicht mehr im Zelt. Ich wohne in einer Neubauwohnung in der Stadt."

„Tatsächlich? Wieso das denn?"

„Ich wollte sein wie Gustav, aber ich bin es nicht. Ich kann nicht so radikal aussteigen wie er."

Mia errötete.

„Ach – Gustav! Es tut mir leid, dass ich einfach so gegangen bin. Ich habe noch nie zuvor einen toten Menschen gesehen – "

„Schon gut! Gustav erfreut sich bester Gesundheit."

„Wirklich?"

„Ja! Wie ich schon vermutete, das war so ein Yogi-Trick von ihm, den Puls bewusst so weit zu senken, dass man auf den ersten Blick wie tot aussieht. Er wachte gerade in dem Moment auf, als der Arzt kam, war ein bisschen peinlich."

„Und gruselig! Aber ehrlich - mir fällt ein Felsblock vom Herzen."

„Und außerdem", fuhr ich fort, „habe ich gestern meinen Job gekündigt."

„Gekündigt? Warum denn? War's so schlimm?"

„Hmm... Ich glaube, ich habe es aus demselben Grund getan, aus dem ich bei Gustav ausgezogen bin – ich wollte mir selbst treu sein.

Und das, was meine Firma verkörperte, passte so gar nicht in die Welt, wie ich sie mir wünsche."

„Eine Welt, in der man nicht gegeneinander arbeitet, sondern jeder zum Wohle des anderen?"

„Ja! Genau!"

„Das wünschte ich mir auch."

„Ich hatte es nicht auszusprechen gewagt, aber ein Kollege hatte dieselben Gedanken. Und – haha! Das ist jetzt witzig!"

„Was?"

„Ich habe gekündigt und er sitzt immer noch an seinem Schreibtisch."

„Oh!"

„Ich glaube, meine Ideen waren ihm zu verrückt. Dabei hätte alles so gut zusammengepasst..."

„Was meinst du?"

„Vor meinem Auge ist eine Gemeinschaft gewachsen, vereint in einem großen Haus auf dem Lande, wo jeder das einbringen darf, wofür er eine besondere Gabe hat. Einer macht den Koch, ein anderer den Handwerker, die Frau meines Kollegen wäre gerne eine Näherin geworden, einen Gärtner hätte ich auch gewusst, Marco Ratzok, einer aus Gustavs Schule – und dich, dich hätte ich als Erzieherin eingeteilt... Hahaha! Ist das nicht witzig, was man sich alles zurecht denkt? Haha! Naja - reich wären wir nicht geworden, aber wir hätten in Frieden mit uns und mit reinem Gewissen leben können."

Endlich stellte sie die Gießkanne ab und setzte sich zu mir.

„Aber das ist doch eine wunderbare Idee! Warum redest du so darüber, als wäre das alles schon hinfällig?"

Plötzlich bemerkte ich, dass sie ihre Hand auf meinen Arm gelegt hatte.

„Das – das, äh - war mir gar nicht bewusst. Aber – deshalb bin ich gar nicht gekommen. Ich wollte eigentlich das Missverständnis zwischen dir und Erich bereinigen."

„Was für ein Missverständnis?"

„Naja – ich glaube, dass er tut, was er kann. Er steckt in der Tretmühle, wie wir alle und weiß – wie wir alle – keinen Weg, um rauszukommen, außer weiter tüchtig in die Pedale zu treten. Sein Alltag ist genauso mühsam wie deiner und meiner, aber er macht weiter, weil er sich etwas vorgenommen hat: dir ein Zuhause zu bieten, in dem du bestens versorgt bist. Es ist paradox, aber genau das, was er meint, für euch tun zu müssen, treibt euch offensichtlich auseinander."

„Und warum sagst du mir das?"
„Weil ich nicht möchte, dass ihr euch grundlos entzweit."
Mia schluchzte, die Tränen standen ihr in den Augen. Sie legte ihren
Kopf an meine Schulter, ich umarmte sie.
Lange saßen wir so. Dann nahm sie ein Taschentuch und putzte sich
die Nase.

„Martin?" fragte sie tief seufzend. „Ist das alles, was du möchtest?"
Ich blickte in ihre Augen und wusste nicht, was ich antworten sollte.
Eine Fliege setzte sich auf meinen Handrücken; es juckte
entsetzlich, aber war unfähig, mich zu bewegen. Oder war dieser
Moment so heilig, dass ich ihn nicht zerstören wollte?
Ich suchte eine Antwort in Mias dunklen Augen. Mir war, als könnte
ich alles in ihnen finden, sofern ich nur den Mut hätte, danach zu
suchen. Und ebenso verstand ich, dass es Zeit wurde, mich selbst zu
lieben. In der nächsten Sekunde breitete sich eine Welt vor mir aus,
von der ich immer geträumt hatte...

Eine große Wiese mit Obstbäumen, ein Teich, an dem Kinder
spielten, ein großes Holzhaus mit hübschen Blumenkästen... ich sah
mich an einem Tisch auf der Terrasse sitzen und etwas zu Papier
bringen, was mir Freude bereitete, ich sah Mia, wie sie die Kinder
herbeirief, ihnen etwas zu trinken gab und ihnen eine Geschichte
erzählte. Ich hörte auch Torstens Stimme, während er Leuten seine
Pläne erklärte und das Schnippen von Marcos Gartenschere beim
Stutzen von Hecken und Bäumen. Maja lief über den kleinen Acker
und vertrieb die Krähen mit lautem Gebell.

Diese Welt schien so real, als bräuchte ich nur mit dem Kopf zu
nicken und sie würde sich in diesem Moment vor mir ausbreiten.
Aber ich misstraute diesem Bild.
Ein kurzer Zweifel reichte aus, um es auszulöschen.

„Mia, ich... es wäre nicht Recht..."
Mia legte ihre Hand auf meinen Mund und sagte: „Schon gut. Ich
sollte mich jetzt um Erich kümmern. Danke, dass du ihn
hergebracht hast."

Mein ganzer Leib zog sich zusammen, als ich die Tür hinter mir ins
Schloss fallen hörte. Ich hatte die Chance bekommen und ließ sie
ungenutzt. Es war eine Entscheidung fürs Leben. Ich hatte mich
entschieden, ein Loser zu sein, und so würde mein weiteres Leben

verlaufen - auf Sparflamme. Ich konnte niemand anderem die Schuld daran geben als mir.

Ich hätte ein Taxi rufen können, aber ich zog es vor, zu Fuß zurück in die Stadt zu gehen. Als es zu regnen begann, merkte ich, dass ich weder Schirm noch Regenjacke bei mir hatte. Ein Auto hielt an, der Fahrer fragte mich, ob er mich mitnehmen sollte. Ich log, dass ich hundert Meter weiter wohnte. Ich fand es in diesem Moment sehr attraktiv, mich klein zu machen. Bald tropfte das Regenwasser von meinen nassen Haaren über mein Gesicht, so dass niemand mehr meine Tränen bemerkt hätte.

Was hatte ich denn erwartet? Dass ich für meine noble Tat, mich für Erich einzusetzen, belohnt würde? Ja! Genau das hatte ich erwartet! Eine Auszeichnung für Selbstlosigkeit! Was ich stattdessen erhielt, war ein schallende Ohrfeige. Ich hatte noch weit zu gehen und ich beschloss, die Zeit zu nützen, um darüber nachzudenken, warum ich so gehandelt hatte und nicht etwa die Situation ausnützte, aber nach einer Stunde im strömenden Regen hörte ich auf zu denken. Ich fror, hatte Hunger und die Füße rieben sich in den nassen Schuhen wund. Und wieder ertappte ich mich bei dem Gedanken, wie schön es wäre, wenn mein Weg ewig dauern würde, um mein Leiden unendlich zu vergrößern. Der Lohn würde kommen, dachte ich, aber erst wenn ich mich komplett erniedrigt hatte.

Aber ich war weniger hart zu mir, als ich glaubte. Als es Abend wurde und zum Regen noch starker Wind aufkam, fror ich so erbärmlich, dass ich mich intensiv nach einem heißen Bad sehnte. Meine Gedanken wandten sich vernünftigeren Themen zu – ob es sich lohnte, noch ein Taxi zu rufen, oder ob ich eine Salbe für meine brennenden Füße zu Hause hatte. Irgendwann während meines langen Heimweges stellte ich mir die Frage, was daran verwerflich sein sollte, das zu bekommen, wonach man sich von Herzen sehnte. Leider hatte ich die Frage bis zum nächsten Morgen vergessen.

Als ich mich aus meinen durchnässten Sachen schälte, fiel ein Zettel aus der Hosentasche. Er war mehrfach gefaltet und von der Nässe aufgeweicht. Die Schrift war arg verschwommen, aber mit einiger Mühe konnte ich den Inhalt entziffern.

VERFASSUNG
der Schule für Neues Denken *vom 01. Juli 1977*

Art. 1

Oberstes Ziel der Schule für Neues Denken *ist, die Schüler durch die
Verbindung von Herz und Verstand in einen höheren
Bewusstseinszustand zu bringen.*
*Wahrheit und Frieden sind auf ewig unveränderliche, absolute
Grundsätze, denen sich alle Mitglieder der Schule verpflichtet fühlen.*

Art. 2

*Die Schule steht jedem offen, der mindestens 14 Jahre alt ist, den Weg
dorthin findet und einen Fürsprecher in der Schule nennen kann.
Ausnahmsweise kann ein Schüler auch ohne diese Voraussetzungen
aufgenommen werden, wenn er seine Eignung vor dem Schulleiter
beweisen kann.*

Art. 3

*Über die Eignung von Lehrkräften entscheidet ausschließlich der
Schulleiter.*

Art. 4

Die Schulzeit dauert 3 Jahre, unabhängig vom Alter des Schülers.

Art. 5

Der Lehrplan sieht verpflichtend vor:

a) ein intensives Studium der Natur (Theorie und Praxis)
b) täglich 1 Stunde Übung des Mitgefühls und des Gebens
c) täglich 2 Stunden Meditation/Kontemplation
d) Gesang
e) handwerkliches Arbeiten

f) gesellschaftliche Themen

Andere Inhalte bietet die Lehrkraft nach eigenem Dafürhalten an.

Art. 6

Verpflegung und Unterkunft werden unentgeltlich gestellt; Mitarbeit bei Tätigkeiten betr. Ernährung, Ordnung und Reinlichkeit innerhalb der Schule wird vorausgesetzt.

Art. 7

Am Ende der Ausbildung wird den Schülern ein Zeugnis ausgestellt, das ausschließlich auf seine Stärken und Begabungen hinweist.

Art. 8

Eine vorzeitige Beendigung der Schulzeit ist auf eigenen Wunsch möglich. Der Ausschluss von Schülern ist dem Schulleiter vorbehalten, jedoch nur, wenn Umstände vorliegen, durch die das Ziel der Schule oder das Wohl der Schüler in hohem Maße gefährdet sind.

Art. 9

Diese Verfassung tritt am 01. Juli 1977 in Kraft und darf vom jeweiligen Schulleiter mit Zustimmung des gesamten Lehrkörpers geändert werden, aber ausschließlich zu dem Zwecke, um Wege zur Erlangung des in Art. 1 genannten Zieles zu verbessern.

Maulbronn, 01. Juli 1977

Oskar von Strahlheim   Heinrich Moormann
Katharina Deubisch

Das war also jene Verfassung, in der alles geregelt sein sollte! Ziemlich dürftig, dachte ich. Wo sind die Statuten, die Verfehlungen von Lehrern und Schülern regeln? Gibt es keine Schülervertretung, keine Verhaltensregeln? Was ist mit den Lehrinhalten? Natur und Mitgefühl – naja, damit sollen die Schüler ins Berufsleben entlassen werden. Und wie steht es mit der Wahrheit? Wer entscheidet darüber, was die Wahrheit ist? Wessen Wahrheit darf sich Wahrheit nennen?

Ich war kurz davor, die Verfassung zusammenzuknüllen und in den Mülleimer zu werfen. Doch die Erinnerung an die Ereignisse des heutigen Tages verboten mir, zu hochmütig zu sein. Wie stand es mit meiner Wahrheit? War es ehrlich von mir, mich als barmherziger Samariter aufzuspielen? Es war der Gipfel der Verlogenheit, vorzugeben, mich um Erich zu kümmern, ihn mit Mia versöhnen zu wollen! Ich tat das alles doch nur, um bei Mia Punkte zu sammeln, großmütig und uneigennützig zu erscheinen. Ich wollte Mia für mich haben – das war die Wahrheit! Warum sonst war ich jetzt das „heulende Elend"?

XXVIII.

Weihnachten rückte näher und damit auch die Hochzeit meiner Mutter. Was schenkt man seiner Mutter zu ihrer Hochzeit?

Sie töpferte, modellierte aus Ton, und das beinahe meisterlich. Vielleicht ein Buch über Skulpturen? Mal sehen, was es im Internet alles so gibt! *Geschichte der modernen Skulptur* – nein, das war nicht das, was ihr gefiel. *Geschichte der Bildhauerei, Skulptur und Plastik*, ja das klingt schon besser. Mal sehen, was das kostet? 198 €! Puh! Naja – ist ja für die eigene Mutter…

Das Telefon klingelte.

„Ach, Torsten, du?"

Er fragte mich, wann ich wieder zur Arbeit kommen würde.

„Torsten, ich komme nicht wieder zur Arbeit!"

Der Chef sei fuchsteufelswild…

„Das ist mir egal. Ein Grund mehr, nicht wieder dort zu erscheinen! Was ist eigentlich mit dir? Soweit ich mich erinnern kann, warst du es, der kurz vor einem Burnout stand."

Es sei noch zu früh, um so gravierende Änderungen anzugehen. Aber die Kollegen seien sehr interessiert an der Idee usw.

„Und ich sag dir was! Euch wird es immer zu früh sein. Um sein Leben zu verändern, gibt es nur einen Zeitpunkt: Jetzt!"

Der Chef bräuchte eine ordentliche Kündigung, mein Schreibtisch sei noch nicht aufgeräumt usw.

„Kommt per Post! Das Zeug in meinem Schreibtisch könnt ihr wegwerfen. Ciao!"

Als ich aufgelegt hatte, war ich so wütend, dass ich kurz davor war, einen Stapel Zeitungen gegen die Wand zu werfen. Das Rasseln der Türklingel hielt mich davon ab.

Jetzt kommen sie schon zu mir nach Hause, um mir auf die Nerven zu gehen! dachte ich und riss die Tür auf. Aber wer stand draußen? Natürlich – Gustav!

„Ach, Gustav! Du bist es…"

„Ja, ich. Komme ich ungelegen? Ich habe Stimmen gehört. Ich kann auch ein anderes Mal wieder kommen."

„Nein nein. Ich habe nur telefoniert. Komm doch rein, bitte!"

„Schön hast du es hier. So sauber und so warm!" sagte Gustav auf seine unnachahmlich freundliche Art. Aber das war nur ein Ablenkungsmanöver, ich wusste, dass er früher oder später fragen würde, warum ich am Telefon so laut gesprochen hatte.

„Ich musste mich ärgern über meine Ex-Kollegen", sagte ich.
„Ex-Kollegen? Hast du einen neuen Job?"
„Nein. Ich habe nur keinen alten Job mehr."
Gustav pfiff leise durch die Zähne.
„Na, immerhin! Ein großer Schritt! Aber wahrscheinlich fühlst du dich noch unwohl in deiner neuen Rolle als Arbeitsloser."
„Das kann man sagen. Ich sollte eigentlich anfangen zu sparen. Diese Wohnung kündigen zum Beispiel…"
„Das wäre doch schade. Du hast doch noch Geld vom Verkauf des Hauses?"
„Ja, aber das reicht auch nur für ein, zwei Jahre. Und dann?"
Plötzlich fing Gustav an zu kichern.
„Das ist doch wirklich zum Schießen! Jetzt sitzen wir beide hier warm und gemütlich in deinem Wohnzimmer, haben nichts zu tun, als uns zu unterhalten, und du bist so betrübt, wie ich dich selten gesehen habe. Das will irgendwie nicht in meinen Kopf."
„Was gibt's daran nicht zu verstehen? In einigen Jahren ist das Geld aufgebraucht und wenn ich bis dahin keinen neuen Job habe, lande ich auf der Straße."
„Sag mal – hast du eine Stunde Zeit? Natürlich hast du das – Zeit in Hülle und Fülle; einer der Vorzüge, wenn man arbeitslos ist. Ich würde dir gerne jemanden vorstellen."
„So? Jetzt bin ich aber gespannt!"
„Zieh dich an und komm, du wirst es sehen!"

Wir betraten den Aufzug, rein aus Bequemlichkeit, obwohl ich es ablehnte, so dekadent zu sein, und für ein paar Stufen die Beine nicht zu benutzen. Aber noch mehr hasste ich das eigene Spiegelbild, das einem in Aufzügen entgegentrat. Da standen wir: Gustav, graues Haar, blaue Augen, Typ gemütlicher Großvater, auf Anhieb sympathisch, und ich unsicher, scheu, lasche Körperhaltung, irgendwie nicht ganz in der Welt angekommen. Immer wenn ich mich in einem Spiegel sah, dachte ich: Irgendwas läuft schief mit mir.

„Warum bist du dir so sicher, dass du keinen neuen Job findest?" fragte Gustav.

„Weil – weil ich… weil es gar keinen Job gibt, der mir Freude machen würde."

„Und da bist du dir ganz sicher?"

„Ich weiß es nicht! Ich kann es mir einfach nicht vorstellen!"

Gustav nickte nur.

„Obwohl – ich hatte gestern einen Traum von einem alten Bauernhaus, in dem mehrere Menschen leben und arbeiten, wo ich endlich ohne Druck tun könnte, was ich wollte…"

„Und was wäre das? Ich meine, in deinem Traum."

„Ich arbeite daran, ein neues Schulsystem zu erstellen, so wie du auch. Es soll eine Schule schon für die Jüngeren sein, in der sie lernen, sich so zu verhalten, dass es keine Gewinner und Verlierer gibt, durch die Welt zu gehen ohne Ellbogen, ohne den Ehrgeiz, einander übertreffen zu wollen – "

„Höchstens darin, den anderen möglichst gut zu unterstützen!" ergänzte Gustav.

„Genau! Einander zu geben – ich habe die Verfassung deiner Schule gelesen! – aus dem Wissen heraus, dass alles im Überfluss vorhanden ist, in Frieden mit allen zu leben."

„Bravo!" Gustav applaudierte. „Und warum sollte dein Traum nicht in Erfüllung gehen?"

„Weil ich alleine dastehe. Und alleine ist das nicht zu machen."

„Das mag jetzt so aussehen. Aber wir sollten nicht alles glauben, was wir denken."

Wir verließen den Wohnblock und gingen die Straße entlang Richtung Bahnhof.

„Weißt du noch, wie es bei mir anfing? Wie ich mich entschlossen habe, eine neue Schule zu gründen?"

„Warte mal… Du hattest dich von deiner Familie getrennt. Dann hast du ein Seminar besucht, die Referentin hat dich schwer beeindruckt und du hast die Schule gegründet."

Gustav grinste. „Das hast du dir gemerkt? Ja, so ähnlich war es. Aber damit haben die Probleme erst begonnen."

„War denn die Schule kein Erfolgsmodell?"

„Am Anfang schon. Aber auch nur deshalb, weil ich viel Geld in die Werbung gesteckt hatte. Und weil sich die Leute von etwas Neuem immer einen Quantensprung erwarten. Nein, die Schule lief nicht gut. Wir konnten zwar zwei bis drei Klassen besetzen, aber was heißt das, bezogen auf ganz Deutschland? Ich war enttäuscht. Und richtig deprimiert war ich, als ich mein Leben resümierte.

In meiner Jugendzeit hatte ich zu wenig Geld, darum war ich für meine damalige Freundin uninteressant. Als ich viel Geld hatte, wurde mir meine Frau fremd. Mein anschließender Versuch, ein sinnvolles Leben zu führen, war ein Reinfall. Und am Ende stand ich immer allein da.

Aber so schnell gab ich nicht auf. Ich erinnerte mich, was die Referentin gesagt hatte – übe dich darin, in deiner Seele zu lesen! Ich meditierte täglich, zuerst eine halbe Stunde, dann eine Stunde und immer länger, bis ich fünf Stunden am Tag auf meinem Hocker zubrachte. Und es hat geholfen! Ich hatte eine neue Erkenntnis!

Ich begriff, dass nichts von dem, was ich tat, einen Sinn ergab. Wenn ich glücklich sein wollte, musste ich das Glück in mir entfachen. Nichts anderes und niemand anderes konnte mir dazu verhelfen, glücklich zu sein. Ich dachte lange und gründlich nach. Dann fiel eine weitere Erkenntnis vom Himmel: Ich konnte nur ganz ich sein, wenn ich mich von allen materiellen Dingen befreite. Ich brauchte kein großes Haus, das mich nur ständige Aufmerksamkeit und Arbeit kostete. Ich brauchte auch kein Auto und keinen Fernseher und nicht zehn verschiedene Anzüge und keine Sportgeräte oder Hobbies, nicht einmal warmes Essen, weil mich das alles nur beschäftigte."

„Beschäftigte? Wie meinst du das?"

„Es lenkte mich ab vom Wesentlichen. Der ganze Kram, mit dem ich mich damals auseinandersetzen musste, verlangte meine Aufmerksamkeit.

Vielleicht kennst du auch das Gefühl, wenn du zwei Tage über deiner Steuererklärung brütest und endlich kommt der große Moment, da du alle Papiere in ein Kuvert steckst und beim Finanzamt abgibst. Du glaubst, du hättest wirklich etwas Großartiges zustande gebracht! Du fühlst dich gut, weil du deine Pflicht erfüllt hast. Aber nichts von dieser Nerv tötenden Arbeit hat etwas zu deiner persönlichen Entwicklung beigetragen. Und so ist es mit allen unsinnigen Pflichten, die wir uns aufhalsen. Ich aber wollte bereit sein für die Stimme in mir, zu jeder Zeit hellhörig sein, denn ich wusste, dass es göttliche Botschaften sind, die ich hören würde. Also wurde ich noch einmal zum Konsumenten und kaufte ein – mein Zelt!

Eine Zeit lang war ich stolz auf mich! Ich genoss meine Zeit als weiser Mann, der der Welt entsagt hatte. Du wirst es nicht glauben, aber ich erhielt Besuch von sehr vielen Leuten, weil es sich herum gesprochen hatte, dass nicht weit von der Stadt, an einem geheimen Ort im Wald, ein Eremit lebte. Das hatte schon genügt, um mich für ein paar Wochen populär zu machen, ohne dass von mir auch nur ein i-Tüpfelchen Werbung kam. Die Leute kamen mit allerlei Essbarem an, sie wussten, dass man einen weisen Mann nicht mit Geld bezahlen konnte. Ich war viele Wochen bestens versorgt.

Aber dann blieben die Besucher aus. Ich vermute mal, es war ihnen zu mühsam, täglich eine halbe Stunde zu meditieren; du weißt ja, wie das ist."

„Klar. Aber es war doch gar nicht dein Ziel, berühmt zu sein?"

„Wie gesagt – ich machte mir was vor. Ich redete mir ein, nur Frieden, Freiheit und Unabhängigkeit zu brauchen, das Leben würde für mich sorgen. Aber ich war wieder einmal unehrlich. Ich hatte meinen Stolz unterschätzt. Alles, was ich tat, schuldete ich meinem Stolz. Anfangs wurde mein Stolz gefüttert und deshalb fühlte ich mich gut; nicht etwa, weil ich unabhängig war, sondern weil ich von so vielen Leuten bewundert wurde.

Ich musste noch sehr viel lernen, und dabei halfen mir die Zweifel, die sich mit dem Ausbleiben der Besucher mehrten. Bald sah ich ein, dass mir das zurückgezogene Leben im Zelt weder Freude noch Frieden ermöglichen würde, weil es immer häufiger Momente gab, in denen ich unzufrieden war. Auch die Meditation kam gegen das bohrende Gefühl der Einsamkeit nicht an. Ich haderte mit meinem Schicksal, wie in meinen schlimmsten Jahren. Es war gerade so, als hätte ich in zehn Jahren nichts dazu gelernt. Und schließlich rief ich meine Frau an."

„Wie – ausgerechnet deine Frau? Sie hatte dir doch den ganzen Schlamassel eingebrockt."

„Ja. Aber sie war der einzige Mensch, dem ich vertraute, immer noch."

Er seufzte schwer.

„Ich muss wohl recht elend geklungen haben, jedenfalls war sie schon am nächsten Tag hier. Sie überzeugte mich davon, dass es das Beste für alle sei, wenn ich zu ihr zurückkam. Sie hatte ihr Geld gut verwaltet und lebte in bescheidenem Luxus. Mein Sohn hatte inzwischen ein Studium begonnen und war nur noch selten zu Hause."

„Du bist einfach so zu deiner Frau zurück gegangen? Sie hatte sich gegen dich entschieden, oder?"

„Stimmt! Der Jetset war ihr wichtiger als ich. Aber auch sie hat bald nach unserer Trennung begriffen, dass das schönste, ausschweifendste Partyleben irgendwann einmal langweilig wird. Sie musste einsehen, dass ihre neuen Freunde nur verklemmte

Spießer waren, und hat sich nach und nach von ihnen zurückgezogen. Sie hatte sich ein Haus in der Nähe von Würzburg gekauft und dort mit unserem Sohn von vorne angefangen. Sie gestand mir, dass sie meinen Werdegang genau verfolgte und immer hoffte, dass wir wieder zusammenkämen. Wenn ich sie nicht angerufen hätte, hätte sie es getan."

„Wow! Tolle Geschichte! Wie lange wart ihr getrennt?"

„Fünfzehn Jahre! Aber irgendwie waren wir nie wirklich getrennt. Wir haben sozusagen mit großem Abstand parallel nebeneinander her gelebt."

„Also doch ein Happy-End?"

Gustav seufzte tief. Seine Augen wurden feucht.

„Leider nein. Mein Sohn kam immer wieder mal zu Besuch. Ich freute mich immer ganz besonders, ihn zu sehen. Immerhin fehlten mir fünfzehn Jahre seines Lebens. Als ich auszog, war er vier. Ich hatte viel nachzuholen. Dabei dauerte es schon viel zu lange, bis er Vertrauen zu mir fasste – was ich verstehen kann. Ich machte mir Vorwürfe, dass ich mich nicht besser darum bemüht hatte, ihn regelmäßig zu sehen..." Immer wieder seufzte Gustav schwer und redete nur stockend. „Aber irgendwann konnten wir uns umarmen und… und wir hatten uns wieder so lieb, wie es Vater und Sohn tun…"

Nun liefen die Tränen über sein Gesicht. Ich ahnte Fürchterliches.

„Gustav – du musst mir das nicht erzählen, wenn du nicht willst."

„Schon gut! Du musst es erfahren. Es ist wichtig. Also – meine Frau fuhr eines Tages in die Stadt, um mit meinem Sohn einen Einkaufsbummel zu machen – sie wollte ihn neu einkleiden, was Frauen halt wichtig ist – und dann, im dichten Verkehr in der Innenstadt, haben sie eine Straßenbahn übersehen... mein Sohn war sofort tot, meine Frau starb kurz darauf im Krankenhaus."

„Mein Gott!" Meine Kehle war wie zugeschnürt. Was für ein Drama! Seine Familie verlieren und zurückgewinnen, nur um sie dann sterben zu sehen.

„Ich konnte noch kurz mit meiner Frau sprechen. Sie sagte mir, die letzten zwei Jahre mit mir und unserem Sohn waren die schönsten ihres Lebens, aber sie hätte das nicht verstanden, wenn wir nicht zuvor so lange getrennt gewesen wären. Ich hörte ihr zu, aber innerlich stieg eine monströse Wut in mir auf. Wozu alle diese Erkenntnisse, wenn mit einem Schlag alles zunichte gemacht wird? Sie sagte noch: ‚Verstehen kann man das Leben nur rückwärts.

Leben muss man es vorwärts.' Ich habe gar nicht gewusst, dass sie Kierkegaard gelesen hat. Wenige Minuten danach starb sie. Ich schwor mir, ihr sobald wie möglich nachzufolgen, wohin auch immer."

„Du wolltest – Selbstmord begehen?"

„Ja. Ich wollte diesem Gott, oder wer oder was da immer die Fäden zieht, ein Schnippchen schlagen. Ich wollte seinen verdammten Plan durcheinander bringen. Ich konnte doch nicht einfach so hinnehmen, wie er mir meine Familie nimmt!"

Plötzlich fing er leise zu kichern an.

„Ich verfluchte diesen Gott und schrie ihn an, dass ich ihn nicht brauchte, dass ich niemanden brauchte. Und tatsächlich brachte mir meine Wut Erleichterung. Nicht nur, weil ich dadurch den Schmerz hinaus schreien konnte, sondern weil ich erkannte, dass ich Gott brauchte, um ihn anzuschreien. Denn das Allergrausamste wäre, wenn es ihn nicht gäbe, wenn alles, unsere Tragödien und Komödien, nur auf Zufall beruhten. Verstehst du? Stell dir vor, dir passiert etwas Schlimmes und niemanden interessiert es, du könntest niemanden dafür verantwortlich machen. Es würde einfach geschehen, weil Dinge geschehen, und nichts weiter! Unvorstellbar, nicht?"

„Allerdings. Nichts hätte mehr einen Sinn."

„Sogar deine Opferhaltung wäre komplett unsinnig. Denn wem wolltest du damit ein schlechtes Gewissen machen?

Da mir nun Gott nicht helfen wollte und eine Alternative zu Gott undenkbar war, blieb ich bei meinem Entschluss, mir das Leben zu nehmen. Ich legte mir verschiedene Pläne zurecht, wie ich meinen Selbstmord inszenieren könnte. Ich fand es provokant, mich an einem großen Kruzifix zu erhängen, besser aber gefiel mir die Vorstellung, mich einfach mitten in der Fußgängerzone zu erschießen, mit einem Lächeln auf den Lippen. Andererseits war es ja mein Ziel, mit meiner Frau wieder zusammen zu sein. Daher favorisierte ich den Plan, eine ausreichende Menge Tabletten zu schlucken und mich auf ihr Grab zu legen, so dass jedermann sehen konnte, was mein Bestreben war.

Jeden Tag dachte ich über eine neue Variante oder über die Details nach und so verging eine Woche nach der anderen. Irgendwie schien ich an meinem Leben zu hängen.

Da ich nichts mehr zu verlieren hatte, lebte ich freier als zuvor. Ich nahm mir kein Blatt mehr vor den Mund, um einen Missstand anzuprangern. Ich ohrfeigte einen Autofahrer, der in der Stadt mit einem Affenzahn auf die rote Ampel zuraste, ich schrieb bissige Leserbriefe über schwachsinnige politische Diskussionen, ich kettete mich an einen Baum, um zu verhindern, dass alte Alleebäume gefällt wurden, nur um eine Straße zu verbreitern, ich brachte über einer Metzgerei ein großes Schild an mit dem Text *Leichenteile heute im Angebot!* Darunter war ein Foto eines Leichenhaufens in einem befreiten KZ zu sehen. Ich konnte das alles tun, weil ich hoffte, damit endlich von der ganzen Welt angefeindet zu werden, so dass es nichts mehr gab, was mich hier festhielt. Aber zu meiner Überraschung erhielt ich von sehr vielen Leuten Zuspruch; die wenigen Bußgelder zahlte ich gerne.

Als ich dann zum ersten Mal spürte, dass mein Leid sich um eine winzige Nuance verringert hatte, wurde ich wütend. Denn das bedeutete in meinen Augen nichts anderes, als dass die Liebe zu meiner Familie schwächer wurde. Verstehst du? Ich war es schließlich meiner Frau schuldig, tot-traurig zu sein!"

Er saß mit hängendem Kopf da, als würde er in diesem Moment alles noch einmal durchleben. Doch da begannen seinen Augen wieder zu leuchten.

„Ich erinnerte mich an die Frau mit der üppigen Oberweite, die ich vor vielen Jahren auf einem Seminar kennen gelernt hatte und in die ich mich verliebt hatte – weißt du noch? Die Referentin! - und beschloss aus einer Laune heraus, sie zu besuchen, um ihr die Perversität ihres Glaubenssystems hinter die Ohren zu schreiben."

„Hilf mir auf die Sprünge!"

„Sie hatte mir, als ich ihr meine Liebe gestand, gesagt: ‚Lerne erst, dich selbst zu lieben, dann brauchst du nichts mehr.' Und nun war ich an dem Punkt, wo ich mich im Kreise drehte: Wie konnte ich mich selbst lieben, wenn dieser ominöse Gott so grausam mit mir umging? Es war für mich offensichtlich und zweifellos, dass er mich nicht liebte. Also wenn ich schon in den Augen Gottes nicht liebenswert war, wie hätte ich mich selbst lieben können?"

„Das klingt logisch."

„Wie gesagt – ich suchte die Telefonnummer dieser Frau – jetzt fällt es mir wieder ein! – sie hieß Klara Siebert - und rief sie an. Erstaunlicherweise konnte sie sich noch an mich erinnern. In mir kochte es, als ich ihre Stimme hörte. Aber zunächst blieb ich freundlich, obwohl ich ihr gerne meine Meinung klar gelegt hätte. Also erfand ich irgendwas - ich hätte beim Entrümpeln ihr Skript wieder gefunden und so... und schließlich vereinbarten wir einen Treffpunkt. Dann geschah etwas Unvorhergesehenes."

„Du machst es spannend! Red weiter!"

„Sie sah immer noch blendend aus, sie trug ein schlichtes graublaues Kleid, das ihre tolle Figur betonte – "

„Komm zur Sache!"

„Ist ja schon gut! Du musst dir die Szene bildhaft vorstellen können. Also – sie kam auf mich zu und sah mir in die Augen; ich war immer schon fasziniert von ihren smaragdgrünen Augen... Ich sagte nichts, sie sagte nichts, aber plötzlich weinte sie und umarmte mich. Ich war völlig perplex und ließ die Umarmung geschehen. Was hätte ich auch sagen sollen? Nach einer Minute ließ sie mich los.

Ich fragte sie: ‚Was ist denn geschehen, das dich so traurig macht?'

Und sie antwortete: ‚Das fragst du mich? Ich weiß, was mit dir geschehen ist, mit deiner Frau und deinem Sohn.'

Ich dachte gar nicht daran, dass der Unfall in der Presse bekannt gemacht wurde. Natürlich hatten viele Leute damals von der Tragödie erfahren. Aber die Art und Weise, wie sie mich ansah, zeugte davon, dass sie mehr über mich wusste, als das, was man in der Zeitung las. Ich fühlte, dass sie über meinen Seelenzustand Bescheid wusste.

‚Woher weißt du das?' fragte ich und erhielt genau die Antwort, die ich erwartete.

‚Man braucht dir nur in die Augen zu sehen, dort steht alles geschrieben. Ich sehe, wie du leidest, und das bereitet mir Kummer.'

‚Ja, ich leide sehr. Aber ich will nicht, dass du meinetwegen traurig bist.'

‚Lass dich trösten! Du weißt, dass es nichts Falsches in der Welt gibt. Es gibt nur Dinge, die wir noch nicht verstehen.'

Es passierte etwas, was ich erst später deuten konnte. Als ich Klaras Tränen sah, fiel eine zentnerschwere Last von mir ab. Es war, als konnte ich zum ersten Mal seit vielen Jahren wieder frei atmen. Aber mein verletzter Stolz war stark und wehrte sich. Als ich ihre Worte von Trost und Verstehen hörte, sträubte sich alles in mir. Ich war nicht bereit, Trost anzunehmen. Es erschien mir wie ein Verrat an meiner Frau und meinem Sohn. Wer meine Familie verriet, wurde zu meinem Feind, auch wenn er es in bester Absicht tat. Ich bewertete ihre Worte neu; ich hielt sie für böswillig, zynisch und provokant und reagierte entsprechend.

‚Nichts Falsches?! Willst du mir etwa sagen, dass es richtig ist, dass meine Familie bei einem sinnlosen Unfall ausgelöscht wird? Was soll das für ein wohlwollendes Universum sein, das solche Grausamkeiten zulässt?'

‚Beantworte mir eine Frage: Wer oder was ist das Universum?' fragte sie.

‚Irgendeine perverse, miese Theaterbühne, die ein zynischer Gott zu seinem Vergnügen
betreibt.'

‚Wie du meinst. Aber wer ist dieser Gott, der Intendant, der sie betreibt?'

‚Was weiß ich? Warum stellst du mir Fragen, die noch kein Mensch je beantworten konnte? Glaubst du, das würde meinen Schmerz verringern?'

‚Du musst diese Frage nicht beantworten, das tu ich für dich.'

‚Ich höre.'

‚Du bist dein Universum, so wie ich das meine bin. Alles was in deinem Universum geschieht, liegt in deiner Verantwortung.'

Ich war so perplex über die Unverfrorenheit, mit der sie sprach, dass ich nur noch ein ‚Du bist verrückt' heraus brachte.

‚Gott war es nicht, der die Automobile und Straßenbahnen erschaffen hat. Gott ist es nicht, der nach Schuldigen sucht. Gott hat uns die Fähigkeit zu lieben verliehen. Und daran, wie wir leiden, erfahren wir, wie groß unsere Liebe sein kann. Dein Sohn und deine Frau leiden nicht, du hast dich entschieden zu leiden. Aber das macht aus der Sicht deines Sohnes und deiner Frau keinen Sinn, verstehst du? Was hätten sie jetzt davon, dass du unglücklich bist?'

‚Meine Frau und mein Sohn sind tot!" schrie ich. ‚Nichts mehr macht einen Sinn!'

‚Sie leben weiter in einer anderen Form. Nichts stirbt jemals, alles verwandelt sich unablässig und lebt fort. Ein Eiswürfel stirbt nicht, weil er zerschlagen wird; er lebt als Wassertropfen weiter. Das hast du in meinem Seminar gelernt.'

‚Meinetwegen... Und? Was nützt mir das jetzt?'

‚Wenn du anerkennst, dass deine Frau und dein Sohn nicht ausgelöscht sind, sondern eine andere Form angenommen haben, dann gibt es keinen Grund zu trauern. Es ist nicht anders als in der Zeit, in der du getrennt von deinen Liebsten warst. Damals hast du munter weiter gelebt, nicht wahr?'

‚Naja – munter...' Ich fühlte, wie mein Stolz brüchig wurde.

‚Und nun musstest du deine Familie gehen lassen zu einem Zeitpunkt, da du sie liebtest. Diese Liebe lebt fort. Ihr seid nicht getrennt, eure Liebe wird euch immer verbinden, egal, ob ihr euch seht oder nicht. Oder glaubst du, die Menschen wären so armselig geschaffen, dass sie nur über fünf Sinne miteinander kommunizieren könnten?'

Ich war in diesem Moment nicht in der Lage, ihr zu widersprechen.

,Glaub nicht alles, was du denkst!' sagte sie. ,Die einzige Wahrheit, die beständig ist, lautet: *Alles dient dir zum Besten! Auch wenn du es noch nicht verstehst.*'"

Gustav sah noch ein Weile versonnen in die Ferne, dann blickte er mich an.

„Tja – das wollte ich dir sagen, das ist mein Lebensmotto!"

„Heißt das, du nimmst einfach alles hin, was geschieht?" fragte ich.

„Was sollte ich denn sonst tun?"

„Also – ich finde, man sollte gegen Ungerechtigkeiten kämpfen…"

„Nenne es nicht kämpfen, das hat so etwas Kriegerisches. Nenne es ,ungerechte Dinge verändern'. Das tu ich. Aber kann ich es tatsächlich? Das ist die entscheidende Frage.

Lass mich etwas ausholen!

Wenn ich für die Rechte der Menschen in der Dritten Welt etwas tun möchte – was könnte ich alles tun?"

„Nun – ich könnte UNICEF unterstützen, ich könnte Aufklärung betreiben, die modernen Netzwerke benützen, ich könnte meine Lebensgewohnheiten so verändern, dass die Länder der Dritten Welt nicht mehr ausgenützt werden – es gibt eine Menge, was ich tun könnte."

„Richtig! Aber woher willst du wissen, dass deine Maßnahmen auch die gewünschte Wirkung zeigen?"

„Ich weiß es nicht, aber ich muss es wenigstens versuchen."

„Genau! Und so ist es mit allen Dingen. Ich versuche mein Möglichstes und erhoffe das Beste. Aber – um bei dem Beispiel zu bleiben – es könnte geschehen, dass das Geld, das in ein armes Land fließt, die Menschen dort dazu verführt, Geld-Geschäfte zu machen, anstatt ihre Infrastruktur zu verbessern. Womöglich werden dadurch einige Wenige reich und die meisten anderen noch ärmer. Wer weiß das schon."

„Ja, vielleicht passiert so etwas, vielleicht auch nicht."

„Fest steht jedenfalls, dass irgendein Zusammenhang besteht zwischen Arm und Reich. Was wir ebenso mit Sicherheit wissen können, ist, dass hinter allem Materiellen eine geistige Idee steckt. *Ich bin, was ich denke* – das haben schon viele Weise herausgefunden.

Ich will damit sagen, der reiche Westeuropäer fürchtet nichts mehr, als seine schönen materiellen Reichtümer zu verlieren. Er definiert sich über sein Eigentum. Es liegt außerhalb seines Vorstellungsrahmens, dass er frei wie ein Vogel genauso existieren könnte, ohne Bankkonto, ohne Haus und Auto. Besitz zu erwerben ist sein Lebenselixier. Er muss diese Idee über sich leben, weil er keine andere Idee mehr kennt. Gäbe er diese eine Idee auf, müsste er in einem unerträglichen Vakuum leben.

Den Vorstellungsrahmen zu sprengen, ist unmöglich, wenn man sich dessen nicht bewusst ist. Das alles ist natürlich sehr vereinfacht beschrieben, aber ich glaube, du weißt, was ich meine."

„So in etwa. Du sagst, das geistige Prinzip des Europäers ist: Ich besitze, also bin ich."

„Ganz genau! Das geistige Prinzip des Zentralafrikaners könnte hingegen lauten: Ich hungere, also bin ich. Er spürt sich in seinem täglichen Ringen um das nackte Überleben."

„Und er kann sich nicht vorstellen, dass es nötig wäre, sich mit teuren Gegenständen zu umgeben, um existieren zu können."

„Wie gesagt: Aus dieser grob vereinfachten Sicht mag es zynisch klingen, aber die Wahrheit bleibt bestehen – wie sind, was wir denken. Und was wir denken, nimmt in unserer Zivilisation oft schon pathologische Züge an. Der Afrikaner hat erfahren, dass es das Allerwichtigste ist, eine zuverlässige Nahrungsquelle zu haben, um am Leben bleiben zu können, das kann jeder nachvollziehen. Der Europäer jedoch isst hauptsächlich aus Vergnügen, oder um so etwas Dekadentes wie Esskultur zu zelebrieren, aber nicht einmal dieses Vergnügen gönnt er sich, weil er inzwischen daran glaubt, dass schlank gleichzeitig schön und erfolgreich bedeutet. Sein geistiges Prinzip lautet häufig schon: Ich kasteie mich, also bin ich. – Äh... was wollte ich eigentlich sagen? Ja, richtig! Die geistige Idee hinter allem...

Stell dir vor, jeder wüsste genau, ohne den geringsten Zweifel, dass er im Leben immer alles haben wird, was er braucht."

„Das, was ich brauche, ist das, was ich habe?"

„Ja, so etwa könnte man es ausdrücken. Wobei das *haben* nicht so sehr *besitzen* bedeuten sollte. Wenn wir dieses Bewusstsein verkörpern würden, in allem, was wir tun, dann hätten wir das Paradies auf Erden."

„Kein Neid..."

„Kein Kampf ums Dasein..."

„Keine Eifersucht..."

„Keine Angst, sondern ein Preisen und Segnen von allem, was ist. So stelle ich mir wahren Gottes-Dienst vor."

„Hört sich gut an, aber…"

„Was aber?"

„Du hast doch selbst für eine bessere Welt gekämpft; mit deiner Schule, meine ich…"

„Ja, du hast vollkommen Recht! Zunächst dachte ich mir, es würde Spaß machen, so eine Schule ins Leben zu rufen und zu betreiben. Dann, als ich die Idee umgesetzt hatte, wollte ich auch, dass sie Früchte trägt, größer und besser wird. Das war aber kein Vergnügen mehr, das war Ehrgeiz. Das Spiel wurde ernst. Ich habe jahrelang viel Energie in die Schule gesteckt. Aber es hat nicht funktioniert. Warum nicht? Weil die Idee der Schule zur Trennung geführt hat, nicht zu einem Miteinander. Ich dachte immer: Hier ist meine großartige Schule und dort sind die anderen, die blind in ihr Verderben rennen. Dieses Denken war falsch. Und wie du weißt, sind die geistigen Kräfte wirksamer als jeder Ehrgeiz! Ich hatte mit meiner Art, die Dinge zu sehen, keine Chance."

„Was meinst du genau mit *Trennung*?"

„Ich dachte nicht mehr an die positiven Effekte für alle, die meine Art zu unterrichten hervorrufen würde, irgendwann war es mir nur noch wichtig, die bisherigen Schulformen als Übel darzustellen und ihre Absolventen als willfährige Marionetten. Ich trennte die Menschen in die Guten, die meinen Leitbildern folgten, und in die Dummen, die das nicht taten. So war ich für die Entstehung eines Feindbildes verantwortlich. Und ist erst mal ein Feindbild geschaffen, finden sich auch rasch Anhänger, die darauf hereinfallen. Sie glauben, etwas Sinnvolles zu tun, indem sie den Feind bekämpfen, in Wirklichkeit zerstören sie sich selbst. *Denn alles ist alles mit allem verbunden.*"

Inzwischen waren wir am Bahnhof vorbei gegangen. Gustav bog in die nächste Nebenstraße ab, wo vor kurzem ein Bistro eröffnet hatte. Er beugte sich vor, um durch die Scheibe zu sehen.

„Sie ist schon da! Du wirst Augen machen!"

An einem Tisch saß eine hübsche Frau und rührte in ihrem *Latte macchiato*. Hätte ich ihr Alter schätzen sollen, hätte ich auf Mitte vierzig getippt, aber das war gar nicht möglich; Gustavs Geschichte zufolge musste sie an die siebzig sein. Ihr Gesicht war straff und mit einigen Lachfalten geschmückt. Ihr braunes, kräftiges Haar reichte ihr bis zur Hüfte. Als sie Gustav erkannte, stand sie auf, um ihn zu begrüßen. Sie war klein und hatte wirklich eine auffallende Oberweite.

„Klara! Wie ich mich freue, dich zu sehen!"

Gustav umarmte sie mit Küsschen auf die Wangen.

„Darf ich dir einen guten Freund vorstellen? Das ist Martin. Martin – Klara!"

„Ich hab schon viel von dir gehört", sagte Klara und reichte mir die Hand. Sie lächelte auf eine bezaubernde, geheimnisvolle Art; ich verstand, dass sich Gustav in sie verliebt hatte.

„Ganz meinerseits!" antwortete ich.

Wir setzten uns zu ihr an den Tisch und bestellten Kaffee.

„Wie geht's dir?" fragte Gustav. „Du hast morgen schon das nächste Seminar?"

„Ja! In Eichstätt. Wird eine schöne Sache. Das Thema lautet wieder einmal ‚Heilung – Was ist das?' Achtzig Anmeldungen – ich hoffe, es kommen noch welche dazu. Ist schon komisch – wenn man das Seminar immer wieder hält, könnte man meinen, jetzt hat's wirklich schon jeder kapiert. Ist aber nicht so. Es gibt noch mehr als genug Leute, die glauben, ihr Hausarzt sei für ihre Gesundheit zuständig."

„Oh ja! Aber immerhin erkennen immer mehr Menschen die Bedeutung deiner Seminare." „Das stimmt. Wie heißt es? ‚Nichts ist mächtiger als eine Idee, deren Zeit gekommen ist!'"

„Victor Hugo..."

„Und du? Hast du dich mit Ludwig nun versöhnt?"

„Ja! Voll und ganz! Wir sind unterschiedliche Typen, aber jeder auf seine Weise großartig."

„Find ich auch!"

„Als ich Ludwig im Gerichtssaal zuhörte, konnte ich mich für ihn begeistern – diese Geradlinigkeit und diese Furchtlosigkeit – ich habe kapiert, dass das Eigenschaften sind, die mir noch fehlten. Darum konnte ich auch so wütend werden, wenn er diese Talente ausspielte."

„Oh ja, das kann gut sein. Und du, Martin? Wo sind deine Stärken?"

Sie sprach mich so unerwartet an, dass mir abwechselnd heiß und kalt wurde. Als ich zur Antwort ansetzte, verschluckte ich mich und hustet erst einmal.

„Meine – äh – Stärken? Tja – ich bin relativ sportlich, würde ich sagen, obwohl man das nicht als bedeutsame Eigenschaft bezeichnen kann. Und ich weiß mir zu helfen, im Haushalt und im

Büro, also ich glaube schon, dass ich ziemlich selbständig geworden bin im letzten Jahr..."

„Soso! Du glaubst, dass du ziemlich selbständig geworden bist", zitierte mich Klara, wodurch mir erst deutlich wurde, dass ich ihr eine klare Antwort schuldig geblieben war.

„Ja, du hättest mich früher sehen sollen, ich konnte nicht einmal kochen."

„Ich kann es heute noch nicht!" sagte Klara und lachte.

„Wirklich?"

„Ich kann eine ganze Menge nicht besonders gut – Autofahren, Putzen, Mathematik... Aber das macht nichts. Was ich nicht brauche, muss ich mir nicht unbedingt aneignen. Aber was ich gut kann, ist zum Beispiel, Leuten dabei zu helfen, Freude im Leben zu finden."

„Dann leg mal los!" sagte ich salopp. „An mir wirst du dir die Zähne ausbeißen."

Ich versuchte zu lachen, aber es gelang mir nicht.

„O.k. Aber ich bin mir sicher, dass ich meine Zähne auch noch hinterher habe." Sie entblößte eine makellose Reihe weißer Zähne.

„Gustav sagte mir, dass du ziemlich ziellos durch dein Leben gehst..."

„So? Sagte er das?"

Ich stellte diese dumme Frage nur, um Zeit zu gewinnen. Ich hatte keine Lust, mich zum Versuchskaninchen herabwürdigen zu lassen. Klara war eine schöne Frau und das reichte bei mir völlig aus, um mich um einen guten Eindruck zu bemühen, ganz gleich, ob ich Absichten hatte oder nicht. Daher ärgerte es mich, dass Gustav meine Schwächen ausplauderte.

„Und er meinte, dass du in Liebesdingen zu wenig Selbstvertrauen aufbringst."

Nun war ich richtig wütend. Wäre Klara nicht mit am Tisch gesessen, hätte ich Gustav ordentlich die Leviten gelesen.

„Also – ich finde es nicht richtig, dass Gustav alles ausplaudert, was wir unter vier Augen besprochen haben", sagte ich zähneknirschend.

Gustav grinste nur doof.

„Du ärgerst dich jetzt, nicht wahr?" fragte Klara.

„Ja – schon..."

„Das verstehe ich. Aber du ärgerst dich nicht aus dem Grund, den du meinst."

„Wie? Warum denn?"

„Weil in diesem Moment in dir zwei entgegengesetzte Überzeugungen um die Herrschaft streiten. Die eine Überzeugung lautet: ‚Ich bin jemand, der eine schöne Frau als Partnerin verdient.' Die andere lautet: ‚Ich kriege mein Leben nicht in den Griff.' Wenn du nur eine Überzeugung von beiden ganz leben würdest, hättest du keine Probleme damit, dass Gustav etwas von dir ausplaudert. Im einen Fall wärst du über jede Kritik erhaben, im anderen würdest du deine Schwächen akzeptieren."

„Und was heißt das jetzt?"

„Das heißt, dass du deine Glaubenssätze, wie man erhärtete Überzeugungen auch nennt, überprüfen und sie durch andere Glaubenssätze ersetzen musst."

„Als ob das so einfach ginge."

„Sobald du deine Glaubenssätze als unwahr entlarvt hast, geht das wie von selbst. Pass auf! Ich saß vor einigen Minuten hier und war ganz mit meinem Kaffee beschäftigt. Dann ging die Tür auf und Gustav kam mit einem jungen Mann zur Tür herein. Ich dachte mir spontan: ‚Was für ein gutaussehender, sympathischer Bursche! So einem jungen Mann stehen alle Türen offen.'"

„Ach komm! Das sagst du jetzt nur, um mich einzulullen!"

„Und wenn schon? Es läuft runter wie Öl, nicht wahr?"

„Nun ja..."

„Tatsächlich wirkst du jetzt, da ich dich näher kenne, wie jemand, der sich einer Hypnose unterzogen hat. Dein Geist sendet Signale aus, die überhaupt nicht zu dem Bild passen, das sich mir aus der Ferne zeigte."

„Hypnose?"

„Ja!" Sie beugte sich ganz nah zu meinem Ohr. „Ein kleiner Mann in deinem Kopf flüstert dir ständig zu: ‚Andere sind besser als du! Das Leben ist gefährlich, wenn man so wenig darüber weiß wie du! Nimm dich in acht! Tu nichts Unüberlegtes!'"

„Phh! Als ob es toll wäre, unüberlegte Sachen zu machen! Ich kenne das: zuerst wirst du bewundert und wenn du dann auf die Schnauze fällst, lachen sie dich aus und sagen, das hätte ich dir gleich sagen können, dass das nicht funktioniert!"

„Siehst du! Da haben wir schon den ersten falschen Glaubenssatz! Du bist überzeugt davon, dass die sogenannten Erfolgreichen nicht auf die Schnauze fallen. Das tun sie aber! Und wahrscheinlich sogar öfter als die Erfolglosen. Der Unterschied ist: Sie machen sich nichts draus. Sie stehen auf und machen weiter, nur sind sie jetzt um eine Erfahrung reicher.

Und deine Annahme, du könntest durch Überlegung und ausreichendes Nachdenken verhindern, dass du auf die Schnauze fällst, stellt einen weiteren Glaubenssatz dar, der grundfalsch ist. Wir wissen nämlich gar nicht - nicht im Entferntesten! – wie die Welt funktioniert. Dazu sind wir mit unseren fünf Sinnen gar nicht in der Lage. Wir tappen im Grunde blind und taub durch die Welt. Wir sind hier, um die Welt zu erfahren, nicht um sie zu analysieren."

„Hmm... so etwas Ähnliches habe ich von Gustav schon mal gehört. Aber wenn ich zum Beispiel mehrmals erfahre, dass ich mit Mädchen nicht umgehen kann, dann ist es wahr, oder etwa nicht?"

„Ach wo! Alles andere als das! Wenn du dir zu einem bestimmten Ereignis eine Meinung bildest, dann suchst du unbewusst nach einer Bestätigung dafür; und du wirst sie finden, immer und immer wieder. Am Ende bist du von einer Sache überzeugt und stellst sie nie mehr in Frage. Du unterliegst dem Trugschluss, dass du dir mit dieser Überzeugung Sicherheit verschaffst. Nach und nach verhärtet sich deine Überzeugung und wird zum Glaubenssatz. Mit diesem Glaubenssatz formst du die Welt, in der du lebst. Das ist das ganze Geheimnis."

„Ich weiß nicht..."

„Schau auf dich und dein Leben, ganz neutral! Versuche, dich einmal mit meinen Augen zu sehen! Stell dir vor, du sitzt hier auf meinem Platz und betrachtest den jungen Mann namens Martin. Wen siehst du da? Vielleicht einen jungen Mann, gesund an Körper, Geist und Seele, ohne materielle Sorgen, ungebunden, bereit fürs Leben! Oder wen siehst du?"

„Ich sehe einen dummen Jungen, der so einfältig war, spontan seinen Job zu kündigen und unfähig ist, eine Bindung zu einem Menschen – einem, äh... weiblichen Menschen - aufzubauen."

„Warum glaubst du, dass es dumm war, deinen Job zu kündigen?"

„Weil ich nun bald ohne Geld dastehe!"

„Warum? Du wirst einen anderen Job finden, der dir mehr Spaß macht."

„Nein, das glaube ich nicht."

„Warum glaubst du das nicht?"

„Weil ich keine Ahnung habe, was ich machen könnte, und wenn, gibt es schon andere, die besser dafür geeignet sind."

„Woher weißt du das?"

Ich zuckte die Achseln. Die Argumente gingen mir aus.

„Warum meinst du, du müsstest jetzt schon wissen, was du beruflich noch machen könntest? Warum lässt du dich nicht überraschen von dem, was kommt?"

„Wenn ich mich nirgendwo bewerbe, kann ich auch nichts finden. Und weil ich nichts finde, was mir entspricht, bewerbe ich mich nirgends."

„Ich verstehe. Du analysierst deine Möglichkeiten."

„Ja, das tu ich."

„Du glaubst, deine Analyse würde verlässliche Ergebnisse liefern."

„Davon gehe ich aus."

„Ich habe auf einem Seminar zum Thema ‚Glaubenssätze' einen Herrn kennengelernt, einen sehr klugen Herrn! Er ist Wissenschaftler und arbeitet im CERN – du kennst dieses gigantische unterirdische Forschungszentrum in Genf? Dieser Herr vertraute mir an, dass wir einer Schätzung zufolge nur etwa 5 % der uns umgebenden Realität wahrnehmen könnten. Ziel dieses 4 Milliarden teuren Teilchenbeschleunigers sei es, wenigstens einen kleinen Einblick in ein weiteres Prozent zu erhalten. 5 %! Und da glaubst du, du könntest mit deinem Verstand irgendetwas wissen?" Wieder zuckte ich hilflos die Achseln.

„Weißt du, wir sind im Grunde nicht klüger als Fliegen. Schon vor vielen Jahren hat man ein Experiment mit Fliegen gemacht. Man hat sie in einen Topf gesperrt, von dem man nach einiger Zeit den Deckel entfernt hat. Die meisten Fliegen konnten den Topf nicht mehr verlassen, obwohl er nach oben hin offen war. Sie hatten den festen Glaubenssatz, dass ihr Topf-Universum nach oben hin begrenzt war. Was also, wenn deine Glaubenssätze gar nicht mehr zutreffen, weil sich in deinem Universum etwas Grundlegendes geändert hat?"

„Dann bin ich irgendwie angeschmiert."

Klara lachte.

„Genau! Was könntest du wohl machen, um herauszufinden, ob sich etwas in deiner Welt geändert hat?"

„Ich schätze mal, ich muss Verschiedenes ausprobieren."

„Bingo! Gustav, ich muss sagen, dein Schützling lernt schnell."

„Du bist eine gute Lehrerin, Klara! Das wusste ich schon immer."

Klara klappte die Handflächen nach oben.

„Nein, lieber Gustav, dieses Thema ist für mich abgeschlossen. Ich werde nicht für deine Schule arbeiten. Mein Platz ist woanders. Du weißt, ich habe einen lieben Mann, der mich inspiriert, alles das zu tun. Ich will meinen Lebensmittelpunkt nicht verlieren."

Ich hatte einen Geistesblitz.

„Klara, darf ich dich etwas Persönliches fragen?"

„Nur zu!"

„Wie muss ein Mann sein, dass ihn eine Frau wie du als Lebensmittelpunkt bezeichnet, obwohl sie doch selbst überall der Mittelpunkt ist, weil ihr die ganze Welt offen stünde?"

Klara lächelte.

„Du denkst jetzt, er müsse auf irgendeine Weise ganz besonders sein, nicht wahr? Du täuscht dich. Jeder könnte dieser Mann sein. Er muss mich nur genauso lieben wie sich selbst."

Ich nickte, obwohl ich diese Aussage zu diesem Zeitpunkt noch nicht ganz verstanden hatte. Kurz darauf verabschiedeten wir uns von Klara; sie musste ihre Reise nach Eichstätt fortsetzen.

Ich war noch ganz in Gedanken, als wir das Bistro verließen. Ich ging einen Schritt auf die Straße hinaus, während ich mich nach hinten wandte, um Gustav die Tür aufzuhalten. Ein kurzer Schrei riss mich in die Realität zurück. Ich sah in ein paar große braune Augen. Ein wirklich sehr hübsches Mädchen stand so nahe bei mir, dass ich ihr Parfum riechen und die Schminke in ihrem Gesicht deutlich sehen konnte.

„Jetzt hättest du mich aber beinahe ausgeknockt!" sagte sie und lächelte.

„Oh! Entschuldige! Ich hab überhaupt nicht geguckt, wohin ich gehe."

„So in Gedanken?"

„Ja! Allerdings..."

„Lass das! Davon bekommt man nur Falten."

„Wirklich?"

Sie lachte nur und ging mit einem „Bye!" weiter. Ich sog noch einmal den Duft ihres Parfums ein.

„Das sind die typischen Auswirkungen eines Gesprächs mit Klara", sagte Gustav.

„Ach ja?"

„Mhm. Sie verändert deine Glaubenssätze in wenigen Minuten."

„Tatsächlich?"

„Hallo!" Er klopfte mit der Faust gegen meine Stirn. „Das war nur ein Mädchen, wie es Hunderte in dieser Stadt gibt. Denk daran, was du vor zehn Minuten gesagt hast! Du seist unfähig, eine Bindung zu einem weiblichen Menschen aufzubauen. Ha! Dass ich nicht lache! Auf Schritt und Tritt wirst du von bindungswilligen Mädchen verfolgt. Da! Hast du gesehen, wie dich die Blondine eben angeblinzelt hat? Das ist die Macht deines neuen Glaubenssatzes! Ich vermute mal, der lautet nun: ‚Ich könnte jede Frau haben!' Los! Schau dich um! Suche eine Bestätigung dafür! Du findest sie überall, jede Wette!"

„Meinst du wirklich?"

„Nein! Ich gestehe! Ich habe alle diese Frauen engagiert, damit sie dich angrinsen! Quatsch! Glaub es doch endlich! Klara hat ein paar Schrauben in deinem Kopf angezogen."

„Ich verstehe. Und wie sieht's mit deinen Schrauben aus? Sind jetzt alle wieder fest? So! Und jetzt will ich wissen, was du mit meinem Großvater gemacht hast, ehrlich und ohne Umnschweife."

„Oho!" Gustavs Augen wurden groß. „Eine Überfalltaktik! Nicht übel. Du willst also wissen, was ich mit deinem Großvater gemacht habe?"

„Ja!"

„Ich habe ihn gefragt, ob er einen seiner russischen Feinde, damals im Krieg persönlich kennen gelernt hat."

„Und?"

„Ja, er kannte einige, hat er gesagt. Einmal, im Winter 43/44 haben sie sogar zusammen Weihnachten gefeiert. Sie konnten sich einigermaßen verständigen und wenn nicht Krieg gewesen wäre, hätten sie sogar Freunde werden können. Dann habe ich ihn gefragt, ob er sich vorstellen könne, dass der ‚Ivan' von damals heute ebenso wie er in einem Krankbett liegt und Geschichten vom Krieg erzählt. Da hat er lange nachgedacht und schließlich geweint. Es waren Tränen der Erleichterung, nicht der Trauer. Er sagte mir dann: ‚Dass ich da nicht selbst drauf gekommen bin. Es ist kein Unterschied zwischen mir und ihm.'

Dann habe ich gefragt, ob nun alles gut sei. Und er hat geantwortet: ‚Jetzt ist alles gut. Jetzt kann ich alles loslassen.'

Ich habe die Vermutung, er ist genau so lange am Leben geblieben, bis er diese Erkenntnis gewonnen hatte. Das war wahrscheinlich seine wichtigste Lektion im Leben."

Ich schwieg, weil es nichts mehr zu sagen gab. Ich hatte Gustav Ohnesorg vor einem Jahr nur wegen meines Großvaters angesprochen. Ich wollte wissen, wie es möglich war, so plötzlich zu sterben. Jetzt verstand ich es.

Wir gingen zurück in das Stadtviertel, in dem meine Wohnung lag. Die Leute, die uns unterwegs begegneten, sahen verändert aus. Irgendwie schienen sie mir ähnlicher geworden zu sein. Die Grenze zwischen ihnen und mir war nun weicher. Ich begann mich, für sie zu interessieren. Ob sie in ihrem Kopf ähnliche Denkspiralen züchteten wie ich in meinem?

Ich beobachtete Gustav von der Seite. Wie sah er die Welt? Konnte er jedem anderen Menschen mit der Offenheit begegnen wie der Frau vor dem Einkaufszentrum? War er das, was man als „erleuchtet" bezeichnet? Welche Bedürfnisse hatte ein Mensch wie Gustav?

„Gustav! Eine Frage hätte ich nun doch noch an dich. Du bist ein Mensch voller Erkenntnisse. Wenn du keine Fragen mehr an das Leben hast, warum lebst du dann noch?"

„Na, du machst mir Spaß! So ist es bei Gott nicht, dass jede neue Erkenntnis das Todesurteil sein könnte. Weißt du denn nicht, was das Allerwichtigste ist, der Hauptgrund, warum du hier auf dieser Erde wandelst?"

„Hmm... zu lieben?"

„Ja, das auch. Aber das Allerwichtigste ist es, sich zu freuen."

„Aha! Das ist ja ein Ding! Und wohin soll das führen?"

„Es gibt einen Plan für dein Leben, der Plan verfolgt nur ein Ziel: Dass du zum Licht für die Welt sein sollst!"

„Hört sich ja nett an. Aber ich halte nichts von göttlichen Plänen. Ich dachte, wir hätten die Freiheit zu entscheiden? Wenn es eh einen Plan gibt, dann ist es doch egal, was ich tue und denke. Es wird sowieso so eintreffen, wie es der Plan vorsieht."

„Stell dir mal den Plan vor wie eine große Straßenkarte. Du hast vor, von München nach Hamburg zu reisen. Der direkte und schnellste Weg wäre per Luftlinie. Du hättest die Wahl, ins Flugzeug einzusteigen und diesen Weg zu gehen. Das wäre auf dein Leben übertragen der Weg der Freude. Du kannst aber auch zu Fuß gehen; das wäre der Weg des Denkens und Grübelns. Er ist mühsam, mit Schmerzen verbunden und dauert sehr lange. Trotzdem wird sich der Plan erfüllen, auch wenn es Jahre dauern wird."

„Ich beschleunige also meinen Weg zum Licht dadurch, dass ich mich freue, so oft es geht?"

„Exakt! Du solltest beschließen, glücklich zu sein. *Du lächelst – und die Welt verändert sich*, sagte Buddha. Das ist die einzige Methode, um den göttlichen Plan zu unterstützen. Und so schwer ist es doch auch nicht, sich zu freuen, oder? Schau dir die Welt jetzt, in diesem Moment, an! Sie ist voller Wunder. Alle Menschen, die jemals auf dieser Erde gelebt haben, wären nicht in der Lage, die Wunder eines einzigen Tages aufzuzählen. Unter anderem, weil sie selber eines sind. Wenn das kein Grund ist, sich zu freuen! Und ich habe – verdammt noch mal – einen Riesenspaß hier. Das lass dir mal gesagt sein."

„Bist du erleuchtet?"

Gustav riss auf seine unnachahmliche Art die Augen auf, dann begann er zu lachen.

„Ja!", sagte er. „Solange ich lachen kann, bin ich erleuchtet. Es lebe die Freude!"

„Auf die Freude!"

Während wir uns lachend gegenseitig auf die Schultern klopften, tauchte wie aus dem Nichts Mia auf. Sie ging auf der anderen Straßenseite, Maja lief ein paar Meter voraus. Wir sahen uns an, grüßten uns, aber keiner machte einen Schritt auf den anderen zu. In diesem Moment verlangsamte sich die Zeit. Ich sah sie an, bemerkte die zu Reif gefrorene Feuchtigkeit auf ihrem Mantel und ihre linke Hand, die die Schlaufe der Hundeleine umschloss. Ich sah so viele Details gleichzeitig, die an sich unbedeutend waren, aber nun mit solch einer Macht in mein Bewusstsein drangen, dass mein Herz bis zum Hals schlug. Ich spürte so deutlich wie nie zuvor, dass ich die Haarlocke, die unter ihrer Mütze hervorlugte, ebenso liebte wie den Knopf an ihrem Ärmel oder die Laufmasche an ihrem Strumpf. Und währenddessen strahlte mir aus ihren Augen eine stille Freude entgegen, die weit mehr bedeutete als Worte, mit denen wir unsere Stimmung hätten ausdrücken können. Zwar gingen wir aneinander vorbei, aber wir waren uns nie zuvor näher als in diesen wenigen Sekunden.

XXIX.

Ich weiß nicht, ob es an der jüngsten Begegnung mit Mia lag, an der weihnachtlichen Vorfreude oder aus Anlass der Hochzeit, jedenfalls konnte ich die Zugfahrt nach Livorno dieses Mal so richtig genießen. Im Wagon war es angenehm warm, was ich während der Fahrt über die verschneiten Alpen als besonders wohltuend empfand. Ich plauderte sogar ab und an mit Fahrgästen, was ich sonst aus Schüchternheit vermied. Zwar zeigte sich Livorno bei höchstens 12 Grad und bedecktem Himmel nicht von seiner mediterranen Seite, trotzdem war das Klima deutlich milder als zu Hause. Dafür fehlte auch der Schnee in den Tallagen komplett, so dass die Versuche, den Straßen und Plätzen mit viel Kitsch und Glitzer eine weihnachtliche Atmosphäre zu verleihen, zum Scheitern verurteilt waren.

Giovannis Haus war stilvoll geschmückt und das Zimmer, in dem die Bescherung stattfinden sollte, ein Traum von Weihnachtsromantik. Meine Mutter glich einem Engel, nicht nur wegen ihres traumhaften Kleides, sondern wegen ihrer Aura; sie wurde von Giovanni geachtet und geliebt, er war ihr Liebeselixier und das sah man ihr an. Zu diesem Zeitpunkt konnte ich ihr nicht mehr glauben, dass die Hochzeit kein bedeutendes Ereignis für sie sei.
Aber zunächst bereiteten sich alle auf den Heiligen Abend vor.
Vor der Bescherung gab es natürlich ein opulentes Mahl, bei dem ich auch die Eltern und Verwandten von Giovanni kennenlernte. Ich bedauerte, mich nicht intensiver mit der italienischen Sprache befasst zu haben, aber meine Mutter übersetzte das Meiste, so dass ich über die Gesprächsthemen immer einigermaßen im Bilde war.
Unweigerlich kamen wir auf mich zu sprechen. Giovannis Mutter wollte eine Menge über den *bello ragazzo* wissen, der an der Seite von Ella saß.

„Sie möchte wissen, ob du schon eine Familie hast", übersetzte Mutter.
„Du weißt doch, wie es steht", antwortete ich. „Das mit Mia hat sich erledigt, weil sie in festen Händen ist, und auch sonst gibt es niemanden, der mit mir eine Familie gründen wollte."
Meine Mutter gab meine Antwort in einem Tempo weiter, das mir nicht erlaubte, auch nur ein Wort aufzuschnappen und die

Übersetzung ein wenig zu überprüfen. Ich hatte große Zweifel, ob sie meinen Satz originalgetreu übersetzte, dafür redete sie viel zu viel. Jedenfalls schien die Oma mit ihrer Antwort zufrieden zu sein, weil sie anerkennend nickte.

„Was hast du ihr gesagt?" fragte ich.

„Nur, dass du viele Mädchen kennst, aber du überlegst dir reiflich, ob du den Schritt in die Ehe wagen sollst, weil du dir deiner Verantwortung bewusst bist."

„Sehr diplomatisch! Ähm – Mama..."

„Ja?"

„Ich muss dir noch etwas sagen, ehe das Gespräch auf dieses Thema kommt."

„Was für ein Thema?"

„Was ich beruflich mache und so. Es ist so, ähm... dass ich vor zwei Wochen meine Arbeitsstelle gekündigt habe."

Entgegen meiner Erwartung reagierte meine Mutter äußerst gelassen.

„Ich weiß ja, dass es dir dort nicht gefallen hat. Und was machst du jetzt?"

„Wenn ich das wüsste!"

„Du wirst doch wohl irgendeine Idee haben, oder?"

„Jaaa... eine Idee schon, aber..."

„Aber was?"

„Das lässt sich nicht durchführen. Ich würde sehr gerne arbeiten und wohnen unter einem Dach, zusammen mit anderen. Etwas Sinnvolles tun..."

Sie lächelte verschmitzt. „Eine Schule gründen?"

„Ja! Woher weißt du das?"

„Gustav und ich schreiben uns gelegentlich Emails."

„Dann bist du ja bestens informiert. Wahrscheinlich weißt du mehr über mich als ich selbst."

„Das ist gut möglich. Aber lass das gute Essen nicht kalt werden! *Alla salute!*" rief sie und hob ihr Weinglas. „Wir trinken auf ein ganz besonderes Weihnachtsfest! Ein Fest, bei dem sich Träume erfüllen! *Buon Natale!*"

„'Ein Fest, bei dem sich Träume erfüllen' - Was meinst du damit?" raunte ich ihr zu.

„Du wirst es sehen."

An diesem Abend folgten noch mehrere Trinksprüche, aber keiner beschäftigte mich so wie der meiner Mutter. War es eine Anspielung auf die bevorstehende Hochzeit? Nein – die hatte mit Weihnachten nichts zu tun. Ich hoffte, dass sich das Geheimnis mit der Bescherung lüften würde.

Es begann ganz harmlos; eine Krawatte für Giovanni, nicht von meiner Mutter, sondern von seiner Tante, eine neue Kaffeemaschine für Giovannis Eltern, ein bezauberndes Kleid für meine Mutter und schließlich...

Fast alle Geschenke waren verteilt, nun blieb nur noch ein über einen Meter hohes Irgendwas unter einem weißen Tuch übrig. Meine Mutter nahm Giovanni an der Hand und stellte ihn vor dem Gegenstand ab. Dann fasste sie das Tuch mit zwei Fingern und sagte: „Und das ist mein Geschenk an dich, mein allerliebster Bräutigam!"

Sie zog das Tuch mit einer raschen Bewegung herunter und zum Vorschein kam Giovanni! Es war eine fast lebensgroße Skulptur, aus Ton gefertigt, und ohne Zweifel dem echten Giovanni zum Verwechseln ähnlich. Nur dass dieser Ton-Giovanni beinahe wie ein Gott aussah, seine Gesichtszüge waren edler als die des echten, sein Körperbau straffer und schlanker. Die Skulptur zeigte Giovanni in der Pose des Natur- und Pflanzenfreundes. In seinem linken Arm trug er ein Olivenbäumchen, der rechte ruhte auf einem Spaten. Eine Ton-Skulptur von solcher Größe zu formen, verlangte allerhand Kenntnisse und handwerkliche Fähigkeiten. Ich hätte nicht geglaubt, dass meine Mutter so etwas zustande brachte.

Ein allgemeines Raunen erfüllte den Raum. Dann kamen vereinzelte Bravo-Rufe. Ich begann laut zu klatschen, die anderen fielen mit ein. Giovanni drückte meine Mutter so fest, dass ich Angst um sie bekam.

„*Grazie, Cara!*" sagte er. „Aber das binä doch nicht ich! Diese Skulptur hatä keinen Bauch und keine Falten im Gesicht."

„Das bist du, wie ich dich sehe, mein Liebling. Du bist perfekt für mich und wirst es immer bleiben, auch wenn du hundert Jahre alt bist."

Wieder erdrückten sie sich fast, während ringsherum Applaus aufbrandete. Jeder gratulierte meiner Mutter, die vor Stolz heller strahlte als der Christbaum. Dann war ich an der Reihe zu gratulieren und wusste nicht recht, was ich sagen sollte.

„Es ist sehr gut gemacht, das muss ich dir lassen. Hast du zuvor ein Drahtgestell geformt und den Ton drüber gezogen? Wirklich toll! Nur... für den deutschen Geschmack vielleicht ein bisschen – äh..."

„Kitschig? Ja, das dachte ich am Anfang auch. Doch dann habe ich mit Gustav darüber gesprochen."

„Ach nein! Nicht schon wieder Gustav!"

„Er sagte mir, wenn wir einen Menschen lieben, wird er dadurch wunderschön. Nicht nur für mich, sondern für alle anderen. Mein Herz solle meine Hände führen, nicht mein Verstand. Und das habe ich getan."

Ich war gerührt und konnte nichts dazu sagen. Plötzlich fiel mir ein, was mir Gustav vor langer Zeit gesagt hatte:

„Die größte Revolution unserer Zeit dürfte die Entdeckung gewesen sein, dass die Menschen durch die Änderung ihrer Geisteshaltung die äußeren Umstände ihres Lebens ändern können."

Ich hatte es laut vor mich hin gesagt.

„Was hast du gesagt?" fragte meine Mutter.

‚Die größte Revolution unserer Zeit dürfte die Entdeckung gewesen sein, dass die Menschen durch die Änderung ihrer Geisteshaltung die äußeren Umstände ihres Lebens ändern können.' Das hat mir Gustav gesagt – wer auch sonst?"

Mutter sah sehr nachdenklich drein.

„Lass uns kurz unter vier Augen reden!" sagte sie und führte mich in eine stille Ecke.

„Weißt du noch, was ich über den Tod deines Vaters gesagt habe? Dass ich ihm ein Unglück wünschte?"

„Ja, das hast du mir erzählt. Aber es ist nicht die Wahrheit."

„Wie auch immer. Ich habe ihn nicht absichtlich umgebracht, sicher nicht, aber irgendwie habe ich ihn beeinflusst. Zumindest habe ich dazu beigetragen, dass er es in seinem Leben nicht leicht hatte. Als er starb, glaubte ich, es wäre nur recht und billig, wenn ich dafür bestraft würde. Nicht körperlich oder so. Ich wollte Buße tun. Nicht etwa in der Form, dass ich mir selbst eine Strafe auferlegen wollte, fasten, eine Wallfahrt machen, mich auspeitschen oder solche Dinge. Ich machte mir auch keine Gedanken darüber, wie diese Bestrafung aussehen könnte. Ich akzeptierte einfach, dass ich bestraft werde. Für mich war das eine Frage der Gerechtigkeit und Buße. Das war meine Geisteshaltung – das verstehe ich jetzt. Meine Geisteshaltung ging einher mit einer Verweigerung von Glück. Ich konnte kein Glück annehmen, vielleicht noch nicht einmal erkennen, weil ich mich schuldig fühlte. Und mein Leben verlief lange Zeit genau dem entsprechend.

Als mein Vater starb, passierte irgendwas mit mir. Du weißt noch, als ich plötzlich weg wollte, Urlaub machen."

„Weil du deine Schuld abbezahlt hattest?"

„Das ist gut möglich. Plötzlich fühlte ich mich unabhängig von wem auch immer, frei, zu tun und zu lassen, was ich wollte. Alles, was danach folgte, war im wahrsten Sinne des Wortes wunder-bar. Genau wie du gesagt hast: Die äußeren Lebensumstände hatten sich geändert, weil ich meine Geisteshaltung geändert hatte."

Wir wurden unterbrochen, weil eine Tante Giovannis einen Toast ausbrachte, der lauten Jubel nach sich zog.

„Was hat sie gesagt?" fragte ich.

„Sie sagte etwas wie ‚Mit Ella ist das Glück in dieses Haus eingekehrt.'"

„Das ist schön."

Mutter war sichtlich gerührt und den Tränen nahe.

„Ja. Es fällt mir immer noch schwer, so viel Glück anzunehmen."

„Ich verstehe dich gut. Man wartet immer auf den berühmten Haken an der Sache. Und wenn man sich nicht sicher ist, ob die Leistungen, die man in seinem Leben erbracht hat, tatsächlich so großartig waren, dass man sich sein Glück auch wirklich verdient hat, nimmt der Haken mehr und mehr Gestalt an."

„Genau so ist es! Es ist ein Riesenirrtum zu glauben, man müsse sich sein Glück verdienen! Das ist ebenso dumm, als würde ein Kind glauben, es müsse sich die Liebe seiner Mutter verdienen. Und abgesehen davon...," Meine Mutter kniff die Augenbrauen zusammen, „...ist meine Skulptur denn keine herausragende Leistung? Ich finde, dafür habe ich mir eine Auszeichnung verdient. Giovanni soll ruhig wissen, was er an mir hat."

„Doch! Zweifellos!" Ich lachte über ihren Scherz. „Wenn ich es recht verstanden habe, drückt deine Skulptur das aus, was du für Giovanni empfindest, nicht wahr?"

Sie nickte.

„Du hast damit deine Geisteshaltung sichtbar gemacht."

„So ist es. Und ich bin mir sicher, diese Haltung wird sich in meinem und in seinem Leben niederschlagen. Aber jetzt zu deinem Geschenk!"

Sie bückte sich und zog unter den Zweigen des Weihnachtsbaumes ein handliches Paket heraus, das in Goldpapier eingewickelt war.

„Du darfst es öffnen, es ist kein Schachtelteufel drin."

Behutsam, um das edle Papier nicht zu verletzen, zupfte ich das Klebeband ab. Zum Vorschein kam ein Kästchen aus rötlichem Holz.

„Nun mach es schon auf!" sagte nun auch Giovanni ungeduldig. „Es ist von der Mama und mir."

Ich kippte den Schnappverschluss nach oben und klappte den Deckel zurück. Was ich darin fand, war nicht das, was ich erwartet hatte. Es waren mehrere zusammengefaltete Dokumente, die ich nicht identifizieren konnte, weil sie in Italienisch abgefasst waren, und eine Art Notizbuch.

Ich schlug es auf und erkannte die Handschrift. Es war ein Buch von Gustav. Ich blätterte zurück auf die erste Seite und las: *Handbuch für das Schul- und Bildungswesen der Zukunft von Oskar von Strahlheim. Begonnen am 01.08.1977, geschlossen NIE.*

Ich schaute meine Mutter ratlos an.

„Gustav wollte, dass du es bekommst."

„Das ist ein wertvolles Geschenk, aber…"

Ich zuckte mit den Achseln, weil ich immer noch nicht wusste, was ich damit anfangen sollte.

„Du musstä die anderen *dokumenti* lesen!" rief Giovanni. „Ella! Du musst ihm sagen, was das ist!"

„Das ist eine Besitzurkunde. Giovanni hat von einem seiner treuesten Bauern einen Hof geerbt. Es gab weder Kinder noch andere Verwandte. Da wir von Gustav wissen, wovon du insgeheim träumst, haben wir beschlossen, dass du der neue Eigentümer dieses Hofs sein sollst."

„Ich? Hofeigentümer? Ich – äh – ich bin kein Bauer…"

Giovanni stöhnte auf.

„Ella! Bitte! Sag du deinem Sohn. Er versteht es nicht! Und ich kannä nicht erklären."

„Du darfst eine Schule nach Gustavs Vorbild gründen und betreiben. Jetzt hast du das Wissen dazu und das Haus dazu. Du wirst es lieben! Es ist nur einen Katzensprung von hier entfernt, etwas weiter in den Bergen, mit eigenem Trinkwasserbrunnen, Wald und allem, was dazu gehört. Voraussetzung ist übrigens, dass ich dort eine Werkstatt einrichten darf, o.k.?"

„Das ist wirklich großzügig von euch, aber… ich weiß nicht, ob ich das kann!"

„Du kannst es! Glaub mir! Und du musst es nicht alleine machen. Gustav kennt eine Menge Leute, die schon beim Aufbau seiner Schule geholfen haben. Und du kennst ja auch einige interessierte Kandidaten, oder?"

„Gustav hat dich bestens informiert, was?"

Ich schluckte und schluckte, aber es half nichts. Ich konnte das alles nicht hinunterschlucken, weil es genau das war, was ich mir immer erträumt hatte. Wenn ich jetzt nicht die Gelegenheit beim Schopf ergriff, war mir wirklich nicht mehr zu helfen.

„Wir sind aber in Italien und ich kann nicht – " Immer zaghafter brachte ich meine Bedenken vor.

„Italienisch lernst du in Nullkommanix! Wenn ich es geschafft habe, kannst du es auch!"

„Also – dann… Ich danke euch! Ihr seid wunderbar!"

Ich umarmte sie beide, so fest ich konnte.

XXX

Schon am folgenden Tag saßen wir, Giovanni, Mutter, zwei Tanten und ich, in Giovannis elegantem Maserati und sausten die *Strada Provinciale 4 delle Sorgenti* entlang, durch die locker bewaldeten Hügel der Toscana. Unser Ziel war ein auf der Karte nicht eingezeichneter Ort namens Nugola. Es stellte sich heraus, dass ich der einzige war, der den geerbten Bauernhof noch nie gesehen hatte. Alle schwärmten in höchsten Tönen von der *bellissima Masseria* des alten Francesco, der so ein braver, lieber Mensch war und nur das Pech hatte, von seiner Frau verlassen worden zu sein, weil sie das Landleben nicht ebenso liebte wie er.

Francescos Hof, der mir von Giovanni geschenkt wurde, war ein idyllisches Fleckchen im abgeschiedenen Niemandsland zwischen Livorno und Collesalvetti, etwa zehn Kilometer von der Villa Capoletti entfernt.

Es heißt, der erste Eindruck sei entscheidend, ganz gleich, ob es sich dabei um einen Menschen oder um eine Stadt oder um ein Haus handelt. Gespannt stieg ich als erster aus dem Wagen, um einen ungestörten Blick auf das Anwesen werfen zu können. Ich hätte wahrlich nicht gedacht, dass ich mich in ein fremdes Haus auf Anhieb verlieben könnte, aber der *Masseria,* zusammen mit der Umgebung, in die sie eingebettet war, konnte man nicht widerstehen. Sie stand behütet von alten Bäumen auf einer Anhöhe, von der aus man bei schönem Wetter einen Blick bis zum Meer hatte. Das Grundstück fiel nach Südwesten hin sanft ab, hier waren sogar noch ein paar Reihen verdorrter Weinstöcke zu sehen. Das rote Ziegeldach war erst vor einigen Jahren erneuert worden, ebenso wie die Fenster, wobei streng darauf geachtet wurde, den ursprünglichen toskanischen Stil nicht zu verändern.

Ehe ich anfangen konnte, mich in diesem Haus vorzustellen, und wie ich es am besten nützen könnte, hörte ich die anderen Autotüren ins Schloss fallen und lautstark gaben Giovannis Tanten ihr Urteil über die *Masseria* ab - oder zu irgendeinem anderen bedeutenden Thema, ich verstand kein Wort.

„Das Nebenhaus würde ich gerne für meine Tonarbeiten nützen", sagte meine Mutter. „Ich bin aber nicht abgeneigt, deinen Schülern auch Unterricht im Modellieren zu geben."

So hatte ich schon die erste Lehrerin. Meine Zukunft schien konkrete Formen anzunehmen. Mein Herz klopfte laut. Ich wusste nicht, wie ich meine Erregung deuten sollte. Einerseits wollte ich sofort wieder umkehren und in meine vertraute Umgebung in Deutschland zurück, andererseits übte die *Masseria* eine starke Anziehungskraft auf mich aus, es juckte mich etwas in meiner Brust, was beachtet werden wollte, eine anerzogene Spur Skepsis, die sich bei mir immer dann einstellte, wenn mich die Begeisterung mitzureißen drohte. Ich sagte mir: Ich will noch abwarten, wie das Gebäude von innen aussieht, dann entscheide ich mich.

Wir standen vor der zweiflügligen, etwas morsch scheinenden Tür und warteten, bis Giovanni einen großen Schlüssel aus seiner Westentasche zog und aufschloss. Zunächst betraten wir einen geräumigen Flur und gingen über ausgetretene Marmorplatten durch eine weitere Tür in die Wohnstube. Hier war es überraschend warm. Ich sah in einem großen, gemauerten Ofen die Glut eines kürzlich erloschenen Feuers. Giovanni erklärte, dass er am Vortag noch eingeheizt hatte, um es uns etwas gemütlicher zu machen. Vor der Ofenbank standen ein paar Filzpantoffeln. Weiter gab es einen großen Tisch mit Stühlen, ein paar Topfpflanzen, die dringend Wasser gebraucht hätten, eine geschnitzte Madonna und an den Wänden ein paar Fotos von Francescos Familienangehörigen. Es roch nach – wie soll ich sagen – alten Leuten, etwas bitter und abgestanden. Die Fensternischen waren sehr breit, die Fenster selbst klein und doppelflügelig.

Mir war noch nicht klar, wo hier Platz sein sollte für mehrere Schulklassen, aber ich wollte keine voreiligen Schlüsse ziehen und folgte Giovanni in die anderen Räume. Gut, es gab eine große, brauchbare Wohnküche und insgesamt sechs weitere Räume ohne große Höhepunkte. Doch das Bad setzte mich in Erstaunen! Es war modern, verfügte über eine Dusche und eine riesige Badewanne mit Massagedüsen. Alles war in einem durch und durch nostalgischen Stil mit viel Messing und Emaille gehalten und passte perfekt zum Haus. In der Decke waren die Dachbalken frei gelegt und glatt geschliffen worden, dazwischen sorgten vier große Fenster dafür, dass es im Badezimmer taghell war.

„Schön, oder?" sagte Giovanni. „Du kannst in der Nacht unter Sternen baden."

„Alles gut und schön!" sagte ich. „Aber wenn ich hier eine Schule betreiben soll, brauche ich auch Klassenzimmer."

„*Pazienza!* Wirä waren noch nicht in Stall."
Stall? Ich suchte den Blick meiner Mutter.
„Ja!" sagte sie. „Warte ab!"

Wir durchquerten einen Hof mit einem uralten Brunnen in der Mitte und gingen in den anliegenden Stall.
„Donnerwetter!" entfuhr es mir. „Wie viele Kühe hatte Francesco denn?"
„Als er starb, hatte er nur noch eine. Früher waren hier siebzig."
„Der Stall hätte genauso gut der Gebetsraum eines Klosters sein können. Mehrere hohe Kreuzgewölbe fügten sich aneinander und wurden von Marmorsäulen gestützt. Aus diesem Raum konnte man gut und gerne vier große Unterrichtsräume machen.
„Und? Was sagst du?" fragte mich meine Mutter.
„Beeindruckend. Aber es sieht nach viel Arbeit und Geld aus."
„Ich denke, du wirst dein Sparschwein opfern müssen. Aber was könntest du Besseres damit anstellen?"
Ich schwieg, weil mir nichts dazu einfiel.
„Willst du oder willst du nicht?" fragte Giovanni und wedelte dazu mit den Armen.
„Ich – ich weiß noch nicht. Da gibt es so viel zu bedenken. Und wenn ich mein ganzes Geld hier reinstecke und es funktioniert nicht, dann habe ich nichts mehr. Ich meine, einfach so alles umbauen und renovieren – die Räume sind nicht alle so gut in Schuss wie das Bad – ich hab doch keine Ahnung von so was..."
„*Per amor del cielo!*" rief Giovanni, raufte sich die Haare und begann vor seinen Tanten zu lamentieren.
Meine Mutter seufzte.
„Es ist nicht leicht, dir eine Freude zu machen, weißt du das?"
„Aber gebt mir doch erst ein bisschen Zeit, um zu überlegen! Ich weiß seit gestern, dass ich einen Bauernhof in Italien bekomme. Das muss man erst mal verdauen."
„O lala! Der Herr bekommt den Hauptgewinn und überlegt, ob er ihn verdauen kann!" sagte sie spöttisch und verdrehte die Augen.
„Hör mir auf mit diesem O lala-Getue! Du bist keine Italienerin und wirst nie eine sein, so wie ich auch immer Deutscher bleiben werde."
„Na gut! Dann bleib in deiner vernünftigen Eigentumswohnung und melde dich bei der Arbeitsagentur arbeitssuchend. Das wird ein schönes Leben, kann ich dir sagen. Aber natürlich, es gibt Leute, die es bereits als Beruf ansehen, arbeitslos zu sein, denn sie sind den

ganzen Tag über damit beschäftigt, Formulare auszufüllen, Anträge, Bewerbungen, Zuschüsse; langweilig wird denen nicht."

Nun stapfte auch sie wütend davon.

„Mama! Warte, bitte!"

Mürrisch drehte sie sich um.

„Morgen weiß ich es. Bitte lasst mir Zeit bis morgen, ja?"

„Ich verstehe zwar nicht, was es da zu überlegen gibt, aber gut. Meinetwegen. Bis morgen."

Obwohl Weihnachten war, herrschte den ganzen Tag über eine getrübte Stimmung. Das lebhafte Geschnatter der vergangenen Tage war fast völlig zum Erliegen gekommen. Das Dumme daran war, dass ich der Schuldige war. Mein Ärger darüber steigerte sich bis zum Abend und nahm selbstzerstörerische Formen an. Ich schloss mich in mein Zimmer ein und selbst darüber wurde ich wütend. Das Schlimmste an dem Ganzen war, dass meine Mutter in fünf Tagen heiraten würde und ich offenbar alles tat, um ihr diesen ganz besonderen Tag zu vermiesen.

Es wäre ein Leichtes gewesen, zu ihr zu gehen, sich bei ihr und Giovanni für das wunderbare, großzügige Geschenk zu bedanken und der Freude Ausdruck zu verleihen, hier in Kürze ein neues Leben beginnen zu dürfen. Aber –

Hatte ich denn eine Wahl?

Roch es nicht auch nach Erpressung? Wenn du nicht tust, was wir für dich geplant haben, sind wir dir auf ewig beleidigt! Aber –

Hatte ich nicht selbst davon geträumt, von einem Hof, auf dem viele Freunde für eine gemeinsame sinnvolle Sache arbeiten?

Doch der Weg dorthin schien mir in diesem Augenblick so mühsam. Was, wenn keiner meiner Kollegen bereit ist, mich zu unterstützen? Oder wenn ich keine Lehrkräfte bekomme? Was, wenn sogar die Schüler ausbleiben? Gustav konnte den Schulbetrieb auch nur aufrechterhalten, weil er regelmäßig große Beträge aus seinem Vermögen zuschoss. Oder gab es doch freiwillige Spenden? Alles war so schwammig, so riskant, so durfte man ein Geschäft nicht aufbauen. Man brauchte einen seriösen Plan dafür, von einem Fachmann erstellt. Jawohl!

Das wollte ich meiner Mutter sagen...

In diesem Augenblick läutete mein Handy.

Ich hörte zunächst nur Knistern und abgehackte Satzteile.

Ich hörte meinen Namen – Martin...

Dann verstand ich ‚Mia' und schließlich war die Verbindung klar und ich begriff, dass sie tatsächlich in der Leitung war.

„Die Verbindung ist nicht besonders, ich bin gerade in Italien", sagte ich.

„In Italien?"

„Ja, das Gespräch könnte teuer werden."

„Das macht nichts. Was ich dir zu sagen habe, ist wichtig."

„Also gut..."

„Frohe Weihnachten möchte ich dir wünschen."

„Ich dir auch, Mia, von ganzem Herzen."

„Danke. Aber ich rufe auch noch aus einem anderen Grund an. Kannst du dich noch daran erinnern, was ich dir über meine Mutter erzählt habe?"

„Ja."

„Ich habe dich angelogen. Meine Mutter ist tot. Sie wurde von ihrem Mann ermordet."

„Das ist ja schrecklich!"

„Ich habe dir einiges nicht gesagt, zum Beispiel, dass ich eine Roma bin. Meine Familie war gerade in Deutschland, als ich geboren wurde, in einem Wohnwagen. Es ging uns gut hier und wir blieben länger in der Gegend als geplant war. Einige von uns fanden eine gut bezahlte Saisonarbeit und schlossen Freundschaften, auch meine Mutter. Als mein Vater die Zelte wieder abbrechen wollte, sagte meine Mutter, dass sie es leid sei, immer nur herumzureisen und schlug der Familie vor, sich sesshaft zu machen. Es kam zum Streit, der den Familienclan spaltete, die einen hielten zu meiner Mutter, die anderen zu meinem Vater, der die Roma-Traditionen auf keinen Fall verraten wollte. Schließlich eskalierte der Streit, meine Mutter sagte, sie würde auch gegen den Willen meines Vaters hier bleiben. Das war für ihn ein Schlag ins Gesicht, dann – "

„Ja?" Ich hörte ein Schluchzen. Dann sprach Mia mit bebender Stimme weiter.

„Es war genau so, wie in Gustavs Zelt. Ich wachte auf, weil ich Schreie hörte. Einige unserer Familie riefen etwas, wie: ‚Sie sind weg! Sie haben alles mitgenommen!' Als ich aufstand, sah ich, dass mein Vater und viele Männer verschwunden waren. Sie mussten mitten in der Nacht abgereist sein. Alle Wohnwagen bis auf einen hatten sie mitgenommen. Ich wollte meine Mutter wecken... Aber sie wollte nicht aufwachen... Als ich sie anfasste, begriff ich, dass sie tot war, erwürgt von meinem eigenen Vater!"

Nun weinte Mia hemmungslos. Ich war erschüttert und suchte nach den richtigen Worten.

„Oh, mein Gott, Mia! Jetzt verstehe ich, warum du damals so entsetzt warst, als wir Gustav für tot hielten. Wenn ich das gewusst hätte!"

„Niemand hat das gewusst, außer meiner Großtante. Ich lebte mit der Lüge ganz gut, meine Eltern hätten mich im Stich gelassen. Und mir war wohler bei der Vorstellung, meine Mutter lebte noch irgendwo. Es war immer leichter zu sagen, ‚Mama lebt woanders', als ‚Mama ist tot'. Du musst wissen, ich war damals erst acht Jahre alt. Die Erinnerung daran war tief vergraben. Durch Gustav und dich ist sie wieder geweckt worden."

„Ist das nun gut oder schlecht?"

„Ich rufe an, weil mir jetzt klar geworden ist, warum ich mich in Gustavs Zelt so wohl gefühlt habe. Es erinnerte mich an die schönste Zeit in meinem Leben, als die ganze Familie noch zusammen war. Und wahrscheinlich kann ich mich deshalb nicht mit Erichs Idee anfreunden, zusammen in ein großes Haus zu ziehen. Und irgendwie dachte ich daran, dass du zur Zeit wohl auch in der Zwickmühle steckst…"

„Wie recht du hast. Ich bin mit einem Weihnachtsgeschenk überrascht worden, das es in sich hat."

„So?"

„Aber bevor ich dir mehr darüber erzähle, möchte ich dich fragen, ob du dich noch an meinen Traum erinnerst, du weißt schon – Tiere und Kinder auf einem großen Hof und so…"

„Natürlich erinnere ich mich daran! Du hast mir damals aus der Seele gesprochen, als hättest du meine wirklichen Träume zum Vorschein gebracht."

Mein Herz klopfte laut, meine Stimme zitterte.

„Dann ist es wirklich das, was du willst?"

„Aber ja! Ich würde es in einer Wohnsiedlung in der Stadt nicht aushalten. Die Vorstellung, ich müsste täglich von einem Gebäude in der Stadt zu einem anderen gehen, und nichts anderes sehen als Häuserblocks, Geschäfte und Autos, ist grauenvoll. Ich brauche Freiheit, Natur, Lebendigkeit, keine Routine; das ist wohl mein Zigeunerblut."

„Vielleicht fließt auch in meinen Adern Zigeunerblut…"

„Martin?"

„Ja?"

„Ich muss jetzt nach meiner Großtante schauen. Darf ich dich später nochmal anrufen? Es tut gut, mit dir zu reden."

„Ja, aber ruf mich jetzt noch nicht an. Ich muss vorher noch etwas klären. Ich schreibe dir eine Email, o.k.?"

„O.k. Bis dann!"

Ich atmete tief durch und sah mich im Spiegel an, um sicher zu gehen, dass ich es war, der da dachte und fühlte und Entscheidungen traf. Dann begab ich mich nach unten, wo der Rest der Familie saß und sich Weihnachtslieder anhörte.

„Mama! Giovanni! Ich muss euch etwas sagen!"
Sie sahen sich müde um.
„Was auch immer es ist – raus damit!" sagte meine Mutter.
„Ich freue mich riesig über die *Masseria*! Ich nehme euer Geschenk dankbar an und werde mich hier niederlassen."
„*Ecco, hai visto!*" rief Giovanni. „Istä doch ein schlauer *Bambino*. Habe dir gesagt, Ella, meinä Schatz, du mir nicht geglaubt."
„Was?", fragte ich. „Du hast ihm nicht geglaubt, dass ich schlau bin?"
„In letzter Zeit hatte ich meine Zweifel, das muss ich zugeben", bemerkte sie trocken.
„*Ecco*! Istä Grund zum Feiern, oder?"
Giovanni entkorkte eine Flasche Chianti und dann stießen wir an, auf den neuen Eigentümer der *Masseria Francesco*. Eine Flasche später meinte Giovanni, wir sollten den Hof besser *Masseria Martino* nennen, denn wer würde sein Haus schon nach einem Toten benennen. Nach der zweiten Flasche wurde ich immer mutiger und ich verkündete, mein Anwesen solle den Namen *Masseria Mia* nennen, das hörte sich am besten an und außerdem hätte ich es ihr zu verdanken, dass ich diesen Schritt wagte.
Anschließend ging es nur noch um das eine Thema. Alle waren glücklich, lachten, schwelgten in ihren Träumereien und wurden nicht müde, einander zu bekräftigen, was für liebe Menschen wir doch seien. Als schließlich aus irgendeiner Ecke der Vorschlag kam, wir sollten eine Doppelhochzeit feiern, wünschte ich allen eine gute Nacht und ging zu Bett.

Der nächste Tag begann mit einem schweren Kopf und einer Rekapitulation des Vorabends. Ich war Besitzer eines herrlichen Bauernhofs geworden und würde das nächste Jahr damit zubringen, den dazu gehörigen Stall zu einem Schulhaus umzubauen.
Keine Tretmühle mehr, kein Chef mehr, mein eigener Herr sein – das fühlte sich herrlich an! Es war wie eine frische Brise in mein Gemüt, mich endgültig von der Vorstellung verabschieden zu dürfen, die meiste Zeit des Tages in einem Büro zu sitzen und sinnlose Vorgänge zu bearbeiten. Stattdessen würde ich – so Gott

wollte – zusammen mit Mia meine ganze Kraft aufwenden, um eine großartige Idee zu verwirklichen.

Bei diesem Gedanken wurde ich ganz zappelig. Ich lieh mir Mutters Auto und fuhr zur *Masseria Mia*, um Ideen zu sammeln. Erinnerungen sind trügerisch, weil sie unter dem Einfluss vieler Variablen zustande kommen, Wetter, Laune, Aufmerksamkeit.

Als ich in den Hof einfuhr, war es bedeckt und windig. Ich zweifelte sogar für einen Moment, ob ich mich nicht verfahren hatte und nur an einen ähnlichen Hof gelangt war. Alles sah heute anders aus als am Tag zuvor. Zum Teil mochte mein „Kater" daran schuld sein, zum Teil auch die Einsamkeit, die die *Masseria* umgab und die ich Tags zuvor nicht wahrnahm, weil ständig geredet wurde. Ich stieg aus und ließ mir viel Zeit, um den Hof in Augenschein zu nehmen.

Der Stall war tatsächlich so groß, dass man sogar noch einen Schlafraum für mehrere Schüler einrichten könnte. Das Wohnhaus hatte weit mehr Zimmer, als für Mia und ich bewohnen hätten können (ich dachte von uns schon wie von einem Ehepaar!). Aber geplant hatte ich ja, dass mehrere Familien unter einem Dach wohnten, alle Mitglieder unserer „Kommune", in eigenen Wohnungen, am besten mit separatem Eingang, und dafür war definitiv zu wenig Platz. Ich dachte daran, das Haus zu verlängern, vielleicht noch einen Quertrakt anzufügen. Für den Fall, dass wir Tiere halten würden, musste wohl noch ein zusätzliches Gebäude errichtet werden. Und für einen Ausstellungs- und Verkaufsraum für die Kunstwerke meiner Mutter sollte ja auch noch genügend Platz sein. Als ich die Kosten für alles das hochrechnete, verflog meine Hochstimmung. Von meinem Geld würde praktisch nichts mehr übrig bleiben. Ich musste Helfer und Sponsoren für das Projekt gewinnen.

Ich fotografierte das Anwesen von allen Seiten; ein bisschen Sonne hätte ich mir gewünscht, denn die Fotos wirkten ungewollt melancholisch. Anschließend fuhr ich wieder nach Hause und setzte mich an den Computer. Ich suchte die schönsten Fotos aus und schickte sie via Rundmail an alle, die ich gerne in der Schule haben wollte, an Marco Ratzok, an meine Arbeitskollegen, an Klara Siebert und an Mia.

Da ich nicht mehr an Zufälle glaubte, nahm ich meinen ganzen Mut zusammen und schrieb Mia folgende Nachricht:

Liebe Mia!

Endlich habe ich den Ort gefunden, an dem ich mich zuhause fühle. Ich werde hier eine Schule nach Gustavs Vorbild errichten. Da ich weiß, dass Du davon träumst, mit Tieren als Therapeuten zu arbeiten, würde ich gerne auch einen Stall für Pferde, Esel oder was auch immer bauen, nur würde ich Dir empfehlen, die Tiere selbst auszusuchen, da ich nicht der Fachmann hierfür bin. Aber bevor Du entscheidest, hierher zu ziehen, bedenke, dass Du für mich weit mehr als eine Angestellte sein wirst. Du wirst meine Verwalterin sein, meine Ratgeberin, meine Muse, meine Vertraute und meine Geliebte.

Was auch immer Du beschließt zu tun, denke daran, dass Du Dein Leben immer selbst erschaffst. Rücksichtnahme und Bescheidenheit sind kraftlose Schöpfer, die wiederum nur Rücksichtnahme und Bescheidenheit hervorbringen. Begeisterung mag uns helfen, Sprünge zu wagen, ist aber ungeeignet, Wege in Achtsamkeit zu begehen. Einzig und allein die Liebe, die wir im Herzen tragen, treibt uns voran, um zu den Menschen zu werden, die sich Kinder Gottes nennen dürfen. Lass Dir Zeit mit Deiner Entscheidung! Jede Entscheidung, die du von Herzen triffst, ist in meinem Sinne.

Ci vediamo!

Martin

P.S.: Italienisch ist gar nicht so schwer!

XXXI

Der Tag der Hochzeit rückte näher. Seit dem 27. Dezember waren täglich Arbeiter, Dekorateure und Designer damit beschäftigt, im Garten ein Zelt aufzustellen, das Platz für dreihundert Personen bieten sollte, und natürlich wurde geschmückt, was nur irgendwie zu schmücken war. Jeder Weg, jede Tür, jedes Fenster erhielt einen Rand aus Blüten. Blumen im Winter, dachte ich, muss das sein? Für meinen Geschmack war das alles zu bunt, um nicht zu sagen zu kitschig, aber das war die Weihnachtsdekoration auch und – naja, ich konnte es ertragen. Italien war nicht das Land der tief verschneiten Wälder und weißen Tannenwipfel, der Pferdeschlitten und Zipfelmützen, das Klima zeigt nicht Weihnachten an und daher berührte mich der Kulturschock wenig. Es hatte bis Silvester kein einziges Mal geschneit und die Temperaturen fielen auch nachts nicht tiefer als bis fünf Grad. Und wer hatte schon Zeit, sich um persönliche Geschmacksfragen und Stilempfindungen zu kümmern, wenn es im ganzen Haus keinen ruhigen Ort mehr gab und jeder Mann und jede Frau kurz vor einem Nervenzusammenbruch zu stehen schien?

Meine Mutter blieb bemerkenswert ruhig, ganz anders als ich.
Nein, die Hochzeit beunruhigte mich nicht, ich hatte schließlich genügend Zeit, um mich mit der Tatsache anzufreunden, dass ich einen italienischen Stiefvater bekommen würde. Was mich weit mehr beschäftigte, waren die fehlenden Reaktionen auf meine Rundmail; von Mia hatte ich zwar Post erhofft, aber nicht erwartet, ich hatte ihr ja ausdrücklich Bedenkzeit eingeräumt. Immer wieder öffnete ich das Email-Programm, aber es kam keine einzige Nachricht. Dann wurde ich stutzig – wenigstens ein paar Spams oder Werbemails sollten doch ankommen. Wenn nicht, stimmte etwas nicht mit der Internet-Verbindung.
Aber wen auch immer ich danach fragte, keiner nahm sich Zeit für mein Problem. Giovanni meinte, er verstehe nicht, was ich wolle, und meinte schulterklopfend: „Alles wird gut!" Und meine Mutter sagte, in solchen Dingen kenne sie sich nicht aus, ich solle einen Techniker beauftragen. Schließlich fand ich sogar einen kompetenten Mann Namens Paolo. Aber der sagte – falls ich ihn richtig verstand - wegen der vielen Lichterketten, der zusätzlichen Kühlaggregate und der Beschallungsanlage sei das Stromnetz schon

ein paar Mal zusammengebrochen – *collassato!* – das sei normal, aber sie würden das bis zur Hochzeit schon hinbekommen.

Ich sah ein, dass ich im alten Jahr keine Email mehr erwarten durfte. Das war immerhin noch besser, als zu erfahren, dass sich niemand für mein Schulprojekt interessierte.

Am Hochzeitsmorgen wartete meine Mutter noch mit einer Überraschung auf: Ich sollte ihr Trauzeuge sein!

„Das ist natürlich eine ganz besondere Ehre für mich, Mama! Aber ich kann kaum ein Wort Italienisch. Was mache ich, wenn ich irgendetwas gefragt werde?"

„Erstens wirst du nichts gefragt, du musst nur unterschreiben, und zweitens könnte ich es dir übersetzen."

Um zwölf Uhr zogen wir in den prunkvollen *Palazzo Communale* von Livorno ein. Meine Mutter trug ein hinreißendes, romantisches weißes Kleid mit Spitze, Giovanni einen klassischen Zweireiher. Im Trauungssaal fühlte ich mich unter all den fremden Leuten unbehaglich, aber meine Mutter schubste mich sanft an meinen Trauzeugen-Platz, dann redete der Standesbeamte ein paar Minuten lang von Pflichten und guten und schlechten Tagen, schließlich erfolgte das *Si*-Wort und der obligatorische Kuss und wir durften unterschreiben. Anschließend wurden Hände geschüttelt, Tränen abgewischt, Küsschen ausgetauscht und jede Menge Fotos geschossen. Dann fuhr der ganze Konvoi geschlossen in die Villa zurück.

Ich fühlte mich vom südländischen Temperament überrumpelt - zu viele Leute drückten mir die Hand, zu viele Toasts wurden ausgebracht und von dem zu vielen verstand ich fast nichts. Vielleicht war das der Grund dafür, dass ich der überschwänglichen Fröhlichkeit nicht viel abgewinnen konnte. Doch das Glück in Giovannis und Mutters Augen rührte mich bis ins Herz. Ich fragte mich, wie ich selbst in die Rolle eines Bräutigams passen würde.

In meiner Phantasie saß ich in der Mitte der Hochzeitstafel im schicken Anzug und dankte für die vielen Glückwünsche und Komplimente zu meiner wunderschönen Frau Mia, die mich verliebt ansah und mir etwas Romantisches ins Ohr flüsterte…

Dabei konnte ich nicht verhindern, dass eine Träne über die Wange lief, und als mir auch noch ein Schluchzer entfuhr, stürzte sich eine unbekannte Tante auf mich und drückte mich. Ihr Makeup war vom vielen Weinen schon ziemlich hinüber und nach der Umarmungsattacke sah mein Gesicht wahrscheinlich so ähnlich aus wie ihres. Sie redete irgendwas von Mama und immer wieder Mama; sie dachte wohl, das Glück meiner Mutter ging mir so nahe, dass mich die Freude überwältigte.

Ich träumte viel in der folgenden Nacht, von Hochzeitsgeschenken, Blumenteppichen, gewaltigen Häusern, voll mit fremden, stark geschminkten Menschen, die mich etwas fragten, was ich nicht verstand, worauf sie mich entführten und in einen riesigen Saal mit fleischfressenden Pflanzen brachten. Als ich laut um Hilfe schrie, kam Giovanni zur Tür herein, klopfte mir auf die Schulter und sagte: „Es ist alles gut!" Eine fleischfressende Fliegenfalle beugte sich zu mir und öffnete ihre mit Zähnen gesäumten Fangblätter. Ich erwachte mit einem Schrei auf den Lippen... Ich sah mich um und brauchte eine Minute, um zu begreifen, wo ich war und ob alles, was sich in der vergangenen Woche ereignete, tatsächlich geschehen sei. Und beinahe hätte ich vergessen, die Emails zu checken.

Das riesige Festzelt und alles, was an zusätzlichen Deko-Elementen aufgebaut worden war, verschwand innerhalb von zwei Tagen. Paolo, der offenbar für die Elektroinstallation verantwortlich war, erklärte mir, dass nun alles wieder so sein sollte wie vor der Hochzeit. Da begriff ich erst, dass nun auch der PC in meinem Zimmer wieder ans Internet angeschlossen sein musste.
Ich hastete hinauf und fuhr den Computer hoch...
Ja! 32 neue Emails!

Marco Ratzok hatte als Erste geschrieben, höflich zwar, aber er erteilte mir eine Absage.

Lieber Martin,

die Idee finde ich großartig, aber ich habe hier meinen Platz gefunden, wo ich mich wohlfühle und Menschen inspirieren kann, ihren eigenen Platz zu suchen...

Klara Siebert hatte ebenfalls geschrieben:

Ich beglückwünsche Dich zu Deinem Entschluss. Ich komme Ende Januar und werde Dir mit Rat und Tat zur Seite stehen. Aber für dauernd nach Italien zu ziehen, kann ich mir im Augenblick nicht vorstellen...

Naja – sie hatte in Deutschland genug zu tun. Was hatte ich erwartet?

Fieberhaft scrollte ich die Nachrichten rauf und runter, aber was mir am wichtigsten gewesen wäre, eine Nachricht von Mia, fand ich nicht.

Immerhin hatte mir Torsten geantwortet:

Hallo Martin!
Als ich Deine Nachricht las, dachte ich zuerst an einen Scherz. Aber sie war ernst gemeint, nicht wahr?
Den Bauernhof gibt es wirklich, das habe ich über Google herausgefunden.
Ich muss sagen, dass mir Deine Entscheidung den größten Respekt abverlangt. Kündigen und dann anpacken bei dem, was man von Herzen will! Das ist ganz große Klasse!

Aber bei mir ist es nicht ganz so einfach (gut – einfach war es bei Dir auch nicht). Du weißt, meine Frau entbindet in sechs Wochen. Das hat erst einmal Vorrang. In ein paar Jahren, wenn unser Kind aus dem Gröbsten raus ist, wäre das eine Option.

Eine Option! Was soll dieses gespreizte Gequatsche! dachte ich. Vor ein paar Wochen bist du auf Knien in mein Büro gekrochen gekommen, weil du diesen Mist nicht mehr mitmachen wolltest, weil du kurz vorm Burnout standest und jetzt sprichst von einer Option!?

Und was ist mit den anderen Kollegen, die angeblich ebenfalls mit ihrer beruflichen Situation haderten? Nichts! Keine Zeile! Von den 32 Emails waren 29 Spams und Newsletter-Infos. Mia hatte nicht geantwortet.

Ich fühlte mich, als hätte ich von Mike Tyson einen Leberhaken erhalten. Mir wurde schwindelig, alles drehte sich, ich musste mich setzen.

Alle ließen sie mich im Stich. War nun mein ganzer schöner Plan zunichte? Alleine konnte ich das nie schaffen. Ich könnte zwar mein ganzes Geld in den Ausbau des Hofes stecken und ein Schulgebäude daraus machen - aber dann? Woher sollte ich Lehrkräfte bekommen und Schüler? Wie sollte ich allein gleichzeitig den Schulbetrieb organisieren und das Gebäude verwalten und in Schuss halten? Die *Masseria Mia* würde langsam aber sicher verfallen, ich würde sie verkaufen müssen und ohne einen Cent in der Tasche nach Deutschland zurückkehren. Dann würden alle, die mir gestern noch ihr Leid geklagt hatten, mit dem Finger auf mich zeigen und sich hinter vorgehaltener Hand zuflüstern: „Er hätte in Saus und Braus leben können. Aber dann ist er dem Verrückten im Bauwagen auf dem Leim gegangen. Naja – selber schuld. Ich hätte so etwas nie gemacht! Den Job hinschmeißen und auswandern... Dabei weiß man doch, dass man nirgendwo in der Welt eine so gute soziale Absicherung hat wie in Deutschland. Aber das weiß man halt erst zu schätzen, wenn man es nicht mehr hat. Wie kann man nur so unvernünftig sein? Na und jetzt kommt er wieder zurück und nimmt unsere Sozialhilfe in Anspruch; was soll man dazu noch sagen? Die arme Mutter!"

Ich schloss meine Zimmertür ab und legte mich auf das Bett. Ich war mit einem Mal so erschöpft, als hätte ich die ganze Hochzeitsdekoration alleine abgebaut. Das neue Jahr fing ja schon gut an. Wirre Gedanken purzelten aus jedem Winkel meines Gehirns und kreisten wie wild. Irgendwie musste ich den Hof wieder loswerden, je früher, desto besser. Meine Mutter wird maßlos enttäuscht von mir sein, Giovanni zu Tode beleidigt. Aber was soll's? Dann gehe ich nach Deutschland zurück, suche mir wieder einen normalen Job und das Leben geht weiter. Es gibt viele Kinder, die keinen Kontakt zu ihren Eltern haben... Mia – pah! Sie wird Erich nie verlassen! Ich hab mich wieder einmal zum Trottel gemacht. Aber jetzt ist endgültig Schluss mit diesen Liebeleien! Und mit diesen Abenteuern! Gustav, Klara – ihr könnt mir alle gestohlen bleiben. Ich brauche euch nicht! Ab jetzt werde ich vernünftig sein und nichts Unüberlegtes mehr tun. Vielleicht wird meine Mutter auch noch darauf kommen und diesen Charmebolzen Giovanni verlassen. Im Grunde ist sie eine brave, anständige Deutsche, die es nicht nötig hat, sich als Künstlerin zu betätigen. Gut – ich werde ihr verzeihen, wenn sie eines Tages an meine Tür klopft und mich weinend um Asyl bittet...

In diesem Augenblick klopfte es.
„Martin?"
Es war meine Mutter.
„Was ist?"
„Geht's dir gut?"

„Klar. Alles bestens."

Der Tonfall war eine Spur zu passiv, um glaubwürdig zu klingen; meine Mutter hatte ein gutes Gehör.

„Darf ich reinkommen?"

Müde erhob ich mich vom Bett und schloss die Tür auf.

Meine Mutter war das genaue Gegenteil von mir, sie strahlte mich an wie der junge Frühling.

„Was bereitet dir denn Kummer, mein Liebling?" fragte sie mit honigsüßer Stimme.

„Ach..."

„Sag es mir. Vielleicht weiß ich einen Rat."

„Du wirst mich verachten..."

„Es ist wegen der *Masseria*, nicht wahr?"

„Ich kann sie nicht nehmen. Es gibt niemanden, der mir helfen würde. Es war von Anfang an eine zu verrückte Idee."

„Bist du dir da sicher?"

„Ich habe an alle Kandidaten eine Email verschickt und keiner hat mir zugesagt."

„Was hast du denn erwartet? Auf eine Email hin würde ich auch nicht meine Sachen packen und nach Italien ziehen."

„Nicht? Das sagst ausgerechnet du?"

„Ich hatte einen ganz anderen Antrieb – die Liebe! A propos – was sagt Mia dazu?"

„Nichts."

„Keine Nachricht, hm? Und jetzt glaubst du, sie will von dir nichts mehr wissen."

„So sieht es aus."

„Und wenn schon? Brauchst du sie unbedingt für die *Masseria*? Sie muss nicht *Masseria Mia* heißen. Da gibt es viele andere schöne Namen, zum Beispiel *Masseria Maria* oder *Masseria Marina* oder – "

„Ist schon gut. Um den Namen mache ich mir die geringsten Sorgen."

„Worüber dann?"

„Wie soll ich das schaffen? Den Hof umbauen, Lehrer finden, Schüler finden und auch noch Geld damit verdienen. Was die Behörden dazu sagen werden, will ich gar nicht wissen."

„Sicher. Aber auch die längste Reise beginnt mit dem ersten Schritt."

„Du klingst wie Gustav."

„Ich bin trotzdem deine Mutter." Sie setzte sich zu mir. „Glaubst du wirklich, ich ließe dich im Stich?"

Sie drückte mich an sich und das war gut so, sonst hätte sie meine Tränen gesehen.

Lange saßen wir umarmt und je länger die Umarmung dauerte, umso leichter wurde mir ums Herz. Es fühlte sich an, als würde ich nach und nach alles bei meiner Mutter abladen, was mir auf der Seele lag. Keines meiner Probleme wurde dadurch beseitigt, aber die Schmerzen in meiner Brust verschwanden. Als wir uns voneinander lösten, waren meine Tränen versiegt.

„Ich bin froh, eine Mutter wie dich zu haben", sagte ich.

„Wenn ich dir helfen kann, bin ich glücklich. Vielleicht solltest du einmal das hier lesen", sagte sie und legte mir das *Handbuch für das Schul- und Bildungswesen der Zukunft* in die Hand. Auch Gustav hat bei null angefangen."

XXXII.

Komisch! dachte ich. Bisher hatte ich mich stets mit Feuereifer auf alles gestürzt, was von Gustav kam. Warum hatte ich mich für dieses Buch nicht interessiert?

Ich blätterte zum Anfang. Das Buch war vollständig von Hand geschrieben. Sehr sauber, das musste ich Gustav lassen. Von der ersten bis zur letzten Seite gab es kaum Unterschiede im Schriftbild. Wollte ich das Buch eines Tages fortsetzen, würde ich mich sehr zusammen nehmen müssen, um mit meiner mittelmäßigen Handschrift nicht zu stark abzufallen.

Das erste und wichtigste Ziel einer Bildungsanstalt muss sein, den Schüler beharrlich daran zu erinnern, dass alles mit allem verbunden ist. Das gilt für Menschen, Tiere, Pflanzen, alle Ereignisse, Träume, schlicht für alles, was ist. Demzufolge kann es nicht richtig sein, Schüler sozusagen auf einen Wettstreit um beste Noten zu schicken. Denn der „gute" Schüler „produziert" durch seine guten Noten automatisch „schlechte" Schüler mit schlechten Noten. Sobald aber der „gute" Schüler sein Wissen, seine Gedanken und Ideen mit allen teilt, hebt er das Niveau der ganzen Klasse und profitiert wiederum von den Gedanken und Ideen der anderen. Diese einfache Erkenntnis ist auf jede Gesellschaft unmittelbar anzuwenden. Sie ist der Schlüssel zu einem weltweiten friedlichen und segensreichen Miteinander. Frieden erzeugt Frieden, Hass erzeugt Hass, Gewalt erzeugt Gewalt, Güte erzeugt Güte – das ist ein ewig gültiges Gesetz.

Wissen für sich zu behalten, es vor anderen zu verschließen, um sich Vorteile zu verschaffen, das mag die Vorgehensweise einer früheren Generation sein, die von Angst geprägt war und von der wahren geistigen Natur des Menschen nichts wusste. Heute sind wir an einem Wendepunkt. Kriege, Naturkatastrophen, Krankheiten, bittere Armut

322

auf der einen Seite und absurder Reichtum auf der anderen, das sind
Ergebnisse des „alten" Denkens. Das „neue" Denken kennt weder
Sieger noch Verlierer. Die Welt funktioniert nicht wie ein
Schlussverkauf, wo jeder möglichst viel nimmt, egal ob er es braucht
oder nicht, wo den letzten die Hunde beißen; die Welt ist eine gebende
Welt. So wie wir Luft, Licht und Wasser im Überfluss bekommen, so
müssen wir von uns geben, was immer wir zu geben haben. Diese
Auffassung ist den Menschen, die im „alten" Denken verhaftet sind,
fremd, einige von ihnen werden sie als Bedrohung empfinden. Aber es
gibt keinen anderen Weg.
Jeder, der in der Schule der Zukunft tätig ist, muss diesen Weg gehen.

Geben – war das die Essenz der Schulbildung, wie Gustav sie sich
vorstellte?

Geben ohne zu erwarten – nur so sind wir dieser Welt würdig, nur so
setzen wir unendliche Kräfte in uns frei, nur so werden wir zu dem
Menschen, den wir als Idealbild in uns tragen, aber vergessen haben.
Nur durch bedingungsloses Geben erlangen wir das Glück, dem die
meisten von uns ihr ganzes Leben lang nachjagen. Sie suchen es in der
Religion, in der Philosophie, in der Soziologie, in politischen Systemen,
in der Wissenschaft, in der Familie, aber sie täuschen sich, weil sie
immer nur etwas haben wollen, anstatt etwas zu geben.

Aha! dachte ich. Das soll also funktionieren? Ich soll alle meine
Wünsche vergessen? Auf Mia verzichten, auf die Zukunft hier in
Italien? Denn alles das will ich doch haben, oder?
Ich klappte das Buch zu und steckte es in die Schublade.
Tut mir leid, Gustav!, sagte ich zu mir. Deine Ansprüche sind
Luftschlösser. So hoch kann ich nicht hinaus, und ich will es auch
gar nicht.

In diesem Augenblick zeigte ein kurzer klingender Ton an, dass eine
neue Email angekommen ist.

Eine Nachricht von Mia!

Lieber Martin!

Ich habe Deine Email mit großem Interesse gelesen! Wahrscheinlich
ist es genau das, was Du immer gesucht hast. Aber was mich betrifft
und meine Rolle, die Du in Deiner Schule für mich vorgesehen hast,

muss ich Dich leider enttäuschen. Ich fühle mich durch Dein Angebot gerührt und geehrt und ich gebe zu, dass ich für einen kurzen Augenblick mit dem Gedanken spielte, hier alles liegen und stehen zu lassen und nach Livorno zu kommen. Ja, es wäre mein Traum, mit Tieren und Kindern zu arbeiten!

Aber es wäre egoistisch und rücksichtslos von mir, die Menschen, mit denen ich zusammenlebe, im Stich zu lassen. Erich macht gerade eine schwere Zeit durch. Er braucht mich ebenso wie mich meine Großtante braucht, die inzwischen vollständig an den Rollstuhl gefesselt ist. Ich danke Dir für Deine Fairness, dass Du mir die Wahl lässt, mich zu entscheiden. So weiß ich, Du trägst mir nichts nach und wir können Freunde bleiben.

Ich wünsche Dir einen erfolgreichen Start in die Selbständigkeit und dass alle Deine Träume in Erfüllung gehen.

Herzlichst
Mia

Herzlichst Mia? War das alles?! Ebenso gut hätte sie *Hochachtungsvoll* schreiben können!

Wütend klappte ich das Notebook zu. Ich war kurz davor, es an die Wand zu werfen. Stattdessen ballte ich meine Hände zu Fäusten und biss hinein, dass ich blutete.

Ein heiserer Wutschrei drang aus meiner Kehle.

„Erich!" schrie ich. „Scheiß auf diesen Erich! Das ist doch ein Versager! Willst du ihn ewig verhätscheln wie ein Baby? Was geht es dich an, wenn er sein Leben nicht in den Griff bekommt? Soll er doch zum... Und diese alte Tante – schick sie in ein Heim, sie könnte noch zehn Jahre leben, willst du ihr die Windeln wechseln, sie füttern und baden, bis du selbst nur noch ein Wrack bist? Ist das gerecht, dass sich ein junger Mensch mit Plänen für andere opfert? Ist es das, was du unter Geben verstehst, Gustav? Dadurch sollen wir der Welt würdig sein? Ich pfeif drauf!"

Nachdem ich mich mit diesen Schimpftiraden einigermaßen abgeregt hatte, warf ich mich aufs Bett und begann zu überlegen. Alles hinwerfen, nach Deutschland zurückgehen, das war mein erster Gedanke. Doch dann müsste ich wieder ganz nahe bei Mia wohnen und das wollte ich nicht. Sollte sie etwa von mir denken, ich hätte das alles hier nur ihretwegen gemacht? Nein! Auf keinen Fall! Ich werde ihr beweisen, dass ich kein Schwächling wie ihr Erich bin! Ich werde etwas auf die Beine stellen, dass ihr die Augen aufgehen. Sie soll nur begreifen, dass sie eine Riesenchance vertan hat.

Ich ging die Treppe hinunter und suchte nach Giovanni. Ich traf ihn vor dem Haus an, er wollte eben in sein Auto steigen, den alten Fiat Fiorino, einem Lieferwagen, mit dem er zu den Bauern in der Gegend fuhr, wenn er Gemüse und Obst für den Großmarkt einkaufte.

„Hallo Giovanni!" rief ich ihm zu. „Hast du einen Moment Zeit?"
„*Questo?*"
„Mit wem könnte man sprechen, wenn man einen großen Umbau plant. Einen Architekten oder so…"
„Ah! Du meinstä wegen der *Masseria Mia*?", fragte er und strahlte übers ganze Gesicht.
„Nennen wir sie lieber *Masseria Maria*. Ja, darum geht es. Ich möchte möglichst bald damit anfangen."
„*Bene!* Istä kein Problem. Kannst du gleich bei mir einsteigen. Ich fahre nach Livorno, da wohnt Giovanni di Terpizzi, ist guter Freund von mir, hattä auch diese Villa gezeichnet."
„*Bene!* Dann nichts wie los!"

Signore di Terpizzi war ein kleiner dünner Herr mit dicker Brille, aber ein überaus sympathischer Mensch. Er begrüßte uns mit der üblichen italienischen Herzlichkeit, obwohl er offenbar mitten in der Arbeit steckte. Ohne zu zögern oder gar eine Miene zu verziehen legte er ein paar Aktenstapel zur Seite, um auf seinem Zeichentisch Platz zu schaffen. Entsprechend meiner und Giovannis Beschreibungen zeichnete er rasch ein paar Skizzen der *Masseria Maria* aufs Papier, um sich einen Überblick über das Ausmaß des Bauvorhabens zu verschaffen.
„*Masseria Francesco*…" Während er in schnellen Bewegungen seinen Zeichenstift übers Papier gleiten ließ, überlegte er. „*Si!* Die *Masseria Francesco* kenne ich. Vor ein paar Jahren hat mein damaliger *Padrone* – "
„Carlo Carlini!"
„*Si!* Signore Carlini war ein *Architetto emerito* – ein hervorragender Mann und guter Freund, der leider viel zu früh verstarb…"

„Ein tragischer Unfall", erklärte Giovanni. „Carlo ist sozusagen mitten aus dem Leben gerissen worden. Auf einer Baustelle hat ihn ein morscher Dachbalken erschlagen."

„Oh! Doch wohl nicht der Restaurierung einer alten *Masseria*…"

„*Si!*" sagte Signore di Terpizzi. „Er wollte ein Dach reparieren. Es schien in gutem Zustand zu sein, aber die Balken waren hohl, von *Brume* durchlöchert…"

„Holzwürmer…"

„*Si!* Olzwurmer! Diese Tiere sieht man erst, wenn es istä zu spät."

„Vielleicht sollten Sie meine *Masseria* vorher gründlich anschauen, ehe sie mit dem Umbau beginnen…"

„*Naturalmente!* Wir können gleich fahren, wenn Sie wollen."

„Gleich?" Ich sah Giovanni fragend an.

„Warum nicht? Antonio – Signore di Terpizzi kann dich fahren, ich muss noch etwas in der Stadt erledigen. Wir sehen uns beim Abendessen, *bene?*"

Und schon war Giovanni dahin und ließ mich mit Antonio di Terpizzi allein. Ich fühlte mich unsicher, da mein Italienisch immer noch äußerst dürftig war. Außerdem hatte ich weder vom Hausbau noch von handwerklichen Dingen viel Ahnung. Ich wollte, dass mein Architekt das wusste, und brütete einen Satz auf Italienisch aus, doch plötzlich ging Signore di Terpizzi ohne ein Wort aus dem Zimmer.

Mir blieb nichts anderes übrig, als zu warten. Ich hatte ja nicht einmal ein Auto, um wieder nach Hause zu kommen. Meine Augen schweiften über den Schreibtisch und blieben an einem Foto hängen, das den jungen Architekten zusammen mit einem Mädchen zeigte, dass seinen Arm von hinten um ihn gelegt hatte. Sie sah sehr verliebt aus, er hingegen etwas verstört. Ich nahm den Bilderrahmen hoch. Es war ein Schnappschuss, ohne Zweifel, aber wie viel Liebe strahlte dieses Mädchen aus. Ich dachte an Mia und seufzte.

In diesem Moment kam Signore di Terpizzi wieder herein, einen dickes Aktenbündel unter seinem Arm.

Ich fühlte mich ertappt und stellte das Bild schnell wieder auf seinen Platz.

„*Scu- Scusi!*" stotterte ich. „*Bella fotografia! La sua moglie?* Ihre Frau?"

„Istä meine Freundin."

„Sehr hübsch!"

„Ja, isse hübsch, aber schwierig!"

„Ach?"

„*Si!* Istä immer in *Germania*, in Deutschland, wo lebt ihre *famiglia*. Aber istä nicht glücklich dort."

„No?"

„No. Ihre *Mamma* will, dass sie soll arbeiten in ihre Geschäft so wie sie, von früh bis späte Nacht. Aber Claudia istä eine Frau mit *senso estetica*, will zeichnen und *configurare*, istä glücklich, wenn hört Musik und betrachtet schönes Gemälde."

„Sie ist ein musischer Mensch, ähm... künstlerisch begabt?"

„Si. Und in Geschäft sie muss verkaufen – ähm – Boden."

„Boden?"

„Si. Boden. Holz oder Laminate, oder Stein..."

„Ah! Bodenbeläge!"

„*Si*. Bodenbeläge. Istä langweilig, sagt Claudia. - Wollen wir fahren zu *Masseria*? Ich habe gefunden alten Plan."

„Einen Bauplan von der *Masseria*? Das ist ja wunderbar!"

„*Si*. So Sie brauchen nicht gehen in *uffizio* - ins Amt. Habe mich erinnert an letzten Umbau."

„Danke, Signor di Terpizzi!"

„Bitte sagen Sie Antonio, ist einfacher."

„Gerne! Ich heiße Martin."

Zum Glück kannte Antonio den Weg zur *Masseria*, ich hätte von Livorno aus kaum hingefunden. Und ein Navi hatte sein Auto nicht. Dafür fand ich wieder ein Foto seiner Freundin Claudia auf dem Armaturenbrett.

Ich zeigte darauf und sagte:

„Auch ich habe eine Freundin in Deutschland."

Antonio nickte nur.

„Auch sie ist schwierig."

Antonio nickte stärker.

„Sie ist mit jemandem zusammen, den sie nicht wirklich liebt."

Antonio sah mich für einen Moment an, als hätte ich gesagt, ich springe aus dem fahrenden Auto.

„Und darum bistä du jetzt in *Italia*? Wegen dem anderen Mann?"

„Irgendwie schon..."

„Dann bist du geflohen vor diesem Mann? Will er dich töten?"

Ich lachte, aber an der ernsten Miene Antonios erkannte ich, dass seine Frage kein Scherz war.

„Nein, er will mich nicht töten."

„Warum bist du dann nicht bei dem Mädchen, das du liebst?"

„Weil – weil ich glaube, dass sie den anderen nicht verlassen wird."

„Aber sie liebt ihn doch nicht?"

„Nein, nicht so, wie es zwischen Mann und Frau sein sollte."

„Und dich liebt sie?"

„Ich glaube schon."

„Aber warum bistä du dann nicht bei ihr?"

„Weil ich, weil ich - es nicht ertrage, sie bei einem anderen zu sehen", sagte ich nun schon ein bisschen wütend. Ich wollte Mia vergessen und nicht immer an sie erinnert werden.

„Dann hast du aufgegeben, äh?"

Ich schwieg, weil ich wusste, dass er recht hatte. Ich war vor einer Situation geflohen, die mir über den Kopf gewachsen war. Entschieden hatte ich nichts. Ich konnte nicht klar „ja" zu Mia sagen, genauso wenig, wie ich sie vergessen konnte. Ich hatte mich in ein Niemandsland geflüchtet, in eine Tabuzone, um keine Entscheidung treffen zu müssen.

„Wir sind da!" sagte Antonio und ersparte mir dadurch eine Antwort auf seine letzte Frage.

Wir besichtigten das Gebäude, während ich ihm erklärte, welche Änderungen ich vornehmen würde. Antonio machte Skizzen auf einem großen Schreibtableau und notierte sich dies und das.

„Wirdä schönes Haus!", sagte er zum Schluss und strahlte übers ganze Gesicht.

„Ich hoffe", sagte ich, weniger überzeugt als er. „Was wird das Ganze wohl kosten?"

„Kostän? Oh, weiß nicht." Er zuckte mit den Schultern, als wäre der Preis ein unwesentliches Detail. „Ich werde alles kalkulieren, dann sage ich dir morgen."

„Gut. Dann werde ich mal auf Giovanni warten. Er wollte ja hierher kommen."

„*Si!*", sagte er blieb aber stehen.

„Dann könntest du jetzt wieder in dein Büro fahren."

„Muss ich?", fragte er.

„Nein – du musst nicht, ich dachte nur, du hättest noch Arbeit im Büro."

„Istä gleich Mittag. Ich habe Hunger."

„Ach so!" Ich war enttäuscht. Ich dachte, der Umbau meiner *Masseria* wäre für ihn ein großer Auftrag. Ich hätte mir ein wenig mehr Engagement erwartet.

„Ja, natürlich… ich dachte nur, dass du vielleicht schon Ideen für den Umbau hättest und die gleich ausarbeiten willst."

„Die besten Ideen kommen beim Essen. Ah! Da ist auch schon Giovanni!"

Giovanni rauschte mit einem Affenzahn heran, drückte auf die Bremse, dass ich um die dünnen Reifen und um die Balance seines *Fiorino* fürchtete und stieg aus seinem Auto, als wäre das ganz normal. Antonio begrüßte ihn mit einem Wortschwall, von dem ich keine einzige Silbe verstand. Plötzlich stieg Giovanni wieder ein, drehte eine Runde im Hof und winkte mir zu, während der Motor seines Wagens schon wieder laut aufheulte. Antonio aber lachte und sagte: „Wird ein sehr schönes Haus. Aber jetzt wollen wir etwas essen."

Wenig später saßen wir in einer gemütlichen *Trattoria*, die, wie ich später erfuhr, Antonios Onkel gehörte.

Wir aßen Spaghetti mit Oliven, Knoblauch und Auberginen und tranken dazu einen leichten Rotwein.

„Giovanni sagte mir, dass du willst machen eine Schule aus der *Masseria*. Wasä für eine Schule soll das werden?", fragte Antonio.

„Ich habe so eine Schule in Deutschland gesehen", antwortete ich. „Es ist eine Schule, in der die Kinder für das Leben vorbereitet werden, ohne schon Dinge zu lernen, die nur für bestimmte Berufe von Bedeutung sind."

Antonio nickte. „Ich verstehe. Aber wie bereitet man ein Kind auf das Läben vor? Ist das überhaupt möglich? Ist das Läben nicht viel zu kompliziert, um sich darauf vorbereiten zu können?"

„Da hast du wohl recht. Auf alles, was im Leben geschehen könnte, kann man sich nicht vorbereiten. Aber vielleicht kann man einen jungen Menschen etwas lehren, was man in jeder Situation des Lebens brauchen kann - Mitgefühl, Selbstbewusstsein, Herzenswärme, Achtung vor dem Leben, aber auch Konzentrationsfähigkeit, Selbständigkeit, Zielstrebigkeit, Kraft im weitesten Sinne…"

Antonio nickte.

„Ja, ja! Ich glaube, wenn meine Claudia so eine Schule besucht hätte, wäre sie jetzt nicht bei ihrer *Mamma*, sondern bei mir."

„Das ist gut möglich. Es ist doch eigenartig: Jeder Mensch will glücklich sein. Aber wenn ein anderer etwas tun will, was ihn glücklich machen würde, versucht man es ihm auszureden. Und das, obwohl man selber nicht glücklich ist."

Antonio spielte mit seinem dünnen Kinnbärtchen.

„Ein kluger Mann hat einmal gesagt: *Das Glück besteht nicht darin,
dass du tun kannst, was du willst, sondern darin, dass du immer willst,
was du tust.* Ich glaube, das war Tolstoj. Die *Mamma* von Claudia istä
nicht glücklich in ihrem Geschäft mit Boden-Beläge. Claudia sieht,
dass sie ist nicht glücklich. Darum sie hat auch keine Freude zu tun
dasselbe. Aber sie könnte glücklich sein. Du verstehst?"
„Hast du nicht gesagt, sie ist ein künstlerisch begabter Mensch? Wie
kann sie dabei glücklich sein, Bodenbeläge zu verkaufen?"
„Ist das nicht eine schöne Aufgabe, Menschen zu helfen, ihre
Wohnungen schöner zu machen?"
„Schon, aber – "
„Claudia könnte sogar studieren, Design zu entwerfen für neue
Boden-Beläge. Aber sie will nicht."
„Nicht?"
„Nein! Hat Angst davor, sie müsste zu viel lernen über Material und
Fabricazione."

An diesem Punkt war ich komplett verwirrt. Ich dachte zuerst,
Antonio beklagte sich darüber, dass seine Freundin von ihrer
Mutter dazu gezwungen wird, in Deutschland zu bleiben, um das
elterliche Geschäft weiterzuführen. Jetzt kam es mir so vor, als gäbe
er Claudia die Schuld daran, dass er nicht mit ihr zusammen sein
konnte.

„Aber – du willst doch, dass Claudia nach Italien zieht, oder?"
„*Si!* Aber nicht ohne Beruf und ohne Geschäft. Sie meint, sie kann
kommen hierher und ein bisschen malen und singen und glücklich
sein. Ah, Claudia müsste auf deine Schule gehen, dann sie würde
kapieren, dass Arbeit ist nichts Schlimmes."
„Glaubst du?"
Er sah mich überrascht an.
„*Si.* Du hastä doch gesagt, in deiner Schule lernt man
Selbständigkeit?"
„Ja, das stimmt."
„Claudia ist nicht selbständig." Er schüttelte traurig den Kopf. „Sie
braucht mich, um zu wissen, was sie will, und sie braucht ihre
Mamma, um zu wissen, was sie nicht will. Aber selber weiß sie gar
nicht, was sie will."
„Ja, das kann nicht funktionieren. Das macht unglücklich."
Plötzlich blitzten Antonios Augen auf.
„Ich habe eine Idee!"
„Ja?"

„Vielleicht istä möglich zu machen eine Schule für Erwachsene? Dann könnte Claudia hierher kommen und lernen zu werden selbständig. Sie muss verstehen, dass das Leben nicht glücklich macht, wenn man immer etwas anderes will und immer meint, das andere, das nächste, macht glücklich. Meinst du, es ist möglich, deine Schule auch für Erwachsene zu machen?"

„Ja, das ist eine gute Idee", sagte ich und insgeheim begann ich, Pläne zu schmieden, Menschen jeden Alters zu lehren, ihr Glück anzunehmen, Menschen wie mich. Eine Schule für jedermann – wieder eine neue Idee, die umzusetzen in weiter Ferne lag.

Wieder zuhause in meinem Zimmer dachte ich lange über den heutigen Tag nach und darüber, was Antonio gesagt hatte.

„Das Leben macht nicht glücklich, wenn man immer etwas anderes will", so waren seine Worte. Ob ich wohl glücklich wäre, wenn der Betrieb meiner Schule erst einmal angelaufen wäre, wenn Mia zu mir gezogen wäre und alles in Erfüllung ginge, was ich mir erträumte – wäre ich dann glücklich?

Die Garantie dafür würde mir niemand geben können. Wenn ich es nicht versuche, werde ich es nie herausfinden, dachte ich.

Gleich am nächsten Tag fuhr ich wieder los zu meiner *Masseria*, um mir einen Überblick über die notwendigen Veränderungen zu schaffen, und um mich ein wenig inspirieren zu lassen, was mein künftiges Leben dort anbelangte.

Ich ließ das Auto weiter unten an der Straße stehen, vor dem Waldstück, das die Lichtung, auf der der Hof stand, von der Staatsstraße abschirmte, und ging zu Fuß weiter. Ich wollte mir meine neue Heimat erwandern, ich wollte mehr sehen, als das, was man durch die Windschutzscheibe eines Autos erfassen konnte, die Geräusche des Waldes, den Duft der Wiesenblumen und Kräuter, den Geruch der Luft auf der Haut, jeden einzelnen Gefühlsausdruck wollte ich mir verinnerlichen. Wie ist es, zu sagen: Das ist meine *Masseria*, nahe der Ortschaft Nugola, das ist meine Schule, hier wohne ich mit meiner geliebten Frau, hier ist der Mittelpunkt meines Lebens?

Ich ging nicht die geteerte Straße entlang, sondern folgte einem schmalen Waldweg, der mich auf einem Umweg zur *Masseria* führen sollte. Er erinnerte mich an den Fußweg von Mühlacker nach Maulbronn, der mir damals die höchsten Glücksgefühle bereitet hatte. Aber dies war ein anderer Wald, heller, mehr gelb und braun als dunkelgrün. Mediterrane Nadelhölzer waren hier sehr verbreitet, niedrig mit furchiger Rinde, und verströmten einen süßlichen Duft. Ich ließ meine Hand über die langen Nadeln einer Lärche streichen, als hoffte ich, so in diese Welt Eingang zu finden. Schritt für Schritt näherte ich mich dem Anwesen. Der Waldweg verlor sich in einer Wildwiese und nun sah ich die *Masseria*, etwa zweihundert Meter vor mir. Etwas verloren stand sie dort auf der Kuppe eines sanften Hügels, umsäumt von lichten Wäldern. Ich ließ den Anblick auf mich wirken und wartete auf das Gefühl, das dem des Nachhause-Kommens entsprach. Aber es stellte sich nicht ein. Die *Masseria* blieb ein fremdes Anwesen, in dem seit Generationen Italiener wohnten.

Dann sah ich ein Auto im Hof, das ich nicht kannte. Ich hörte Stimmen und nun erkannte ich einen Mann und eine Frau, die sich auf der Bank vor dem Hauptgebäude niedergesetzt hatten. Ich ging auf sie zu, aber sie hörten mich nicht, weil sie miteinander sprachen. Sie waren alt, er trug einen grauen Pullover mit einigen Löchern, sie eine schwarze Bluse mit einem dunkelblauen Schal. Als sie mich endlich kommen sahen, erhoben sie sich sogleich.

„Verzeihen Sie, *Signore!*" sagte der Mann in leidlich gutem Deutsch. „Wir sind hergekommen und niemand war da. So dachten wir, wir setzen uns hierher und warten. Mein Name ist Paolo Nardi und das ist meine Frau Renata. Ich nehme an, Sie sind der neue Eigentümer der *Masseria*."

„So ist es", sagte ich und schüttelte ihm die Hand; sie war groß und rau, obwohl der Mann zwei Köpfe kleiner war als ich. „Ich heiße Martin, Martin Breitenbaum."

„Sehr erfreut. Sie müssen wissen, ich bin der Bruder des Verstorbenen Francesco Nardi. Und auf diesem Hof –", er blickte sich nach allen Seiten um, „ – bin ich geboren und aufgewachsen."

„Oh!" Mehr fiel mir im Augenblick dazu nicht ein. Francesco, daran erinnerte ich mich noch, hieß der Bauer, der die *Masseria* an Giovanni vererbt hatte.

„Aber das ist lange her. Als ich vor vierzig Jahren nach Deutschland gegangen bin, um dort zu arbeiten, hat mein Bruder den Hof alleine weitergeführt. Aber im Herzen bin ich immer Italiener geblieben. Also bin ich vor acht Jahren wieder zurückgekommen. Damals ist die Frau meines Bruders mit einem anderen durchgebrannt und ließ ihn allein zurück; Kinder hatten sie keine. Also dachte ich, er wäre froh darüber, wenn ich wieder heim komme. Wir verließen unsere zweite Heimat in Villingen. Wir dachten, mit meiner Rente könnte ich hier wieder Fuß fassen und meinen Bruder unterstützen.

Aber er war nicht mehr der Selbe. Der Verrat seiner Frau hatte ihn schwer getroffen. Er gab mir die Schuld daran, weil er behauptete, ich hätte bereits damals die Einheit der Familie zerstört, als ich ausgewandert bin. Dadurch sei seine Frau ganz verrückt im Kopf geworden und unzufrieden mit dem, was sie hatte. Und irgendwie hat er wohl recht."

Seine Augen waren feucht. Er schwieg und sah seine Frau an. Diese sprach weiter:

„Wir wollten sowieso wieder nach Italien zurück. Unsere Tochter hatte sich in einen Geschäftsmann aus Triest verliebt und war zu ihm gezogen, und unser Sohn war lange arbeitslos in Deutschland und wusste nicht, was er in seinem Leben noch anfangen sollte. Darum haben wir uns ein Häuschen in der Nähe gekauft und gehofft, dass wir uns mit der Zeit wieder mit Francesco versöhnen könnten, aber er redete kein Wort mit uns. Erst vor einigen Tagen hörten wir, dass er gestorben sei und dass die *Masseria Nardi* – so haben wir sie seit über 200 Jahren genannt – nun einem Herrn aus Deutschland gehört."

„Und nun?"

„Sie denken jetzt bestimmt, wir wollten Ihnen den Besitz streitig machen!" ergriff der Alte wieder das Wort. „Nein, so etwas tun wir nicht. Wenn mein Bruder den Besitz notariell weitervermacht, so ist das seine Sache und für uns in Ordnung."

In meinem Bauch zog sich etwas zusammen.

„Wären Sie denn nicht der nächste Erbe gewesen?" fragte ich.

„Das dachten wir auch, aber Francesco hatte uns enterbt; das haben wir nicht gewusst. Er muss das getan haben, nachdem seine Frau gestorben war. Aber er wird seine Gründe dafür gehabt haben - lassen wir die Vergangenheit ruhen."

„Was macht Ihr Sohn jetzt?"

Herrn Nardis Augen leuchteten; ich schien genau das richtige Thema angeschnitten zu haben.

„Massimo lebt in der Nähe von Siena, er arbeitet in der Weinherstellung und träumt von einem eigenen Weingut. Silvia, meine Tochter, hat inzwischen selber zwei Kinder, aber wir sehen sie nicht oft, Triest ist weit weg. Massimo hatte noch kein Glück mit den Frauen. Aber bestimmt kommt eines Tages auch für ihn die Richtige. Aber das alles braucht Sie nicht zu interessieren."

Frau Nardi, die sich bislang im Hintergrund gehalten hatte, tat nun einen Schritt nach vorne und drängte ihren Mann ein wenig zur Seite.

„Wir sind nur gekommen, um das alles hier noch einmal zu sehen, ehe es alles umgebaut wird. So ist es doch, oder?"

„Ja, ich habe vor, eine Schule daraus zu machen."

„Eine Schule! Sehr schön." Sie nickte lange.

Ich war ratlos, was ich nun tun sollte, und sagte: „Vielleicht möchten Sie noch einmal alle Räume ansehen?"

„Das wäre wunderbar!"

„Bitte! Tun Sie so, als wäre ich nicht da. Lassen Sie sich Zeit damit. Das ist das Wenigste, was ich für Sie tun kann."

Was für ein blöder Spruch!, dachte ich, während die beiden Alten im Haupthaus verschwanden. Ich könnte sehr viel mehr tun, ich könnte die *Masseria* wieder an die Familie zurückgeben, der sie seit Generationen gehört hat, an die Familie Nardi. Es war ganz offensichtlich, dass Francesco ein verbitterter, sturer alter Mann war, der seinem Bruder eins auswischen wollte. Und nun hatte die Familie gar nichts mehr, wo es doch offensichtlich war, dass sie darauf gehofft hatten, dass der Sohn den Hof eines Tages übernehmen könnte.

Ich fühlte mich wie ein ungebetener Gast und nicht wie ein aufstrebender Gutsbesitzer. Meinen Plan, eine Schule nach dem Vorbild von Maulbronn zu errichten, konnte ich ebenso gut in Deutschland in die Tat umsetzen. Die behördlichen Hürden mochten in Deutschland höher liegen, dafür fehlten mir in Italien die erforderlichen Sprach- und Landeskenntnisse. Egal, wie ich die Sache drehte und wendete, entscheidend war das Gefühl, das ich bei der Vorstellung des vollendeten Plans hatte. Wo aber war die Begeisterung dafür? Warum war ich nicht schon mit Feuereifer dabei, Pläne zu zeichnen, Kredite zu beantragen, Lehrpläne zu schreiben, Lehrkräfte anzuwerben?

Bei der Vorstellung einer Schule hier in Nugola zeigte sich in meinem Herzen nur Sorge und bange Furcht. War dies das Kennzeichen eines Feiglings oder die ernstzunehmende Botschaft einer inneren Stimme?

Das Ehepaar Nardi hatte inzwischen jedes einzelne Gebäude besichtigt. Immer wieder waren sie stehen geblieben, um sich zu unterhalten und – wie ich vermutete – Erinnerungen auszutauschen. Jetzt kamen sie auf mich zu und mir war ein ums andere Mal klar, was ich ihnen zu sagen hatte.

„Haben Sie sich alles angeschaut?" fragte ich.

„Ja, das haben wir. Das Badezimmer ist jetzt sehr modern, aber sonst ist alles noch so, wie ich es in Erinnerung hatte", antwortete Herr Nardi.

„Das Haupthaus ist in gutem Zustand, man könnte jederzeit einziehen."

„Ja, mein Bruder war immer fleißig und ordentlich, das muss man ihm lassen."

„Zweifellos. Obwohl es für einen alleinstehenden Mann bestimmt sehr mühsam war, sich um alles zu kümmern. Ich kann mir vorstellen, dass es vieler Arbeiter bedarf, um ein Weingut zu bewirtschaften."

„Wenigstens fünf. Die Reben müssen regelmäßig beschnitten werden, das Unkraut muss entfernt werden, die Bewässerung, tägliche Kontrolle, dann braucht es Maschinen zum Pressen und Filtern, Lagerräume wären vorhanden..."

„Sie kennen sich aus mit dem Weinanbau?"

„Ein Hobby von mir. Mein Sohn hat mich dazu gebracht. Da er bei einem großen Hersteller arbeitet, weiß er inzwischen alles über die Weinherstellung."

„Ich habe gesehen, dass hier früher schon Wein angebaut wurde. Hinter der Scheune erstreckt sich ein brach liegendes Feld mit alten Weinstöcken."

„Das ist lange her. Meine Großeltern haben hier schon eigenen Wein angebaut. Aber während des Krieges fehlten die Arbeiter und der Weinberg verkam zu dem ungepflegten Stück Land, das Sie hier sehen."

„Was würden Sie an meiner Stelle tun? Würden Sie das Feld umpflügen und etwas anderes anbauen oder das Wagnis auf sich nehmen, den Weinbau mit diesen alten Rebstöcken wieder aufleben zu lassen?"

Der Alte kratzte sich hinter dem Ohr. Er fragte sich wohl selbst, was ich mit meiner Frage beabsichtigte.

„Rebstöcke können uralt werden", sagte er ausweichend. „Ich könnte mir vorstellen, dass einige dieser knorrigen Kameraden noch austreiben. Und wenn nicht, müsste man neue anpflanzen. Interessieren Sie sich denn für den Weinbau?" Verschmitzt zwickte er ein Auge zu. „Eine Schule, in der der Weinbau gelehrt wird, wollen Sie das?"

„Nein! Davon habe ich leider keine Ahnung. Aber ich glaube, das Stückchen Land sollte wirklich in die Hände von jemandem, der es kennt wie seinen Augapfel."

„Was meinen Sie?"

„Vielleicht bekommt Ihr Sohn doch noch sein Weingut. Wissen Sie, ich bekam dieses Gut geschenkt, aber ich will nichts geschenkt, was mir nicht zusteht. Ich kann Ihnen jetzt noch nichts versprechen, aber ich werde versuchen, Sie zum Eigentümer der *Masseria Nardi* zu machen."

„Ist das Ihr Ernst?"

„Ja. Können Sie übermorgen wieder herkommen? Bis dahin kann ich Ihnen mitteilen, ob es geklappt hat oder nicht."

„Selbstverständlich! Oh, wie können wir Ihnen nur danken?" Er drückte meine Hand mit seinen und ließ mich gar nicht mehr los.

„Wie gesagt, ich kann es Ihnen noch nicht versprechen. Danken Sie mir erst, wenn alles geregelt ist."

„Trotzdem. Es ist wunderbar, dass es Menschen wie Sie gibt."

Nun nahm auch Frau Nardi meine Hand und drückte sie an ihr Gesicht. Erst war es mir peinlich, doch dann wurde mir klar, dass die Dankbarkeit dieser Leute keineswegs gespielt war. Diesen Heimathof wieder zu besitzen, war für Sie etwas wie die Erfüllung eines Traumes.

XXXIII

„Ich wusste nicht, dass Francesco einen Bruder hat. Er hat nie von einem Bruder gesprochen."

Giovanni zeigte sich überrascht, aber nicht entsetzt, als ich ihm von meinem Vorhaben erzählte, die *Masseria* den Nardis zu überlassen.

„Wenn ich das gewusst hätte... Aber es könnte sich auch um einen Betrug handeln! Wir müssen das überprüfen. Wo, sagst du, wohnt dieser Paolo Nardi?"

„Er hat gesagt, er hätte hier in der Nähe ein Haus gekauft, ich weiß nicht, in welchem Ort."

„Hmm... Aber früher er hat schon mal hier gewohnt. Ich werde nachfragen, in *Commune*! *Un momento!*"

Er wählte eine Nummer auf seinem Handy und schon begann sie, die erwartete wortreiche Diskussion zwischen zwei Italienern. Langsam beginnend steigerte sich das Redetempo ins Unvorstellbare, Giovannis Kopf wurde rot, seine Hand zerwühlte seine Frisur, wenn er sprach, begann feine Tröpfchen zu spucken, doch als er dann das Gespräch beendete hatte, grinste er zufrieden."

„*Tutto bene!*" sagte er. „Paolo Nardi istä tatsächlich der Bruder von Francesco Nardi."

„Und weiter?"

„Nichts ‚und weiter'. Ist so und wenn ich gewusst hätte, hätte ich das Erbe gar nicht angenommen. Francesco war ein bisschen verrückt in seine Kopf, dachte ich mir schon immer. Er hat seinem Bruder nie verziehen, dass er nach Deutschland gegangen ist. Darum hat er beim Notar verfügt, dass ich die *Masseria* bekommen soll, von seinem Bruder haben wir alle nichts gewusst."

„Und was tun wir jetzt?"

„Paolo muss sein Erbe beantragen. Ich will ihm nicht machen irgendwelche Probleme. Ich verstehe ihn sehr gut. Aber was machen wir mit dir, armer Martino?"

„Ich denke, ich werde wieder nach Deutschland zurückgehen."

Giovanni überlegte kurz und nickte dann.

„Istä keine Überraschung für mich. Du hast Mädchen in Deutschland und man immer geht dorthin, wo sein Herz ist. Aber deine *Mamma* wird traurig sein..."

„Sie wird es verstehen. Ich weiß, was ich an ihr habe, und an dir, Giovanni, und ich werde euch besuchen, so oft ich kann."

Damit war das Kapitel Italien für mich abgeschlossen.

Drei Tage danach kam ich am Bahnhof in meiner Heimatstadt an. Das Wetter war so, wie ich es erwartet hatte: grau in grau, Nieselregen. Dennoch bereute ich meinen Entschluss nicht.
Als ich seit zwei Wochen wieder meine Wohnung betrat, hätte ich vor Freude jauchzen können. Endlich wieder in den eigenen vier Wänden!
Doch eine Sorge war geblieben und noch drängender geworden: Ich war arbeitslos.
Der Weg zum Arbeitsamt würde mir nicht erspart bleiben. Aber zuerst warf ich einen Blick auf den Packen Post, den ich aus dem übervollen Briefkasten gezogen hatte. Werbung, nochmal Werbung, Briefe von der Haftpflichtversicherung, von meinem – ehemaligen - Arbeitgeber (!), und ein kleiner Zettel, auf dem stand:

Wenn Du wieder da bist, besuch mich mal!
Du wirst es nicht bereuen.
Gustav

Das war die einzige persönliche Nachricht, die ich in der Post fand, und ich war dankbar dafür. Es bewies mir, dass meine Freundschaft mit Gustav Zeiten und Entfernungen überdauerte.
Aber zuerst einmal ging ich einkaufen, der Kühlschrank war leer bis auf die Butterdose und ein geöffnetes Glas Essiggurken. Danach kochte ich mir ein paar Kartoffeln und Sauerkraut – alte deutsche Hausmannskost – und legte mich eine Stunde aufs Ohr.

Als ich erwachte, war es fünf Uhr nachmittag und schon etwas dämmerig. Der Nieselregen wurde von leichtem Schneefall abgelöst und bei dem Gedanken, mich aus der warmen Wohnung hinaus in das – verglichen mit Italien – arktische Klima zu begeben, löste bei mir Schüttelfrost aus. Trotzdem wollte ich Gustavs Einladung nicht länger verschieben. Ich zog mir alles an Winterkleidung an, was ich besaß, und radelte los. Dann stand ich mit gefühllosen Händen und Füßen vor dem vertrauten Bild – neben einem Bauwagen ein von innen beleuchtetes Zelt, aus dessen Spitze eine Rauchfahne stieg. Gespannt darauf, was mich erwartete, öffnete ich die Leinwand, die den Eingang vor eindringender Kälte verschloss.
Noch ehe ich recht erfasste, wen ich da am Ofen sitzen sah, sprang ein großer Hund an mir hoch und leckte mir übers Gesicht.
„Maja! Schon gut! Ich bin ja da..."

Gustav und Mia lachten.

„Komm herein und wärm dich auf!" rief mir Gustav zu. „Hier hast du eine Tasse Punsch. Es muss ja eisig kalt für dich sein, wo du gestern noch am Mittelmeer warst."

„Dir entgeht wohl nichts! – Hallo, Mia! Schön dich zu sehen!" ‚Obwohl ich dir eigentlich beleidigt sein sollte, da du mich per Email abgefertigt hast wie einen dummen Schuljungen', hätte ich beinahe hinzugefügt.

„Hallo, Martin!" flüsterte sie und ihre roten Wangen begannen sichtlich zu glühen.

„Und nun?" fragte ich. „Du hast mich eingeladen, Gustav. Was ist der Anlass?"

„Jetzt sei doch nicht so ungemütlich!", erwiderte er. „Hast von den Italienern gar nichts gelernt? Zuerst tauscht man Nettigkeiten aus, dann Neuigkeiten, nebenbei trinkt man ein Gläschen Wein, und bis dahin haben sich alle so weit beruhigt, dass man auch kompliziertere Themen in aller Offenheit besprechen kann. Es ist noch was von dem heißen Punsch in der Kanne, trink, er wird dein Gemüt erwärmen!"

Also setzte ich mich brav zwischen die beiden, während Maja ihren Kopf auf meine Beine legte, und trank zwei Tassen von dem Punsch, der wie flüssiges Feuer durch meine Kehle floss und meinen Leib erwärmte. Ich wagte kaum, Mia anzusehen, obwohl mich brennend interessierte, was sie hier bei Gustav zu suchen hatte, da sie doch in ihrer Email betont hatte, wie sehr Erich und ihre Großtante sie jetzt brauchten.

„Was hast du denn alles so erlebt in Italien?" fragte Gustav schließlich.

„Nichts Weltbewegendes. Außer, dass mir ein Landgut geschenkt worden ist, das ich nun an seinen rechtmäßigen Besitzer zurückgegeben habe. Aber das weißt du bestimmt schon – und Mia wird es kaum interessieren", fügte ich nicht ohne Schärfe hinzu.

„Aber das stimmt doch gar nicht!", empörte sich Mia. „Ich dachte, das mit der *Masseria* wäre alles geklärt. Ich wusste nicht, dass - "

„Ist auch egal", unterbrach ich sie. „Ich bin also jetzt wieder hier, meine Träume haben sich als Schäume erwiesen und ich werde mich demnächst beim Arbeitsamt melden."

„Tut mir leid, das wusste ich nicht - und Gustav auch nicht. Ich war in der letzten Zeit nicht online, wie man so sagt, beinahe von der Welt abgeschnitten. Das war auch wichtig für mich. Es hat sich einiges verändert."

„Ach…"

„Ich habe meine Wohnung verlassen und wohne zur Zeit hier, bei Gustav."

„Wie? Was? Warum?"

„Meine Großtante ist an Heilig Abend gestorben…"

„Oh! Das tut mir leid!"

„… daraufhin, hat mich Erich gefragt, ob ich mit ihm in eine schöne große Wohnung ziehen wollte. Dann wurde mir klar, dass ich es mit ihm allein nicht aushalten würde, und habe ihn verlassen."

„Aber, das ist ja – "

„Das ist für Erich sehr bitter!", warf Gustav ein. „Und für Mia mit viel Trauer verbunden. Darum wollen wir sie auch erst einmal zur Ruhe kommen lassen und ihr die Möglichkeit gewähren, alles Quälende, was noch auf ihre Seele drückt, aufzulösen."

Danke, Gustav!, sagte ich im Stillen. Beinahe wäre ich mit der Tür ins Haus gefallen und hätte ‚Hurra!' gerufen.

„Natürlich!", pflichtete ich Gustav bei. „Und du wirst bestimmt schon bemerkt haben, Mia, dass Gustav ein hervorragender Seelendoktor ist."

„Seelendoktor! – Hast du das gehört? Er nennt mich Seelendoktor. Ich hoffe, ich bin weit mehr als das. Ich will nicht nur alle kranken Seelen kurieren, sondern sie zum Strahlen bringen! Nur bei ihm habe ich offensichtlich versagt."

„Wie meinst du das?", fragte ich.

„Du hattest alle Trümpfe in der Hand: Ein wunderschönes Gut in der Toscana, eine Mutter, die dich bestmöglich unterstützt, eine Anleitung zur Errichtung einer Schule…" Diesmal war er es, der mir einen scharfen Blick zuwarf. „… und Freunde, die dich bei allen deinen Vorhaben unterstützt hätten. Aber manch einer ist blind für die Segnungen, die über ihn hereinbrechen."

„Du weißt wohl nicht, warum ich das Gut nicht angenommen habe?"

„Nein, weiß ich nicht."

„Na, sieh mal an. Endlich habe ich dir gegenüber einen Wissensvorsprung. Es stellte sich heraus, dass der Erblasser, Francesco Nardi, einen Bruder Namens Paolo hatte, von dem keiner wusste. Obwohl ihn Francesco enterbt hatte, fand ich, dass Paolo mit dem Gut glücklicher wäre, als ich es jemals sein könnte. Daher verzichtete ich darauf und bin zufrieden, dass das Gut wieder in den Händen der Familie ist, die es seit Jahrhunderten besessen hat. Verstehst du das?"

Gustav grinste breit.

„Dann muss ich zugeben, dass ich mich geirrt habe. Ich habe doch nicht versagt!"

„Also was nun?"

Gustav seufzte und ließ den Kopf hängen.

„Mia, sag's du ihm!"

„Ich glaube, er meint, du könntest zwar eine tolle Schule leiten, aber alles das wäre nichts wert, wenn du deine hohen Prinzipien nicht selbst leben würdest."

„Genau!", pflichtete Gustav bei. „Du kannst nicht Wasser predigen und Wein saufen."

„Schön. Und was nützt mir das? Ich habe keinen Job mehr und von irgendwas muss ich leben."

Da stand Gustav auf und gab mir einen Klaps auf den Kopf.

„Au! Spinnst du?"

„‚Und was nützt mir das?'", äffte er mich nach. „Das ist die dümmste Frage, die man sich stellen kann. Alles, was du in deinem Leben tust, nützt dir etwas! Verstehst du das endlich? Alles, was passiert, ist eine Riesenchance für dich, eine Einladung, das Beste aus dir zu machen! Außer du wärst so dumm und würdest dir ständig vorsagen: ‚Ich bin ein Versager! Ich habe nichts und bin nichts! Niemand liebt mich! Alles, was ich anpacke, geht schief!' Wenn du das machst, dann ist an dir wirklich Hopfen und Malz verloren. Aber so dumm bist nicht, oder habe ich mich schon wieder geirrt?"

Ich zuckte mit den Achseln, weil ich nicht wusste, was ich darauf antworten sollte.

„Noch einmal: Warum sehe ich jünger aus als ich bin? Hm? Weil ich – im großen und ganzen – aus meinem Herzen keine Mördergrube gemacht habe. Weil ich in den letzten zehn, zwanzig Jahren darauf geachtet habe, dass mein Denken, mein Fühlen und das, was ich bin, im Einklang war."

„Und? Was bist du?"

„Ich bin Gott!"

Nun klappte auch Mia ihren Mund auf und war ebenso sprachlos wie ich.

„Schaut mich nicht so an, als wäre ich verrückt! Das ist doch die Lösung aller Rätsel über die Welt! Wir alle sind ein Teil Gottes und haben unumschränkte Macht. Was uns daran hindert, diese Macht auszuüben, ist unser Denken, unsere Erfahrungen, unsere Glaubens-sätze. Und die sitzen bisweilen tief. Wenn es anders wäre, wenn ich meine Glaubenssätze von einen Augenblick auf den anderen ablegen könnte, würde ich jetzt vor euren Augen Wasser zu Wein und dieses Zelt in einen Palast verwandeln. Hihi! Aber diese Vorstellung entspricht so gar nicht meinen Erfahrungen, daher lehnt es mein Verstand ab und es kann gar nicht funktionieren. Es fehlt, wie so oft, der Glaube."

Ich merkte, dass mir der Punsch schon ordentlich in den Kopf gestiegen war, und konnte kaum noch die Augen offen halten. Das, was Gustav sagte, kam bei mir gar nicht richtig an. Mias Anwesenheit irritierte mich. Sie war frei für mich...? Oder doch in Trauer?

„Leute, seid mir nicht böse, aber mir steckt die lange Reise noch in den Knochen. Dieses Gespräch überfordert mich. Vielleicht reden wir ein anderes Mal weiter. Mia, kann ich dich hier in der nächsten Zeit erreichen?"
„Am Abend, ja..."
„Also gut, dann... danke für den Punsch!"

Ein kläglicher Abgang!
Ich hatte nur noch drei Wünsche: einen klaren Kopf zu bekommen, lange zu schlafen und frei von jeder Verpflichtung zu sein. Ich schloss meine Wohnungstür auf und warf mich aufs Bett. Doch unter mir raschelte es; da lag noch die Post, die ich genauer durchsehen sollte. Aber was würde ich lesen? Vermutlich Rechnungen, Versicherungsmitteilungen, Kontoauszüge und ein Brief meines ehemaligen Arbeitgebers; wahrscheinlich eine Rückforderung von zu viel bezahltem Gehalt. Nein, das wollte ich mir nicht antun! Ich wollte nur schlafen und alles vergessen. Ich warf die Post auf den Fußboden und warf mir die Decke über.
Doch obwohl ich meine Augen kaum offen halten konnte, wälzte ich mich von einer Seite auf die andere und Schlaf wollte sich nicht einstellen. Schließlich knipste ich das Licht an und öffnete die Briefkuverts. Den Brief meines Arbeitgebers riss ich zuerst auf, in der Erwartung, eine hochoffizielle Bestätigung meiner Kündigung und eine Mahnung zu erhalten. Ich las:

Sehr geehrter Herr Breitenbaum,

ich möchte mich Ihnen als neuen Geschäftsführer der Firma XXX vorstellen. Ich habe diese Position seit dem 01.01. dieses Jahres inne, da – wie sie vielleicht wissen - mein Vorgänger auf eigenen Wunsch die Firma kurzfristig verlassen hat.

Unsere Recherchen haben den Konflikt zwischen Ihnen und meinem Vorgänger näher beleuchtet, in dem offensichtlich Ihr Kündigungsgesuch vom Dezember letzten Jahres begründet liegt. Aufgrund zahlreicher Zeugenaussagen sind wir zu dem Entschluss gekommen, dass der Konflikt nicht als mangelnde Loyalität Ihrerseits zu werten ist. Im Gegenteil – die kriminellen Praktiken meines Vorgängers konnten durch Ihre entschlossene Haltung teilweise verhindert werden.

Ich möchte Sie daher bitten, Ihre Weitsicht und Erfahrung wieder in den Dienst unserer Firma zu stellen. Finanzielle Verluste, die Ihnen durch das Verhalten meines Vorgängers entstanden sind, werden wir selbstverständlich ausgleichen.

Ich würde mich freuen, wenn Sie sich baldmöglichst zu einem Gespräch in meinem Büro einfinden würden.

Mit freundlichen Grüßen
Hartmut Weber
Geschäftsführer

Ich las den Brief noch einmal und noch einmal und musste wohl akzeptieren, dass es kein Scherz war. Vor wenigen Minuten jammerte ich Gustav noch vor, dass ich arbeitslos sei und nun...
Was hatte er darauf geantwortet?
Alles, was passiert, ist eine Riesenchance für dich!

Das Projekt *Masseria Mia* war gescheitert, aber was war daraus entstanden? Wo stand ich jetzt tatsächlich?
Ich hatte meiner Mutter gegenüber endlich eine selbständige Haltung bewiesen. Ich durfte meine Arbeit wieder tun, als geschätzter Mitarbeiter, unter einem neuen Chef, der mich zur Mitarbeit einlud. Und Mia hatte sich von Erich getrennt! War denn nicht alles so eingetreten, wie ich es mir erträumt hatte? Brauchte ich denn noch diese Schule?

Im Augenblick wohl nicht, aber einen Traum einfach so aufgeben? Nein, ich durfte davon träumen, damit vergab ich mir nichts. Ich nahm mir vor, gleich morgen in das Büro von Herrn Weber zu gehen, und schlief nun endlich ein.

XXXIV.

Das Gespräch mit Herrn Weber hätte nicht besser verlaufen können. Er versprach mir mehr Gehalt, mehr Befugnisse und einen dicken Scheck als Entschädigung für die Unannehmlichkeiten, die mir durch meine Kündigung entstanden waren. Meine alten Kollegen empfingen mich überaus herzlich. Es gefiel mir so gut an meinem Arbeitsplatz, dass ich am liebsten gleich geblieben wäre, aber ich musste noch etwas Dringendes erledigen.

Claudia, die Freundin des Architekten Antonio di Terpizzi, wohnte nur gut 150 Kilometer entfernt in Neukirchen, wo ihre Mutter ein Geschäft für Bodenbeläge aller Art betrieb. Dorthin sollte mich mein Weg heute führen.

Antonio war natürlich enttäuscht, dass der Großauftrag für den Umbau der *Masseria* geplatzt war. Ich hatte ihm einen Teil des vereinbarten Honorars angeboten, doch das lehnte er ab. Er hatte nur eine einzige Bitte an mich, ich solle seine Verlobte dazu bewegen, sich klar für ihn oder gegen ihn zu entscheiden, und ihm baldmöglichst Bescheid geben.

Ich gebe zu, eine finanzielle Entschädigung wäre mir lieber gewesen, als bei einer wildfremden Frau den Liebesengel zu spielen, aber ich mochte Antonio und konnte ihm diese Bitte nicht ausschlagen. Also wieder rein in den Zug und eine Taktik überlegen, wie ich diese Claudia dazu überreden könnte, sich zu Antonio zu bekennen! Das größte Problem ergab sich daraus, dass ich diese Claudia gar nicht kannte. Auf dem Foto, das ich in Antonios Büro gesehen hatte, erschien sie mir bildhübsch, aber nach Antonios Beschreibung zu urteilen, war sie verwöhnt und zickig.

Das Geschäft ihrer Mutter entpuppte sich als beeindruckende Produktions- und Verkaufsstätte, der größten in ganz Neukirchen. *Horstmann-Böden* war der führende Hersteller von Böden aller Art in weitem Umkreis mit über 30 Mitarbeitern; das erfuhr ich von einem Mitreisenden im Zugabteil. Antonio hatte davon nichts erwähnt. Meine Mission erschien mir mehr denn je fraglich. Wenn es sich um ein großes Familienunternehmen handelte, konnte ich verstehen, dass Claudia ihre Mutter nicht Hals über Kopf verließ.

Ich meldete mich im Büro an, einem kleinen Glaskasten, der von einer riesigen Produktionshalle überragt wurde. Eine gepflegte Dame mit einem grünen Overall, auf dem das Logo von *Horstmann-Böden* prangte, fragte mich nach meinem Anliegen.

„Ich hätte gerne Frau Claudia Horstmann in einer privaten Angelegenheit gesprochen."
Es folgte die übliche Frage: „Haben Sie einen Termin?"
„Nein, habe ich nicht."
„Ich werde sehen, ob ich sie erreichen kann. Frau Horstmann ist zu dieser Zeit häufig auf Kundenbesuch."
Sie wählte eine Nummer, ohne Ergebnis, dann noch eine und noch eine.
„Ist Claudia im Büro?" fragte sie schließlich, und nach einer Pause: „Gut! Danke!"
Sie setzte eine wichtige Miene auf.
„Sie könnten Frau Horstmann jetzt noch erreichen – wenn Sie sich beeilen! Hier durch diese Tür, dann die Treppe hoch in den ersten Stock, Besprechungsraum 3."
Ich bedankte mich und ging den beschriebenen Weg.

Schüchtern klopfte ich an die Tür des Besprechungsraumes. Es war zu befürchten, dass ich störte, weil ich von drinnen Stimmen hörte.
Die Tür öffnete sich. Ein Herr mit Anzug und Krawatte sah mich verdutzt an.
„Kann ich etwas für Sie tun?"
„Ich hätte gerne Frau Claudia Horstmann gesprochen."
„Aha..." Er drehte sich um und rief in den Raum: „Frau Horstmann! Für Sie!"
Ich hörte lautes Klacken von hohen Absätzen, dann stand sie vor mir.
Sie war tatsächlich eine sehr schöne Frau, aber anhand des Fotos, auf dem sie zusammen mit Antonio abgebildet war, hätte ich sie nicht wiedererkannt. Sie trug eine große Brille mit dunklem Rand, war stark geschminkt und hatte glattes, schulterlanges dunkles Haar; auf dem Foto trug sie noch Locken. Sie war fast so groß wie ich, die hohen Absätze an ihren Pumps wären nicht nötig gewesen, um zu ihr aufsehen zu müssen; das lag auch an ihrer beeindruckenden, beinahe herrischen Erscheinung, die mich unwillkürlich etwas zusammensacken ließ. Jedenfalls stellte ich mir Claudia Horstmann neben dem schmächtigen Antonio di Terpizzi

vor und hatte plötzlich eine ganz andere Einschätzung der Beziehung zwischen den beiden.

„Horstmann – guten Tag! Und Sie sind Herr..."
Ihre Stimme war weicher, als ich vermutet hatte.
„Breitenbaum! Sie kennen mich nicht. Ich soll Ihnen Grüße von Herrn Antonio di Terpizzi überbringen..."
Bei der Erwähnung dieses Namens veränderte sich ihr Aussehen. Plötzlich wurden ihre Gesichtszüge weich und ihre Augen traurig.
„Ach – Sie kennen Antonio?"
„Ich war ein paar Wochen in Italien und habe ihn dort kennengelernt. Er bat mich mit Ihnen zu sprechen über..."
„Worüber?"
„Über Ihre Beziehung..."
„Wieso redet Antonio mit einem Fremden über unsere Beziehung? Und wieso sollte ich mit einem Fremden über unsere Beziehung reden?"
Nervös strich sie den Kragen ihres Blasers glatt.
„Es war eine inständige Bitte."
„Na gut. Warten Sie bitte in meinem Büro, ein Stockwerk höher. Ich bin in 15 Minuten bei Ihnen."

Immerhin! Meine Anspannung löste sich ein wenig. Zumindest stand ich nun nicht mit leeren Händen vor Antonio. Ich hatte es versucht. Ob ich allerdings aus dieser selbstbewussten Frau mehr herausholen konnte, wagte ich stark zu bezweifeln.

Im Büro war ich wenig überrascht, kein einziges Foto oder andere persönliche Utensilien vorzufinden – ein nüchterner, chrom-weißer Raum mit Wandschränken voll mit sauber geordneten Akten und ein moderner Internet-Arbeitsplatz wirkten nicht sehr anheimelnd.

Ich setzte mich auf einen der weißen Bürostühle bis, fast pünktlich auf die Minute, Frau Horstmann zur Tür hereintrat; ich sprang vom Stuhl auf, etwas zu hastig, da der Stuhl auf gut geölten Rollen nach hinten sauste und eine Designerlampe gefährlich ins Wanken brachte.

„Bleiben Sie doch sitzen!", sagte Frau Horstmann. Sie ließ sich mit einem Seufzer in den breiten Ledersessel hinter ihrem Schreibtisch fallen, drückte einen Knopf an der Sprechanlage und sagte: „Olga, zwei Kaffee, bitte! – Sie mögen doch Kaffee, Herr Breitenbaum?"

„Danke, gerne!"

„Wohnen Sie denn hier in Neukirchen?", fragte sie.

„Nein, mit dem Zug zwei Stunden von hier."

„Und Sie sind extra wegen Antonio hierher gefahren?"

„Ja."

„Was halten Sie von ihm?"

„Ich hätte ihn beinahe als Architekt engagiert. Er schien mir sehr freundlich und kompetent. Ein Freund hatte ihn mir empfohlen…"

„Jaja! Das sagen alle. Ich meine, Ihren spontanen ersten Eindruck."

„Hmm… ein Bücherwurm."

Sie lachte und schaute jetzt viel entspannter aus als im Besprechungsraum.

„Ja, das war auch mein Eindruck. Er liebt seine Arbeit und darüber vergisst er viele wesentliche Dinge. Da geht es ihm nicht anders als mir. Also – was sollen Sie mir von ihm ausrichten?"

„Also – ich will nicht um den heißen Brei herumreden. Ich bin ja sozusagen nur sein Bote. Ich sage Ihnen einfach, wie er es mir aufgetragen hat. Er ist unglücklich mit der jetzigen Situation. Also – kurz gesagt - er denkt, Sie würden nur das tun, was Ihre Mutter von Ihnen will, wo Sie doch eigentlich ein musischer Mensch seien…"

„Und weiter?"

„… und er meint, dass Sie in dieser Firma nicht glücklich seien, weil Sie sehen, dass auch Ihre Mutter nicht glücklich ist. Ich weiß, es ist alles ein bisschen verworren, aber ich gebe hier nur wieder, was er gesagt hat."

„Jaja – schon gut."

„Ich glaube, er würde gerne mit Ihnen zusammenarbeiten – er als Architekt, Sie als Designerin. Wenn ich ihn richtig verstanden habe, dann glaubt er, Sie würden nur zum Vergnügen in die Toscana kommen und nicht, um dort zu leben und zu arbeiten. Antonio meinte, das sei nicht die Art von Beziehung, die er sich wünsche."

Frau Horstmann schwieg und nickte bedächtig. Da sie keine Anstalten machte, etwas dazu zu sagen, fuhr ich fort.

„Außerdem sagte Antonio zu mir, er möchte, dass Sie eine Entscheidung treffen."

Jetzt machte Frau Horstmann große Augen.

„Eine Entscheidung? Worüber denn genau?"

„Er sagte wörtlich: ‚Ich liebe sie. Aber ich will nicht für ihr Glück verantwortlich sein. Ich möchte, dass sie bei mir ist…' Moment! Er sagte… lassen Sie mich kurz überlegen… ‚Ich möchte, dass sie bei mir ist, aber nur, wenn sie liebt, was sie an meiner Seite tut.' Ja, genau so hat er es gesagt."

Frau Horstmann nahm ihre große Designerbrille ab, schloss die Augen und rieb ihren Nasenrücken mit Daumen und Zeigefinger. Inzwischen kam auch der Kaffee.
„Danke, Olga!", sagte sie, ohne die Augen zu öffnen.
Ich war auf jede mögliche Reaktion gefasst, aber nicht auf dieses Schweigen. Endlich nahm sie ihre Hand herunter und sah mich mit geröteten Augen an.

„Es muss schon befremdlich sein, solche Botschaften zu überbringen, und ich möchte Ihnen von Herzen danken, dass Sie das auf sich genommen haben. Wissen Sie – in letzter Zeit war Funkstille zwischen Antonio und mir. Dies ist die erste Nachricht von ihm seit drei Wochen. Und das, nachdem ich davon ausgegangen bin, es sei aus zwischen uns.
Ich – ich wusste gar nicht, wie gut er mich kennt. Ich dachte, er sieht in mir nur die typische deutsche Karrierefrau, die sich zu ihrer Unterhaltung einen italienischen Lover hält. Dabei hat er mich durchschaut. Wie konnte er wissen, dass ich mich hier in diesem Betrieb unwohl fühle?"
„Das frage ich mich auch. Also jetzt, wo ich Sie kenne, hätte ich das auch nicht gedacht. Wenn man Sie so sieht – selbstbewusst, attraktiv – dann meint man, Sie hätten Ihre Bestimmung gefunden."
„Bestimmung! Verzeihen Sie, dass ich lache, aber was ist das schon – Bestimmung? War es mir bestimmt, als einziges Kind meiner Eltern diesen Betrieb zu führen? Ist es Bestimmung, zu tun, was sich die Eltern für einen ausgedacht haben? Oder bin ich für dieses Leben hier bestimmt, weil ich eine moralische Verantwortung habe? Ich weiß nicht, was richtig ist und was falsch."
„Antonio meinte, wenn Sie selbstbewusster wären, dann hätten Sie schon lange den Weg zu ihm gefunden."
„Möglich. Aber das hilft mir auch nicht weiter. Ich bin nun mal, wie ich bin."

Auf ihrem Schreibtisch blinkte ein rotes Lämpchen.
„Was gibt's?", fragte sie.
„Ich soll Sie daran erinnern, dass Sie um halb eins mit Ihrer Mutter zum Essen gehen", hörte ich die Stimme aus dem Sprechgerät sagen.

„Und wie spät ist es jetzt – ach Gott! Zwanzig nach zwölf. Ja – gut, danke!"

„Ich kann vielleicht später wieder – ", sagte ich unschlüssig.

„Würden Sie mich begleiten?"

„Wie? Zum Essen mit Ihrer Mutter?"

„Ja."

„Ist das nicht... ich meine, was soll Ihre Mutter denken?"

„Das ist schon in Ordnung. Bitte! Ich brauche jetzt jemanden!"

„Na gut."

Was mochte in dieser Frau vorgehen, die so schön war, so anmaßend und dann wieder so verletzlich? Neben so einer Frau, dachte ich, sieht man entweder wie ein Lakai aus oder wie ein Winner. Im Augenblick fühlte ich mich wie Letzterer.

Es entspricht dem Klischee über erfolgreiche Geschäftsfrauen, dass sie einen Mercedes SL fahren, hiervon machte Claudia Horstmann keine Ausnahme. Das Lokal, in dem wir essen sollten, war gleich in der Nähe. Wir hätten eigentlich auch zu Fuß gehen können, aber das machte man wohl nicht, wenn man mit Pumps unterwegs ist.

Frau Horstmann sen. hatte auf den ersten Blick keinerlei Ähnlichkeit mit ihrer Tochter. Sie hatte rötlich gefärbte Haare und noch mehr Farbe im Gesicht. Das erste aber, was mir an ihr auffiel, waren die herabgezogenen Mundwinkel, die ihr einen Ausdruck von „ich bin entrüstet" verliehen. Vielleicht war es an diesem Tag besonders schlimm, weil sich ihre Tochter um fünf Minuten verspätete. Jetzt verstand ich noch besser, warum wir das Auto nehmen mussten.

„Hallo, Mama!", begrüßte sie Claudia mit einem Küsschen auf die Wange. „Ich darf dir einen Freund von Antonio vorstellen, Herrn Breitenbaum."

Frau Horstmann sen. reichte mir ihre beringte Hand, ohne mich anzusehen.

„Antonio? Gibt es den auch noch?"

„Ja, den gibt es noch, Gottseidank!"

„Und neuerdings werden Freunde von ihm zum Mutter-Tochter-Treffen eingeladen. Ich weiß nicht, was ich davon halten soll."

„Das kommt daher, weil Herr Breitenbaum zwei Stunden gefahren ist, um mich zu treffen."

„Hat er denn keinen Termin vereinbart? Du bist eine vielbeschäftigte Frau..."

„Egal. Jetzt ist er nun mal da und er hat mir von Antonio Grüße ausgerichtet."

„Schön. Können wir dann bestellen?"

„Ja. Ich nehme die Lasagne Spinaci; erinnert mich an Italien."

„Und ich dachte, über dieses Thema seien wir hinweg."

„Du vielleicht."

So ging es die nächsten fünf Minuten weiter - ein Wortgefecht, in dem jede der Frauen die andere zu reizen suchte und sich gleichzeitig bemühte, die Fassade von Gelassenheit und Überlegenheit zu bewahren, auch wenn sie innerlich kochte. Es war absehbar, dass irgendwann der große Knall kommen musste. Irgendwie hatte ich gehofft, ich könnte mich aus der Sache heraushalten und der Knall könnte mir nichts anhaben, aber dann wandte sich Claudia Horstmann unvermutet an mich.

„Möchten Sie meiner Mutter vielleicht sagen, was Antonio bezüglich meines Selbstbewusstseins gesagt hat?"

Nun sah ich vier Augen auf mich gerichtet und ich wusste genau, dass ich jetzt den Gasballon liefern musste, auf den die Brandpfeile abgeschossen würden.

„Gut. Also – wenn ich mich recht erinnere – dann sagte Antonio, dass... dass... also er sagte etwas wie: ,Claudia ist nicht selbständig. Sie braucht mich, um zu wissen, was sie will, und sie braucht ihre *Mamma*, um zu wissen, was sie nicht will.' So jedenfalls habe ich es in Erinnerung. Ich bin mir sicher, das hat er gesagt."

Ich wartete angespannt darauf, wer den ersten Pfeil abschießen würde, und überlegte mir vorsorglich einen Fluchtweg durchs Lokal.

Frau Horstmann sen. reagierte als Erste.

„Na, da hat er ausnahmsweise mal recht, der Herr Antonio."

„Das ist ja interessant!", entgegnete ihre Tochter. „Dann sag's mir doch – hier und jetzt – was ist nicht will! Los! Ich bin gespannt!"

„Als ob das ein großes Geheimnis wäre! Also gut, wenn du willst. Ich weiß, dass du dieses Manager-Getue in unserer Firma hasst. Du spielst die aalglatte Geschäftsfrau zwar gut, das muss ich zugeben, aber nur mit dem Verstand und ganz ohne Herz. Du liebst es zwar, wenn deinem Ego geschmeichelt wird, aber das kommt in deinem Job viel zu selten vor. Also suchst du dir etwas, wo du mehr von diesen Schmeicheleien zu erhalten erhoffst. In der Kunstszene, am besten in Italien, wo du dich von leidenschaftlichen Männern angehimmelt siehst, die dir auf ein Augenzwinkern hin die Welt zu Füßen legen."

Zum ersten Mal sah ich Claudia Horstmann sprachlos.
„Das... das ist doch lächerlich!", japste sie heraus.
„Ist es das, Herr Breitenbaum?", fragte mich Frau Horstmann.
„Ich weiß nicht, ob ich dazu – "
„Sie dürfen Ihre Meinung dazu sagen! Schließlich sitzen Sie bei uns am Mittagstisch. Daraus erwachsen Ihnen gewisse Rechte. Also?"
„Ich würde sagen, Sie haben den Nagel auf den Kopf getroffen! Äh... Jedenfalls scheint Antonio ähnlich zu denken."

Nun war die junge Horstmann der Eruption gefährlich nahe. Sie pfefferte die Serviette auf den Tisch und wollte aufspringen, doch ihre Mutter hielt sie am Handgelenk fest.
„Bleib sitzen! Wir klären das jetzt, sonst raubt uns dieses Thema noch länger Zeit und Energie. Was hast du zu sagen? Offen und ehrlich!"
Claudia Horstmann setzte sich widerstrebend.
„Wenn das alles richtig ist, wenn ich so ein verwöhntes egoistisches Balg bin, dann sag mir doch bitte einer, warum ich diesen Megajob hier in der Firma mache?"
„Du bist ein wohlerzogenes Kind. Du möchtest deine Mutter nicht verärgern und das Andenken an deinen Vater nicht beschmutzen. Darum machst du das."
„Und warum hast du dann ständig etwas an mir auszusetzen?"
„Weil ich sehe, dass du nicht glücklich bist. Was nützt mir dein Gehorsam, wenn ich dich nicht lachen sehe?"
„Was soll das? Spielst du jetzt die verständnisvolle und liebevolle Mutter? Als ich glücklich war, damals, als ich zum ersten Mal nach Italien reiste, hast du gedroht, mich zu enterben."
„Weil du blind vor Liebe warst und alles weggeworfen hättest, deine Talente, dein Elternhaus, deine Heimat, alles. Ich konnte dich doch nicht ins Verderben rennen lassen."
„Verzeihen Sie!", wagte ich einzuwerfen. „Wenn ich etwas dazu sagen dürfte..."
„Nur zu! Sie sitzen hier nicht zum Spaß am Tisch", antwortete Frau Horstmann sen.
„Geht es in Ihrer Diskussion um die Bekanntschaft mit Antonio?"

„Ja. Um die Zeit, als meine Tochter dachte, sie müsse mit diesem windigen Studenten durchbrennen."

„Dann muss ich hier eine Lanze für Antonio brechen. Ich habe lange mit ihm gesprochen, weil er ein Haus für mich geplant hatte. Und er schien mir alles andere als ein windiger Zeitgenosse. Er hat als Architekt in Livorno viele Aufträge. Ich habe ihn als verlässlichen, allseits geschätzten und sehr sympathischen Menschen kennengelernt. Und er weiß um die Talente und Leidenschaften Ihrer Tochter. Seine Idee wäre, dass sie als Designerin, Innerarchitektin oder etwas von der Art gut mit ihm zusammenarbeiten könnte. Also – ich finde diese Idee gut. So wäre beiden geholfen. Zwei Menschen, die Ihre Talente vereinen und etwas Größeres daraus entstehen lassen – gibt es etwas Schöneres?"

Die beiden sahen mich zunächst nur an, ohne etwas zu sagen. Die Mutter mit einem sehr skeptischen Blick, die Tochter beinahe verliebt. Ich hatte offenbar das ausgedrückt, was Claudia Horstmann auf dem Herzen lag. Aber die Reaktion ihrer Mutter war nicht einmal zu erspüren. Stumm saß sie auf ihrem Stuhl, den Blick leicht gesenkt. Ihr Atem ging hörbar.

Schließlich hob sie ihren Kopf.

„Herr Breitenbaum! Sie haben schön gesprochen. Aber was nun, wenn Ihre Charakterstudie über Herrn di Terpizzi fehlerhaft ist?"

„Dann müsste ich Sie bitten, bei Herrn Giovanni Capoletti nachzufragen, ein sehr angesehener Geschäftsmann in Livorno und neuerdings mein Stiefvater. Er hat mir Antonio als Architekt empfohlen. Und, glauben Sie mir, er würde sich nicht mit irgendwelchen... ähm... substanzlosen Windhunden abgeben."

Sie nickte nur, als müsse sie einsehen, dass sie ihre davontreibenden Felle nicht mehr wiederbekommen könnte.

„Gut! Wenn es so ist, und wenn das auch der Wille meiner Tochter ist, dann werde ich mir wohl einen neuen Geschäftsführer suchen müssen."

„Soll das heißen, du lässt mich gehen?", fragte Claudia Horstmann.

„Was für eine Frage! Bist hier Sklavin gewesen, oder was? Eine Mutter lässt ihr Kind überall hin gehen, wo es glücklich ist. Tu, was dich glücklich macht, aber komm nicht hinterher angekrochen und beklag dich bei mir, wenn es nicht geklappt hat!"

Claudia Horstmann begann leicht zu zittern, dann drückte sie zuerst ihrer Mutter einen Kuss auf die Wange, danach mir.

„Entschuldigung! Aber ich kann jetzt nichts mehr essen. Ich muss sofort telefonieren. Mutter, wir sehen uns später. Würdest du bitte Herrn Breitenbaum zum Bahnhof bringen?"

Und schon war sie verschwunden.

„Ich hoffe, ich habe jetzt nichts angerichtet", sagte ich vorsichtig.

„Angerichtet haben Sie zweifellos eine Menge! Sie haben in wenigen Minuten repariert, was wir in vielen Jahren kaputt gemacht haben. Ich versteh es trotzdem nicht. Irgendwie wusste ich ja, dass Antonio kein schlechter Kerl ist, aber ich konnte es nie zugeben. All die Jahre dachte ich immer wieder einmal, nur für ein paar Sekunden, dass ich nur nachzugeben brauchte und alles wäre gut. Ich versteh es nicht! Was hatte ich davon, meiner Tochter das Leben schwer zu machen? Es war, als hätte ich mein Herz verschlossen mit Stolz, mit Angst, mit Sorge... Ich muss aber auch sagen, dass Claudia mir gegenüber niemals zuvor diese Entschlossenheit gezeigt hat... Das müssen Sie gewesen sein! Ich glaube, Sie sind ein Engel."

XXXV.

Drei Stunden später war ich wieder zuhause in meiner Wohnung. Meine To-do-Liste war nun vollständig abgehakt. Ich hatte meinen alten Job wieder, ich hatte mein Versprechen bei Antonio eingelöst, mit meiner Mutter und allen anderen Frieden geschlossen – und trotzdem fühlte ich eine Unruhe in mir, die ich nicht verstand.

Ob es daran lag, dass ich Gustavs Geschenk, die Fibel über den Aufbau einer Schule, nicht ausreichend würdigte? Oder daran, dass ich nicht wusste, wie ich Mia wieder näher kommen könnte, ohne schamlos zu wirken, sofern ich das überhaupt wollte.

Ich dachte hin und her und wurde vor lauter Nachdenken noch wirrer im Kopf, als ich es ohnehin schon war.

„Alles Unsinn!", sagte ich laut zu mir. „Morgen fange ich zu arbeiten an und alles andere wird sich ergeben."

Das tat ich und es fühlte sich großartig an. Ich sah die Bewunderung in den Gesichtern der Kollegen, die ich mir dadurch verdient hatte, dass ich dem ehemaligen Chef die Stirn geboten hatte, aber auch die leise Furcht der Vorgesetzten vor dem Mitarbeiter, der seine Sachen hinschmeißt, wenn ihm etwas nicht mehr passt und dann schonungslos sein Insiderwissen auspackt. Es spielte keine Rolle, dass ich nicht wirklich über ein solches Wissen verfügte, aber viele dachten, es wäre so, und das verlieh mir Macht.

Einige Tage später, gerade als meine Hochphase abzuflauen drohte, erhielt ich im Büro überraschenden Besuch.

„Marion! Das ist aber eine Überraschung!"

Marion, die alte „Freundin" - oder sollte ich besser sagen „Zicke"? - die vor einem Jahr Anlass für meinen bislang letzten Vollrausch gewesen war, stand schüchtern in der Tür.

„Komm doch rein, Marion!"

„Hallo, Martin!"

Sie hatte sich verändert – äußerlich jedenfalls - hatte eine neue Haarfarbe - kastanienbraun - trug ein beigefarbenes Kostüm und sah umwerfend aus.

„Nimm doch Platz, bitte. Erzähl – worum geht's?"

„Ich arbeite seit gestern in dieser Firma. Ich wusste gar nicht, dass du hier so ein großes Tier bist. Und – ich fand, es gehört sich, dass ich mich vorstelle."

„Das ist gut, ja. Wo genau arbeitest du denn? Etwa in meiner Abteilung?"

„Ja. Frau Reiter ist ja jetzt im Mutterschutz und darum wurde diese Stelle ausgeschrieben..."

„Jaja, richtig! So ein Zufall!" Warum war ich nur so nervös? „Und – wie geht's dir sonst?"

„Gut. Es sind alle sehr nett zu mir. Ich glaube, es könnte mir hier gefallen."

„Aber sicher! Man darf sich nur nicht unterbuttern lassen, vor allem nicht als Neuling. Ich habe diesen Fehler in meinem ersten Jahr leider auch gemacht, habe gedacht, es steht mir nicht zu, jemanden zu kritisieren, um ja nicht aufzufallen und so... Ha! Dabei wird auch hier nur mit Wasser gekocht!"

Marion nickte brav, dabei war sie das definitiv nicht. Ihr Kostüm gab Einblicke in ihr Dekolleté frei, die jeden Mann nervös machen mussten. Immer noch dieselbe Masche, dachte ich.

„Hast du später Lust auf einen Kaffee, unten in der Cafeteria?"

„Ja, gerne!"

„Schön! Also dann – bis nachher! Und einen gelungenen Start!"

Sie schloss behutsam die Tür hinter sich und ich starrte noch eine Weile ins Leere. Plötzlich fiel mir auf, wie ich in meinem Sessel saß - oder vielmehr lag. Ich hatte die Hände auf meinem Bauch verschränkt und war kurz davor, die Beine auf den Schreibtisch zu legen. Ich sah genauso aus wie die Typen von Chef, die ich aufgrund ihrer Arroganz verabscheute, und die offensichtlich dachten, jede Kollegin unter dreißig träume davon, von ihnen flach gelegt zu werden.

Nein! So wollte ich nicht sein! Ich rückte mich in meinem Stuhl zurecht und versuchte mich wieder ganz auf meine Arbeit zu konzentrieren. Es gelang mir nur eine Minute lang. Dann erinnerte ich mich daran, dass ich Marion quasi zu einem Date in der Cafeteria genötigt hatte. An und für sich eine harmlose Angelegenheit. Aber mein Verstand formte daraus eine Sache von weitreichender Bedeutung.

Eigentlich sollte ich Marion keines Blickes würdigen, so wie sie mich auf ihrer Geburtstagsfeier behandelt hatte. Aber immerhin – sie hatte damals Anstand genug, um mir das teure Buch, das ich ihr geschenkt hatte, zurückzugeben.

Sie war im Grunde nur eine Kollegin, aber eine, die angenehmer anzuschauen war als alle anderen. Und außerdem – wir konnten gut miteinander reden, immer schon. Bestimmt war sie inzwischen schon vernünftiger geworden und schätzte mich, meinen Charakter und meinen Rang in der Firma mehr als früher. Sie war im Grunde eine tolle Frau, die mir auf dem Silbertablett serviert wurde...

Aber – wenn ich es ernsthaft bei ihr versuchen würde, dann müsste ich Mia ein für alle Mal aufgeben. Wollte ich das? Andererseits – was würde ich schon aufgeben? Eine Beziehung, die es nur im Traum gab?

Mit diesem gemischten Gedanken ging ich kurz vor 15 Uhr in die Cafeteria.

Marion war noch nicht da. Ich ging zum Kaffeeautomaten und warf eine Münze in den Geldschlitz. Mir gingen allerlei Gedanken durch den Kopf... Noch hatte ich meine Unschuld nicht verloren! Wirre Gedanken waren schon immer schlechte Ratgeber. Ich erinnerte mich an eine Technik, die mir Gustav beigebracht hatte. Ich stellte mir vor, meinen Körper zu verlassen und mich von außen zu beobachten. Dann sagte ich zu mir in aller Entschlossenheit: "Ich werde jetzt meinen Kaffee nehmen und wieder zurück ins Büro gehen. Ich darf mein Herz nicht unnötig verrückt machen! Ich weiß doch, da ist nichts, was uns wirklich verbindet..." Und dann kam mir ein Gedanke, der so klar war, dass er alle anderen verblassen ließ:

Was würde der beste, der edelste, der großartigste Mensch in meiner Situation tun?

Es war klar und leicht. Ich musste keine Sekunde darüber nachdenken. Ich wusste es jetzt und habe es immer gewusst.

Sobald Marion hier ist, werde ich mich zu ihr setzen, ein paar höfliche und hilfreiche Sätze zu ihr sagen und nichts weiter denken und tun.

Ich setzte mich an einen Tisch und wartete. Aber Marion kam nicht. Als ich meinen Kaffee leergetrunken hatte, ging ich wieder zurück in mein Büro.

Eine Weile saß ich bewegungslos an meinem Schreibtisch und versuchte mir über die Gefühle klar zu werden, die mich in diesem Moment bewegten.

Ich war glücklich! Ich war absolut glücklich! Mein Herz schien mir unentwegt zuzurufen: „Es ist so schön, wenn du auf mich hörst. Danke! Danke! Danke!"

Plötzlich ging mir ein Licht auf! Klara Siebert hatte bei unserem Treffen im Café zu mir gesagt, alles, was nötig sei, um ein Mädchen in mich verliebt zu machen, sei, sie so zu lieben wie mich selbst. Damals fragte ich mich, wie das funktionieren könnte, sich selbst zu lieben. Wie sollte das funktionieren? Etwa, sich immer wieder vorzusagen, wie toll man doch sei, wie gut man aussehe, jedem Problem aus dem Weg zu gehen, sich mit Cremetorten vollzustopfen?

Wie kann man sich selbst lieben?

Sich selbst zu lieben heißt nichts anderes, als seinen Nächsten zu lieben. Es ist genau dasselbe!

Wenn ich meinen Nächsten liebe, ihm Zeit schenke, ihm zuhöre, ihm bei seinen Problemen zur Seite stehe, ihn in den Arm nehme, ihn tröste und aufmuntere, ihn respektiere, dann kann ich mich dafür selbst lieben. Das ist es!

Langsam kam wieder Bewegung in meinen Körper. Von diesem Augenblick an verrichtete ich meine Arbeiten in einer nie gekannten Bewusstheit. Es war, als würde alles, worauf mein Blick fiel, sogleich mit einer Lupe herangezogen, um mir die Schönheit des reinen Seins zu zeigen. Wenn ich mit Leuten sprach, hatte ich Mühe, Freudentränen zu unterdrücken; jeder Mensch kam mir vor wie ein Geschenk, eine Gelegenheit, die Freude, die sich aus mir heraus ergoss, weiterzugeben. Ich ertappte mich bei Selbstgesprächen, meistens aber sagte ich nur immer dasselbe: „Danke! Danke! Danke!"

Von nun an wusste ich, dass ich mir keine Sorgen zu machen brauchte über meine Zukunft, meine Beziehungen, nicht über zu gründende Schulen, über Frauen oder gar über den Sinn des Lebens.

Alles entwickelte sich genau so, wie es zu meinem Besten war. Und darüber hegte ich nicht die Spur eines Zweifels!

Ich wusste, dass mich in Kürze Mia besuchen würde, um mir zu sagen, dass wir zueinander gehören. Ich wusste, dass mich mit meinen Freunden enge Bande verbinden würden, mit Antonio, mit Ludwig, mit Torsten, mit Klara, mit der Familie Nardi, mit Claudia Horstmann und mit Gustav, die dazu führen würde, dass ich mein Landgut bekam, nicht in der Toskana, sondern hier. Ich wusste, dass Mia und ich Kinder haben würden und ein reiches Leben führen würden, das meine Träume weit übertraf.

Woher ich das wusste?

Ich weiß nicht genau, ich glaube, mein Herz hat es mir verraten.

Ich hörte seltsame kratzende Geräusche vor der Bürotür, dazwischen Stimmen.
Torsten steckte seinen Kopf durch die Tür.

„Martin! Kannst du dir das erklären? Da steht ein Hund vor deiner Tür und lässt sich nicht verscheuchen."
„Das ist Maja. Lass sie rein!"

Epilog

Während ich diese Zeilen schreibe, sitze ich an einem Fenster in meinem Büro. Nicht in dem Büro in der Firma XXX, in dem ich zwei Jahre als Abteilungsleiter beschäftigt war, sondern in meinem Bauernhof, den ich vor sechs Monaten erworben und mit Hilfe meiner Freunde restauriert habe. Wenn ich in diesem Moment in den Garten schaue, sehe ich die Koppel mit unseren beiden Ponys, die für Mia eine wertvolle Hilfe bei der Therapie behinderter Kinder sind. Daneben sind die flachen Hühnerhäuser und der Stall für unsere Kuh Vroni. Und ganz hinten, gerade noch kann ich sie erkennen, pflückt Elli, Torstens Frau, zusammen mit Daniel, ihrem kleinen Sohn, Kirschen. Die Obstbäume tragen so üppig wie lange nicht mehr, seit sie Mario beschnitten hat. Vom Flur her höre ich, dass Horst eben mit dem Schulamt telefoniert, er macht das sehr gut, lässt sich nicht provozieren und bekommt fast immer alles, was er will.

Aber jetzt muss ich wieder los, die erste Stunde beginnt – *Lebenskunde für Erwachsene*, ein schwer zu unterrichtendes Fach, denn die Erwachsenen glauben bereits alles zu wissen. Frau Horstmann sen. ist auch unter den Schülern. Den Unterricht gebe ich nicht alleine, ich bin doch nicht lebensmüde! Nein – das ist der Knaller: Ich lasse die Großen von Kindern unterrichten, eine geniale Idee, nicht? Ich weiß zwar noch nicht, ob es funktioniert, aber wenn ich es nicht versuche, werde ich es nie herausfinden.

Ich muss jetzt wirklich Schluss machen, Mia kommt zur Tür herein, die Schüler warten schon...

Was? Es ist noch ein Schüler in der ersten Klasse? Wer?! Gustav??? Das sieht ihm wieder mal ähnlich; auch mit 86 noch nicht zu müde, um etwas Neues zu lernen.